Micaela Jary

Das Haus am Alsterufer

Roman

GOLDMANN

Quellenhinweise:
Das Zitat von Else Lasker-Schüler stammt aus:
Else Lasker-Schüler: Sämtliche Gedichte

Das Zitat von Ricarda Huch stammt aus:
Ricarda Huch. Gesammelte Werke. Bd. 5. Hrsg. von Wilhelm Emrich

Dieses Buch ist auch als E-Book erhältlich.

MIX
Papier aus verantwortungsvollen Quellen
FSC® C014496

Verlagsgruppe Random House FSC® N001967

9. Auflage
Taschenbuchausgabe August 2014

Gestaltung des Umschlags und der Umschlaginnenseiten:
UNO Werbeagentur München
Umschlagfoto: © imagebroker / Alamy; Mohamad Itani /
Trevillion Images
Redaktion: Marion Voigt
BH · Herstellung: Str.
Satz: DTP Service Apel, Hannover
Druck und Bindung: GGP Media GmbH, Pößneck
Printed in Germany
ISBN: 978-3-442-48028-9
www.goldmann-verlag.de

Besuchen Sie den Goldmann Verlag im Netz

Wir sind uns alle einig darin, dass,
abgesehen von dem scheußlichen Klima, welches wir haben,
Hamburg eine der schönsten Städte der Welt ist.
Diese Schönheit verdankt Hamburg fast
ausschließlich der Alster.
Wenn wir nun einen solchen Edelstein … haben,
dann sollten wir dort auch die Fassung dieses Edelsteins
so gestalten, dass die Schönheit desselben …
hervorgehoben wird.

Johann Berenberg-Gossler, Bankier,
in einer Rede vor der Hamburger Bürgerschaft 1906

Geograph. Anstalt von Wagner & Debes, Leipzig

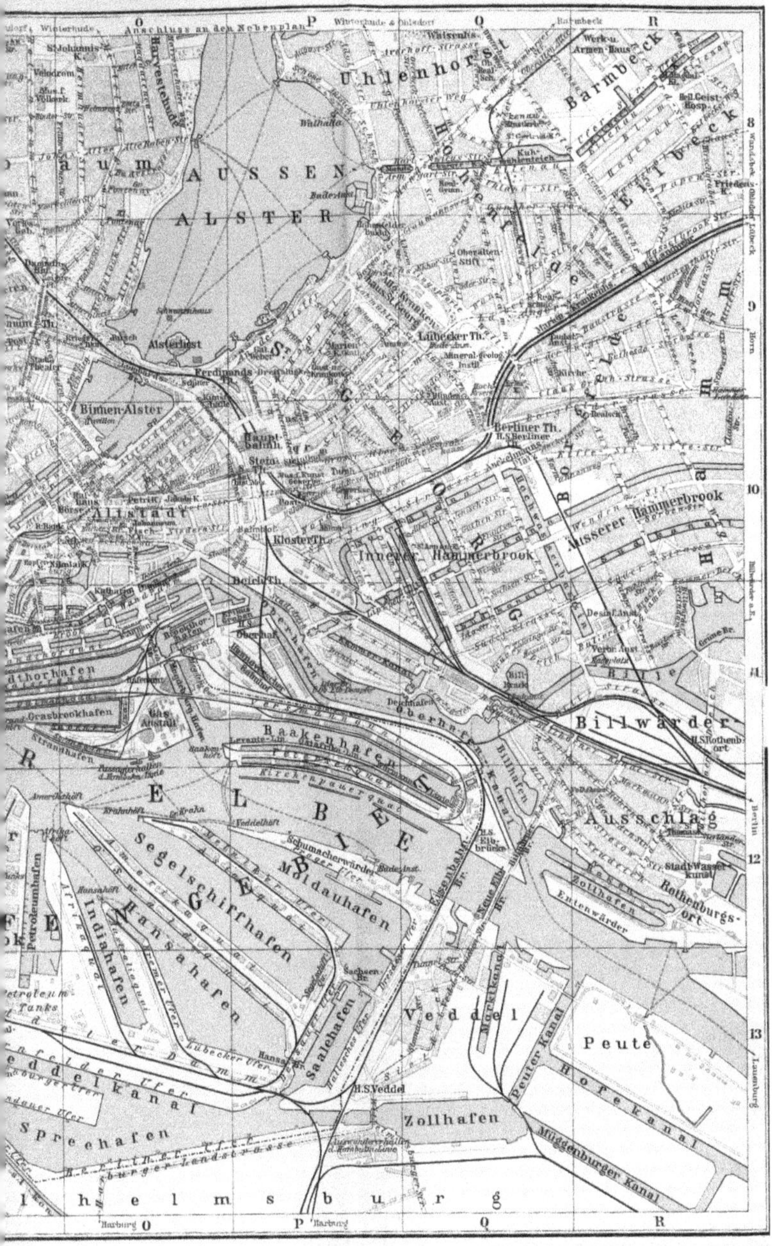

Anschluss an den Nebenplan
Uhlenhorst
Barmbeck
Eilbeck
Hohenfelde
AUSSEN-
ALSTER
Binnen-Alster
Alsterlust
Lübecker Th.
Berliner Th.
Ferdinands Th.
Haupt-Bahnh.
Altstadt
Klosterth.
Deichth.
Innerer Hammerbrook
Ausserer Hammerbrook
Billwärder
Ausschlag
Rothenburgsort
Oberhafen
Baakenhafen
Grasbrookhafen
Segelschiffhafen
Moldauhafen
Hansahafen
Indiahafen
Petroleumhafen
Saalehafen
Zollhafen
Entenwärder
Veddel
Peute
Peuter Kanal
Hofekanal
Müggenburger Kanal
Veddelkanal
Spreehafen
Marktkanal
Stadtwasserkunst
Eisenbahn Br.
Neue Elb Br.
H.S.Veddel
Harburg
Berlin
Lauenburg
Horn
O
P
Q
R
8
9
10
11
12
13

ERSTER TEIL

1911–1912

Wir spielten mit dem glücklichsten Glück,
Mit den Früchten des Paradiesmai,
Und im wilden Gold Deines wirren Haars
Sang meine tiefe Sehnsucht

Aus: »Orgie« von Else Lasker-Schüler

Fräulein
Helene Dornhain
Türkenstraße 106
München

Hamburg, den 7. September 1911
Mitternacht

Meine liebste Schwester,
wenn Großmutter wüsste, dass ich noch immer nicht schlafe, wäre sie sehr ärgerlich. Ich bin aber noch viel zu aufgeregt und bekomme kein Auge zu. Heute ist so viel geschehen. Ich müsste bis zur Morgendämmerung schreiben, um Dir alles zu erzählen. Deshalb beschränke ich mich auf das Wichtigste.

Ich habe meinen Bekanntenkreis erweitert. Demnächst werde ich mich verloben. Mein künftiger Gemahl hat zwar noch nicht um meine Hand angehalten, aber ich weiß ganz genau, dass ich diesen Mann heiraten werde. Du hast bestimmt noch nie einen attraktiveren Herrn gesehen.

Es ist mir einerlei, dass ich als Jüngste eigentlich warten sollte, bis Ellinor und Du verheiratet seid. Ich kann nicht warten! Keinen Tag, keine Stunde. Außerdem ist nicht abzusehen, wann sich an dieser Situation etwas ändern würde. Unsere älteste Schwester scheint sich nicht für die Ehe zu interessieren, und Du willst ja erst Deine Studien abschließen. Ich weiß, dass gerade Du die Letzte bist, die meinem Glück im Wege stehen würde. Und deshalb vertraue ich auf Deine Unterstützung, liebste Nele!

Großmutter und Vater wünschen sich vermutlich eine andere Partie für mich, aber ich denke nicht daran, mich ih-

rem Willen zu beugen. Der Meine mag zwar kein geborener Hamburger und nicht standesgemäß sein, aber er hat immerhin an der Fertigstellung des Elbtunnels mitgewirkt, und das war bekanntlich das bedeutsamste Projekt der Stadt in den letzten Jahren. Außerdem sieht er so gut aus und ist so charmant, dass selbst der alte Drachen von ihm angetan sein wird. Wahrscheinlich verdient er auch nicht so viel wie ein Kandidat aus unseren Kreisen, aber das spielt für mich keine Rolle – wofür bekomme ich eine Mitgift, wenn nicht zur Finanzierung meines Glücks?

Es war Schicksal, dass ich unseren Vater heute zur offiziellen Eröffnung des Elbtunnels begleiten sollte. Anfangs betrachtete ich es als lästige Pflicht, denn die Reden über das Jahrhundertbauwerk und so weiter langweilen mich. Natürlich verstehe ich nichts von der Sache, und es interessiert mich eigentlich auch nicht, ob eine Röhre unter der Elbe hindurchführt. Aber ganz Hamburg spricht darüber, sogar die Damen, stell Dir vor! Das liegt wohl daran, dass der Kaiser anlässlich des Durchstoßes kam und auch zur Eröffnung angereist ist. Nun, Wilhelm II. kommt dreimal im Jahr in die Hansestadt, so dass ich die Aufregung diesmal nicht ganz verstehe. Wenn Seine Majestät zum Galopp-Derby kommt oder auf Durchreise zur Kieler Woche hier haltmacht, ist das ein gesellschaftlicher Anlass, aber der Tunnelbau unter dem Hafen?

Ach, ich werde darüber wohl künftig anders denken müssen, da mein Auserwählter, wie gesagt, am Bau beteiligt war. Wir wurden einander am Rande der offiziellen Einweihung vorgestellt, und ich bedauere, dass ich nicht schon früher ein wenig Begeisterung für den Tunnel gezeigt habe – wahrscheinlich wäre ich ihm dann bereits vorher begegnet. Aber ich hatte ja keinen Anlass, mich den vielen Menschen anzuschließen, die bei den probeweisen Eröffnungen zum Tunnel gingen.

Ich möchte mir diesen gut aussehenden Mann keinesfalls von einer anderen vor der Nase wegschnappen lassen, deshalb sollte unsere Verbindung so bald wie möglich offiziell besiegelt werden. Und ich bitte Dich, schnell nach Hause zu kommen. Ich weiß, dass ich mich auf Dich verlassen kann! Du wirst Großmutter und Vater sagen, was richtig für mich ist, und Ellinor vertraut Deinem Urteil ebenso. Falls ich in der Zwischenzeit Vaters Segen erhalten sollte, wäre es ebenfalls sinnvoll, dass Du beizeiten eintriffst, da ich Dich bei meiner Hochzeit als Brautjungfer an meiner Seite wissen möchte. Komm bitte bald!

Fühle Dich umarmt und geliebt von Deiner
Livi

PS: Ich werde meinem Gatten von Anfang an beibringen, mich mit dem Kosenamen zu nennen, den Du für mich als Kind erfunden hast. Mein Taufname Lavinia klingt so furchtbar steif.

Hamburg

1

Staunend blickte Klara Tießen zu dem von Weiden beschatteten Ufer. Die ausladenden Äste neigten sich tief über die von der Brise leicht gekräuselte Wasseroberfläche. Dahinter erstreckten sich sanft ansteigende smaragdgrüne Rasenflächen zu prachtvollen weißen Landhäusern, deren Fassaden im Sonnenlicht glänzten, als würden sie jeden Morgen frisch gewaschen. Es waren die nobelsten Villen, die Klara je gesehen hatte. Sie wusste zwar vom Hörensagen, was sie in Hamburg erwartete, doch auf die Magie der Alster war sie nicht vorbereitet gewesen, und niemand hatte ihr vom Zauber der idyllischen Gartenanlagen erzählt. Um diese herbstliche Jahreszeit leuchteten die Blätter der Eichenalleen, der Kastanienbäume und Linden in allen Gelb- und Rottönen, als wären sie mit Farbe übergossen worden. Ruhe und Harmonie hingen über der Landschaft, die weit entfernt schien von der Betriebsamkeit des berühmten Hafens. Auf einer Weide nahe der Mündung des Alsterlaufs in die Außenalster sah Klara sogar Kühe grasen. Doch die Automobile, die über die Holzbrücke daneben ratterten, veränderten das Bild. Es bestand kein Irrtum und noch weniger Grund zur Wehmut – sie war in der großen, reichen Stadt angekommen.

Klara stand an der Reling eines Alsterdampfers, eines der weißen Schraubendampfer, mit denen ein regelmäßiger Linienbetrieb über die Wasserwege zwischen Jungfernstieg und Eppendorfer Mühle unterhalten wurde. Im *Baedeker's* hieß es, dass die Fahrt so praktisch sei wie die mit der Elektrischen, aber Klara fand es viel schöner, sich hier den Wind um die Nase wehen zu lassen, statt den kitzelnden Straßenstaub einzuatmen. Sie genoss den kühlen, schweren Duft des ausklingenden Sommers und hörte, wie die Schiffsglocke die baldige Ankunft an der Anlegestelle Alte Rabenstraße verkündete.

Sie war bereits an ihrem Ziel vorbeigefahren, um die gesamte Rundfahrt zu erleben, was zehn Pfennige extra kostete. Den Fährdamm Harvestehude hatte sie ein weiteres Mal hinter sich gelassen, so dass sie sich eigentlich schon auf der zweiten Tour befand. Am liebsten hätte sie diesen wundervollen See, der das Gesicht der Stadt in einer Weise zum Strahlen brachte wie die funkelnden Augen das Antlitz einer schönen Frau, ein drittes Mal umrundet. Das wäre jedoch Luxus gewesen – und ihr Erspartes wollte sie lieber für den Notfall beisammenhalten.

Gerade sechzehn Jahre alt, besaß Klara nur wenig außer dem Vertrauen in die Göttin Fortuna, die wohlmeinend die Geschicke ihrer Heimat Glückstadt lenkte. Sie hatte versprochen heimzukehren, falls ihr Anliegen erfolglos bliebe, und musste deshalb sparsam mit dem Reisegeld umgehen. Doch das Flair der großen Stadt hatte Klara bereits gefangen genommen. Längst war sie entschlossen, dass sie hier Fuß fassen würde. Nichts konnte sie mehr von ihrem Vorhaben abbringen, denn außer der Karriere als Schankmädchen in einem Hafenlokal und der entbehrungsreichen Ehe mit einem Seemann besaß sie als illegitimes Kind unbekannter Eltern in Glückstadt kaum eine Zukunft.

Dem Rat ihrer Ziehmutter folgend, hatte Klara ihr Zuhause verlassen, um nach Hamburg zu gehen und Arbeit bei einem Mann zu suchen, von dem sie nicht mehr wusste, als dass er wohlhabend und Reeder war. Ein Empfehlungsschreiben an Herrn Victor Dornhain befand sich sorgsam verwahrt in ihrem Beutel. Aber die Patin hatte sie vorsorglich darauf hingewiesen, dass der Mann möglicherweise kein wirklicher Herr war und sie deshalb wieder fortschicken könnte. Diesen Fall zog Klara vorerst jedoch nicht in Betracht – alles zu seiner Zeit, war ihre Devise.

An der Anlegestelle Rabenstraße ragte ein hölzerner Steg in den See, stabil genug für mehrere Gaslaternen. Um diese Nachmittagszeit jedoch war Schatten wichtiger als Licht: Die Damen hatten ihre Sonnenschirme aufgespannt oder schützten ihre Haut mittels riesengroßer Hüte, die Klara an Wagenräder erinnerten. Eine Gruppe Kinder wartete, begleitet von der Gouvernante, auf die Ankunft des Bootes, die Mädchen und Jungen trugen Matrosenanzüge und waren so sauber und adrett, wie Klara nie zuvor Kinder dieses Alters gesehen hatte. Auf den weiß lackierten Bänken am Rande des Kais saßen einige Herren ins Gespräch vertieft, in Geschäftsanzügen und mit runden Filzhüten auf dem Kopf; als die Schiffsglocke ertönte, erhoben sie sich, um in geordneter Reihe dem Verkehrsmittel entgegenzugehen.

»Na, *mien Deern*, willst du nicht noch an Bord bleiben?«, erkundigte sich der Bootsmann, als Klara schweren Herzens den Weg an Land antrat.

Sie schüttelte den Kopf so heftig, dass die Bänder ihres Strohhutes durch die Luft flogen. »Ein andermal vielleicht, aber jetzt muss ich gehen.« Sie bemühte sich um ein gepflegtes Hochdeutsch und verfiel nicht in das Plattdeutsch des Schiffers, dessen sie durchaus mächtig war.

»*Denn man too*«, erwiderte er und half ihr beim Aussteigen. Er rief ihr noch ein »*Tschüss*« hinterher, doch Klara hörte kaum hin.

Aus der Nähe sahen die Häuser am Harvestehuder Weg noch imposanter aus als von Klaras Beobachtungsposten an der Reling des Alsterdampfers. Was hieß hier eigentlich Haus? Es waren Paläste, fand das junge Mädchen, Gebäude wie Schlösser. Nicht, dass Klara sonderlich viel Ahnung von Architektur besaß. Aber sie konnte durchaus das Ausgefallene vom Schlichten unterscheiden und Schönheit erkennen, auch wenn diese nur aus Mauern und Fensterglas bestand.

Auf der dem Ufer gegenüberliegenden Straßenseite reihten sich Bauwerke mit Zinnen und Türmen aneinander, Erker nahmen den Putzbauten die Strenge, Terrassen wurden von Säulen getragen, feinstes Stuckhandwerk verzierte Landhäuser und Villen. Die weiß gekalkten Gebäude standen zurückgesetzt von der ungepflasterten, staubigen Landstraße, die offensichtlich vor allem von Spaziergängern und für Ausritte genutzt wurde. Gepflegte Gärten reihten sich hinter der Eichenallee Hecke an Hecke, zur Außenalster hin setzten sich diese Privatparks fort. Veranden, Pavillons und Sitzplätze luden die Hausherren und deren Gäste zum Verweilen ein, und Klara dachte unwillkürlich an die Worte ihrer Ziehmutter, die sie auf die Hinwendung der Hamburger auf alles Englische aufmerksam gemacht hatte und darauf, dass zu einer bestimmten Nachmittagsstunde der Tee genommen wurde. Nicht getrunken, wie unter Klara und ihresgleichen. Die feinen Leute *nahmen* ihren Tee.

Das Haus Nummer zwölf war in einem ähnlichen Stil erbaut wie die Nachbarvillen. Der Unterschied bestand hauptsächlich darin, dass der üblicherweise im Erdgeschoss befindliche Erker das erste Stockwerk zierte und turmähnlich bis über den Dachstuhl ragte. Davor befand sich eine von Säulen getragene Terrasse. Eine Freitreppe führte vom Hochparterre in den Garten. Obwohl es in Glückstadt einige ansehnliche Adelshöfe gab, erschien Klara der Wohnsitz von Victor Dornhain weitaus prächtiger als diese. Das Gebäude erinnerte sie an die Schlösser in Preußen, die Klara bisher nur von Fotografien kannte.

Eine schmale Seitenstraße führte am Garten entlang zu dem benachbarten Stallgebäude und anderen, in zweiter Reihe liegenden Wohnhäusern. Es ging leicht bergan, und Klara fragte sich, ob sie deshalb nach Luft schnappte. Tatsächlich lag ihre Atemlosigkeit wohl eher an der Aufregung, die sie erfasste und verwirrte, aber gleichsam vorantrieb.

Ihre Schritte führten sie unter ein Mauerdach und vor die zweiflügelige Haustür an der Rückseite des Hauses. Klara stellte ihren Koffer neben sich ab, strich sich den dunklen Rock glatt und die rotgoldenen Locken hinter die Ohren. Ihre Finger fühlten sich feucht an, als sie den Sitz ihres Strohhutes prüfte …

In diesem Moment wurde geöffnet – und sie sah sich dem überraschten Gesichtsausdruck einer älteren Dame gegenüber.

Die Frau war hochgewachsen und von schlanker Statur. Ihre Haltung ähnelte der einer aufrechten Marmorskulptur. Ihr blasses Gesicht unter dem Hut war schmal und von Falten durchzogen, sie war jedoch unverkennbar in ihrer Jugend eine Schönheit gewesen. Sie trug ein dunkelblaues Kostüm, besetzt mit cremefarbener Spitze; die einzige Extravaganz ihrer Garderobe schienen die cremeweißen und blauen Federn auf ihrer Kopfbedeckung zu sein. Kaum jemals hatte Klara eine so schlicht gekleidete Frau gesehen, die eine derart natürliche Eleganz ausstrahlte – und ihr gehörigen Respekt einflößte.

Unwillkürlich wich Klara einen Schritt zurück.

»Wir kaufen nichts, und wir spenden auch nichts für Lungenkranke, bedürftige Kinder, Wandervögel und alle anderen«, erklärte die Dame mit einer tiefen, fast rauchigen Stimme.

»Oh, das ist ein Missverständnis«, beeilte sich Klara aufzuklären. Sie knickste höflich und fuhr, sich zur Ruhe mahnend, fort: »Ich komme nicht, um Geld zu sammeln. Ich will mich als Hausmädchen bei Herrn Dornhain vorstellen, wenn's recht ist. Ich habe auch ein Empfehlungsschreiben.«

»Schickt dich Bruno Sievers?«

»Wer?« Da sie sich an das Verbot der Ziehmutter gehalten hatte, die um den Brief an Herrn Dornhain ein ziemliches Geheimnis machte, wusste sie nichts über einen Bruno Sievers.

»Den Gesindemakler kennst du anscheinend nicht«, resümierte die alte Dame. »Dann wüsste ich nicht, wieso du dich hier um eine Anstellung bewirbst. Geh von der Tür weg, Mädchen, hier bist du an der falschen Adresse.«

Entschlossen griff Klara in ihre Umhängetasche und zog den Brief an »Herrn Victor Dornhain« heraus. Dabei zerdrückte sie den sorgsam aufbewahrten Umschlag. Zerknittertes Papier machte gewiss keinen guten Eindruck, aber das war nun unabänderlich.

»Hier, gnädige Frau, das Empfehlungsschreiben! Es ist an Herrn Dornhain persönlich gerichtet und von … von …«, sie schluckte die aufsteigende Panik hinunter, »von Hermine Siedentop aus Glückstadt.«

Es schien eine Ewigkeit zu verstreichen, bis die Dame einlenkte: »Gut. Ich werde das Schreiben meinem Sohn übergeben – und dann sehen wir weiter. Glücklicherweise ist er zugegen. Du wirst also nicht lange auf Antwort warten müssen.«

»Danke, gnädige Frau«, stieß Klara erleichtert aus.

»Im Übrigen ist dies der Haupteingang. Für Dienstboten und Lieferanten geht es da lang«, der ausgestreckte Finger in einem cremeweißen Spitzenhandschuh wies auf eine schmale Seitentür ein paar Meter weiter. »Man wird dich rufen oder abweisen. Wie heißt du?«

»Mein Name ist Klara Tießen.«

»Soso…«, die für eine alte Frau ungewöhnlich volltönende Stimme wurde leiser, fast brüchig, bis sie nach der kurzen Bemerkung verklang.

Die Mutter des Hausherrn nahm endlich den Brief an sich. Ohne weiteren Kommentar schlug sie die Tür vor Klara zu.

2

»Ich fahre morgen nach Hamburg«, verkündete Nele leise und in der Hoffnung, ihre Freundin werde diese Überraschung widerspruchslos akzeptieren.

Doch Zofia Rogowska zuckte wie vom Donner gerührt zusammen.

»Was?!« Die von einem slawischen Akzent gezeichnete Stimme überschlug sich, als Zofia – ohne eine Antwort abzuwarten – ausrief: »Du kannst nicht nach Hamburg fahren! Das geht nicht! Das kannst du nicht machen! Wir sind mitten in den Vorbereitungen für die nächste Ausstellung. Du kannst nicht alle im Stich lassen!«

Die junge Polin hatte so laut und lebhaft gestikulierend gesprochen, dass sich unweigerlich alle Köpfe in Hörweite zu ihr drehten – und das waren viele im großen Saal des Palastcafés.

Eine bunte Mischung an Gästen genoss das Flair im Café Luitpold, das nach dem Prinzregenten benannt war. In das prachtvolle Gebäude mit seinen zwanzig Sälen zog es Vertreter der in der königlichen Haupt- und Residenzstadt ansässigen internationalen Künstlergemeinde ebenso wie die Stützen der Gesellschaft, höhere Beamte und ihre bürgerlichen Damen, Töchter aus adeligen Familien und Dichter, die bei einer Tasse Kaffee – mehr konnten sie sich nicht leisten – romantische Oden über unerreichbare Weibspersonen schrieben, wenn sie denn nicht satirische Schriften verfassten. Der Spielleidenschaft konnte im Billardsaal gefrönt werden, exquisite Speisen wurden im Weinrestaurant gereicht, und ein Stehgeiger nebst kleinem Orchester lockte zum Tanz, doch der besondere Anziehungspunkt war für die Einheimischen wie für Besucher der Hauptsaal. Die bis zu neun Meter hohe, mit Fresken und Stuckarbeiten verzierte, kuppelartige Decke wurde von achtzig Marmorsäulen und Pilastern getragen, die runden Kaffeehaustische mit üblicherweise je drei oder vier Stühlen boten Platz für zweitausend Personen, und der Gang durch das Mittelschiff dieser Kathedrale des Mokka-Genusses kam mindestens dem öffentlichen Flanieren im Hofgarten gleich.

Dass Zofia es schaffte, in dieser Umgebung Aufsehen zu erregen, war Nele peinlich. Zwar hatte sie nichts dagegen, durch ihre äußere Erscheinung oder ihre Werke aufzufallen, laute Töne waren ihre Sache jedoch nicht. Da war sie ganz Hamburgerin geblieben, obwohl sie bereits seit eineinhalb Jahren zu Studienzwecken in Schwabing wohnte.

Als mittlere Tochter des Reeders Victor Dornhain im Landhaus des Vaters an der Alster geboren und in St. Johannis auf den Namen Helene getauft, war Nele zu Bescheidenheit und Zurückhaltung erzogen worden. Obwohl sich der bürgerliche Alltag in Hamburg üblicherweise durch wenig Kunstsinnigkeit auszeichnete, konnte sich Nele glücklich schätzen, in ihrer Mutter eine musische Person zu haben, die einen hervorragenden Blick für Malerei besaß. Zwar war die Mutter früh verstorben, aber glücklicherweise entschied die Großmutter in überraschender Milde, dass weder die Sammlung ihrer Schwiegertochter verkauft noch Neles Zeichentalent unterbunden werden sollte. Als einige Arbeiten aus dem Lehr- und Versuchs-Atelier für angewandte und freie Kunst vor vier Jahren in Hamburg ausgestellt wurden, begann ein Plan in Nele zu reifen, der sogar Charlotte Dornhain überzeugte. Um die Zeit bis zu ihrer Verheiratung sinnvoll auszufüllen, wurde sie zum Studium der Malerei und Grafik an die Debschitz-Schule nach München geschickt.

»Zu unserer Zeit lernten die jungen Mädchen Weben und Sticken«, pflegte die alte Dame sich vor ihren konservativen Freundinnen zu rechtfertigen, »heute zeichnen und malen sie eben, bis ein junger Mann auf der Bildfläche erscheint und sie von der

Kunst wegholt. Die Beschäftigung an sich macht keinen Unterschied zu früher. Im Ergebnis ist es auf jeden Fall eine hübsche Handarbeit.«

Nele war es leid, Sätzen wie diesen zu widersprechen. Anfangs hatte sie es noch versucht, aber rasch eingesehen, dass ihre Großmutter niemals verstehen würde, welchen Platz die Kunst in ihrem Leben einnahm. Sie war nicht nur Liebhaberei, sondern Leidenschaft. Nicht Steckenpferd, sondern Berufung. In ihrer Heimat stieß sie mit solchen Ansichten auf wenig Verständnis. Umso angenehmer war es, dass Malweiber ganz selbstverständlich zum Stadtbild von München gehörten, obwohl es Frauen verboten war, an der staatlichen Akademie zu studieren; die privaten Lehranstalten schossen wie Pilze aus dem Boden und boten vielfältige Möglichkeiten, ein Handwerk zu erlernen, das nicht nur aus Talent bestand.

Die Großzügigkeit der Münchner Gesellschaft hatte dazu geführt, dass sich Nele dem Stil ihrer neuen Künstler-Freunde anpasste. Die hüftlangen, blonden Engelslocken hatte sie zu einem Kurzhaarschnitt gestutzt, ihre vornehme Blässe war während des Sommerunterrichts am Ammersee einer leichten Sonnenbräune gewichen. Sie trug einen dunkelblauen Hosenrock und eine Matrosenbluse mit blauen Bändern – eine überaus modische Garderobe, die sie besser in ihrem Schrank in München zurückließ, wenn sie für die Heimreise packte. Im Gegenzug erschien es ratsam, für den Besuch an der Alster das Korsett herauszusuchen, das sie während des Aufenthalts an der Isar in eine Kommode verbannt hatte.

Nele wartete, bis sich die Neugier der Gäste an den Nebentischen legte oder die Leute es zumindest leid waren, ihre Aufmerksamkeit an Zofia und sie zu verschwenden. »Ich fahre zur Hochzeit meiner kleinen Schwester nach Hamburg«, erklärte sie schließlich.

»Oh, wie schön!« Zofias Stimmlage ließ alle Feinheiten der Theatralik zu – sie reichte von Erschrecken über Sentimentalität bis zu unbändiger Begeisterung. »Warum hast du nicht früher davon erzählt? Wann heiratet sie? Wird es ein großes Fest?«

»Ich weiß es nicht. Bisher ist Livi offenbar nur heimlich verlobt …«

Grenzenlose Verwunderung gehörte ebenfalls zu Zofias Repertoire: »Wie bitte? Es gibt gar kein Datum für die Hochzeit? Jesus, Maria, warum willst du denn dann schon morgen nach Hamburg reisen?« In reinster Verzweiflung rief sie nicht nur himmlische Mächte zu Hilfe, sondern schlug auch noch die Hände über ihrem hübschen Kopf zusammen.

»Nun ja …«, Nele seufzte, weil sich Lavinias Zukunftspläne selbst mit den fortschrittlichsten Ansichten nicht so ohne Weiteres verstehen ließen. Dann begann sie, ihrer Freundin mit gesenkter Stimme zu erzählen: »Vor einigen Wochen erhielt ich einen Brief, in dem mir Livi schwärmerisch von einem Mann erzählte, den sie an einer Baustelle getroffen habe …«

»An einer Baustelle?«, unterbrach Zofia verblüfft. »Was ist er? Ein Arbeiter?«

»Das steht zu befürchten. Anfangs hielt ich diese Schwärmerei nur für überspannt. Deshalb schrieb ich Livi zurück, dass ich nicht so einfach nach Hamburg fahren könne. Gestern nun erhielt ich eine Nachricht meiner älteren Schwester Ellinor, die mich bittet, dringend nach Hause zu kommen. Wenn die von einer ernsten Angelegenheit spricht, *ist* es eine ernste Angelegenheit.«

»Es gibt keinen Grund, einen Arbeiter …«, hob Zofia an.

Nele fiel ihr unwirsch ins Wort: »Nicht, wenn er ein Ehrenmann ist. Andernfalls steht uns ein Skandal bevor, der der Gesundheit meiner Großmutter nicht zuträglich ist. Und wie mein Vater diese Affäre verkraftet, möchte ich auch lieber aus erster Hand erfahren.«

»Deine Leute verstehen nichts von der Revolution. Aber ich dachte, du hättest begriffen, dass das einfache Volk nicht minderwertig ist und …«

»Es spielt keine Rolle, wie ich die Sache sehe«, unterbrach Nele. »Livi war immer diejenige von uns dreien, die sich widerspruchslos in die Regeln fügte. Wenn wir als Kinder herumtollten, bereitete es Ellinor und mir einen unbändigen Spaß, uns schmutzig zu machen und irgendwelche Verbote zu übertreten. Livi blieb immer brav. Sie war die Hoffnung unserer Großmutter und unseres Vaters, verstehst du?«

Zofia schüttelte verständnislos den Kopf.

Jetzt rang Nele die Hände. »Ich habe dir nicht viel von meinem Elternhaus erzählt. Das war vielleicht ein Fehler, denn du weißt nicht, wie wichtig die Tradition bei uns ist und dass wir angehalten wurden, immer die Form zu wahren.« Sie legte eine Gedankenpause ein und fuhr dann niedergeschlagen fort: »Falls er nicht vorher mit Livis Mitgift durchbrennt, ist ein Arbeiter als Schwiegersohn in Vaters Haus ebenso unvorstellbar wie ein Bauer!«

»Ist dein Vater ein Fürst oder so etwas in der Art?«

Unwillkürlich huschte ein Lächeln über Neles angespannte Züge. »Nein. In eine fürstliche Familie wurde ich nicht geboren, adelig sind wir nicht.«

Zofia stieß den angehaltenen Atem erleichtert aus, doch Nele beschloss, ihre Herkunft jetzt ein für alle Mal zu offenbaren: »Das fehlende Prädikat sagt nichts über unseren Stand aus. Die Hamburger Kaufmannschaft ist dem Kaiser eng verbunden, aber es gibt da diese schon ziemlich alte Auflage, dass die Mitglieder der Bürgerschaft keine Titel annehmen dürfen.«

Ihre Freundin klappte den Mund auf, sagte aber nichts.

»Das ändert nichts daran, dass die Stadtverwaltung funktioniert wie anderswo ein Königreich. Ein paar Familien haben das

Sagen, und wir sind irgendwie alle miteinander verschwägert. Deshalb ist mein Vater wohl eher … *so etwas in der Art* …«, bei den letzten Worten imitierte sie Zofias Stimme, als handle es sich um die Szene in einem Theaterschwank und nicht um eine ziemlich ernste Mitteilung.

Überraschenderweise reagierte Zofia auf die Beichte mehr ehrfürchtig als entsetzt. »Wohnt deine Familie in einem Schloss?«, fragte sie.

»Nur in einem Haus … einem ziemlich großen Haus. Mit einem schönen Garten, der bis ans Ufer der Alster reicht. Das ist ein Fluss in Hamburg, der sich an einer bestimmten Stelle zu einem See verbreitert. Dort ist mein Zuhause.«

»Sind deine Leute reich?«

»Ich weiß es nicht«, behauptete Nele, besann sich nach einem Blick in Zofias bernsteinbraune Augen jedoch eines Besseren und antwortete aufrichtig: »Wahrscheinlich schon. Ich weiß allerdings wirklich nicht, wie viel mein Vater verdient. Das Kontor hat mich nie interessiert, ich bin im Gegensatz zu meiner Schwester Ellinor nicht einmal gut in Mathematik. Unser Vater ist Reeder.«

»Wie? Er besitzt Schiffe? Richtige Dampfschiffe?«

Allmählich begannen die bohrenden Fragen der Freundin Nele auf die Nerven zu gehen. »Ja. Natürlich. So ist das in Hamburg. Es gibt dort viele Reeder und Schiffsmakler. Wie in anderen Hafenstädten auch. Aber das hat mit mir überhaupt nichts zu tun. Ich will eine gute Malerin wer…«

»Jesus, Maria!« Zofias Stimme schwoll wieder an, als befände sie sich auf der Bühne des Hof- und Nationaltheaters und nicht in einem Kaffeehaus. »Warum tut er dann nichts für dich und deine Freunde? Wenn dein Vater Geld hat, kann er eine Ausstellung bezahlen. Und er wird andere reiche Leute kennen, die Bilder kaufen wollen.«

»Ich glaube nicht, dass …«

»Er ist dein Vater! Was würde ich alles tun, wenn meine Familie reich wäre …?! Wir müssten uns keine Gedanken mehr über Ausstellungen und diese Halsabschneider von Galeristen machen und …«

»Zofia, bitte nicht so laut!« Nele warf rasche Seitenblicke nach rechts und links.

Ihre Freundin hatte sich dermaßen entrüstet, dass die Köpfe an den Nachbartischen sich wieder interessiert zu ihnen beiden neigten.

Nele beugte sich ein wenig vor, um leise zu antworten: »Mein Vater bezahlt mein Studium, und ich erhalte ein Taschengeld, aber er wird nicht auch noch die gesamte Neue Künstlervereinigung unterstützen. Er ist eher … wie soll ich sagen? Er ist ein konservativer Geschäftsmann und kein Mäzen.«

»Jesus, Maria, dein alter Herr besitzt richtige Schiffe!«

Wäre sie doch einfach nur nach Hamburg gefahren und hätte ihrer Freundin von dort einen Brief geschrieben, um ihre Abwesenheit zu erklären!

Nele ärgerte sich über die eigene Geschwätzigkeit. Seit eineinhalb Jahren lebte sie in München, ohne dass sich irgendjemand für ihren Hintergrund interessierte. In den Künstlerkreisen, in denen sie verkehrte, zählte ihr Talent mehr als ihre Herkunft. Nicht auszudenken, wie ihre Malerfreunde reagierten, wenn Zofia herumposaunte, dass Helene Dornhain womöglich eine reiche Erbin war. Die meisten ihrer Freunde kamen aus bürgerlichen Familien, manche aus einfachen Verhältnissen. Bis auf die russische Malerin Marianne von Werefkin kannte Nele in München niemanden näher, der gesellschaftlich dem strengen Blick ihrer Großmutter standgehalten hätte. Die republikanisch gesinnte Polin an Neles Seite hätte Charlotte Dornhain wohl nicht einmal *amüsant* gefunden. Insofern standen sich beide Welten in nichts nach – Nele fühlte sich gerade hier wie dort fehl am Platz.

»Bitte«, beschwor sie die Freundin, »erzähl niemandem von meinem Elternhaus. Ich verspreche dir, dass ich meinen Vater fragen werde, ob er irgendetwas für unsere Künstlervereinigung tun kann.« Unter dem Tisch kreuzte sie die Finger ihrer Hand. »Und ich verspreche, dass ich zurück bin, um bei der nächsten Ausstellung zu helfen. Aber das muss vorläufig alles unter uns bleiben.«

Sie schämte sich ein bisschen, weil sie bereits in diesem Moment vermutete, dass sie nichts von dem würde halten können, was sie gerade zugesagt hatte.

3

Vor dem Café Luitpold wandte sich Nele zunächst in Richtung Odeonsplatz, um von dort die Pferdetrambahn nach Schwabing zu nehmen. Sie war dankbar, dass Zofia einer anderen Verabredung nachkommen musste, die bohrenden Fragen ein Ende gefunden hatten und sie selbst zur Ruhe kommen konnte.

Es war einer dieser milden Septembertage, an denen der Föhnwind Schäfchenwolken über einen fast kitschig blauen Himmel trieb und die Luft zu prickeln schien wie Champagner, allerdings auch so trunken machte, was nicht bei jedem ein angenehmes Gefühl hervorrief. In Neles Schläfen hämmerte eine leichte Migräne, die von dem eben genossenen Kaffee noch begünstigt wurde. In der Annahme, dass ein Spaziergang hilfreicher sei als ein Aspirin, beschloss sie, noch ein wenig umherzulaufen.

Der Kopfschmerz verschleierte ihren Blick, als ginge sie durch Nebel. Dabei nahm sie die vertraute Fassade der griechisch-orthodoxen Salvatorkirche ebenso wenig wahr wie die Konventgebäude des ehemaligen Klosters St. Kajetan, die über Jahrzehnte die kurfürstlichen Departements für Finanzen, Justiz und Kirchliche Sachen beherbergten. Auch die im klassizistischen Stil errichteten Geschäftshäuser der Theatinerstraße entlockten ihr nicht die gewohnte Bewunderung. Wie eine Marionette bewegte sie sich an den vielen Menschen vorbei, die um diese Tageszeit die Straßen bereits auf dem Weg zum diesjährigen Oktoberfest bevölkerten. Als zöge eine unsichtbare Hand an den Fäden, wurde Nele zum Arco-Palais gelenkt.

In dem Eckgeschäft mit der langen Schaufensterfront an der Theatiner- und der Maffeistraße befanden sich die Räume der Modernen Galerie von Heinrich Thannhauser. Die Vernunft warnte Nele davor, in den Auslagen nach der eigenen Tuschezeichnung zu suchen, die sie neulich an den Kunsthändler verkauft hatte. Sie konnte wohl kaum erwarten, als Anfängerin neben den Werken berühmterer Münchner Studenten wie etwa Wassily Kandinsky präsentiert zu werden. Allerdings: Warum eigentlich nicht?

Thannhauser hatte ihr Blatt nun einmal erworben. Sie nahm nicht an, dass er damit nur sein Depot vervollständigen wollte. Kunsthändler lebten schließlich vom Verkauf und nicht vom Sammeln. Selbst wenn sie Sammler waren, zeigten sie ihre Schätze und versteckten sie nicht. Der Erwerb von Neles *Liebespaar im Englischen Garten*, für das der Galerist eine Mark und fünfzig Pfennige bezahlt hatte, war schon etwas anderes als die halbherzige Freundlichkeit, mit der ihre Großmutter ein ungeliebtes Bild in das heimische Morgenzimmer hängte. Jenen Raum, in dem der ganze Trödel untergebracht wurde, der in den Salons störte.

Von ihrer Zeichnung war in den Schaufenstern jedoch weit und breit nichts zu sehen.

Niedergeschlagen wanderte Nele die gesamte Straßenfront des Geschäftshauses ab. Möglicherweise hing ihr Bild in einem der hinteren Ausstellungsräume, gar in den oberen Etagen, die ebenfalls zu der Galerie gehörten. Doch ihr fehlte der Mut, durch die Tür zu treten und sich auf die Suche nach ihrem Werk zu machen. So blieb ihr wenigstens die Hoffnung, dass es dort irgendwo war. Wenn sie sich erst davon überzeugt hätte, dass ihre Zeichnung nicht der Öffentlichkeit präsentiert wurde, wäre die Enttäuschung noch größer, endgültiger.

Ach, wie gerne hätte sie ihrer Familie von diesem Erfolgserlebnis berichtet. Es war doch ihr erster Handel als Künstlerin!

Der Migräneschmerz griff mit eiserner Kralle nach ihrem Kopf. Nele schloss die Augen und lehnte die Stirn gegen das kühle Glas der Scheibe. Dass dabei ihre Hutkrempe zerdrückt wurde, störte sie nicht.

»*Unbelievable!*«

Erschrocken wich Nele zurück. Meinte der Mann mit seinem Ausruf etwa sie? So unglaublich war es nun nicht, dass sie sich an dem Schaufenster von ihrem Kopfweh erholte. Nicht unbedingt damenhaft – ihre Großmutter würde die Augenbrauen hochziehen –, aber auch nicht absolut unschicklich.

Der sich so lautstark in englischer Sprache Empörende erwies sich als ein junger Herr. Offensichtlich kam er gerade aus der Galerie. Er stand noch fast in der Tür und war damit beschäftigt, lose Blätter in einem großen, in schwarzes Leder gebundenen Zeichenkoffer zu ordnen. Eine ungewöhnliche Person. Er war glatt rasiert und trug ein hellblaues Hemd zum weißen Kragen und zur nachtblauen Krawatte, dazu einen kurzen Blazer wie zu einer Regatta und lange weiße Hosen. Der mürrische Blick unter dem unpassenden breitkrempigen Panamahut war auf seine Tätigkeit konzentriert. Dennoch glitt ihm ein Papier aus der Hand und segelte in der um das Eckgebäude auffrischenden Brise dahin.

Nele griff, ohne nachzudenken, nach dem Blatt, bevor es in den Straßenstaub fallen konnte. Unwillkürlich schaute sie genauer hin. Es zeigte ein Bild, das aussah wie eine Fotografie, aber tatsächlich eine atemberaubend authentische, mit farbiger Kohle ausgeführte Zeichnung war: Über einem Biertisch hingen drei sichtlich betrunkene Männer, vor sich fast leere Maßkrüge, im Hintergrund hatten zwei andere eine Stellung eingenommen, als wollten sie gleich einen Boxkampf ausfechten. Der Schriftzug »Bräurosl« wies darauf hin, dass die Szene im größten und bekanntesten Bierzelt der Wiesn eingefangen worden war …

»Geben Sie mir das zurück«, forderte der Fremde auf Deutsch. Seine Stimme klang nur unwesentlich freundlicher und war stark gefärbt von einem Akzent.

Zögernd kam sie seinem Wunsch nach. »Das ist ein interessanter Stil«, konstatierte sie. Dabei war sie sich selbst nicht ganz klar darüber, ob sie eigentlich seine Garderobe oder doch seine Maltechnik meinte.

»Gefällt er Ihnen?«, gab er grimmig zurück. »Dann stehen Sie ziemlich alleine da, Miss. Dem Galeristen gefällt er nämlich nicht. Der ist blind von den Farbklecksen der Neuen Künstlervereinigung und dieser anderen Gruppe, die sich Blauer Reiter nennt!« Der Fremde schnaubte wie ein Pferd kurz vor dem Durchgehen.

»Nun … ja …«, murmelte Nele. Was sollte sie auch sagen?

»Bei uns in New York ist die Ashcan School richtungweisend. Warum wird das in München als Genremalerei des achtzehnten Jahrhunderts abgetan? Verstehen Sie das, Miss?«

Sie schüttelte den Kopf.

Was tat sie hier? Warum ließ sie sich auf ein Gespräch mit einem unmöglich gekleideten jungen Mann ein, der sich über irgendetwas aufregte, das sie nichts anging und sich letztlich auch ihrer Kenntnis entzog? Sie sollte sich lieber trollen, anstatt dem erregten Palaver zuzuhören.

»Sie verstehen wohl nicht viel von Malerei?!«

Die Worte trafen sie mit unerwarteter Härte. Es war keine Frage, sondern eine Feststellung, die eindeutig als Beleidigung gemeint war. Mit seiner Arroganz stellte der unbekannte Maler Nele in diffamierender Weise bloß, als sei sie ein hirnloses, dummes Weibsstück. In seiner Abfälligkeit lag die Abscheu eines frustrierten Künstlers, der seinen Zorn über der erstbesten Person ausschüttete. Nele kannte derartige Ausbrüche von ihren Freunden und Kommilitoninnen – niemals aber redete man so mit einer Passantin, die einem zufällig über den Weg lief.

Nele funkelte den Amerikaner an. »*Ashcan* heißt Ascheimer, nicht wahr? Wissen Sie was, Sie sollten sich damit abfinden, dass Ihr Bild in den Mülleimer gehört!«

Sprach's, drehte sich abrupt um und marschierte blicklos davon. Einerlei wohin. Nur fort von diesem unglücklichen, unverstandenen, unfreundlichen Menschen.

Es war ihr völlig egal, ob sie sich deshalb mit den anderen Stadtbesuchern ins Getümmel am Marienplatz stürzen musste, wo es heute besonders voll zu sein schien. Auffällig vornehm gekleidete Spaziergänger rempelten Nele ebenso an wie Leute in Tracht. Touristen standen im Weg, die das im neugotischen Stil erbaute und wie ein Zuckerbäckerpalast wirkende Neue Rathaus mit seinem Glockenspiel bestaunten. Der Kutscher eines Heuwagens versuchte, sich den Weg durch die Menge zu bahnen, ein Bauer trieb eine Kuh an einem noblen Geschäft für Lederwaren vorbei. Und Nele fiel ein, dass heute Markttag in der Sendlinger Straße war, der die Gassen der Altstadt stets in ein Dorf verwandelte.

Atemlos drängte sie sich durch die Menschen. Ihr Herz trommelte gegen ihre Brust, in ihren Ohren klirrten und sausten Geräusche, die sie sonst nicht hörte und die nichts mit dem Straßenlärm zu tun hatten.

Nele ärgerte sich, weil sie sich zu einem derart undamenhaften Benehmen hatte hinreißen lassen. Wobei nicht einmal gesichert war, ob die Tatsache, dass sie mit einem Fremden auf der Straße gestritten hatte, schwerer wog als ihre freche Behauptung, über deren Wahrheitsgehalt sie erst recht nicht nachzudenken wünschte. Wie war sie nur in diese gänzlich inakzeptable Situation geraten?

Eine Hand legte sich auf ihre Schulter.

Nele erstarrte. Obwohl es eine sanfte Berührung war, fühlte sie sich, als wäre sie brutal angegriffen worden. Ein unterdrückter Schrei entfuhr ihr. Dann kreischte sie: »Was erlauben Sie sich?!«

»Miss … sorry, Miss … Verzeihen Sie …«, stammelte der Amerikaner nun ausgesprochen kleinlaut. »Ich wollte nicht unhöflich sein. Bitte, entschuldigen Sie.«

Sie fasste sich ans Herz, von dem sie meinte, es habe für einen Moment ausgesetzt zu schlagen. Sie schnappte nach Luft. Ihre Blicke flogen wild umher. »Wenn Sie auch nur einen Funken Anstand besitzen, lassen Sie mich in Ruhe«, keuchte sie. »Sofort!«

Ein Hündchen, durch eine lange Leine mit einer älteren Dame verbunden, drängte sich unvermittelt zwischen Nele und den jungen Mann. Leises Knurren drang durch den allgemeinen Geräuschpegel, der über der Weinstraße hing, wo diese in den Marienplatz führte.

Doch hatte die Szene nicht nur die Aufmerksamkeit des kleinen Wachhundes geweckt, sondern war offenbar auch von einem Polizisten beobachtet worden. Ein vierschrötiger Gendarm in blau-roter Uniform trat neben Nele, den Blick unter der mit den bayerischen Löwen reich verzierten Pickelhaube finster auf ihren Verfolger gerichtet.

»Werden S' belästigt, Fräulein?«, erkundigte sich der Wachmann.

Schon wieder wurde sie zum Objekt der Neugier von Fremden. Interessiert wandten sich einige der vorbeiströmenden Passanten zu ihr um. Das war für Nele ebenso unangenehm wie die Zuhörer an den Nebentischen im Café Luitpold. Am liebsten wäre sie im Boden versunken.

Unvorstellbar, dass der Amerikaner in ihrem Beisein vielleicht verhaftet würde. Oder man sie als Zeugin auf ein Revier lud!

Letztendlich war ihr ja auch wirklich nichts geschehen. Die Hand war längst von ihrer Schulter gefallen – und wenn sie jetzt zu dem unverstandenen Künstler hinsah, stand er da wie der sprichwörtliche begossene Pudel. Er tat ihr fast leid.

»Es ist alles in Ordnung«, behauptete sie.

Der Gendarm blieb skeptisch: »San S' sicher?«

»Wir proben für ein Theaterstück«, improvisierte sie rasch. »Die Debschitz-Schule veranstaltet immer wieder Aufführungen mit den Studenten. Davon haben Sie sicher schon gehört. Und wir sind Kommilitonen. Verstehen Sie?«

»Dann gehen S' auf die Bühne zum Üben und nicht vors Rathaus. I könnt Sie anzeign wegen Unruhestiftung, aber für a hübsches Mädel wie Eaner drück i beide Augn zu. Aber geben S' jetzt a Ruh mit Ihrer Spielerei, bitt schön.«

Nele strahlte ihn an. »Natürlich. Vielen Dank für Ihr Verständnis, Herr Gendarm.«

Sie sah dem Wachmann zu, wie er den Kreis Neugieriger, der sich um sie und den Amerikaner inzwischen gebildet hatte, mit energischen Handbewegungen aufzulösen begann. Erst als die meisten Leute wieder ihren eigenen Angelegenheiten nachgingen, drehte sie sich um. Eigentlich hatte sie erwartet – oder sogar gehofft –, dass ihr Verfolger die Flucht ergriffen hatte. Doch er stand hinter ihr, seine Mappe an sich gedrückt, ein Schmunzeln im Gesicht.

»*Wow!*«, war sein einziger Kommentar.

»Ich wollte Ihnen eine Anzeige ersparen«, erwiderte sie. »Aufdringlichkeit ist ein Mangel an Erziehung, aber nichts, womit sich die Polizei beschäftigen sollte. Meinen Sie nicht auch?«

»Oh ja, Miss. Unbedingt«, pflichtete er ihr lächelnd bei.

»Dann werden Sie mich nicht mehr verfolgen, wenn ich jetzt meines Weges gehe?«

Sein Grinsen wurde breiter. »Ich bin nicht so gut erzogen. Tut mir leid.« Er zuckte mit den Achseln und fügte lässig hinzu: »Ich bin Amerikaner, wir sind lockerer.«

»Was …« *fällt Ihnen ein?*, lag Nele auf der Zunge, aber sie besann sich eines Besseren, schluckte die ursprüngliche Bemerkung hinunter und holte tief Luft. Mit deutlich gesenkter Stimme fuhr sie fort: »Was wollen Sie von mir?«

»Dass Sie mir verzeihen«, gab er unumwunden zu und wirkte wieder äußerst zerknirscht. »Ich habe Sie beleidigt. Das tut mir sehr leid …«

»Sie sagten es bereits!«

»Ich wusste vorhin noch nicht, dass Sie Studentin der Debschitz-Schule sind.«

»Aha. Und woher wissen Sie das jetzt?«

»Niemand würde das Institut als Ausflucht benutzen, der keine direkte Verbindung hat. Sind Sie Kunsthandwerkerin oder Malerin?«

Was war denn nur heute los? Erst bestürmte sie ihre Freundin Zofia mit Fragen, jetzt dieser wildfremde junge Mann. Nele schüttelte unwillig den Kopf. »Ich denke, das geht Sie nichts an. Guten Tag, mein Herr!«

Zum zweiten Mal schickte sie sich an, vor ihm davonzulaufen, doch wieder hielt er sie auf. Diesmal mit seiner Stimme: »Warten Sie …!«, rief er ihr nach, und Nele hielt mitten in der Bewegung inne.

»Mein Name ist Francis Bellows. Ich komme aus New York in den Vereinigten Staaten von Amerika und studiere an der Kunstakademie Malerei. Wenn Sie erlauben, Miss, würde ich Sie gerne ein Stück begleiten. Ich schwöre Ihnen, dass ich doch sehr gut erzogen bin.«

Ihr erster Gedanke galt ihrer Großmutter. Charlotte Dornhain wäre entsetzt, wenn sie wüsste, dass eine ihrer Enkeltöchter sich auf offener Straße ansprechen ließ und dann auch noch einen Spaziergang mit dem Betreffenden unternahm. Das gehörte sich nicht. Junge Damen machten Bekanntschaften nur in ihren eigenen Kreisen, auf Gartenfesten, bei Sommerkonzerten, Hausmusikabenden, Empfängen, Bootsausflügen, beim Schlittschuhlaufen oder dergleichen ...

Einen Herzschlag später fiel ihr die Amour fou ihrer kleinen Schwester ein. Wahrscheinlich hatte auch die sich in der Öffentlichkeit ansprechen lassen. Auf einer Baustelle! Und mit Sicherheit hatte sie sich aus demselben Grund, aus dem Nele den egozentrischen, selbstvergessenen Monologen ihrer Künstlerfreunde lauschte, auf den fremden Mann eingelassen. Er war – ebenso wie die Maler und Bildhauer in München – anders als die jungen Herren auf Goldfischfang in Hamburg – schlichtweg interessanter.

Hinter ihren Schläfen begann wieder der Kopfschmerz zu pochen, doch Nele achtete nicht darauf. Sie musterte Francis Bellows und fand, dass er zwar ungewöhnlich, aber recht manierlich aussah; er wäre sogar gut angezogen, wenn sie sich auf einem Bootsausflug und nicht in einem Häusermeer befinden würden. Vielleicht würde er sogar vor den Augen ihrer Großmutter bestehen. Doch nicht nur das. Er war definitiv ebenfalls Künstler, dessen Werke durchaus nicht in den Müll gehörten, wie sie eingangs behauptet hatte. Talentierten Kollegen gegenüber gehörte sich eine gewisse Freundlichkeit. Das war absolut vertretbar. Außerdem regte sich Neugier in ihr. Wie kam ein Maler darauf, sich einer Richtung anzuschließen, die *Ascheimer-Schule* hieß?

»Gut«, entschied Nele und lächelte ihn zum ersten Mal gewinnend an. »Sie dürfen mich zur Pferdetram bringen.«

HAMBURG

4

Victor Dornhain war ein großer, hagerer Mann, der sich leicht gebückt hielt, weil er sich beim Gehen und Stehen auf einen Stock stützte. Der Reeder wirkte ebenso einschüchternd wie seine Mutter, und er war nicht minder attraktiv und elegant. Sein dunkelblondes Haar war von grauen Strähnen durchzogen, der gepflegte Vollbart fast weiß, doch seine blaugrauen Augen hinter der Hornbrille blickten so aufmerksam, als wäre er ein viel jüngerer, noch zutiefst neugieriger Mann.

Die Abendsonne warf lange Schatten in das holzgetäfelte Arbeitszimmer, und vor dem Mobiliar aus poliertem Mahagoni und olivgrünem Leder kam er Klara vor wie ein Patriarch in seinem Reich. Ein König, vor dem sich Klara unendlich klein, unwichtig und hilflos fühlte, zumal sie nicht wusste, ob er gut oder böse war.

Stumm blickte er sie lange und nachdenklich an. Sein Blick schien so tief in sie zu dringen, als wollte er ihr Innerstes nach außen kehren. Klara stand neben der Tür und wartete mit weichen Knien auf eine Antwort – zu der Nachricht aus Glückstadt, sie selbst hatte keine Gelegenheit gehabt, eine Frage zu stellen.

Man hatte sie am Nebeneingang der Villa so lange stehen lassen, bis sie unverrichteter Dinge beinahe wieder gegangen wäre. Lediglich der Gedanke an den Brief ließ Klara weiter ausharren. Sie wollte ihre Ziehmutter nicht enttäuschen. Und wenn sie es würde tun müssen, dann wenigstens in Kenntnis des Inhalts jenes Schreibens, welches ihr die Tür zu diesem Haus öffnen sollte. Sie würde den Brief zurückverlangen und lesen, das war längst beschlossene Sache. Also übte sie sich in Geduld. Irgendwann war es aber dann doch eine Überraschung, als Sesam sich öffnete. Ein junges Mädchen, das sicher kaum älter als Klara war und die übliche Uniform einer Zofe trug, bat sie herein.

»Bitte!«, sagte die Hausangestellte nur. Ohne ein weiteres Wort wies sie der Besucherin den Weg.

Klara blieb nicht einmal Zeit, sich umzusehen; die Eindrücke huschten an ihr vorbei wie flüchtige Erinnerungen, die man registrierte, aber ebenso schnell wieder vergaß. Als sie in der prächtigen Eingangshalle zögerte, wurde Klara von dem schweigsamen Dienstmädchen energisch in das Arbeitszimmer geschoben. Mit einem dumpfen Klicken fiel die Tür ins Schloss, und Klara fühlte sich für einen Moment seltsam eingesperrt. Eine unbekannte Panik wallte in ihr hoch.

Victor Dornhains Augen hinter der Brille waren so etwas wie ein Rettungsring, an dem sich Schiffbrüchige festhielten. Und Klara kam sich gerade vor, als suchte sie Halt auf stürmischer See. Sie versank förmlich in seinem aufmerksamen Blick. Sie starrte ihn stumm mit dem Ausdruck des sprichwörtlichen Kaninchens an, das vor der Schlange steht.

»Du bist also Klara Tießen«, stellte der Hausherr schließlich mit einer volltönenden Stimme fest. »Nun, du bist zum rechten Zeitpunkt gekommen. Es fügt sich, dass gerade eine Stellung frei ist: Du kannst als drittes Hausmädchen bei uns anfangen …«

Ein Wunder geschah!

Klara konnte nicht fassen, was sie hörte: Victor Dornhain hatte sie eingestellt. Einfach so. Ohne Nachfragen. Ohne Referenzen.

Doch Freude darüber spürte sie keine. Angst vor dem Ungewissen, Verwunderung und Neugier stellten ein ziemliches Gefühlschaos in ihrem Innenleben her, das über alle anderen Empfindungen triumphierte.

»Zunächst arbeitest du auf Probe, aber wenn du dich gut beträgst, kannst du bleiben. Für den Anfang bekommst du sieben Mark im Monat, Kost und Logis sind frei, und eine Gehaltserhöhung von monatlich fünfzig Pfennigen sei dir in Aussicht gestellt.«

Sollte der Brief aus Glückstadt als Empfehlung so bedeutsam sein, dass Herr Dornhain auf Anhieb überzeugt wurde? Welche Worte hatte die Ziehmutter dafür gewählt? Andererseits sollte Klara sich darüber eigentlich nicht den Kopf zerbrechen, denn es war wundervoll, in einem Haushalt wie diesem leben und arbeiten zu dürfen. Das Warum spielte keine Rolle. Hauptsache, sie war hier und konnte bleiben. Dennoch bohrten sich die Fragen in Klaras Hirn.

Die Welle der Verwirrung brach sich nun endgültig über ihr. Sie war so durcheinander, dass ihr die Worte für eine Erwiderung fehlten. Sie starrte den Hausherrn nur verwundert an.

»Dem Mädchen scheint es die Sprache verschlagen zu haben«, meldete sich die raue Stimme der alten Dame aus dem Hintergrund. Sie thronte in einem Sessel nahe dem Erkerfenster, ihre Anwesenheit war Klara nur am Rande aufgefallen. »Gut«, konstatierte Charlotte Dornhain. »Das ist gut. Ich mag keine geschwätzigen Dienstboten.«

Ein amüsiertes Zucken hob die Mundwinkel ihres Sohnes. Bevor er jedoch zu einer Antwort ansetzen konnte, erklang ein energisches Klopfen, und nicht einmal einen Atemzug später schwang die Zimmertür auf.

Klara, die mit dem Rücken zum Eingang stand, fuhr automatisch herum.

»Vater …«, die Eintretende hielt angesichts der fremden Person erstaunt inne.

Die Mitglieder der Familie Dornhain waren einander sehr ähnlich. Wieder war da dieser eindringliche Blick, der Klara traf. Die junge Frau mit der dunkelblonden, etwas altmodisch anmutenden Hochsteckfrisur schien eine jüngere Version von Charlotte Dornhain zu sein: Sie war hochgewachsen, schmal und von natürlicher Eleganz, dabei wenig prätentiös. Die feinen Linien in ihrem Gesicht trogen, denn hinter dieser Zartheit steckte sicherlich viel Kraft. Klara stellte überrascht fest, dass diese Person die leibhaftige Erfüllung ihrer Wunschvorstellung von sich selbst war.

Eisblaue Augen maßen sie von Kopf bis Fuß, die Augenbrauen hoben sich, dann sah die andere zu Victor Dornhain. »Entschuldige bitte die Störung, Vater, ich wusste nicht, dass du Besuch hast. Frieda hatte mir gesagt, dass du mich sprechen möchtest. Ich komme dann später wieder.«

»Das ist kein Gast«, antwortete ihre Großmutter und erhob sich aus dem Sessel, indem sie sich mit beiden Händen auf die Lehnen stützte und dann hochstemmte. »Das ist unser neues Hausmädchen. Sie heißt Klara.«

»Unser neues Hausmädchen? Wieso das? Wir brauchen doch niemanden.«

»Du irrst, Ellinor. Wir brauchen dringend mehr Personal«, stellte Victor Dornhain entschieden fest. »Das zu diskutieren habe ich dich allerdings nicht hergebeten.« Er wandte sich zu seinem Schreibtisch um, wo er mit der freien Hand nach einer Kladde griff. »Ich wollte dich wegen der Werbeanzeigen für die Ostseekreuzfahrt konsultieren, die in den *Hamburger Nachrichten* veröffentlicht werden sollen.«

»Aber …« Ellinor Dornhain schnappte nach Luft, warf ihrer Großmutter einen fragenden Blick zu, den diese jedoch zu ignorieren schien.

Klaras Gefühlsschwankungen wurden durch Ellinor Dornhains Widerwillen gegen ihre Einstellung verstärkt. Sie haderte mit der Sympathie, die sie für die junge Frau empfand. Es nagte an ihr, dass ausgerechnet eine Person, die so war, wie sie selbst gerne gewesen wäre, eine so offensichtliche Abneigung gegen sie hegte. Als sie noch einmal von dem aufmerksamen Blick der anderen getroffen wurde, senkte sie jedoch verschämt die Lider. Klara spürte, wie sie errötete.

»Natürlich, Vater«, ergab sich Ellinor Dornhain in ihre Pflichten. »Soll ich … ehmmm… Klara, nicht wahr? Soll ich Klara nach unten zu den Dienstbotenzimmern bringen? Ich meine, da muss sie ja wohl hin, wenn wir nun neues Personal brauchen.«

»Das übernehme ich«, erwiderte ihre Großmutter.

»Oh!«

Du musst etwas sagen, wurde Klara von einer inneren Stimme ermahnt, du musst endlich den Mund aufbringen und nicht herumstehen, als wärst du stumm wie ein Fisch.

Sie räusperte sich. »Danke«, krächzte sie in Richtung des Hausherrn. Mehr fiel ihr nicht ein.

»Ich habe nicht viel Zeit, Ellinor«, erklärte Victor Dornhain eine Spur ungehalten. »Sieh dir bitte die Unterlagen an, die Herr Richter aus dem Büro gebracht hat.«

Flüchtig dachte Klara, wie ungewöhnlich es war, dass ein Vater seine Tochter in geschäftliche Belange einbezog. Sie überlegte, ob sie sich an Ellinors Stelle wünschte. Doch darüber nachzudenken musste sie verschieben.

Die Hausherrin schritt in wahrhaft königlicher Haltung an ihr vorbei zu der Tür, die Ellinor zuvor geschlossen hatte. Dort blieb Charlotte Dornhain erwartungsvoll stehen.

Es dauerte eine peinliche Minute, bis Klara begriff, was von ihr erwartet wurde. Sie stürzte herbei. Schweißperlen traten auf ihre Stirn und liefen ihren Nacken hinab, als sie für die alte Dame öffnete. Am liebsten hätte sie die Hacken zusammengeschlagen. Doch stattdessen versank sie in einen fast höfischen Knicks.

5

»Ich dachte immer, ein drittes Dienstmädchen gibt's gar nicht«, meinte die junge Hausangestellte, die Klara vorhin vom Nebeneingang zum Arbeitszimmer gebracht hatte. Sie hieß Meta, war das zweite Mädchen und von dem ersten Mädchen, das Klara als Frieda vorgestellt wurde, dazu auserwählt, die Neue einzuführen.

Die Besichtigung begann im Souterrain, wo sich das Reich der Köchin Ida, die Waschküche, das Nähzimmer, das gleichzeitig der Aufenthaltsraum für das Personal war, die Dienstbotenräume und die Abstellkammern befanden. Klara sollte sich vorläufig mit den anderen beiden Hausmädchen das Schlafzimmer teilen, doch der schmale Schrank, darauf wies Meta gleich hin, gehörte ihr und Frieda, da gab's kein Pardon. Klara sollte ihre Sachen in ihrer Tasche aufbewahren und diese unter das Bett schieben, weil sonst kein Platz dafür war.

Klara verzog keine Miene, obwohl sie befürchtete, dass ihr eine schwierige Eingewöhnungsphase bevorstand. Um ihr Eigentum war ihr nicht bang. Sie trieb vielmehr die Angst um, in der Nacht kein Auge zuzutun. Nie zuvor hatte sie mit einem anderen Menschen das Lager geteilt, geschweige denn, mit zwei fremden Frauen.

»Für die Arbeiten, die wir nicht schaffen oder die zu schwer sind, werden Aushilfen geholt«, plapperte Meta. »Regelmäßig kommen Scheuerfrauen, Küchenhilfen, Kochfrauen und Lohndiener ins Haus. Aber von einem dritten Dienstmädchen habe ich noch nie etwas gehört.«

Klara zuckte gleichmütig mit den Achseln. Von Menschen ihres Standes ließ sie sich weit weniger leicht einschüchtern als von den Herrschaften. »Nun bin ich aber da!« Außerdem wusste sie ja selbst nicht genau, welchem Umstand sie diese glückliche Fügung zu verdanken hatte.

Ohne einen weiteren Kommentar legte sie das schwarze Kleid, eine gestärkte weiße Schürze und die weiße Haube auf das Bett. Ihre neue Arbeitskleidung, die Meta vorhin aus einem Wäscheschrank genommen und ihr mit dem Hinweis in den Arm gedrückt hatte, dass sie die Nähte einfach auftrennen oder zusammenfassen könne, falls die Größe nicht passte.

»Ich sehe, dass du da bist«, gab Meta jetzt zurück und ließ sich in die durchgelegenen Kissen auf ihrem Bett fallen. Dabei achtete sie darauf, dass ihr Rock nicht zerdrückte. »Was hat sich der Sievers nur dabei gedacht, dich herzuschicken? Er hat mir nichts davon erzählt!«

»Wer ist *der Sievers*?«, fragte Klara, während sie langsam ihre Bluse aufknöpfte. Sie erinnerte sich, dass die alte Frau Dornhain diesen Namen eingangs erwähnt hatte.

Meta richtete sich auf. »Wie? Du kennst den Bruno Sievers nicht?«

»Nein. Kenne ich nicht.«

»Das gibt's nicht. Familien wie die Dornhains stellen niemanden ein, ohne den Gesindemakler vorher zu fragen. Der Sievers ist eine wichtige Person und sehr tüchtig. Die Frau, die den mal kriegt, hat ausgesorgt.« Meta grinste vielsagend und fügte dann hinzu: »Er verdient eine Menge Geld, denn natürlich bekommt er Prozente vom ausgemachten Lohn. Die Herrschaften wissen, dass er nur gute Leute vermittelt. Es gibt fast nie Ärger und irgendwelche Strafen, die er bezahlen müsste, weil die von ihm empfohlene Dienerschaft nichts taugt. Jedenfalls … soviel man hört …«, in beredtem Schweigen unterbrach sie sich.

Ihr Strahlen wurde noch ein bisschen breiter. Offensichtlich interessierte sich Meta unbändig für diesen Mann. Nach einer Weile fügte sie hinzu: »Erzähl also keine Märchen, Klara. Du kannst gar nicht ohne den Sievers eingestellt worden sein! Und ich warne dich«, plötzlich wurde ihre Stimme schneidend, »wenn du ein Auge auf den Bruno geworfen hast, kannst du was erleben. Der gehört mir!«

Klara stöhnte entnervt auf. »Ich bin diesem Bruno Sievers noch nie begegnet. Ich kenne überhaupt niemanden in Hamburg. Herr und Frau Dornhain haben mich auf eine Empfehlung aus Glückstadt hin eingestellt.« Kaum war dieser Satz draußen, bereute sie ihn auch schon.

»Was für eine Empfehlung? Von wem stammt die?«, fragte Meta prompt.

Ihre innere Stimme, die seit ihrem Betreten der Villa ungewöhnlich laut wurde, warnte Klara davor, Meta allzu viel von sich zu erzählen. Wahrscheinlich hatte die alte Frau Dornhain Recht, Geschwätzigkeit unter Dienstboten verhieß nichts Gutes. Und letztlich wusste Klara ja selbst nichts über ihre Herkunft und ebenso wenig über den Inhalt des Briefes, den ihre Ziehmutter geschrieben hatte.

Deshalb griff sie zu einer Lüge. Sie behauptete, bei einer dänischen Familie in Glückstadt gearbeitet zu haben, die eng mit dem Königshaus in Kopenhagen verwandt war und ihr das beste Zeugnis ausgestellt habe. Das war gar nicht so weit hergeholt, denn einst hatte der König von Dänemark über die Stadt an der Elbe geherrscht, und es erschien Klara im Moment ziemlich unwichtig, dass dieses Kapitel der Geschichte schon lange vorüber war. Immerhin lebten noch viele Dänen dort. Sie redete sich in Fahrt und schmückte ihren Bericht mit allerlei Beschreibungen der Adelspaläste und Kaufmannshäuser in ihrer Heimat aus.

Gerade begann sie über die Bewohner des einstigen Handelshafens lautstark zu sinnieren, als ihr etwas einfiel, was sie das Thema wechseln ließ: »Ich sehe nur weibliches Personal. Gibt es keine Diener in diesem Haus? Wer hilft dem Herrn beim Ankleiden?«

»Was bist du nur für ein ahnungsloses Wesen, Klara Tießen.

Du kennst dich wohl tatsächlich nicht aus in Hamburg?! Hier tun zwar alle feinen Leute, als wären sie englische Lords und Ladys, aber es gibt keine Butler wie in London. Jedenfalls hat mir das der Sievers erklärt. Ich war ja noch nie in England. Aber der Bruno hat mir versprochen, die Fähre zu nehmen und mir die Britischen Inseln zu zeigen, wenn … ach, egal!«

Meta versank für einen Moment in ihren Hoffnungen von der großen Reise, bevor sie verträumt hinzufügte: »Ich kann auch schon ein bisschen Englisch. Wenn ich morgens die Waschschüssel vor dem Zimmer des gnädigen Herrn abstelle, muss ich immer ›Your hot water, Sir‹ rufen. Das heißt: ›Ihr heißes Wasser, Herr.‹«

»Aha.«

»Wenn Herr Dornhain wirklich mal Hilfe braucht, ruft er Richter, das ist der Kontorbote, der natürlich auch der Morgenmann ist. Den hat noch der Vorgänger vom Sievers geschickt, vielleicht war's auch dessen Vorgänger, so lange ist Richter schon in Diensten der Familie. Er ist ziemlich alt, verstehst du?«

Das war das Einzige, das Klara verstand. »Was ist ein Morgenmann?«, fragte sie, obwohl es ihr peinlich war, derart unwissend zu sein.

»Na, jemand, der für die Heizung zuständig ist, fürs Schneeschippen und Stiefelputzen. Richter hat sogar Chauffieren gelernt und darf das neue Automobil vom gnädigen Herrn fahren. Meistens steht es aber in den Stallungen, weil die Herrschaften mit dem Alsterdampfer in die Stadt fahren oder die Straßenbahn benutzen. Nur das Fräulein Lavinia setzt keinen Fuß in ein öffentliches Verkehrsmittel. Recht hat sie, sage ich dir. Mit den schönen Kleidern, die die trägt, würde ich auch nicht die Elektrische nehmen …«

Plötzlich verdüsterte sich Metas Blick. »Übrigens, nur, dass du's weißt: Um die Garderobe von Fräulein Lavinia kümmere ich mich. Da gibt's nichts zu fackeln. Den alten Drachen bedient die Frieda, wahrscheinlich musst du ihr bei den Sachen von Fräulein Ellinor zur Hand gehen. Die steht mit ihrer Genauigkeit der Großmutter in nichts nach, da wirst du noch deine wahre Freude erleben.« Ein kurzes, schadenfrohes Lachen folgte dieser grimmigen Auskunft.

Nach ihrer ersten Begegnung mit Ellinor Dornhain war Klara davon überzeugt, dass es kein leichtes Auskommen mit ihr geben würde. Doch darüber wollte sie ein andermal nachdenken. Im Moment interessierten sie die Familienverhältnisse weitaus mehr: »Es gibt also zwei Töchter in diesem Haushalt. Ist da kein Sohn?«

»Nein, niemand, der mit unsereins auf Abwege gehen und uns eine Mark extra zustecken möchte«, seufzte Meta. »Schade eigentlich, aber da kann man nichts machen, nicht wahr? Die verstorbene Frau Dornhain hat keinen Sohn kriegen können, aber einen Haufen Goldfische. Ich glaube, sie hat bei der Geburt ihrer Jüngsten das Zeitliche gesegnet und das Kind gleich mit ihr. Aber es gibt trotzdem noch eine Tochter. Die ist ziemlich verrückt, malt und redet von Bildern und so. Ihr Zimmer aufzuräumen war eine Katastrophe. Immer herrschte Unordnung, und wenn ich sauber machte, gab's großen Ärger, weil ich angeblich immer irgendein Kunstwerk zerstört habe. Dabei habe ich nur die Leinwand und die Staffelei feucht abgewischt. Es war schon ganz richtig, dass das Fräulein Helene nach München geschickt wurde, sonst hätte sie mit diesem Unsinn mich auch noch ganz wirr gemacht.«

Unwillkürlich schmunzelte Klara. Auf sie wirkte der Bericht über Helene Dornhain ausgesprochen sympathisch. Eine Tochter, die sich gegen die Konventionen stellte, war zweifellos interessant. Sie bedauerte die Abwesenheit dieses gnädigen Fräuleins weitaus mehr als das Fehlen eines männlichen Erben. Die Möglichkeit, etwas über ein ungewöhnliches Fach wie die Malerei zu lernen, sprach sie mehr an als die Aussicht auf ein heimliches Schäferstündchen.

Während ihrer Unterhaltung mit Meta hatte sie ihre eigene Garderobe abgelegt und war in die Zofentracht geschlüpft. Der leichte Wollstoff fühlte sich rau auf ihrer Haut an und kratzte ein wenig. Aber das Kleid war sauber, von guter Qualität und passte ihr sogar. Um die Taille war es etwas weit, aber dafür brauchte sie nicht zu Nadel und Faden zu greifen, die Schürze würde es in Form bringen.

Sie war gerade dabei, die breiten Bänder über ihre Schultern zu legen, als die Tür ohne Ankündigung aufgerissen wurde. Empört, weil der Eindringling nicht angeklopft hatte, öffnete Klara den Mund, doch Frieda, das erste Hausmädchen, kam ihr mit einer wütenden Frage zuvor:

»Was treibst du denn, Meta?« Die Arme in die Seiten gestemmt, betrachtete Frieda die durchaus gemütliche Szene mit tadelndem Blick. Sie war nur mittelgroß, wirkte aber wie ein doppelt so großer und breiter Despot. Frieda war nicht mehr so jung wie Meta und Klara, wahrscheinlich schon Mitte oder Ende zwanzig, eine alte Jungfer womöglich, die diesem Haus erhalten bleiben mochte, bis sie eine Medaille für ihr zwanzigjähriges oder noch längeres Dienstverhältnis bekäme. »Was sind das für neue Moden? Lümmelst zur Arbeitszeit auf dem Bett und schwatzt.«

»Ich habe nur …«, hob Meta an und sprang auf die Füße. »Ich habe der Neuen … Klara hat mich mit ihren Fragen aufgehalten … Ich kann nichts dafür … sie wollte mich nicht gehen lassen …«

Klara schnappte nach Luft.

»Nun komm schon«, unterbrach Frieda jeden Einwand, »das Abendessen muss aufgetragen werden. Es hat lange genug gedauert, bis sich die Herrschaften zu Tisch begeben haben, und Ida ist verärgert, weil das Gemüse verkocht.« Sie betrachtete Klara. »Du kannst Meta beim Servieren zur Hand gehen.«

»Ist das nicht eine Hand zu viel?«, protestierte die andere, als sei sie beleidigt, weil Klara in ihren Bereich eindrang.

»Sei froh, dass du nicht alles alleine zu machen brauchst. Also, los, los, wir dürfen die Herrschaften nicht warten lassen!«

6

Jedes Mal, wenn sie von München nach Hause oder wieder zurück fuhr, kam es Nele vor, als ginge sie auf Weltreise. Die Fahrt mit dem Zug dauerte fast vierzehn Stunden, was an sich nicht viel war, wenn man bedachte, wie beschwerlich die Reise mit einem anderen Verkehrsmittel sein würde. Glücklicherweise musste Nele auch nur einmal – in Bebra – umsteigen, aber spätestens auf der letzten Etappe von Hannover über Bremen nach Hamburg fühlte sie sich, als würde sie nie ankommen.

Sie hatte zu viel und zu lange gelesen, so dass ihre Augen brannten. Verstohlen hinter ihren Händen gähnend blickte sie durch das Fenster ihres Zweite-Klasse-Abteils auf die vorbeiziehende Landschaft. Ein Teppich aus rotblauen Erikablüten wechselte sich mit Äckern und grünen Wiesen ab, auf denen Schafe im Schatten einer Windmühle grasten. Dicht belaubter Wacholder begrenzte die Weide, die hellgrünen Blätter bildeten einen schönen Kontrast zum lichtblauen Himmel dieses späten Herbstnachmittags. Es war die typische Szenerie der Heide, jener Gegend, in die Nele früher mit ihren Schwestern zur Sommerfrische geschickt wurde, wenn die Familie nicht in Westerland auf Sylt, auf Helgoland oder in Travemünde an der Ostsee die Ferien verbrachte. Wehmut erfasste sie angesichts dieser stillen Betrachtung, eine unbestimmte Sehnsucht nach den heiteren, sorglosen Tagen ihrer Kindheit machte sich breit.

Der frühe Tod ihrer Mutter setzte ihr in der Rückschau weitaus mehr zu, als es damals der Fall gewesen war. Nele war drei Jahre, Lavinia zwölf Monate alt, als die zarte Frau Dornhain gegen den Rat des Arztes und der Hebamme noch einmal schwanger geworden war. Erst viel später hatte Nele durch Ellinor davon erfahren, die damals selbst erst fünf und kaum in der Lage gewesen war, die Umstände zu begreifen. Doch irgendwann waren Ellinors bohrende Fragen von der Großmutter beantwortet worden. Bis dahin hieß es: »Deine Mama ist mit deinem Schwesterchen bei den Engeln«, und Nele war durchaus eifersüchtig auf das tote Kind gewesen, weil das bei der Mutter sein durfte und sie nicht. Zugegebenermaßen hatte sie jedoch nie viel Mütterlichkeit erfahren. Geborgenheit, Liebe und Wärme gab ihr die Gouvernante, und als diese das Haus verließ, erschien der kleinen Nele der Verlust weitaus größer. Bis heute wusste sie nicht, warum Adele damals gegangen war. Doch auch dieser Schmerz verflog irgendwann, schon lange hatte sie nicht mehr an die liebevolle Person gedacht, die ihre frühen Jahre begleitete. Seltsam, dass sie sich ausgerechnet jetzt daran erinnerte, während sie überlegte, wie sie Lavinia eine angeblich große Liebe ausreden sollte.

Ein fremdes Gesicht schob sich vor Neles Gedanken. Das Antlitz des Herrn auf dem Sitz gegenüber spiegelte sich im Abteilfenster. Ein kantiges, scharf geschnittenes Gesicht mit Lachfältchen an den blauen Augen und einem weichen Mund, der von dem dunklen Schnauzbart halb verdeckt wurde. Das braune Haar fiel dem Unbekannten in die Stirn, als er sich wieder über die aufgeschlagene Zeitung neigte.

Was für ein attraktiver Mann!, dachte Nele.

Ihr Blick wanderte über die Reflektion, obwohl sie bereits in Hannover, wo er zugestiegen war, seinen Habitus registriert hatte. Er war vorbildlich gekleidet in einen grau melierten Anzug mit nur knöchellanger Hose über ebenfalls grauen Gamaschen –

ganz Herr auf großer Fahrt. Und dabei im besten Alter, Mitte oder Ende zwanzig. Modisch, ohne deplatziert zu wirken. Nicht so wie Francis Bellows, Neles neue Eroberung in München.

Unwillkürlich schmunzelte sie. Im selben Moment fing sie den leicht amüsierten Blick ihres Mitreisenden auf.

Er hatte den Kopf von der Zeitung gehoben, aber statt die dahinfliegende Landschaft zu bewundern, betrachtete er seinerseits unverblümt ihr Spiegelbild.

Was hatte er nur so zu schauen? Es gehörte sich nicht, fremde Leute anzustarren. Außerdem sah sie nicht einmal sonderlich gut aus, fand Nele. Man merkte ihr die Strapazen der langen Reise an: Ihr Gesicht wirkte nicht schmal, sondern eingefallen, ihre sonst strahlenden meerblauen Augen blickten matt, und ihr honigblondes Haar löste sich allmählich aus den Spangen, mit denen sie den Schnitt zu kaschieren versuchte. Sie trug eine hochgeschlossene, weiße Spitzenbluse und einen dunkelblauen Glockenrock und sah darin wie ein Schulmädel aus, das – für den Beobachter sicher unverständlich – ohne Gouvernante oder sonstige Aufsichtsperson reiste. Nele wurde meistens jünger als zwanzig Jahre geschätzt, und ganz besonders dann, wenn sie eigentlich keinen großen Wert auf ihr Äußeres legte.

Ihre Augen begegneten denen ihres unbekannten Reisegefährten. Er faltete lächelnd die Zeitung zusammen und legte das Blatt neben sich.

Glühende Röte stieg ihr in die Wangen. Es war ihr peinlich, weil sie sich ertappt fühlte.

Nele hielt sich hektisch das Buch vors Gesicht, das sie zuvor auf ihre Knie hatte sinken lassen. Sie hoffte, der junge Mann in dem Sitz ihr gegenüber werde begreifen, dass sie nicht ihn angesehen hatte, sondern in Gedanken abgeschweift war, um die Lektüre geistig zu verarbeiten. Scheinbar interessiert starrte sie auf die aufgeschlagene Seite …

»Sie halten das Buch verkehrt herum.«

Vor Schreck fiel ihr der Band aus der Hand. Polternd landete er auf dem für die zweite Klasse typischen Holzboden.

Unwillkürlich bückte sich Nele …

Ihr Mitreisender tat es ihr gleich …

»Aua!«

»Autsch!«

Sich die Stirn reibend wich Nele zurück.

Er klang nicht besonders freundlich, während er sich aufrichtete: »Mit Verlaub, mein Fräulein: Sie haben einen ganz schönen Dickschädel.«

»Danke. Sie auch.«

Einen Moment lang sahen sie sich fast feindselig an.

Das Lächeln war aus seinem Gesicht gewichen, doch plötzlich trat wieder ein leichtes Funkeln in seine Augen. Belustigte ihn ihr Mangel an guten Manieren? Natürlich hätte sie sich die pampige Antwort verkneifen sollen, sie war ihr mehr oder weniger automatisch über die Lippen gekommen.

Er wies auf das Buch, das noch immer auf dem Fußboden lag. »Darf ich?«

Als sie stumm nickte, hob er es auf.

»Sie lesen Gedichte von Else Lasker-Schüler?«, fragte er verblüfft, nachdem er einen Blick auf den Einband geworfen hatte.

»Ja«, gab sie einsilbig zurück. Es war ihr unangenehm, von diesem Fremden bei einer Lektüre ertappt worden zu sein, die nicht den albernen Romanen entsprach, die man den Frauen ihrer Generation gemeinhin empfahl. Mit ihren Münchner Freunden konnte sie stundenlang über die vom konservativen Bürgertum als skandalös bezeichneten Werke diskutieren. Mit einer Zufallsbekanntschaft hatte sie dies jedoch ebenso wenig vor wie mit ihrer Großmutter.

»Beeindruckend«, erwiderte er ernst und klang dabei, als imponiere ihm ihr Geschmack tatsächlich. »Ich bin noch keiner jungen Dame begegnet, die sich für den literarischen Expressionismus interessiert.«

»Dann sollten Sie es auch dabei belassen«, erwiderte sie brüsk, beugte sich vor und entriss ihm den Gedichtband. Das Buch verschwand in ihrer Tasche, die auf dem freien Sitz neben ihr stand.

»Schade«, er schenkte ihr wieder dieses umwerfende Lächeln.

Offenbar war dieses eine Wort als Aufforderung gemeint. Nele überlegte, dass eine Unterhaltung recht abwechslungsreich wäre. Ein Gespräch zwischen zwei Fremden, Reisegefährten, die sich über Banalitäten austauschten. Das half, die Zeit totzuschlagen. Aber irgendwie war ihr der junge Mann, der zufällig herausgefunden hatte, dass sie Gedichte von Else Lasker-Schüler las, und die Autorin anscheinend sogar kannte, ein wenig unheimlich.

Um der angelegentlichen Plauderei auszuweichen, sah sie wieder aus dem Fenster. Rauchschwaden trieben wie Nebelfelder vorbei und hüllten die Landschaft ein. Auch ohne Bäume, Gärten, Industrieschlote und die sich verdichtende Backsteinbebauung zu erkennen, wusste Nele, dass der Zugführer gleich die Geschwindigkeit zurücknehmen würde, um in den Centralbahnhof von Bremen einzufahren. Sie war die Strecke von München nach Hamburg inzwischen so oft gefahren, dass sie die Haltestellen hätte aufsagen können wie das kleine Einmaleins.

»Reisen Sie nach Hamburg?«, erkundigte sich Neles Gegenüber. »Falls ja, würde ich Ihnen gerne eine Erfrischung besorgen, sobald wir halten.«

Nele schüttelte den Kopf. »Vielen Dank. Das ist nicht nötig. Wir sind ja bald da. Zum Abendessen komme ich zu spät, aber es bleibt bestimmt noch etwas übrig für mich.«

»Aha. Dann wohnen Sie auch in Hamburg …?«

»Nein. Ich lebe in München und statte meiner Familie in Hamburg nur einen kurzen Besuch ab.«

Sein Blick glitt zu ihren Händen. Suchte er einen Ehering? Natürlich. Warum sollte eine junge Frau so weit von der Heimat leben? Entweder um eine Dienststelle anzutreten oder wegen einer Heirat. Wofür mochte er sie wohl halten? Für eine Lehrerin war sie noch zu jung; dachte er womöglich, sie wäre eine Gouvernante? Ihre eigenen Kindermädchen und Erzieherinnen waren – mit Ausnahme von Adele – stets altjüngferliche, wenig attraktive Fräulein gewesen.

»Ein Familienbesuch ist nett«, bemerkte der Fremde leutselig. »Ich war in Hannover bei meinem alten Professor am Polytechnikum. Der ist fast so etwas wie ein Vater für mich. Wir sind natürlich nicht blutsverwandt, aber eine tiefe Seelenverwandtschaft verbindet mich mit meinem Mentor.«

»Wie schön«, murmelte sie. »Wenn Sie in Hamburg zu Hause sind, haben Sie es nicht so weit.«

»In der Tat. Nach München ist es bestimmt eine Weltreise, nicht wahr?«

Schon wieder fühlte sie sich ertappt. Konnte der unbekannte junge Mann ihre Gedanken lesen? Als sich ihre Blicke vorhin in der Spiegelung des Fensters begegnet waren, hatte sie an die Entfernung zwischen ihrem Zuhause und ihrem Studienort gedacht und diese Vokabel verwendet. Dabei war es natürlich keine Weltreise im herkömmlichen Sinn. Das erklärte sie ihm in freundlich-bestimmtem Konversationston – und setzte eine Frage an den Schlusspunkt ihrer Antwort: »Wussten Sie, dass man die Bahnstrecke von Hannover nach Bremen ›Amerikalinie‹ nennt?«

»Nein. Ich dachte, das wäre die Kaiserlinie, weil Seine Majestät, von Berlin kommend, oftmals diesen Weg zu den Marinestützpunkten an der Nordsee nimmt. Warum ist es die Amerikalinie?«

»Es gibt einen Kurswagen nach Bremerhaven, den die Auswanderer in die Neue Welt nehmen. Die sind dann erst richtig auf Weltreise.«

Und jeden Mittwoch trifft sich mein Vater mit dem Direktor der Hapag, der größten Hamburger Reederei für den Passagierdienst im Überseeverkehr, in seinem Klub nahe der Börse zum Mittagessen, fügte sie in Gedanken hinzu, dann beschweren sich beide über die Konkurrenz des Norddeutschen Lloyd aus Bremen. Doch das erzählte sie ihrem Reisegefährten nicht. Glücklicherweise fragte er auch nicht, woher sie ihre Kenntnis nahm.

»So weit fortzugehen ist sicher ein schwerer Entschluss«, sinnierte er.

»Ja, das ist es wohl.«

»Nach München zu ziehen war bestimmt auch nicht einfach.«

»Keineswegs«, entfuhr es ihr, bevor sie sich darüber klar wurde, dass sie sich nun doch auf eine Unterhaltung einließ. »Es war mein ausdrücklicher Wunsch.«

Ihr Gegenüber schwieg und lehnte sich erwartungsvoll in seinem Sitz zurück. Als sie nichts sagte, schlug er – sich offensichtlich in Geduld fassend – ein Bein über das andere und ließ sie nicht aus den Augen.

Nele zögerte. Ihr Leben ging diesen Fremden nichts an, und eigentlich sollte sie lieber den Mund halten. Aber plötzlich war ihre Neugier stärker als ihre Zurückhaltung. Wahrscheinlich stieß sie ihn mit der Wahrheit über ihre Beschäftigung sogar vor den Kopf – und dann wäre die Unterhaltung sowieso ein für alle Mal beendet. Andererseits würde sie ihn nach ihrer Ankunft in Hamburg niemals wiedersehen, und jetzt brannte sie darauf, seine Reaktion zu erfahren.

»Ich besuche eine Kunstschule in München und möchte Grafikerin werden.«

Er starrte sie verblüfft an, doch dann pfiff er ebenso leise wie anerkennend durch die Zähne. »Daher das Interesse am Expressionismus.« Er sagte nicht, dass die bildende Kunst eine *schöne Beschäftigung für eine junge Frau* sei, was ihn für Nele einnahm. »Mein Wissen steckt noch in den Anfängen: Ich habe erst kürzlich die Wochenschrift für Kultur und die Künste entdeckt. Seitdem bin ich ein großer Anhänger des *Sturm*.«

Dafür sehen Sie zu bürgerlich aus, dachte Nele. Doch natürlich sagte sie ihm das nicht. Sie antwortete auch nicht, dass sie außerhalb ihres Freundeskreises in München keine Menschenseele mit Interesse an der Zeitschrift *Der Sturm* kannte. Ihre Großmutter wäre sogar empört über diese Lektüre. Aber auch der Fremde war ja nach eigener Aussage noch keiner jungen Dame begegnet, die expressionistische Literatur las. Touché, fuhr es ihr durch den Kopf.

»Die Essays über moderne Kunst und Kultur sind sehr ansprechend, nicht wahr?«

Seine Augen sandten Funken in die ihren.

»O ja, unbedingt. Aber auch die Bebilderung ist vortrefflich. Ich sah in der Zeitschrift neulich Zeichnungen von John Jack Vrieslander, dessen Illustrationen ich bereits anderswo bewunderte. Kennen Sie diesen Maler?«

»Selbstverständlich. Vrieslander gehörte zu den Gründern der neuen Schule in der Künstlerkolonie Dachau bei München. Wie so viele aus diesem Kreis zog es ihn vor einigen Jahren nach Paris …«

Nie zuvor war Nele eine Eisenbahnfahrt so kurzweilig erschienen. Sie plauderte mit ihrem Reisegefährten über moderne Malerei und ihre Kommilitonen, die es über die Grenzen Münchens bereits zu einiger Berühmtheit gebracht hatten. Sie sprachen über Orte wie Paris und Florenz, wo das Studium für Nele ein Traum war, den andere Malweiber allerdings schon erleben durften. Dabei erwies sich Neles Zufallsbekanntschaft als ausgesprochen feinsinnig, fachkundig und sehr interessiert.

Als die sich im Abendlicht schwarz vor einem perlgrauen Himmel abzeichnenden Elbbrücken in Sicht kamen, bedauerte Nele aus ganzem Herzen ihre baldige Ankunft. Am liebsten hätte sie schneller gesprochen, um die verbleibende Zeit zu nutzen. Doch stattdessen brach sie ab und versank in tiefem Schweigen, das sowohl Verlegenheit als auch Bedauern ausdrückte. Genau genommen war es ihr plötzlich vor allem peinlich, dass sie sich so leidenschaftlich mit einem wildfremden Menschen über ihr liebstes Thema ausgetauscht hatte.

Der Zug ratterte über die Norder- und Süderelbe und unter den gewaltigen Stahlbögen der Eisenbahnbrücke hindurch.

Ihr Gegenüber hatte seine Aufmerksamkeit inzwischen von ihr fort und dem Ausblick zugewandt. »Ist das nicht eine herrliche Konstruktion?!«, schwärmte er, sah kurz zu ihr hin und wieder nach draußen. »Man mag es kaum glauben, aber die ersten Zeichnungen dieser Struktur stammten von Leonardo da Vinci. Der war seiner Zeit damals ganz schön voraus.«

»Gewiss«, murmelte Nele.

»Das sind *Fischbauchträger.*«

Nele lachte. »Sie können mir alles erzählen. Ich habe keine Ahnung von Bauwerken.«

»Aber ich«, versetzte er grinsend. »Ich bin Architekt.«

Menschen, die Häuser entwarfen, hatten Nele beeindruckt, seit sie ein kleines Mädchen war, dessen Gebäude aus Bauklötzen regelmäßig zusammenbrachen. Vor diesem Beruf hatte sie ebenso großen Respekt wie etwa vor Medizinern, obwohl ihre Großmutter versucht hatte, den Enkelinnen den Unterschied zwischen *Herren* und *Männern* schon beizeiten einzuprägen. Herren waren die Mitglieder der Hamburger Kaufmannschaft, Männer die Vertreter aller freien Berufe, lediglich Juristen nahmen eine Sonderfunktion irgendwo in der Mitte ein. Auf Männer sahen die Töchter eines Herrn selbstverständlich herab. Allerdings waren die Vertreter dieser freien Berufsstände zu bürgerlich, um in den Künstlerkreisen vertreten zu sein, in denen Nele in München verkehrte. Dabei konnte sie einem schönen Gebäude durchaus einen künstlerischen Aspekt abgewinnen. Aber Stahlkonstruktionen …?

»Entwerfen Sie Brücken?«, fragte sie wenig begeistert.

»Ich plane lieber Gebäude aus Stein. Wohnhäuser. Industriebauten. Öffentliche Einrichtungen. Das liegt mir mehr.«

»Wie schön!«

»Wenn Sie erlauben, zeige ich Ihnen in Hamburg das eine oder andere Gebäude, an dessen Fertigstellung ich beteiligt sein durfte.«

Nele war so überrascht, dass sie ihn nur verblüfft anstarrte. Der zweite Mann innerhalb von zwei Tagen, den sie auf unkonventionelle Art kennenlernte und der sie irgendwohin begleiten wollte. Wahrscheinlich hätte sie für einen Spaziergang mit dem Herrn Architekten eher Charlotte Dornhains Zustimmung erhalten; ein weiteres Zusammentreffen mit einem Künstler wie Francis Bellows hätte Neles Großmutter womöglich sofort unterbunden.

Ihr Gegenüber missverstand die Reaktion. Er erhob sich von seinem Platz und verneigte sich leicht. »Ich hätte mich natürlich längst vorstellen sollen: Mein Name ist Kon…«

Der ohrenbetäubende Laut der Dampfpfeife schrillte. Das Eisenbahnsignal war so laut, dass es die Stimme des jungen Mannes übertönte. Es wurde begleitet von einem über die Waggons wehenden Zischen im Schornstein der Lokomotive und einem heftigen Rucken, als der Zugführer die Maschine drosselte.

Durch das Bremsmanöver verlor Neles Mitreisender das Gleichgewicht. Er taumelte und drohte, auf sie zu stürzen. Geistesgegenwärtig umfasste er mit den Händen die Hutablage über ihrem Sitz.

Er fiel zwar nicht auf sie, er berührte sie nicht einmal, aber er war ihr plötzlich so nah, dass ihr sein Duft in die Nase stieg. Tabak und Zedern. Vielleicht auch ein anderes, exotisches Holz. Lavendelseife und Wäschestärke. Es war das Aroma eines Mannes, der auf sich achtete und sich die eigene Toilette etwas kosten ließ.

Brüsk wandte Nele den Kopf, seinem Blick ausweichend, der mit einem Mal viel zu nah war. Unschicklich nah.

»Verzeihung!« Er räusperte sich, richtete sich auf. »Entschuldigen Sie, mein Fräulein«, wiederholte er. »Ich benehme mich wie ein Tölpel.«

»Gewiss nicht«, erwiderte sie wohlerzogen.

Mit einem Mal war der Zauber vorbei, der ihr vorheriges Gespräch begleitet hatte. Nele wurde bewusst, dass sie nur so offen mit ihm über ihre Träume hatte plaudern können, weil sie einander fremd waren – und es auch bleiben würden. Zwei Menschen, die zufällig an einem Ort zusammenfanden, eine kurze Zeit miteinander verbrachten und anschließend ihres Weges gingen, ohne etwas über die Herkunft des anderen zu wissen. Sie würden sich nie wiedersehen. Ankunft und Abschied, dachte sie, nur so war die vertraute Unterhaltung zwischen zwei Unbekannten überhaupt möglich.

»Hamburg Hauptbahnhof! Alles aussteigen!«, dröhnte die Stimme eines Schaffners.

»Kann ich Ihnen behilflich sein?«

Nele erhob sich von ihrem Sitz. Sie biss sich auf die Zunge, weil ihr Kreuz schmerzte, und schüttelte den Kopf.

»Ich könnte einen Gepäckträger rufen«, schlug Neles Reisegefährte vor.

»Das ist nicht nötig. Ich werde abgeholt«, behauptete sie.

Die Hoffnung, dass sie ihn bat, seinen Namen zu wiederholen, stand ihm ins Gesicht geschrieben. Doch Nele tat ihm diesen Gefallen nicht.

Mit einem unverbindlichen Lächeln auf den Lippen streckte sie die Hand aus. »Leben Sie wohl!«

Er verstand sofort. »Ich wünsche Ihnen alles Gute«, sagte er und schüttelte kurz ihre Rechte. Dann griff er nach seinem Hut und der Reisetasche, nickte ihr zum Abschied noch einmal kurz zu und drückte die Klinke der Abteiltür herunter.

Seufzend sah Nele ihm nach.

Natürlich wäre es angenehmer gewesen, wenn sie sich hätte helfen lassen. Es wartete nämlich niemand.

Sie hatte ihre Familie nicht über ihre Reise informiert, weil sie Lavinia überraschen wollte. Wenn sie eine Nachricht geschickt hätte, wäre der alte Kontorbote und Morgenmann am Gleis gestanden, um sie abzuholen. Herr Richter, der für Neles Vater arbeitete, seit sie denken konnte, und dessen Vornamen sie nie erfahren hatte, wäre fürsorglich, zuvorkommend und hilfsbereit wie immer gewesen. Die Aufgabe, einen Gepäckträger zu engagieren und zu entlohnen, hätte er ihr abgenommen. Sie hätte sich weder über den Transport ihres Koffers noch darüber Gedanken machen müssen, wo man für eine Taxameter-Droschke anstand. Und über die Vorwürfe ihrer Großmutter auch nicht. Charlotte Dornhain würde zweifellos empört sein, wenn sie erfuhr, dass Nele nach acht Uhr abends alleine durch die Stadt gefahren war. Doch über das bevorstehende Donnerwetter hatte sie bei ihrer Reiseplanung nicht nachgedacht.

Wenigstens bringe ich keinen unpassenden Verlobten nach Hause, fuhr es Nele durch den Kopf, als sie ihr altmodisch wirkendes Barett von der Hutablage nahm und sich über die Kurzhaarfrisur stülpte. »Ach, Livi«, seufzte sie dabei.

7

Richter trommelte nervös mit den Fingern auf das Lenkrad. »Fräulein Lavinia«, mahnte der Chauffeur, »wir müssen weiter. Es ist gleich neun Uhr, und die gnädige Frau wird sich Sorgen machen, weil Sie noch nicht zurück sind.«

»Papperlapapp! Großmutter weiß, dass ich mit Ihnen unterwegs bin und Sie bestens auf mich achtgeben.«

»Die gnädige Frau nimmt an, dass wir zum Einkaufen gefahren sind«, insistierte Richter, »und die Läden haben seit bald einer Stunde geschlossen.«

»Stimmt«, zwitscherte es liebenswürdig vom Rücksitz, »aber das ist völlig einerlei. Sie werden nämlich eine plausible Erklärung für Großmutter finden, warum wir zu spät sind.«

»Ich?«

»Natürlich! Wer sonst?«, gab Lavinia Dornhain nun doch etwas entnervt zurück.

Sie hatte keine Lust, mit Richter über Banalitäten wie Pünktlichkeit zu diskutieren. Der Kontorbote war schon immer mehr für sie gewesen als nur ein Mitglied des Personals. Stets hatte sie ihn ohne viel Aufwand um den Finger wickeln können. Doch das Vertrauen, das sie ihm entgegenbrachte, bedeutete nicht, dass sie sich von einem dienstbaren Geist Vorschriften machen ließ. Überdies galten ihrer Ansicht nach heute ohnehin andere Regeln, da es hier um ihr Lebensglück ging.

Aus keinem geringeren Grund wartete sie seit einer kleinen Ewigkeit verborgen im neuen Automobil ihres Vaters vor dem Haus St. Benedictstraße neun. Seit gut einer halben Stunde parkte der dunkelgrüne Audi Type A Phaeton vor der Reihenvilla, die wie eine bescheidene Kopie der Paläste rund um die Alster wirkte: weißer Putz hinter einem gepflegten Vorgarten, drei Stockwerke, ein säulenbewehrter Eingang, Erker, Balkon, geschwungener Dachgiebel, Dienstbotenzimmer im Souterrain. Die Häuser rechts und links waren in einem ähnlichen Stil erbaut, diese Architektur zog sich durch die meisten Nebenstraßen auf dem alten Klostergelände von Harvestehude, das seit der Jahrhundertwende zum Domizil für das gehobene Bürgertum geworden war, freistehende Häuser gab es hier selten.

Es war eine wohlhabende Gegend, in der die abendliche Stille geschätzt wurde; es war so ruhig, dass sich nur das leise Rauschen und Knistern der Herbstblätter vernehmen ließ. Um diese Uhrzeit gingen wohl die ersten Anwohner zu Bett, denn manches gelb schimmernde Licht hinter den Fenstern erlosch. Die Laterne über der Tür von Nummer neun flackerte jedoch unverändert, als wartete sie ebenso ungeduldig auf die Rückkehr des Hausherrn wie die junge Beobachterin.

Lavinia wagte sich zum ersten Mal vor die Tür des Mannes, an dessen Seite sie künftig leben wollte. Sie war Konrad Michaelis bei einem Empfang anlässlich der Eröffnung des Elbtunnels begegnet – und auf Anhieb hatten seine blitzenden blauen Augen ihr Herz schneller schlagen lassen. Danach hatte sie es so eingerichtet, dass sie sich mehrmals scheinbar zufällig wiedersahen. Sie hatte ihn in Gespräche verwickelt, sich selbst ins vorteilhafteste Licht gestellt. Bislang hatte er ihr jedoch keine deutlichen Avancen gemacht. Lavinia war aber überzeugt, dass er nur zu gut erzogen war, um einer jungen Dame nahezutreten, der er sich gesellschaftlich unterlegen fühlen musste. Dieser Dünkel war angebracht, weil ihre Großmutter und ihr Vater wahrscheinlich längst einen anderen Kandidaten in Betracht zogen. Aber Lavinia hatte beschlossen, dass dieser Eine der Richtige war – auch wenn er nur den Beruf des Architekten ausübte.

Ihr hübsches Gesicht tauchte in der Dunkelheit wie das alabasterweiße Antlitz einer Marmorskulptur am Seitenfenster im Fond des Automobils auf. Als sie noch immer nicht den erhofften Menschen des Wegs kommen sah, lehnte sie sich seufzend in dem schwarzen Ledersitz zurück, behielt aber die Straße im Auge.

»Sagen Sie meiner Großmutter«, wies sie den Chauffeur an, »wir hätten eine Panne gehabt.«

»Eine Panne? Mitten in der Stadt? Das ist vollkommen unglaubwürdig. Jedenfalls wären Sie dann erheblich schneller zu Hause, Fräulein Lavinia.«

»Dann sind wir eben aus anderen Gründen aufgehalten worden. Sie machen das schon.«

Die Haustür der Reihenvilla neben Haus Nummer neun öffnete sich, ein schmaler Lichtstreifen berührte den Weg durch den Vorgarten. Dann trat ein Hausmädchen heraus, an der Leine einen kleinen Terrier. Den Hund hinter sich herziehend, schritt die junge Frau energisch auf die Straße und auf die den Bürgersteig säumenden Eichen zu, um am nächstgelegenen Baumstamm stehen zu bleiben. Sie blickte zu dem wartenden Fahrzeug. Das Tier indes schien völlig desinteressiert an den Düften zu seinen Füßen, es sah sich ratlos um, unsicher, was von ihm erwartet wurde.

»Wir fallen auf!«, stellte Richter fest.

»Na, und? Wir warten auf einen Anwohner. Wer will mir verbieten, meinen Verlobten nach der anstrengenden Reise aus Hannover in meine Arme zu schließen?«

»Mindestens die Nachbarn«, grummelte der Chauffeur leise in sich hinein.

»Das habe ich gehört!«

Richter nahm die Mütze ab, fuhr sich mit der Hand durch sein braunes, von feinen grauen Fäden durchzogenes Haar und wandte sich zu Lavinia um. Trotz der Straßenbeleuchtung lag der hintere Teil des Automobils in fast vollständiger Dunkelheit. Der Kummer in seinem offenen, freundlichen Gesicht war dagegen deutlich zu erkennen.

»Wenn ich so frei sein darf, meine Meinung zu sagen: Sie sollten nicht auf den Herrn warten. Es schickt sich nicht für ein so hübsches junges Mädchen wie Sie, Fräulein Lavinia, einem Herrn … ähhh…«, er geriet ins Stocken, brach ab. Verlegen senkte er die Augen auf seine Hände, in denen er noch die Kopfbedeckung hielt, und setzte diese dann wieder auf.

Lavinia kannte Vorhaltungen wie diese. Ellinor hatte sie auch schon davor gewarnt, dem Liebsten nachzustellen, als sie ihr im Geheimen von ihrem Bemühen erzählte, das Herz dieses Einen zu gewinnen. Aber von ihrer ältesten Schwester hatte Lavinia eigentlich nichts anderes erwartet. Elli kannte sich in solchen Dingen einfach nicht aus. Die schien unempfindlich gegen jedes normale weibliche Gefühl. Statt sich für die akzeptablen jungen Herren zu interessieren, die der Erbin der Reederei den Hof zu machen versuchten, fand sie offenbar ihre Bestimmung in der Arbeit im Kontor und im Engagement für soziale Projekte. Für Lavinia unverständlich. Das Leben war doch viel zu kurz, um es mit etwas anderem als Vergnügungen auszufüllen. Die Bewunderung eines Kavaliers glich für sie dem Licht und der Wärme, die eine Rose zum Erblühen brachten. Dass sie einen Mann dazu auch einmal etwas ermuntern musste, war für sie kein Problem. Im Gegenteil – es war ein Ansporn. Schließlich hatte sie noch niemals etwas nicht bekommen, das sie haben wollte.

Dass Richter allerdings auch meinte, sie laufe ihrem heimlichen Verlobten nach, traf Lavinia schwerer als Ellinors Tadel. Spottete das Personal etwa schon über sie?

Im nächsten Moment beruhigte sich Lavinias plötzlich einsetzende Schnappatmung wieder.

Der Chauffeur beteiligte sich nicht am Klatsch im Küchentrakt, davon konnte sie sicher ausgehen. Er äußerte ihr gegenüber nur seine Meinung. Das gehörte sich zwar auch nicht, aber sie würde ihm dieses vorlaute Benehmen vergeben. Sie hatte ihm immer vertraut und etwas auf seine Worte gegeben. Genauso wie ihr Vater. Und deshalb wollte sie seine Mahnung ernst nehmen: Es wurde Zeit, dass sich ihr Liebster öffentlich zu ihr bekannte und sie endlich Verlobung feierten!

»Machen Sie sich keine Sorgen um mich, Herr Richter«, sagte sie milde und beugte sich wieder vor, um suchend aus dem Fenster zu schauen.

Das Dienstmädchen stand noch immer unschlüssig neben dem Baum und sah zu dem fremden Automobil hin. Der Hund hatte sich abwartend hingesetzt. Wegen seines Geschäfts war die Hausangestellte offenbar nicht vor die Tür geschickt worden. Richter hatte also Recht – die Nachbarn waren bereits aufmerksam geworden.

In diesem Moment nahm eine Idee Gestalt in Lavinias Kopf an. Wie gut, dass die Leute so neugierig sind, dachte sie beglückt. Sie wollte ihnen eine Vorstellung bieten, über die sie lange reden konnten. Zu ihrem, Lavinias, Vorteil, natürlich. Jetzt musste nur noch der Eigentümer von Haus Nummer neun endlich auftauchen!

Lavinia legte die Hand auf den Griff der Wagentür. »Es hat alles seine Richtigkeit«, behauptete sie kühn.

»Ach, Fräulein Lavinia …«, seufzte Richter. Er sah für einen Moment anscheinend nicht in den Rückspiegel und erkannte ihr Vorhaben daher zu spät.

Er kam erst neben dem Automobil auf die Füße, nachdem sie den Schlag bereits selbst geöffnet hatte und ausgestiegen war. Ein wenig verwirrt erkundigte er sich: »Möchten Sie spazieren gehen?«

Sie blieb ihm eine Antwort schuldig, denn da hallten Schritte durch die stille Straße. Erleichtert stieß Lavinia die Luft aus den Lungen.

Im Zwielicht der Gaslaternen erblickte sie eine hochgewachsene Person, die vom Klosterstern in die St. Benedictstraße einbog. Seine Haltung, der gemessene, aber energische Schritt – sie brauchte nicht zweimal hinzuschauen, um den Mann ihres Herzens zu erkennen. Sie lief, so schnell es der Schnitt ihres Rocks und die Absätze ihrer Stiefeletten zuließen, auf ihn zu. Und dann stand sie atemlos vor ihm …

»Fräulein Dornhain!«, stieß Konrad Michaelis mehr verblüfft als erfreut aus. »Was machen Sie denn hier?«

Lavinia fiel auf, wie die Szene von dem Hausmädchen der Nachbarn mit unverhohlenem Interesse beobachtet wurde. Jetzt oder nie!

Ungestüm warf sie die Arme um den Hals ihres Liebsten.

»Ich habe auf Sie gewartet«, flötete sie.

Einen Augenblick lang überlegte sie, ob es sinnvoll wäre, ein Wort wie Sehnsucht laut und vernehmlich über die stille Straße wehen zu lassen.

Dann jedoch wurde sie von dem wundervollen Gefühl überwältigt, das seine Nähe in ihr weckte. Ihre Begegnungen zuvor waren immer in wohlerzogener Distanz erfolgt. Nun aber atmete sie seinen Duft ein – irgendetwas Hölzernes, Tabak und Lavendel –, spürte die Wärme seines Körpers. Eine Welle unbekannter Erregung erfasste Lavinia und gab ihr die Gewissheit, dass richtig war, was sie tat.

Sie stellte sich auf die Zehenspitzen und berührte mit ihren Lippen seinen Mund.

Für den Bruchteil einer Sekunde versteifte sich sein Körper. Doch das irritierte Lavinia nicht sehr. Sie drängte sich nur noch enger an ihn. Schließlich gab er ihren Verlockungen nach. Glückseligkeit durchflutete sie, als er ihren Kuss erwiderte. Nicht leidenschaftlich, sondern zärtlich und spielerisch. Aber das war immerhin mehr, als sie zu hoffen gewagt hatte. Es war wie im Traum.

Seine Hände legten sich auf ihre Arme und lösten sie von seinem Hals. Dann schob er sie sanft von sich, rückte seinen Hut zurecht.

»Das sollten wir nicht tun«, flüsterte er. Sein Atem berührte ihre Lippen.

Lavinia beugte sich automatisch vor, weil sie nach mehr verlangte.

Doch Michaelis trat einen Schritt zurück. Von ihr fort.

Wenn er jetzt nicht alles von ihr wollte – dann eben ein anderes Mal, beschloss Lavinia. Ihr ganzes Leben hatten sie noch vor sich. Das war ausreichend Zeit.

Rasch schaute sie zu dem Hausmädchen hin, weil sie sich dessen Aufmerksamkeit vergewissern wollte.

Erschrocken wandte die junge Frau den Blick ab, zerrte an der Hundeleine und marschierte zurück zum Haus. Offenbar hatte sie genug gesehen. Ihre Beobachtung würde für ausreichend Klatsch sorgen, der über das Souterrain hinaus in die Morgenzimmer der Herrschaften gelangen würde. Und irgendwann Charlotte Dornhain erreichte. Bis dahin wäre das Gerede gewiss überzeugend genug, denn immer und überall wurde noch eine kleine Pointe hinzugefügt. Dann blieb Lavinias Vater nichts anderes übrig, als dem Wunsch seiner Jüngsten zuzustimmen. Und ein Ehrenmann wie Konrad Michaelis hatte auch keine Wahl, sofern er noch ein einziges Haus für einen anständigen Menschen in Hamburg zu bauen gedachte.

Lavinia strahlte ihren künftigen Gemahl an. »Ich dachte, es wäre zu aufdringlich, Sie vom Bahnhof abzuholen. Dennoch wollte ich die Erste sein, die Sie willkommen heißt.«

Er lächelte. Das Aufblitzen seiner Augen konnte sie sogar in der Dunkelheit erkennen. »Die Überraschung ist Ihnen gelungen!«

8

Lavinia Dornhains Schreien, Schluchzen und Jammern schallte bis ins Souterrain herunter. Obwohl Klara kein Wort von dem verstand, was die jüngste Tochter des Reeders so erzürnte, verhieß schon der Klang ihrer Stimme nichts Gutes. Die Einwände ihres Vaters erfolgten in deutlich gesenkterem Tonfall, doch auch da meinte Klara einen schneidenden, grimmigen Beiklang zu erkennen. Offensichtlich gab es Krach in den Räumen der Herrschaften, und obwohl ihr der alte, zerlesene *Ratgeber für dienende Jungen und Mädchen* aus ihrem Gepäck uneingeschränkt zur Diskretion riet, konnte sie sich einer gewissen Neugier nicht erwehren. Vor allem konnte sie vor dem so lautstark ausgetragenen Streit nicht fliehen.

An Schlaf war vorläufig jedenfalls nicht zu denken. Klara wälzte sich auf ihrer durchgelegenen Matratze hin und her. Sie presste die Lider zusammen, um nur ja nicht aus Versehen die Augen zu öffnen und dann erst recht munter zu sein. Doch damit erreichte sie nur, dass ihr Gehör noch stärker auf die Stimmen im Obergeschoss achtete. Wirklich horchen konnte sie trotzdem nicht – und dieser Umstand hielt sie letztlich wach.

Dabei befand sie sich alleine im Dienstmädchenzimmer. Obwohl das Personal schon vor geraumer Zeit zu Bett geschickt worden war, räumte Frieda wohl noch auf. Es gab sicher genug zu tun, da am Abend die mittlere Dornhain-Tochter aus München eingetroffen war. Klara hatte Helene Dornhain noch nicht zu Gesicht bekommen, da sie den letzten Abwasch erledigte und es nichts mehr für sie in den oberen Räumen zu tun gab. Dieser Besuch wurde von dem Ärger über das späte Ausbleiben von Lavinia überschattet. Sie war nicht zum Abendessen erschienen, weil sie kurz davor mit Richter in die Stadt gefahren war, um nicht aufschiebbare Einkäufe zu erledigen. Doch zwei Stunden nach Ladenschluss war sie noch nicht zu Hause. Das sorgte dann auch für Gesprächsstoff, als sich das Personal im eigenen Aufenthaltsraum zusammenfand, bevor die Köchin Ida in ihrer Stellung als Majordomus der Hausdienerinnen in die Hände klatschte und Klara und Meta zu Bett schickte.

Nun war es fast Mitternacht, Lavinia wieder da – Ruhe aber kehrte nicht ein.

Klara fragte sich, wo Frieda wohl so lange blieb. Seit geraumer Zeit war auch Meta nicht mehr im Zimmer. Die war aufgestanden und hatte »Ich muss mal« geflüstert. Entweder litt sie unter einer Blasenschwäche oder Durchfall – oder sie saß am Fenster und versuchte einen Blick hinauf in den Sternenhimmel zu erhaschen. Gerade erst zwei Tage im Haushalt der Familie Dornhain, hatte Klara bereits herausgefunden, dass Meta gerne und viel träumte. Eines Tages würde sie eine Dame sein. Das stand für das zweite Hausmädchen fest. Am liebsten an der Seite dieses Bruno Sievers, von dem Klara noch immer nicht viel mehr wusste, als dass er ein angesehener Gesindemakler war und den Herrschaften zuverlässiges Personal vermittelte. Alle anderen Attribute entsprangen womöglich eher Metas blinder Liebe, davon wollte sich Klara lieber erst mal selbst überzeugen und den Mann persönlich kennenlernen.

Zuschlagende Türen ließen das Haus erbeben. Für einen Moment herrschte Stille, dann erklang Victor Dornhains erhobene Stimme. Nur er kam für das Gebrüll infrage, denn er war der einzige Mann im Haus. Richter wohnte nicht in der Villa am Alsterufer, der hatte irgendwo Familie. Doch obwohl sich der Reeder nun nicht mehr um ein Mindestmaß an Zurückhaltung scherte, verstand Klara trotz größter Anstrengung keines der Worte, mit denen er vermutlich seine jüngste Tochter zurechtwies. Was für ein Geschrei wegen ein bisschen Zuspätkommens!

Klara kapitulierte vor ihren Einschlafstörungen. Sie schlug das

Laken zurück und schwang die Beine herum. Kaum aufgestanden, warf sie sich das Schultertuch um, das sie um den Bettpfosten geschlungen hatte, und tappte auf bloßen Füßen durch die Dunkelheit. Sie wusste nicht recht, was sie mit sich anfangen sollte. Vielleicht war es ja ein Anfang, in der Küche ein Glas Wasser zu trinken.

Im Flur brannte eine Wandlampe. Frieda war also noch nicht von ihrer alltäglichen Arbeit entlassen. Die Tür zur Küche war nur angelehnt, und ein schmaler Streifen hellen Lichts ließ darauf schließen, dass noch jemand auf den Gedanken gekommen war, sich dort einen Schlaftrunk zu besorgen. Klara zögerte, lauschte. Doch außer dem wieder aufflackernden Streit über ihr waren keine Geräusche zu vernehmen. Kein Klappern, kein leises Wasserrauschen.

Vorsichtig drückte sie die Tür ein wenig weiter auf.

Ihr bot sich ein ungewöhnliches Bild. Die Klappe des Speiseaufzugs war hochgeschoben. Heraus guckte ein pralles Hinterteil, das sich deutlich durch den dünnen Stoff eines blauen Baumwollnachthemdes abzeichnete. Der Saum war hochgerutscht und gewährte einen freien Blick auf wohlgeformte, kräftige Schenkel.

»Was machst du da?«, entfuhr es Klara verblüfft.

Metas Kopf tauchte auf. Sie legte den Finger an die Lippen und wisperte: »Psst!« Dann versank ihr Oberkörper wieder in dem schmalen Liftschacht.

»Aber …«, hob Klara an, brach jedoch ab, als sie begriff.

»Dieses Benehmen lasse ich mir nicht bieten!«, donnerte eine Männerstimme. Sie klang so deutlich, als würde Victor Dornhain neben Klara und Meta in der Küche stehen.

Das diesem Kommentar folgende Schluchzen klang wie das Aufheulen eines misshandelten Hundes.

Klara fragte sich, warum Meta in den Speiseaufzug kroch. Ihr genügte als Lauschposten der Platz daneben. Sie lehnte sich gegen die Anrichte und verstand sicher nicht weniger als die Kameradin.

Die Herrschaften schienen zu übersehen, dass der Lift eine Art Sprachrohr dieses Haushalts darstellte. Meistens verständigte sich Charlotte Dornhain auf diese Weise mit der Köchin, ohne dass Ida in das Morgen- oder Esszimmer gerufen werden musste. Jetzt war er so etwas wie eine Bühne – mit dem einzigen Unterschied, dass die Akteure nicht sichtbar waren.

»Du wirst diesen Mann nicht wiedersehen!«, forderte Victor Dornhain.

Wieder dieses Wehklagen, dann brach es aus Lavinia heraus: »Was du verlangst, Vater, ist mein Tod! Er ist mein Leben!«

»Du hast noch keine Ahnung vom Leben.« Das war die rauchige, gemessene Stimme von Charlotte Dornhain.

Zwischen Schluchzen und einem Schluckauf rief Lavinia aus: »Dann … dann ist er eben meine … meine Zukunft!«

»Was deine Zukunft ist, bestimme ich als dein Vater …«

»Sie ist vollkommen verbohrt, um nicht zu sagen vernarrt«, stellte Charlotte Dornhain fest. Ihr Ton troff vor Kälte, und Klara schlang unwillkürlich die Arme um ihren Oberkörper. »Erschwerend ist, dass dieser Mensch nicht zu unserem Bekanntenkreis gehört. Wir wissen weder, ob er ein Mitgiftjäger …«

»Das ist er nicht!«, schaltete sich Lavinia atemlos ein. »Er besitzt eigenes Vermögen. Eine Erbschaft wahrscheinlich. Ich weiß es nicht genau …«

»Was weißt du überhaupt von diesem Mann?«

»Dass ich ihn liebe, Vater!«

»Wir wissen auch nicht, ob er ein Verführer ist«, fuhr die alte Dame ungeachtet der Einwände fort. »Allerdings spielt es wohl keine Rolle für deinen Ruf, ob er ein Verführer oder ein Mitgiftjäger ist. Tatsache ist, dass dieser … wie heißt er noch …?«

»Konrad Mi…«

»Nein, nein. Ich will es gar nicht wissen, Lavinia. Es war nur eine unbedachte Frage. Ich will mir seinen Namen nicht merken. Er ist für uns ebenso unwichtig wie der Mann selbst.«

»Aber … aber … ich werde ihn heiraten!«

Victor Dornhain polterte: »Das kommt überhaupt nicht infrage.«

Darauf herrschte eine Weile lang gespannte Stille. Nur das nunmehr leise Weinen von Lavinia drang durch den Liftschacht nach unten und das rhythmische Auftippen von Victor Dornhains Stock.

»Ein wenig Seeluft dürfte deinen Kopf klären«, meldete sich die Großmutter schließlich wieder zu Wort. Dabei klang Charlotte Dornhain unerwartet milde. »Du solltest verreisen, Lavinia. Mit etwas Abstand kannst du dir über deine Gefühle am besten klar werden.«

»Ich bin mir meiner Gefühle absolut sicher und Konrad …«

»Unsinn!« Wieder dieser barsche Ton ihres Vaters.

»Wenn er der Richtige für dich ist, wie du behauptest, mein Kind, wird er das auch nach deiner Rückkehr sein. Ein paar Wochen an der Nordsee werden zeigen, ob dem so ist.«

»Wochen?«, kreischte Lavinia. »Ich kann keinen Tag ohne ihn leben!«

»Das werden wir herausfinden, wenn du dich auf dem Weg zur Insel Sylt befindest.«

Ein Schnauben drang durch den Liftschacht, der Victor Dornhains gezügelten Zorn ausdrückte.

»Sylt?« Lavinia, die kurz ihre Tränen vergessen zu haben schien und eher aufgebracht als traurig klang, schluchzte wieder auf. Ihr Entsetzen war fast greifbar. »Warum schickst du mich so weit fort, Großmutter? Ich fahre nach Travemünde, wenn du es wünschst, aber … aber …«, ihr Protest mündete in einem Weinkrampf.

Metas Kopf erschien in Klaras Blickfeld. »Natürlich muss das Fräulein an einen Ort, der möglichst weit weg ist«, flüsterte sie mit der Überheblichkeit eines Menschen, der alles wusste und verstand. »Travemünde liegt viel zu nah an Hamburg. Da könnte sie sich ja heimlich mit diesem Mann treffen. Stell dir vor, sie war in seiner Wohnung!«, fügte sie hinzu und zwinkerte dabei verschwörerisch.

»Ich dachte, sie wollte mit Richter zum Einkaufen.«

»Nicht bis nach elf, du Dummerchen. Die Geschäfte schließen doch schon um acht Uhr. Richter wird auch noch sein Donnerwetter erleben. Das garantiere ich dir. Schade, dass der nicht hier wohnt. Wie gerne würde ich Mäuschen spielen, wenn der im Kontor seinen Dienst antritt. Der tut immer so erhaben und aufgeblasen und hat am Ende das Vertrauen des Herrn verloren.«

»Du reist nach Westerland. Das ist beschlossen und unabänderlich!«, tönte Victor Dornhain.

»Aber … aber …«, mehr brachte Lavinia nicht heraus.

»Ich möchte dich vor dem Ablauf von vier Wochen nicht wiedersehen. Danach können wir uns meinetwegen noch einmal über deine Hirngespinste unterhalten.«

»Dein Leben ist kostbar, Livi«, sagte Charlotte Dornhain. »Du solltest sehr vorsichtig damit umgehen und dir genau überlegen, wem du es schenkst. Es wird dir guttun, dir den Wind um die Nase wehen zu lassen und darüber nachzudenken, was richtig und was falsch ist.«

Offenbar ergab sich die Unglückliche in ihr Schicksal, denn während Meta wieder in den offenen Speiselift abtauchte, wimmerte Lavinia: »Ich möchte, dass Nele mich begleitet. Es tut so gut, sie in meiner Nähe zu wissen.«

»Deine Schwester gehört nach München«, versetzte die Großmutter erneut mit eiskaltem Unterton. »Euer Vater bezahlt dieses Studium, und das Mindeste, was Helene tun kann, ist, an den

Unterrichtsstunden teilzunehmen. Weiß der Himmel, was sie dazu gebracht hat, plötzlich nach Hamburg zu fahren. Manchmal komme ich mir vor wie in einem Tollhaus. Nein, nein, Nele muss unverzüglich zurück. Und als Begleitung gebe ich dir Meta mit.«

Lavinia murmelte etwas Unverständliches.

»Ich?«, meinte Meta verblüfft.

Als habe sie die Frage des Dienstmädchens gehört, erwiderte Charlotte Dornhain: »Widersprich mir nicht laufend, Lavinia. Auf Frieda können wir hier keinesfalls verzichten, und dieses neue Mädchen … Klara … ist noch zu unerfahren, um mit dir auf Reisen zu gehen. Also bleibt nur Meta. Ihr nehmt gleich morgen früh nach dem Aufstehen die Bahn. Ich wünsche keine Diskussion darüber.«

»Sehr richtig, Mutter! Das Thema ist beendet. Geh jetzt, Lavinia, du brauchst deinen Schlaf.«

Klara hörte die Schritte erst, als das Klappern der flachen Absätze ganz nah war. Sie fuhr in dem Moment herum, in dem Frieda empört ausrief: »Seid ihr von allen guten Geistern verlassen?!«

Zwei Schritte und wenige Atemzüge später stand das erste Hausmädchen neben Meta, die sich unverzüglich von ihrem Horchposten zurückzog. Ein Handgriff, und der Verschlag sauste vor die Röhre des Speiseaufzugs. Bevor die beiden Mädchen wussten, was geschah, holte Frieda aus und versetzte Meta eine schallende Ohrfeige.

»Das kannst du nicht machen!«, rief Meta empört aus, beide Hände vor das Gesicht schlagend. »Ich habe nichts Unrechtes getan. Klara hat …«

Eine Hand klatschte gegen Klaras Wange. Sie spürte den Schmerz mit einiger Zeitverzögerung. Erst nach ein paar Schrecksekunden füllten sich ihre Augen mit Tränen. Nicht wegen des Brennens in ihrem Gesicht. Sondern wegen der empfundenen Ungerechtigkeit.

»Ihr habt beide gelauscht. Da ist es mir ziemlich egal, wer auf die Idee mit dem Speiseaufzug kam«, erklärte Frieda. Sie blickte Klara an, ein stummer Vorwurf lag in ihren vor Müdigkeit matten Augen. Dann: »Ich hatte nicht gedacht, dass man dir noch beibringen muss, im Interesse der Herrschaften zu denken und zu handeln.«

Betroffen senkte Klara die Lider.

»Ich sage doch, die Neue hat keine Ahnung«, zischte Meta.

»Halt den Mund, du dummes Ding!«, gab Frieda zurück. »Und für euch beide gilt: Kein Wort über das Gehörte! Zu niemandem! Ist das klar?«

Klara spürte die Tränen über ihre glühende Wange laufen und nickte stumm.

9

Das Wiedersehen mit ihrer Familie stand unter keinem guten Stern. Es herrschte eine angespannte Stimmung, die Luft schien aufgeladen wie kurz vor einem Gewitter. Tatsächlich dauerte es nicht lange und das Donnerwetter brach über Nele herein.

Obwohl sie kurz Freude in den Augen ihres Vaters aufblitzen sah, tadelte er sie, weil sie für einen außerplanmäßigen – und deshalb als unnötig erachteten – Besuch ihren Unterricht versäumte. Victor Dornhain hielt auf Ordnung, selbst bei einem Studium, das in seinen Augen nur ein Zeitvertreib war.

Ihrer Großmutter fielen indes vor allem die abgeschnittenen Haare auf, die ihr blankes Entsetzen hervorriefen. Verärgert fügte Charlotte hinzu, dass es sich für eine junge Dame nicht gehöre, im Dunkeln alleine durch die Stadt zu spazieren, und Nele anscheinend ihre gute Erziehung in München vergessen habe.

Es stellte sich jedoch rasch heraus, dass Charlottes Zurechtweisung nicht nur Nele galt. Wegen angeblich unaufschiebbarer

Einkäufe hatte sich Lavinia aus dem Haus gestohlen – ein Affront gegen Großmutter und Vater, zumal sie nur Frieda über ihr Vorhaben informierte. Noch schlimmer: Ihre Schwester war auch fast zwei Stunden nach Geschäftsschluss noch nicht zurück.

Nele wartete wie die anderen auf Livis Rückkehr, ungeachtet ihrer Müdigkeit nach der langen Reise. Wenn sie über der Partie Grabuge, der in Hamburg beliebten Art, eine Patience zu zweit zu legen, einnickte, kniff Ellinor sie kurz in den Arm, und Nele schreckte wieder hoch. Sie fand Kartenspiele allerdings auch unter anderen Umständen äußerst ermüdend. Die Lektüre des *Blattes für die Hausfrau*, der sich Charlotte widmete, war jedoch ebenso wenig nach ihrem Geschmack. Insgeheim fragte sich Nele, ob sich ihre Großmutter wohl mehr für die Schnittmuster, die Kinderbeilage oder den Fortsetzungsroman interessierte, und kam zu dem Ergebnis, dass nichts davon Charlotte Dornhains scharfem Verstand gerecht wurde. Victor schien vertieft in eine einsame Partie Schach.

Als Richter die jüngste Tochter seines Chefs schließlich nach Hause brachte, wusste Nele nicht, was sie mehr freute – dass Livi wohlbehalten wieder da war oder dass sie endlich zu Bett gehen konnte.

Mit vor Aufregung geröteten Wangen und leuchtenden Augen stürmte Lavinia in den Salon. Nele kam es vor, als fiele plötzlich ein Lichtstrahl in den düsteren Raum. Die dunklen Möbel vor den mit Paneelen aus demselben Holz verkleideten Wänden schienen vom hellsten Stern erhellt zu werden, und die Jüngere nutzte ihre Himmelsbühne gleich dem Planeten Venus.

»Ich möchte nicht wissen, wo du gewesen bist«, hob Victor an, »aber ich verlange Aufschluss darüber, warum du meinem Wunsch schon wieder nicht gefolgt und ohne Abmeldung verschwunden bist!«

Lavinia umarmte Nele und drückte ihr einen feuchten Kuss auf die Wange, als wäre sie noch ein Kind.

»Wir warten auf eine Erklärung«, mahnte ihre Großmutter.

»Omama, Papa, bitte! Seid nicht so streng«, bat Lavinia mit ihrem entwaffnenden Strahlen. »Ich musste dringend etwas erledigen.« Sie tätschelte Neles Hand und fügte an alle gerichtet hinzu: »Ist es nicht wundervoll, dass Nele da ist? Endlich ist die Familie vollzählig. Nun können wir meine Verlobung feiern!«

»Nicht jetzt«, zischte Ellinor.

»Darüber reden wir noch, Lavinia«, erwiderte ihr Vater mit versteinerter Miene.

»Ich lasse mich nicht umstimmen, Papa, meine Entscheidung steht fest. Und ich dachte, du hättest mich so lieb, dass dir an meinem Glück gelegen ist!« Lavinias Stimme schwankte und drohte zu kippen.

Ellinor schob die Karten auf dem Spieltisch mit einer einzigen geübten Bewegung zusammen, deren Eleganz Nele bewundernd registrierte. »Wir sollten uns besser zurückziehen. Es ist spät. Wollen wir nicht schlafen gehen und morgen über alles sprechen?«

In einer ungewohnt cholerischen Geste griff Victor zu seinem Stock an der Stuhllehne und stieß damit heftig auf den Boden. »Das kommt überhaupt nicht infrage!«

Sein Ausbruch machte selbst Lavinia sprachlos. Für einen Moment herrschte Stille. Nur ein leises Knistern war zu hören, als Charlotte die Zeitung ordentlich zusammenlegte.

»Lavinia, ich möchte mit dir reden. Ellinor, Helene, ihr könnt gehen. Gute Nacht.« Jedes Wort des Vaters flog wie ein Pfeil durch den Raum und bohrte sich in die Herzen seiner Töchter.

Vor dem Verlassen des Salons legte Nele ihrer trotzigen kleinen Schwester kurz die Hand auf die Schulter. Sie fühlte sich, als würde sie eine Delinquentin dem Urteil ihres Richters überlassen. Früher hatte meistens sie selbst die Schärfe von Victors Worten wie ein Fallbeil zu spüren bekommen. Jeder Versuch in ihrer Kindheit, einer Moralpredigt stolz entgegenzutreten, endete über kurz oder lang in einem Meer aus Tränen.

Während sie hinter Ellinor langsam die Treppe zu den Schlafzimmern hinaufstieg, tröstete sie sich im Stillen damit, dass es ihr nie geschadet hatte, ausgeschimpft zu werden. Rückblickend war sie sogar oft im Unrecht gewesen. So wie Lavinia, die kleine Närrin, mit dem verbohrten Wunsch, einen Bauarbeiter zu heiraten.

»Weißt du inzwischen Näheres über Livis Zukünftigen?«, fragte Nele leise.

Ellinor schüttelte den Kopf. »Ich habe nicht die geringste Ahnung. Lavinia redet von nichts anderem als seinem guten Aussehen. Als wäre diese Nebensache das wichtigste Attribut eines Mannes.«

»Vielleicht ist er gar kein so großer Übeltäter. Die Liebe macht Livi sehr hübsch, sie wirkt weicher und weiblicher als früher.«

»Unsinn, das bildest du dir ein«, gab die dreiundzwanzigjährige Ellinor zurück. »Allerdings, wenn sie bereits ein Kind …«, in beredtem Schweigen brach sie ab.

»Was?« Nele verharrte erschrocken auf einem Treppenabsatz. »Du glaubst doch nicht …?« Das Unaussprechliche für sich behaltend, schlug sie entsetzt die Hand vor den Mund.

Nein, es war vollkommen ausgeschlossen, dass Livi ihre Unschuld mir nichts, dir nichts an einen unpassenden Mann verloren hatte. So viel Verstand musste sie bei aller Liebe doch haben! Dabei stand natürlich zu befürchten, dass sie keine Ahnung davon besaß, was ein charakterloser Verführer anrichten konnte, dem sie sich in zärtlicher Hingabe auslieferte. Nele kannte sich in diesem Thema deutlich besser aus, als ihre protestantische Höhere-Töchter-Erziehung vermuten ließ. Sie hatte den sinnlichen

Verlockungen der Münchner Künstlerschar jedoch bislang erfolgreich standgehalten. Aber niemand konnte mit Sicherheit sagen, ob ihre kleine Schwester ebenso stark war.

»Also«, sagte Nele nun laut, »das kann ich mir nicht vorstellen!«

»Psst!«, mahnte Ellinor. »Man hört dich ja bis ins Souterrain.«

Victors wütende Stimme polterte durch das Haus, gefolgt von Lavinias Wehklagen und Schluchzen.

»Keine Sorge, Schwesterherz, gegen das Geschrei im Salon komme ich nicht an.«

Ein Seufzer schien tief aus Ellinors Seele zu kommen. »Es ist nicht das erste Mal, dass Vater die Contenance wegen dieser … dieser Affäre verliert. Ich mache mir ernsthaft Sorgen. Dermaßen aufgebracht habe ich ihn selten erlebt.«

Langsam folgte Nele der Älteren die nächsten Stufen hinauf. »Ich verstehe Livi nicht«, murmelte sie, und es war nicht ganz klar, ob sie nur zu sich selbst sprach. »Warum sorgt sie nicht einfach dafür, dass dieser Mann an Großmutters Empfangstag vorspricht? Dann könntet ihr euch alle davon überzeugen, was es mit ihm auf sich hat. Vielleicht ist er ja wirklich so großartig, wie sie behauptet.«

»Sie lädt ihn nicht ein, weil sie Großmutter damit vor den Kopf stoßen würde«, konstatierte Ellinor trocken.

»Hm. Ja. Natürlich.«

Schweigend und in den eigenen Gedanken versunken erreichten die beiden Schwestern die zweite Etage.

Auf dem Weg zu ihren Zimmern blieb Ellinor plötzlich stehen und nahm Neles Hand. »Danke, dass du gekommen bist«, sagte sie leise.

Nele nickte. Eine beklemmende Unsicherheit machte sich in ihr breit, während das Wortgefecht zwischen ihrem Vater und Lavinia – nur wenig gedämpft – durch das Treppenhaus schallte.

Schon als sie ihrer Freundin Zofia von ihren Reiseplänen erzählte, hatte sich eine Überlegung in ihrem Kopf eingenistet, die sie lieber verdrängte, die jetzt aber die Oberhand gewann.

»Sag mal, Elli«, hob sie zaghaft an, »könnte es sein, dass wir Livi eine unpassende Ehe nur deshalb ausreden wollen, weil sie stets die Hoffnung von Vater und Großmutter auf eine gute Partie war? Dadurch glaubten wir, mehr Freiheiten zu haben, oder?«

»Du meinst, wenn sie nicht den Gemahl erwählt, der den Vorstellungen der Familie entspricht, muss eine von uns in die Bresche springen?«

Nele nickte noch einmal, diesmal lebhafter.

»Möglich«, räumte Ellinor zögernd ein. »Ich wäre sehr dankbar, wenn Vater nicht auf die Idee käme, mich mit Christian Schulte-Stollberg zu verheiraten.«

»Wer ist das denn?«

»Erinnerst du dich nicht an ihn? Wir verbrachten als Kinder ein paarmal die Ferien zusammen. Er ist der Erbe des Bankhauses Stollberg, sein alter Herr ist seit Jahrzehnten ein Finanzier der Reederei.«

Vor Neles geistigem Auge tauchte nebelhaft wie aus einem Zerrbild ein ungelenker Junge auf, der ihre sorgfältig erbaute Sandburg zertrat und den sie deshalb verhauen wollte, was ihre Gouvernante gerade noch verhinderte. Adele kam jedoch zu spät, um Christians Finger zu retten: Nele hatte ihm den Daumen so heftig umgedreht, dass der Fingergliedknochen laut knackste. Wenn sie jetzt an ihn dachte, ging ihr sein Geschrei noch immer durch und durch. Sie konnte sich lebhaft vorstellen, dass die energische Ellinor nicht an einem ebenso boshaften wie weinerlichen Kandidaten interessiert war.

»Ja. Ich erinnere mich. Ziemlich einfältiges Bürschchen.«

Zu Neles größter Überraschung lachte Ellinor auf. »Keine Spur. Er ist ein attraktiver, kultivierter, gebildeter junger Mann.

Aber ich möchte unsere gute Freundschaft keinesfalls gegen eine schlechte Ehe eintauschen.«

»Oh!«

»Wenn du mir versprichst, dass du es niemandem erzählst, verrate ich dir ein Geheimnis.«

Ellinor wartete Neles Zustimmung nicht ab, sondern fuhr atemlos fort, als habe sie nur darauf gewartet, ihre Begeisterung endlich zu teilen: »Christian unterstützt die sozialen Projekte, für die ich mich engagiere. Das ist ganz wundervoll, denn du weißt selbst, wie schwierig es für eine Frau ist, irgendetwas ohne männliche Begleitung erreichen zu wollen. Aber wir möchten das nicht an die große Glocke hängen. Vater und Großmutter – und auch seine Eltern – könnten sonst die falschen Schlüsse ziehen.«

»Christian Schulte-Stollberg – soso. So viel Herzenswärme und Gewissen hätte ich ihm gar nicht zugetraut. Kümmerst du dich noch immer um diese Armenschule in St. Pauli?«

Selbst bei der schwachen Beleuchtung auf dem Flur konnte Nele erkennen, wie Ellinor errötete. Die Lider ihrer Schwester flatterten nervös, als sie antwortete: »Ja. Nein. Doch. Ich meine, es gibt so viel zu tun für die armen Frauen und ihre Kinder …«, sie brach ab, schien kurz zu überlegen und setzte dann in einem Ton hinzu, in dem sie womöglich einen Vortrag vor den Mitgliedern des Frauenvereins hielt: »Der kostenlose Unterricht genügt oftmals nicht als einzige Hilfe. Die Mädchen werden so schlimm ausgebeutet, dass sie ständig Hunger haben. Sogar bei vielen unserer Nachbarn bekommen die weiblichen Hausangestellten weniger zu essen als das männliche Personal.«

Unwillkürlich dachte Nele an ihre Münchner Freunde und deren sozialistische Einstellung. Ihr waren die Missstände allerorts durch endlose Gespräche in verräucherten Künstlerlokalen und in heruntergekommenen Ateliers durchaus bekannt, aber sie ließ sie nicht allzu nah an sich heran. Jedenfalls nicht so wie Ellinor.

Nicht, dass sie keine Abscheu über die schlimmen Zuständen empfand. Leid verstörte ihre Künstlerseele. Da war sie anders als ihre ältere Schwester, die sich vor geraumer Zeit geweigert hatte, weiterhin an geistlosen Vergnügungen teilzunehmen, wenn ihr Großmutter und Vater nicht gleichzeitig ein soziales Engagement erlaubten, über das sie selbst zu bestimmen gedachte. Dieser aktiven Hilfe fühlte sich Nele jedoch nicht einmal ansatzweise gewachsen.

Dennoch war alles besser, als in der angespannten Situation zu Hause bleiben zu müssen, den gestrengen Augen und zu erwartenden Vorwürfen ihrer Großmutter ausgesetzt. »Solange ich hier bin«, schlug Nele vor, ehe sie der Mut dazu verließ, »könnte ich dich an diese Schule begleiten und den Kindern ein paar Zeichenstunden geben.«

»Ich wollte morgen zum Hafen fahren und Christian treffen, aber …«, plötzlich biss sich Ellinor auf die Unterlippe und schwieg.

Wohl doch keine so platonische Freundschaft, fuhr es Nele durch den Kopf. Irgendetwas verbarg Ellinor vor ihr. Die Gefühle zu dem Bankierssohn schienen ihr nicht das einzige Geheimnis ihrer sonst so sachlichen älteren Schwester zu sein. Livi irrte also zumindest in einem Punkt: Die Große interessierte sich für einen durchaus adäquaten Heiratskandidaten, wollte dies nur nicht zugeben. Warum? Nele überlegte, ob Christian Schulte-Stollberg womöglich nicht an einer Ehe mit Ellinor Dornhain interessiert war.

»Hab herzlichen Dank für dein großzügiges Angebot, aber ich glaube nicht, dass es eine gute Idee ist, wenn du mich unterstützt«, unterbrach Ellinor Neles Gedanken in der für sie typischen Art und Weise. »Wenn du möchtest, kannst du mich aber morgen trotzdem ein Stück begleiten. Ich würde dich bis zum neuen Elbtunnel mitnehmen. Du solltest dir das Bauwerk unbedingt anschauen, und wenn du dort auf meine Rückkehr wartest, könnten wir unseren Tee vielleicht im Alsterpavillon nehmen.«

Verblüfft sah Nele ihre ältere Schwester an. Vor lauter Aufregung um Lavinia hatte sie den Ort ganz vergessen, an dem die angeblich große Liebe der Kleinen begonnen hatte. »Ja. Du hast Recht. Den Elbtunnel sollte ich mir ansehen.«

»Die Industriearchitektur ist – abgesehen von der Leistung der Ingenieure – sehr beeindruckend. Aber genau genommen verstehe ich nichts davon.« Ellinor lachte leise und hauchte Nele einen Kuss auf die Wange. »Gute Nacht, meine Liebe. Ich werde Vater morgen früh bitten, uns den Wagen zu überlassen.«

Ein unerwarteter Gedanke wehte durch Neles Kopf, als sie ihr altes Mädchenzimmer betrat: Schade, dass sie auf ihrem Ausflug nicht ein bestimmter Architekt begleiten würde. Er könnte ihr die Besonderheiten des neuen Bauwerks sicher wunderbar erklären.

10

Neben den Zollgebäuden und der Hafenmeisterei an den St.-Pauli-Landungsbrücken wirkte der Eingang zum Elbtunnel auf Nele wie ein Monstrum. Als stünden Spielzeughäuschen neben diesem gigantischen Tuffsteinwürfel mit seinem von Säulen getragenen Fries unter einer riesigen, von Grünspan überzogenen Kuppel aus Kupferblech. Mit dem neuen Bauwerk demonstrierte die Stadt mehr als mit jedem anderen Gebäude ihre Überlegenheit, den unbezwingbaren Willen zum Fortschritt und ihren Reichtum. Tatsächlich war die Eingangshalle schon von außen überwältigend. Kein Wunder, dass Lavinia ein Mann imponierte, der an dem Werk beteiligt gewesen war.

Die Ärmste war in den frühen Morgenstunden unter Tränen

abgereist. Nele hatte im Schlummer wohl bemerkt, dass Livi irgendwann in der Nacht an ihre Tür klopfte. Sie hätte ihre kleine Schwester auch gerne in den Arm genommen, aber sie konnte vor Müdigkeit kaum die Augen öffnen und fiel sofort wieder in einen tiefen Schlaf, nachdem das Klopfen aufgehört hatte. Heute Morgen war Livi dann die Untröstlichkeit in Person gewesen. Sie hatte Nele beschworen, in Hamburg zu bleiben, bis sie von der Verbannung erlöst würde und heimkehren durfte. »Es tut so gut, dich wenigstens näher bei mir zu wissen als in München«, behauptete die Kleine. Doch dieses Versprechen konnte Nele ihr nicht geben.

Lavinias Kummer hatte sie traurig gestimmt. Die freudlosen Allerweltsbemerkungen ihrer Großmutter beim Frühstück und der mürrische Gesichtsausdruck ihres Vaters machten sie unglücklich. Dennoch war sie froh, die verfahrene Situation selbst zu erleben und nicht aus Briefen davon zu erfahren.

Aber jetzt wollte Nele nicht daran denken, dass Charlotte ihre Weißdorntropfen zur Herzstärkung nehmen musste und Victor mit bleicher Miene ins Kontor gefahren war. Es war ein schöner Herbsttag, wenige Wolken zogen an einem kobaltblauen Himmel vorüber. Die Möwen flogen kreischend über die Landungsbrücken, ein Schiffssignal dröhnte, eine Musikkapelle kam vom Fischmarkt her. Wie die vielen Seemannskapellen auf den Straßen und Plätzen von St. Pauli, mit ihren Liedern über die Sehnsucht nach dem Meer oder den Abschied von der Geliebten, spielte auch diese eine wehmutsvolle Melodie.

Nele legte den Kopf in den Nacken, ließ ihren Blick langsam über die Fassade des Elbtunnels gleiten und überlegte, ob sie sich traute, die Unterwelt zu erkunden. Wie mochte es sich anfühlen, mit dem Aufzug in die Tiefe zu gleiten und die Elbe zu unterqueren?

In einer breiten Schlange drängten sich die Menschen unter

den Säulen hindurch zu den Eingangstoren, dirigiert von dem Aufsichtspersonal in graugrünen Uniformen. Es waren nicht nur Männer in Arbeitskleidung, die auf dem nun kürzesten Weg zu den Werften auf Steinwärder eilten, sondern auch Herren in Geschäftsanzügen, einfache Frauen, beladen mit Körben und Säcken, und bürgerliche Familien. Die von Ellinor angesprochenen Touristen waren nicht nur an ihrem Habitus, sondern an ihrer meist entspannten Haltung erkennbar; diese Klientel verfügte fraglos über mehr Zeit. Fahrräder, Handkarren und Kinderwagen wurden mitgeführt. Für Automobile, Fuhrwerke und andere Fahrzeuge war der Tunnel noch nicht freigegeben, wie ein Schild informierte, und sonntags war der Zugang überhaupt geschlossen.

Interessiert las sie sich den Aushang über die Verkehrsordnung durch, die von der Polizeibehörde und der Baudeputation veröffentlicht worden war. Die in Beamtendeutsch verfassten Vorschriften wirkten auf Nele fast so bedrohlich wie die Vorstellung von einer dunklen Röhre in einundzwanzig Meter Tiefe. Dennoch hätte sie das Abenteuer gerne gewagt – sie fürchtete jedoch, bei Ellinors Rückkehr nicht zur Stelle zu sein.

Deshalb beschloss sie, sich auf die künstlerische Betrachtung des Eingangsgebäudes zu beschränken, und ging ein paar Schritte zurück. Sie wünschte, eine Maltechnik wie ihre neue Münchner Bekanntschaft Francis Bellows zu beherrschen, die es ermöglichte, ein Motiv ebenso detailgetreu wiederzugeben wie eine Fotografie. Sollte sie ihn jemals wiedersehen, würde sie ihm raten, nach Hamburg zu reisen und das Treiben vor dem Elbtunnel zu malen.

Obwohl sie eigentlich mitten auf der Straße stand und dies ein gänzlich ungeeigneter Platz zum Verweilen, geschweige denn zum Zeichnen war, öffnete sie die Handtasche und zog ihr Notizbuch und einen Crayon hervor. In dieser Position war es nicht einfach, gerade Linien auf das Papier zu bringen, aber sie vertraute auf ihre ruhige Hand.

»Das ist ja eine Überraschung!« Die tiefe Männerstimme war so nah, dass sie wie durch ein Sprachrohr inmitten der Straßengeräusche an ihr Ohr drang.

Aus dem gerade angesetzten Strich wurde eine Zickzacklinie, die Graphitmine des Bleistifts brach ab.

Erschrocken sah Nele hoch – direkt in ein Paar funkelnde blaue Augen.

Sie schnappte nach Luft. »In der Tat«, japste sie.

»Es tut mir leid. Ich wollte Sie nicht erschrecken, sondern Ihnen vielmehr eine Unterlage anbieten. Mein Rücken ist zwar kein Schreibtisch, aber ich bin die Ruhe selbst, bis Sie Ihre Skizze angefertigt haben.«

»Finden Sie das nicht etwas unpassend in aller Öffentlichkeit?«, fragte sie in gouvernantenhaftem Ton, milderte ihre Worte jedoch mit einem schelmischen Lächeln. Die Vorstellung, dass das Automobil ihres Vaters vorfuhr und sowohl Ellinor als auch Richter beobachteten, wie sie den Oberkörper eines Herrn zweckdienlich benutzte, war amüsant. Tatsächlich aber unvorstellbar. Was würde Großmutter dazu sagen!

Er grinste scheinbar zerknirscht und schwieg.

Nele schlug ihr Notizbuch zu und verstaute es mitsamt dem Stift in ihrer Tasche. »Ich werde ein anderes Mal wiederkommen und eine Staffelei mitbringen. Das Gebäude wird ja noch eine Weile am selben Platz stehen bleiben.«

»Das hoffe ich doch sehr«, erwiderte er schmunzelnd. »Ich kann Ihnen aus erster Hand versichern, gnädiges Fräulein, dass zu diesem Zweck keine Kosten und Mühen gescheut wurden.«

»Oh, das glaube ich Ihnen gerne. Ich kann mich nicht mehr an die Zahl erinnern, die in der Zeitung stand, aber es wurden Millionen verbaut, nicht wahr?«

»Zehn Millionen Reichsmark in Gold.«

Nele atmete tief durch. »Das ist viel Geld. Sie kennen diese Summe als Architekt natürlich.«

»Besonders als einer, dessen Architekturbüro an dem Bau beteiligt war.«

Ihre Augen weiteten sich. In einer großartigen Geste umfasste sie den Hafenkomplex. »*Sie* haben das alles konzipiert?«

»Nein. Nicht alles. Nicht alleine. Das wäre doch ein wenig zu viel der Ehre. Ich entwerfe Häuser und bin kein Ingenieur. Mein Arbeitsplatz befindet sich in dem Büro von Ludwig Raabe und Otto Wöhlecke in Altona, die schon die Bebauung der Landungsbrücken planten und konsequenterweise auch den Auftrag für den Eingang zum Elbtunnel erhielten. Es ist die beste Adresse in Hamburg für öffentliche Gebäude.« In seiner Stimme schwangen Stolz und jene Begeisterung mit, die Nele schon im Zug berührt hatte. »Aber die wesentliche Arbeit leisteten die Männer, die den Tunnel bauten.«

Unwillkürlich schlich sich der Gedanke an Lavinias heimlichen Verlobten ein. In Neles Vorstellung bahnte dieser sich mit einem Spaten den Weg durch die Erdmassen unter der Elbe und tauchte schmutzig, aber liebenswert und wie ein Held direkt aus der Unterwelt vor ihrer kleinen Schwester auf. Im Gegensatz zu Orpheus drehte er sich jedoch nicht um, so dass ihm die Entführung der Liebsten gelang. Nele schüttelte unwillig den Kopf, um das skandalöse Bild aus ihren Gedanken zu vertreiben.

»Nun sind Sie enttäuscht«, rief der Architekt aus.

»Ich bitte Sie«, Nele schenkte ihm ein entschuldigendes Lächeln. »Natürlich nicht. Ich habe an jemand anderen … einerlei, es ist nicht wichtig. Sie haben also die Eingangshalle hier entworfen, ja?«

»Meine unbedeutende Handschrift finden Sie nur in ein paar Details.«

»Welche sind es?«, fragte sie.

»Nicht viele«, gab er mit einem entschuldigenden Lächeln zu. »Wenn Sie erlauben, begleite ich Sie durch den Tunnel und zeige Ihnen …«

»Leider«, fiel sie ihm ins Wort. »Leider kann ich Ihr Angebot nicht annehmen. Ich werde erwartet.«

»Die Besichtigung des Tunnels ist nicht sehr zeitraubend. Der Spaziergang in eine Richtung dauert nur sechs oder höchstens sieben Minuten.«

Sein Vorschlag war zu verlockend, um vehement abgelehnt zu werden. Deshalb hob sie zu einer Erklärung an: »Meine Schwester will mich hier treffen, und ich darf sie nicht warten lassen. Vielleicht ist es ja ein andermal möglich, dass Sie mich herumführen.«

Was redest du da für einen Unsinn, Helene Dornhain?!, schalt sie sich sofort im Stillen. Sie war nicht nach Hamburg gekommen, um Verabredungen zu treffen, sondern um Lavinias Leben in geordnete Bahnen zu lenken. Aber Livi war nach Sylt abgereist, und sie wusste nicht, wie lange sie bei ihrer Familie bleiben würde. Ein wenig Abwechslung wäre bei der derzeitigen Stimmung in ihrem Vaterhaus ausgesprochen angenehm. Außerdem war da die Neugier auf das spektakuläre Bauwerk. Ihre Großmutter brauchte ja nicht von der speziellen Besichtigung zu erfahren. Die Gelegenheit, heimlich zu verschwinden, würde sich schon ergeben – und besaß einen zusätzlichen Reiz.

Neles Begleiter sah sie lange eindringlich an. Das Stimmengewirr der Wartenden vor der Eingangshalle schwoll an. Darin gingen die wehmütigen Klänge des mexikanischen Seemannsliedes von der Taube fast unter, doch die Musiker spielten tapfer weiter. Sie nahm die Geräusche mit Herzklopfen wahr, ein wenig unsicher seine Reaktion fürchtend, möglicherweise ängstigte sie sich auch vor der eigenen Courage.

Schließlich reckte sie den Kopf und fragte trotzig: »Passt es Ihnen nächste Woche?« Im selben Moment fragte sie sich, ob sie den Verstand verloren hatte. Dieser Architekt war kein Kommilitone, mit dem man sich auf gesellschaftlich unkonventionelle Weise verabreden konnte.

»Es ist mir eine Ehre, Sie herumführen zu dürfen. Ich könnte mir am nächsten Freitag freinehmen. Am Nachmittag, wenn es Ihnen recht ist.«

Die Reflexion eines Sonnenstrahls blendete Nele, der auf goldglänzendes Messing traf. Als sie mit zusammengekniffenen Lidern zu der Spiegelung hinsah, erkannte sie das sich nähernde Automobil. Der Chauffeur lenkte das Fahrzeug langsam an Fahrradfahrern, Fußgängern, Kutschen und Fuhrwerken vorbei. Als wäre der große Wagen nicht auffallend genug, betätigte Richter in diesem Moment die Hupe. Dutzende von Köpfen wandten sich zu ihm um.

Der Architekt warf ebenfalls einen flüchtigen Blick in die Richtung – und starrte dann wie vom Donner gerührt zu dem Audi.

Zu Neles Erleichterung sah er nicht, wie sie errötete. Er war auf den Wagen fixiert, als habe er ihre Anwesenheit vergessen. Sie hoffte indes, dass er das Automobil nicht mit ihr in Verbindung brachte. Wenn sie es geschickt anstellte, würde er nicht bemerken, nach wem der Chauffeur Ausschau hielt. Zu viele Passanten trennten sie noch von Richter. Unter allen Umständen wollte sie vermeiden, dass ihr neuer Bekannter Einblicke in ihre gesellschaftliche Stellung erhielt.

»Also, ich werde dann am Freitagnachmittag hier sein«, verkündete sie. »So gegen halb drei.«

Gedankenverloren zuckte er mit den Achseln. Nach einer Weile, in der sie schon glaubte, er habe es sich anders überlegt, stellte er sich so, dass er den Audi im Rücken hatte. Dann erst richtete er seine Aufmerksamkeit wieder auf Nele.

»Ich freue mich darauf, Fräulein …?« Die Frage nach ihrem Namen ließ er in der Luft schweben wie das parfümierte Taschentuch eines Kavaliers aus einem vergangenen Jahrhundert. Und prompt verneigte er sich in höfischer Manier.

Unwillkürlich lachte sie. »Machen Sie keinen Unsinn. Wir sind hier doch nicht bei Hofe.«

»Ich weiß Ihren Namen trotzdem nicht. Und da niemand in der Nähe ist, der mir die Situation erleichtern und Sie vorstellen könnte, musste ich mir etwas Originelles einfallen lassen.«

Ihre Augen flogen zwischen ihm und dem Automobil ihres Vaters hin und her. Richter parkte gerade. Sie musste gehen.

»Nele. Ich heiße Nele.«

Seine Augenbrauen hoben sich. Er wartete offensichtlich auf einen Zunamen.

»Nele«, wiederholte sie. »Einfach nur Nele.«

Bevor er noch etwas sagen konnte, drehte sie sich um und eilte davon. Dabei hielt sie mit der Hand ihren Hut fest, damit er ihr nicht davonwehte. Sie spähte einmal kurz über die Schulter zurück, um festzustellen, ob er sie beobachtete. Er war jedoch in der Menge verschwunden, und sie wusste nicht recht, ob sie froh darum sein sollte oder eher Enttäuschung fühlte, weil er ihr nicht nachgesehen hatte. Ihre Schritte verlangsamten sich.

Richter war inzwischen aus dem Wagen gestiegen, um den hinteren Schlag für sie zu öffnen.

Ihr Herz klopfte unnötig schnell, als sie sich auf dem Sitz neben Ellinor niederließ.

»Mit wem hast du dich denn da unterhalten?«, erkundigte sich ihre Schwester neugierig.

Nele zwang sich zu einer erstaunten Miene. »Ach, das war nur ein Tourist, der nach dem Weg gefragt hat. Niemand Wichtiges.«

Im Rückspiegel begegnete sie Richters Blick. Warum nur sah der sie so verwirrt an?

11

»Der Portier hat mir erzählt, dass in dieser Saison mehr Feriengäste in Westerland weilten als in Wyk auf Föhr und in Büsum«, plapperte Meta, während sie die Kleidungsstücke einsammelte, die verstreut auf Stühlen, Sesseln und Fußbank lagen oder achtlos auf den Boden geworfen worden waren: atemberaubende Dessous aus Spitze, züchtige Unterkleider, Blusen, Röcke, Jacken.

»Wie ärgerlich, dass die Saison bereits vorüber ist«, gab Lavinia gedankenverloren zurück.

Sie langweilte sich schon nach wenigen Tagen in Westerland. Die Dünenwanderungen verloren für sie schnell an Reiz, die Musikveranstaltungen am Strand waren längst aufgrund der Jahreszeit abgesagt, und das kulturelle Angebot sowohl im Kurhaus als auch im Theater im Hotel Reichshof war begrenzt, Tanzveranstaltungen nur einmal in der Woche. In der Friedrichstraße gab es zwar einige Geschäfte, aber die Auslagen erregten Lavinias Interesse nicht, und die Lesehalle war auch kein Ort, an dem sie sich unbedingt aufhalten mochte. Sie hätte gerne ein paar Bekanntschaften geschlossen, vor allem mit jungen Damen, doch ihre Altersgruppe schien im Herbst keine Ferien auf der Insel Sylt zu machen.

Vor einer Woche hatte der Schnelldampfer Lavinia in Begleitung von Meta nebst mehreren großen Gepäckstücken von Hamburg binnen zehn Stunden über Cuxhaven und Helgoland nach Hörnum auf Sylt befördert. Sie war in Tränen schwimmend in ihr Exil aufgebrochen, doch die frische, salzige Luft der Nordsee trocknete rasch ihre Wangen. Die vereinzelten tief hängenden, schweren Herbstwolken über den nordfriesischen Inseln dagegen waren ungeachtet eines weitgehend blauen Himmels nicht dazu geeignet, ihre Stimmung zu heben.

Sich bockig nicht nur gegen ihr Schicksal, sondern auch gegen den Seewind stemmend, war sie in den ersten Tagen ihres Aufenthalts mit verbissener Miene den Brettersteg zwischen Familien- und Herrenbad auf der einen und Damenbad auf der anderen Seite entlangmarschiert. Erstaunlicherweise sammelte sie trotz ihres Unmuts auf der Westerländer Promenade so viel Kraft, dass sie beschloss, den Kampf um ihr Glück aufzunehmen. Und um ihre Liebe. Auch um ihre Würde wollte sie kämpfen, denn sie fand es ehrenrührig, von ihrem Vater und ihrer Großmutter behandelt zu werden, als wäre sie nicht ganz bei Sinnen, nur weil sie genau wusste, wer der Richtige für sie war.

Zugegeben, ihre Freundinnen überließen die Wahl des Bräutigams meistens ihren Eltern, denn schließlich kannten diese das Wesen ihrer Töchter am besten und waren lebenserfahrener. Lavinia traute ihrem Vater die nötige Einsicht jedoch nicht zu. Schließlich war Victor Dornhain seit siebzehn Jahren verwitwet und nicht wieder verheiratet, was ziemlich ungewöhnlich in seinen Kreisen war, zumal mit damals drei kleinen Kindern. Lavinia folgerte daraus, dass ihr Vater keine Ahnung von der Liebe und noch weniger von der Ehe besaß; immerhin war er gerade mal sechs Jahre oder so verheiratet gewesen. Was die Meinung ihrer Großmutter anbelangte, so war die in ihren Augen einfach nur alt. Eine Respektsperson war Charlotte Dornhain gewiss, aber niemand, der wusste, wie stark die Flammen der Leidenschaft loderten.

In Lavinia brannte es täglich mehr. Sie erwog, den Mann ihres Herzens nach Westerland zu bitten. Diesen Gedanken verwarf sie jedoch wieder. Das gutbürgerliche Hotel Stadt Hamburg war nicht dazu geeignet, einer unverheirateten jungen Dame und ihrem Liebhaber ein Domizil zu gewähren. Außerdem erschien es Lavinia wertvoller, von einem Kavalier verfolgt zu werden, als diesen herbeizuzitieren. Die Geduld, auf sein Kommen zu warten, brachte sie allerdings nicht auf. Möglicherweise überlegte er es sich ja anders!

Da sie nicht untätig herumsitzen und auch nicht das Risiko eingehen wollte, bei Konrad Michaelis in Vergessenheit zu geraten, plante sie, ihm zu schreiben. Am besten, sie schürte mit ihren Zeilen seine Sehnsüchte, bis ihm der Atem stockte, das Herz raste und er keinen anderen Ausweg sah als den überstürzten Aufbruch nach der Insel und Lavinias Entführung. In den Fortsetzungsromanen, die sie gelegentlich überflog, passierte so etwas am laufenden Band. Nur: Wie sollte sie einen Brief der Art verfassen, die einen Mann zu Derartigem veranlasste?

Während sie am Toilettentisch in ihrem Hotelzimmer saß und ihr langes offenes Haar bürstete, überlegte sie, ob sie in die Lesehalle gehen und in Liebesgeschichten blättern sollte auf der Suche nach eindeutigen Zitaten. Diese Recherche würde jedoch aufwendig und langweilig sein. Dummerweise fiel ihr kein anderer Weg zum Ziel ein.

Im Spiegel beobachtete sie, wie Meta die Nase krauszog, als sie die Flecken auf dem hellblauen Glockenrock entdeckte, den Lavinia zum Mittagessen getragen hatte. Sie hatte ein wenig von der Hummerbutter von ihrem Teller fallen lassen, um dem Gespräch mit dem ältlichen Ehepaar an ihrem Tisch im Speisesaal zu entkommen: »Was für eine Ungeschicklichkeit! Entschuldigen Sie mich bitte, ich muss das Malheur rasch auswaschen.«

Natürlich hatte sie nichts dergleichen getan, sondern war einfach nur in ihr Zimmer geflohen. Die Herrschaften stammten aus Wien und weilten zum ersten Mal an der Nordsee, um hier irgendein Leiden auszukurieren. Nicht nur, dass Lavinia dem Gespräch mit höchster Konzentration folgen musste, weil ihr die österreichische Mundart Schwierigkeiten bereitete. Der Husten des alten Herrn war ebenso unappetitlich wie die detaillierten Schilderungen über seinen Auswurf.

Lavinias Augen blieben an ihrer Zofe hängen. Meta!

Warum hatte sie nicht gleich daran gedacht? Meta war der Schlüssel. Hausmädchen wussten eher über die Liebe Bescheid als höhere Töchter. Hatte Lavinia von ihren Freundinnen gehört.

Sollte sie es wagen? Meta spielte zwar gerne die große Dame, aber das kam bei dem weiblichen Personal fast immer vor und sagte nichts über die persönlichen Erfahrungen der Dienerinnen aus.

Lavinia wandte sich langsam zu Meta um, doch die missverstand die Bewegung und versicherte eilfertig, das hellblaue Kleidungsstück über den Arm werfend: »Mit ein wenig Benzin, kaltem Brunnenwasser und einer sauberen Kleiderbürste kann ich den Rock reinigen. Er wird bestimmt wie neu.«

»Ach, das ist mir egal. Ich will ihn nicht mehr.«

Das Hausmädchen sah ungläubig von dem Rock zu ihrer Herrin. »Aber er ist doch noch gar nicht abgetragen!«

»Du kannst ihn haben. Allerdings …«, Lavinia senkte die Stimme, obwohl sie alleine mit Meta war: »Allerdings erwarte ich eine Gegenleistung.«

Sie holte tief Luft und mit dem Ausatmen flüsterte sie: »Ich möchte einen Brief schreiben, und du sollst mir dabei helfen.«

»Ich?«

»Stell dich nicht dumm, Meta. Natürlich du. Ich rede ja sonst mit niemandem.«

Metas Augen flackerten beunruhigt. »Ich weiß nicht, gnädiges Fräulein … ehmmm … Ich meine, ob ich das mit dem Brief hinkriege. Das ist womöglich sehr schwierig. Meine Handschrift ist nicht die beste, und mit der Rechtschreibung stand ich in der Schule immer auf Kriegsfuß.«

»Dumme Gans!«, entfuhr es Lavinia entnervt. »Du brauchst nichts zu tun, als mir zu diktieren, was ein Mann lesen möchte, der …«, ihre Wangen glühten bis zu den Ohren, dennoch setzte sie mutig hinzu: »Bei dem man gewisse körperliche Gelüste wecken möchte.«

Vor Verblüffung blieb Meta der Mund offen stehen.

Einen Moment lang sahen sich die beiden jungen Frauen stumm an.

Lavinia wurde zunehmend ratloser, weil sie fürchtete, Meta habe sie nicht richtig verstanden. Ärgerlicherweise erinnerte sie sich nur vage daran, dass Meta von einem Verehrer geplaudert hatte. Das Mädchen redete andauernd. Da konnte sie sich beim besten Willen nicht merken, was es alles erzählte. Lavinia wusste ja nicht einmal mehr, was Meta eben über die Saison auf Sylt zu berichten wusste. Der Dienstmädchenklatsch ging an ihr vorbei wie ein Windstoß.

Schließlich erkundigte sie sich vorsichtig: »Du hast doch einen Bräutigam, oder?«

Meta zuckte mit den Achseln. »Na ja, um die Wahrheit zu sagen: So richtig geh ich mit dem Bruno Sievers noch nicht, aber das wird schon noch. Den soll mir mal nur keine andere auszuspannen versuchen!«

»Ich hoffe für dich, dass es keine andere wagt«, erwiderte Lavinia freundlich.

Kurz streifte sie so etwas wie Eifersucht, aber sie verwarf den Gedanken an die unbekannte Bedrohung ebenso rasch. Wenn erst in den Hamburger Salons zirkulierte, dass Konrad Michaelis sie in aller Öffentlichkeit geküsst hatte, sollte er zumindest bei den höheren Töchtern chancenlos sein. Das änderte allerdings nichts an ihren Plänen. Man konnte schließlich nie wissen!

»Leg die Sachen endlich weg und setz dich hin, Meta. Meine Kleider sind im Moment vollkommen unwichtig. Du wirst mir auf der Stelle erklären, was man einem Mann sagt, um ihn … nun, ja, ich meine … um ihn verrückt nach einem zu machen.«

»Ich?«, wiederholte Meta verdattert und rührte sich nicht von ihrem Platz, brachte aber immerhin noch zwei weitere Fragen zustande: »Was soll ich schon sagen, gnädiges Fräulein? Haben Sie denn nicht an jedem Finger zehn Kavaliere?«

»Natürlich. Aber das spielt keine Rolle. Ich will einen bestimmten Mann haben. Nur diesen. Keinen anderen. Und ich möchte alles tun, um ihn davon zu überzeugen, dass ich die Richtige für ihn bin.«

Metas Gesichtsausdruck war ein offenes Buch, er verwandelte sich langsam von Erstaunen zu Verstehen.

»Dann hat er sich also noch nicht erklärt«, konstatierte sie. »Ja, da müssen Sie ein wenig nachhelfen, gnädiges Fräulein. Obwohl ich mir nie hätte träumen lassen, dass es Ihnen mal so gehen könnte.«

»Werde nicht respektlos, Meta! Ich möchte nur wissen, mit welchen Worten man die Glut in einem Mann anfacht. Dann werde ich ihm schreiben, und du gibst meine Nachricht als Eilbrief bei der Post auf. Das ist alles.«

Metas Miene wirkte mit einem Mal verschlagen. Sie nickte.

12

Ein feiner Nieselregen überzog die Stadt wie der Firnis ein Gemälde. Die Nässe war allgegenwärtig und kroch bis auf die Haut, selbst wenn man einen Mantel trug und einen Schirm aufspannte. Wobei Letzterer ein wenig unpraktisch war, weil der Regen nie stark niederprasselte und es hin und wieder Momente gab, in denen die Hamburger meinten, dass wieder Sommer wäre. Zum Schutz hatte sich Nele deshalb nur für ihren breitkrempigen Alpenjägerhut entschieden und eine dünne Pelerine übergeworfen.

Mit feuchten Wangen und klammen Fingern erreichte sie die St.-Pauli-Landungsbrücken. Das Abenteuer Elbtunnel lockte sie auch bei dem schlechten Wetter, das nach dem langen, heißen

Sommer eine Erlösung war. Auch würde es in der Unterwelt trocken sein. Die Assoziation von Schwefel und Flammen ließ sich nicht so leicht abschütteln wie die zarten Regentropfen. Vor allem da Nele wusste, dass sie mit dem Feuer spielte, indem sie ihre Familie hinterging, um heimlich eine Verabredung mit einem Fremden wahrzunehmen.

Sie hatte sich ohne ein Wort aus dem Haus geschlichen und war mit der Elektrischen zum Hafen gefahren. Natürlich nicht mit Richter. Aufsehen wollte sie vermeiden, sowohl zu Hause als auch in der Öffentlichkeit. Und nun lief sie an der Baustelle für die neue U-Bahn-Linie vorbei und auf das imposante Eingangsgebäude des Elbtunnels zu und dachte plötzlich, der junge Architekt sei bei der herrschenden Witterung nicht gekommen. Vielleicht hielt er sie für zimperlich und befürchtete, sie werde ihn versetzen. Würde sie die Besichtigung unter diesen Umständen alleine unternehmen? Nele war nicht wohl bei diesem Gedanken.

Heute war weit weniger los vor den Toren zur Unterführung als in der vergangenen Woche. Die meisten Touristen blieben anscheinend aus, desgleichen viele bürgerliche Familien, die nur einen Schönwetterausflug unternehmen wollten. Die Schlange aus Arbeitern, Marktfrauen und Geschäftsleuten war so übersichtlich, dass Nele den jungen Mann im Schatten des Eingangs sofort erkannte.

Ihr Herz übersprang einen Schlag und hämmerte anschließend los, als müsste es einen Dauerlauf unterstützen. Doch Nele schritt äußerlich betont ruhig auf den Wartenden zu.

Die Glocke im Pegelturm des Schiffsanlegers läutete die halbe Stunde.

»Pünktlich auf die Minute«, lobte der Wartende lächelnd und lüftete den Hut, bevor er ihr seine Rechte reichte. »Guten Tag, Fräulein Nele.«

Seine Hand wärmte ihre kalten Finger auf angenehme Weise.

»Meine Großmutter würde jetzt Lessing zitieren: ›Der beste Beweis einer guten Erziehung ist die Pünktlichkeit.‹« Bei ihren Worten versuchte sie die rauchige Stimme von Charlotte Dornhain zu imitieren.

»Offenbar ist Ihre Großmutter eine sehr kluge Frau.«

»Ja. Sicher. Nach außen gibt sie sich aber lieber bedeckt.«

»Auch dagegen ist nichts einzuwenden«, meinte er. Dann wechselte er das Thema und deutete mit einer vagen Geste auf den Innenraum: »Wollen wir?«

Ohne ihre Zustimmung abzuwarten, schob er sie sanft an der Schlange vor dem Eingang vorbei, indem er mit seiner Hand leicht ihren Ellenbogen berührte. Eine akzeptable Geste in der Menge, durchaus schicklich. Angesichts seiner Höflichkeit ihr gegenüber entspannte sie sich ein wenig.

Im selben Moment meuterten einige der Umstehenden, weil sich Neles Begleiter nicht um die Regeln scherte und sich vordrängelte. Erst als sich einer der Tunnelwärter vor ihm verbeugte und »Guten Tag, Herr Michaelis« wünschte, verstummten die peinlichen Proteste.

»Aufzug oder Treppe?«, fragte er.

Nele überlegte einen Moment, dann entschied sie sich für die Stufen. Den Fahrstuhl würde sie wahrscheinlich lieber in entgegengesetzte Richtung benutzen.

»Macht Ihnen der Abstieg in gut zwanzig Meter Tiefe wirklich nichts aus?«, forschte er nach.

Sie schüttelte stumm den Kopf.

Der rückwärtige Teil der Eingangshalle war ein Rundbau mit meterhohen Fenstern, durch die bleiches Licht fiel. Eine geschwungene Treppe führte in den Schacht hinab, Hunderte von Schritten hallten von den Wänden des tempelartigen Bauwerks wider. Es wurde kälter, je weiter sie und Michaelis nach unten kamen. Glücklicherweise hatte der Tunnelwärter seinen Namen genannt, so dass sie den Architekten nicht danach fragen musste.

Wenigstens eine Komplikation weniger, dachte sie und lächelte still in sich hinein.

Unvermittelt drehte er sich zu ihr um. Er fing ihr Lächeln auf und erwiderte es.

»Wie ich sehe, neigen Sie nicht zu Höhenangst.«

»Nein. Eigentlich nicht. Als Kind träumte ich davon, ins Lampenhaus eines Leuchtturms zu klettern und die Aussicht zu zeichnen.«

»Haben Sie es getan?«

»Es wurde mir nicht erlaubt.«

»Bis heute?«

Sie zuckte mit den Achseln. »Ich studiere in München, da gibt es keine Leuchttürme. Aber eine ganze Menge Kirchtürme, von denen man an klaren Tagen bis zu den Alpen sehen kann.«

»Ich kann mir eigentlich nicht vorstellen, dass die Berge den Blick über das Meer ersetzen«, sinnierte er. »Aber das liegt wahrscheinlich daran, dass ich noch nie in Bayern war.«

»Sie sollten unbedingt einmal nach Süddeutschland fahren«, plauderte Nele. »München ist eine schöne Stadt mit vielen interessanten Gebäuden.«

Er blickte sie nachdenklich von der Seite an. »Wenn sich die Gelegenheit ergibt, werde ich mich ganz bestimmt zu einer Reise entschließen«, erklärte er nach einer Weile.

Mit einem Mal fühlte sich Nele ungewöhnlich befangen. »Ja, tun Sie das«, antwortete sie schlicht.

Schweigend gingen sie weiter. In ihrem Rücken glitten die sechs Aufzüge von oben nach unten und von unten nach oben. Das Tageslicht wurde matter und schließlich durch elektrische Lampen ersetzt. Glühbirnen hingen wie Perlenschnüre an den mit Kacheln verschalten Wänden und von der Decke. An der

Schachtsohle des Treppenhauses öffneten sich vor ihren Augen die beiden Unterführungen, Alleen gleich, die auf den ersten Blick nicht unter dem Strom zur anderen Elbseite führten, sondern sich in unendlicher Tiefe verloren.

Nele unterdrückte den Impuls, in die Höhe zu schauen, um sich der Existenz der Eingangshalle mit dem Ausgang zur Hafenkante zu versichern.

»Sehen Sie mal«, sagte Michaelis, verlangsamte seinen Schritt und blieb – ungeachtet der anderen Passanten – vor den Röhren stehen. Dort legte er den Kopf in den Nacken, blickte nach oben und fuhr fort: »Der Terrakottafries hier erzählt die Geschichte des Tunnels. Es sind Symbole der vier wichtigsten Bauphasen. Die Entwürfe dazu stammen von dem österreichischen Bildhauer Karl Perl.«

Ihre Augen folgten den in Stein gehauenen Bildern von dem Auftrag zum Elbtunnelbau vor sieben Jahren bis zur Eröffnung vor vier Wochen. Ihr Begleiter erläuterte dabei die Darstellungen auf den Reliefs. Unwillkürlich flogen ihre Gedanken bei der Betrachtung eines Arbeiters mit Spaten zu Lavinias Liebstem. Der Hinweis gleich daneben auf den Durchstich berührte Nele: zwei Männer in geduckter Haltung, die sich über einem Erdhügel die Hand reichten.

Als er ihren versonnenen Blick bemerkte, berichtete Michaelis: »Der Durchstoß war nicht ganz so mystisch wie die Bauplastik hier. Dafür aber ziemlich aufregend und sehr laut. Die Trennungsmauer wurde gesprengt. Vier Dynamitstangen mussten gezündet werden – und trotzdem stand zu befürchten, dass die Sache schiefgeht.«

Seine Augen nahmen wieder den spöttischen Glanz an, den Nele schon kannte. »Die Zündschnur der fünften Patrone war ins Wasser gefallen. Ein Ersatz sprengte jedoch nach den vorgeschriebenen zehn Minuten Pause ein ordentliches Loch in die

Wand. Übrigens war ein junges Mädchen die erste Person, die den Tunnel vollständig durchquerte.«

»Wie ungewöhnlich«, stellte sie fest und überlegte insgeheim, ob es seine Braut gewesen war.

Er grinste. Als habe er ihre Gedanken erraten, erwiderte er: »Es handelte sich um die damals dreizehnjährige Tochter von Baurat Ludwig Wendemuth.«

Zu ihrem größten Erstaunen fühlte Nele Erleichterung, weil sie mit ihrer Vermutung falschgelegen hatte. Als ihr bewusst wurde, wie sehr sie sich für den Mann an ihrer Seite zu interessieren begann, errötete sie. Um der aufsteigenden Hitze zu entfliehen, legte sie ihre Hände auf die Wand. Das Mauerwerk war angenehm kühl.

»Diese kleinen Geschichten machen ein so großartiges Gebäude menschlich«, erwiderte sie, ohne ihn anzusehen. »Nicht nur der Bildhauer mit seinem Relief – ich denke, jeder dieser Steine erzählt etwas.«

Michaelis trat einen Schritt näher zu ihr heran, um einer Arbeiterkolonne auszuweichen, die in ordentlicher Zweierreihe in Richtung der Hafenanlagen und Industriebetriebe auf Steinwärder marschierte. Sein Duft stieg in Neles Nase. Lavendel und Zitrone mischten sich mit der Feuchtigkeit, die von seinem regennassen Havelock aufstieg, und dem leichten Modergeruch, der in der Luft hing.

Er legte eine Hand flach neben ihre Rechte. Ihre Finger berührten sich nicht.

Nele schien es, als verwandelte sich der Untergrund in glühende Kohlen.

»Vielleicht erzählen die Steine dereinst auch von einer bezaubernden jungen Dame, die ein aufstrebender Architekt zum ersten Mal durch den Elbtunnel führen durfte«, sagte er nach einer Weile. Dann wandte er sich brüsk ab.

Nele folgte ihm. Unter der Pelerine schlang sie die Arme um sich, weil ein Schauer durch ihren Körper lief. »Was sollten die Steine von uns erzählen?«

»Warten wir's ab«, meinte er.

Schweigend schlenderten sie weiter, tauchten ein in den Tunnel. Nele war ihrem Begleiter dankbar, dass er ihr nicht den Arm bot. Das wäre ein wenig zu viel Nähe, gar unschicklich gewesen. So gingen sie einvernehmlich nebeneinander in der Mitte der Fahrbahn, nicht auf dem Bürgersteig, da noch keine Fahrzeuge über die Granitplatten rollen durften: »Wahrscheinlich wird die Eröffnung für Automobile und Fuhrwerke im nächsten Monat stattfinden.«

Michaelis zeigte ihr die lustigen Bilder rechts und links an den Wänden, auf welchen die Unterwasserwelt mit ihren Pflanzen und Tieren dargestellt war. Gut gelaunt wies er sie auf eine Szene hin: »Hier finden Sie sogar Ratten, die sich um einen alten Stiefel zanken.«

»Oh nein, bitte keine Ratten!«, rief sie in gespielter Empörung und deutete auf die niedrigen Türen, die rechts und links in der Wand eingelassen waren. »Wo geht es denn da hinein?«

»Leider nicht in einen Salon.« Er setzte eine betrübte Miene auf. »Das sind nur die Eingänge zu Kabelräumen und elektrischen Leitungen.«

»Ein Café wäre origineller.«

»In der Tat. Aber damit kann ich nicht dienen. Nicht einmal am Ende des Tunnels wäre es mir möglich, Sie in ein Kaffeehaus einzuladen. Ich fürchte, vor den Werktoren gibt es nur ein paar fliegende Händler, deren Angebot gewiss nicht Ihren Ansprüchen genügt.«

»Ach, ich möchte in Steinwärder gar nicht an die Oberfläche«, entfuhr es ihr. »Lassen Sie uns noch ein wenig hier unten bleiben, bitte.«

Sie betrachtete die Menschen, die von einem Ende zum anderen strebten, es meistens eilig hatten und nicht verweilten, um Friese oder Fresken zu betrachten. Von diesen Leuten kam wahrscheinlich keiner auf die Idee, den Weg durch den Elbtunnel als romantisch zu bezeichnen. Der mystische Zauber der Sinnbilder blieb ihnen verborgen. Nele lächelte still in sich hinein und lauschte Michaelis' angenehmer Stimme, die von den einzelnen Bauphasen berichtete, ihr unverständliche technische Gegebenheiten zu erklären versuchte und all das mit jenen kleinen Nebensächlichkeiten ausschmückte, die sie so gerne aus seinem Munde hörte.

13

Da ihr noch ein paar Tage bis zur Rückreise nach München blieben, verabredete sich Nele mit Konrad Michaelis zu einem Rundgang durch die Kunsthalle. Es war die beste Möglichkeit, sich für die Besichtigung des Elbtunnels zu bedanken. Völlig unverfänglich, redete sie sich ein. Der Architekt führte durch die Sehenswürdigkeit, für die er als Fachmann verantwortlich war, sie profitierte in der Gemäldegalerie von ihrem Studium.

Obwohl sie sich also auf sicherem Terrain bewegen würde, erfasste sie eine seltsame Unruhe. Sie war ungewöhnlich fahrig, konnte sich bis zu ihrem Treffen auf kein Buch konzentrieren, und der Stift in ihrer Hand zitterte, wenn sie sich mit einer Zeichnung abzulenken versuchte. Ihre Gedanken schweiften ständig ab, ließen sich aber auch niemals richtig sortieren, sondern drehten sich als buntes Kaleidoskop in ihrem Kopf. Wunderschöne Farben, die sie wünschte, auf die Leinwand bringen zu können, aber auch dafür fehlte ihr die Ruhe. Vielleicht sogar die Kraft, denn ihre Glieder fühlten sich an wie mit Bleigewichten beschwert.

Der Nieselregen fiel warm und spärlich, so dass sie zu gemütlichen Spaziergängen aufbrach, einmal allerdings völlig durchnässt von einem Alsterrundgang zurückkam. Auf eine oberflächliche Unterhaltung im Morgenzimmer mit ihrer Großmutter oder älteren Schwester verzichtete sie, da es ihr für das gesellschaftliche Palaver an Interesse fehlte; auch die Anekdoten reizten sie nicht, die wie bei dem Kinderspiel Stille Post von Haus zu Haus geflüstert wurden. Wenn sie zu Hause war, wanderte sie deshalb durch die Flure und Gänge, durch das Treppenhaus und die Empfangsräume, als müsste sie die Villa neu erkunden.

Als Nele am Vormittag die Tür zu einem der Schlafzimmer einen Spaltbreit offen stehen sah, klopfte sie kurz an und trat im selben Moment ein. Sie überraschte das neue Hausmädchen, das – statt das Bett zu beziehen, was offensichtlich seine Aufgabe war – verträumt auf die gerahmte Fotografie schaute, die es von Charlottes Nachttisch genommen hatte. Es war ein reizendes Bild der drei Enkeltöchter aus frühen Kindertagen.

Klara zuckte zusammen und starrte Nele erschrocken an.

Mit der für sie typischen Hinwendung erwiderte Nele den Blick. Es war das erste Mal, dass sie das neue Mädchen intensiv musterte. Klaras Wangen leuchteten vor Aufregung. Ganz offensichtlich fühlte sie sich bei etwas Verbotenem ertappt.

Wie hübsch sie ist, fuhr es Nele durch den Kopf, mit ungewöhnlich feinen Zügen für ein einfaches Mädchen vom Land. Irgendwo in ihrem Hinterkopf meldete sich ein Déjà-vu, verblasste aber so rasch wie Farben im starken Sonnenlicht.

Klara schaute zuerst fort. »Ent…schul…digen Sie bitte, gnädiges Fräulein …«

»Was soll ich entschuldigen?« Resolut trat Nele näher, nahm ihr den silbernen Bilderrahmen aus der Hand und stellte ihn an seinen Platz zurück. »Wolltest du etwa eine Fotografie von meinen Schwestern und mir stehlen? Das glaube ich nicht.«

»Nein. Natürlich nicht. Ich habe mir das Bild nur angesehen. Es ist so fröhlich, so voller Liebe. Sie hatten bestimmt eine wunderschöne Kindheit, wenn ich das sagen darf ...«

»Das darfst du sagen«, versicherte Nele rasch. »Und wahrscheinlich hatten wir tatsächlich eine schöne Kindheit, auch wenn uns die meiste Zeit unsere Mutter fehlte.«

Klara presste die Lippen aufeinander und schwieg.

Das harmlose Gespräch mit dem jungen Hausmädchen gefiel Nele. Sie konnte sich den Grund nicht genau erklären, denn eigentlich war sie dazu erzogen, die Dienerschaft nicht als ebenbürtig zu betrachten. Vielleicht war sie durch ihre Freunde in München inzwischen aber daran gewöhnt, sich in anderen Kreisen zu bewegen und auszutauschen, so dass sie sich in Klaras Gesellschaft wohlfühlte. Diese erschien ihr abwechslungsreicher als das ewige Geplauder über Kleider, wer mit wem Geschäfte machte oder die Ehe einging.

»Wie war deine Kindheit?«, erkundigte sich Nele freundlich. »Sicher hast du viele Geschwister und eine Mutter, die gut für euch gesorgt hat. Fehlt dir deine Familie?«

Klara schüttelte den Kopf. Es war ihr anzusehen, dass sich ihre Gedanken in einem Wettstreit über die Frage befanden, ob sie sich auf die Unterhaltung einlassen sollte oder nicht. Schließlich platzte sie heraus: »Ich weiß nicht, wer meine Mutter ist.«

»Du bist ein Findelkind?« Nele starrte Klara entsetzt an. Ihr gingen die vielen Bilder durch den Kopf, die sie von großen Künstlern kannte, die sich das Los der ausgesetzten Kinder in der griechischen und römischen Mythologie zum Thema genommen hatten. Auch wusste sie durch Ellinors wohltätige Arbeit um das Leid in Waisenhäusern. Seltsamerweise hatte sie immer geglaubt, anständige, hübsche Hausmädchen kämen aus kinderreichen Familien, die bei aller Bedürftigkeit liebevoll für ihren Nachwuchs sorgten.

»Meine Mutter gab mich als Neugeborenes zu einer Frau, die keine eigenen Kinder bekommen kann. Sie ist ein guter Mensch, meine Ziehmutter, sie hat mich ganz alleine großgezogen.«

»Hat sie keinen Mann?«

»Der ist auf See geblieben, als ich noch klein war. Und sie hat nicht wieder geheiratet, obwohl es schon einige Anwärter gab.«

»Oh. Dann hast du also keine Geschwister?«

»Ich bin allein.«

Ziemlich allein sogar, dachte Nele seltsam berührt. Sie beschloss, die Etikette für einen Moment zu vergessen, und forschte neugierig nach: »Hast du eine Ahnung, wo deine Mutter sein könnte? Ich meine, möchtest du sie finden?«

Klara zuckte mit den Achseln. »Meine Mutter kam wohl von hier. Aus Hamburg.«

»Was ist mit deinem Vater?«

»Über diesen Mann hat meine Ziehmutter nie gespro…«

Irgendwo auf dem Flur polterte es, als wäre ein schwerer Gegenstand heruntergefallen. Hektisch blickte Klara zur offenen Tür. Nele wusste, dass dem Personal eingebläut wurde, die Zimmer nur bei geschlossenen Türen zu säubern. Da sie dem Mädchen keinen Ärger machen wollte, nickte sie ihm aufmunternd zu und schickte sich an, Charlottes Schlafgemach zu verlassen. Auf dem Weg nach draußen wandte sie sich aber noch einmal um.

»Wenn du einen Rat bei der Suche nach deiner Mutter benötigen solltest, kannst du dich gerne an mich wenden.«

Klara versank in einen tiefen Knicks. »Vielen Dank, gnädiges Fräulein.«

»Schon gut«, erwiderte Nele freundlich. Die eigene Herkunft nicht zu kennen erschien ihr weitaus schlimmer als der frühe Verlust der eigenen Mutter, von der sie sich wenigstens ein Bild machen konnte. »Du solltest jetzt besser die Laken wechseln und das Federbett aufschütteln, bevor du Ärger bekommst«, fügte sie zwinkernd hinzu.

Daraufhin färbten sich Klaras rosige Wangen noch einen Ton dunkler, und Nele überlegte, dass sich das Mädchen gut als Modell eines Malers eignen würde. Es war wirklich ausnehmend hübsch. Was für ein Glück, dass sie keine Brüder hatte, die sich Klara gegenüber Frechheiten herausnehmen würden. Es wurde natürlich nicht offen darüber gesprochen, aber es kam immer mal wieder vor, dass junge weibliche Hausangestellte von einem Tag auf den anderen verschwanden. Hinter vorgehaltener Hand hieß es anschließend, das Dienstmädchen sei wegen einer Schwangerschaft auf die Straße gesetzt worden. Ob die elternlose Klara das Ergebnis einer solchen Liaison war? Hinter ihren feinen Gesichtszügen konnte sich durchaus ein liederliches Mitglied der besseren Gesellschaft verbergen.

Nachdem sie die Tür zu Charlottes Zimmer hinter sich geschlossen hatte, traf Nele im Flur auf Richter, der mit einem Arm voller Stiefeletten auf dem Weg zur Dienstbotentreppe war. Es gehörte auch zu seinen Aufgaben als sogenannter Morgenmann, das Schuhwerk des Hausherrn zu putzen.

Sie schenkte dem alten Diener ein herzliches Lächeln und wollte schon an ihm vorbei zu ihrem eigenen Zimmer gehen, als er sie mit den Worten aufhielt: »Darf ich mir eine Frage erlauben, Fräulein Nele?«

»Selbstverständlich. Was möchten Sie wissen?«

»Haben Sie etwas von Fräulein Lavinia gehört? Geht es ihr gut?«

Richters Fragen berührten Neles Herz, interessierte sich der Diener doch offenbar deutlich mehr für ihre Schwester als sie selbst. Sie hatte in den vergangenen Tagen kaum an Livi gedacht, die Kleine nicht einmal sonderlich vermisst. Zu sehr war sie mit ihren eigenen Angelegenheiten beschäftigt gewesen. Was für eine Schande, das Wohlbefinden der eigenen Schwester zu vergessen!

Schuldbewusst gestand sie: »Ich weiß es nicht. Wenn es ihr nicht gut ginge, wüssten wir aber sicher längst davon … Ich meine, schlechte Nachrichten verbreiten sich doch schneller als gute, nicht wahr?«

»Ja. Da haben Sie Recht, Fräulein Nele. Ganz gewiss. Es ist nur …«, zögernd brach er ab.

»Was ist nur?«, hakte sie automatisch nach.

Richters Stirn legte sich in tiefe Falten. »Ich sag's ungern, Fräulein Helene, aber es gibt da ein Gerede unter der Dienerschaft in den Häusern …«

»Ich bitte Sie, Richter!«, unterbrach Nele ungehalten und ertappte sich dabei, die drohend klingende Stimme ihrer Großmutter zu imitieren. In einem sanfteren Ton fuhr sie fort: »Der Klatsch interessiert doch nicht. Seit wann geben Sie ein Wort auf so etwas? Also, wirklich!« Sie ließ ihn einfach stehen und schwebte empört davon.

Die großspurige Art war nur gespielt. In Wahrheit war Richters sorgenvolle Miene ebenso ein Schock für sie wie der Hinweis, dass über Lavinia geredet wurde. Es war vielleicht nur eine Frage der Zeit gewesen, bis Livi mit ihrer Verbohrtheit die ganze Familie in Verruf brachte. Nur der Himmel wusste, wem sie alles von ihrer ach so großen Liebe zu diesem Bauarbeiter und ihrer lächerlichen Verlobung erzählt hatte. Natürlich wehten dann irgendwann Gerüchte durch Morgenzimmer und Dienstbotenkammern. Jedes Wort würde einen Schatten auf die Familie werfen und ihren Vater ebenso erzürnen wie ihre Großmutter. Dagegen half auch keine Reise an die Nordsee.

Vielleicht passierte ja anderswo ein Skandal, der die Aufmerksamkeit auf fremde Leute lenkte!

»Ach, Livi«, murmelte Nele zum unzähligsten Male betrübt.

»Geht es Ihnen nicht gut?«, erkundigte sich Konrad Michaelis, als er in sittsamem Abstand einen Schritt hinter Nele die Stufen hinauf in die erste Etage der Kunsthalle stieg.

Nachdem er am Eingang einen Katalog für sechzig Pfennige erstanden hatte, begannen sie die Besichtigung im Erdgeschoss in den Sälen mit den hamburgischen Malern des fünfzehnten bis achtzehnten Jahrhunderts und schlossen mit den Werken alter holländischer Meister. Den Raum mit den ausgestellten Gipsabgüssen überließen sie anderen Besuchern und wandten sich dem etwas düsteren Treppenhaus zu.

Mit der einen Hand zog sich Nele am Geländer hoch, mit der anderen fuhr sie sich über die Augen. Ein Schwindel hatte sie erfasst, den sie auf ihren Hut zurückführte. Ihr Gesicht wurde beschattet von der Krempe des großen Wagenradmodells, das sie aus Lavinias Kleiderschrank geliehen hatte. Die meisten Aufbauten hatte sie zwar entfernt, so dass ihre Kopfbedeckung nicht mehr ganz so spektakulär wirkte, aber ihren Zweck erfüllte. Sollte sie zufällig auf Bekannte stoßen, würde man sie unter dem Ungetüm aus lackiertem Stroh, Taftblumen und Federn nicht auf Anhieb erkennen, so dass sie ungesehen die Flucht ergreifen konnte. Nichts wäre schrecklicher, als jetzt selbst ins Gerede zu kommen, weil sie mit einem jungen Mann verabredet war, dem sie ihre Herkunft noch dazu verschwieg. Dummerweise war das Hutband etwas eng und drückte gegen ihren Schädel.

»Was ist mit Ihnen?«, hakte er fürsorglich nach.

»Ich habe Kopfschmerzen.«

Seine Finger schlossen sich um ihren Ellenbogen. Es war eine akzeptable Geste, weil er sie nur stützte. Doch Nele ging die Berührung durch und durch. Ein verstörender Schauer lief über ihren Rücken.

Wie oft war sie von Malerfreunden stürmisch umarmt worden? Die Anzahl der Luftküsse, die russische oder französische

Kunststudenten bei den Treffen in einem Atelier oder Salon neben ihre Wangen gesetzt hatten, ging ins Uferlose. Sie war es mehr als andere junge Damen ihres Standes gewohnt, die Hand eines Mannes auf ihrem Arm oder ihrer Schulter zu spüren. Was war nur los mit ihr, dass es sich diesmal so anders anfühlte?

Sie hob den Kopf und sah ihn an. Seine funkelnden Augen tauchten in ihre Blicke.

»Möchten Sie sich ein wenig ausruhen?«, fragte er sanft. »Oder wären Sie lieber an der frischen Luft?«

Seine Frage amüsierte sie. »Ich war mit Ihnen in einem Tunnel unter Wasser und brauchte keine frische Luft, da werde ich es wohl in einem Museum aushalten, meinen Sie nicht?«

Er erwiderte ihr Lächeln. »Offenbar geht es Ihnen wieder besser. Dann können wir unseren Rundgang tatsächlich fortsetzen. Aber wenn Sie möchten, lassen wir uns lieber einen Moment irgendwo nieder.«

»Das wird nicht nötig sein, danke.«

Ihre Augen wanderten hinab zu seiner Hand. Sie öffnete den Mund, um ihn darauf hinzuweisen, dass sie seine Hilfe nicht brauchte, doch er kam ihr zuvor: »Ich glaube, das ist nötig«, sagte er und drückte ihren Arm.

Still gingen sie weiter. Nele widerstand dem Versuch, sich bei ihm richtig unterzuhaken. Dabei machte der anhaltende Körperkontakt sie noch schwindeliger, als sie ohnehin war. Sie fühlte, wie ihre Wangen zu glühen begannen, und hoffte, die Krempe des Hutes werde ihr Gesicht so weit beschatten, dass ihm diese Veränderung nicht gleich auffiel.

Um dieses seltsame Schweigen zu unterbrechen, begann sie zu plappern. Sie wies ihn auf die riesigen Wandgemälde des verstorbenen Bremer Künstlers Arthur Fitger hin, eine Art hanseatischer Hofmaler. Mit gesenkter Stimme erklärte sie, dass er den Kunstgeschmack in Bremen und Hamburg zu bestimmen versuchte und dabei jede Abweichung von entzückenden Putten, elegischen Gottheiten und mystischen Darstellungen diskreditiert hatte. Vor allem die modernen Bilder der meisten Malweiber hatte er nicht nur abgelehnt, sondern öffentlich auf das Übelste beschimpft: »Stellen Sie sich nur vor, er meinte, der Wortschatz einer reinlichen Sprache reiche für die Arbeiten der Frauen nicht aus.«

»Wie unangenehm!«, pflichtete Michaelis ihr bei.

»Nicht wahr?«

Als sie zu ihm hinsah, entdeckte sie das spöttische Aufblitzen seiner Augen. Obwohl sie den Bilderstreit nicht lustig fand, schmunzelte sie. Es ist nett, dachte Nele, dass er mich immer wieder zum Lachen bringt. Sogar ihre Kopfschmerzen waren für einen Moment vergessen.

»Wäre es vermessen, Sie zu bitten, mir einige Ihrer Werke zu zeigen, Fräulein Nele?«, fragte er, und der Schalk in seinem Blick wich einer vorsichtigen Aufmerksamkeit.

Sein offenbar aufrichtiges Interesse freute sie. »Wenn Sie sich nach München zur Galerie Thannhauser aufmachen wollten, würden Sie eine Zeichnung von mir in der Ausstellung sehen können.« Dass sie nicht wusste, ob das Bild tatsächlich aufgehängt worden oder vielleicht sogar bereits verkauft war, spielte keine Rolle. Es machte sie so stolz, in einer Kunsthandlung vertreten zu sein. Und Michaelis würde auf diese Information sicher nicht so herablassend reagieren wie ihr Vater, das spürte sie.

Er nickte und wirkte dabei tatsächlich beeindruckt. Nach einer Weile sagte er: »Ich sehe schon, dass der Weg zu Ihnen über die bayerische Residenzstadt führt.«

Sie hätte ihm antworten sollen, dass zu ihr gar kein Weg führte, doch den Hinweis auf ihre Tugend und ihren künstlerischen Ehrgeiz schluckte sie herunter.

Im ersten Stock durchstreiften sie die Säle mit den Gemälden aus dem achtzehnten und neunzehnten Jahrhundert. Als sie die Porträts Franz von Lenbachs passierten, die der Münchner Malerfürst von Reichskanzler Bismarck, Kaiser Wilhelm I. und Generalfeldmarschall Graf Moltke angefertigt hatte, beschleunigte sich Neles Schritt.

»Nicht, dass Sie glauben, wir arbeiten heutzutage noch in diesem Stil. Meine Kommilitonen und ich bevorzugen andere Techniken.«

»In der Tat, ich würde nie etwas Altmodisches von Ihnen erwarten.«

Amüsierte er sich über sie? Nele kam nicht zu einer Nachfrage, konnte Michaelis nicht einmal ansehen, weil sie einer Gruppe Backfische ausweichen musste, ein Dutzend Schülerinnen, die offensichtlich zur Kunsterziehung durch das Museum geführt wurden. Dadurch war Michaelis gezwungen, seine Hand von ihrem Arm zu lösen und hinter ihr, statt neben ihr, in den Saal mit den Gemälden der neuen englischen Schule zu gehen. Die Stimme der Lehrerin, welche die Mädchen auf die großzügige Schenkung des vor über zehn Jahren in London verstorbenen deutsch-britischen Reeders und Werftbesitzers G. C. Schwabe hinwies, hallte durch den Raum.

Michaelis beugte sich über Neles Schulter und flüsterte, nachdem er einen kurzen Kampf mit ihrer Hutkrempe ausgetragen hatte: »Schwabe war Mitbesitzer der Werft Hartland & Wolff in Belfast. Die Briten bauen dort gerade das größte Passagierschiff der Welt. Schade für den Finanzier, dass er den Stapellauf der Titanic nicht mehr erleben durfte. Für einen Mann, dessen Herz an Schiffen hängt, wäre das doch ein überwältigendes Erlebnis gewesen.«

»Ja, ich weiß«, entfuhr es Nele. Im nächsten Moment biss sie sich verärgert über ihre Achtlosigkeit auf die Zunge.

»Ich wollte auch nur einmal etwas Kluges beitragen«, gab er scheinbar zerknirscht zurück. »Von Gemälden verstehe ich ja nicht so viel.«

Nele stockte der Atem. Die Vorstellung, dass sich Michaelis in den Kreisen ihres Vaters auskannte oder gar bewegte, behagte ihr nicht. Es nahm irgendwie das Geheimnisvolle, ja, Verbotene aus ihren Treffen. »Verstehen Sie denn etwas von Schiffen?«, wollte sie leise wissen.

»Gerade so viel wie jedermann, wenn man in einem Büro in Altona nahe dem Hafen arbeitet und sich im Allgemeinen für die Wirtschaft interessiert.«

Seine Antwort half ihr nicht aus dem Dilemma. Wie peinlich, wenn er ein Bekannter ihres Vaters wäre und sie ihn an der Nase herumführte. Es wäre sogar verletzend. Vielleicht war jetzt der Moment gekommen, ihm von ihrer Familie zu erzählen. Doch Nele wollte den Zauber zwischen ihr und Konrad Michaelis nicht zerstören.

Statt ihren vollen Namen zu offenbaren, blieb sie vor dem fast rührenden Bildnis einer Kinderstube stehen und verwies auf die Malerin: »Dieses Werk ist von einer Frau. Sie nannte sich Henriette Browne und hängt bei den Künstlern aus England, war aber eigentlich Französin.«

Michaelis warf einen flüchtigen Blick auf das Gemälde, dann sah er Nele eindringlich an. »Und Sie? Signieren Sie auch mit einem Pseudonym?«

Die Kopfschmerzen brannten hinter ihrer Stirn.

»Nein. Ehrlich gesagt, ich habe noch nie darüber nachgedacht, dass ich mir einen anderen Namen zulegen könnte.«

»Warum erzählen Sie dann nichts von sich und Ihrer Familie hier in Hamburg?«

»Es gibt nichts zu sagen.«

Einen Moment lang schien es, als wollte er zu einer heftigen

Erwiderung ansetzen. Doch dann beherrschte er sich, nickte gedankenverloren und begann, in dem Museumskatalog zu blättern.

Nele wartete schweigend. Ihr Herz klopfte heftig, weil sie einerseits befürchtete, ihn mit ihrer Zurückhaltung zu verärgern. Wenn sie es andererseits recht bedachte, wusste sie aber auch nicht allzu viel von ihm. Vielleicht sollte ich mich für sein Leben interessieren, fuhr es ihr durch den Kopf – und im nächsten Moment wurde ihr bewusst, dass sie tatsächlich darauf brannte, mehr über ihn zu erfahren.

Plötzlich hob er den Kopf, lächelte sie an und verkündete: »Ich finde mich in der Broschüre nicht zurecht. Wir haben die Werke der Künstler des zwanzigsten Jahrhunderts aus Hamburg noch nicht gesehen. Wissen Sie zufällig, wohin wir gehen müssen?«

»In die zweite Etage.«

Michaelis bot ihr formvollendet seinen Arm. »Darf ich bitten, Fräulein Nele?«

Sie hakte sich bei ihm ein, bewahrte dabei jedoch eine gewisse Distanz des Anstands und schritt langsam an seiner Seite zurück zum Treppenhaus. Dabei dachte sie, dass er ein sehr angenehmer Mann mit ausgesprochen guten Manieren war. Es war anregend, mit ihm zu plaudern. Sie konnte mit ihm lachen – und seltsamerweise auch schweigen. In der Summe waren das sehr verwirrende Erkenntnisse. Aber vielleicht war auch nur der für sie ungewöhnliche Kopfputz schuld, dass sich mit einem Mal alles drehte.

14

»Gott sei Dank schließt die gnädige Frau den Würfelzucker nicht mehr weg«, nuschelte Ida mit vollem Mund und legte ein Stückchen vor Klara auf den Küchentisch. Als die Jüngere zögerte, drängte die Köchin: »Nun nimm schon, Mädchen!«

Klara blickte von der Nascherei zu ihren schwarz verfärbten Fingern. Seit Stunden war sie damit beschäftigt, das Silberbesteck mit dem eingravierten D in den Griffen gründlich zu putzen. Charlotte Dornhain hatte angeordnet, dass die neumodische, bereits fertig angerührte Silberputzseife erstmals für dieses vierzehntägige Ritual ausprobiert werden sollte. Bisher hatte man auch in diesem Haushalt einen Brei aus fein geschabter Kreide und Spiritus verwendet, aber die alte Dame wollte offenbar mit der Zeit gehen. Das fertige Mittel kostete dreißig Pfennige das Stück, was natürlich ziemlich teuer war. Deshalb gab Klara nur sehr wenig davon auf den weichen Lappen, mit dem sie Löffel, Gabeln und Messer abrieb.

»Was für ein Glück, dass Meta mit Fräulein Lavinia abgereist ist«, plapperte Ida weiter, während sie die Besteckteile begutachtete, die Klara poliert zur Seite gelegt hatte. Sie sortierte zwei Dessertlöffel aus. »Kind, hier sind noch Flecken drauf, du musst besser aufpassen! Wahrscheinlich kommt das von den Eiern neulich, die irgendwer mit dem guten Silber gegessen hat. Also, was ich noch sagen wollte … Wäre Meta, diese diebische Elster, nicht abgereist, hätte die gnädige Frau den Schrank mit dem Würfelzucker bestimmt nicht unverschlossen gelassen.«

Der aufsteigende Hustenreiz verhinderte Klaras Antwort. Glücklicherweise kam er nicht von der Erkältung, die Fräulein Helene kürzlich niedergeworfen hatte. Sogar die Abreise nach München war verschoben worden, und Klara war für ihre Pflege verantwortlich. Schuld an ihrem Husten trug vielmehr der beißende Geruch der Silberputzseife.

Prompt schüttelte Ida verärgert den Kopf. »Ich hätte dir nicht erlauben sollen, die neue Reinigungsseife hier bei mir auszuprobieren. Wieso war ich eigentlich so versessen auf ein bisschen Gesellschaft? Putzmittel gehören in die Spülküche, jawohl! Jetzt stinkt alles, und du machst den Tisch schmutzig.«

Klara wischte mit dem Handrücken unter ihrer Nase entlang. »Entschuldigung, ich mache gleich alles sauber …«

Ein energisches Klopfen an der Hintertür unterbrach sie.

»Na, so kannst du nicht öffnen«, erklärte Ida und tippte auf Klaras Nasenspitze, auf der ein dunkler Fleck prangte. »Wasch dich … und dann nimm endlich das Zuckerstück, bevor es ein Lieferjunge stiehlt.«

Sprach's und drängte ihren massigen Leib an Klara vorbei. Dass die Herrscherin über den Küchentrakt eigens zur Tür marschierte, war so ungewöhnlich, als würde die Hausherrin auf ein Klingeln am Hauptportal reagieren.

Rasch tauchte Klara ihre Hände in die Emailleschüssel mit dem einfachen Seifenwasser, in dem das Familienbesteck nach der intensiven Reinigung abgespült werden musste. Ihre Haut war trocken und rissig, unter den Fingernägeln leuchteten schwarze Halbmonde. Es war nicht ganz einfach, die Spuren ihrer Arbeit fortzureiben. Die Rückstände des Putzmittels und der Silberlegierung hafteten wie Klebstoff.

»So hohen Besuch nenn' ich mal eine Überraschung!«, hörte sie Ida an der Tür zwitschern. »Was verschafft uns die Ehre, werter Herr Sievers?«

»Ich war in der Nähe«, erwiderte eine Klara unbekannte Männerstimme. »Und da dachte ich bei mir, die beste Köchin diesseits der Alster bietet mir bestimmt einen Kaffee an.«

Ida kicherte wie ein junges Mädchen nach einem zweideutigen Kompliment. »Aber natürlich, Herr Sievers, natürlich. Kommen Sie nur herein.«

Karla erwartete, dass die Köchin den Besucher in den Aufenthaltsraum für das Personal führen würde, doch der Fremde trat mit einer Selbstverständlichkeit in die Küche, als gehörte er zu diesem Haus.

Er war ein überraschend gut gekleideter Mann, er trug sogar

weiße Gamaschen zu seinem dunkelgrauen Anzug. Er war mittelgroß und kräftig, seine bleiche Gesichtsfarbe wirkte ebenso wie die teigige Haut ziemlich ungesund und als würde er sich nie lange im Freien aufhalten. Doch seine hellen, großen blaugrauen Augen schauten wach. Sein aus der Stirn gekämmtes blondes Haar glänzte ölig, als habe er bei der Morgentoilette zu tief in die Dose mit der Pomade gegriffen. Er maß Klara mit einem abschätzenden Blick.

Ein paar Atemzüge lang hielt Klara diesem Blick stand, dann zog sie rasch die Hände aus der Lauge, trocknete sie an einem Lappen ab und griff beherzt nach dem Zuckerstück, das noch immer auf dem Tisch lag. Sie knickste höflich, bevor sie die Schüssel anhob und sich anschickte, das Wasser in der nebenan liegenden Spülküche auszugießen.

Der Mann trat ihr in den Weg. Das breite Grinsen seiner Lippen erreichte seine Augen nicht. »Wen haben wir denn da?«, rief er im Ton falscher Begeisterung aus.

Klara hatte Mühe, dass das Wasser nicht überschwappte, als sie ihm auszuweichen versuchte. Er roch zwar recht angenehm, aber sie entfloh – so gut es eben ging – immer einem zu engen Körperkontakt mit fremden Männern.

Doch der Gast folgte jedem ihrer Schritte und stellte sich ihr immer wieder in den Weg.

Nachdem sie das Spiel eine Weile beobachtet hatte, mischte sich Ida resolut ein: »Nun lassen Sie mal das Mädchen seine Arbeit machen, lieber Herr Sievers. Sie bringen mir die Kleine noch ganz durcheinander. Und dann steht meine Küche unter Wasser. Das hat man nu' von seiner Gutmütigkeit.«

»Ihr beide habt meine Frage noch nicht beantwortet«, erwiderte Sievers ungerührt. »Wer ist die Kleine?« Er hob die Hand und zog Klara leicht an ihrem Zopf. »Na, wie heißt du? Wo kommst du her? Bist ja ein verdammt hübsches Ding – selbst mit dem Schmutz im Gesicht!« Nach dieser Bemerkung wandte er sich lachend ab, behielt sie aber weiter im Blick.

Klaras Herz klopfte bis in ihre Kehle, die von dem steifen weißen Kragen ihrer Uniform zugedrückt zu werden schien. Ihr Mund fühlte sich trocken an, von dem auf ihrer Zunge geschmolzenen Zuckerstück blieb ein seltsam bitterer Nachgeschmack. Die Art und Weise, mit der sie von dem fremden Mann betrachtet wurde, erinnerte Klara an eine Fleischbeschau. Die Intensität machte ihr Angst.

Ihre Finger schlossen sich so fest um den Rand der Wasserschüssel, dass die Knöchel weiß hervortraten. Dann flüchtete sie in die Spülküche, wobei sie einen möglichst großen Bogen um den Besucher machte.

»Schnacken Sie nicht, Herr Sievers«, hörte sie die Köchin plaudern, »Sie wissen doch längst, dass die Herrschaften ein drittes Hausmädchen eingestellt haben. Es würde mich sehr wundern, wenn Ihnen das nicht gleich an Klaras erstem Arbeitstag gesteckt worden wäre.«

Ein dröhnendes Lachen antwortete Ida.

Während Klara die Schüssel in das Spülbecken ausgoss, fuhr Ida fort: »Die Kleine kommt auf Empfehlung aus Glückstadt. Der gnädige Herr höchstpersönlich hat sie eingestellt.«

»Das muss ja dann eine ganz besondere Empfehlung sein«, der Stuhl knarrte, auf dem sich Sievers niederließ.

Ein Klappern und Rauschen verriet Klara, dass Ida einen Kessel auf das Ofenfeuer gesetzt hatte. Dabei erklärte die Köchin: »Fragen Sie nicht mich, lieber Herr Sievers. Ich mach' hier nur meine Arbeit und bin zum Kochen statt zum Tratschen da. Aber eines kann ich Ihnen sagen: Klara ist ein gutes Kind. Sie macht sich sehr anständig, ist bescheiden und willig. Und so hochfliegende Pläne wie unsere Meta hat sie wohl auch nicht. Da ist Anstand dahinter.«

»Nun lassen Sie mal Meta außen vor, gute Frau! Die ist für Besseres geboren als für eine Arbeit als zweites Hausmädchen. Das habe ich ihr selbst gesagt …«

»Und das steigt ihr zu Kopf«, unterbrach Ida. »Hirngespinste sind nicht gut für unsereins. Im Personaltrakt hat man sich mehr als in den Empfangszimmern an die Regeln zu halten.«

»Schon möglich …«, die beiden Worte hallten mit einer eigenartigen Schwingung durch die Räume.

Klara kam es vor wie ein Musikstück, das plötzlich abgebrochen wurde. Sie hielt den Atem an, als sie die leere Schüssel auswischte. Doch über Ida und den Fremden in der Hauptküche senkte sich Schweigen. Porzellan klirrte leise.

Plötzlich fragte der Gast: »Wieso wurde dann nicht nach den Regeln verfahren und ein Hausmädchen mit meinen Referenzen genommen?«

»Das kann ich Ihnen nicht sagen, lieber Herr Sievers.«

»Wirklich nicht? Die beste Köchin diesseits der Alster hat doch bestimmt eine Ahnung. Wollen Sie die nicht mit mir teilen, Ida?«

»Einen Teufel werd' ich. Nichts für ungut, aber ich behalte meine Gedanken lieber für mich. Hier oben – in meinem Kopf! – sind die nämlich gut aufgehoben.«

»Wie schade!« Die Stimme des Besuchers klang so geschmeidig, als wäre sie mit Öl geschmiert worden. »Nun, lassen wir das«, er legte eine Pause ein, dann: »Auf dem Weg hierher dachte ich so bei mir, Ida kann mir bestimmt etwas über die Verlobung von Fräulein Lavinia erzählen. Schließlich müssen Vorbereitungen für eine große Hochzeit getroffen werden. Das Fräulein soll ja ganz verrückt nach ihrem Bräutigam sein.«

»Davon weiß ich nichts!«

Klara hielt den Atem an. Über die jüngste Tochter des Hauses wurde seit deren Abreise zur Insel Sylt kaum gesprochen. Es schien Klara, als wären alle im Haus erleichtert, dass ein Skandal abgewendet werden konnte und das verliebte Fräulein keine Probleme mehr machte. Von einer Hochzeit war am Harvestehuder Weg zwölf gewiss keine Rede. Wieso kam dieser fremde Mann jetzt mit dieser Geschichte?

»Also, wirklich, Ida! Verschaukeln Sie mich nicht.« Porzellan klirrte laut, als setzte der Mann die Tasse besonders heftig auf den Unterteller. »Ich bin Ihr Freund. Haben Sie das vergessen? Oder hat die gnädige Frau Anweisung erteilt, dass künftig nicht nur die Aushilfen über den Privaten Lohndiener-Verein anstatt über die städtische Gesindemaklerei engagiert werden? Kommt das dritte Hausmädchen auch von dort?«

Allmählich dämmerte Klara, wer der Besucher war: Bruno Sievers, der Gesindemakler, von dem Meta ihr ständig vorschwärmte. Ein wichtiger Mann für das Personal, denn er war in der Lage, hier mal ein besonders gutes Wort einzulegen und dort eine vernichtende Bemerkung fallen zu lassen. Das hatte Klara inzwischen gelernt. Dennoch plagten wohl auch ihn gewisse Nöte.

Offenbar sah Sievers in dem Zusammenschluss der Dienstboten, die wie Tagelöhner nur kurzfristig angestellt wurden, eine ernst zu nehmende Bedrohung. Klara konnte sich nicht recht vorstellen, warum dem so war, denn die Leihdiener wurden nur zu besonderen Anlässen wie größeren Abendessen und Bällen in den vornehmen Häusern beschäftigt. Das hatte ihr Ida erzählt, als diese vom runden Geburtstagsfest des Hausherrn im vorigen Jahr gesprochen hatte. Vierundzwanzig Personen waren zu Tisch gebeten worden, und Ida hatte sich geweigert, für diesen Anlass die Hoheit in ihrer Küche an eine andere Köchin abzugeben. Aber Frieda und Meta hatten natürlich nicht alleine servieren und gleichzeitig die Mäntel abnehmen können und was sonst noch alles an Arbeit anfiel, wenn eine umfangreichere Gästeschar eingeladen wurde. Schließlich waren alle erleichtert gewesen, weil der Lohndiener-Verein nicht nur Lakaien, sondern auch Gläser, Bestecke und Teller bereitgestellt hatte, obwohl entsprechende Haushaltswaren vorrätig waren. So musste sich aber keiner in der Dornhain'schen Villa um den riesigen Berg Abwasch kümmern.

»Nein. Klara ist eine private Empfehlung. Das weiß ich genau«, versicherte Ida dem Gesindemakler. »Wo steckt das Mädchen eigentlich …? Klara, hast du dich selbst im Ausguss hinuntergespült?«

Klara schob die ausgewaschene Schüssel in das Regalbord unter dem Spülstein, wischte sich rasch die von der Feuchtigkeit aufgequollenen Finger an einem Handtuch ab, strich mit einer feuchten Ecke über ihr Gesicht und kehrte in die Küche zurück. Dabei straffte sie die Schultern, drückte das Kreuz durch und reckte ihr Kinn in die Höhe. Sievers sollte ja nicht denken, dass sie ein einfältiges Ding war, dem er Angst einjagte. Sie fürchtete sich zwar tatsächlich vor ihm, aber das brauchte sie ihm nicht auch noch zu zeigen.

Der Besucher saß am Tisch, die Beine bequem von sich gestreckt, und hob gerade die Kaffeetasse an. Manieriert spreizte er den kleinen Finger ab, und Klara dachte, dass sie diese übertriebene Geste noch nicht einmal bei Victor Dornhain beobachtet hatte.

Als Sievers Klaras gewahr wurde, stellte er die Tasse ab und schenkte ihr wieder dieses kalte Lächeln, das seine forschenden Augen nicht erreichte. »Da bist du ja endlich. Deinen Namen hast du mir noch immer nicht genannt. Hast du keinen oder bist du stumm?«

»Ich heiße Klara Tießen, mein Herr.«

»Hast du schon einen Freund, Klara Tießen?«

Die Frage war ihr unangenehm. Sie spürte, wie eine flammende Röte ihren Hals hinauf, am Unterkiefer entlang und über ihre Wangen zog. Natürlich hatte sie nicht einmal einen Verehrer. Wo sollte sie den auch hernehmen bei all der Arbeit? Außerdem fühlte sie sich zu jung, um Bekanntschaften zu schließen. Und mit wem sollte sie auch anbandeln in der großen Stadt? Spätestens, wenn sie erzählte, dass sie eine Pflegemutter hatte und ihre Herkunft im Ungewissen lag, würde sich jeder anständige Kerl abwenden.

Sie schluckte. »Herumzutändeln ist den Hausmädchen nicht gestattet, mein Herr.«

Wieder dieses dröhnende Lachen. »Löblich, löblich. Du bist wirklich ein gutes Kind. Die Ida hat ganz Recht. Aber das bedeutet ja nicht …«, er hob die Hand, ließ sie einen Moment in der Luft hängen, bevor er erneut nach Klaras Zopf griff. »Aber das bedeutet ja nicht, dass du dich an jedes ungeschriebene Gesetz halten musst, nicht wahr?«

Klara erstarrte. Sie war im Begriff gewesen, das Silberbesteck vom Tisch zu räumen, weshalb sie Sievers nicht schnell genug ausweichen konnte. Eine Suppenkelle glitt ihr aus der Hand und krachte auf den Boden.

»Das gibt hässliche Dellen«, kommentierte Ida das Malheur. Sie warf Sievers einen scharfen Blick zu, sah dann zu Klara und schüttelte leicht den Kopf. Es war nicht erkennbar, ob dies aus Besorgnis oder Ärger geschah.

Sievers ließ ihre Haare los. »Solche Unachtsamkeiten darfst du dir nicht oft erlauben, wenn du in einem vornehmen Haushalt bleiben möchtest, Klara Tießen«, dozierte er. »Nun heb die Kelle schon auf. Oder soll sie den ganzen Tag auf dem Fußboden liegen bleiben?«

Es war peinlich und erniedrigend, aber Klara blieb nichts anderes übrig, als vor dem Gesindemakler in die Knie zu gehen. Sie verrenkte sich ein wenig, um ihr Hinterteil nicht allzu weit herauszustrecken, doch das gelang ihr nicht so, wie sie es sich gewünscht hatte. Prompt spürte sie eine Hand schwer auf ihrem Gesäß.

»Ich habe heiße Zitrone und Hühnersuppe für Fräulein Helene gemacht«, sagte Ida. »Bring ihr am besten gleich ein Tablett ans Bett, Klara. Um das Silber kannst du dich später kümmern. Die Genesung des gnädigen Fräuleins geht vor.«

Klara atmete erleichtert durch und richtete sich auf. Die Hand, die ihren Po berührt hatte, zog kurz an einem der Bänder, die von der Schleife ihrer Schürze hinabhingen, ließ aber davon ab, bevor sich der Knoten öffnete. Am liebsten hätte Klara ihm mit der schweren silbernen Suppenkelle eins übergezogen. Doch sie bemerkte plötzlich Idas warnenden Blick und blieb lieber still.

Schweigend nahm sie das Tablett auf, das Ida für die Patientin hergerichtet hatte. Obwohl ihr Sievers ein »Wir sehen uns wieder, kleine Klara Tießen!« nachrief, verabschiedete sie sich nicht.

15

Die schwere Erkältung fesselte Nele ans Bett.

»Dieses unnatürlich warme Wetter macht krank«, behauptete ihre Großmutter. »Früher gab es so etwas nicht. Da waren Jahreszeiten eben Jahreszeiten. Der Herbst wurde nicht zum Sommer. Das härtete ab.«

Nele konnte Charlottes Logik nicht unbedingt folgen, es war ihr jedoch gleichgültig, warum sie sich erkältet hatte. Ihre Gedanken kreisten um anderes. Sie schlief zwar die meiste Zeit, aber wenn sie wach lag, dachte sie an Konrad Michaelis. Er beschäftigte sie mehr, als es sein durfte, denn nichts sollte ihr so fern sein wie die Liebschaft zu einem Mann in Hamburg. Doch irgendwann hatte ihr Sinn für die Realität den Kampf gegen die aufkommenden Gefühle verloren. Und dann träumte sie schließlich auch von ihm. Ob schlafend oder nicht – immer wieder verlor sie sich in der Erinnerung an ihr bislang letztes Treffen.

Obwohl ihre Kopfschmerzen bereits auf eine Erkältung hinwiesen, hatte sie sich mit dem jungen Architekten vor ihrer ursprünglich geplanten Abreise nach München verabredet. Nur noch ein einziges Mal wollte sie ihn treffen. Ein kurzer Spaziergang über die Lombardsbrücke sollte es werden. Ganz unverfänglich. Zum Abschiednehmen.

Als Nele verspätet eintraf, fielen schwere Tropfen aus tief hängenden Wolken. Abgesehen von dem leichten Nieseln neulich, war dies der erste richtige Regen seit Monaten. Eine Wohltat für Mensch und Tier, selbst die Schwäne suchten nicht gleich Schutz unter dem Dach des Futterhauses auf der Binnenalster.

Michaelis spannte seinen Schirm auf, hielt ihn über Nele, aber sie rückte ein wenig näher an ihn heran, damit sie beide etwas davon hatten. Seit' an Seit' standen sie am Geländer der wuchtigen Steinbrücke. Wie Kinder zählten sie die Kreise, die sich auf der Wasseroberfläche bildeten, wenn die feuchten Himmelsperlen versanken. Niemand störte ihre Zweisamkeit, bei diesem relativ warmen Schauer war die Brücke fast menschenleer. Hin und wieder ratterte ein Fuhrwerk in ihrem Rücken vorbei oder ein Automobil.

Zwar litt Nele bereits seit dem Besuch in der Kunsthalle unter leichtem Schüttelfrost, aber plötzlich fror sie nicht mehr. Eine Windböe peitschte den Regen gegen ihren Rock, doch sie lachte nur, als das feine Tuch wie ein nasser Lappen um ihre Beine schlug. In Gesellschaft dieses Mannes konnte ihr nichts geschehen.

In ihrem Bett liegend, lauschte sie in ihrem Kopf der endlosen Wiederholung von Michaelis' Worten, hörte den Nachklang seiner dunklen Stimme.

Endlich hatte sie sich nach seinem Leben erkundigt. Gegen

das Geländer der Brücke gelehnt, erzählte er vom Tod seiner Eltern in Deutsch-Ostafrika. Sein Vater war ein schlecht bezahlter Offizier der Schutztruppe, seine Mutter arbeitete als Krankenschwester auf einer Missionsstation. Beide waren überzeugte Kolonialisten und hatten den einzigen Sohn lieber der Obhut einer kinderlosen, reich verheirateten Tante in der Heimat überlassen, als ihre Ansichten und missionarischen Ziele hintanzustellen. Immerhin hatte er auf diese Weise eine Erziehung und Bildung genossen, die ihm seine Eltern unter anderen Umständen niemals alleine hätten angedeihen lassen können. Dafür fehlte es ihnen an den nötigen Mitteln. Wie er als Architekt nach oben strebte, hatten seine alten Herrschaften allerdings nicht mehr erlebt. Sein Vater fiel gleich zu Beginn des Maji-Maji-Krieges vor sechs Jahren, seine Mutter kam kurz darauf bei einem Überfall durch die Aufständischen ums Leben. Danach bestand seine Familie nur noch aus seiner inzwischen verwitweten Tante und seinem Mentor an der Hochschule in Hannover. Diese Menschen waren ihm jedoch vertrauter als seine Eltern, die er jahrelang nicht gesehen hatte. So schmerzte der Verlust nicht zu sehr. Anders bei seiner Tante, die im vorigen Jahr verstarb. Sie hatte ihn stets wie einen eigenen Sohn behandelt und machte ihn daher auch zu ihrem Erben. Sie hinterließ ihm ein bescheidenes, aber für seine Bedürfnisse ausreichendes finanzielles Polster und vor allem eine ziemlich neue Reihenvilla in der St. Benedictstraße.

»In welchen Geschäften war der Mann Ihrer Tante tätig?«, wagte Nele zu fragen.

»Mein Onkel besaß eine kleine Fabrik für Seifen in der Speicherstadt. Die räumliche Nähe zu den Gewürzhändlern sicherte ihm den Zugriff auf erstklassige Ingredienzien. Daraus entwickelte sich ein überraschend prosperierendes Unternehmen, er verkaufte seine Produkte sogar bis an den Hof nach St. Petersburg. Die Manufaktur wird heute von den Söhnen seines Bruders geführt.«

Seifensieder! Charlotte Dornhain würde in Grund und Boden versinken ob dieses Umgangs ihrer Enkeltochter. Gewiss würde sie diese Berufsgruppe nicht bei den Kaufleuten ansiedeln, die als adäquate Herren angesehen wurden. Neles Freundin Zofia indes wäre wahrscheinlich begeistert über die Karriere des Onkels von Konrad Michaelis. Dennoch hätte Zofia den Handel mit dem Zarenhof als verwerflich betrachtet. Wie Nele es drehte und wendete – ihre neue Bekanntschaft würde wenig Zustimmung in ihrer Familie und bei ihren Freunden ernten.

»Vielleicht kennen Sie die *Egyptische Toilette Seife* von J. S. Douglas«, unterbrach Michaelis ihre Gedanken.

»Oh ja, natürlich«, rief sie angetan aus. »Gibt es da nicht diese Geschichte, dass der Hersteller das Geheimnis um die Privatseife des Paschas von Ägypten gelüftet habe?«

Michaelis lachte. »Mein Onkel war ein brillanter Verkäufer. Er behauptete auch, die Rezeptur seiner *Chinesischen Himmelsseife* von der kaiserlichen Seifenmanufaktur in China erhalten zu haben. Ich befürchte, dass beide Behauptungen klug ausgedachte Märchen sind und nichts sonst.«

»Der Erfolg gibt ihm Recht, oder? Sogar die Zeitungen berichteten darüber.«

»Münchhausens Lügen waren auch einmal ziemlich hilfreich und sind weltberühmt. Trotzdem ist die Unwahrheit meine Sache nicht. Nicht einmal als Mittel zum Zweck.«

Wegen des Unwetters brach die Dämmerung früher herein als in den Tagen des nicht enden wollenden Sommers. Am Jungfernstieg flammten die ersten Lichter auf und spiegelten sich wie schwimmende Leuchtkäfer in der Binnenalster. Kurz darauf tauchten die Lampen der elektrisch betriebenen gusseisernen Kandelaber, die auf den vier Pfeilern der Brücke montiert waren, die Szenerie in heimeliges Gelb. Michaelis' Züge verschwammen unter Neles Blick, den sie jedoch rasch senkte, als sie der Aufrichtigkeit in seinen Augen gewahr wurde.

Statt nun endlich von sich zu sprechen, beging sie eine Indiskretion und fragte: »Bedauern Sie, dass Sie neben dem Haus nicht auch die Firma geerbt haben?«

»Nein. Oh nein.« Sein Schmunzeln wurde zu einem breiten Grinsen. »Ich hätte das Unternehmen in wenigen Monaten ruiniert. Vielleicht hätte mir die Seifensiederei Spaß bereitet, nicht aber die Leitung einer Fabrik. Ich bin kein Kaufmann, Fräulein Nele, ich liebe die Architektur. Das ist meine Berufung«, fügte er ernst hinzu. »Schon als Kind zeichnete ich nur Bauwerke und Grundrisse, obwohl mir niemand beigebracht hatte, wie das geht. Häuser interessierten mich mehr als Schiffe. Ziemlich ungewöhnlich für einen Hamburger, nicht wahr?«, schloss er mit einem zerknirschten Lächeln.

Obwohl er belustigt schien, sprach Michaelis wieder mit einer Leidenschaft von seiner Arbeit, die Neles Herz aufs Neue berührte. Sie fühlte mit diesem Mann eine Geistesverwandtschaft. »Das haben Sie schön gesagt.«

Seine Hände tauschten den Schirmgriff, und im nächsten Moment umschloss seine Rechte ihre Finger. Durch den Handschuh spürte sie seine Kraft und Körperwärme, tiefe Zärtlichkeit und Sehnsucht. Ohne sich zu zieren erwiderte sie den leichten Druck.

Hinter ihnen dampfte ein Zug über den für den Eisenbahnverkehr bestimmten, zur Außenalster hin gelegenen Teil der Brücke. Der Boden vibrierte leicht unter den Rädern der Lokomotive. Das Zischen und Stampfen übertönte jede Unterhaltung.

Still sahen sie sich an.

Als der Verkehrslärm verstummte, sagte Konrad: »Ich bedauere sehr, dass Sie so bald schon nach München abreisen.«

»Mein Studium …«

»Darf ich Ihnen schreiben?«

Sie öffnete ganz automatisch den Mund zu einem selbstverständlichen Ja, doch gerade als sie ihm ihre Adresse nennen wollte, fiel ihr ein, dass sie ihm dann auch ihren Namen verraten müsste. Er würde erfahren, dass sie die Tochter eines Reeders war und er nicht unbedingt der Umgang, der für junge Damen ihres Standes traditionell vorgesehen war. Das zarte Band zwischen ihnen wäre zerrissen, bevor sie ihm erklären konnte, dass sie sich nicht für derartige gesellschaftliche Regeln interessierte.

»Meine Vermieterin ist sehr sittenstreng«, improvisierte sie. »Eine Katholikin eben ... da kann man wohl nichts anderes erwarten, nicht wahr? Sie verbietet mir, Post von fremden Herren zu empfangen. Wenn Sie erlauben, werde ich Ihnen schreiben.«

»Es wäre mir ein Vergnügen. Meine Adresse ist St. Benedictstraße Nummer neun in Har...«

»Ich kenne mich in Harvestehude aus«, entfuhr es ihr.

»Das habe ich mir gedacht«, er sah sie aufmerksam an. »Sie wirken nicht wie eine junge Frau, die aus St. Pauli stammt.«

Abrupt ließ er ihre Hand los. Die Geste wirkte wie ein stiller Hinweis darauf, dass ihn die ständige Verheimlichung ihrer Herkunft schmerzte.

Dennoch sprach Nele nicht über sich. Und er fragte auch nicht. Sie führten leichte Konversation, unterhielten sich über die Schwäne, die Wappentiere Hamburgs, und den alten Brauch der Bürgerschaft, besonderen Staatsgästen ein Schwanenpaar zum Geschenk zu machen. »Schwäne sind treu und wahrhaftig bis in den Tod«, sinnierte er – und Nele verstand die Doppeldeutigkeit. Sie sagte jedoch nichts. So blieb die Bitterkeit eines Versäumnisses.

Am nächsten Tag waren die Anzeichen für die schwere Erkältung so deutlich, dass ihre Großmutter strikte Bettruhe verordnete. Das Fieber stieg, die Abreise nach München wurde auf einen unbestimmten Zeitpunkt verschoben. Und in ihren wachen Momenten fragte sich Nele schließlich, ob ihre Erkrankung ein Wink des Schicksals sein könnte.

Sobald sie einigermaßen genesen wäre, wollte sie Konrad Michaelis schreiben, dass sie wider Erwarten noch in der Stadt weilte. Und wenn sie sich dann träfen, würde sie ihm sagen, wer sie war.

Ganz sicher.

Wahrscheinlich.

Vielleicht.

Sie nahm sich jedenfalls vor, aufrichtig zu sein, wenn die Gelegenheit günstig wäre.

Die Aussicht auf ein Wiedersehen mit Konrad Michaelis linderte Kopfschmerz, Heiserkeit und Husten. Von dem Gedanken an ihn beseelt, versank Nele wieder in tiefem Schlaf.

Trotz der gepflasterten Straßen und der elektrischen Beleuchtung blieb Westerland ein Dorf, sosehr sich Lavinia auch bemühte, ihrem Aufenthalt auf der Insel Sylt einen positiven Aspekt abzutrotzen. Und Dörfer waren ihre Sache nicht.

Sie liebte die Großstadt mit ihren Geschäften und Cafés, Theatern, Restaurants, Empfängen und Konzerten. Es gab kaum eine Musikveranstaltung in Hamburg, auf der Victor Dornhains jüngste Tochter kein gern gesehener Gast war. Sei es in der Musikhalle, bei einer Hausmusik oder einer Opernaufführung im Stadt-Theater. Sie redete gerne über Oktaven und Pianoforti, obgleich sie eigentlich wenig Ahnung davon besaß, aber sie schaffte es, im richtigen Moment die passenden Worte zu wählen, so dass sie sich in den Salons den Anschein einer Fachkompetenz erplauderte.

Ihre Meinung über die in der Nebensaison nur gelegentlich dargebotenen musikalischen Aufführungen im Kurhaus von

Westerland oder die Orgelkonzerte in St. Severin im Kirchdorf Keitum interessierte jedoch niemanden. Die vorwiegend älteren Gäste beachteten sie meist ebenso wenig wie die Einheimischen – und wenn, dann nur hinter vorgehaltener Hand und voller Mitgefühl. Die Leute nahmen zweifellos an, sie sei zur Erholung nach schwerer Krankheit oder noch immer leidend an die Nordsee geschickt worden. Lavinias Versuche, Bekanntschaften zu knüpfen, scheiterten deshalb vor allem an der Angst vor Ansteckung, aber auch an den gesellschaftlichen Schranken, die ihr allein ob ihres jugendlichen Alters auferlegt waren.

Das Ehepaar aus Wien, mit dem sich Lavinia bei Tisch unterhalten hatte, reiste ab und überließ sie damit auch während der Vollpension sich selbst. Niemals hätte sie für möglich gehalten, dass sie diese Leute eines Tages vermissen könnte. Einsam verzehrte sie die Mahlzeiten und wünschte, tatsächlich krank zu sein, um auf dem Zimmerservice zu bestehen. Doch so weit ging sie nicht. Lavinia nahm sich zusammen und begab sich hoch erhobenen Hauptes regelmäßig in den Speisesaal.

Diese Wege waren auch deshalb sehr wertvoll, weil sie an der Rezeption vorbeiführten, wo sie sich jedes Mal nach dem Posteingang erkundigte. Doch außer ein paar Zeilen von ihrer Großmutter und von Ellinor sowie einer kurzen Nachricht von Nele kamen keine Briefe an ihre Adresse. Konrad Michaelis hüllte sich in Schweigen. Und er tauchte auch nicht als leibhaftige Überraschung auf.

Möglicherweise war ihr – dank Metas Hilfe – sehr leidenschaftlich verfasstes Schreiben verloren gegangen. So etwas kam vor. Also ließ sich Lavinia einen zweiten Brief ähnlichen Inhalts diktieren. Doch auch darauf erhielt sie keine Antwort.

Ihre Unruhe steigerte sich ins Unerträgliche. Ein Sturm kam auf, der die Wellen meterhoch gegen die Dünen drückte und die Gischt wie feinen Nieselregen über die Promenade sprühte. Doch selbst diese Windstärke konnte nicht das Verlangen aus Lavinias Körper peitschen, der unter der Sehnsucht bebte, mit der Metas Worte ihre Fantasie angeregt hatten.

Lavinia erlag einem nie gekannten Begehren. Ihr Wunsch, eins mit diesem bestimmten Mann zu werden, hatte sich längst in festen Willen verwandelt. Jetzt aber wurde er zu dem Zwang, Konrad Michaelis zu besitzen.

Doch er beantwortete weder den zweiten noch einen dritten Brief. Es schien, als ignoriere er sie und wünsche keinen Kontakt.

Lavinia erfasste der entsetzliche Gedanke, dass sie mit ihren anzüglichen Bemerkungen zu weit gegangen sein könnte. Vielleicht wollte ein anständiger Mann keine Frau, die sich wie eine Halbweltdame benahm – oder zumindest wie ein lüsternes Dienstmädchen. Andererseits gingen junge Herren doch angeblich dauernd in irgendwelche speziellen Etablissements oder vergnügten sich mit dem weiblichen Hauspersonal, wenn ihnen der Sinn nach Liebe stand. Warum also nahm Konrad Michaelis nicht, was ihm von einem echten Goldfisch angeboten wurde? Es war unvorstellbar für Victor Dornhains jüngste und verwöhnteste Tochter, dass sie von irgendeinem Menschen nicht geliebt wurde. Sie war immer das populärste Mädchen unter ihren Altersgenossinnen gewesen, ihre Tanzkarte war immer als Erste gefüllt. Unmöglich, dass sich daran etwas geändert haben könnte!

Je länger sie über das Problem grübelte, je einsamer sie im Verlauf ihres Aufenthalts wurde, desto stärker wurde ihr Heimweh. Nicht nur das Verlangen nach dem Mann ihres Herzens, sondern auch der Drang nach standesgemäßer weiblicher Gesellschaft setzte ihr zu. Schließlich erwog Lavinia, die Rückreise nach Hamburg vor der festgelegten Zeit anzutreten. Nur das dem Vater gegebene Versprechen hielt sie noch ein paar Tage lang davon ab.

16

»Es trifft sich gut, dass du wieder einigermaßen bei Gesundheit bist, Nele«, erklärte Charlotte Dornhain. »So muss ich nicht Lavinias Karte für die Opernaufführung heute Abend verfallen lassen. Dass das Mädchen auch solche Umstände macht! Vor lauter Aufregung habe ich vergessen, Herrn Richter loszuschicken, um ihre Karte zurückzugeben. Nun ja, dann begleitest du uns eben in das Stadt-Theater.«

»Ach je …«, entfuhr es Nele, bevor sie sich auf die Zunge biss und den Rest dessen, was ihr durch den Kopf ging, für sich behielt. Verlegen senkte sie die Lider und rührte in ihrem Milchkaffee, den sie erstmals wieder in Gesellschaft ihrer Familie im Morgenzimmer einnahm.

Ihr Vater sah sie erstaunt über den Rand der *Hamburger Nachrichten* an, in die er vertieft gewesen war. »Bist du doch noch nicht genug bei Kräften, um auszugehen?«

Die Sorge in seinen Augen rührte sie. »Nein, nein«, beeilte sie sich, »das ist es nicht. Ich meinte nur …«, sie legte eine Pause ein, in der sie sich überlegte, was sie denn gemeint haben könnte, und fügte schließlich hinzu: »Ach je, ich habe nichts Passendes anzuziehen.«

Tatsächlich bezog sich ihr Seufzer auf den Kunstgeschmack ihrer Großmutter. Einerlei, ob es sich um Gemälde oder Musik handelte, Charlotte Dornhain schätzte die gefällige Welt der Spätromantik mehr als den Rhythmus der Moderne. Obwohl das Hamburger Stadt-Theater eine der besten Adressen für Opernaufführungen im deutschsprachigen Raum war, erwartete Nele an der Seite ihrer Großmutter einen lähmend langweiligen Abend. Die alte Dame würde es zweifellos schaffen, alle aufregenden, zeitgemäßen Inszenierungen aus ihrem Kalender zu tilgen und die einzige altbackene Vorstellung zu besuchen, die angeboten wurde.

»Warum bedienst du dich nicht in Livis Kleiderschrank?«, meldete sich Ellinor zu Wort, nachdem sie einen Bissen ihres Honigbrotes mit einem großen Schluck Kaffee hinuntergespült hatte. »Da hängt viel zu viel herum, das sie nie abtragen wird.«

»Zieh doch dein Abendkleid von der vorletzten Saison an, das du nicht nach München mitnehmen wolltest«, schlug ihre Großmutter vor. »Es wird niemandem auffallen, dass es nicht neu ist. Alle Welt wird nur auf deine schreckliche Frisur sehen. Ich frage mich ohnehin, wie ich auf die Idee verfallen bin, dich mit kurz geschnittenen Haaren zu einem gesellschaftlichen Anlass mitzunehmen.«

Neles Hand fuhr an ihre Stirn. »Ich weiß tatsächlich nicht, ob ich mich schon kräftig genug fühle …«

»Es wird etwas von diesem Richard Strauss gespielt«, fuhr Charlotte ungeachtet des Einwands fort, »eine neue Oper, deren Premiere in Dresden Anfang des Jahres ein ungeheuerlicher Erfolg gewesen sein soll. Die Reichsbahn musste sogar Sonderzüge einsetzen, um den Andrang zu bewältigen. Dabei frage ich mich ernsthaft, was die Leute an diesen neumodischen Klängen finden. Lucia Schulte-Stollberg sagt allerdings, man könne den *Rosenkavalier* gut anhören. Nun, wir werden sehen.«

Nele starrte ihre Großmutter verblüfft an. »Du hast Karten für die Oper *Der Rosenkavalier* von Richard Strauss?«

»Sagte ich das nicht bereits?« Charlotte Dornhain stippte unwillig ihr Plunderteilchen in den Kaffee, beugte sich vor und biss die durchtränkte Ecke ab. Eine nicht unbedingt damenhafte Extravaganz, die sie sich im engsten Familienkreis erlaubte.

Nachdem sie den Bissen genüsslich verzehrt hatte, bemerkte sie noch immer ungehalten: »Du musst etwas mit deiner Frisur machen, Nele. Von mir aus kaufe dir falsche Haare, aber so kannst du dich nicht in Gesellschaft begeben.«

Victor Dornhain zwinkerte seiner Tochter verschwörerisch zu, bevor er das Gesicht wieder hinter der sogenannten Morgenzeitung für Politik, Handel und Schifffahrt und Organ für Hamburgische Angelegenheiten verbarg. »Vielleicht sollte Nele doch noch ein wenig länger das Bett hüten«, murmelte er hinter dem Blatt. »Ich möchte nicht, dass sie einen Rückfall erleidet, nur weil sie sich zu früh zu viel zugemutet hat.«

»Oh nein! Nein, nein!«, warf Nele rasch ein. »Es geht mir ganz hervorragend. Ich fühle mich durchaus in der Lage für einen Besuch des Stadt-Theaters.«

Nicht einmal hohes Fieber hätte Nele davon abgehalten, eine Aufführung des *Rosenkavaliers* zu versäumen. Alle Welt sprach von dieser musikalischen Komödie. Jeder, der sie gesehen hatte, war verzaubert. Als die Oper – kurz nach der Uraufführung in Dresden – im Februar auch in München Premiere gefeiert hatte, war es unmöglich gewesen, Karten zu ergattern. Selbst stundenlanges Anstehen führte für Nele und ihre Freunde nicht zum Erfolg.

»Dann ist es also abgemacht«, entschied Charlotte. »Nele begleitet Ellinor und mich in die Oper. Warum kommst du eigentlich nicht mit, Victor?«

Er faltete die Zeitung sorgfältig zusammen und legte sie auf den Tisch neben sein Gedeck. Dann stand er auf und griff nach dem Stock, der neben seinem Platz am Tisch lehnte. Er trat zu seiner Mutter und hauchte ihr einen Kuss auf die Stirn. »Du weißt, dass mir schon lange nicht mehr der Sinn nach Musik steht. Opernaufführungen sind doch eher etwas für Damen wie dich und unsere Mädchen.«

»Ich bin da ganz anderer Meinung, mein Sohn. Weder dein Geschlecht noch dein Beruf sollten dich von den gesellschaftlichen Verpflichtungen fernhalten, die mit unserem Stand verbunden sind. Hamburg besäße nicht das größte und modernste Konzerthaus Deutschlands, wenn der alte Laeisz der Stadt nicht die Millionen für den Bau der Musikhalle gespendet hätte. Und der war schließlich auch Reeder.«

Über dem Kopf seiner Mutter zwinkerte Victor seinen beiden Töchtern zu, dann griff er mit der freien Hand in die Westentasche und klappte in einer geschickten, jahrzehntelang verfeinerten Bewegung den Deckel der goldenen Taschenuhr auf.

»Im Moment erscheint es mir vordringlicher, für die Mädchen eine ordentliche Mitgift zu verdienen, als den Kunstsinn der Hamburger zu schärfen«, bemerkte er schmunzelnd. »Damit ich dies in aller Ruhe tun kann, sollte ich den nächsten Dampfer nicht verpassen. Ich wünsche den Damen einen schönen Tag.«

Vor der Tür blieb er kurz stehen und wandte sich noch einmal um. »Nele, soll ich Herrn Richter anweisen, dich mit dem Automobil abzuholen, damit du dir in der Stadt falsche Haare kaufen kannst? Weiß der Himmel, wo man so etwas bekommt.«

Nele konnte sich ein albernes Kichern nur mühsam verkneifen. Am meisten erheiterte sie, dass ihr Vater seine Bemerkung ernst gemeint hatte. Glucksend erwiderte sie: »Nein, vielen Dank. Du brauchst Richter nicht zu schicken. Ein Stadtbummel würde mich wohl doch zu sehr anstrengen. Und es wäre schade um Livis Karte, wenn die wegen ein paar Locken verfallen müsste.«

In Gedanken fügte sie hinzu, was für ein Glück es war, dass Livi nicht in Hamburg weilte und sich der Musikgeschmack ihrer Großmutter dem Modernen geöffnet hatte. Und dass ihre Erkältung anscheinend in mehrfacher Hinsicht eine Fügung des Schicksals war. Sie wollte sich gleich bei Charlotte und Ellinor entschuldigen, um in ihr Zimmer zu gehen. Dort würde sie einen Brief mit der Adresse St. Benedictstraße neun verfassen. Klara sollte den persönlich abgeben …

»Wenn du weiter so träumst, Nele, wirst du noch vom Stuhl fallen«, mahnte Charlotte. »Ich hoffe, dass du von deinen langen Haaren träumst. Alles andere wäre inakzeptabel.«

»Ach, Großmutter!«

»Ich werde dir bei deiner Frisur helfen«, versprach Ellinor und verdrehte die Augen zur Decke.

Als sich Nele zehn Stunden später in dem Standspiegel in ihrem Zimmer betrachtete, stellte sie verblüfft fest, dass ihre ältere Schwester ein kleines Wunder vollbracht hatte. Ihre kurzen Haare wirkten zwar, als wären sie zu einer Hochsteckfrisur aufgenommen, doch sah dieses Ergebnis keinesfalls so spießig aus, wie sie befürchtet hatte. Mit einem türkisblauen Band, unzähligen Klammern, Nadeln und federbesetzten Kämmen hatte Ellinor einen Kopfputz geschaffen, der zwar mondän war, aber von der Großmutter nicht beanstandet werden konnte.

»Woher kannst du das?«, fragte Nele entzückt.

»Ach, ich kenne da ein paar Frauen … die haben mir das beigebracht«, erwiderte Ellinor vage und senkte den Blick, um die übrig gebliebenen Requisiten ihrer friseurhandwerklichen Tätigkeit in dem kleinen Korb zu verstauen, den die Schwestern – ebenso wie Neles Abendrobe – in Lavinias Zimmer ausgeliehen hatten.

Es war nicht infrage gekommen, dass sie ihr altes Gewand tragen würde. Zwar hatte sie kurz mit dem Gedanken gespielt, sich dann aber umentschieden. Der Rock war zu lang, die Taille zu eng, der Ausschnitt zu bieder. Kein Mensch trug mehr so einen unmodernen Fetzen. Das Kleid eignete sich nicht einmal dazu, mit ein paar Handgriffen in ein avantgardistisches Modell verwandelt zu werden. Und selbst wenn, wäre eine derartige Verfremdung für Charlotte wahrscheinlich unzumutbar. Hinzu kam, dass Nele sich wie auf einer Woge des Glücks fühlte. Sie freute sich auf die Oper – und ihr Herz klopfte wild bei dem Gedanken, Konrad Michaelis vielleicht doch noch einmal vor dem nächsten Abreisetermin zu treffen.

Lavinias Schrank erwies sich als Offenbarung. Da Nele und

ihre jüngere Schwester fast dieselbe Figur besaßen, bot er große Auswahl. Ein Kleid war schöner – und sicher auch kostbarer – als das andere. Nele wunderte sich, dass Charlotte diesen Ausgaben zugestimmt hatte. Noch erstaunlicher fand sie, dass Lavinia in Hamburg eine Schneiderin aufgetrieben hatte, die arbeitete wie Paul Poiret in Paris.

Aus diesem Fundus wählte Nele ein türkisblaues Seidenkleid, das sich Livi nach der neuesten französischen Mode hatte schneidern lassen. Wahrscheinlich hatte ihre Schwester dafür Stapel von Modejournalen auf der Suche nach Zeichnungen, Fotografien und Schnittmustern durchforstet. Die Robe war im Stil der Hemdkleider des Empire gefertigt. Wie vor etwa einhundert Jahren waren die Ärmel kurz, man trug lange, an der engsten Stelle geknöpfte Handschuhe, die über die Ellenbogen reichten. Unter den Brüsten raffte eine schmale Schärpe den Stoff, der sich anschließend zu einem locker fallenden, knöchellangen Rock ergoss. Im Gegensatz zu den Vorbildern, die Nele von zahlreichen Abbildungen des sogenannten Empire kannte, war Livis Kleid jedoch nicht durchsichtig. Das hätte wohl weder sie noch Nele der Hamburger Gesellschaft im Allgemeinen und Charlotte insbesondere antun dürfen.

Dieser Gedanke zauberte ein Lächeln auf Neles Gesicht, das sie noch hübscher machte. Ihre Augen begannen zu leuchten, als sie überlegte, wie glücklich es sie machen würde, wenn Konrad Michaelis sie so sähe.

Und nachdem sie sich im Stillen sagte, wie albern das alles war, streckte sie ihrem Spiegelbild die Zunge entgegen.

Auf dem Flur begegnete sie Ellinor. Ihre Schwester war nach dem Liebesdienst an Neles Haaren in ihrem eigenen Zimmer verschwunden, um sich umzuziehen. Jetzt trug sie ein in seiner Schlichtheit sehr elegantes perlgraues Abendkleid mit Applikationen in einem zarten Rosé, das zu Ellinors Hautton passte.

Klara tauchte aus dem Halbdunkel des Treppenhauses auf, machte große Augen angesichts der kostbaren Abendgarderobe und knickste vor den beiden jungen Damen. »Darf ich Ihr Bett schon für die Nacht richten, gnädige Fräuleins?«, fragte sie, reichlich unsicher, wie sie die zwei Töchter des Hausherrn auf einmal ansprechen sollte.

»Natürlich«, stimmte Ellinor zu.

»Ja, das wäre nett …«, sagte Nele freundlich, um gleich darauf an ihre Schwester gewandt hinzuzufügen: »Ach, Elli, geh doch bitte schon voraus, ich habe etwas vergessen …«

Die Angesprochene schenkte ihr ein spöttisches Lächeln. »Natürlich. Pass aber auf, dass du dich nicht selbst irgendwann vergisst.« Bei ihren letzten Worten rauschte sie bereits die Stufen hinab. Glücklicherweise entsprach ihr knöchellanger Rock der aktuellen Mode, so dass sie bei der eiligen Bewegung nicht auf den Saum zu treten drohte.

»Klara?«

Das Hausmädchen wandte sich in der Tür zu Neles Zimmer um. »Ja, gnädiges Fräulein?«

»Hast du den Brief überbracht, den ich dir gegeben hatte?«

»Selbstverständlich, gnädiges Fräulein.« Klara strahlte Nele mit der von Stolz geprägten Anbetung eines Hündchens an, das eine ihm gestellte Aufgabe zur Zufriedenheit seines Herrn erfüllt hatte. »Ich habe das Schreiben der Haushälterin überlassen.«

»Und?«

»Sie hat mich fortgeschickt, gnädiges Fräulein.«

Neles strahlende Miene verwandelte sich in Entsetzen. »Aber du solltest doch auf Antwort warten!«

»Ich bin fortgeschickt worden, gnädiges Fräulein«, wiederholte Klara, diesmal bedrückter, als wäre es ihre Schuld, dass sie den Auftrag nicht wunschgemäß ausgeführt hatte. »Die Haushälterin sagte, der Herr werde heute Abend ausgehen und habe keine Zeit für Briefe und deren Antworten. Ich soll ausrichten, dass er sich melden wird, wenn es notwendig ist.«

Klaras Bericht traf Nele wie ein Schlag. Die Unfreundlichkeit der Angestellten war unerklärlich. Es sei denn – Konrad Michaelis wünschte keine Privatpost. Oder er war verheiratet!

Andererseits hatten sie vereinbart, dass sie ihm schreiben werde. Möglicherweise war dies aber nur eine Ausflucht gewesen. Sie hatte ihn wahrscheinlich nicht richtig verstanden. Wie aufdringlich sie gewesen war. Und wie ungeschickt. Mit einem Mal schämte sich Nele, weil sie befürchtete, ihm Avancen gemacht zu haben. Eine namenlose junge Frau, die sich heimlich mit einem Mann verabredete, ihm sogar erlaubte, ihre Hand zu halten – was mochte er nur von ihr glauben?

Im Rückblick war ihr Verhalten so peinlich, dass Nele nichts als Ärger auf sich selbst fühlte. Erst mit einiger Verzögerung setzte grenzenloses Unglücklichsein ein.

»Kann ich noch etwas für Sie tun, gnädiges Fräulein?«

»Nein, Klara, vielen Dank.«

Ihr Körper schien zu Eis erstarrt. Steif trottete Nele die Treppe hinunter. Die Vorfreude war dahin. Eigentlich hatte sie gar keine Lust mehr auf die Oper. Der Abend hatte zwar nichts mit Konrad Michaelis zu tun, aber der Gedanke an die oberflächlichen Gespräche, die sie mit ihrer Großmutter und deren Freunden würde zwangsläufig führen müssen, setzte ihr zu. Lieber wollte sie sich verkriechen. Sie zwang sich zu einem Lächeln, als sie neben Ellinor trat, die an der untersten Stufe auf sie wartete.

Victor stand in der Eingangshalle und betrachtete stolz seine Töchter. »Jetzt bedauere ich, nicht doch mit euch auszugehen. Ihr seht wunderschön aus, meine Lieben. Beim nächsten Mal werde ich mich gemeinsam mit euch für einen Besuch des Stadt-Theaters entscheiden.«

»Das wäre wunderbar, Vater«, rief Ellinor aus.

»Ja«, murmelte Nele matt.

Er sah seine jüngere Tochter scharf an, und Nele senkte die Lider unter seinem Blick. Auffällig lange schwieg er, dann verkündete er, als sei ihm nichts an ihr aufgefallen: »Herr Richter wartet mit dem Automobil. Wenn eure Großmutter bereit wäre, würdet ihr es noch pünktlich zur Ouvertüre schaffen.«

»Victor!«, hallte es vom oberen Treppenabsatz. »Sprich nicht so vor den Mädchen über mich. Ich war noch niemals unpünktlich.«

»Selbstverständlich, Mutter.«

»Gnädiges Fräulein … Fräulein Helene …«, um Atem ringend erschien Klara hinter Charlotte. »Sie haben Ihre Handtasche liegen lassen …

»Wie dumm von mir!«

Ellinor schüttelte seufzend den Kopf.

Schließlich trat Klara zwischen Nele und Ellinor, um den Beutel zu übergeben, den sie offenbar in Neles Zimmer gefunden hatte. Die beiden Schwestern waren auf der untersten Stufe stehen geblieben, um ihrer Großmutter den Vortritt zu lassen.

Victor bot Charlotte gerade seinen Arm, um sie zum Automobil zu geleiten. Als er der Szene an der Treppe gewahr wurde, hielt er jedoch inne und sog scharf die Luft ein.

»Danke, Klara«, sagte Nele und nahm ihre Tasche an sich.

»Wie kann man nur so vergesslich sein?«, wunderte sich Ellinor.

»Steh nicht herum und vertrödele die Zeit. Geh wieder an die Arbeit, Klara«, befahl Charlotte.

Klara knickste, wandte sich um und eilte die Treppe hinauf.

Seltsamerweise spürte Nele einen gewissen Unfrieden in der Luft, der sie wie ein kalter Windhauch berührte und frösteln ließ. Als wäre ihr nicht schon kalt genug bei dem Gedanken an eine mögliche Ehefrau, die Konrad Michaelis ihr verschwieg.

Während er an der Seite seiner Mutter zur Haustür schritt, stieß Victor seinen Stock laut und energisch auf den Boden. Gerade so, als wäre das Pochen ein Ausdruck seiner sich verschlechternden Laune.

»So schlimm ist meine Vergesslichkeit nun auch nicht«, nuschelte Nele und folgte ihrer Familie.

17

Charlotte schnaubte empört. Gleich zu Beginn des ersten Akts schien sie nach Hause gehen zu wollen. Die Art, mit der sie sich aufrichtete und zur Bühne starrte, sprach Bände.

Zwei Frauen, die ganz offensichtlich eine Liebesbeziehung pflegten, waren für Charlotte nicht einmal in der Oper zu ertragen. Im Libretto wurde allerdings nicht die Liebe unter Frauen angesprochen. Vielmehr handelte *Der Rosenkavalier* von einer alternden Fürstin, die sich während der Abwesenheit ihres angetrauten Feldmarschalls mit einem blutjungen Liebhaber vergnügte. Dieses Faktum an sich empfand Charlotte gewiss schon als schockierend. Doch die Partie des Galans wurde von einer Mezzosopranistin gesungen, so dass tatsächlich zwei Frauen in innigster Umarmung versanken. Charlotte entfuhr ein zischender Protest, der nur wie ein scharfer Atemzug geklungen hätte, wäre das Wort »Skandalös!« bei einem Piano der Musik nicht deutlich zu hören gewesen.

Konnte ihre Großmutter nicht einmal angesichts der künstlerisch-musikalischen Gestaltung einer Opernaufführung von ihrer Bigotterie ablassen? Nele schüttelte innerlich den Kopf.

Der Gedanke an die Liebe machte ihr viel mehr zu schaffen als das Wissen um unkonventionelle Paare und die Bürgerlichkeit ihrer Heimat. Wie Blei lastete die Erinnerung an den Zauber auf ihr, der sie an Konrad Michaelis' Seite umfangen hatte. Es war natürlich alles ein Irrtum gewesen … Warum nur tat es dann so weh, sich damit abzufinden?

Um sich abzulenken, knöpfte sie ihre Glacéhandschuhe auf und zog die Hände heraus. Sie griff nach dem Opernglas, das vor Ellinors Platz auf der samtbezogenen Brüstung des Balkons lag, spielte einen Moment damit, bevor sie es vor ihr Gesicht hob. Durch das aufgeklappte Doppelfernrohr betrachtete Nele das Bühnenbild. Die Geschichte um den Rosenkavalier Octavian spielte Mitte des achtzehnten Jahrhunderts, und entsprechend waren Kulissen und Kostüme im Stil des Rokoko gestaltet. Viel zu süßlich für ihren Geschmack.

Unwillkürlich ließ sie den Blick über die Köpfe des Publikums im ausverkauften Parkett schweifen. Die Damen und Herren wirkten – wie immer – ausgesprochen gediegen und keinesfalls mondän. Hier würde wohl kein Mann auf die Idee kommen, sich geckenhaft eine Allongeperücke überzustülpen, und keine Frau würde einen ausladenden Reifrock tragen …

Nele hielt den Atem an.

Sie drehte erst an dem einen, dann am anderen Okular, schließlich wieder am ersten. Doch an dem Bild, auf das sie fokussiert war, änderte sich nichts. Es war keine optische Täuschung.

War das tatsächlich Konrad Michaelis, den sie im matten Licht der Bühnenbeleuchtung in der fünften Reihe entdeckte?

Das Perlmuttgehäuse rutschte in ihrer Hand. Ihre Haut war feucht geworden vor Aufregung. Verstohlen wischte sich Nele die Finger der Linken am samtenen Bezug ihres Stuhls ab, während ihre Rechte das Theaterglas hielt. Danach wiederholte sie den Vorgang in umgekehrter Weise. Ihre Augen waren jedoch unverändert auf den Herrn im Parkett gerichtet, magisch angezogen von seinem Anblick.

Er drehte den Kopf zur Seite, so dass sie sein Profil sah.

Nun bestand kein Zweifel mehr.

Ihr Herz machte einen Hüpfer.

Michaelis hatte seiner Begleitung etwas zugeraunt. Neben ihm saß eine Dame. Es schien der Beobachterin, als wären die beiden ein Paar.

Obwohl sie sich bemühte, konnte Nele nichts von der Rivalin erkennen außer einer ziemlich konventionellen Hochsteckfrisur. Strassbesetzte Kämme hielten das Haar zusammen. Aber auch das war nicht ungewöhnlich. Ihr Kleid war offenbar von dunkler Farbe, die im Zwielicht mit ihrer Umgebung verschwamm. Nichts Aufregendes schien sie an sich zu haben. Und doch saß ausgerechnet diese Person an Konrad Michaelis' Seite.

Diese Frau war also der Grund, warum Klara an seiner Tür abgewimmelt worden war. Hatte sie nicht erzählt, dass man sie fortschickte, weil der Herr sich für den Abend ankleidete? Jetzt wusste Nele, wie er seine Freizeit verbrachte. Er hatte ihr nicht erzählt, dass er sich für moderne Musik interessierte. Nun, anscheinend hatte er ihr vieles verschwiegen.

Sie war so in ihre Beobachtung vertieft, dass sie die Pause mehr oder weniger übersah. Der geschlossene Vorhang kümmerte sie ebenso wenig wie die Tatsache, dass der letzte Ton verklungen war. Und die Lampen, die den Theatersaal nunmehr in helles Licht tauchten, waren für ihre Beobachtungen von Vorteil. Ihr Blick ruhte auf Konrad Michaelis …

»Nele, wohin starrst du nur so selbstvergessen?« Ellinors Stimme nahm sie wie durch Watte wahr.

Der Opernbesucher in der fünften Reihe war aufgestanden – wie alle anderen Leute auch. Nun drehte er sich halb um. Lächelnd reichte er der Dame an seiner Seite den Arm, um sie im Strom der anderen Zuschauer hinauszugeleiten. Die Frau war nicht mehr ganz jung, sicher ein wenig älter als er. Seine Mutter? Nein, die lebte ja nicht mehr; auch seine Tante war verstorben. Andererseits war die Dame so alt nun auch wieder nicht. Sie wirkte nicht mondän, besaß aber sogar eine gewisse schlichte Eleganz. Also doch seine Frau. Nirgendwo stand geschrieben, dass Männer gleichaltrige oder jüngere Bräute heiraten mussten. Von aufregenden Schönheiten ganz zu schweigen.

»Kind, was ist los mit dir? Komm, bitte. Du solltest unsere Bekannten begrüßen, wenn du schon hier bist. Ich habe Familie Schulte-Stollberg von Weitem gesehen. Amsincks sind auch da und Godeffroys. Überhaupt frage ich mich, wieso sich Victor vor dem Opernbesuch drückt, wenn sogar der alte Henry Brarens Sloman hier ist.« Für Charlotte war es anscheinend wichtiger, welche Größen der Hamburger Gesellschaft sie ausgemacht hatte, als etwa die Namen der Sänger in Erfahrung zu bringen.

Nele hatte noch weniger Lust auf albernes Palaver als zuvor. Sie wollte unbedingt heimlich Ausschau nach Konrad Michaelis und dessen Frau halten. Die beiden waren aus ihrem Blickfeld verschwunden, konnten aber kaum weiter als bis ins Foyer gekommen sein. Sie würde sich irgendwo verstecken und die beiden vielleicht belauschen …

Du machst dich lächerlich!, meldete sich die nüchterne Stimme in ihrem Hinterkopf, woraufhin Nele das Fernglas widerstrebend aus der Hand legte. Ein tiefes Seufzen unterdrückend, folgte sie Charlotte und Ellinor.

Der Glanz einer Opernaufführung bestand nicht nur in der Inszenierung, sondern auch in der Pause. Perlen glänzten im Licht der Kronleuchter, Juwelen funkelten, Abendtoiletten wurden präsentiert, Bekanntschaften geschlossen oder erneuert, Freundschaften gepflegt. Man stand in Gruppen zusammen oder flanierte die Gänge entlang und an den Logentüren vorbei, die Freitreppe hinab und in das Foyer. Die Szenerie wirkte auf Nele wie auf einem Gemälde von Edgar Degas. Es roch stark nach Puder und Parfüm, schwach nach Zigarrenrauch. Über allem schwebte das muntere Geplauder wie eine Glocke aus unzähligen Stimmen.

Nele lächelte, schüttelte Hände, tauschte Belanglosigkeiten aus, die sie im nächsten Moment ebenso rasch wieder vergaß wie die Gesichter, in die sie geschaut hatte. Selbst Fragen nach ihrem Kunststudium beantwortete sie nur halbherzig.

Sie bewegte sich wie blind und taub im Schatten ihrer Großmutter, die sich gesellig zeigte und mit Würde und Stolz an der Seite ihrer Enkeltöchter Hof hielt. Neles Aufmerksamkeit jedoch konzentrierte sich auf die Suche nach einem ganz bestimmten Paar. Nicht wissend freilich, wie sie sich verhalten würde, wenn sie tatsächlich auf Konrad Michaelis und Gattin traf.

Als sie ihn sah, stand er alleine am Fuß der Treppe vom Rang ins Foyer und blickte sich gelangweilt um.

Seine Position war so ungünstig für Nele, dass sie den Rückweg zu ihrem Platz hätte antreten müssen, um ihm auszuweichen. Andererseits war es ausgeschlossen, dass sie ihn ihrer Großmutter und ihrer Schwester vorstellte. Wo war eigentlich seine Frau? In ihrem Kopf rotierten die Gedanken wie ein Kreisel, der sich immer schneller drehte.

Nele berührte sanft Charlottes Arm. »Mir ist schrecklich heiß … und die Luft ist so stickig … Entschuldige mich bitte, ich würde mich gerne noch einmal kurz setzen.«

»Ach, ja?« Charlotte zog erstaunt die Augenbrauen hoch. »Ich finde nicht, dass man Gefahr laufen muss, hier zu ersticken. Es zieht sogar ein wenig, findest du nicht, Ellinor?«

Neles Augen flehten Ellinor um Hilfe an.

»Vielleicht ist das ein Rückfall«, überlegte ihre Schwester. »Wir begrüßen in der Zwischenzeit weiter deine Freunde. Schau nur, Großmutter, da unten steht Christian Schulte-Stollberg mit seiner Familie.«

Der Hinweis schien Charlotte so weit abzulenken, dass sie sich nicht mehr um Nele kümmerte und auch nicht das verwunderte Kopfschütteln bemerkte, mit dem Ellinor ihre Schwester bedachte. Diese blieb auf den Stufen zurück und ließ die beiden ihrem Ziel entgegenstreben.

Natürlich hatte Nele nicht vor, zurück an ihren Platz zu gehen. Aber erst als Charlotte und Ellinor außer Hör- und Sichtweite waren, setzte sie langsam einen Fuß vor den anderen, achtete kaum auf ihren Weg, sondern nur auf den Mann am Fuß der Treppe, und schritt hinab. Sie sandte ein stummes Gebet zum Himmel und hoffte, nicht zu stolpern, um sich nicht lächerlich zu machen. Aber sie konnte nicht von ihm fort und auf ihre Schuhe sehen. Es war wie während der Vorstellung – sein Anblick zog sie magisch an.

Bislang hatte er sich im Foyer umgeschaut und sie nicht gewärtigt. Als spüre er, dass er angestarrt wurde, wandte er sich nun abrupt um. Seine Reaktion war so schnell, dass Nele nicht zur Seite schauen konnte.

Ihre Augen trafen sich.

Seine aufblitzenden Blicke sandten strahlende Funken zu ihr.

»Fräulein Nele! Was für eine Überraschung!« Er streckte ihr die Hand entgegen.

Da sie nicht unnötig für Aufsehen sorgen wollte, blieb ihr nichts anderes übrig, als sich von ihm die letzten Schritte hinunter und an seine Seite geleiten zu lassen. Dort führte er ihre Hand an seine Lippen.

»Sie sehen wundervoll aus«, sagte er leise und ohne sie loszulassen.

»Tja, die Oper ist offensichtlich immer für Überraschungen gut«, gab sie spitz zurück und entzog ihm die Hand.

Einen Moment schien er irritiert, dann erkundigte er sich in jenem oberflächlichen Konversationston, den Nele verabscheute: »Gefällt Ihnen die Musik von Richard Strauss?«

»Die Oper *Elektra* sagt mir mehr zu«, behauptete sie, obwohl das nicht stimmte.

Michaelis schmunzelte. »Die Geschichte einer Frau, die sich gegen ihre Familie auflehnt, scheint auch besser zu Ihnen zu passen …«

»Woher wissen Sie …?«, fiel sie ihm entsetzt ins Wort.

Das Lächeln erstarb auf seinen Lippen. »Was weiß ich?«

»Nichts. Ich meine … ich …«, sie unterbrach sich.

Offenbar hatte er tatsächlich nicht die geringste Ahnung. Er traf zufällig ins Schwarze, was wahrscheinlich gar nicht so schwierig war, und in ihrer Panik machte sie sich unmöglich. Natürlich könnte es ihr einerlei sein, was Konrad Michaelis von ihr hielt. Aber das war es nicht. Ihr Herz hämmerte gegen die Brust, sie atmete viel zu hektisch, und ihre Kehle wurde trocken vor Aufregung. Was ihr eingangs auf der Zunge lag, hatte sie schon wieder vergessen.

»Ja?«, fragte er interessiert.

Nele holte tief Luft. Sie entschied sich für die Flucht nach vorne: »Ich habe Ihnen heute geschrieben, aber leider keine Antwort erhalten, obwohl darauf gewartet werden sollte.«

»Das tut mir sehr leid, Fräulein Nele, das sollte keine Unfreundlichkeit Ihnen gegenüber sein. Bitte missverstehen Sie das nicht. Mir werden seit einiger Zeit fast täglich Briefe zugestellt, die für nichts anderes als den Papierkorb taugen. Sehr unangenehm das Ganze. Deshalb gab ich Anweisung, niemanden auf Antwort warten zu lassen.«

»Sicher hätte Ihre Frau auch etwas dagegen«, platzte sie heraus.

»Meine … wer …?« Seine Verblüffung war so überzeugend, dass an seiner Aufrichtigkeit nicht zu zweifeln war.

Nele starrte ihn an.

Sollte sie sich dermaßen geirrt haben? Wer war dann seine Begleiterin heute Abend? Eine Freundin? Wo blieb die Dame überhaupt?

»Ihre Frau«, wiederholte sie kleinlaut.

»Das haben Sie gedacht?«

Konrad brach in schallendes Gelächter aus. Dann machte er einen kleinen Schritt nach vorne, als wollte er sie ungestüm umarmen, hielt sich jedoch zurück. Sie waren einander trotzdem so nahe, wie sie es anstandshalber zwischen all den Menschen im Foyer des Stadt-Theaters sein konnten. Nele schien es, als spüre sie, wie seine Körperwärme durch ihre Glieder strömte, die sich bislang eiskalt angefühlt hatten.

»Ich bin nicht verheiratet. Natürlich nicht. Was haben Sie nur von mir gedacht? Ich bin auch nicht verlobt oder dergleichen. Es gibt niemanden – außer …«, er brach ab, und sein Blick tauchte in ihre Augen. Nach ein paar aufregenden Sekunden fügte er hinzu: »Wie kommen Sie denn auf diesen Unsinn?«

Selten war sich Nele dermaßen linkisch vorgekommen. Wie als Schulmädchen, als sie die einfachsten Rechenaufgaben nicht an der Tafel zu lösen imstande gewesen war, die Ellinor problemlos im Kopf ausrechnete. Damals hatte sie ihre Unfähigkeit ebenso peinlich berührt wie jetzt ihre anscheinend übermächtige Fantasie.

Nele hob zu sprechen an. Ihr wollte jedoch nichts Schlagfertiges einfallen. Darüber hinaus konnte sie ihm weder gestehen, dass sie ihn vorhin mit dem Opernglas beobachtet und eine Frau in seiner Begleitung gesehen hatte. Noch ihn fragen, wer diese Dame war und welche Rolle sie in seinem Leben spielte. Dabei brannte sie darauf, es zu erfahren.

Weil sie nicht wusste, was sie sagen sollte, fuhr sie sich nervös mit der Zunge über die Lippen.

Sein Blick lag auf ihrem Mund.

»Helene! Fräulein Dornhain!«

Ihr Name klang aus dem allgemeinen Stimmengewirr heraus wie ein falscher Ton in einem melodischen Stück.

Sie fuhr herum.

Eine hochgewachsene Gestalt drängte sich mit eleganten Bewegungen an den Gruppen der anderen Theaterbesucher vorbei. Der Mann, der auf sie zueilte, war ausnehmend attraktiv. Dunkelblonde Locken, die mit Pomade vergeblich geglättet werden sollten, milderten die scharf geschnittenen Züge mit dem römischen Profil. Er besaß kluge hellblaue Augen und einen für einen Mann ungewöhnlich vollen, sensiblen Mund. Ein Grübchen durchschnitt sein Kinn. Und daran erkannte ihn Nele, denn es war das einzige Merkmal des unmöglichen Jungen, das sie im Gedächtnis behalten hatte.

Christian Schulte-Stollberg atmete erleichtert auf, als er vor ihr stand. »Nele! Da sind Sie ja! Ihre Frau Großmutter schickt mich.«

»Fräulein Dornhain?«, wiederholte Konrad, und seine Stimme klang seltsam rau.

Nele sank das Herz. »Ja«, erwiderte sie unglücklich. »Helene Dornhain, genannt Nele.«

»Ach«, Christian Schulte-Stollberg blickte irritiert von Nele zu ihrem Begleiter, »Sie sind einander noch nicht vorgestellt worden? Tja, dann sollte ich das wohl mal übernehmen … Also, Fräulein Helene Dornhain … Herr …?«

»Konrad Michaelis.«

Das verbindliche Lächeln erlosch auf den Lippen des Bankierssohns. »Sie sind das? Nun, dann bleibt Ihre Bekanntschaft ja sozusagen in der Familie, nicht wahr? Verzeihen Sie, ein Missverständnis. Ich nahm an, Sie kennen Fräulein Dornhain nicht …«

»Ich dachte, dass wir uns kennen«, erwiderte Konrad, »aber das war ein Irrtum. Wenn mich die Herrschaften entschuldigen würden. Ich sollte nach meiner Dame Ausschau halten.«

Das Funkeln war aus seinen Augen gewichen, er wirkte wie

unter Schock. Und als er sich knapp verneigte, geschah dies mit ungewöhnlich steifer Haltung.

Ohne ein weiteres Wort drehte er sich auf dem Absatz um und tauchte in das Pausengetümmel ein, wo er nach zwei Schritten zu einem unsichtbaren Teil der Menge wurde.

Nele starrte ihm nach und wünschte, im Boden versinken zu dürfen. Tränen traten in ihre Augen. Zorn und Unverständnis kochten in ihrem Innersten. Eben waren sie einander doch noch so nah gewesen …

»Den wären wir los«, kommentierte Christian Schulte-Stollberg den Abgang. »Darf ich Ihnen meinen Arm reichen? Unsere Großmütter unterhalten sich gerade prächtig, und ich denke, wir sollten Ellinor dabei ein wenig Gesellschaft leisten.«

»Ja, natürlich«, murmelte Nele und hakte sich bei Christian unter. Sie fühlte sich so verloren wie nach einem tiefen Schlaf. Noch nicht ganz wach, aber auch nicht mehr in ihren Träumen gefangen. Ihre Gedanken waren bei Konrad und seinem brüsken Abschied.

Da sie schwieg, begann Christian zu plaudern: »Es ist mir ein Vergnügen, Sie wiederzusehen, Nele. Unsere letzte Begegnung ist ziemlich lange her. Und ich hatte Sie nicht in allerbester Erinnerung, wenn ich das so sagen darf. Aber vergessen wir die Vergangenheit! Vielleicht haben Sie …«

Sie würde nie erfahren, welchen Vorschlag er eigentlich machen wollte. In diesem Moment fiel ihr etwas auf, und sie fragte rundheraus: »Was meinten Sie damit, dass die Bekanntschaft zwischen Herrn Michaelis und mir in der Familie bliebe?«

»Ach?« Christian sah sie verwundert an. »Dann wissen Sie noch gar nichts …«

»Wovon?!«

Er zögerte, offensichtlich zunehmend irritiert. Dann lächelte er unverbindlich, beschleunigte seinen Schritt und meinte:

»Wahrscheinlich habe ich jemanden verwechselt. Verzeihen Sie, wenn ich Sie beunruhigt habe. Das war nicht meine Absicht. Namen sind ja immer wie Schall und Rauch, nicht wahr?«

Obwohl Nele nicht die geringste Ahnung hatte, was er ihr mitzuteilen versuchte, nickte sie verständnisvoll.

»Da sind unsere Lieben ja schon!«, rief er aus, anscheinend erleichtert, weil Nele nicht weiter in ihn drang. »Erinnerst du dich noch an Helene Dornhain, Großmutter?«

Nach außen höflich und freundlich, innerlich widerstrebend, ließ sich Nele auf das Wiedersehen mit Lucia Schulte-Stollberg ein. Dabei flogen ihre Augen immer wieder über die Menge auf der Suche nach Konrad. Vergeblich.

18

Das Kleid klebte an Klaras Oberkörper, als sie zum Alsterufer hinunterlief, um Fräulein Helene zu holen. Es war ungewöhnlich mild für die Jahreszeit, der Sommer war nach dem kurzen Regen-Intermezzo zurückgekehrt. Ungeachtet der Temperaturen und der damit verbundenen Peinlichkeit unter ihren Achselhöhlen rannte Klara über die Rasenflächen, als wäre Störtebekers Henker hinter ihr her. Die gnädige Frau schickte sie – und das war unter den gegebenen Umständen fast dasselbe.

Schon seit dem Frühstück befand sich Nele im Park. Klara hatte mehrmals mit verstohlenem Blick nach draußen gesehen, während sie die Schlafzimmer aufräumte und später, als sie in den unteren Räumen Staub wischte. Sie hoffte, dass Frieda sie nicht dabei ertappte, wie sie ihre Arbeit vernachlässigte, um das Fräulein heimlich zu beobachten. Aber es war aufregend, einer Künstlerin zuzuschauen. Noch interessanter war es natürlich, in ihrer Nähe zu sein. Deshalb legte Klara noch einen Zahn zu.

Als sie näher kam, blieb die vordere Seite der Leinwand jedoch vor der Zuschauerin verborgen. Die Staffelei stand schräg zur Uferböschung vor der Alster und damit um diese Stunde gegen die Sonne. Die Malerin kehrte der Villa den Rücken zu. In der einen Hand balancierte Nele eine farbverschmierte Palette, in der anderen hielt sie einen Pinsel, mit dem sie Farbe auf die Leinwand tupfte. Auch ohne etwas erkennen zu können, erriet Klara gleich, dass das Motiv irgendetwas mit der Alster zu tun haben musste. Vielleicht malte Nele den weißen Dampfer, der gerade mit rauchendem Schornstein vorübertuckerte und eine sich zu weißer Gischt bauschende Bugwelle aufschäumte, in der die Kanus und Segelboote der Ausflügler schaukelten.

Der weiche Boden schluckte Klaras Schritte. Nele nahm ihr Kommen nicht wahr. Deshalb rief Klara aus einiger Entfernung zwar ein wenig atemlos, aber dennoch laut und deutlich: »Fräulein Helene, Sie möchten bitte ins Haus kommen.«

Die Angesprochene sah auf. Sie war offenbar verärgert über die Störung, ungewöhnlich schroff antwortete sie: »Ich habe keinen Hunger, und ich möchte auch keinen Tee!«

Klara wagte rasch einen Blick über Neles Schulter – und nahm nichts als ein Kaleidoskop aus allen möglichen Rottönen und rosafarbenen Schattierungen wahr, durchsetzt von ein wenig Silber. Ein Motiv ließ sich aus diesem Farbenmeer nicht ableiten. Das Gemälde war also sicherlich noch nicht fertig, da machte es bestimmt nichts, wenn das Fräulein zurück ins Haus kam. Sie konnte später weitermachen. Das Linienschiff fuhr ja regelmäßig vorbei.

»Die gnädige Frau schickt mich nicht wegen dem Tee. Sie möchten sofort ins Haus kommen, weil Fräulein Lavinia von der Insel Sylt zurück ist.«

»Was?! Livi ist da?«

»Die gnädige Frau war auch ziemlich überrascht.«

»Meine Güte, ist Lavinia erkrankt?« Die Ungeduld in Neles

Miene hatte sich zu Erstaunen gewandelt und trübte sich nun in tiefster Sorge.

Klara fand es schön, dass sie sich zuallererst Sorgen um das Wohl ihrer Schwester machte. Um Nele die Last abzunehmen, schüttelte sie energisch den Kopf. »Nein. Ich glaube nicht, dass Fräulein Lavinia krank ist. Jedenfalls sieht sie nicht so aus, wenn ich das sagen darf.«

»Ja, warum ist Livi denn dann vor der Zeit nach Hause zurückgekehrt?« Nele legte die Palette auf den kleinen hölzernen Koffer, in dem sich ihre Malutensilien befanden und der neben der Staffelei auf dem Boden stand. Dabei murmelte sie mehr zu sich selbst: »Immerhin treffe ich sie noch an, bevor ich nach München abreise.«

»Ich habe gehört …« Klara biss sich auf die Zunge, weil sie nicht als Klatschweib gelten wollte. Ein gut erzogenes Hausmädchen verschloss seine Ohren vor dem, was es erfuhr – oder zumindest die Lippen, um den Tratsch nicht weiterzutragen. Es ziemte sich nicht zu erzählen, was der Milchmann redete, der die Häuser in ganz Harvestehude belieferte. Vor allem nicht, wenn es sich um einen pikanten Skandal der jüngsten Tochter der Herrschaften handelte.

Ein langer, forschender Blick traf Klara aus Neles Augen, dann sagte sie leichthin: »Ach, ich will gar nicht wissen, was geredet wird. Das interessiert mich nicht. Hauptsache, Livi ist gesund und munter.«

In leicht gebückter Haltung wischte sie den Pinsel an einem ziemlich fleckigen, zerschlissenen Lappen ab, der ebenfalls dort unten gelegen hatte.

»Soll ich das Tuch für Sie waschen, gnädiges Fräulein?«, bot sich Klara an. Sie wollte Nele, die immer so freundlich zu ihr war, unbedingt einen Gefallen erweisen und die Entgleisung von eben vergessen machen.

Doch das gnädige Fräulein sah sie nur verblüfft an. Als sie begriff, dass Klaras Frage ernst gemeint war, lachte sie laut. »Das ist nicht nötig. Der bleibt so, wie er ist.«

Weniger die Antwort verwirrte Klara als das Lachen. Es war das erste Mal seit Tagen, dass Nele sich über etwas amüsierte. Nicht, dass Klara viel Zeit mit ihr verbracht hätte. Aber die trübsinnige Stimmung war auffallend gewesen. Klara hatte mehr als einmal die Frage auf der Zunge gelegen, welches Ungemach das gnädige Fräulein denn belaste, sich jedoch immer wieder ermahnt, den Mund zu halten.

Klara sah fasziniert zu, wie Nele ihre Sachen ordentlich aufräumte. Es war schon erstaunlich, wie pedantisch das gnädige Fräulein dabei vorging, das sonst nicht so viel auf Ordnung hielt. Nele hatte ihr nichts weiter aufgetragen, deshalb sollte sie sich ins Haus zurück trollen. Doch Klara blieb wie angewurzelt stehen. Es fiel ihr schwer, von dem unfertigen Gemälde und der anscheinend überraschend gut gelaunten jungen Dame fortzugehen. Nele umgab eine Harmonie, die auch Klara einlullte.

»Hilf mir mal!« Während sie sich aufrichtete, reichte Nele der verdutzten Klara den Malerkoffer. »Du nimmst am besten das hier, dann kann ich auf die Leinwand aufpassen. Die Farbe ist noch nicht trocken – und das gibt ganz schöne Flecken auf den Kleidern. Den Hocker und die Staffelei holen wir später.«

Das Handwerkszeug der Künstlerin war überraschend schwer. Für einen Moment war Klara zu verblüfft, um etwas zu sagen. Aber als ihr Blick zufällig auf das rote Farbenmeer fiel, das von der Staffelei in Neles Hände wanderte, hörte sie sich zu ihrer eigenen Verwunderung ehrfürchtig fragen: »Verzeihen Sie, dürfte ich Ihr Bild anschauen?«

Nele zögerte. »Ich zeige nicht gerne unfertige Arbeiten …«, trotzdem stellte sie das Gemälde zurück an seinen Platz auf der Staffelei, »aber weil du es bist, mache ich eine Ausnahme.«

Im ersten Moment reagierte Klara fassungslos, im nächsten verwirrt. Es war nicht so, dass sie das Motiv nicht hätte erkennen können. Aber die Umsetzung stellte Klaras Sinn für Schönheit auf den Kopf.

Die im Sonnenlicht in preußischem Blau schimmernde, sich leicht kräuselnde Wasseroberfläche der Alster war auf dem Bild zinnoberrot, die weißen Schaumkronen besaßen eine Farbe, die vornehme Leute Persisch-Rosa nannten. Das Grün der Uferböschung wirkte so purpur wie die Ranken des herbstlichen Laubs. Bei näherer Betrachtung war die Farbe seltsamerweise in Form von winzigen Punkten aufgetragen, die an manchen Stellen ineinanderliefen und an anderen das Weiß der Grundierung durchblitzen ließen. Wirklich merkwürdig mutete der Vordergrund an. Dort schwammen zwei Schwäne auf rosafarbenen Wellen. Zumindest nahm Klara an, dass es sich bei den silbrig glänzenden Buchstaben – einem doppelten, verschlungenen S – um ein Porträt des Schwanenpaares handelte, das hinter der Staffelei über den Rasen watschelte.

»Das Bild gefällt dir nicht«, stellte Nele nüchtern fest.

»Oh!« Klaras ohnehin schon rosige Wangen wurden noch einen Ton dunkler. »Doch … doch … es ist sehr … ähhh… ziemlich … mhmm… farbenfroh …?!«

»Das ist Pointillismus mit kubistischen Einflüssen. Ich versuche auf diese Weise eine Kunstform, die nicht mehr so modern ist, mit dem Expressionismus zu verbinden. Wenn ich in dein Gesicht sehe, ist es mir wahrscheinlich nicht gelungen.«

»Nein, nein, Fräulein Helene, ich wollte nicht … ich meine, ich finde … Es ist ein schönes Gemälde!«

Achselzuckend nahm Nele die Leinwand wieder in ihre Hände. »Du brauchst dir keine Mühe zu geben, Klara, ich verstehe dich schon. Aber Gefälligkeit passt nicht zu meinen künstlerischen Zielen.«

»Was sind Ihre Ziele?«, entfuhr es Klara rasch, woraufhin sie sich verlegen auf die Unterlippe biss.

»Ich weiß nicht … eine berühmte Grafikerin werden … einen Meilenstein in der Kunstgeschichte setzen … Ich bin eigentlich keine so gute Malerin, musst du wissen, das Zeichnen liegt mir mehr.«

»Würden Sie mir erklären, was der Unterschied ist, gnädiges Fräulein?«

Auf diese Weise plaudernd liefen sie nebeneinander die leichte Anhöhe zum Haus hinauf. Erst als sie fast die Terrasse erreichten, fiel Klara auf, dass sie während des ganzen Weges – immerhin etwa zweihundert Schritt – gleichauf mit dem Fräulein gegangen war und nicht in respektvollem Abstand, wie es sich gehörte. Es war aber auch so interessant, was Nele alles erzählte. Klara wusste zwar nicht, was Begriffe wie Pointillismus, Kubismus oder Expressionismus bedeuteten, aber sie klangen wundervoll gebildet.

Charlotte Dornhain stand in der Terrassentür. Mit versteinerter Miene fuhr sie Nele an: »Da bist du ja endlich. Führst mit dem Hausmädchen Konversation, statt gleich zu mir zu kommen, wie ich es gewünscht habe.«

»Nun bin ich ja da«, seufzte Nele.

»Verzeihen Sie, gnädige Frau«, murmelte Klara, knickste und beeilte sich, sich so rasch wie möglich aus dem Blickfeld der alten Dame zu entfernen.

Sie eilte in die Halle und die Treppe hinauf, um dem ursprünglichen Auftrag von Frieda nachzukommen, Fräulein Lavinias Schlafzimmer wieder herzurichten. Deshalb lief sie zuerst in die Wäschekammer, um dort das mit Bändern zu ordentlichen Bündeln geschnürte und für die jeweiligen Herrschaften bestimmte Bettzeug zu holen.

Meta mühte sich gerade mit den Schlössern an dem großen Schrankkoffer von Fräulein Lavinia ab. Neben ihr lagen auf dem Boden verstreut mehrere Hutschachteln und eine Tasche. Das zweite Hausmädchen hatte das dunkelblaue Reisekostüm noch nicht abgelegt und wirkte in ihrer Zivilkleidung irgendwie fehl am Platz.

Der Parkettboden knarrte unter Klaras Schritten, während das Kofferschloss aufsprang.

Meta blickte entnervt auf. »Wo warst du so lange? Ich arbeite mich hier halb tot.«

»Die gnädige Frau hat mich geschickt, Fräulein Helene zu holen«, erwiderte Klara gleichmütig und wandte sich dem Bett zu. Ihr Mitleid hielt sich in Grenzen. Meta wirkte wahrlich nicht besonders abgearbeitet. So viel Aufwand konnte es sie außerdem nicht gekostet haben, Lavinias Gepäck auch nur zu öffnen.

Meta schob die Türen auseinander, öffnete eine der Schubladen, wollte etwas herausnehmen. Dann schien sie es sich anders zu überlegen, hielt in der Bewegung inne und fragte im Plauderton: »Sie ist ziemlich wütend über Fräulein Lavinias Rückkehr, stimmt's?«

Ja, Charlotte Dornhain war sogar sehr zornig. Aber über ihre Beobachtung wollte Klara ebenso wenig sprechen wie über den Klatsch. Sie antwortete deshalb mit einer Gegenfrage, denn »sie« konnte ja auch Nele Dornhain bedeuten: »Wen meinst du?«

»Tu nicht so einfältig! Ich meine natürlich die gnädige Frau. Dass Fräulein Lavinia Hals über Kopf nach Hause zurückgefahren ist, muss doch ganz schön viel Staub aufgewirbelt haben.«

»Davon weiß ich nichts. Ich sollte nur Fräulein Helene ins Haus rufen«, wich Klara aus.

Mechanisch ging sie ihrer Arbeit nach. Unter Metas langem, nachdenklichem Blick verteilte sie Daunendecke und Kissen auf der Kastenottomane, die unter dem Fenster stand, und öffnete die beiden Flügel. Aufgeregtes Vogelgezwitscher drang herein. Sie hätte lieber ein wenig dem Piepsen und Zirpen gelauscht, als sich Metas Geschwätz auszusetzen. Es blieb ihr jedoch an dieser Stelle nichts mehr zu tun, da es verboten war, das Bettzeug auf dem Fensterbrett auszulüften oder über ein Balkongeländer zu legen. Als sie sich wieder umdrehte, wurde sie noch immer von Meta angestarrt.

»Ich rate dir eines, meine Kleine«, Meta wickelte sich das Ende eines aus der Schublade heraushängenden breiten Seidenbandes um den Finger, »halte lieber besser Augen und Ohren auf.«

Klara strich das Bettlaken zurecht und stopfte es an den Seiten unter die Matratze. »Wozu soll das gut sein?«, fragte sie dabei, obwohl ihr klar war, dass sie das lieber nicht wissen sollte.

»Es ist nur zu deinem Besten«, behauptete Meta. »Je mehr du über die Familie weißt, für die du arbeitest, umso unverzichtbarer wirst du für sie.«

»Ich dachte, gute Arbeit macht ein beliebtes Dienstmädchen aus«, gab Klara zurück und nahm das Kopfkissen wieder von der Bank unter dem Fenster, um es zu beziehen und an seinen Platz auf dem Bett zu legen. Dann kehrte sie um und holte die Decke.

Als wäre Klaras Bemerkung eine Mahnung, schickte sich Meta an, Lavinias Garderobe aufzuräumen. Die Blusen wurden zusammengelegt, Röcke an Haken gehängt und die Abendroben sorgfältig auf Kleiderbügel drapiert.

Klara kannte diese seltsamen gebogenen Holz- und Metallgebilde erst, seit sie am Harvestehuder Weg arbeitete. Auch die Hosenspanner des Hausherrn waren neu für sie. Bei ihrer Ziehmutter war die Kleidung zusammengelegt und wie von alters her in Truhen aufbewahrt worden. Aber Charlotte Dornhain hatte nun einmal bei ihrer Haushaltsführung nichts gegen neue Erfindungen: Für Lavinias Lagerstatt etwa gab es auch diese neumodischen Überzüge, die an allen vier Seiten des Federbetts angeknöpft wurden. Klara fand diese Bezüge ausgesprochen praktisch, weil sie ihre Arbeit erleichterten. Das Bettenmachen ging viel schneller, als wenn sie erst verschiedene Laken wie früher einschlagen, feststopfen und glatt streichen müsste.

Zufrieden betrachtete Klara ihr Werk. »Sag mir, wenn du fertig bist mit Kofferauspacken«, wandte sie sich an Meta, »dann komme ich mit dem Besen wieder und mache den Boden sauber. Ich helfe Ida in der Zwischenzeit in der Küche.«

Sie war schon fast auf dem Weg nach draußen, als Meta sie mit leiser, schneidender Stimme zurückhielt: »Am wichtigsten ist, das Vertrauen der Herrschaften zu erlangen. Wenn du das hast, brauchst du nur noch zu sehen, was du aus deinem Wissen machst.«

Hatte Meta wirklich gesagt, was Klara gehört zu haben glaubte? Ging es Meta um Spitzeldienste? Wahrscheinlich war es besser, die Bemerkung zu ignorieren, doch Klaras Neugier siegte. Die Hand auf der Türklinke, fragte sie: »Wie meinst du das?«

»Stell dich nicht dümmer, als du bist!«, zischte Meta. Dann lachte sie freudlos auf. »Wenn du eines Tages erstes Hausmädchen werden willst, musst du schon ein wenig mehr tun, als nur ordentlich die Betten zu beziehen. Der Sievers sagt … na, egal …«

Klara schüttelte unwillig den Kopf. »Vielleicht möchte ich gar nicht Friedas Stelle.«

»Pah!«, machte Meta. »Was willst du sonst? Wahrscheinlich wirst du ohnehin niemals mehr als ein drittes Hausmädchen werden. Ich aber bin bestimmt schon lange Hausdame, wenn du endlich aufwachst. Und dann ist es zu spät für dich. Denk an meine Worte!«

»Ach, nein …«

»Die Herrschaften werden dir deine Ehrlichkeit niemals danken, der Bruno Sievers aber hat ein Herz für unsereins.«

»Das interessiert mich nicht«, gab Klara patzig zurück und riss die Tür auf.

Es kam überhaupt nicht infrage, dass sie die Herrschaften ausspionierte. Allen voran Fräulein Nele. Und wenn sie obendrein einem Menschen auf der Welt kein Geheimnis anvertrauen würde, so war dies Bruno Sievers. Sollte Meta das doch halten, wie sie wollte. Sie – Klara – würde jedenfalls künftig noch mehr auf der Hut sein.

Während sie ins Souterrain lief, beglückwünschte sie sich zu der Eingebung, weder mit Meta gesprochen noch zuvor Fräulein Helene etwas von dem Tratsch erzählt zu haben, der in den Küchen von Harvestehude kursierte. Schlimm genug, dass geredet wurde, Fräulein Lavinia habe auf offener Straße einen Mann geküsst, der nicht einmal ihr Bräutigam war. Doch dann war irgendwann der Name des Mannes gefallen, mit dem sich Fräulein Lavinia vergnügt haben sollte, und Klara war sprachlos vor Betroffenheit gewesen. Denn Konrad Michaelis hieß auch der Herr, dem sie neulich einen Brief von Fräulein Helene überbrachte. Da sich Klara kaum vorstellen konnte, dass die Schwester heimlich ein persönliches Schreiben an ihren möglicherweise künftigen Schwager verfasste, handelte es sich wohl um eine Situation, die allen Beteiligten über kurz oder lang nichts als Kummer aufbürdete.

Vor allem weil sie Nele, die immer so nett zu ihr war, nicht verletzen wollte, blieben Klaras Lippen verschlossen. Was scherte sie auch das Gerede unter Hausmädchen, Lohndienern und Lieferanten? Sollte sich Meta ihre Spitzel doch anderswo suchen.

19

»Es ist natürlich absolut inakzeptabel, dass Lavinia gegen meinen ausdrücklichen Wunsch gehandelt hat«, tadelte Victor, fügte aber sogleich mit milder Stimme hinzu: »Doch aus Liebe macht man eben manchmal die größten Dummheiten.«

»Bitte keine Klischees«, stöhnte seine Mutter auf. »Wir spielen hier keine Szene aus einem Dienstmädchenroman nach.«

»Gut, dass du mich daran erinnerst«, entfuhr es Ellinor.

Tatsächlich kam sich auch Nele vor, als befände sie sich in einem Theater. Nicht im Zuschauerraum, sondern auf der Bühne. Zwar spielte sie keine Hauptrolle in diesem merkwürdigen Stück, dessen Ausgang niemand zu kennen schien. Aber sicher wurde von ihr mehr erwartet als diese Mischung aus Bewunderung, Fassungslosigkeit und Bestürzung, die sie ob der Unerschrockenheit ihrer kleinen Schwester erfasste. Sie hatte Livi zur Begrüßung nur herzlich umarmt, aber sonst kein Wort zu dem unverhofften Wiedersehen gesagt.

Nele saß stumm neben Ellinor auf dem schmalen Sofa, ihrem Vater, ihrer Großmutter und Lavinia gegenüber, die mit ihren Stühlen ein Halbrund um den Teetisch bildeten. Neben der Kanne aus schwerem Sterlingsilber glänzte eine silberne Etagere auf weißem Leinen, die mit Gurkensandwiches, Lachsbrötchen und süßen Plunderteilchen belegt war. Ebenso wie Victors ungewöhnlich frühe Rückkehr aus dem Büro bedeutete die Einhaltung der klassischen englischen Teezeremonie wohl, dass große Neuigkeiten bevorstanden.

»Ich kann nicht behaupten«, fuhr der Reeder fort, »dass mich die Entwicklung nicht überrascht hat, aber wir werden das Allerbeste aus dieser Situation machen.« Er griff nach der Hand seiner jüngsten Tochter. Mit bedeutungsschwangerer Stimme, aber ohne sich zu erheben, verkündete er: »Lavinia wird sich demnächst verloben!«

»Ich danke dir, dass du der Feierlichkeit gewisse Grenzen setzt und nicht auch noch aufstehst«, bemerkte Charlotte.

»Das ist ja noch nicht meine offizielle Verlobung«, beruhigte

Lavinia ihre Großmutter. »Die feierliche Stimmung heben wir uns für ein großes Fest auf, nicht wahr?«

»Puh!«, entfuhr es Nele.

Lavinia beachtete sie nicht. Die jüngste Tochter Victor Dornhains zeigte sich wie gefangen von der Planung ihrer Verlobungsfeier, denn sie begann, lebhaft auf Charlotte und ihren Vater einzureden. Ihre Worte überschlugen sich, weil sie vor Aufregung immer schneller sprach. Dabei verströmte sie eine Begeisterung, die Nele an die Organisation einer Siegesfeier erinnerte.

Ihr fuhr durch den Kopf, wie ungewöhnlich ihre Assoziation war: Warum dachte sie nicht daran, dass Livi einfach nur Glück ausstrahlte? Einen Atemzug später fiel ihr auf, was sie so irritierte. Es war der unverhohlene Triumph, der in Lavinias Augen leuchtete!

»Wie hat sie Vater nur dazu gebracht, diesen Bauarbeiter heiraten zu dürfen?«, flüsterte sie Ellinor zu.

Die Teetasse halb am Mund, raunte Ellinor: »Es sieht so aus, als würde Vaters Nein ihren Ruf noch nachhaltiger beschädigen als die Verbindung an sich. Ganz Hamburg spricht darüber.«

»Ach, wirklich?« Nele war überrascht. »Ich habe nichts von irgendwelchem Gerede gehört.«

»Du hörst nie etwas, Nele.«

»Ich habe keine Zeit für Klatsch.«

»Die habe ich auch nicht«, Ellinor trank einen Schluck und stellte Tasse und Untertasse geräuschlos auf dem Beistelltischchen an ihrer Seite ab. Sie neigte sich zu ihrer Schwester und fuhr leise fort: »Manchmal werden die Stimmen aber so laut, dass man sie nicht mehr ignorieren kann. Nachdem sich schon die Herren darum kümmerten, nahm der Klatsch wirklich dramatische Züge an.«

Während Nele ihre ältere Schwester verwundert ansah, setzte ihr Vater mit leicht erhobener Stimme Lavinias Geplauder ein

Ende: »Du bekommst eine Verlobungsfeier, mein Kind, wie du sie dir wünschst. Aber zuvor müssen wir alle zusammen den Gerüchten entgegentreten und öffentlich zeigen, dass wir die Bekanntschaft mit Herrn Michaelis zu schätzen wissen …«

Bevor sie sich überzeugen konnte, dass sie richtig verstanden hatte, hallte der Name in Neles Kopf in einem unangenehmen Ton nach. Die Gespräche am Teetisch ihrer Großmutter zwangen sie jedoch, dem Klang nicht nachzulauschen, sondern ihrem Vater zuzuhören:

»Ich habe einen Tisch im Restaurant Haerlin reservieren lassen. Für sechs Personen. Lavinias Verehrer ist informiert und wird in …«, Victor zog seine Uhr aus der Westentasche, klappte sie auf, »… in exakt einer Stunde und vierzig Minuten dort erscheinen, um mit uns in aller Öffentlichkeit zu Abend zu essen.«

»Er isst mit uns? In gut eineinhalb Stunden?«, rief Lavinia entgeistert aus und sprang auf. Statt vor Freude über das Wiedersehen mit ihrem Liebsten zu sprühen, wirkte sie plötzlich eher wütend. »Wie soll ich mich denn in so kurzer Zeit umziehen und frisieren?« Zur Untermauerung des letzten Wortes griff sie sich ins Haar.

Charlotte schnaubte: »Ich bin sicher, er wird dich auch heiraten, wenn du nicht wie aus dem Ei gepellt aussiehst.«

»Darum geht es doch gar nicht. Alle Gäste werden auf mich schauen …«

»Reg dich nicht auf, Livi, unsere Bekannten werden ihr Augenmerk eher auf den Mann deiner Wahl richten«, warf Ellinor ein. »Man wird sich überzeugen wollen, ob *er* standesgemäß ist. Woher du kommst, weiß jeder.«

»Hoffentlich fühlt er sich nicht unwohl in so elegantem Ambiente«, meinte Nele.

Lavinias Stimme überschlug sich wieder: »Ich muss mich dringend um meine Garderobe kümmern. Entschuldigt mich …«

Sie stieß fast den Teetisch um, für Achtsamkeit zu sehr in Eile. »Meta!«, schrie sie, noch bevor sie die Zimmertür aufriss.

»Ich wünschte, Lavinia würde nicht immer so kopflos umherflattern«, sagte ihre Großmutter und trank einen Schluck Tee, als könnte sie damit ihren Ärger über die ungestüme Enkeltochter hinunterspülen. »Offensichtlich hat sie vergessen, wie die Klingel für das Personal funktioniert.«

»Sie weiß anscheinend nicht einmal mehr, dass es diese überhaupt gibt«, stellte Ellinor fest, während sie sich erhob, um den Salon zu durchqueren und die Tür wieder zu schließen, was Lavinia in ihrer Aufregung versäumt hatte.

Auf ihrem Rückweg fragte sie: »Ist es wirklich notwendig, Vater, dass wir diesem … diesem Mann zum ersten Mal in aller Öffentlichkeit begegnen? Ich meine, das Haerlin ist ein sehr gut besuchtes Restaurant, das beste der Stadt. Wir befinden uns dort wie auf einem Präsentierteller.«

»Das ist meine Absicht«, erwiderte Victor.

»Der Mann tut mir leid«, murmelte Nele.

»Ach, was!«, wehrte ihr Vater ab. »Das braucht er nicht. Ich hatte zwischenzeitlich Gelegenheit, ein ausführliches Gespräch mit Lavinias Kavalier zu führen, und bin zu der Überzeugung gelangt, dass es sich um einen vernünftigen jungen Mann mit guten Manieren handelt. Wir konnten ein zufriedenstellendes Arrangement treffen.«

»Ich finde es sehr nett von dir, dass du keine Vorurteile gegen diesen Bauarbeiter hast …«

»Was redest du da eigentlich andauernd, Nele?« Charlotte schüttelte den Kopf. »Seit wann hast du diesen Dünkel? Selbst ich würde den Berufsstand des Architekten nicht so herablassend bezeichnen.«

Schmetterlinge sammelten sich in Neles Bauch und schlugen wild mit den Flügeln Alarm.

Was für ein Unsinn!, mahnte ihre innere Stimme. Michaelis hießen viele Leute, und die Anzahl der Architekten war in einer so reichen Stadt wie Hamburg gewiss unübersichtlich. Aber: Wie viele von diesen Männern trugen denselben Namen und hatten am Bau des Elbtunnels mitgewirkt?

»Du billigst Lavinias Wahl, Großmutter?«, hörte sie Ellinor fragen.

»Nein. Aber ein einfacher Bauarbeiter wäre zweifellos das schlimmere Übel als ein Architekt, der in dem Büro arbeitet, das den Elbtunnel entworfen hat.«

Die Schmetterlinge setzten sich in Bewegung, stoben auseinander und flatterten durch Neles Körper. Übelkeit stieg in ihr hoch. Als würden Nebelschwaden über die Alster ziehen, verschleierte sich Neles Blick. Ihre Familie verschwamm vor ihren Augen, und der Teetisch begann sich zu drehen. Instinktiv fasste Nele nach Ellinors Arm.

»Obwohl ich Herrn Michaelis für einen akzeptablen Mann halte«, Victors Stimme drang so dumpf wie das Nebelhorn eines Schiffes durch dichten Dunst zu Nele, »hat die Geschichte leider einen unangenehmen Beigeschmack. Er behauptete nämlich nicht nur, dass sich Lavinia eigensinnig benommen und ihm nachgestellt habe, sondern auch, dass es sich bei der Affäre wohl um einen Schabernack ihrer Schwestern handele. Leider wissen wir alle, wie unvernünftig Lavinia manchmal handelt, aber ich kann nicht nachvollziehen, was ihr beide damit … Nele! Was ist mit dir?«

Sie kämpfte mit einer Schwindelattacke und dem Drang, sich übergeben zu müssen. Die Vorstellung, Konrad könnte ihrem Vater von ihren heimlichen Treffen berichtet und diese irgendwie zu seinen Gunsten ausgelegt haben, ließ sie erschauern.

Jedes weitere Wort war zu viel. Nele wollte in ihr Zimmer flüchten. Ihre Gliedmaßen versagten ihr jedoch den Dienst. Vollkommen bewegungslos kauerte sie auf dem Sofa, sogleich fürsorglich umarmt von ihrer Schwester.

Victor, der inzwischen aufgesprungen und vor sie getreten war, tätschelte hilflos ihre Schulter. Die zärtliche Berührung fühlte sich jedoch an, als würde er ihren Körper brutal schütteln. Nele schwankte und wünschte, ihren Vater bitten zu können, nicht so an ihr zu rütteln.

»Ich hatte ja keine Ahnung, dass die Sache Nele derart aufregen würde«, murmelte er.

»Ein Schwächeanfall!«, rief Charlotte, die kleine silberne Klingel in der Hand, um nach dem Personal zu läuten. Mürrisch setzte sie hinzu: »Es ist nicht gesund, den ganzen Tag ohne Kopfbedeckung in der Sonne zu stehen und zu malen. Und dann noch diese Aufregung!«

Es drang kein Wort aus Nele. Es klapperten nur ihre Zähne.

»Dieser Herr Michaelis besitzt keinen Anstand«, fuhr Charlotte erbarmungslos fort. »Die Schuld für sein eigenes schändliches Verhalten auf die Mädchen abzuwälzen ist unentschuldbar. Ich glaube ihm kein Wort – und ich würde dich herzlichst bitten, Victor, dies auch nicht zu tun …«

Das Rauschen in Neles Ohren verstärkte sich.

»Wir kennen niemanden mit dem Namen Michaelis«, sagte Ellinor und drückte Nele fester an sich.

»Natürlich«, Nele musste sich anstrengen, um ihren Vater zu verstehen. »Ich habe nichts anderes angenommen … Ah, da sind Sie ja, Frieda … Meine Tochter braucht unverzüglich ein Glas Wasser und ein kühles Tuch für ihre Stirn.«

Später erinnerte sich Nele daran, wie etwas ihre Kehle hinabrann und von ihrem Kinn tropfte. Der Rest versank in tiefer Benommenheit.

20

Nele war sehr blass, als sie an der Seite ihrer älteren Schwester das Restaurant Haerlin betrat. Ihre Hautfarbe war aber das einzige äußerliche Zeichen des erstaunlich rasch überstandenen Kreislaufproblems. Ihre Haltung war stolz und aufrecht, in ihren Augen glühten Funken. Insgeheim spürte sie jedoch ein eisiges Frösteln auf den Armen, während eine unangenehme Hitze ihren Hals heraufkroch. Glücklicherweise sah man ihr das ebenso wenig an wie den wild trommelnden Herzschlag.

Zu Hause war sie versucht gewesen, das Wiedersehen mit Konrad Michaelis aufzuschieben. Eine bessere Entschuldigung als den von ihrer Großmutter diagnostizierten Sonnenstich gab es kaum. Aber sie legte keinen Wert auf eine Diskussion mit Charlotte. Natürlich würde die ihr vorhalten, dass nunmehr sie für Wirbel sorgte, wenn sie bei einem so wichtigen Abendessen fehlte. Außerdem ermahnte sie sich im Stillen, kein Feigling zu sein. Also fügte sie sich dem Wunsch ihres Vaters, dem Klatsch ein Ende zu bereiten, indem sich die ganze Familie mit der Hauptperson des Geredes einvernehmlich in der Öffentlichkeit zeigte.

Das kürzlich renovierte Hotel Vier Jahreszeiten war die erste Adresse Hamburgs. Am Neuen Jungfernstieg mit Blick auf die Binnenalster gelegen, erfreuten sich hier sogar regelmäßig gekrönte Häupter der luxuriösen Einrichtung nebst aller technischen Errungenschaften, der Teestunde im Wintergarten, Besprechungen in der Halle und eines hervorragenden Soupers in dem Restaurant, das nach seinem Besitzer Haerlin hieß. Es war ein hoher, heller Raum, einem feudalen Ballsaal nicht unähnlich. An mit blütenweißem Leinen eingedeckten Tischen tafelten Reeder, Bankiers, Schiffsmakler und Kaufleute von kostbarem Porzellan und mit schwerem Silberbesteck, tranken aus feinstem

Kristall erlesene Moselweine und unterhielten sich leise mit ihren Damen oder ihren Bekannten. Das Personal agierte aufmerksam und diskret. Obwohl das Restaurant gut besucht war, hing nur gedämpftes Stimmengemurmel über Gästen und Angestellten. Unwillkürlich stellte Nele den Vergleich zu München her – und dachte, dass es in der bayerischen Residenzstadt kaum eine Lokalität gab, in der man diese fast lautlose Vornehmheit der Hanseaten pflegte.

Konrad Michaelis war pünktlich. Er erhob sich von einem Stuhl an dem von Victor reservierten Tisch, wo er bereits gewartet hatte. Seine Augen glitten über die Mitglieder der Familie Dornhain, die vom Oberkellner an ihren Platz geleitet wurden. Einen Moment länger als an den anderen blieben seine Blicke bei Nele hängen. Dann streckte er ihrem Vater in einer entschlossenen Bewegung die Hand entgegen und konzentrierte sich anschließend ganz auf die Begrüßung ihrer Großmutter.

Er benahm sich vorzüglich und war äußerst charmant. Nele konnte förmlich sehen, wie Charlottes Widerstand bröckelte. Konrad beherrschte offenbar alle Tricks, selbst die, die Nele nur aus Romanen kannte, die sie heimlich unter der Bettdecke gelesen hatte. Ein hanseatischer Bel-Ami. Kein Wunder, dass sie und Lavinia diesem Verführer ins Netz gegangen waren. Nele war – im Gegensatz zu ihrem Vater – davon überzeugt, dass Livi dem Galan ebenso wenig *nachgestellt* hatte wie sie selbst. Oder hatte sie sich etwa zu irgendeinem Zeitpunkt ihm gegenüber entgegenkommend gezeigt? Der Gedanke, es ihm zu leicht gemacht zu haben, setzte die Schmetterlinge in ihrem Magen wieder in Bewegung.

Der Reihe nach begrüßte Konrad nun die jungen Damen, bedachte Lavinia mit einem Handkuss – und schaffte es, sich nur flüchtig vor Nele zu verbeugen. Kein Handschlag, kein freundliches Wort. Da er sich sofort wieder Charlotte zuwandte, indem er ihr beim Platznehmen behilflich war, fiel seine Unhöflichkeit niemandem auf außer Nele selbst.

Ihre Verärgerung wich der Erkenntnis, dass er ihre heimlichen Treffen für sich behalten hatte. Wenn er sie derart offen ignorierte, konnte er ihrem Vater nichts von ihrer Bekanntschaft berichtet haben. Sie atmete erleichtert durch. Was immer mit dem *Schabernack der Schwestern* gemeint war, Konrad brachte Nele in keine peinliche Situation. Wenigstens dieser Sorge war sie nun ledig.

Sie war dankbar für die runde Tafel, welche die Tischgespräche vereinfachte. Ihr wurde von ihrem Vater ein Stuhl zwischen Ellinor und Lavinia zugewiesen, die strahlende Braut thronte zur Linken ihres künftigen Verlobten, dessen Tischdame Charlotte war, neben der Victor saß. Ein eckiger Tisch hätte es womöglich notwendig gemacht, sich an der Konversation zu beteiligen. So konnte sich Nele aber in sich zurückziehen und brauchte nur halbherzig den oberflächlichen Gesprächen zu lauschen. Sie lehnte die Suppe ab, obwohl ihr Charlotte zu verstehen gab, dass sie dies nicht tun sollte. Danach stocherte sie in ihrem Kalbsfilet und stellte fest, dass die Platzverteilung es nicht einmal erlaubte, Konrad heimlich zu beobachten; dafür hätte sie sich vorbeugen müssen.

Allerdings musste sie ihn nicht ansehen, um sich an seine funkelnden blauen Augen zu erinnern, die sie bezaubert hatten. Seine tiefe Stimme lullte sie ein, als er Konversation über das Wetter betrieb. Der lange, heiße Sommer war ein ständiges Thema bei jedermann. Irgendwie kamen Konrad und Victor darauf zu einer Fachsimpelei über Materialien, die sich sowohl für den Haus- als auch den Schiffsbau eigneten. Ein Thema, zu dem Ellinor etwas beisteuern konnte. Sie warf ein, dass die Ausstattung des Hotels Vier Jahreszeiten von Albert Ballin für die Erste Klasse der neuen Hapag-Schiffe kopiert wurde, und Victor erwiderte, dass er dies auch für die Einrichtung seiner Kreuzfahrtschiffe in Erwägung zog. Also sprach man nun über die Annehmlichkeit bei weiten Reisen und dass die wohlhabenden Leute heutzutage ihre Ferien auch gerne auf dem Wasser verbrachten. Die Linien über die Weltmeere wurden nicht mehr nur als reine Verkehrsmittel benutzt, um von einem Ort zu einem anderen zu gelangen.

»Natürlich ist dies eine Entwicklung, die mein Sohn frühzeitig erkannte«, bemerkte Charlotte nicht ohne Stolz.

»Selbstverständlich möchte ich meine Hochzeitsreise auf einem von Vaters Schiffen machen«, verkündete Lavinia.

»Gemach, gemach, meine Liebe«, beruhigte Victor seine Tochter. »Diese Pläne sollten wir bei anderer Gelegenheit besprechen.«

Wozu?, hätte Nele am liebsten gefragt, äußerte sich jedoch nicht. Wir wissen doch alle, fügte sie in Gedanken hinzu, dass es zu einer Verlobung kommen wird.

Ihrer Ansicht nach stand fest, dass Konrad Michaelis es auf einen Goldfisch abgesehen hatte, der ihm gesellschaftliche Akzeptanz in den höchsten Kreisen verschaffte. Auf dem Weg zu seinem Ziel war dieser durchtriebene Mensch sicherheitshalber sogar zweigleisig gefahren. Er war grausam genug gewesen, den Betrug ausgerechnet mit zwei Schwestern zu begehen. Warum war ihr, Nele, nicht schon früher eingefallen, dass auch Georges Duroy seine Zukunft eiskalt geplant hatte, jener Charmeur aus Guy de Maupassants Roman *Bel-Ami*.

»Bislang bevorzugte ich für meine Reisen die Bahn«, ließ sich Konrad vernehmen. Er beugte sich ein wenig vor, um nach seinem Glas zu greifen. Eine selbstverständlich wirkende Geste, die es ihm jedoch ermöglichte, an Lavinia vorbei zu Nele zu blicken.

Sie wich ihm aus und stierte auf ihren Teller.

Flüchtig streifte sie der Gedanke, dass er bis zu ihrer Begegnung im Stadt-Theater gar nicht gewusst hatte, aus welcher Familie sie stammte. Diese Erkenntnis warf alle Vorurteile gegen ihn über den Haufen. Oder zumindest fast alle – die Untreue blieb ein Fakt. Wer mochte schon beurteilen, was stimmte und was nicht, ob er ihre Identität vielleicht doch gekannt hatte. Oder er war einfach ein unzuverlässiger Mann, der jeder hübschen Pflanze am Wegesrand seine Aufmerksamkeit schenkte. So oder so war es einfacher für sie, die Situation im Zorn auf ihn zu ertragen.

»Die ganze Familie Dornhain hat sich versammelt – wie schön!«, flötete die vertraute Stimme von Lucia Schulte-Stollberg hinter Neles Stuhl.

Als sie sich umwandte, erkannte sie die Freundin ihrer Großmutter und deren Enkel, die offenbar ebenfalls zu einem Souper ins Haerlin gekommen und dabei praktisch über ihren Tisch gestolpert waren.

Unwillkürlich fragte sich Nele, ob Charlotte diese Begegnung inszeniert hatte. Vielleicht hatte ihre Großmutter auf Victors Geschick als Intrigant nicht ausschließlich vertrauen wollen. Es wurde ungewöhnlich viel Aufhebens um die Begrüßung gemacht – und wer im Restaurant noch nicht wusste, um welche Gesellschaft es sich bei ihnen handelte, erfuhr es nun in wenig hanseatischer, aufgeregter Manier. Allein dadurch wurde gewährleistet, dass die Drähte hinter den Kulissen heiß liefen und in den Morgenzimmern beim Frühstück neuer Klatsch ausgetauscht wurde. Diesmal die angenehmere Version für Lavinia und ihre Familie.

Victor wies den Kellner ungeachtet des oberflächlichen Protests der alten Dame und ihres Enkels an, zwei weitere Stühle und Gedecke herbeizuschaffen. Es sei schließlich keine Familienfeier, nur ein zwangloses Abendessen unter Freunden. Man rückte etwas zusammen, Platz war genug da.

»Sind wir uns nicht neulich in der Oper begegnet?«, wandte sich Christian Schulte-Stollberg an Konrad. »Sie befanden sich im Gespräch mit …«

Nele ließ ihre Gabel mit lautem Klirren auf den Teller fallen.

»Geht es dir schon wieder nicht gut?«, wisperte Ellinor in einer Mischung aus Besorgnis und Verwunderung.

»Es muss sich um eine Verwechslung handeln«, widersprach Konrad in einem Ton, der keinen Widerspruch duldete. »Ich bin kein Freund der Oper.«

»Aber doch hoffentlich von Tanzmusik«, zwitscherte Lavinia.

»Merkwürdig«, murmelte Christian in sich hinein und sah dabei ziemlich verwirrt aus. »Ich könnte schwören …«

»Verzeiht mir bitte«, Neles Hand flog in einer dramatischen Geste an ihre Stirn, »es geht mir nicht gut … Ich brauche frische Luft«, fügte sie hinzu, als sie bereits im Aufstehen begriffen war.

»Wo willst du denn hin? Du kannst nicht alleine hinaus«, entrüstete sich ihre Großmutter.

Bevor eine andere Person in der Runde reagieren konnte, hatte sich Konrad bereits erhoben. Er warf seine Serviette auf seinen Stuhl. »Erlauben Sie, dass ich Fräulein Nele begleite?« Und ohne eine Antwort abzuwarten, erklärte er mit entschuldigend ausgebreiteten Armen und einem gewinnenden Lächeln: »Es bleibt ja in der Familie, nicht wahr?« Dann zwinkerte er Lavinia zu, als wollte er ihr zu verstehen geben, dass er sich nur um ihre Schwester kümmerte, um ihr zu gefallen.

Nele spürte seine Hand an ihrem Ellenbogen, und zum ersten Mal war ihr seine Berührung unangenehm. Es war, als verbrenne ein Feuerball ihre Haut. Sie hätte ihn gerne abgeschüttelt, aber da sie sich vorstellen konnte, wie viele Augenpaare ihnen folgten, ließ sie Konrad gewähren und marschierte steif neben ihm zum Ausgang.

Als sie die mit erlesenen Tropenhölzern aus den deutschen

Kolonien ausgestattete Hotelhalle durchquerten, wisperte sie: »Das wäre nicht nötig gewesen.«

»In der Tat«, stimmte er zu, »aber ich zerbrach mir schon eine Weile lang den Kopf, wie ich es schaffen könnte, mit Ihnen alleine zu reden.«

»Christian Schulte-Stollberg wird jetzt allen erzählen, dass wir uns kennen. Wären Sie bei Tisch geblieben, könnten Sie das Ärgste verhindern.«

»Das wird er nicht tun.«

Zum ersten Mal wandte sie ihm ihr Gesicht zu und sah ihn offen an. »Warum nicht?«

»Es ist alles gesagt. Männer wie er tauschen keinen unbestätigten Klatsch aus.«

Konrad ließ ihr den Vortritt, als ein Portier ihnen die Eingangstüre aufhielt.

Ein auffrischender Wind wehte Nele entgegen. Das Frösteln auf ihren Armen verstärkte sich, und sie bedauerte, in der Eile ihren Schal zurückgelassen zu haben. Sie trug ein schlichtes, ärmelloses weinrotes Abendkleid mit schwarzen Bordüren im Empire-Stil. Die Brise wehte den Saum hoch und zerrte an den weinroten Federn auf ihrer schwarz eingefärbten Kreissäge, so dass sie die Hand hob, um ihren Hut festzuhalten. Auf diese Weise konnte sie Konrad endlich abschütteln.

Sie schritt schnell aus, um an den wartenden Pferde- und Taxameterdroschken vorbei auf die andere Straßenseite zu gelangen. Erst im Schatten der Linden hielt sie am Alsterufer inne. Die Blätter rauschten leise, ein Dampfer der weißen Flotte stampfte vorüber. Auf dem schwarz schimmernden Wasser tanzten die Lichter der Kandelaber auf der Lombardsdrücke. Der Anblick schmerzte Nele, weil er sie an ihre Begegnung mit Konrad unter seinem Regenschirm erinnerte.

Langsam wandte sie sich um.

Konrad stand direkt hinter ihr. »Ist Ihnen kalt?«, fragte er sanft.

Die zärtliche Wärme in seiner Stimme schnitt ihr ins Herz. Sie schüttelte trotzig den Kopf, obwohl ein starker Schüttelfrost von ihr Besitz zu nehmen begann.

Einen Moment lang sahen sie einander still an.

Schließlich brach er das Schweigen: »Als ich erfuhr, wer Sie sind, dachte ich, Sie und Lavinia wollten mich veralbern. Doch als ich Sie heute wiedersah, war mir klar, dass ich nicht Ihnen, sondern meinem eigenen Irrtum zum Opfer gefallen bin.«

Sie schüttelte den Kopf. Nicht, dass sie ihm nicht glaubte. Sie schüttelte über sich selbst den Kopf. Dann: »Es ist nicht richtig, dass Sie und Lavinia heiraten.«

»Ja. Das finde ich auch«, gab er unumwunden zu. »Eine Ehe auf diese Art und Weise einzugehen ist sicher nicht die beste Voraussetzung für lebenslanges Glück. Allerdings machte mir Ihr Herr Vater deutlich, dass ich keine andere Wahl habe, als Lavinia zu heiraten. Leider musste ich ihm zustimmen. Er hat Recht!«

»So meinte ich das nicht«, widersprach sie, ein wenig unwillig, weil sein Geständnis ihre Meinung über ihn ins Wanken brachte. »Obwohl Sie wussten, dass Lavinia in Sie verliebt ist, haben Sie sich mit mir verabredet. Sie haben mit ihren Gefühlen gespielt. Und mit meinen. Das ist grausam.«

»Mit Ihren Gefühlen habe ich niemals gespielt, Nele«, erwiderte er leise.

Ein Zittern lief über ihren Körper. Sie schlang die Arme um sich. Ihre Zähne schlugen vor Kälte aufeinander – oder aus einem anderen Grund, den sie lieber nicht hinterfragte.

In einer überaus eleganten Bewegung streifte er sein Dinnerjacket ab und legte es ihr um die Schultern.

Sein Duft stieg ihr in die Nase, sie spürte seine Wärme, die noch in dem Kleidungsstück hing, auf ihrer Haut. Wieder erfasste sie ein Schauder, aber diesmal waren nicht die Böen schuld. Es wäre vernünftig, ihm seine Jacke zurückzugeben und unverzüglich wieder zu ihrer Familie zu gehen. Dessen war sich Nele bewusst. Doch sie tat nichts dergleichen.

»Es spielt natürlich keine Rolle mehr«, hob Konrad nach einer Weile an, »aber ich möchte Ihnen versichern, dass ich Ihrer kleinen Schwester niemals zu nahe getreten bin. Ich habe ihr nicht einmal den Hof gemacht.«

»Das interessiert mich nicht«, versetzte sie. Ihre Stimme schwankte leicht und strafte sie Lügen. Natürlich brannte sie darauf zu wissen, was der Hintergrund dieser Scharade war. Nicht zuletzt, weil sie Lavinia glücklich sehen wollte.

Es ging nur um Livi, redete sie sich ein. Um sich selbst brauchte sie sich keine Sorgen zu machen. Für sie war bestens gesorgt: Sie würde nach München in ihr altes Leben zurückkehren, neue Freundschaften knüpfen und ihre Begegnung mit Konrad Michaelis vergessen. Dabei wusste sie mit jeder Faser ihres Herzens, dass es so einfach nicht war.

»Ich habe keine Ahnung«, fuhr Konrad ungeachtet ihres Einwands fort, »warum dem so ist, aber anscheinend ist es Lavinias größter Wunsch, meine Frau zu werden. Sie hat sich ziemlich viel einfallen lassen, um ihr Ziel zu erreichen. Dabei ist sie ausgesprochen … ehmmm… unkonventionell vorgegangen.«

»Wahrscheinlich liebt sie Sie.«

Im selben Moment fielen ihr ihre Beobachtungen ein. Wie strahlend Livi am Abend ihrer Ankunft in Hamburg gewirkt hatte, gerade so, als würde sie von innen leuchten. Wie eine Siegerin. Und der Triumph in ihren Augen war unübersehbar gewesen, nachdem ihr Vater seine Zustimmung zu der Verbindung mit Konrad verkündet hatte. Zärtlichkeit oder gar Leidenschaft hatte Nele in diesen Momenten nicht beobachtet. Konnte es sein, dass die Kleine einfach nur ihren Willen durchsetzen wollte? Wie immer, wenn sie sich etwas wünschte, das ihr gefiel, einerlei, ob es sich um eine Puppe handelte, ein Kleid oder – einen Mann …? Das ist unmöglich, entschied Nele. Sie irrte sich. Denn: Andernfalls müsste sie an ihrer eigenen Loyalität zweifeln.

»Gefühle sind bei Verehelichungen dieser Art kaum von Belang«, unterbrach Konrad ihre Gedanken. »Ihr Herr Vater erklärte mir in aller Deutlichkeit, dass meine berufliche Zukunft ruiniert ist, wenn ich Lavinia nicht heirate. Kein angesehener Mann in Hamburg würde je ein Bauprojekt von mir finanzieren oder auch nur in Auftrag geben. Nennen Sie mich hasenherzig. Aber ich kann nicht anders. Das Eintreten seiner Prophezeiung wäre eine Katastrophe für mich.«

Sie erinnerte sich daran, mit welcher Leidenschaft Konrad über seinen Beruf gesprochen hatte. Während sie sich seine Worte ins Gedächtnis rief, überlegte sie, dass es ihm nicht um seinen Lebensunterhalt ging. Hatte er nicht dieses Vermächtnis seiner Tante? Finanzieller Natur wäre der Ruin demnach wohl nicht – er würde jedoch nichts weniger als seine Berufung verlieren.

Dann hat sich für ihn doch alles bestens gefügt, dachte Nele voller Bitterkeit. Zweifellos würde die Heirat mit Lavinia seine Karriere befeuern. Somit hatten also alle Beteiligten etwas von diesem Arrangement. Nur sie selbst litt deswegen Qualen.

Nele atmete tief durch und straffte ihre Schultern. Sie durfte sich nicht ihrer Wehmut hingeben.

»Das heißt, Ihre und Livis Träume verbinden sich zu einer Einheit«, stellte sie mit vor Sarkasmus triefender Stimme fest.

»Nein.«

»Nein?«

Überrascht sah sie ihm in die Augen. Es war dunkel, doch der gelbe Schein der Straßenlaternen drang um diese Jahreszeit durch das Geäst der Linden. Sein Blick war bemerkenswert verstört. Da war kein Hochmut, keine Freude über die gelungene Verbindung. Sondern unendliche Traurigkeit.

Der Schmerz griff hart nach Nele, während sie Konrad weiter stumm betrachtete.

»Um ehrlich zu sein«, seufzte er, »für mich bedeutet das Arrangement zwischen Ihrem Herrn Vater und mir vor allem einen großen Verlust.« Er legte eine kurze Pause ein, bevor er leise hinzufügte: »Die Kostbarkeit, die ich gefunden hatte, ist für mich damit verloren. Dabei war sie eines der größten Geschenke meines Lebens.«

Er erklärte nicht, was er meinte. Aber das brauchte er auch nicht.

Wieder sahen sie einander stumm an.

Plötzlich streckte er die Arme aus, schob seine Hände unter das Jacket und umfasste ihre Schultern. Dann zog er sie vorsichtig zu sich heran.

Sie ließ es geschehen, obwohl sie wusste, dass nicht sein sollte, was sie befürchtete, erwartete, wünschte …

Von Sehnsucht erfüllt, teilten sich ihre Lippen unter seinem Mund. Sein Kuss war zart und von einer Achtsamkeit, die ihr die Tränen in die Augen trieb. Sie spürte sein Begehren – und doch forderte er nichts, was er selbst nicht halten konnte.

Ebenso unvermittelt, wie er sich über sie geneigt hatte, ließ er von ihr ab.

»Leb wohl«, flüsterte er.

Nele taumelte. Sie fürchtete, sich nicht mehr auf den Beinen halten zu können, wenn er sie nicht stützte. Sie wollte seinen Körper an den ihren gelehnt spüren, den Druck seiner Lippen fühlen, alles um sich vergessen, keine Pflichten erfüllen müssen, in keinen Loyalitätskonflikt geraten …

Dennoch trat sie einen Schritt von ihm fort.

Stumm schüttelte sie die Jacke ab, und er fing das Kleidungsstück auf, bevor es auf das Laub zu ihren Füßen fallen konnte. Jedes Wort war überflüssig.

Wie blind bewegte sie sich zurück zum Hotel. Ungeachtet des Verkehrs oder anderer Passanten überquerte sie die Straße. Ein Automobil hupte. Das Lachen eines Paares wehte zu ihr herüber, das gerade ins Hotel zurückkehrte. Derselbe Diener, der ihr vorhin die Tür aufgehalten hatte, öffnete wieder für sie.

Sie betrat »das Wohnzimmer der feinen Welt«, wie der Hotelier seine Herberge nannte. Obwohl sie sich kein einziges Mal nach ihm umdrehte, wusste sie, dass Konrad hinter ihr ging. Sie spürte seine Nähe – und dachte, sie werde nie aufhören, ihm auf irgendeine Weise nah zu sein.

In ihren Augen schimmerten ungeweinte Tränen.

München

21

Auf der Ludwigstraße staute sich an einem sonnigen Tag Anfang März der Verkehr, nur die Straßenbahn ratterte zwischen Siegestor und Feldherrenhalle ungehindert nach ihrem Fahrplan. Automobilisten, Fuhrwerke und Passanten mussten warten, bis die ungewöhnliche Kundgebung vorbeizog. Eine Prozession bestehend aus zwanzig voll besetzten offenen Kutschen sperrte die Straße. Girlanden in den Farben Grün, Weiß und Lila schmückten die Wagen, in denen gut gekleidete und offensichtlich bestens gelaunte Damen jeden Alters Schilder mit der Aufschrift »Frauenstimmrecht« hochhielten.

Die meisten Beobachter nahmen das Spektakel mit Gelassenheit, nur wenige Leute zeigten sich verständnislos, viele waren sogar begeistert ob des Mutes, mit dem die Repräsentantinnen des Künstlerinnenvereins, des kaufmännischen Vereins für weibliche Angestellte und des Abstinenzlerinnenvereins gemeinsam mit den Damen des bayerischen Stimmrechtsvereins für ihr Wahlrecht demonstrierten. Belustigung und durch Hurra-Rufe bestärkte Anerkennung überwogen, nicht selten wurden Tücher geschwenkt. Ein weiß-blauer Fönhimmel überspannte die Demonstration, die sich an den schönen Sandsteingebäuden Leo von Klenzes und Friedrich von Gärtners entlangbewegte.

Rundbogenstil, fuhr es Nele durch den Kopf, eigens für König Ludwig I. und dessen Städteplanung entworfen.

Unwillkürlich zwinkerte sie, um das Bild zu verscheuchen, das sich bei diesem Ausflug in die Architekturgeschichte vor ihrem inneren Auge einstellte.

»Was ist los mit dir?«, wollte Zofia wissen. Die Freundin saß neben Nele im Fond des eigens für diese Fahrt gemieteten Landauers, die Wangen gerötet von der noch kühlen Märzluft und ob der Aufregung. »Du ziehst ein Gesicht wie bei einem Trauerzug. Dabei gab es noch keine Grobheiten. Niemand geht auf uns los. Es fliegen nicht einmal faule Eier.«

Nele hörte kaum zu, vollends damit beschäftigt, die Erinnerungen zu verscheuchen. Sie wünschte, nicht ständig an Konrad denken zu müssen. Doch selbst hier, wo sie nichts mit ihm verband, war er allgegenwärtig. Wie zu annähernd jeder Stunde seit dem denkwürdigen Abendessen im Restaurant Haerlin und ihrer Abreise aus Hamburg zwei Tage später. Es schien, als gebe es kein Entrinnen. Nicht einmal im Rahmen einer Bewegung, der sie sich – wenn sie ehrlich sein wollte – nur angeschlossen hatte, um in irgendeiner Weise zu protestieren. Am besten gegen jeden und alles, ihr war's in ihrer Stimmungslage recht.

Weil Nele schwieg, insistierte Zofia: »Hör mal, Schätzchen, das ist deine Veranstaltung, nicht meine. Ich habe nichts davon, wenn im Deutschen Reich die Frauen wählen dürfen. Aber ich beteilige mich an deiner guten Sache, als wäre es meine. Warum bist du nicht ein bisschen euphorisch? Die Kundgebung verläuft großartig. Die Menschen scheinen unser Anliegen zu verstehen und sogar zu unterstützen. Was also ist los mit dir?«

»Nichts. Gar nichts. Ich habe eben nur an etwas anderes gedacht, aber das ist schon vorbei.«

Um ihre Worte zu unterstreichen, setzte Nele ein strahlendes Lächeln auf und schwenkte in einer übertriebenen Geste die selbst gebastelte Fahne in den Farben der Frauenbewegung, auf die sie »Wahlrecht für alle« geschrieben hatte. Sie wusste, dass sie damit nicht nur für das Frauenstimmrecht, sondern auch gegen das Dreiklassenwahlrecht des Preußischen Landtags demonstrierte, was nicht unbedingt dem Ansinnen vieler Mitstreiterinnen entsprach. Aber sie hatte das Banner Zofias linker Einstellung zuliebe gemalt.

»Du denkst andauernd an etwas anderes!«, tadelte die Freundin.

»Ach, ja? Das wirkt nur so, weil ich sehr unschlüssig bin, welche künstlerische Richtung ich in Zukunft einschlagen möchte. Kaum bin ich für ein paar Tage in Hamburg bei meiner Familie, verändert sich hier alles. Plötzlich heißt es Blaue Reiter gegen Neue Künstlervereinigung, gegeneinander statt miteinander. Das muss ich erst einmal verdauen.«

»Schätzchen, die Abspaltung von Kandinsky, Franz Marc, Gabriele Münter und den anderen von der Neuen Künstlervereinigung ist mehr als ein Vierteljahr her.«

»Das macht es nicht besser«, erwiderte Nele lakonisch und meinte nicht den heftigen Streit zwischen den etwas konservativeren Malern und den Befürwortern des modernen Expressionismus, den sie als Ausflucht benutzte. »Was sind schon drei oder vier Monate?«

Im Lärm der Straße ging Zofias Antwort unter. Ihr verständnisloses Kopfschütteln war jedoch aussagekräftig genug.

»Hurra!«, riefen die jungen Mädchen in einer Gruppe Studenten, die sich vor dem Springbrunnen der Universität versammelt hatten. Sie winkten dem Demonstrationszug mit grünen und weißen Tüchern zu, ihre männlichen Kommilitonen schwenkten fröhlich die Mützen mit den Bändern ihrer Verbindungen. »Hoch!«

Zwei vierschrötige, gedrungene Männer mittleren Alters schüttelten die Köpfe mit den Trachtenhüten. Während es der eine dabei beließ, brüllte der andere in Neles und Zofias Richtung: »Woit eich koana hom?«

»Ach je«, seufzte Nele, »jetzt geht es los mit den Pöbeleien wie bei den Demonstrationen der Suffragetten in London.«

»Jesus, Maria!« Zofia ballte die Fäuste. »Die Engländerinnen sind sehr mutig.«

»Nun ja, bei denen geht es um mehr als bei uns. Das Bürgerliche Gesetzbuch des Deutschen Reiches räumt uns Frauen schon sehr viel mehr Rechte ein als die britische Gesetzgebung. Dort sind sie noch auf dem Stand des Preußischen Landrechts wie wir vor fünfzehn oder zwanzig Jahren.«

»Wenn es sein muss, werde ich kämpfen wie sie!«

Nele schüttelte unmerklich den Kopf. Die Vorstellung, militant gegen Gegner des Frauenstimmrechts oder gar die Regierung vorzugehen, wie dies die Verfechterinnen des Wahlrechts in England taten, überstieg ihren Wunsch nach Protest. Nicht, dass sie sich nicht vorstellen könnte, ihre Meinung mit allen Mitteln durchzusetzen. Sie fürchtete vielmehr die Konsequenzen. Kürzlich hatte sie in der Zeitung gelesen, dass die britische Suffragette Emmeline Pankhurst als Initiatorin von Straßenschlachten in London zu mehreren Monaten Gefängnis verurteilt worden war. Sollte Nele in einer ähnlichen Situation auch nur verhaftet werden, bestand kein Zweifel an der Reaktion ihrer Familie: Ihr Vater und ihre Großmutter würden sie auf der Stelle nach Hamburg zurückbeordern.

Ihre Furcht erwies sich als unbegründet. Der Ausruf des Bierphilisters wurde von den Umstehenden am Straßenrand mit Gelächter quittiert. Auch die Frauen in den Kutschen reagierten amüsiert statt verärgert.

Strahlend verkündete Zofia: »Von so einem *idiota* lassen wir uns die Laune nicht verderben!«

Die beiden Männer gingen grummelnd ihres Weges. Offensichtlich geschlagen von der Fröhlichkeit und Gelassenheit der anderen Beobachter.

»Wir siegen!«, jubelte Zofia. »Es wird alles gut.«

»Das muss es wohl«, murmelte Nele und meinte wieder nicht die Kundgebung.

Hamburg

22

»*Die Wagenfahrt der Frauenstimmrechtlerinnen gestaltete sich zu einer wirkungsvollen Demonstration*«, rezitierte Frieda mit stockender Stimme, weil sie sich ein wenig schwertat mit dem lauten flüssigen Lesen. Ihr Zeigefinger fuhr bedachtsam die Druckzeilen in dem Zeitungsbericht entlang, während sie langsam fortfuhr: »*Die Münchner Bevölkerung, die in ihrer angenehm zurückhaltenden Art jeden tun und treiben lässt, was er will, erhob keinen Protest …*«

»Ob Fräulein Helene wohl dabei war?«, unterbrach Klara, während sie gedankenverloren die Hafersuppe schlürfte, welche die Dienerschaft zum Frühstück bekam.

Draußen herrschte noch spätwinterliche Dunkelheit, auf dem Küchentisch, an dem die Hausmädchen mit der Köchin die Mahlzeit einnahmen, flackerte das blaue Licht einer altmodischen Öllampe. Eben hatte Frieda, wie an jedem Morgen, an der Tür des Souterrains von dem Zeitungsjungen die *Hambur-*

ger Nachrichten entgegengenommen. Klara hatte beobachtet, wie sie dem Kleinen ein Stückchen Zucker zusteckte. Wahrscheinlich wusste Ida davon und ließ Frieda in diesem Fall ausnahmsweise gewähren. Immerhin war das erste Hausmädchen ansonsten nicht für Verschwendung bekannt. Vielleicht hatte ja auch die Mildtätigkeit des Fräulein Ellinor auf die Dienerschaft abgefärbt. Doch darüber wollte Klara nicht grübeln, viel interessanter erschien ihr die Frage, ob *ihr* Fräulein Nele zu den Frauenrechtlerinnen gehörte.

Sie vermisste die mittlere Tochter des Reeders sehr. Seit Nele abgereist war, schien die Farbe aus dem Haus am Alsterufer gewichen zu sein. Nicht die Freude. Fräulein Lavinia sprühte vor Lebendigkeit, genoss es, als künftige Braut im Mittelpunkt des gesellschaftlichen Interesses zu stehen, und betrachtete jeden Tag als ein großes, nicht enden wollendes Fest. Aber mit Nele war das Bunte fort. Die Abläufe waren immer gleich, es geschah nichts Aufregendes, alles war vorhersehbar. Obwohl Klara gut behandelt wurde, schien sich niemand mehr sonderlich viel Mühe mit ihr zu geben. Sie gehörte inzwischen zum Haus wie das Inventar – und war meistens gleichsam unsichtbar. Wenn Fräulein Nele noch da wäre, hätte sich Klara mit ihr über die Frauenbewegung unterhalten können. Fräulein Ellinor ließ solche Gespräche gewiss nicht zu. Der brauchte sie mit Fragen nicht zu kommen, die trennte in ihrem Elternhaus strikt zwischen oben und unten. Klara fürchtete sich sogar ein ganz klein wenig vor ihr.

»Warum soll unser Fräulein Nele nicht dabei gewesen sein?«, fragte Frieda über der Lektüre. »Hier steht: *Sogar ein bayerischer Reichsrat begrüßte den Zug mit höflicher Anerkennung.* Das klingt nach dem richtigen Umgang für das gnädige Fräulein.«

»Der Sievers sagt, diese Frauen fügen dem deutschen Volk einen ebenso schweren Schaden zu wie die Juden«, meldete sich

Meta besserwisserisch zu Wort. »Die Wissenschaft, sagt er, habe längst nachgewiesen, dass Frauen schwachsinnig sind.«

»Damit meint er wohl vor allen dich, *mien Deern*«, spöttelte Ida gutmütig und goss sich aus der großen weißen Blechkanne eine zweite Portion Zichorienkaffee in den Becher.

»Nein«, widersprach Meta ernst. »Natürlich nicht. Der Sievers hat mir genau erklärt, dass die Wissenschaftler das Widernatürliche bei emanzipierten Frauen erkannt haben, vor allem bei solchen, die gebildet sind, arbeiten, rauchen und kurze Haare tragen.«

Klara stieß vor Schreck beinahe ihre Tasse um. »Meint er etwa Fräulein Nele?«

»Die raucht und arbeitet nicht«, widersprach Ida trocken. »Außerdem sollte sich der Herr Gesindemakler davor hüten, etwas gegen die Herrschaften zu sagen. Und er soll dir nicht solche Sachen in den Kopf setzen, Meta. Da kann man leicht etwas missverstehen. Pass nur auf, dass die gnädige Frau nichts davon hört.«

»Pah!«, machte das zweite Hausmädchen.

Das Zeitungspapier raschelte, als Frieda eine Seite umschlug. »Ich teile ja nur ungern Metas Meinung, aber der Kaiser fand auch deutliche Worte gegen die Frauenbewegung. Seine Majestät rufe den Untertaninnen zu, steht hier …«, sie unterbrach sich und konzentrierte sich auf den Text: »*Die Hauptaufgabe der deutschen Frau liegt nicht auf dem Gebiete des Versammlungs- und Vereinswesens, nicht im Erreichen von vermeintlichen Rechten, sondern in der stillen Arbeit im Hause und in der Familie.*«

»Zeig mal her«, forderte Ida und zog das Blatt über den Tisch zu sich heran. Sie lehnte sich etwas zurück, damit ihre offenbar weitsichtigen Augen bei der schlechten Beleuchtung die Lektüre erfassen konnten. Nach einer Weile brummte sie: »Der Heilige Vater warnt die Damen ebenfalls vor den Gefahren der Frauenbewegung … Und wovon soll unsereins leben, wenn nicht von der eigenen Hände Arbeit? Darüber machen sich die hohen Herren natürlich keine Gedanken!«

»Die meinen auch nicht dich«, versetzte Meta zufrieden über die Retourkutsche, »schließlich sprechen sie von *Damen.*«

Ida zuckte mit den Achseln. Sie begann, die Zeitung ordentlich glatt zu streichen und zusammenzulegen, so dass sie Herrn Dornhain fast jungfräulich mit dem Frühstück serviert werden konnte. »Na, was geht mich auch die Meinung des Oberhirten der katholischen Kirche an?«, meinte die Köchin dabei. »Ich bin aus Hamburg und Gott sei Dank Protestantin. Soll'n die da unten in Bayern und sonst wo machen, was sie wollen. Nur dass der Kaiser … ach, was, das haben die Zeitungsschreiberlinge bestimmt falsch wiedergegeben.«

»Der Sievers sagt«, hob Meta wieder an, »es wäre ein Bund gegen die Frauenemanzipation gegründet worden, und viele vornehme Herrschaften würden Mitglied werden wollen, auch adelige Damen.«

»Was der Sievers nicht alles sagt«, knurrte Ida.

»Bevor wir das erfahren, sollten wir lieber an unsere Arbeit gehen«, verkündete Frieda und schob ihren Stuhl zurück. Im Aufstehen stellte sie ihr Geschirr ineinander. »Klara, bevor Richter da ist und die Warmwasserheizung einstellt, kannst du schon mal mit dem Einheizen des Badezimmers anfangen. Aber sieh zu, dass du deine Schürze nicht schon wieder schmutzig machst.«

Während Klara einen vollen Kohleneimer holen ging, überlegte sie, wen sie ansprechen könnte, um sich nach Fräulein Nele zu erkundigen. Vom Personal kam da eigentlich niemand infrage. Neuigkeiten wurden bei den Mahlzeiten ausgetauscht – weder Ida noch Frieda und schon gar nicht Meta würden eine Information für sich behalten, gleichgültig, ob es sich um eine bedeutsame Nachricht oder einfach nur harmlosen Klatsch handelte.

So war es auch gekommen, nachdem wohl bereits in allen Küchen Harvestehudes darüber geredet wurde, dass Lavinia Dornhain einen Mann auf offener Straße geküsst hatte, der nicht ihr Bräutigam war. Als wäre das nicht schon Skandal genug, hatte Klara erfahren müssen, dass außerdem Briefe des Fräulein Dornhain an Herrn Michaelis kursierten, in denen sie ihm angeblich eindeutige Angebote machte. Wie ein Freudenmädchen, behaupteten die Lieferjungen und schlugen sich vor Wonne auf die Schenkel.

Entsetzen hatte Klara erfasst. Vielleicht war ja alles ein Missverständnis. Aber es kam schlimmer, als sie sich überlegte, ob es dabei nicht vielmehr um das Schreiben von Fräulein Nele ging, das sie bei der Haushälterin des Herrn abgegeben hatte? War die junge Frau, die sie still anbetete, so tief gesunken, dass sie sich einem Mann anbieten musste? Klara dachte nicht darüber nach, wer diese Geschichte in Umlauf gebracht haben könnte. Sie verdrängte sie sogar, weil irgendwann klar war, dass Fräulein Lavinia die Urheberin sein musste. Das Vergessen war besser als zu grübeln, was die jüngste Tochter des Reeders zu so viel Frivolität bewogen haben mochte.

Schließlich wurde die Verlobung von Fräulein Lavinia und Herrn Michaelis offiziell, und deshalb drückte man in den Morgenzimmern und Salons der feinen Gesellschaft wohl beide Augen zu ob der Anstößigkeit dieses Schriftverkehrs. Nur manchmal dachte Klara, dass sie gerne wüsste, was es mit dem Brief von Fräulein Nele damals auf sich gehabt hatte.

Die für den Badeofen nötige Menge an Kohlen war glücklicherweise nicht schwer, so dass Klara recht leichtfüßig die Treppen hinaufsteigen konnte. Im Haus war es still. Die Bewohner schliefen anscheinend noch – und wenn sie es nicht taten, so verbrachten sie den frühen Morgen üblicherweise in ihren Gemächern, ohne den geringsten Lärm zu verursachen. Erst wenn

Klara das Badezimmer geheizt hatte und Frieda das Tablett mit dem Morgenkaffee vor dem Zimmer des Hausherrn abstellte, erwachte die Villa langsam.

Obwohl die gnädige Frau darauf bestand, dass nur einmal in der Woche gebadet wurde, und das am besten samstags, musste Klara den Badeofen täglich anheizen, denn die Herrschaften bevorzugten auch für die kleine Körperreinigung fließend heißes Wasser.

Allerdings hatte Klara schon oft erlebt, dass Meta die Wanne für Fräulein Lavinia richtete, die sich mehr als einmal in der Woche in von Rosenseife süß duftendes Nass gleiten ließ. Sie scherte sich nicht um die Worte ihrer Großmutter: »Nur Kokotten baden öfter als einmal in der Woche.« Und Klara dachte, wie schön es sein musste, die jüngste Tochter eines wohlhabenden Mannes zu sein, der alles verzieh, selbst wenn sie sich verwöhnt und trotzig über alle Regeln hinwegsetzte.

Nachdem Klara einen kleinen Tannenzapfen auf dem Ofenblech entzündet hatte, schichtete sie Briketts darauf und wartete, bis die ersten Kohlestücke glühten. Dann schloss sie die Tür. Der mit Porzellan verkleidete, fast unter die Decke reichende, hohe Kupferkessel erwärmte nicht nur das darin gespeicherte Wasser, sondern praktischerweise das gesamte Badezimmer.

Für einen seligen Moment gestattete sich Klara den Traum, einen solchen Raum selbst einmal benutzen zu dürfen. Im nächsten Moment sagte sie sich nüchtern, dass es immerhin ein Glück war, in diesem Haus zu leben und es jeden Tag warm zu haben. Ihre Ziehmutter hatte darauf bestanden, die Heiztemperatur auch im Winter bei fünfzehn Grad zu halten. Wie oft hatte Klara da gefroren. Das war ihr am Harvestehuder Weg noch nicht passiert.

Mit einem Lächeln auf den Lippen verließ sie das Badezimmer, den Kohleneimer weit von sich fort haltend, um ihre

Schürze nicht zu beschmutzen. Sie registrierte in ihrem Rücken, wie eine Tür klappte. Offenbar war das erste Familienmitglied auf den Beinen. Klara wandte sich nicht um, weil es sich nicht schickte, etwa den gnädigen Herrn im Nachthemd anzutreffen.

Als Klara zurück ins Souterrain kam, trat Richter gerade durch die Dienstbotentür. Ein kühler Luftzug begleitete ihn, und das Glockenspiel vibrierte noch leise, als er längst hinter sich geschlossen hatte.

Er zog ein Päckchen Briefe unter seinem Mantel hervor. »Ich bringe die Post«, verkündete er, ohne eines der Hausmädchen direkt anzusprechen.

»Legen Sie sie bitte auf die Kommode«, wies ihn Frieda an, zwischen Wäschekammer und Küche hin und her eilend. »Ich nehme sie dann gleich mit dem Frühstückstablett mit ins Morgenzimmer.«

Meta, die auf dem Weg die Dienstbotentreppe hinauf war, überlegte es sich anders und blieb vor Richter stehen. »Das sieht ja nach mächtig viel Korrespondenz aus«, gurrte sie, als wäre es Richters Verdienst, dass die Familie so viele Schreiben erhielt.

»Alle Welt gratuliert unserem Fräulein Lavinia zur Verlobung«, antwortete Richter. »Sie wird sich über so viel Anteilnahme bestimmt sehr freuen.«

»Ja, da haben Sie Recht. Lassen Sie mich mal schauen, dann sortiere ich die Umschläge gleich aus, die an Fräulein Lavinia gerichtet sind, und bringe dem gnädigen Fräulein die Briefe. Es wäre doch schön, wenn der Tag für sie gleich mit einer großen Freude beginnt.«

»Wollen Sie lieber mit Meta plaudern oder einen Kaffee bei mir trinken?«, rief Ida aus der Küche.

»Dieser Aufforderung kann ich nicht widerstehen.« Zufrieden legte Richter den Stapel auf das Sideboard im Vorraum der Küche. »Mir ist alles recht, Meta, aber pass auf, dass du die Schreiben an den gnädigen Herrn nicht verlegst. Es sind wohl ein paar wichtige Nachrichten dabei.« Sprach's und ließ das zweite Hausmädchen bei der Post zurück, um sich von Ida mit dem besten Frühstück verwöhnen zu lassen, das ein Mann seiner Position nur bekommen konnte.

Zögernd blieb Klara im Durchgang stehen. Sie wollte den Eimer eigentlich in den Kohlenkeller zurückbringen, doch eine stumme Frage ließ sie innehalten. Ob sie Richter beiseitenehmen und nach Fräulein Nele fragen durfte? Der gnädige Herr vertraute ihm, er wusste gewiss mehr als jedes andere Mitglied des Personals über das Wohlergehen der mittleren Tochter …

Ihr fiel auf, dass Meta die Kuverts nicht nur nach dem Empfängernamen sortierte, sondern auch die Absender einer eingehenden Prüfung unterzog. Sie sah es, aber es dauerte eine Weile, bis sie es auch begriff.

Verwundert brach es aus ihr heraus: »Was tust du da?«

Meta fuhr erschrocken zusammen. »Und was tust du hier? Geh und mach deine Arbeit, Klara, anstatt anständigen Leuten aufzulauern.«

»Ich habe nicht …«, fing Klara an, ließ es dann aber dabei bewenden. Es hatte keinen Sinn, sich mit Meta zu streiten. Also zuckte sie nur mit den Schultern und machte sich auf den Weg in den Keller.

Gelächter dröhnte aus der Küche. Der Morgenmann amüsierte sich offenbar gerade königlich über einen Witz, den Ida ihm erzählte. Weder Richter noch die Köchin hatten den kleinen Disput bemerkt.

23

Lavinia ließ die Speisekarte sinken. Sie hatte zwar noch nicht die geringste Ahnung, was sie bestellen sollte, aber sie wollte die

Zeit nutzen, um ein Thema anzusprechen, das ihr auf der Seele brannte. Die Minuten, die sie alleine mit Ellinor im Alsterpavillon verbrachte, waren wie geschaffen dafür.

Die große Schwester hatte sie zuvor zur Modistin begleitet, deren Geschäft sich schräg gegenüber am Jungfernstieg in Sillem's Bazar befand, und bei der Auswahl einer Kopfbedeckung für die Trauung beraten. Im Hutsalon hatte Lavinia nichts Persönliches ansprechen können, und gleich würde Konrad zu ihnen stoßen, mit dem sie zum Mittagessen verabredet waren.

Deshalb fragte sie unvermittelt: »Hast du etwas von Nele gehört? Ich weiß nicht, wie es ihr geht, da sie kaum noch auf meine Briefe antwortet.«

»Ich nehme die Pastete …«, begann Ellinor, unterbrach sich dann aber und sah Lavinia mit verwundert hochgezogenen Brauen an. »Nele war noch nie eine große Briefschreiberin, aber ich dachte, du wärest die Erste, die stets alle Neuigkeiten erfährt …«, wieder brach sie ab, diesmal deutlich hilfloser.

Lavinia schüttelte stumm den Kopf.

In fast pedantischer Manier klappte Ellinor die Menükarte zu, legte sie vor sich auf den Tisch und strich über den Einband. Zögerlich und offenbar noch immer verunsichert, sagte sie: »Nun, ja, also … Wenn ich es richtig verstanden habe, engagiert sie sich sehr für die Frauenbewegung. Sie demonstrierte sogar für das Wahlrecht. Das raubt ihr viel Zeit … Und wir dürfen natürlich auch nicht vergessen, dass sie mit ihrem Studium beschäftigt ist. Sicher hat sie einiges aufzuholen nach den vielen Wochen, die sie im Herbst hier in Hamburg verbrachte …« Sie sah Lavinia in die Augen: »Du darfst ihr Schweigen keinesfalls persönlich nehmen, Livi.«

Genau das hatte sie aber getan. Lavinia, die schon als Kind an Neles Rockzipfel gehangen hatte, fühlte sich auf seltsame Weise im Stich gelassen. Ein wenig mehr Euphorie über ihre gelungene Verlobung hatte sie erwartet. Vor allem hätte sie sich so gerne mit dieser Schwester über die Folgen ihres Arrangements ausgetauscht. Lavinia kannte niemanden, dem gegenüber sie so offen sein durfte, ohne das Gesicht zu verlieren. Nur Nele würde verstehen, wenn sie ihr verriet, dass sie Konrad Michaelis längst nicht mehr so anziehend fand wie zu Beginn ihrer Bekanntschaft. Nichts war mehr aufregend an ihrem Zusammensein, seit sie sich seiner Gegenwart sicher sein konnte. Allerdings war es herrlich, als Braut im Mittelpunkt des gesellschaftlichen Interesses zu stehen …

»Meinst du, Nele nimmt mir übel, dass ich vor ihr einen Bräutigam gefunden habe?«, fragte sie zaghaft. Nervös zupfte sie an ihren Handschuhen, bis sie sie schließlich ganz abstreifte.

Ein Kellner erschien an ihrem Tisch. Wirklich beachtet wurde er von den beiden jungen Damen aber ebenso wenig wie die wundervolle Aussicht auf die Binnenalster. Ellinor schickte ihn mit dem Hinweis fort, sie warteten noch auf einen weiteren Gast. Dabei sah sie den Ober nicht einmal an, sondern hielt den Blick weiter auf Lavinia gerichtet.

Als der Bedienstete außer Hörweite war, streckte sie die Hand aus und umschloss Lavinias Finger, bevor sie herzlich versicherte: »Nele wünscht dir alles Gute. Da bin ich ganz sicher!«

»Hoffentlich ist sie von dieser Frauensache nicht ganz wirr geworden«, gab Lavinia wenig beruhigt zu bedenken. »Es heißt doch überall, das Stimmrecht würde unsereins krank machen.«

Ellinor zog die Hand zurück. »Ich bitte dich!«, rief sie empört aus. »Wenn dem so wäre, würde ich in Ochsenzoll sitzen und nicht hier.«

»Du demonstrierst ja nicht«, murmelte die Jüngere verlegen.

»Wirklich, du übertreibst!« Ellinor lächelte den Damen am Nebentisch höflich zu, um sich für ihre erhobene Stimme zu entschuldigen. In gesenkter Tonlage fuhr sie fort: »Nele weiß schon, was sie tut. Beziehe ihr Verhalten bitte nicht auf dich. Sie ist eben anderweitig beschäftigt.«

»Aber …«

»Ach, Livi«, seufzte Ellinor, und ihre Stimme klang, als müsste sie das gesamte Leid der Welt auf ihren Schultern tragen.

Lavinia ließ sich jedoch von einer einmal gefassten Meinung nicht so leicht abbringen. »Es ist schrecklich für mich, zu befürchten, dass etwas zwischen uns steht. Nie hätte ich erwartet, dass ausgerechnet Nele mir die Hochzeit neidet.«

»Hör doch bitte auf mit dem Unsinn. Erst gestern erhielt Großmutter eine Nachricht von Nele, die sehr erfreulich klang. Großmutter war darüber zwar etwas … irritiert, um es harmlos zu formulieren. Aber ich finde es großartig, dass auch Nele einen Verehrer gefunden hat, der …«

»Was?« Lavinias Stimme wurde zu einem aufgeregten Kreischen. »Warum weiß ich nichts davon?«

»Du hast davon nichts mitbekommen, weil du den ganzen Tag bei der Schneiderin warst und am Abend bei einer Freundin gegessen hast … welche war es noch einmal …? Egal, ich merke mir das ohnehin nicht.«

»Sie schrieb also Großmutter wegen eines jungen Mannes?« Lavinia hielt gespannt den Atem an. Plötzlich stieß sie die Luft aus, als ihr offenbar bewusst wurde, dass die Sache einen Haken hatte. »Warum hat Großmutter etwas gegen ihn?«

»Er ist Amerikaner!«, erklärte Ellinor und verdrehte die Augen. »Du weißt, wie Großmutter ist. Amerikaner sind für sie ein primitives Volk. Keine Kultur, keine Geschichte, keine Erziehung. Dabei stammt er anscheinend aus einer guten Familie. Er studiert jedenfalls in München. Aber allein die Vorstellung, ein Amerikaner könnte Nele über den großen Teich zu Indianern und was weiß ich noch alles entführen, kommt für Großmutter einer noch größeren Katastrophe gleich als dein …«

»Wer wird über den großen Teich entführt?«, unterbrach eine angenehme tiefe Stimme Ellinors Bericht.

Als sie den Blick hob, bemerkte sie Konrad Michaelis, der an den Tisch getreten war. »Wenn man vom Teufel spricht …«, entfuhr es ihr leise.

»Wir unterhielten uns gerade über unsere Schwester«, erklärte Lavinia.

Sie strahlte Konrad an und streckte ihm die Hand entgegen, die er formvollendet an die Lippen führte. Weitere Zärtlichkeiten verbaten sich natürlich in der Öffentlichkeit. Da sie sich niemals ohne Aufsicht trafen, war es bisher auch zu keinem weiteren Kuss auf den Mund gekommen. Lavinia war sich nicht im Klaren, ob sie darüber lachen oder weinen sollte. Der flüchtige Kuss vor seiner Haustür war aufregend gewesen, aber wie sie sich ehrlicherweise eingestand, lag das wohl mehr an der Situation als an seinen Lippen. Die Leidenschaft, die Meta ihr anschließend auf Sylt beschrieb, erregte ihre Fantasie; angesichts der realen Person fühlte sich Lavinia jedoch abgestoßen bei dem Gedanken an zwei schwitzende Körper, die sich aneinander rieben. Je mehr Zeit sie mit Konrad verbrachte, desto bestimmter wusste sie, dass ihr ein höflicher Mann wie er Derartiges niemals zumuten wollte. Allein aus diesem Grunde war sie sicher, in ihm den Richtigen gefunden zu haben.

»Was ist mit Fräulein Nele?«, erkundigte sich Konrad beiläufig, nachdem er auch Ellinor begrüßt hatte. Mit ungewohnter Umständlichkeit nahm er Platz.

»Nele will einen Amerikaner heiraten!«

Konrad starrte seine Verlobte sprachlos an.

»So weit ist es noch nicht«, stellte Ellinor richtig. »Es besteht keine Veranlassung, Wind um Neles Verehrer zu machen.«

»Aber du hast doch gerade gesagt …«, begann Lavinia, verärgert, weil sie sich von Ellinor in den Hintergrund gedrängt fühlte.

Die Ältere seufzte entnervt. »Bitte, Livi, das ist kein Thema, das deinen Verlobten interessieren dürfte. Wir sollten uns lieber …«

»Oh, doch, doch, Lavinias Familie interessiert mich insgesamt ungemein!«

Das erneute Auftauchen des Kellners störte die Unterhaltung. Konrad gab die gewünschte Bestellung für die beiden Damen auf, orderte für sich ein Glas Weißwein und eine Portion pochierten Salm.

Atemlos wartete Lavinia, dass der Ober endlich wieder ging. Sie freute sich über das Thema, das Konrads Aufmerksamkeit erregt hatte. Es kam nicht oft vor, dass sie etwas zur Sprache brachte, das ihn wirklich neugierig zu machen schien.

»Ellinor erzählte gerade, dass Nele in München einen jungen Mann kennengelernt hat. Einen Studenten aus Amerika, der sie mitnehmen möchte nach Übersee. Ist das nicht aufregend?«

»So weit ist es doch noch gar nicht«, wiederholte ihre Schwester. Offenbar hegte Ellinor im Gegensatz zu Lavinia nicht den Wunsch, Neles Zukunft vor Konrad Michaelis auszubreiten, denn sie fügte hinzu: »Neles Bekanntschaft ist gewiss nicht der Rede wert. Warten wir ab, was daraus wird, bevor wir uns darüber echauffieren. Berichten Sie uns, Konrad, wie es Ihnen ergangen ist seit unserer letzten Begegnung.«

Doch der Angesprochene ignorierte die Aufforderung. Statt das Thema zu wechseln, sah er Lavinia gespannt an und wollte wissen: »Was ist das für ein Kerl?«

Wann hatte er sie zuletzt mit solcher Anteilnahme betrachtet? Hatte er das überhaupt je getan? Lavinia genoss seinen Blick, er erfüllte sie sogar mit Stolz. Der attraktivste Mann in dem durchaus gut besuchten Lokal widmete ihr allein seine ungeteilte Aufmerksamkeit!

Sahen nicht die Damen am Nebentisch ein wenig neidisch zu

ihr her? Ihr Herzschlag beschleunigte sich vor Freude. Sie beschloss, die Sache ein wenig aufzubauschen. Schaden konnte es nicht. Eine kleine Übertreibung hier und da erschien ihr sogar nützlich, um Konrad länger bei Laune zu halten.

»Ein Amerikaner aus bester Familie macht Nele den Hof. Und was heißt schon *beste Familie* in einem solchen Fall? Bei den Amerikanern ist dies das Synonym für unermesslichen Reichtum, nicht wahr?«

»Schon möglich«, brummte Konrad.

»Er bewohnt bestimmt ein herrschaftliches Anwesen irgendwo am Meer, die Wasserhähne sind aus Gold, und im Garten spazieren Flamingos herum …«

»Ich kann mir nicht vorstellen, dass deine Schwester darauf sonderlichen Wert legt, meine Liebe.«

Ellinor blickte Konrad überrascht an. »Da haben Sie vollkommen Recht. Was für ein guter Beobachter Sie sind. Obwohl Sie Nele nur einmal begegnet sind, schätzen Sie ihren Charakter vollkommen richtig ein.« Ihr Blick wanderte zu Lavinia. »Wirklich, Livi, du solltest nicht so übertreiben. Noch wissen wir so gut wie nichts über diesen jungen Mann.«

»Aber du sagtest doch eben, Großmutter habe einen Brief von Nele erhalten, in dem sie ausführlich über ihre neue Bekanntschaft schreibt.«

»Ich habe nicht *ausführlich* gesagt!«

»Bitte keinen Streit!« Konrad lächelte die beiden Schwestern an. »Dazu besteht kein Grund. Mir scheint allerdings, die Sache bedarf einiger Aufklärung. Gewiss sind dein Vater und deine Großmutter erpicht darauf, ganz genau zu erfahren, was es mit dem Umgang von Helene auf sich hat, Lavinia.«

»Oh ja. Natürlich sind sie das. Großmutter zeigte sich bereits besorgt. Nicht wahr, Elli?«

Wieder war es der Kellner, der die Ältere einer Antwort enthob. Er servierte die Getränke – Tee für Ellinor, eine Limonade für Lavinia und den Wein für Konrad – mit fast lautloser Professionalität. Danach zog er sich wieder zurück.

Konrad hatte die Unterbrechung genutzt, um eine Scheibe Weißbrot aus dem silbernen Korb auf dem Tisch zu nehmen und gedankenverloren zu zerkrümeln. Während er den weichen Teig zu kleinen Kugeln formte, murmelte er: »Es sollte wohl jemand nach dem Rechten sehen.«

»Ich bin sicher, dass Sorge verfrüht ist«, entgegnete Ellinor. »Wir sollten Neles Bekanntschaft nicht überbewerten, sondern uns darüber freuen, dass sie glücklich ist.«

»Ja«, sagte Konrad, »das stimmt wohl.«

»Also, ich fände es aufregend, einen amerikanischen Schwager zu haben«, sprudelte Lavinia unbekümmert. »Wir könnten unsere Hochzeitsreise zu ihm in die Vereinigten Staaten machen. New York soll sehenswert sein. Das wäre doch ganz wunderbar, nicht wahr?«

»Sicher«, meinte Konrad abwesend.

Lavinia fiel nur am Rande auf, dass er mit seinen Gedanken abschweifte. Um ihn zu unterhalten, kramte sie in ihrem Kopf ihr gesamtes Wissen über die Vereinigten Staaten zusammen. Das war nicht sehr viel mehr als das, womit die Hapag ihre Linien bewarb, und beschränkte sich überwiegend auf die Vorzüge der ersten Klasse auf den Passagierdampfern sowie einige Propagandasprüche für Auswanderer. Dabei wählte sie ihre Worte mit einer Begeisterung, die selbst die Lager auf Ellis Island in ein Paradies verwandelten. Auf diese Weise plapperte sie ununterbrochen.

Sprachlos lauschte Ellinor diesen Fantasiegemälden. Auch ihr entging, dass Konrad gar nicht zuhörte.

24

Es war eine merkwürdige Entdeckung, die Neles Seelenheil belastete: Jeder Tag, der sie von ihrem Zusammensein mit Konrad weiter entfernte, vertiefte ihre Gefühle für ihn. Als sie sich in Hamburg getroffen hatten, war ihr nicht einmal der Gedanke gekommen, dass sie ihn liebte. Vier Monate später und rund achthundert Kilometer entfernt wusste sie jedoch sehr klar, was sie empfand. Der Zauber der Liebe hatte sie spätestens mit dem Abschiedskuss eingefangen – und der damit verbundene Schmerz tiefe Wunden hinterlassen.

Nele fühlte sich wie ein völlig neuer Mensch. Kaum etwas schien von ihrem früheren leichten Leben in der Bohème übrig geblieben zu sein. Ihr kam es vor, als habe sie jeden Halt verloren. Die veränderte Situation in den Kreisen der Maler und Bildhauer in München stellte sie vor die Frage nach ihrer künstlerischen Zukunft, und Lavinias inzwischen öffentlich verkündete Verlobung zerstörte ihre Hoffnung auf ein Wunder. Ihre Vernunft wollte vergessen, ihr Herz hielt beharrlich an den Erinnerungen fest. Sie war wie zerrissen.

Vielleicht wäre es einfacher gewesen, sich in der Entfernung zu arrangieren, ohne die Briefe ihrer Familie, die ihr den Verlust verdeutlichten. Ständig kam irgendein Billet an, in dem sie Charlotte, Ellinor oder Lavinia auf den neuesten Stand des Arrangements mit Konrad brachten. Selbst Victor schilderte ihr in seinen Nachrichten, wie vorzüglich sich der Bräutigam in das Leben der Dornhains integrierte, wie höflich, zurückhaltend und wohlerzogen er sich benahm.

Da Nele nicht in der Lage war, sich dieser Lobhudelei anzuschließen, wurde die Korrespondenz mit jeder Nachricht aus Hamburg zur größeren Qual. Bedauerlicherweise konnte sie den

Mitteilungen ihrer Familie nichts entgegensetzen. Was sollte sie auch schreiben? Am Harvestehuder Weg zwölf interessierte niemanden, warum sich die aufgebrachten Künstler des Blauen Reiter mit den Mitgliedern der Neuen Künstlervereinigung stritten. Die Auseinandersetzung um die abstrakte Malerei war ein Thema, das Nele ihrer Großmutter und ihren Schwestern nicht einmal ansatzweise zu erklären vermochte.

Aus einer Laune heraus ersann sie daher eines Abends – noch leicht berauscht vom Starkbier, das sie mit den Frauen der Stimmrechtsbewegung am Chinesischen Turm auf die erfolgreiche Demonstration getrunken hatte – eine Geschichte, welche die Neugier der Damen Dornhain in Hamburg befriedigen und gleichsam das Interesse umkanalisieren sollte. Und das Kuvert war in der Post, bevor sie es sich anders überlegen konnte. Das schlechte Gewissen plagte sie auf dem Fuße.

Gut, es war nicht alles gelogen. Tatsächlich hatte sie nach ihrer Rückkehr aus Hamburg einige Nachrichten von Francis Bellows vorgefunden. Ihre Straßenbekanntschaft, der sie bei ihrer ersten Begegnung leichtsinnigerweise erlaubte, sie nicht nur zur Tramhaltestelle zu begleiten, sondern auch nach Hause zu bringen, wollte sie gerne wiedersehen.

Um seinem Wunsch Nachdruck zu verleihen, hatte er sogar mehrfach Blumen abgegeben. »A Freid wars«, behauptete Neles Wirtin strahlend, welche die Sträuße auf ihrer Kredenz dekoriert hatte. »I hab dem Bursch scho gsagt, dass Ihna auf Verwandtenbesuch sind, aber er kam wieder. A freundlicher junger Mo.« Mit der Zeit verlor der Amerikaner dann offenbar doch das Interesse.

Ausgerechnet seit sie wieder in München war, hörte und sah sie nichts mehr von ihm. Vielleicht war er ja in seine Heimat abgereist, sie machte sich nicht sonderlich Gedanken über seinen Verbleib. Francis Bellows war niemand, den sie unbedingt wiedersehen musste. Ein netter und attraktiver Mann, wenn sie sich recht erinnerte, aber der Platz in ihrem Herzen war inzwischen unabänderlich besetzt. Darüber hinaus beschäftigte sie die eigene künstlerische Richtung so stark, dass sie nicht auch noch über seine Werke der Ashcan School nachdenken wollte. Letztendlich war es ihr sogar gleichgültig, wie es dem Maler aus New York ging. Sie beantwortete seine Schreiben nicht, schickte auch kein Dankeschön für die Blumen an die als Absender angegebene Adresse.

Dennoch bot er die Vorlage für die schillernden Beschreibungen eines jungen Mannes, der ihr den Hof machte. Mit Erfolg. Tatsächlich trat durch ihre Berichte über Francis Bellows die Begeisterung für Konrad wenigstens in den Briefen ihrer Familie etwas zurück. Auf diese Weise wurde Nele nicht laufend über den Stand der Hochzeitsvorbereitungen und den Charme des Bräutigams informiert. Dass sie manchmal ein wenig übertrieb, sah sie als entschuldbares Mittel zum Zweck.

Umso erschrockener reagierte sie, als sie ihren angeblichen Verehrer leibhaftig und unerwartet wiedersah.

Sie traf ihn bei Marianne von Werefkin. Die dank einer Rente des Zaren vermögende Malerin lebte mit dem Künstler Alexej Jawlensky und einem blutjungen Hausmädchen im dritten Stockwerk der Giselastraße 23. Die Dienerin war die Geliebte des Hausherrn, und das gemeinsame Kind wuchs ebenfalls in der riesigen Schwabinger Wohnung auf. Jeder wusste Bescheid über die Ménage-à-trois, manche schüttelten den Kopf, wisperten hinter vorgehaltener Hand, schockiert waren nur wenige. Die Gäste ignorierten die Lebensgemeinschaft, und auch Nele übersah geflissentlich, was ihre Großmutter wahrscheinlich in die Nähe eines Kreislaufkollapses gebracht hätte.

Die Wohnung war im Gegensatz zu den häufig mit schweren, dunklen Gründerzeitmöbeln ausgestatteten bürgerlichen Salons mit der Leichtigkeit von Empire und Biedermeier eingerichtet.

Dazwischen hatte Marianne von Werefkin Kunsthandwerk aus ihrer Heimat dekoriert: wie aus Zuckerguss wirkende silberne Lüster und Leuchter, bunte Matrjoschkas und Ostereier. Neben farbenfrohen Wandteppichen hingen ihre klar strukturierten Porträts und die abstrakteren Gemälde Jawlenskys sowie Werke befreundeter Künstler. Die vor Klugheit und Temperament sprühende, auf den ersten Blick ziemlich maskulin wirkende Baronin kümmerte sich seit Jahren mehr um die Förderung ihres Lebensgefährten und einiger enger Freunde als um die eigene Kunst. Sie war überaus gebildet und belesen, so dass sie eine bewundernswerte, internationale Schar an Gästen um sich versammelte: Maler, Schriftsteller, Musiker, Galeristen, Verleger, Diplomaten – Menschen, die sich in ihrem Dunstkreis Giselisten nannten.

Nele streifte durch die Räume, beobachtete, hörte den Gesprächen zu, antwortete manchmal auf einen zufällig aufgeschnappten Dialog, begrüßte Bekannte. Die Einladung war eine seltene Ehre, weshalb sie nicht unbedingt damit rechnete, enge Freundinnen wie etwa Zofia Rogowska anzutreffen. Doch dann entdeckte sie ein bekanntes Gesicht in der Menge – und tiefe Röte überzog ihre Wangen.

Er stand zusammen mit einigen stürmisch diskutierenden Leuten. In das von wilden Gesten bestimmte Gespräch vertieft, hielt er sein Glas umklammert, als müsse er es beschützen. Francis Bellows überragte die meisten Männer in seiner Runde, er wirkte in seinem weißen Dinnerjacket und mit einer schwarzen Halsbinde zwischen den in dunkle Anzüge gekleideten Herren so deplatziert wie ein Leuchtturm in einem Schiefersteinbruch. Dennoch strahlte er allein durch seinen Habitus Selbstsicherheit und Überlegenheit aus, was man durchaus auch als Arroganz auffassen konnte.

Hin und her gerissen zwischen der Überlegung, ob sie so tun sollte, als würde sie ihn nicht wiedererkennen, und ihrem selbstverständlichen Hang zur Höflichkeit, entschied sie sich für Letzteres. Was war schon dabei, einem jungen Mann, noch dazu einem Künstlerkollegen, einen guten Abend zu wünschen und sich für seine Artigkeiten zu bedanken? Er würde sie schon nicht missverstehen und lästig werden … Dieser Gedanke hielt sie beinahe davon ab, sich ihm zu nähern. Doch da war es bereits zu spät.

Bellows hatte zufällig in ihre Richtung geblickt. Seine Augen leuchteten auf. Er entschuldigte sich bei seinen Bekannten, die dies kaum registrierten, und trat ihr lächelnd entgegen.

»*Hi*, Miss Dornhain. Es tut gut, Sie zu sehen.«

Ihr Gesicht glühte. »Ja, ehmmm … das finde ich auch … Ich schulde Ihnen noch Dank …«

Wenn sie doch nur nicht so verlegen wäre. Sie hatte schließlich keinen Akt von ihm gezeichnet und an ihre Großmutter gesandt!

»Oh nein! Bitte! Die Blumen sind nicht der Rede wert.«

»Ich war bei meiner Familie in Hamburg zu Besuch und …«

»Davon habe ich gehört.«

Sie nickte, zunehmend verunsichert, weil sie nicht wusste, was sie noch sagen sollte, da er nichts erwiderte oder fragte. Er hatte ihr ja nicht einmal die Gelegenheit zu einer längeren Erklärung gegeben, sondern ihr zweimal das Wort abgeschnitten. Damit mochte er sie zwar vor einer endlosen Stammelei bewahrt haben, aber hilfreich benahm er sich nicht.

Tatsächlich fand er offenbar auch kein Thema, über das er mit ihr Konversation betreiben wollte. So standen sie einander stumm gegenüber. Verlegen. Nervös. Irgendwie schienen sie beide hilflos in der Frage gefangen, ob sie sich näherkommen oder lieber getrennte Wege gehen sollten.

Nele ließ den Blick über die anderen Gäste wandern, auf der Suche nach jemandem, der sie aus ihrer unglücklichen Situation befreien könnte.

Da hob Bellows plötzlich sein Glas, betrachtete den Inhalt und bemerkte: »Sieht aus wie Wasser«, er roch daran, trank einen großen Schluck und kümmerte sich nicht darum, ob sie versorgt sei, sondern fügte versonnen hinzu: »Schmeckt aber besser.«

»Zum Wohl«, seufzte Nele. Sie blickte in die Teetasse in ihrer Hand, in der nur eine kalte Pfütze des starken schwarzen russischen Tees stand.

Wieder legte sich Schweigen über beide.

Aus den Augenwinkeln beobachtete Nele eine selbst in dieser bunten Gesellschaft ungewöhnliche Person. Hätte sie nicht gewusst, dass es sich um einen Mann handelte, wäre Nele versucht gewesen, die schmale, zarte Gestalt mit dem hübschen, von schwarzen Locken umrahmten, mit weißem Puder geschminkten Gesicht für eine Frau zu halten. Er trug einen bodenlangen kirschroten Kimono und bewegte sich mit einer Anmut, angesichts deren selbst Lavinia vor Neid erblasst wäre. Alexander Sacharoff war, wie Nele wusste, eine Art Hausfreund der Gastgeberin. Der Tänzer folgte Marianne von Werefkin mit grazilen Bewegungen wie ein filigraner Schatten, was sie mit der Förderung seiner Karriere belohnte.

Bellows bemerkte ihren Blick.

»Ich mag keine Männer, die sich anziehen wie Frauen«, konstatierte er und teilte dabei zweifellos den Geschmack von Charlotte Dornhain. »Haben Sie ihn auf der Bühne gesehen? Man hat mir gesagt, er soll großartig sein, aber …«

»Sacharoff ist sensationell«, unterbrach sie ihn, um nach einer kleinen Gedankenpause mit ernster Begeisterung fortzufahren: »Ich war bei seinem Auftritt im Odeon. Es war unglaublich, dieses Zusammenspiel aus Farben, Tönen und Bewegungen. Es war ein Erlebnis.«

Endlich, dachte sie erfreut, haben wir ein Thema gefunden, über das wir uns unterhalten können.

Doch Bellows schüttelte unwillig den Kopf. »Nichts für mich. Entweder tanzen Männer oder Frauen oder beide miteinander, aber nicht ein einziger Mensch, der alles zusammen ist. Ich mag keine Cocktails.« Daraufhin trank er in einem Zug den Rest aus seinem Glas. Eine Geste, die das Thema für ihn ziemlich deutlich beendete.

Unwillkürlich fragte sich Nele, wie Konrad Michaelis wohl darüber dachte. Er interessierte sich für expressionistische Literatur, hörte zeitgenössische Musik – er würde das abstrakte Ballett gewiss nicht so pauschal abtun wie Bellows mit seinen Vorurteilen. Oder idealisierte sie den unerreichbaren Mann?

»Wenn schon moderner Tanz«, hörte sie Bellows durch den Dunst ihrer Träume sagen, »dann am liebsten Tango. Wie heißt noch einmal dieses lustige Wort, das die Deutschen dafür benutzen?«

»Schiebetanz.«

Der Amerikaner grinste. »Können Sie Schiebetanz, Miss Dornhain?«

Mit seinem Akzent klang die Bezeichnung ausgesprochen amüsant.

Nele erwiderte sein Lächeln. »Nein, eigentlich nicht.«

Sie wollte ihm nicht erzählen, dass sie seit einer Weile von Zofia gedrängt wurde, an einem Kurs teilzunehmen, den eine Künstlerin aus Spanien für ihre Kommilitonen anbot. Seit die neue Mode von Schiffsreisenden aus Argentinien und Kuba in die Ballhäuser nach Europa gebracht worden war, schien alle Welt verrückt danach. Charlotte Dornhain rümpfte darüber vermutlich ebenso wie viele andere ältere Herrschaften die Nase, möglicherweise sah sie darin einen schweren Angriff auf die Sittlichkeit. Aber Nele begeisterte allein die sinnliche, melancholische Musik. Irgendwann würde sie Tango tanzen, dessen war sie sicher. Aber nicht, wenn sie dabei an einen anderen Mann als ihren Tanzpartner dachte und deshalb die bei den verzehrenden Klängen aufsteigenden Tränen nicht zurückhalten konnte.

»Wollen Sie es mal mit mir versuchen?«, fragte Bellows. Dabei bediente er sich eines Tones, der vor Selbstbewusstsein strotzte.

»Ich habe zwei linke Füße«, behauptete sie.

»Kein Problem. Ich habe die Habanera auf Kuba gelernt, ich werde Sie führen.«

Jetzt wird er aufdringlich, fuhr es Nele durch den Kopf. Obwohl sie eben begonnen hatte, sich in seiner Gesellschaft etwas zu entspannen, dachte sie unvermittelt wieder an Flucht. Sie wollte keinen realen Verehrer. Auf dem Papier genügte ihr Francis Bellows als Kavalier vollkommen.

»Es tut mir leid, aber ich habe keine Zeit.«

Seine eben noch unbescheidene Haltung veränderte sich, tiefe Bestürzung grub sich in seine Gesichtszüge. Er wirkte, als hätte sie ihn mit einem Dolch getroffen und das Messer wie einen Korkenzieher in sein Fleisch gedreht.

Hatte sie zu bestimmt geklungen? War Bellows sensibler, als seine forsche Art vermuten ließ? Oder war er einfach nur ein schwieriger Mann? Ihr Wiedersehen entwickelte sich unerfreulich, fand Nele, es warf unnötige Fragen auf.

Da er nichts sagte, sondern sie nach wie vor mit entsetzt geweiteten Augen stumm betrachtete, begann sie, nervös zu zappeln.

Instinktiv trat sie einen Schritt zurück – und spürte etwas Weiches am Knöchel.

Weil sie nicht auf das Fellbündel treten wollte, das ihre Beine umkreiste, drohte Nele, das Gleichgewicht zu verlieren. Sie stand plötzlich unsicher auf nur einem Fuß. Beim Versuch, sich zu fangen, fiel sie direkt in die Arme des Amerikaners.

»Das ist ein guter Anfang«, stellte er lachend fest.

»Moritz!!«, hallte die Stimme Marianne von Werefkins über die Köpfe ihrer Gäste. »Moritz, *dawai*!«

Nele spürte eine kalte Hundeschnauze kurz unter ihrem Rocksaum, dann setzte der Dackel der Hausherrin seine Erkundigungstour unter den Gästen fröhlich schwänzelnd fort. Erst nach dem dritten Ruf folgte er der Aufforderung seines Frauchens und marschierte brav mit ihr in Richtung Diele, wo sich wohl das Hausmädchen um ihn kümmern würde.

Lächelnd löste sich Nele aus Bellows' Umarmung. Es war erstaunlicherweise überhaupt nicht unangenehm gewesen, ihm so nah zu sein. Er hatte ihre Unfreundlichkeit sicher nicht verdient. Aber zum Tanzen würde sie nicht mit ihm gehen. Schon gar nicht zum Tango. Bestimmt nicht.

»Meine Freundin Zofia liebt die südamerikanischen Rhythmen«, entfuhr es ihr wider besseres Wissen. »Sie wäre entzückt, Sie und mich zum Tanz zu begleiten.«

»Es wird mir ein Vergnügen sein«, gab er strahlend zurück.

Dummes Schaf!, schalt sich Nele.

Sie ärgerte sich, dass sie eine Verabredung mit Bellows einging, ohne überhaupt die näheren Umstände zu kennen. Sie kam sich unglückseligerweise nicht nur irgendwie übertölpelt, sondern auch wie ein Dienstmädchen vor, das ein Stelldichein mit einem Lieferanten vorhatte. Frieda, Meta und wahrscheinlich sogar die kleine Klara waren bestimmt geübter darin, mit jungen Männern zum Tanzvergnügen zu gehen, als sie. In ihren Kreisen in Hamburg vereinbarte man derartige Treffen nicht so ohne Weiteres – schon gar nicht mit mehr oder weniger unbekannten Kavalieren.

Aber sie war in München, Studentin und Künstlerin. Da spielte es keine Rolle, was ihre Großmutter von ihren Verabredungen hielt. Und Bellows wirkte auch nicht sonderlich überrascht. Wahrscheinlich gestaltete sich das Leben in seiner Heimat ohnehin lockerer. Außerdem tat sie ja nichts anderes als das, was sie ihrer Familie bereits in den leuchtendsten Farben geschildert hatte. Also machte Nele ein Rendezvous aus, hoffend, dass Zofia nichts dazwischenkam. Auf die Gegenwart ihrer Freundin wollte sie keinesfalls verzichten.

Bellows' offensichtliches Glück berührte sie, wenn auch nur aus Mitgefühl. Mehr leider nicht.

25

»Jesus, Maria … Tango …«, schnurrte Zofia. »Das ist wunderbar.« Das Wort *wunderbar* zog sie unter Betonung des r genussvoll in die Länge.

»Na, wenigstens eine, die sich freut«, murmelte Nele fast lautlos in sich hinein.

Obwohl sie so leise gesprochen hatte, wurde ihr Professor auf sie aufmerksam. Er wanderte durch die Reihen der Studentinnen, die sich im Atelier der Damenakademie in der Kaulbachstraße an der Technik des Holzschnitts versuchten. Die Xylographie war zwar eine etwas veraltete Methode, Werbeplakate zu erstellen, gehörte jedoch zum Lehrplan. Nele besuchte dieses Seminar vor allem, um ihrem Vater eine Freude zu bereiten und ihn irgendwann mit einer eigenen Reklame für die Reederei zu überraschen. Noch hatte er nicht erkannt, dass die in Mode gekommenen sogenannten Münchner Künstlerplakate als spezialisierte Werbung nur für eine einzige Firma taugten und die Motive nicht für mehrere Unternehmen verwendet wurden. Wie viele andere Geschäftsmänner setzte Victor Dornhain noch nicht auf die unverwechselbare Präsentation seiner Kreuzfahrtschiffe. Der Kursus kam Neles grafischer und zeichnerischer Begabung entgegen, das Erlernen des altertümlichen Druckverfahrens war ihr jedoch eher lästig.

»Fräulein Dornhain, wir sind hier nicht bei einem Kaffeekränzchen«, donnerte ihr Lehrer. »Ich dachte, Sie wären hier, weil Sie nicht nur Ihre Zeit totschlagen wollen, bis ein geeigneter Gatte um Ihre Hand bittet. Wenn Sie die Kunst als Beruf anstreben, sollten Sie den dafür nötigen Ernst aufbringen. Wie jeder Mann dies tut.«

Die beiden Studentinnen an der Werkbank hinter Nele kicherten albern, eine andere zischte eine scharfe Zurechtweisung.

»Entschuldigung«, bat Nele höflich und trieb den Grabstichel in das Stück Holz, das ihr als Druckvorlage dienen sollte.

Zofia wartete, bis der Professor ihnen den Rücken zukehrte. Als er wieder zu seinem Pult wanderte, wisperte sie: »Warum hast du dich verabredet, wenn du keine Lust hast, Tango zu tanzen?«

Statt einer Antwort zuckte Nele nur mit den Achseln. Sie musste sich auf ihre Arbeit konzentrieren, um sich nicht zu verletzen. Irgendwo hatte sie einmal gelesen, dass dieses Werkzeug einst nicht nur der Herstellung von Kupferstichen und Holzschnitten diente, sondern auch als Folterinstrument bei Hexenbefragungen. Sie wollte lieber nicht wissen, wie der Grabstichel dabei verwendet wurde.

Eine Stunde später standen die beiden Freundinnen auf der schmalen, aber recht betriebsamen Kaulbachstraße, an der sich Künstlerateliers, private Lehrinstitute, eine Musikschule, Pensionen in mehrstöckigen Gebäuden und beeindruckende Villen in hübschen Gärten mit pittoresken Gartenhäusern abwechselten. Da die Straße parallel zum Englischen Garten hinter der Universität verlief, gingen hier meistens viele Studenten entlang. Heute allerdings war es etwas ruhiger, da ein frischer Wind den Sprühregen über die Bürgersteige trieb wie am Meer die Gischt an den Strand.

»Wir könnten uns noch bei etwas Heißem im Café Noris aufwärmen«, schlug Nele vor, weil sie noch keine Lust verspürte, nach Hause zu gehen.

»Seit die Gräfin Reventlow dort nicht mehr sitzt, finde ich das Café nur noch spießbürgerlich und eng«, murrte Zofia.

Nele zog die Schultern hoch. »Bei diesem Wetter kann ich jeden verstehen, der lieber in Ascona wohnt.«

»Ach, Schätzchen«, seufzte Zofia, »auf Dauer wird es uns dort bestimmt zu langweilig sein. Da hilft es auch nichts, dass im Tessin wohl schon längst die Mimosen blühen. Und wer weiß, ob sie dort auch Tango tanzen. Die Tarantella finde ich nicht halb so anregend.«

Da sie nicht schon wieder über ihre Verabredung mit Francis Bellows reden wollte – Zofia würde noch früh genug darauf zurückkommen –, fragte Nele einer plötzlichen Eingebung folgend: »Was tanzt man denn in deiner Heimat so?«

»Mazurka und Varsovienne«, antwortete Zofia wie aus der Pistole geschossen. »Aber jeder versucht heutzutage, unsere alte polnische Kultur nachzumachen. Sogar Alpenländler klingen schon wie unsere schöne Volksmusik. Und erzähle mir nicht, dass du die ›Polka mazur‹ von Johann Strauß nicht kennst …«

Auf diese Weise plaudernd marschierten die Freundinnen schnellen Schrittes durch den zunehmenden Regen zur Leopoldstraße, wo sie sich trennten. Zofia nahm die Straßenbahn in nördliche Richtung, und Nele bog in die Georgenstraße ein, den schnellsten Weg nach Hause.

Die Dämmerung senkte sich bei dem schlechten Wetter früher als sonst über Schwabing, für das Anzünden der Gaslaternen war es dennoch zu früh. Manche Fußgänger stellten sich in Hauseingängen unter, da die Pappeln am Straßenrand keinen Schutz gegen die Nässe boten, andere strebten eilig ihren Zielen entgegen, aufgespannte Schirme verbogen in den aus Südwest wehenden Böen. Automobile glitten über den Asphalt und spritzten Fontänen aus den Pfützen hoch, von den Scheuklappen eines Kutschpferdes tropfte das Wasser.

Der graue Mauerverputz des Eckgebäudes, in dem Nele wohnte, verschwamm mit dem Büchsenlicht und dem durch das vom Wind durch die Straßen getriebene Unwetter. Als sie ihr Zuhause erreichte, war Nele vollkommen durchnässt. Sie konnte inzwischen kaum noch aus den Augen schauen, weil sie sich gegen die Windrichtung stemmen musste und ihr dadurch die Nässe erbarmungslos ins Gesicht peitschte.

Ihr schien es, als verschmelze die hochgewachsene Gestalt neben der Haustür mit dem trüben Ambiente. Alles wirkte gleichförmig und eintönig: der dunkelgraue Mantel, der rauchfarbene Filzhut. Wie eine Luftspiegelung kam Nele die Person vor – ein Mysterium, unwirklich und verwirrend. Sie erkannte den offensichtlich Wartenden, bevor er sich in ihre Richtung drehte. Selbst aus einer großen Gruppe heraus hätte sie diese spezielle Körperhaltung dem Menschen zuordnen können, den sie freilich am allerwenigsten gerade hier vermutete. Das Gefühl, einem Trugbild zum Opfer zu fallen, verstärkte sich.

Ohne bewusst langsamer zu gehen, wurden ihre Schritte kürzer.

Sie rieb sich mit den Daumenballen die Tropfen aus den Augen wie als kleines Mädchen manche Tränen. Doch ihr Blick trog sie nicht.

Konrad stand im strömenden Regen vor ihrem Wohnhaus. Er suchte keinen Schutz unter dem Türbogen, rührte sich nicht vom Fleck, beobachtete ganz still, wie sie ihm gemessen entgegenkam.

Seltsamerweise fielen ihr zuerst die großen Feuchtigkeitsflecken auf seiner Kleidung auf. Ihr Blick konzentrierte sich auf einen im diffusen Licht glitzernden Tropfen, der von seinem Hut auf seine Schultern perlte und dort zu einem Punkt ausfaserte. Diese sichtbaren Zeichen des Wetters schienen das einzig Reale in dieser unvorstellbaren Situation zu sein.

Das Tempo ihres Herzschlags stand im Gegensatz zu ihren Bewegungen. Sie fühlte sich wie gelähmt, während ihr Leib bebte vor Aufregung. Ihre Glieder waren so schwer wie der vom Wasser vollgesogene Stoff, gleichzeitig fand in ihrem Körper ein Trommelwirbel statt. Kälte kroch ihre Arme herauf und verband sich mit der Hitze, die sich unter ihren Achselhöhlen sammelte. Sie fröstelte und griff sich dennoch an den Hals, weil sie plötzlich fürchtete, der Kragen schnüre ihr die Kehle zu.

Knapp ein Meter Abstand lag zwischen ihnen, als sie stehen blieb.

»Was tust du hier?«

»Ich wollte dich sehen.«

Seine Stimme hüllte sie ein in Wärme und Geborgenheit. Obwohl sie den vertrauten Klang durch das Prasseln deutlich hörte, fragte sie sich, ob nicht doch alles nur ein Traum sei.

Im nächsten Moment aber traf Nele die Erkenntnis, dass durch Konrads Hiersein irgendwie alles falsch und auf den Kopf gestellt war. Sie hatte ihn verloren. Konrads Zuneigung war nur ein flüchtiger Besitz. Etwas, das sie längst hätte aufgeben müssen. Die Erinnerung an ihn war nicht mehr als eine Pfütze, die in der Sonne auszutrocknen drohte.

Er gehörte zu Lavinia! Die Worte standen mit einem Mal so klar vor ihrem geistigen Auge wie die Leuchtreklame am Jungfernstieg. Deshalb fragte sie kühl: »Ist Livi in München?«

»Nein. Sie weiß noch nicht einmal, dass ich hier bin. Ich habe ihr geschrieben, aber mein Brief ist erst auf dem Weg zu ihr.«

Sie trat einen Schritt zurück. Weg von ihm. Fort von der Sehnsucht, die in ihr aufstieg und sich mit Zorn und Verzweiflung mischte. »Du darfst nichts kaputt …«

Ein mit rauschenden Reifen vorbeifahrendes Automobil war so laut, dass Neles Worte in dem Geräusch untergingen.

Sie hob die Stimme und schrie ungeachtet ihrer neugierigen

Nachbarn in der Erdgeschosswohnung, die sie damit womöglich an die Fenster lockte: »Du darfst nichts kaputt machen!«

»Ich wollte mich persönlich überzeugen, dass es dir gut geht«, erwiderte er ruhig. Langsam ging er nun doch auf sie zu. »Es geht nicht um Lavinia oder mich. Deine Nachrichten an deine Großmutter machten mich nachdenklich. Ich möchte, dass du das Richtige tust.«

Unwillkürlich wich sie ihm aus. Ihre Augen sprühten Funken, ihr Leib schien wie Lava zu brennen, die von einem Geysir gelöscht wurde. Der Regen prasselte unaufhaltsam auf sie nieder, doch Nele bewegte sich zurück und um die Ecke in Richtung Georgenstraße.

Ihr Fluchtversuch blieb erfolglos. Er kam näher, stand schließlich nicht einmal auf Armeslänge von ihr entfernt.

»Können wir uns nicht irgendwo in Ruhe unterhalten, wo wir nicht so nass werden?«

Mit der Faust stieß sie ihn von sich. »Geh weg. Ich will nicht mit dir reden.«

Seine Füße bohrten sich in den Boden. Er hielt ihrem Angriff stand. Seine Stimme klang dagegen fast kraftlos: »Nele, bitte! Ich habe die lange Reise nur deinetwegen auf mich genommen.«

»Warum?« Sie trommelte nun auch mit der zweiten Faust gegen seine Brust. »Warum tust du das?«

Bevor sie es verhindern konnte, umfasste er ihre Handgelenke und hielt sie fest umklammert. Einen oder zwei Atemzüge lang starrte er sie an, als wäre sie seine Gegnerin bei einem Kampf. Dann wurde sein Ausdruck weich.

»Ich liebe dich«, stieß er hervor.

Sein Geständnis erschütterte sie. Folter, fuhr es ihr durch den Kopf. So muss Folter sein. Ihr fiel der Grabstichel ein, und ein bitterer Geschmack legte sich auf ihre Zunge. Sie konnte nicht mehr unterscheiden, ob ihr Regen oder Tränen über die Wangen strömten. Die Stimme drohte zu brechen, als sie rief: »Das ist nicht fair!«

»Ich liebe dich«, wiederholte er beschwörend.

Sie wand sich unter seinem Griff, war aber zu schwach, um ihn abzuschütteln. Nach einem Seufzer gab sie den Widerstand auf. Sie klang wie ein waidwundes Reh: »Geh weg!« Schluchzend fügte sie hinzu: »Lass mich in Frieden.«

Statt einer Antwort zog er sie an sich. Er ließ ihre Handgelenke los, seine Arme schlossen sich um ihren schwankenden, wie im Fieber zitternden Körper.

Es war zu spät, um vor ihm davonzulaufen.

Sie ließ sich von ihm halten, lehnte die Stirn an seine Schulter und dachte, dass alles gut würde, wenn sie nur für immer so stehen bleiben könnten. Dennoch murmelte sie wieder und wieder, als wäre dies die Formel zur Rettung ihrer beider Seelen: »Geh weg.«

In einer sanften Geste drückte er ihren Oberkörper nach hinten, so dass sie den Kopf zurückbog. Er neigte sich über sie, zögerte kurz. Sein Mund war dem ihren so nah, dass sie seinen Atem auf ihren Lippen spürte.

Als er sie endlich leidenschaftlich zu küssen begann, gingen die Straßenlaternen an. Doch weder Konrad noch Nele bemerkten das goldene Licht, in dem die Regentropfen glitzerten wie kleine, zerbrechliche Steine aus Glas.

Hamburg

26

Unfehlbar wie ein hervorragend funktionierendes Uhrwerk kam einmal in der Woche der Uhrmacher in die Villa am Harvestehuder Weg zwölf. Anfangs hatte Klara diese Besuche mit einer gewissen Fassungslosigkeit beobachtet. Herr Rosenberg war ein stiller kleiner Mann unbestimmten Alters, der – mit dicken Brillengläsern und feinen Instrumenten bewaffnet – regelmäßig vor der Tür stand. Auf leisen Sohlen geisterte er durch das Haus, in dem er sich scheinbar besser auskannte als das dritte Hausmädchen, und ging seinem Handwerk nach: Er zog alle verfügbaren Stand- oder Tischuhren auf und stellte sie, wenn nötig. Dabei arbeitete er konzentriert und schweigsam. Wenn er fertig war, blieb er nie auf einen Kaffee bei Ida in der Küche, sondern zog sich still zurück, um in der nächsten Woche wieder zur selben Zeit auf die Minute pünktlich vor Ort zu sein. Das für Klara völlig unverständliche, überbewertete Ritual eines Fachmanns. Konnte nicht jeder Mann diese einfachen Handgriffe verrichten?

Als sie schließlich wagte, Frieda diese Frage zu stellen, schüttelte die verwundert den Kopf. »Wer sollte das denn tun?«

»Herr Richter«, schlug Klara vor.

»Aber der ist doch kein Uhrmacher!«, protestierte Frieda.

»Dann könnte vielleicht der gnädige Herr selbst Hand anlegen …« Sie verschluckte den Zusatz, dass die Arbeit nun wirklich nicht schwierig war, weil sie das Entsetzen in Friedas Augen bemerkte.

»Ein feiner Herr kann keine Uhren aufziehen oder stellen. Der kann ja nicht einmal ein Fenster eigenhändig schließen, ohne dass es anschließend zieht. So etwas lernt seinesgleichen nicht.«

»Oh!«, machte Klara nur.

Sie sah ein, dass sie wohl noch sehr viel über die Wahrung der Form lernen musste. Da sie außerhalb des Servierens bei den Mahlzeiten nur wenig mit Victor Dornhain zu tun hatte, wusste sie nichts von seinen mangelhaften praktischen Fähigkeiten. Es erschien ihr jedoch unvorstellbar, dass ein vornehmer, in seinen Geschäften anscheinend sehr erfolgreicher Mann derart hilflos in seinem eigenen Haushalt agieren sollte. Sie dachte, dass das keine Frage des Talentes, sondern des Standes sein musste, und entschied, sich zumindest über die Besuche des Herrn Rosenberg nicht mehr zu wundern.

Die Sache geriet aus dem Takt, als der Meister an einem kühlen Märztag früher als üblich vor der Tür stand.

»Ich muss später leider zu einer Beerdigung«, entschuldigte er seine Ungenauigkeit.

Da er stets einen schwarzen Anzug mit ebensolcher Halsbinde trug, konnte Klara nicht feststellen, ob er bereits für die Begräbnisfeier gekleidet war. Seine Miene wirkte jedoch noch ein wenig zurückhaltender, und seine Schultern hingen weiter herab als sonst, was sie als Beweis seiner Trauer betrachtete. Sie fragte nicht, ob er einen nahen Angehörigen verloren hatte, sondern versuchte nur, sich angemessen gesetzt zu verhalten, als sie ihn durch die Zimmer begleitete, in denen sich die Uhren befanden. Stumm wartete sie darauf, dass Rosenberg fertig wurde.

Sie arbeiteten sich durch die einzelnen Stockwerke. Es war still im Haus, da die Herrschaften bereits ausgegangen waren und der übliche Trupp von Scheuerfrauen, Lohndienern und anderen Haushaltshilfen sich heute auf das Putzen der Küche und der anderen Räume im Souterrain beschränkte.

Rosenberg ging immer in derselben Reihenfolge vor. Eine der letzten Uhren, mit denen er sich in der Villa beschäftigte, war die zierliche, aus schwarzem Lack gefertigte und mit Goldornamenten verzierte Uhr auf dem Toilettentisch von Lavinia. Da Klara wusste, dass das gnädige Fräulein mit Schwester und Großmutter zu einer frühen Verabredung in die Stadt gegangen war, drückte sie die Tür ohne Vorwarnung auf …

Die Person, die auf der Bettkante hockte, fuhr hoch. Vor Schreck fielen ihr die weißen Bögen aus der Hand, die sie eben betrachtet hatte. Wie kleine Segel flatterten sie durch die Zugluft. Nur ein einziges Blatt blieb aus irgendeinem Grund zwischen ihren Fingern haften.

Einen Moment lang war nicht klar, wen das unerwartete Antreffen mehr verblüffte – Klara oder Meta, die sich langsam von ihrem Platz erhob.

Es war deutlich, dass Meta nicht der ihr aufgetragenen Arbeit nachging. Darüber hinaus sprach aus ihrer Haltung, dass sie heimlich einen Brief gelesen hatte, der keineswegs für ihre Augen bestimmt war. Natürlich hatte sie nicht damit gerechnet, ertappt zu werden, da sie die Etage mit den Schlafräumen der Herrschaften um diese Zeit verwaist wähnte. Und den Uhrmacher erwartete sie wohl zum üblichen Termin, in etwa einer Stunde.

Klara schnappte empört nach Luft.

»Wenn Sie erlauben …«, meldete sich Rosenberg, der sich an Klara vorbei durch die Tür zu drängen versuchte.

Unwillkürlich machte sie einen Schritt nach vorne. Sie musste achtgeben, dass sie dabei nicht auf die losen Blätter trat.

»Was ist denn das für ein Auflauf?«

Die energische raue Stimme klang in Klaras Ohren wie die dumpfen Kanonenschüsse, die zum Geburtstag des Kaisers von einem Kreuzer der Marine im Hafen abgefeuert wurden.

Rosenberg schien am wenigsten überrascht. Er verbeugte sich vor der Dame, die im Türrahmen aufgetaucht war. »Guten Tag, gnädige Frau.«

»Guten Tag, Herr Rosenberg«, erwiderte Charlotte Dornhain freundlich. »Lassen Sie sich von mir bitte nicht stören. Ich bin eigentlich gar nicht da. Nur meine Vergesslichkeit hat mich noch einmal zurückgebracht. Das Alter macht eben vor niemandem halt.«

Der Uhrmacher strich über die kleine Klock auf Lavinias Toilettentisch. »Unter den Menschen sind die alten am besten, gnädige Frau«, sagte er und fügte bedauernd hinzu, »was man von den Zeitmessern nicht immer sagen kann.«

Charlotte nickte geistesabwesend. »Sie sind sehr großzügig«, murmelte sie, während ihr Blick in betonter Deutlichkeit von den Papieren am Boden zu den beiden Hausmädchen wanderte. »Was ist hier los?«

Bevor Klara etwas erwidern konnte, hielt Meta das zwischen ihren Fingern verbliebene Blatt hoch wie eine Trophäe. Seltsam atemlos rief sie aus: »Ich habe Klara erwischt, wie sie einen an Fräulein Lavinia gerichteten Brief las!«

Baff vor Wut und Entsetzen blieb Klara der Mund offen stehen.

»Na, na«, mischte sich der Uhrmacher ein, »das ist ja wohl so nicht richtig.«

»Von einem Juden kann man nichts anderes als Lügen erwarten«, zischte Meta.

Trotz der breiten Hutkrempe, die weite Teile ihres Gesichts beschattete, waren die hektischen roten Flecken auf den Wangen der alten Dame deutlich erkennbar. Charlotte wedelte nervös mit der Hand, als könne sie damit einen Wind entfachen, der die Blätter vom Boden auftrieb wie trockenes Laub. »Klara, heb das da mal auf!«

Klara hasste es, sich vor Meta hinknien zu müssen. Dennoch folgte sie, ohne zu zögern, der Aufforderung der gnädigen Frau.

Währenddessen wandte sich diese noch einmal an Rosenberg, der mit stoischer Ruhe seinem Handwerk nachging: »Entschuldigen Sie bitte, mein Personal ist heute offensichtlich nicht ganz bei Trost.«

»Machen Sie sich um mich bitte keine Sorgen, gnädige Frau.«

Als Klara die Papiere einsammelte, wollte sie unbedingt den Eindruck von Neugier vermeiden. Dennoch konnte sie nicht verhindern, dass ihr Blick auf eine Stelle fiel: »*… über alles noch einmal nachzudenken …*«

Rasch richtete sie sich auf und reichte Charlotte Dornhain den Brief. Danach senkte sie die Lider in Erwartung des Donnerwetters, das aufgrund von Metas falscher Anschuldigung möglicherweise auf sie niedergehen würde.

Gleichzeitig drängten Fragen durch ihr Hirn wie ungebetene Gäste.

»Na«, die alte Dame schnippte ungeduldig mit den Fingern, »und wo bleibt der Rest dieses Schreibens, Meta?«

Meta war klug genug, das letzte Blatt kommentarlos abzugeben. Dann knickste sie und fragte, als hätte sie Charlotte mit einer Tasse Kaffee oder einem Teller mit frischen Brötchen bedient: »Haben die gnädige Frau noch Wünsche?«

Ohne einen Blick auf den Inhalt zu werfen, stopfte Charlotte den Brief in ihre große Gobelin-Handtasche. »Halte dich im Aufenthaltsraum der Dienerschaft zu meiner Verfügung«, ihre Stimme klang schneidend und wurde auch nicht freundlicher, als sie an Klara gerichtet hinzufügte: »Und dich möchte ich im Morgenzimmer sehen. In zehn Minuten.« Ihre Tonlage veränderte sich erst, als sie den Uhrmacher ansprach: »Werden Sie bis dahin fertig sein, Herr Rosenberg?«

»Selbstverständlich, gnädige Frau.«

Klara dachte, dass es ihm wahrscheinlich auch lieber war, dieser unerfreulichen, peinlichen Situation so rasch wie möglich zu entkommen. Sie wartete stumm und untätig an Rosenbergs Seite – wie an unzähligen anderen Vormittagen in den vergangenen Monaten. Nur unter gänzlich anderen Umständen. Ihr Herz klopfte wild aus Furcht vor einer Strafe durch die gnädige Frau. Oder vielleicht doch eher aus Angst vor Metas Rache, weil die ihre Schuld doch nicht auf Klara abwälzen konnte. Möglicherweise auch, weil ihre Gedanken immer wieder dieses eine Satzfragment umkreisten, das sie zufällig gelesen hatte. Klara konnte sich keinen Reim darauf machen. Doch musste es ein wichtiger Brief sein – sonst hätte sich die neugierige Meta kaum so ausführlich damit beschäftigt.

Rosenberg waltete in weniger als zehn Minuten seines Amtes, so dass Klara nach seinem Abgang sogar noch Zeit blieb, ihr Aussehen im großen Spiegel in der Halle zu kontrollieren. Diese kleine Eitelkeit war zwar eigentlich verboten, aber sie war sicher, nicht beobachtet zu werden, und sie fühlte sich nun mal ein bisschen stärker, wenn sie vorbildlich aussah. Sie richtete ihr Häubchen, strich sich ein paar vorwitzige Haare ordentlich hinter die Ohren und zupfte an ihrer Schürze, bevor sie – sich zur Ruhe mahnend – die Treppe wieder hinaufstieg.

Sie klopfte an und trat fast gleichzeitig mit dem »Herein« der Hausherrin ins Morgenzimmer. Seit ihrem ersten Tag am Harvestehuder Weg Nummer zwölf wunderte sie sich über den Namen dieses Raumes. Für sie war er nichts anderes als ein bürgerlich eingerichtetes, mit allerlei Krimskrams und Erinnerungsstücken vollgestopftes Wohnzimmer, das gleichzeitig eine Art Esszimmer beherbergte, einschließlich eines viel zu großen Büffets aus der Gründerzeit.

Die Hausherrin thronte nicht auf dem Sofa, sondern saß auf einem der hochlehnigen Stühle bei Tisch. Vor ihr lagen lose verstreut die Blätter. Als Klara hereinkam, nahm die gnädige Frau das Lorgnon von ihrer Nase und steckte es in die Jackentasche. Eine Bewegung, die sie so oft am Tag wiederholte, dass sie gar nicht mehr hinschauen musste. Der große Hut, den sie zuvor getragen hatte, hing über der Lehne jenes Stuhls, an dem Victor Dornhain für gewöhnlich saß, wenn Klara das Frühstück servierte.

Offensichtlich hatte die Lektüre des Briefes die alte Dame stark beeindruckt. Sie wirkte seltsam müde, ihre Augen waren umschattet und die Lidränder gerötet. Es kam nicht oft vor, dass man ihr das fortgeschrittene Alter so deutlich ansah. Mit der energischen Frau, die voller Elan vorhin in Lavinias Zimmer gerauscht war, schien nur die Hülle gemeinsam.

Klara knickste und ließ unterwürfig das Kinn auf die Brust fallen.

»Dies ist ein privater Brief an meine Enkeltochter«, hob Charlotte Dornhain an und tippte mit dem Finger auf die Papiere vor sich, als gäbe es irgendeinen Zweifel an dem Schriftstück. »Von ihrem Verlobten. Was weißt du darüber?«

»Nichts, gnädige Frau. Ich weiß nichts darüber.«

Zu dumm, dass Meta wahrscheinlich die gleiche Antwort fand, wenn die gnädige Frau fragte, fuhr es Klara durch den Kopf. Mit Sicherheit hatte sich Meta bis dahin sogar irgendwelche Geschichten ausgedacht, die Klara belasteten und von ihr selbst ablenkten. Dagegen konnte gewiss auch der Uhrmacher nichts ausrichten. Und Rosenberg war nicht hier. Klara musste selbst um ihre Ehre kämpfen.

Mutig fügte sie hinzu: »Ich kenne das Schreiben nicht. Ich habe die Blätter ganz genau so in Fräulein Lavinias Zimmer vorgefunden, wie Sie es auch gesehen haben, gnädige Frau.«

Ein quälend langes Schweigen folgte. Papier raschelte, als Charlotte gedankenverloren mit der zuoberst liegenden Seite des Briefes spielte, von dem Klara nun wusste, dass ihn Konrad Michaelis abgefasst hatte. Die Standuhr, vor noch nicht allzu langer Zeit vom Uhrmacher Rosenberg gestellt, tickte zwischen den Fenstern.

»Wie ist die Verteilung der Post eigentlich geregelt?« Charlotte sah Klara scharf an. »Ich habe mir nie Gedanken darüber gemacht, weil das bislang gut funktionierte. Anscheinend gibt es aber Dinge, die mir Sorgen machten sollten.«

»Also … wir … die Hausmädchen … wir verteilen die Post an die Herrschaften …«, stammelte Klara.

Sie war nicht etwa unsicher, weil ihr diese Erklärung Schwierigkeiten bereitete, sondern weil ein Gedanke durch ihr Hirn huschte und sie ablenkte, während sie sprach. Die vage Erinnerung an eine Situation im Souterrain stellte sich ein. Aber sie wusste nicht mehr, welche Szene sie flüchtig beobachtet und wieder vergessen hatte. Ihr war klar, dass es wichtig sein konnte, in ihrem Gedächtnis danach zu suchen.

»Diese Vorgehensweise hatte ich angenommen«, gab die Hausherrin kühl zurück. »Gibt es eine bestimmte Regelung unter euch – den Hausmädchen?«

Das Bild vor ihrem geistigen Auge war zum Greifen nah, aber Klara konnte es nicht fassen. Unbewusst schüttelte sie sich wie ein kleiner Hund.

»Meta!«, brach es plötzlich aus ihr heraus. »Meta ist meistens diejenige, die die Briefe annimmt und verteilt.«

Jetzt fiel Klara ein, dass sie sich sogar kürzlich gewundert hatte, wieso Meta es jeden Tag einrichten konnte, stets zur Stelle zu sein, wenn der Postbote oder Richter mit Umschlägen und Karten kamen. Dennoch war sie überzeugt, dass das nicht alles war, was noch in ihrem Hinterkopf verborgen lag.

»Danke, mehr wollte ich nicht wissen. Du kannst wieder an deine Arbeit gehen.«

Es irritierte Klara, so rasch wieder entlassen zu werden. Sie verstand nicht, wieso die gnädige Frau so viel Aufhebens um die Verteilung der Post machte.

Selbst wenn sie, Klara, das fragliche Schreiben von Herrn Michaelis an Fräulein Lavinia ausgehändigt hätte, wäre Meta imstande gewesen, es beim Aufräumen des Zimmers zu finden und zu lesen. Die jüngste Tochter ging nie besonders ordentlich mit ihren Sachen um und ließ immer irgendetwas Privates offen liegen. Meist waren es Schmuckstücke, irgendwelche kleinen Souvenirs wie Tanzkarten, vertrocknete Blumen oder Einladungen mit persönlichen Notizen darauf, aber auch Fotografien oder eben Briefe. Selbst ihr Tagebuch schloss sie niemals weg, für jedermann sichtbar befand es sich immer in dem Fach mit den Notizbüchern im

Aufbau ihres Toilettentisches. Unwillkürlich ging Klara die Frage durch den Kopf, ob Meta sich sogar daran vergriffen hatte.

»Klara?«

Die rauchige Stimme der alten Dame, die wieder einigermaßen gefestigt klang, riss Klara aus ihren Überlegungen.

Sie knickste, hilflos, weil sie befürchtete, eine Anweisung überhört zu haben.

»Du kannst wieder an deine Arbeit gehen«, wiederholte Charlotte Dornhain und stand auf. »Mit Meta werde ich später reden«, schloss sie das Gespräch.

Wieder bleibt der Ärger an mir hängen, rätselte Klara, als sie das Morgenzimmer verließ. Immer musste sie alles ausbaden, was Meta anstellte.

Aber so ist es immer noch besser, als entlassen zu werden, dachte sie einen Moment später und fühlte sich gleich etwas besser. Sie konnte nicht nach Glückstadt zurück – das wäre eine unverzeihliche Niederlage.

27

Kaum war sie durch die Eingangstür getreten, zog Ellinor die lange Nadel aus ihrem mit einem breiten Samtband geschmückten Trotteurhut und griff sich mit der einen Hand ins Haar, während die andere die Kopfbedeckung auf einen Stuhl am Fuße der Treppe schleuderte. Dann gähnte sie herzhaft. »Wenn ich noch einen einzigen Meter Stoff ansehen muss, falle ich tot um!«

»Papperlapapp«, widersprach eine äußerst aufgeräumt und zufrieden wirkende Lavinia. »Es gibt nichts Aufregenderes, als ein Brautkleid auszusuchen.«

»Kannst du dich deshalb nicht entscheiden?«, stöhnte die ältere Schwester. »Wirklich, Livi, du solltest endlich wissen, was du zu deiner Hochzeit anziehen willst.«

Lavinia war im Begriff, die dekorativen Knöpfe aus Schildpatt zu öffnen, mit dem ihr modischer Mantel unterhalb des großen Kragens geschlossen wurde, hielt jedoch mitten in der Bewegung inne. Mit vor Verständnislosigkeit geweiteten Augen sah sie Ellinor an. »Warum denn?«

»Dieser ganze Firlefanz ist ungemein anstrengend. Ich verstehe nicht, wieso du dem so viel abgewinnen kannst.«

»Das ist doch der ganze Spaß bei einer Heirat!«, erklärte die Braut voller Inbrunst.

Tatsächlich hätte Lavinia ihre Tage am liebsten mit nichts anderem verbringen mögen als mit der Auswahl ihrer Ausstattung. Und letztlich tat sie auch nichts anderes, als Modejournale durchzublättern auf der Suche nach einem geeigneten Schnitt, Stoffmuster zu prüfen und sich mit Seidenhändlern, Stickerinnen, Schneiderinnen und Putzmacherinnen zu beraten. Auf ihrer Odyssee durch die verschiedenen Geschäfte und Ateliers wurde sie auf Wunsch ihrer Großmutter meistens von Ellinor begleitet. Dieser Spielverderberin, die nicht verstand, dass eine Braut nicht nur eine Robe für den wichtigsten Anlass ihres Lebens benötigte, sondern auch Garderobe für die Flitterwochen und Kleider für die erste Zeit als Ehefrau. Schließlich konnte sie dann nicht mehr dieselben Sachen tragen wie als unverheiratetes junges Ding. Es gab so vieles zu bedenken und auszusuchen – das war wundervoll.

»Manchmal denke ich, du willst wegen diesem und jenem heiraten, aber nicht um des Mannes willen, den du dir ausgesucht hast.«

Ellinors Bemerkung brachte eine Saite in Lavinia zum Klingen, die sie am liebsten zerschnitten hätte, um Ruhe zu haben. Es war nicht das erste Mal, dass ihre große Schwester lästerte, weil Lavinia nun einmal mehr Gefallen an ihrem neuen Status und den damit verbundenen Möglichkeiten fand als an ihrem Verlobten.

Dabei wusste sie durchaus um die Nachteile. Wahrscheinlich würde sie sich spätestens im August schrecklich ärgern, wenn die unverheirateten jungen Leute in einem Blumenkorso über die Alster ruderten und es im Uhlenhorster Fährhaus Konzerte, Tanzvergnügen und an jedem Mittwochabend ein Feuerwerk gab. Ihre Heirat machte dann heimliche Rendezvous unmöglich, etwa wenn die Boote schwankten, weil die Kavaliere in halsbrecherischen Manövern von einem Gig in ein anderes zu einer jungen Dame stiegen. Ach, wie hatte sie diese aufregenden Sommervergnügen genossen! Lavinia befürchtete, ihre Freiheit bei dieser Gelegenheit mehr zu vermissen als derzeit ihren Verlobten selbst.

Konrad befand sich auf Reisen. Wohin und in welchen Geschäften er unterwegs war, wusste sie nicht. Das interessierte sie auch weitaus weniger als die bedeutsame Frage, ob sie für ihr Brautkleid Atlasseide oder Seidenorganza bestellen sollte. Es spielte für sie keine Rolle, wie lange er fortblieb – sie war mit ihren eigenen Angelegenheiten beschäftigt. Und Konrad würde schon irgendwann nach Hamburg zurückkehren. Daran bestand für Lavinia kein Zweifel.

»Du kannst gar nicht beurteilen, wie es in einer Braut aussieht«, widersprach sie ihrer älteren Schwester. Sie war plötzlich wütend auf Ellinor, die ihr die Freude an der Beschäftigung mit der Mode nahm und Themen aufbrachte, die unerfreuliche Gedanken in ihr auslösten. Deshalb fügte sie patzig hinzu: »Wenn du dich endlich entschließen könntest, Christian Schulte-Stollberg zu heiraten, würdest du ganz anders reden.«

»Das glaube ich nicht. Aber das werden wir sowieso nie erfahren … Und wenn du weiter an deinen Knöpfen ziehst, ohne sie zu öffnen, ruinierst du dir den schönen Mantel … Nun mach schon, Großmutter wartet mit dem Tee.«

»Ich verstehe wirklich nicht, warum du so schlecht gelaunt

bist«, insistierte Lavinia, zog aber gehorsam ihren Mantel aus und legte ihn über das Treppengeländer, wo er später von einem der Hausmädchen wie von unsichtbarer Hand fortgenommen und in einen Schrank gehängt würde. »Wir hatten einen wunderbaren Tag.«

»Vertane Zeit«, murmelte Ellinor und öffnete die Tür zum Salon.

Ihre Großmutter erwartete die Enkeltöchter an dem niedrigen Tischchen, an dem Frieda gerade den Tee servierte. In dem Stövchen hielt ein kleines Licht die Kanne warm, neben den Tellern mit Gurkensandwiches und Plunderteilchen, der Dose mit Kandiszucker und einem Milchkännchen flackerten Kerzen in einem silbernen Leuchter. Es war eine heimelige, warme Atmosphäre, welche die verstörenden Überlegungen rasch aus Lavinias Gedanken vertrieb. Sie beugte sich hinunter und küsste Charlotte auf die Wange.

»Wie schade, dass du nicht noch einmal zurückgekommen bist«, bedauerte sie. »Das neue Warenhaus von Hermann Tietz verfügt über ein sehr schönes Sortiment. Es ist ebenso anspruchsvoll wie die allgemeine Ausstattung des Geschäfts.«

»Du hast gut daran getan, zu Hause zu bleiben«, seufzte Ellinor.

»Ja, sicher«, Charlotte lächelte ihren Enkeltöchtern unverbindlich zu, als diese sich auf ihren angestammten Plätzen niederließen. »Ein Einkaufsbummel wäre nett gewesen. Ich wurde jedoch aufgehalten und musste hier meinen Pflichten nachkommen …«, sie unterbrach sich, um das Dienstmädchen fortzuschicken: »Danke, Frieda, um den Rest kümmere ich mich selbst.«

Ellinor zog fragend die Augenbrauen hoch, während Lavinia arglos plauderte: »Oh ja, ein Haushalt bereitet einem ständig Sorge, nicht wahr? Ach, auch das ist etwas, an das ich mich noch gewöhnen muss. Es gibt so viel zu bedenken bei einer Eheschließung. Ich werde Konrad fragen müssen, wie es um seine Dienerschaft bestellt ist, nicht wahr? Irgendwann muss ich mich um Neueinstellungen kümmern. Dabei finde ich es so lästig, mich mit dem Personal zu beschäftigen …«

Als Lavinia auffiel, dass weder ihre Großmutter noch ihre Schwester auf ihr Geplapper reagierten, fragte sie verwundert: »Warum sagt ihr denn nichts?«

»In der Tat«, erwiderte Charlotte, nachdem Frieda die Zimmertür fast lautlos hinter sich geschlossen hatte, »die Aufgaben einer Hausfrau sind zuweilen äußerst misslich. Ich habe heute eines der Dienstmädchen fristlos entlassen.«

»Wie unangenehm«, meinte Ellinor.

»Oh, die arme Kleine!«, rief Lavinia bestürzt aus. »Was hat Klara denn angestellt? Ich dachte immer, die könnte kein Wässerchen trüben.«

»Ich musste Meta des Hauses verweisen.«

»Meta?« Lavinia starrte ihre Großmutter entsetzt an. »Das kannst du nicht machen. Meta ist meine Zofe …«

»Sie ist … sie war das zweite Hausmädchen, meine Liebe«, korrigierte Ellinor sachlich unter Betonung der Vergangenheitsform.

Ihre Großmutter nickte, offensichtlich dankbar, dass sie nicht selbst Lavinia zurechtweisen musste. »Meta beging eine Indiskretion, die es mir unmöglich macht, sie weiter zu beschäftigen. Mehr gibt es dazu nicht zu sagen. Im Übrigen kommt unser Haushalt mit zwei Dienstmädchen und ohne Zofe sehr gut zurecht.«

»Aber …«, stammelte Lavinia. »Dann hätte ich Meta doch in mein neues Zuhause mitnehmen können. Konrad hätte gewiss nichts dagegen, wenn …«

»Du solltest deinen Verlobten nicht mit Angelegenheiten belasten, die nichts für einen Mann sind, mein Kind. Wie geht es ihm eigentlich? Du stehst ja sicher in engem Kontakt mit ihm.«

Ellinor pustete ungewöhnlich laut in ihre Teetasse, als wollte sie das Getränk abkühlen.

»Ich habe keine Ahnung, wie es Konrad geht«, Lavinia drehte gereizt eine Ecke der Leinenserviette auf ihrem Schoß zu einer Rolle, »und im Moment interessiert es mich auch nicht … Wie soll ich denn in meiner jetzigen Situation ohne eine Zo… ohne ein Mädchen auskommen?«

»Du bist eine geborene Hamburgerin und keine preußische Prinzessin, und gerade weil deine bevorstehende Heirat auf den ersten Blick wie eine Mesalliance aussieht, solltest du dich deiner Herkunft besinnen. Es gehört sich für deinesgleichen, dass du dich mehr um das Wohlergehen deines Verlobten kümmerst, anstatt dir Gedanken über den Verbleib eines aufsässigen Mitglieds der Dienerschaft zu machen, welches von mir entfernt wurde.«

Lavinia konnte sich kaum erinnern, wann ihre Großmutter zuletzt in diesem Ton mit ihr gesprochen hatte. Natürlich war sie gescholten worden, als sie durch den Kuss in aller Öffentlichkeit einen Skandal auslöste. Dafür brachte sie sogar ein gewisses Verständnis auf, denn sie hatte sich Konrad ja gerade an den Hals geworfen, um Tatsachen zu schaffen, die mit mehr Feingefühl wohl kaum zu erreichen gewesen wären. Der harsche Angriff, mit dem Charlotte ihre Bedürfnisse jedoch heute parierte, traf Lavinia tief. Er war ihr sogar absolut unverständlich, da sie sich keiner Schuld bewusst war.

»Aber, Großmutter!«, wagte sie daher zu protestieren. »Meta war mir stets eine große Hilfe, und ich weiß gar nicht, wie ich ohne sie …«

»Ich wünsche, kein Wort mehr zu diesem Thema zu verlieren.«

Lavinia dachte nicht daran, aufzugeben. Nicht nur, dass Meta im Umgang mit ihren schönen Kleidern nützlicher als die anderen Hausmädchen gewesen war – Lavinia kannte niemand anderen, der sie in die intimen Details einer Ehe einweisen könnte. Panik ob der unaussprechlichen, unbekannten Dinge, die in der Hochzeitsnacht vermutlich geschahen, ließ sie die Stimme erheben: »Gibt es denn keine Möglichkeit, dass du deine Entscheidung noch einmal überdenkst, Omama?«

»Sei still!«, zischte Ellinor.

»Meine Teestunde ist mir heilig«, erklärte Charlotte mit beißender Ruhe. »Ich werde sie nicht damit verbringen, mich ununterbrochen über das Personal zu unterhalten. Bitte respektiere das, Lavinia.«

Nach diesen Worten senkte sich Stille über die Großmutter und ihre Enkeltöchter. Der silberne Löffel in Charlottes Hand klirrte leise gegen das Porzellan, als sie den Zucker in ihrer Tasse verrührte.

Lavinia kämpfte mit den Tränen. Sie konnte ihre Gefühle nicht auseinanderhalten. Was schmerzte sie mehr? Die fristlose Entlassung des Dienstmädchens, mit dem sie sich freundschaftlich verbunden fühlte? Die Hartherzigkeit ihrer Großmutter, die ihr – gegen jede Gewohnheit – einen Wunsch abschlug? Oder die im Raum stehende Frage nach Konrad, die sie nicht beantworten konnte? Bisher hatte sie nicht einmal geahnt, wie bedeutsam es für ihre Familie war, dass sie in regem Austausch mit ihm stand und sich um sein Wohl sorgte. Du lieber Himmel, sie war doch noch nicht seine Gemahlin!

Als habe sie ihre Gedanken erraten, sagte Ellinor plötzlich Verständnis heischend: »Ich glaube, Livi ist ein wenig verwirrt. Eine Braut zu sein ist schließlich sehr aufregend, bedarf aber auch einer Menge Überlegungen. Das überfordert einen sicher manchmal.«

»Unsinn!«, widersprach die Großmutter prompt. »Wenn jedes junge Mädchen in ihrer Verlobungszeit derart kopflos reagieren würde, gäbe es wohl keine Vermählungen mehr. Aber Lavinia hat uns noch immer nicht erzählt, was es Neues von ihrem Bräutigam zu berichten gibt. Nun?«

Hilflos zuckte sie mit den Schultern. »Er ist in irgendwelchen Geschäften verreist. Ich habe keine Ahnung von Architektur, deshalb weiß ich nicht, was genau ihn aus Hamburg fortgeführt hat«, fügte sie trotzig hinzu und dachte, dass dies eine glänzende Antwort war. Sie interessierte sich schließlich wirklich nicht dafür, wie ein Haus erbaut wurde, sondern nur, dass es sicher stand und komfortabel war.

»Deine Unwissenheit ist hoffentlich nur vorübergehend, mein Kind. Ein Mann verlangt nach Aufmerksamkeit, vor allem von seiner Zukünftigen.«

Lavinia sah ihre Großmutter verblüfft an. Es war für sie bislang unvorstellbar gewesen, dass Charlotte Ratschläge in Liebesdingen geben könnte. Ihre Oma war alt und schon lange Witwe, Lavinia konnte sich an ihren Großvater nicht einmal mehr besonders gut erinnern. Über dieser unerwarteten Wendung des Gesprächs vergaß sie sogar ihren Unmut über Metas Kündigung.

»Falls du deinen Bräutigam vernachlässigst«, fuhr Charlotte fort, »steht zu befürchten, dass er sich anderswo sucht, was du ihm verwehrst. Eine Lösung deiner Verlobung kommt jedoch nicht infrage.«

»Natürlich nicht«, versicherte Lavinia voller Überzeugung.

Die Vorstellung, Konrad könnte ein anderes junges Mädchen erwählen, nachdem er einen Goldfisch wie sie geangelt hatte, war für sie unvorstellbar. Sicher, sie hatte sich diesen Befürchtungen hingegeben, als er auf ihre leidenschaftlichen Briefe nicht antwortete. Aber das war nur ein Missverständnis gewesen, wie sie vermutete; darüber gesprochen hatten sie natürlich nicht, die peinlichen Schreiben waren niemals zwischen ihnen erwähnt worden. Das war auch nicht nötig, fand Lavinia. Sie würden dank des Arrangements ihres Vaters ein Ehepaar werden, und bis zu dieser Sekunde hatte sie nicht daran gezweifelt …

Sie traf ein erschreckender Gedanke. »Muss ich mich etwa über Architektur informieren, um Konrad eine gute Braut zu sein?«

»O Livi«, seufzte Ellinor, bevor Charlotte antworten konnte, »Bildung schadet nicht, sie schmückt sogar eine junge Dame wie dich. Großmutter meint, dass du dich ganz allgemein mehr für deinen Verlobten interessieren solltest und weniger für deine Aussteuer oder deine Freundinnen. Jeder Mensch schätzt es, beachtet zu werden, du doch auch.«

»Woher weißt du …?«

»Bravo!« Charlotte klatschte in die Hände, wie um Ellinors Worten Applaus zu zollen. »Deshalb schlage ich vor, dass du Herrn Michaelis ein Billet schickst und ihm schreibst, wie sehr du dich auf das Wiedersehen freust. Nur ein paar Zeilen, mehr nicht. Er sollte wissen, dass du ihn vermisst. Das wird seine Wirkung sicher nicht verfehlen.«

Unwillkürlich fuhr Lavinias Hand hoch und tastete über ihr goldenes Haar, als wolle sie sich des perfekten Sitzes ihrer Hochsteckfrisur vergewissern. »Welche Wirkung?«

»Schönheit ist nicht alles«, entfuhr es Ellinor.

Lavina öffnete den Mund, doch Charlotte brachte ihre Enkeltochter mit einer Handbewegung zum Schweigen. »Kennst du die gegenwärtige Adresse deines Verlobten?«

»Natürlich nicht. Ich habe keine Ahnung von seinen Terminen … und mir war nicht bekannt, dass ich darüber informiert sein sollte. Wusste unsere Mutter denn über jeden Schritt von Pappi Bescheid?«

»Ja«, für einen Moment wurde Charlottes Stimme weich. »Ja,

das wusste sie. Eure Mutter besaß wundervolle Eigenschaften, sie war ein aufmerksamer, liebevoller Mensch. Deshalb verzieh ich ihr jede Extravaganz. Allerdings war sie mit ihrer Vorliebe für die Kunst niemals aufsässig oder verschwendungssüchtig. Sie hatte durchaus ihre eigenen Wünsche, aber wenn nötig, stellte sie diese selbstverständlich hintan. Du solltest dir ein Vorbild an deiner Mutter nehmen, Lavinia.«

Stumm senkte Lavinia die Lider. Sie drückte dankbar Ellinors Hand, als diese sich auf die ihre legte.

»Wozu gibt es dieses schreckliche Telefon?«, fragte Charlotte plötzlich und blickte zwischen ihren Enkelinnen hin und her. »Es kreischt, als würde es einem das Trommelfell zerreißen, und das tut es wahrscheinlich auch auf Dauer wegen der elektrischen Dämpfe, aber es gibt einem die Möglichkeit, auf dem schnellsten Wege an Informationen zu gelangen. Wenn du in dem Architekturbüro anrufst, in dem Herr Michaelis arbeitet, Lavinia, wirst du seinen Aufenthaltsort gewiss in Erfahrung bringen. Wenigstens dafür sollte dieses Höllengerät nützlich sein.«

München

28

Konrad legte den Kopf in den Nacken und blickte die reich verzierte gelbe Fassade der Theatinerkirche hoch. Anscheinend wollte er sich jedes Detail einprägen, nicht nur die imposante Tambourkuppel und die beiden Türme, sondern auch Ornamente, Pilaster und Säulen, sogar die Skulpturen in schwindelerregender Höhe. Ein mächtiges Bauwerk, das die angrenzenden Häuser weit überragte. Die roten Dächer der zumeist vierstöckigen eleganten Gebäude reichten gerade mal bis zum ersten Fries des Gotteshauses.

»Bemerkenswert«, stellte er fest. »Diese Kirche wurde im Stil des italienischen Barocks gebaut und nach den Regeln des Rokokos verziert. Eine unglaubliche Mischung an Putz und Prunk.«

»Es sollte dereinst die schönste und wertvollste Hofkirche sein«, erwiderte Nele neben ihm.

»Wenn man sich diesen Pomp anschaut, kann man als Protestant eigentlich nur erschüttert sein. Aber ich bin begeistert. Das ist wunderschön. Nichts, was man heute noch bauen sollte, aber zweifelsohne schön.«

Nele schaute nicht die Kirche, sondern den Mann an ihrer Seite an. »Kannst du dir eigentlich noch merken, was du alles gesehen hast? Ich habe die Kirchen inzwischen aufgehört zu zählen, vor denen wir standen.«

»Müde?«

»Nein. Nur durstig.«

Sie lächelte ihn an, amüsiert über die Bestürzung in seinen Augen, diese vollkommen wirkende Rücksichtnahme, aber auch gerührt von der Begeisterung, mit der er sich von ihr die bayerische Residenzstadt zeigen ließ. Doch wie so oft seit seiner Ankunft schlich sich unendliche Traurigkeit in die Freude über ihr wundervolles Einvernehmen. Es war die sich wiederholende Erkenntnis, dass sie ein gestohlenes Glück auf Zeit erlebten.

»Wir könnten im Café Central dort drüben etwas trinken«, schlug sie mit etwas aufgesetzter Leutseligkeit vor, »das ist das älteste Kaffeehaus Münchens. Danach sollten wir die Ludwigstraße hinaufspazieren, damit du dir in Ruhe die Ludwigskirche ansehen kannst. Im Stile des italienischen Barocks erbaut, wie die gesamte Straße, aber noch keine einhundert Jahre alt. Den Hofgarten schenken wir uns, du bist ja schließlich kein Gärtner.«

»Manchmal frage ich mich, wieso du eigentlich Kunsthandwerk und Malerei studierst und nicht Architektur«, witzelte er, um ernst hinzuzufügen: »Du bist wunderbar, Nele.«

Er nahm ihre Hand und schob sich diese mit allergrößter

Selbstverständlichkeit und einem gewissen Besitzerstolz unter den Arm.

Inmitten der zahlreichen Passanten auf dem Parvis vor der Feldherrenhalle fielen Nele und Konrad kaum auf, sie wirkten wie viele junge Paare, die auch in der Öffentlichkeit vertraut miteinander umgingen. Etwa wie Touristen auf Hochzeitsreise, die auf ihrem Stadtbummel von Sehenswürdigkeit zu Sehenswürdigkeit schlenderten, dankbar für eine Wetterberuhigung und mildere Temperaturen als sonst um diese Jahreszeit. Sie gingen im gleichen Takt, und ohne sich abzusprechen, hielten Nele und Konrad neben der Militärkapelle inne, die vor der klassizistischen Loggia Aufstellung bezog. Die polierten Blasinstrumente glänzten in der blassen Frühlingssonne wie pures Gold.

Es war für Nele eine vollkommen neue Erfahrung, die Stadt durch Konrads Augen zu sehen. Da kein Mitglied ihrer Familie je zu Besuch gekommen war, hatte sie noch keinen Gast herumgeführt. Ihr Vater hatte sie zwar zu Beginn ihres ersten Semesters auf der Reise von Hamburg nach München begleitet. Nachdem Victor sie jedoch bei ihrer Vermieterin abgeliefert und sich vergewissert hatte, dass es ihr an nichts mangelte, trat er rasch die Rückfahrt an, die Geschäfte riefen.

So oder so machte es natürlich einen Unterschied, an wessen Seite sie gerade den ersten volltönenden Klängen des Bayerischen Defiliermarsches lauschte. Selbst der leichte Druck von Konrads Fingern zuvor auf ihrer Hand, das Spiel der Muskeln in seinem Arm, das sie spürte, wenn er sich bewegte – jede noch so kleine Berührung löste in Nele einen Sturm der Gefühle aus. Sie spielte mit dem Feuer, und sie wusste das nur zu gut. Dabei schwankte sie – wie eben – zwischen höchstem Glück und tiefster Verzweiflung. Aber sie konnte nicht anders. Sie kam sich vor wie eine Süchtige, nur dass es nicht Morphium war, wonach sie verlangte.

Es war diese verheerende Mischung aus Abhängigkeit, Euphorie und gleichsam absoluter Lähmung, die sie beherrschte, seit er sie vor ihrer Haustür geküsst hatte. Darüber hinaus war sie nicht frei von dem Dämon, den Schriftsteller wie Maler in ihren Werken über Opiumabhängige beschrieben. Jeder Augenblick, in dem sie die geliebte kleine Schwester hinterging, konnte Nele niederdrücken. In diesen Momenten war sie tief verstört. Dann suchte sie so lange nach einem Ausweg, bis sie Kopfschmerzen vom Denken bekam. Seit zwei Tagen ging das so, seit Konrad da war und sich alles verändert hatte – sowohl ihre Träume, die plötzlich wahrhaftig wurden, wie auch die Macht des Bösen, die nun einmal dem Betrug zugrunde lag. Gesprochen hatten sie nicht darüber. In stillem Einvernehmen schwiegen sie alles außerhalb ihrer Zweisamkeit tot.

Um Pauken und Trompeten zu übertönen, musste Konrad seine Stimme erheben und sich unter Neles breite Hutkrempe neigen: »Wollen wir ins Café aufbrechen? Marschmusik ist nicht unbedingt mein Geschmack.«

»Wenn dir Tango lieber ist, könnten wir heute Abend ins Ballhaus Alhambra gehen«, sprudelte sie heraus.

Einen Atemzug zu spät wurde sie sich ihres Fauxpas bewusst. Ausgerechnet heute war sie dort mit Francis Bellows verabredet – mit Zofia als Anstandsdame. Sie schalt sich nicht nur für ihre Gedankenlosigkeit, sondern auch, weil sie vergessen hatte, dem Amerikaner abzusagen. Schlimmer noch, sie hatte seine Briefe längst weggeworfen und wusste nicht einmal, wo sie ihn erreichen konnte.

»Das ist eine vortreffliche Idee«, riss der Mann an ihrer Seite Nele aus ihren Überlegungen.

»Bitte?«

Er legte seine Hand auf ihre, die ihn noch immer untergehakt hatte, und drückte sie leicht. »Wir gehen heute Abend tanzen.

Tango, Foxtrott, Walzer – was immer du möchtest. Ballhaus Alhambra klingt gerade recht. Feiert man dort so ausgelassen wie im Hansasaal oder im Alsterlust?«

Nele errötete, was aber mehr an ihrer persönlichen Situation als an der Freizügigkeit in dem Ball- und Konzerthaus an der Adlzreiterstraße lag. »Wenn du möchtest ...«

»Es war deine Idee!«, erinnerte er sie lachend.

Sie nahm sich vor, ihm von Francis Bellows zu erzählen. Gleich im Kaffeehaus. Bei einer Tasse Schokolade.

Was sollte sie jedoch sagen?, fragte sie sich prompt, während sie an dem Seitenflügel der Residenz und dem Hofgartentor vorbei zum Bazargebäude spazierten, in dem sich das Café Central befand. Sie konnte Konrad kaum eröffnen, dass sie in den Briefen an ihre Großmutter einen Kavalier erfunden hatte, um nicht ständig Lobeshymnen auf ihn zu lesen. Die Wahrheit ließ ihr Stolz nicht zu. Allerdings war der Amerikaner inzwischen tatsächlich ein Verehrer. Würde Konrad deswegen eifersüchtig sein? Unwillkürlich meldete sich ein kleiner Teufel in ihrem Hinterkopf, der ihr einredete, sie könne diese Frage nur in der Konfrontation klären.

Ja, es war ein Spiel mit dem Feuer – und Nele ließ es absichtlich auflodern, als gieße sie Öl in einen Kamin. Es passte zu ihrer Situation.

»Es wird bestimmt lustig«, versprach sie mit einem leicht gequälten Lächeln.

29

In dem Dreieck zwischen den städtischen Friedhöfen, dem Schlachthof und dem Allgemeinen Krankenhaus hatten sich viele Handwerksbetriebe angesiedelt, daneben befanden sich Wohnhäuser und kleine Geschäfte, vor allem Metzgereien und Scherenschleifer. Wegen der vielen *zuagroasten* Arbeiter aus dem Süden wurde die Gegend von den Einheimischen auch »Italienerviertel« genannt. Hier spielte sich ein urbanes Leben ab, in dem das im maurischen Stil erbaute Alhambra fremd und eher wie ein aus dem Künstlerviertel Schwabing hierher versetztes Etablissement wirkte. Selbst die Wirtshäuser der Gegend erfreuten sich jedoch niemals so vieler Besucher wie das Tanz- und Konzerthaus. Dorthin pilgerten auch außerhalb der Faschingszeit Amüsierwütige. Meistens von der Trambahnhaltestelle an der Kapuzinerstraße kommend, zogen sie lärmend und fröhlich durch die Gassen, zu später Stunde berauscht von der Musik, einer Liebelei oder einem verbotenen Glas Absinth.

Nele war noch nie hier gewesen – und es war eigentlich auch nicht das rechte Umfeld für eine höhere Tochter. Das Alhambra genoss einen zweifelhaften Ruf. Es galt als verrucht, obwohl am selben Ort nicht nur Tanzvergnügen, Vereinstreffen oder öffentliche Ringkämpfe stattfanden, sondern auch klassische Konzerte. Unwillkürlich dachte Nele an ihre Verabredung mit Francis Bellows bei den Giselisten und daran, dass sie sich dabei wie ein Dienstmädchen gefühlt hatte. Wahrscheinlich waren die meisten anwesenden jungen Frauen tatsächlich von niederem Stand, aber Nele meinte, an der Garderobe auch einige Damen besserer Herkunft zu erkennen, die sich an diesem Abend bestimmt schamlos zu vergnügen gedachten. So wie sie selbst.

»Huhu, Schätzchen!«, rief eine vertraute Stimme aus dem Hintergrund. Zofia versuchte, sich wild gestikulierend und mehrmals in die Höhe springend hinter einem Pulk von Ballhausbesuchern bemerkbar zu machen.

Auf geht's!, dachte Nele ergeben und wandte sich zu Konrad um, der gerade die Garderobenmarken einsteckte.

»Sieh mal an, was für eine Überraschung! Da ist eine Kommilitonin von mir.«

Für einen Moment wirkte er irritiert. Nele konnte ihm förmlich ansehen, dass er abschätzte, zu welchen Komplikationen die Begegnung mit ihrer Studienfreundin führen würde. Dabei fühlte er sich vermutlich genauso aufgeregt und verunsichert wie sie damals in Hamburg, als ihre Treffen heimlich und namenlos gewesen waren. Plötzlich jedoch nahm er ihre Hand und sagte vergnügt: »Dann sollten wir ihr einen guten Abend wünschen. Ist es dir recht, wenn sie sich uns anschließt?«

Nele stieß erleichtert die angehaltene Luft aus. »Oh ja. Natürlich.«

Erst nachdem sie sich unter Einsatz ihrer Ellenbogen zu ihr durchgekämpft hatte, fiel Zofia offenbar auf, dass sich Nele in Begleitung befand. Ohne die gewohnte Begrüßung – ein Küsschen auf jede Wange – starrte sie verblüfft auf Konrads Hand, die Neles Linke fest umschlossen hielt.

»Jesus, Maria, wer sind denn Sie?«

»Mein Name ist Konrad Michaelis«, er verneigte sich formvollendet. »Ich bin ein Besucher aus Hamburg.«

»Sie kennen Nele wohl schon länger …«

Bevor Konrad etwas erwidern konnte, warf Nele rasch ein: »Herr Michaelis ist der Verlobte meiner jüngeren Schwester … Konrad, das ist meine Freundin Zofia Rogowska.«

Wieder wanderten Zofias Augen zu den verschlungenen Händen. »Ach? Sie sind der Bräutigam? Dann bleibt ja alles in der Familie!«

Nele konnte nicht verhindern, dass sie errötete, aber das fiel in dem Gedränge und bei der herrschenden Beleuchtung glücklicherweise nicht auf. Da sie vor der Kasse an der Reihe waren und Konrad sie schließlich loslassen musste, um den Eintritt in Höhe von fünfzig Pfenning pro Person für alle drei zu bezahlen, reagierte er nicht auf Zofias spöttische Bemerkung.

Der Hauptsaal des Alhambra war in maurischem Stil gehalten und erinnerte an das berühmte Vorbild im spanischen Grenada. Nele hatte Fotografien vom Löwenhof der Burg gesehen und erkannte die Übereinstimmungen. Daher schmunzelte sie über Säulen und islamische Hufeisenbögen, die Galerie mit einem Holzgeländer, das wie aus Spitze gefertigt schien und den Verkleidungen arabischer Häuser nachempfunden war. Orientalische Malereien entfalteten ihre Farbenpracht im Licht der elektrischen Beleuchtung: Wasserspeiende Löwen, prächtige Brunnen und blühende Gärten schmückten die Fresken, auf denen sich auch unübersehbar glutäugige Schönheiten hinter durchsichtigen Schleiern lasziv räkelten. Scheherezade beim Bauchtanz, sinnierte Nele. Einzig die Musik passte nicht dazu. Auf der Bühne hatte eine große Kapelle Posten bezogen und spielte gefällige Weisen.

Mittels eines ansehnlichen Trinkgeldes ergatterte Konrad drei Plätze an einem der großen runden Tische nahe der Tanzfläche. Er wirkte ziemlich indigniert, als er feststellte, dass ihnen der Tisch nicht alleine gehörte, sondern noch einem weiteren jungen Paar zugewiesen worden war.

Lächelnd erklärte ihm Nele: »Das ist hier nicht wie in Hamburg, wo unter Umständen ein einziger Gast an einer langen Tafel sitzt. Die Münchner rücken gerne zusammen.«

»Das werden wir auch müssen, Schätzchen«, zwitscherte Zofia. »Zusammenrücken, meine ich. Oder erwartest du niemanden mehr?«

»Hast du alle deine Freunde hierher bestellt?«, fragte Konrad belustigt.

»Nur einen«, antwortete Zofia, bevor Nele auch nur Luft holen konnte. Zofia blickte Konrad in die Augen. »Es ist wunderbar, dass Sie zu Besuch gekommen sind. Dann brauche ich mich nicht zu langweilen, wenn die beiden sich vergnügen. Tanzen Sie Tango, Herr Bräutigam?«

Das klingt wie der kitschige Text einer Operettenmelodie, fuhr es Nele durch den Kopf.

»Ich werd's versuchen«, gab Konrad lächelnd zurück. Seine Laune verschlechterte sich auch nicht, als er von Nele wissen wollte: »Wen erwartest du noch?«

Sie atmete tief durch. »Ach, eigentlich niemanden«, improvisierte sie unter Zofias durchbohrenden Blicken. »Wahrscheinlich wird ein mir bekannter Maler kurz vorbeischauen. Er kommt aus Amerika und möchte das Nachtleben in München kennenlernen.«

Konrads Miene verdüsterte sich. »Ist es der Studienkollege, über den du in den Briefen an deine Großmutter geschrieben hast?«

»Jesus, Maria«, entfuhr es Zofia, »sie hat ihrer Familie schon von ihm berichtet?«

»Nein, nein«, wehrte Nele strahlend ab. »Nein. Das ist jemand anderer.«

»Ich wusste gar nicht, dass du so viele Leute aus Amerika kennst«, wunderte sich Zofia.

Zu Neles größter Überraschung erhob sich Konrad plötzlich und verneigte sich mit einem charmanten Lächeln. »Möchtest du tanzen, Nele? Die Kapelle spielt einen Walzer.« An Zofia gewandt fügte er in einem entwaffnenden und gleichsam bezaubernden Ton hinzu: »Ich hoffe, Sie entschuldigen uns, Fräulein Rogowska.«

Es war ihr erster gemeinsamer Tanz – und es hätte ein himmlisches Vergnügen für Nele sein sollen. Obwohl sie sich nirgendwo so wohlfühlte wie in Konrads Armen, war sie abgelenkt. Ihre Gedanken beschäftigten sich mit seiner Freundlichkeit und ob er denn überhaupt nicht eifersüchtig sei. Ihre Augen wanderten unruhig über die Menge auf der Suche nach Francis Bellows. Sie konnte nicht anders. Es war ein Fehler, hierherzukommen und mit dem Feuer spielen zu wollen. Am Ende verlor sie womöglich alles.

Konrad zog sie enger an sich und flüsterte in ihr Ohr: »Falls du nach deinem Verehrer Ausschau hältst – unterhalb der Bühne, am Rand der Tanzfläche steht ein Mann, auf den deine Beschreibung zutrifft.«

»Woher weißt du …?«

Er lachte leise. »Was glaubst du? Nachdem Lavinia erfahren hatte, dass du die nächste Braut sein könntest, redete sie von nichts anderem als den Briefen, die du an eure Großmutter geschrieben hast. Und du weißt selbst, was sie für ein Plappermäulchen ist.«

Dann wirbelte er sie in einer schwungvollen Geste herum, so dass sie sich auf ihre Füße konzentrieren musste, um nicht zu stolpern. Als sie sich wieder gefangen hatte, stellte sie fest, dass sie sich nun direkt im Blickfeld des Mannes befand, der an der Bühne Posten bezogen hatte. Es war unverkennbar Francis Bellows, hochgewachsen, extravagant gekleidet in einem schwarzen Smoking mit kirschroter Halsbinde, gut aussehend – aber irgendwie verloren und auf der Suche nach jemandem.

In diesem Moment sah er sie, runzelte erstaunt die Stirn, zog die Augenbrauen zusammen. Einen Atemzug später hellte sich sein Gesicht wieder auf. Er hob den Arm, um ihr zuzuwinken.

Nele nickte mit einem unverbindlichen Lächeln in seine Richtung.

Sie legte den Kopf in den Nacken und sah Konrad ernst an. Ihr Herz machte ein paar seltsame Schläge, schien kurz auszusetzen, hämmerte schneller. »Warum bist du nach München gekommen?«

»Ich wollte mich davon überzeugen, dass es dir gut geht. Außerdem wollte ich mir den Kerl ansehen, der dir erfolgreich den Hof macht.«

Das Trommeln in ihrer Brust wurde zu einem Donner, der ihr die Kehle zuschnürte. »Jetzt siehst du ihn«, krächzte sie.

»Er ist nichts für dich«, versetzte er prompt. »Einen Mann mit einer roten Krawatte kannst du nicht heiraten, Nele. Was würde deine Großmutter dazu sagen?«

Der Schalk in seinen Augen blitzte auf wie ein Stern am nachtdunklen Himmel. Unwillkürlich schmunzelte sie. »Wahrscheinlich würde Großmutter finden, dass Amerikaner keinen Geschmack haben.«

Sie sahen sich an – und brachen gleichzeitig in befreiendes Gelächter aus.

Wenn Nele später an diesen Abend zurückdachte, fühlte sie sich an eine Dienstmädchengeschichte aus einer Hausfrauenzeitschrift wie etwa *Die Gartenlaube* erinnert. Die Fortsetzungsromane in dem illustrierten Familienblatt, die sie als Backfisch heimlich verschlungen hatte, handelten meistens von einem jungen Mann, der sich in ein armes Mädchen verliebte, obwohl er bereits einer anderen versprochen war. Er kämpfte um sein Glück und gegen seinen Widersacher. Einzig welche Rolle Zofia besetzte, war Nele unklar. Und natürlich war sie auch kein Mädel aus bedauerlichen Verhältnissen, aber der Rest entsprach durchaus ihrer Realität.

Konrad benahm sich vorbildlich. Er gab sich charmant, leutselig, humorvoll, was immer in der jeweiligen Situation angebracht war. Aber er ließ zwischen seinen Scherzen – kumpelhafter Neckerei des Amerikaners und einem oberflächlichen Geschäker mit Zofia – keinen Zweifel daran, dass er Nele umwarb. Dabei kümmerte ihn weder, dass sie ihn als Verlobten ihrer kleinen Schwester vorstellte, noch die offensichtliche Vernarrtheit von Francis Bellows in sie.

Dieser schien das Spiel lange Zeit nicht zu durchschauen.

Francis tat Nele fast ein bisschen leid, wenn sie bemerkte, dass er sie mit Hundeaugen betrachtete und um ihre Aufmerksamkeit buhlte. Sie tanzte mit ihm, aber sie hielt ihn auf Abstand, während ihr Körper bei gleicher Gelegenheit bis zur Grenze der Schicklichkeit den von Konrad berührte. Erst spät am Abend schien Francis zu begreifen, wem ihr Herz gehörte. Da wirkte er kurz verstört, seine Laune verschlechterte sich, er begann, alles durcheinander und zu viel zu trinken. Schließlich gewann er der Situation aber anscheinend eine komische Seite ab, zeigte sich aufgeschlossen und liebenswert, schenkte seine Beachtung Zofia. Seine Blicke wanderten jedoch immer wieder verstohlen zu Nele.

Zugegeben, sie sonnte sich in der Bewunderung ihrer beiden Kavaliere. Es tat ihr mit zunehmendem Konsum des angebotenen lieblichen Moselweins gut, im Mittelpunkt zu stehen. In ihrem Alltag war üblicherweise kein Platz für derartige Eitelkeiten. Sie suchte Anerkennung als Künstlerin, als Frau war sie nie sonderlich erpicht darauf gewesen. Das änderte sich an diesem Abend. Sie war beschwipst von Glück und Alkohol – und fand es herrlich!

Nachdem das Orchester eine Weile lang die übliche Tanzmusik gespielt hatte, räumten die Musiker kurz vor Mitternacht ihre Plätze für ein Sextett. Laut Ansage kamen die Herren direkt aus Buenos Aires und befanden sich auf der Durchreise in München. Eine Mitteilung, die mit aufbrandendem Applaus belohnt wurde. Pianist und Bassist traten an die ihnen überlassenen Instrumente, die beiden Violinisten setzten sich auf die für sie vorbereiteten Stühle, eine Art Ziehharmonika wurde von dem sechsten Mitglied der Kapelle ausgepackt.

»Milonga!«, rief der Klavierspieler ins Publikum.

»Jesus, Maria!«, entfuhr es Zofia, als zwei Männer auf die Tanzfläche traten.

Ihr öliges Haar glänzte im Licht der Lüster wie Schuhwichse, ihre Bewegungen waren von der Geschmeidigkeit einer orientalischen Bauchtänzerin. Sie gingen anmutig aufeinander zu, nahmen Tanzhaltung an. Dann bewegten sie sich zu den schnellen südamerikanischen Rhythmen mit kleinen, wohlgesetzten Bewegungen so harmonisch, als wären sie eine Person. Im Publikum wurde es angesichts der ungewöhnlichen Kombination unruhig. Mann und Mann tanzten wie Mann und Frau. Ein Skandal! Doch mit jeder Drehung wuchs selbst bei den konservativsten Zuschauern die Begeisterung über die Darbietung. Mit einer parodistischen Einlage beendeten die beiden ihren Auftritt und wurden mit großem Beifall belohnt.

Zwei Frauen tauchten zwischen den Tischreihen auf, die ganz offensichtlich zu der Truppe gehörten. Die Musik wechselte von der etwas flotteren Melodie zu einem klassischen Tango Argentino. Zu wehmütigen, schmachtvollen Klängen und langsamen Stakkati, die langgezogene, elegante Schritte verlangten. Diesmal wurde die gewohnte Tanzordnung wiederhergestellt – und doch war die Vorführung unvergleichlich. Für die Zuschauer mutete es an, als zeigten die beiden Paare eine Liebesgeschichte mit all ihren Facetten auf dem Parkett des inzwischen von Zigaretten und Zigarren verräucherten Saals.

Nele wurde förmlich mitgerissen von der Musik, ihre Füße wippten, und sie rutschte auf ihrem Stuhl im Zweivierteltakt hin und her. Sie konnte es kaum abwarten, selbst über die Tanzfläche zu schweben.

Noch bevor die letzten Noten verklungen waren, sprang Konrad auf und ergriff ihre Hand. Er lächelte Francis zu. »Sie lassen mir bestimmt den Vortritt, nicht wahr?« Fast gleichzeitig zog er Nele mit einer gewissen Bestimmtheit hoch.

Damit überrumpelte er nicht nur ihren amerikanischen Verehrer, der, wie das restliche Publikum, die professionelle Einlage beklatschte. Zofia maß ihn mit einem bedauernden Blick.

Nele zögerte, weil sie nicht sicher war, ob nun tatsächlich das Publikum eingeladen wurde oder das Schautanzen weiterging.

Doch Konrad hatte offenbar ein feines Gespür für die richtige Gelegenheit, denn der Klavierspieler rief »Tango de Salón«, und einige Paare erhoben sich ebenfalls von ihren Plätzen.

Es war eine Melodie, die Melancholie, Sehnsucht und Erfüllung ausdrückte. Die professionellen Tänzer bewegten sich ruhig, langsam und auf eindrucksvolle Weise vornehm nunmehr inmitten der Gäste. Sie strahlten eine atemberaubend knisternde Sinnlichkeit aus und wirkten wie eine leibhaftige Anleitung für die vielen willigen Schüler unter den orientalischen Fresken des Alhambra.

Aus den Augenwinkeln beobachtete Nele interessiert die Argentinier, versuchte die ineinanderfließenden Figuren der Frauen nachzuahmen. Nach ein paar Takten nahm die Musik sie jedoch vollständig gefangen. Sie sah nicht mehr zu den anderen hin, überließ sich Konrads Führung und registrierte ihre Umgebung kaum noch. Ihr Denken und Fühlen konzentrierte sich auf den Raum, den sie zum Tanzen hatten, und auf den Rhythmus, der sie beide lenkte. Wie magisch angezogen blickte sie Konrad in die Augen, während sie wie selbstverständlich zu einer Choreografie aus Verzehren und Verlangen fand.

Mal berührten sich ihre Körper, aber im nächsten Moment bewegten sie sich schon voneinander fort. Mit einer schnellen Drehung bog Konrad ihren Oberkörper nach hinten, dann zog er sie ruckartig an sich, um sie gleich wieder von sich wegzuschieben. Seine Hand lag gleich einem Hauch auf ihrem linken Schulterblatt, sie spürte kaum die Berührung. Trotzdem fühlte sie den stabilen Rahmen, in dem sie jeder seiner Bewegungen wie willenlos folgte und um ihre eigene Achse wirbelte. Nie zuvor hatte sie sich einem Tanzpartner derart ausgeliefert gefühlt – noch nie hatte sie einen Menschen so gewollt wie diesen Mann.

Sie sah das Begehren in seinem Blick, der tief in ihre Seele tauchte. Die Spannung in seinen Gliedern übertrug sich auf sie. Das Lied, das vielleicht von einer verbotenen, aber ganz sicher von einer verlorenen Liebe handelte, hätte für sie geschrieben sein können. Jede Note verstärkte das Pochen ihres Herzens, ließ das Blut schneller durch ihre Adern rauschen und steigerte ihre Gefühle zu einem Crescendo der Lust. Es gab nur noch sie beide – und sie wünschte, dass diese Nacht nie zu Ende ging.

30

Konrad erwartete Nele zur Mittagszeit zu Füßen des Wittelsbacher Brunnens, der sich in der Nähe seines Quartiers, des Park-Hotels, und am Rande der Grünanlagen des Maximiliansplatzes befand. Er lehnte bequem gegen den Sockel einer der mächtigen Marmorfiguren, die das Wasserspiel begrenzten. Seine auf den ersten Blick lässige Haltung trog jedoch. Beim Näherkommen bemerkte Nele den kummervollen Ausdruck in seinem Gesicht.

Was hatte er nur? Bedauerte er, was vorgefallen war? Oder war ihm am Ende sein eigenes Verhalten peinlich?

Er hatte sich nichts vorzuwerfen. Sie war es, die rückblickend den Verlust jeglichen Verantwortungsgefühls beklagen musste. Zuerst hatte sie sich der Musik und schließlich auch dem Mann hingegeben. Unter dem Eindruck des Tangos war ihr alles richtig erschienen. Der Tanz war wie das Vorspiel eines Liebesakts gewesen. Die Gedanken an das Naheliegendste, an die Gegenwart von Zofia und Francis, wurden im Zweivierteltakt ausgelöscht. Alle anderen Gefühle für die Menschen, die sie liebte, für Zeit, Raum, Pflichterfüllung, erloschen wie eine Kerze im Windhauch. Tatsächlich fegte ein Sturm über sie hinweg.

Hand in Hand waren sie einfach gegangen. Hatten sich nicht umgesehen und von niemandem verabschiedet. Lachend und über Belangloses schwatzend waren sie durch die um diese nächtliche Uhrzeit stillen Gassen zum Sendlinger-Tor-Platz geschlendert, hatten wieder und wieder mitten auf dem Bürgersteig zu imaginären Klängen getanzt – bis sie ein mürrischer Nachtwächter an Ruhe und Sittlichkeit gemahnte. Irgendwann trieb Konrad eine Droschke auf. Er nannte dem sichtbar müden Kutscher Neles Adresse; als sie vor ihrer Haustür ankamen, bezahlte er den Fuhrmann und stieg mit größter Selbstverständlichkeit aus. Sie schlichen an der Wohnung ihrer Hauswirtin vorbei und fielen sich schließlich in der Sicherheit ihrer vier Wände in die Arme.

Sie wollte ihm alles geben. Ihre Unschuld, ihre Liebe, ihre Leidenschaft. Dafür war sie bereit, alles zu verraten – das Vertrauen ihrer kleinen Schwester, ihre Erziehung, ihre Selbstachtung. Sie wusste, dass sie sich bei Tageslicht dafür hassen würde, aber sie konnte nicht anders. Ihr Verlangen nach Konrad war so übermächtig wie nach dem Apfel im Paradies. Sie konnte kaum erwarten, dass er nicht nur ihren Mund mit leidenschaftlicher Gier nahm, sondern auch ihren Körper, ihre Seele. Alles …

Doch seine Finger hielten plötzlich beim Öffnen der Perlmuttknöpfe im Rücken ihres blassrosa Tanzkleides inne. Seine Arme sanken herab, und er trat einen Schritt von ihr fort. In einer Geste, die Hilflosigkeit und Verzweiflung ausdrückte, strich er sich durch das Haar.

»Wir sollten das nicht tun«, seine Stimme klang schwach, rau, ein wenig knarrend, wie die eines alten Mannes. »Ich wünsche mir nichts mehr …, aber wir sollten nichts tun, was du eines Tages bereuen würdest.«

Dann hatte er sich umgewandt und war gegangen. An der Tür war er noch einmal stehen geblieben, hatte ihr ein verzagtes Lächeln geschenkt und darum gebeten, dass sie zur Mittagszeit zu dem Brunnen nahe seinem Hotel käme.

Als er sie nun im Gegenlicht erkannte, löste er sich von seinem Platz neben der Monumentalplastik. Er ergriff ihre Hand und führte sie an seine Lippen, wo er sie mit einem richtigen Kuss bedachte. Dies war die einzige Intimität, die er sich erlaubte. Denn er ließ ihre Rechte rasch los und wandte sich wieder dem städtischen Wasserreservoir zu.

»Ein imposantes Beispiel klassizistischer Architektur«, stellte er sachlich fest, als befände er sich auf einem Stadtrundgang. In einer großartigen Geste umfasste er das riesige halbrunde Becken, die marmorne Felslandschaft im Hintergrund und die beiden flankierenden Statuen. »Unglaublich, was so alles für diese Stadt entworfen wurde.«

Nele hatte keine Lust, sich über Baudenkmäler zu unterhalten. Sie sah ihn an und konnte sich kaum vorstellen, dass dieser elegante Herr im schlammgrauen Reiseanzug beinahe ihr Liebhaber geworden war. Er wirkte um eine höfliche Distanz bemüht, die der Situation kaum angemessen war. Seine Vorsicht kam ihr aufgesetzt vor. Du liebe Güte, er hatte doch den Anstand gewahrt!

»Geht es dir nicht gut?«, fragte sie zaghaft. Ihre Stimme war so leise, dass sie vom Rauschen der Fontänen und vom Straßenverkehr in ihrem Rücken fast verschluckt wurde.

»Ja … Nein …« Konrad schüttelte den Kopf. Er versuchte sich an einem zerknirschten Lächeln, sah sie dann direkt an. In seinen Augen lag unendliche Traurigkeit. »Ich sollte heute der glücklichste Mann der Welt sein, nicht wahr?«

»Nun … ja … ich weiß nicht … Es war ein schöner Abend, oder …?« Ihr Blick flehte um ein aufmunterndes Wort, um Hoffnung. Sie war erfüllt mit Freude über das Wiedersehen hierhergekommen – und fühlte sich nun so erbärmlich, als hätten sie den Verrat an Lavinia vollendet.

»Es spielt keine Rolle, wie es mir geht …«, hob Konrad an, unterbrach sich dann aber, um einer Gouvernante Platz zu machen, die einen Kinderwagen nah an den Brunnenrand schob.

Die Frau nickte ihm dankbar zu. Sie betreute einen vielleicht einjährigen Buben, der einen Matrosenanzug trug. Der Kleine streckte die Händchen nach den sprudelnden Quellen aus. Wahrscheinlich spürte er die zarten nassen Perlen auf seiner Haut wie Gischt an der See. Er kreischte vor Vergnügen.

Eine Weile beobachteten Nele und Konrad das Kind. Unwillkürlich dachte sie daran, dass der Geliebte im richtigen Alter war, um selbst Vater zu werden. Und sie die Mutter seines Sohnes – oder Lavinia. Sie wagte nicht, daran zu denken, welchen Schlag sie beide Livi versetzen würden, wenn Konrad die Verlobung löste. Fröstelnd schlang sie die Arme um sich.

»Lass uns ein wenig spazieren gehen«, schlug Konrad vor.

Stumm ging sie neben ihm her, umrundete an seiner Seite den Brunnen, trat auf einen der geharkten Sandwege des kleinen Parks. An Büschen sprossen die ersten Knospen, Sonnenflecken lagen auf dem zarten Grün des Rasens, bunte Primeln leuchteten in den Beeten. Es war ein sehr freundlicher, stiller Platz inmitten des Großstadtgetriebes. Nele mochte die Anlage sehr. Eigentlich sollte sie es genießen, hier in der milden Frühlingsluft umherzulaufen. Doch da fiel ihr auf, dass er ihr nicht einmal den Arm bot.

»Als ich mich entschloss, nach München zu fahren, habe ich Lavinia einen Brief geschrieben«, begann Konrad. »Ich habe sie darin gebeten, unsere Verlobung noch einmal zu überdenken. Genau genommen habe ich ihr nahegelegt, ihr Heiratsversprechen zurückzunehmen.«

Nele stieß die Luft, die sie angehalten hatte, zischend aus. »Warum hast du das getan?«

»Ich liebe *dich*, Nele.« Konrad lachte grimmig. »Meine Gefühle für dich waren von Anfang an das Problem. Aber ich habe mir – weiß Gott – Mühe gegeben. Ich wollte niemandem schaden. Deiner Familie nicht – und mir auch nicht, wie du weißt. Deshalb ging ich auf den Vorschlag deines Vaters ein. Mit der Zeit erkannte ich jedoch, dass ich einen schweren Fehler begehe, wenn ich Lavinia heirate.«

Sollte sie lachen oder weinen? Was er sagte, klang einerseits wundervoll, war aber doch verstörend. Sie schluckte. »Hast du ihr geschrieben, dass du zu mir nach München reist?«

»Nein. Natürlich nicht. Ich dachte, es genügt, wenn sie vorläufig nur mich verteufelt. Alles andere wird sich finden.«

Eine vage Ahnung beschlich Nele. Sie verlangsamte ihren Schritt, starrte auf ihre Schuhspitzen, die staubig wurden vom Weg.

»Livi schickt dich nicht fort, oder?«

»Im Gegenteil.« Er seufzte. »Ich habe heute Morgen einen Brief von ihr erhalten, in dem sie mir in rührenden Worten berichtet, wie sehr sie sich auf meine Rückkehr freut. Sie verliert kein Wort über eine mögliche Trennung. Alles klingt, als habe sie meine Nachricht gar nicht gelesen. Ich nehme an, sie ignoriert meine Bitte und glaubt, sie damit ungeschehen zu machen. So ist Lavinia!«

»Ja. Ja, so ist sie.«

»Lavinia ist jung und wunderschön«, sinnierte Konrad. »Jeder Mann, der sie zum ersten Mal sieht, dürfte von ihr verzaubert sein. Ihre Aufmerksamkeit schmeichelte mir. Natürlich. Aber ich hatte eine Verbindung mit ihr niemals in Betracht gezogen. Und ich bin ihr nie zu nahe getreten. Das schwöre ich dir!«

Das wusste sie ja alles. Livi hatte verantwortungslos und eigensinnig gehandelt. So wie sie selbst heute Nacht. Darin unterschieden sie sich gar nicht einmal so sehr.

Auf dem Weg vor ihr gurrten zwei Tauben. Als sie energisch mit dem Absatz auftrat, flogen die beiden Vögel erschrocken auf. Mit klappernden Flügeln entschwebten sie auf einen Ast weit über ihr, wo sie ihre Balz fortsetzten. Ihr habt es leicht, dachte sie wehmütig.

»Welche Erklärung hast du ihr für deine Reise nach München gegeben?«, fragte Nele.

»Lavinia interessiert sich nicht sonderlich dafür, wie ich meine Zeit verbringe. Ich brauchte ihr keine Erklärung zu geben. Ehrlich gesagt, es wundert mich, dass sie überhaupt weiß, wo ich mich aufhalte. Ich habe keine Ahnung, wer ihr das gesagt hat.«

Der Sand zu ihren Füßen war dunkelbraun, fast schwarz. Im Englischen Garten wirkten die Wege heller. Nele hob den Blick zu dem Strauch, in dem Spatzen zirpten. »Warum bist du überhaupt gekommen?«

»Ich wollte … Ich war eifersüchtig«, gab er leise zu. »Ich wollte mir den Mann ansehen, den du heiraten willst.«

»Francis Bellows?« Sie schnaubte belustigt. »Ich nehme nicht an, dass er nach dem gestrigen Abend um meine Hand anhalten wird.« So er es denn je vorhatte, fügte sie in Gedanken hinzu.

»Vermutlich hat auch dein Verehrer erkannt, dass wir beide füreinander bestimmt sind. Du und ich.«

Sie kicherte, obwohl sie weinen wollte. »Wir haben ihm das ziemlich eindrucksvoll bewiesen, nicht wahr? Mittlerweile verstehe ich, warum der Schiebetanz verboten werden soll.«

Sein leises Lachen verklang rasch. Auch ihm war offensichtlich nicht nach Fröhlichkeit zumute. Eines weiteren Kommentars zu dem Amerikaner enthielt er sich.

»Was wirst du nun tun, Konrad?«

Endlich blieb er stehen und umfasste ihre Hand. »Ich weiß es nicht. Ich weiß ja nicht einmal, wieso Lavinia ausgerechnet mich erwählt hat. Sie ist wie verbohrt …«

Sie entzog ihm ihre Finger und verschränkte die Arme hinter dem Rücken. Ihr Herz donnerte gegen ihre Brust wie der Vorbote eines Gewitters. Es fiel ihr schwer, ruhig durchzuatmen. In dem kurzen Moment seines Schweigens hatte sich eine Entscheidung in ihrem Kopf festgesetzt.

Die Wunden würden lange nicht heilen, vielleicht sogar niemals, das war ihr bewusst. Aber ihre Familie bedeutete ihr mehr als alles andere. Sie konnte nicht zulassen, dass Lavinia von Konrad sitzengelassen wurde. Der Skandal würde der Kleinen ewig anhaften. Kein junger Mann aus ihren Kreisen würde sie mehr wollen, nachdem sie nicht einmal einen Bräutigam von vorgeblich niedererem Stand halten konnte. Wenn Livi sich getrennt hätte – ja, dann hätte es eine Menge Gerede gegeben, natürlich, aber irgendwann hätten sich die Klatschmäuler beruhigt und sich vielleicht in ihren Vorurteilen bestätigt gesehen. Es hätte eine Chance für ihre Reputation gegeben. Konrads Ansehen dagegen wäre unwiderruflich beschädigt – wollte sie das dem geliebten Mann zumuten?

»Ich möchte …«, begann sie mit klarer Stimme und ohne auch nur den leisesten Anklang von Unsicherheit, »ich möchte, dass du nach Hamburg zurückfährst und Livi heiratest. Versprichst du mir das?«

»Ja«, antwortete er schlicht.

Er protestierte nicht. Er kämpfte nicht darum, dass sie ihre Meinung änderte. Das tat vielleicht am meisten weh.

Irgendwo schlug eine Kirchturmuhr die volle Stunde. Wie ein Echo erklang ein zweites Glockenspiel, dann ein drittes von weiter entfernt. Nele schien es, als würde das Ende einer großen Liebe eingeläutet. Tränen stiegen in ihr auf. Sie musste fort von Konrad. Er durfte nicht sehen, wie sie zusammenbrach.

Sie schluckte. »Ich werde nicht zu eurer Hochzeit kommen. Irgendeine Entschuldigung wird sich finden. Mein Fehlen wird Livi nicht gefallen, aber es kann niemand von mir verlangen, dass ich dabei bin.«

»Liebst du mich?«, brach es unvermutet aus ihm heraus. »Du

hast es mir nie gesagt. Beantworte mir diese Frage wenigstens zum Abschied. Bitte.«

Sie rang nach Luft und um Würde. »Nein«, stieß sie hervor. »Nein. Ich liebe dich nicht. Ich bin leichtsinnig, eine Künstlerin. Du kennst doch die Gerüchte über die lockeren Sitten. Sie sind alle wahr und treffen auf mich zu. Dein Anstand heute Nacht war vollkommen fehl am Platz.«

Sein Anblick bohrte sich wie ein vergifteter Pfeil in ihren Leib. Er sah aus, als hätte sie ihn geschlagen.

Der Drang, ihn in die Arme zu schließen und davon zu überzeugen, dass kein Wort wahr war, wurde übermächtig. Und bedrohlich. Ihre Lippen bebten, ihr Magen rebellierte gegen die Lüge. Wenn sie noch einen Augenblick länger blieb, würde sie sich vor ihm erbrechen.

Ohne Abschiedsgruß drehte sie sich um und begann zu rennen. Weg von Konrad. Fort von der Liebe ihres Lebens.

Der Boden schien unter ihren Füßen zu schwanken. Sie hielt sich nur mühsam aufrecht, solange sie vermutete, in seinem Blickfeld zu sein. Erst als sie den Park verlassen hatte, wagte sie es, stehen zu bleiben. Keuchend stemmte sie die Hände in die stechenden Seiten. Dann blickte sie über die Schulter zurück.

Konrad war ihr nicht gefolgt.

Hamburg

31

Atemberaubend. So viel Eleganz und Luxus hatte Klara noch nie gesehen. Das Licht in den Räumen des neuen Warenhauses Hermann Tietz am Jungfernstieg spiegelte sich in Tausenden von Kristallelementen wider. Es wirkte wie ein Meer aus Sternen in diesem riesigen Geschäft, das wie direkt vom Himmel geschickt aussah. Französische Hutkreationen lockten die Damen an, Sonnenschirme aus italienischer Seide wurden von zarter Hand probeweise gedreht, Kleider wie von Monsieur Poiret in Paris angefertigt hingen auf mit Lavendelkissen gepolsterten Bügeln, und natürlich gab es auch die exquisitesten Stoffe für Maßanfertigungen. Wer die Modeabteilungen verließ, konnte sich in der hauseigenen Buchhandlung und dem angrenzenden Lesesaal bilden, eine Aussteuer aus Orientteppichen und Möbeln erwerben. Sogar frische Delikatessen gab es an den Lebensmitteltheken.

Klara befürchtete, dass ein freier Nachmittag in der Woche für die nächsten hundert Jahre nicht ausreichte, um dieses Paradies zu erkunden. Es war nicht nur kein gewöhnlicher Laden, nicht einmal ein herkömmlicher Bazar, sondern ein Tempel des Luxus, untergebracht in einem neuen, palastartigen Gebäude.

Natürlich konnte sie sich die angebotenen Waren nicht leisten. Das war alles viel zu teuer für ein einfaches Hausmädchen. Aber zu träumen war kostenlos und unbezahlbar zugleich. Deshalb wanderte – nein, wandelte – sie herum, schaute und staunte. So dachte sie, dass es völlig ausreichte, das unglaublich große, mit Pleureusen und Kokarden aufwendig verzierte Wagenrad wenigstens einmal aufzuprobieren. Selbst wenn sie es kaufen könnte, war es ausgeschlossen, ein derartiges Monstrum zu tragen. Und das hatte nicht einmal gesellschaftliche Gründe. Unter diesem Hut würde sie verschwinden wie eine Seidenraupe unter dem Blätterdach eines Götterbaumes. An ihrer zarten Figur würde sich schließlich auch dann nichts ändern, wenn sie eine feine Dame wäre wie etwa Fräulein Lavinia.

Zunächst zeigte jedoch eine andere Kundin Interesse an der imposanten Kopfbedeckung. Klara sah sie nur von hinten. Eine dralle Person in einem sicher teuren Kostüm aus himmelblauer Seide, die vor dem Spiegel der Hutabteilung in einem Sessel thronte und deren Gesicht von der Krempe und dem Aufputz verdeckt wurde.

Klara hielt sich im Hintergrund und überlegte, ob sie die Verkäuferin ansprechen dürfte, falls die Dame sich nicht zum Kauf entschloss. Sie trug ihr Sonntagskleid und hatte sich die Haare gewaschen und hübsch onduliert. Das Ergebnis war gar nicht so schlecht für ein einfaches Dienstmädchen, aber vornehm sah sie in ihrer Aufmachung nicht aus, schon gar nicht wohlhabend. Und vermögend musste sie wohl irgendwie wirken, um Interesse an dem Hut zeigen zu dürfen.

Skeptisch drehte die Kundin den Kopf hin und her. »Ich weiß nicht, ob ich mich damit begnügen sollte«, meinte sie hochtrabend. »Haben Sie vielleicht noch andere Modelle in dieser Art?«

Die Stimme kam Klara seltsam vertraut vor. Sie wagte es, sich aus ihrem Versteck hinter zwei Tischen zu recken, auf denen mit Reiherfedern und Glitzersteinen geschmückte Seidenturbane auf gesichtslosen Porzellanköpfen angeboten wurden.

»Klara!«, rief die andere.

»Meta?« Erstaunt trat Klara vor. »Bist du's wirklich?«

»Eine Schneiderpuppe bin ich jedenfalls nicht.«

»Du siehst ...«, hob Klara an und wusste plötzlich nicht weiter.

Aus der Nähe betrachtet sah Meta trotz ihrer kostspieligen Garderobe irgendwie gewöhnlich aus, nicht so adrett wie früher in ihrer Arbeitskleidung. Die Jacke war etwas zu knapp, der Stoff spannte um die Taille, Metas Oberweite schien den Ausschnitt und den weißen Rüschenkragen zu sprengen. Sie erweckte den Eindruck, ziemlich neureich zu sein, und Klara fragte sich unwillkürlich, wie das entlassene Hausmädchen wohl so rasch zu so viel Geld gekommen war.

»Du siehst ... gut aus ...«, meinte sie schließlich gedehnt, weil Meta einen Kommentar erwartete.

»Ja, nicht wahr?«, gab Meta selbstgefällig zurück.

Sie wedelte mit der Hand in Richtung der Verkäuferin, eine Geste, die sie sich sicher von Charlotte Dornhain abgeschaut hatte. »Nehmen Sie mir das Wagenrad wieder ab. Ich kann mich nicht entscheiden. Vielleicht komme ich morgen wieder, vielleicht auch nicht.«

Voller Bewunderung für die Nonchalance des früheren zweiten Hausmädchens beobachtete Klara, wie die Angestellte herbeieilte, um Metas Kopf zu befreien. Dann reichte sie der Kundin den eigenen Hut, eine hübsche, deutlich kleinere Kreation mit Blumenschmuck und aufgebogener Krempe, die sich Meta keck ein wenig schräg aufsetzte. Während sie sich erhob, strich Meta ihren Rock sorgfältig glatt, der um ihre Hüften Falten warf. Nicht nur, dass das elegante Kostüm zu stark ihre Rundungen betonte. Sie war zweifellos dicker geworden, wie Klara feststellte. Offensichtlich nahm sie mehr oder nahrhaftere Nahrung zu sich – oder wollte die Erinnerung an die körperliche Arbeit mit Macht tilgen.

Zufrieden mit sich strahlte Meta die Jüngere an. »Wollen wir einen Kaffee trinken? Komm! Ich lade dich ein.« Und ohne eine Antwort abzuwarten, hakte sie Klara unter, als wären sie alte Freundinnen.

Kurze Zeit später saßen sie an einem Tisch im Erfrischungsraum des Warenhauses mit Blick über den Jungfernstieg. Es war ein hübscher Kaffeehaussaal, säulengeschmückt und mit kleinen runden Tischen. Klara fühlte sich ein wenig unwohl zwischen den vornehmen Damen – nicht nur in Anbetracht ihrer eigenen Herkunft, sondern auch wegen ihrer Begleiterin. Metas Stand war nicht eindeutig auszumachen. Dennoch war es durchaus ein erhebendes Erlebnis, selbst ein Getränk bestellen zu dürfen, ohne es servieren zu müssen. Nur dass Meta die Kellnerin derart von oben herab behandelte, fand Klara ziemlich unpassend.

»Immer dieses Personal«, seufzte Meta prompt und gänzlich desinteressiert, ob die Bedienung noch in Hörweite war. »Man muss wirklich aufpassen, dass keine schlechten Sitten einreißen. Das beschädigt jedes Haus.«

Klara protestierte nicht, obwohl sich die Kellnerin ihrer Ansicht nach nichts zuschulden kommen ließ. Stattdessen fragte sie fast ein wenig spitz: »Und du? Was machst du inzwischen so?«

»Ich arbeite als Hausdame«, Meta zupfte angelegentlich mit im wahrsten Sinne des Wortes stolzgeschwellter Brust an dem Rüschenbesatz ihres Ausschnitts. »Der Sievers hat mir eine Anstellung verschafft, die viel besser bezahlt wird als dieses Geackere bei den feinen Reedersleuten.«

»Wo ist das?«

Meta drohte ihr spielerisch mit dem Zeigefinger. »Nur nicht neidisch werden, meine Kleine.«

»Ach, weißt du, ich möchte nirgendwo anders sein als in der Villa am Harvestehuder Weg. Ich bin da sehr zufrieden.«

»Sagst du das, weil du jetzt zweites Hausmädchen bist? Ich meine, das bist du doch nun hoffentlich, oder?« Als Klara nickte, fuhr Meta fort: »Merk dir eines, du bist nicht etwa aufgestiegen, weil du gute Arbeit leistest, sondern weil ein Platz frei wurde. Das ist etwas ganz anderes. Darauf brauchst du dir überhaupt nichts einzubilden.«

Klara senkte ihr Gesicht über die Tasse, die inzwischen serviert worden war. So konnte sie verhindern, dass sie Meta die Zunge herausstreckte. Oder dass die andere es sah, wenn sie es tatsächlich wagte. In ihrer Brust begann der Zorn zu brodeln. Sie hätte sich nicht auf ein Schwätzchen mit Meta einlassen sollen. Es hatte nie zu etwas Gutem geführt, wenn sie von ihr mit Beschlag belegt worden war. Um sich zu beruhigen, nippte sie an ihrem Heißgetränk – echtem Bohnenkaffee! – und verbrannte sich den Mund.

»Das Gezeter von der alten Dornhain brauche ich jedenfalls nicht mehr anzuhören«, plauderte Meta ungerührt weiter. »Wie du siehst, kann ich schöne Kleider tragen und verdiene eine Menge Geld in dem Haus an der Schwiegerstraße, wo ich jetzt bin. Du findest doch sicher auch, dass ich mich enorm gemacht habe, nicht wahr?«

»Oh ja. Doch. Schon.« Klara blies ihren Atem auf ihre Unterlippe, um die Brandwunde zu kühlen. »Wo ist denn die Schwiegerstraße?«

»Nicht in Harvestehude, Herzchen.« Meta grinste. »Es ist ein besonders schönes Haus nahe dem Gänsemarkt. Dort werden nur Frauen mit besten Manieren, Geschmack, vorbildlichem Aussehen und natürlich mit einem gewissen Charme angestellt. Also Frauen wie ich. Die Gäste wollen schließlich nicht irgendeine Absteige besuchen, verstehst du? Die Herren stammen aus den allerbesten Kreisen.«

Tiefe Röte überzog Klaras Wangen. Sie verstand nur zu gut. Jemand wie sie, unehelich geboren und von einer Ziehmutter aufgenommen, wusste um die Etablissements, in denen gefallene Mädchen unterkamen, wenn sie sonst keine Zukunft mehr hatten. Wie zur Warnung war sie zu besonderem Anstand erzogen worden. Völlig unbekannten Matrosen oder Hafenarbeitern, Marinesoldaten oder Tagelöhnern einfach so für eine Stunde gefällig zu sein erschien Klara wie ein Albtraum. Sie erinnerte sich voller Grausen an die bedauernswerten Frauen, die in zerlumpten Kleidern und mit verfilzten Haaren im Schutz der Dunkelheit durch die Gassen von Glückstadt schlichen und ihre bitter verdienten letzten Pfennige in Alkohol umsetzten oder bei einer Engelmacherin abgaben. Mit diesen hatte Meta jedoch ganz offensichtlich überhaupt nichts gemein.

»Du arbeitest nicht in einem Freudenhaus, oder?«, raunte Klara ebenso verwundert wie schockiert.

»Aus deinem Mund klingt das wie Kloake«, erwiderte Meta beleidigt. »Nein, dort bin ich nicht. Der Name ist auch viel zu gewöhnlich. Es ist ein ganz besonderes Haus, in das nur hochgestellte Herren eingeladen und mit allerlei Annehmlichkeiten bedient werden. Essen, Trinken, Musik. Was du willst. Zur Gesellschaft lernen sie dort Damen kennen, die ihnen gewogen sind. So etwas nennt man in diesen Kreisen Venusberg.«

Diesen Begriff hatte Klara noch nie gehört. Sie überlegte, wie es wäre, einem Herrn gefällig zu sein. In der Dornhain'schen Villa hatte sie im Laufe der Zeit viele Bekannte des Hausherrn bedient oder war auch den Freunden der gnädigen Fräuleins begegnet. Die Vorstellung, etwa mit Victor Dornhain oder Konrad Michaelis zu schlafen, war zwar nicht ganz so schlimm, aber angenehm stellte sie sich Metas neuen Broterwerb trotzdem nicht vor. So ganz ohne Liebe.

»Ich dachte, du willst Herrn Sievers heiraten«, erinnerte Klara. Sie konnte nicht verhindern, dass in ihrer Stimme ein winziger Vorwurf schwang.

Triumphierend streckte Meta die linke Hand aus. Erst auf diese Weise entdeckte Klara den schmalen Goldreif, den sie an ihrem linken Ringfinger trug. Nachdem Meta sicher war, dass Klara das Schmuckstück gesehen hatte, begann sie es mit einer Ecke des weißen Tischtuchs zu polieren.

»Allerdings *werde* ich den Bruno heiraten! Dieser Ring ist sozusagen die Versicherung für meine Jungfräulichkeit. Ich bin nicht so eine, wie du denkst. Also, Klara, wirklich! Ich bin als Hausdame angestellt, wie ich schon sagte, und nicht zum Vergnügen der Herren.«

Klaras Augen flogen umher. Sie versuchte herauszufinden, ob die Kundinnen an den Nebentischen die Frivolität wahrgenommen hatten. Doch offenbar hörte ihr und Meta niemand zu. Oder die Leute taten so, als würden sie nicht bemerken, dass weder sie noch Meta wirklich an diesen feinen Ort gehörten. Dabei hatte sie sich so viel Mühe gegeben, einen guten Eindruck zu machen. Die Vorstellung, möglicherweise für Aufsehen zu sorgen, war ihr furchtbar peinlich.

»Das bedeutet natürlich nicht, dass ich nicht auch meinen Spaß haben könnte, wenn ich wollte«, behauptete Meta. Anscheinend merkte sie nicht, wie unwohl sich Klara ob dieser Offenheit fühlte. Sie hob den Blick von ihrer Hand zu ihrer Begleiterin. Mit verschlagener Miene beugte sie sich vor. »Du versprichst mir, dass du nichts darüber erzählst, ja? Ich habe dem Bruno mein Wort gegeben, dass in der Villa am Harvestehuder Weg niemand erfährt, wo ich arbeite.«

Dafür bist du ganz schön redselig, wollte Klara einwenden, schwieg jedoch. Sie nickte stumm und wandte sich demonstrativ zum Fenster um. Was sollte sie auch sagen? Dass sie sich nicht in aller Öffentlichkeit über Bordelle unterhalten wollte?

Überrascht registrierte sie, dass sich das geschäftige Leben auf dem Jungfernstieg verändert hatte. Zwar fuhren nach wie vor Taxameterfahrzeuge in Kolonne am Droschkenstand in der Mitte der breiten Straße vor. Auch die elektrische Straßenbahn bog bimmelnd von den Bleichen her ein. Aber die Menschen wirkten durch die Fenster irgendwie anders. Gruppen von gut gekleideten Herren bildeten sich um einen Zeitungsverkäufer direkt oberhalb des Fähranlegers. Ein Automobil hielt plötzlich an, und der Chauffeur sprang heraus und auf den Jungen zu, um rasch ein Nachrichtenblatt zu erstehen, musste sich jedoch in der Reihe anstellen. Andere Verkehrsteilnehmer protestierten, irgendjemand rief etwas wild gestikulierend aus einem Fahrzeug, und es entstand ein neuer Auflauf. Die Leute diskutierten offenbar auf Schritt und Tritt. Sogar Damen, die gerade den Alsterpavillon verließen, steckten die Köpfe zusammen und besprachen etwas sichtlich aufgeregt.

»… haben gesagt, ich wäre viel zu dünn, so etwas gefällt den Herren nicht …«, plapperte Meta, der anscheinend nicht auffiel, dass sich Klara längst nicht mehr für ihre Lebensumstände interessierte.

»Irgendetwas ist passiert«, murmelte Klara in sich hinein, unverändert hinausstarrend. »Jetzt werden Flugblätter unter den Passanten verteilt. Meine Güte, ob der Kaiser …?« Entsetzt schlug sie die Hand vor den Mund und sprach nicht aus, was ihr durch den Kopf ging. Das Ableben des Kaisers anzunehmen kam purer Blasphemie gleich.

»Doch nicht an einem Montagnachmittag«, widersprach Meta gelangweilt. »Das wäre viel zu banal für ein gekröntes Haupt.«

Plötzlich machte sich Unruhe im Erfrischungsraum breit. Die Kundinnen an den Nebentischen begannen zu tuscheln, blickten neugierig aus den Fenstern. Gerade hinzugekommene Gäste drehten wieder um und eilten nach draußen. Schließlich betrat ein älterer Herr im Geschäftsanzug das Café, der offensichtlich mit der betagteren Dame verabredet war, die direkt in Klaras Rücken saß.

Er hielt eines der Flugblätter in den Händen, das ihm wohl vor Betreten des Warenhauses in die Hand gedrückt worden war. Seine Worte, mit sonorer Stimme ausgesprochen, wehten zu Klara und Meta herüber: »Heute ist ein schrecklicher Tag für die Schifffahrt! Die Titanic ist gesunken. Es soll über tausend Tote geben.«

München

32

Das Klopfen an ihrer Wohnungstür wurde zu einem Hämmern. Die Person, die seit einer Weile Einlass verlangte, gab nicht auf, wurde impertinent und unausstehlich. In Gedanken ging Nele ihre möglichen Besucher durch, doch auf niemanden traf diese Beschreibung zu. Nicht einmal auf ihre Hauswartsfrau oder den Postboten. Eigentlich konnte es nur der Gerichtsvollzieher sein, der demnächst mit der Polizei kommen würde, wenn sie nicht öffnete. Aber was wollte der Geldeintreiber von ihr? Nele hatte alle Rechnungen bezahlt. Jedenfalls glaubte sie das. Sicher über ihr Tun war sie längst nicht mehr. Sie wusste ja nicht einmal, welcher Wochentag und welche Uhrzeit es war.

Seit sie Konrad zum letzten Mal in dem kleinen Park am Maximiliansplatz gesehen hatte, verkroch sie sich. Wie eine waidwunde Füchsin saß sie in ihrem Bau, erwartete den Tod. Es war allerdings kaum anzunehmen, dass sie an ihrem Schmerz verendete wie an einem Schuss in die Eingeweide. Eher verhungerte sie, weil sie kaum etwas aß. Oder sie erkrankte an Lungenentzündung, wenn sie weiter so wenig darauf achtete, ob ein Fenster geöffnet war oder nicht. Tatsächlich setzte sich der anfänglich leichte Husten in ihren Bronchien fest. Egal, sie hatte sich bereits aufgegeben und begann ihre Tage mit derselben Frage, die ihr auch nachts immer wieder durch den Kopf ging: Wann ist es endlich vorbei?!

Ihr kam es vor, als habe sie an Konrads Seite den Himmel berührt. In ihren Gesprächen, der Nähe, ihrer Zuneigung und dem gemeinsamen Lachen. Er hatte Recht – sie waren wie füreinander geschaffen. Mit keinem Menschen, nicht einmal mit ihren Schwestern, hatte sie je zuvor diese tiefe Vertrautheit wahrgenommen. Ein gemeinsames Leben musste herrlich sein. Getragen von ihren sich überschneidenden Interessen wären sie ein brillantes Paar, das auf dem Fundament ihrer tiefen Liebe aufbauen konnte. Es wäre die perfekte Harmonie. Aber letztlich war es immer nur der Konjunktiv. Er gehörte Lavinia.

Sie hatte *Die Leiden des jungen Werthers* gelesen und wusste spätestens seitdem, dass Schwermut tödlich sein konnte. Allerdings hatte sie nicht die Absicht, Hand an sich zu legen wie Goethes Held, der in die Verlobte eines anderen verliebt war. Eine ähnliche Situation, doch sie würde sich nicht erschießen. Nicht nur, weil Nele gar nicht wusste, wie sie das erfolgreich anstellen sollte. Vor allem wegen der Folgen für ihre Familie. Wenn sie sich umbrächte, wäre Lavinias Brautzeit ebenso gebrandmarkt wie durch einen flüchtigen Konrad. Neles Freitod würde für die Menschen, die sie liebte, nichts verbessern. Dann hätte sie nicht zu verzichten brauchen.

Das Hämmern an ihrer Wohnungstür wurde zu einem Donnern. Nele hatte nicht für möglich gehalten, dass es noch eine Steigerung gab. Vom Hausflur schallten Stimmen herein.

Sollte sie vielleicht doch lieber öffnen?

Aber dafür hätte sie sich aus dem Sessel schälen müssen, in dem sie, in eine Wolldecke gewickelt, schon seit Stunden saß und vor sich hinstarrte. Wenn sie öffnete, müsste sie mit einem anderen Menschen sprechen, was sie seit Wochen vermied. Schließlich konnte sie nicht reden, ohne gleich in Tränen auszubrechen. Als Einsiedlerin gelang es ihr wenigstens, nicht ständig zu weinen. Außerdem fühlte sie sich ganz kraftlos, was möglicherweise auch daran lag, dass sie inzwischen sämtliche Essensvorräte aufgebraucht hatte.

»Nele! Mach bitte auf! Sofort!«

Zofia …?!

»Geben S' endlich a Ruh«, brüllte die Opernsängerin, die eine Etage über Nele wohnte. Ihre Stimme war so volltönend, dass sie durchs ganze Treppenhaus hallte.

In Nele erwachte etwas wie Widerstand. Die Sopranistin hatte es wahrlich nötig, von Ruhe zu sprechen. Ständig ging sie Nele mit den Tonleitern auf die Nerven, mit denen sie sich vor einer Aufführung einsang. Das war nicht musikalisch, sondern in ihrer endlosen Wiederholung akustische Folter. Und da sie gut beschäftigt war, kannte Nele ihre Arien inzwischen selbst fast auswendig. Liebesleid war das Hauptthema auf der Bühne – wie im Leben. Unwillkürlich wurden ihre Augen feucht.

»Nele, öffne! Ich weiß, dass du da bist!«

»So geht des nimmer, Fräulein Dornhain«, mischte sich die Hauswirtin lautstark ein.

Das Klopfen veränderte sich. Jetzt wurde es vierhändig.

Sie musste etwas unternehmen!

Um einer befürchteten Kündigung zu entgehen, raffte Nele sich auf. Die Wolldecke von der Schulter hängend wie eine Toga, schleppte sie sich durch den für eine so kleine Wohnung viel zu langen Flur. Dort war es dämmrig, und Nele stolperte. Sie fing sich wieder, stieß sich den Fuß an irgendetwas an. Mit schmerzverzerrtem Gesicht zog sie die Haustür einen Spaltbreit auf.

»Also, Fräulein Dornhain, i muss Eaner sang, des …«, begann die Vermieterin.

Doch Zofia unterbrach die Frau mit einem »Ist schon gut!« und schob sie resolut zur Seite, um sich durch den engen Türspalt zu drängen. Als sie es geschafft hatte, schloss sie die Tür mit einem deutlichen Knall. Dann wandte sie sich zu Nele um, die erschrocken zurückwich. Zofia war ganz und gar Furie:

»Würdest du mir bitte sagen, Schätzchen, was mit dir los ist?«

Zum ersten Mal, seit sie die Polin kannte, war Zofias Ton nicht weich und warm. Sie klingt wie Großmutter bei einem schlimmen Tadel, dachte Nele. Unwillkürlich zog sie die Decke fester um sich. Vielleicht zum Schutz, weil sie nicht wusste, wie weit slawisches Temperament ging. Sicher aber, weil sie Zofias unerwartete Kälte frösteln ließ.

»Nichts. Es ist nichts.«

Da sie sich mit der Freundin nicht im Korridor unterhalten wollte und nicht wusste, ob die Hauswirtin an der Tür lauschte, wandte sie sich um. Hüstelnd und ohne eine Aufforderung an ihre Besucherin zu richten, schleppte sie sich zurück ins Wohnzimmer.

»Du siehst furchtbar aus«, stellte Zofia fest, als das sanfte Licht des späten Nachmittags durch die Fenster und auf Nele fiel.

»Ja. Wahrscheinlich. Ja, ich denke, das tue ich«, gab Nele unbeeindruckt zu. Sie brauchte keinen Spiegel, um festzustellen, dass sie seit Wochen dasselbe Nachthemd trug und ihre bloßen Füße so schmutzig wie die eines Landkindes waren. Sie fuhr sich ins Haar. Fettige, verknotete Strähnen, die seit geraumer Zeit keine Bürste mehr erlebt hatten. Die vielen schlaflosen Nächte und Tränenströme hatten sicher auch Spuren in ihrem glühenden Gesicht hinterlassen. War es aufgequollen? Rot? Aber das zählte letztlich ebenso wenig wie alles andere.

Zofia schleuderte die zusammengefaltete Zeitung, die sie unter den Arm geklemmt hatte, auf den runden Kamintisch. »Wenn sonst nichts los mit dir ist, dann hast du jetzt einen Grund zu verzweifeln!«

»Was ist passiert?«, fragte Nele und dachte gleichzeitig, dass sie das Weltgeschehen nicht kümmerte.

»Ein Schiff namens Titanic ist auf dem Weg nach New York gesunken.«

Vor Neles geistiges Auge trat ein Saal in der Hamburger Kunsthalle mit Gemälden der neuen englischen Schule, die vor allem aus der großzügigen Schenkung eines inzwischen verstorbenen deutsch-britischen Reeders und Werftbesitzers stammten. Und sie hörte eine tiefe, unverwechselbare Männerstimme sagen: »*Schwabe war Mitbesitzer der Werft Hartland & Wolff in Belfast. Die Briten bauen dort gerade das größte Passagierschiff der Welt. Schade für den Finanzier, dass er den Stapellauf der Titanic nicht mehr erleben durfte. Für einen Mann, dessen Herz an Schiffen hängt …*« In der Erinnerung an ihren Museumsbesuch mit Konrad gefangen, stiegen die Tränen wieder auf. Die Zeitung würdigte sie keines Blickes.

Zofia wartete offenbar auf eine Reaktion von ihr, doch Nele schniefte nur und ließ sich ermattet in den Sessel fallen, in dem sie die meisten Stunden des Tages verbrachte.

Schließlich trat die Freundin neben sie, ließ sich an ihrer Seite auf die Knie sinken und nahm ihre Hände zwischen die Finger. »Weinst du, weil ein Schiff gesunken ist? Ist das so bei euch Hamburgern üblich?«

»Nein. Natürlich nicht.« Nele schüttelte den Kopf. »Ich heule, weil … Ach, Zofia …!« Plötzlich zog sie die Hände der anderen vor ihr Gesicht und vergrub es darin. Ihre Schultern bebten wie unter einem Krampf. Sie schluchzte, verschluckte sich, würgte und hustete haltlos.

Zofia beugte sich vor, legte die Arme um Nele. Sie wiegte sie wie ein kleines Kind. »Jesus, Maria«, flüsterte sie dabei, »ich hatte keine Ahnung, dass du es bereits erfahren hast. Es tut mir so leid, Nele. Dich trifft keine Schuld, obwohl …«

»Wovon sprichst du?« Verwirrt hob Nele ihren Kopf aus Zofias Umarmung. Sie löste ihre Hände aus den Griffen der anderen und versuchte, sich die Tränenspuren von den Wangen zu wischen.

Zofia sank auf ihre Fersen. »Na, wovon rede ich wohl? Von dem Untergang der Titanic.«

»Was hat das mit mir zu tun?«, brachte Nele nach einem Räuspern heraus.

Aufgebracht griff Zofia nach der Zeitung auf dem Tisch. »Dann hast du doch keine Träne für ihn übrig. Das ist schändlich. Nicht christlich. Wie kannst du nur hier … so … so …«, ihr fehlten die Worte, was vermutlich nicht nur an der Fremdsprache lag, »so herumsitzen und nicht für seine Seele beten, während er irgendwo erfroren oder ertrunken auf dem Grund des Meeres liegt!«

Konrad? Hatte sich der Geliebte nach New York eingeschifft? War er lieber ausgewandert, als Lavinia zu heiraten? Hatte er sein Versprechen gebrochen? Stand das in den Briefen von zu Hause, die Nele stapelte, aber nicht öffnete? Aber woher sollte Zofia davon wissen? Warum wurde darüber in den *Münchner Neuesten Nachrichten* berichtet? Ihre Fragen erschienen Nele wie ein Puzzle, das aus zu vielen unterschiedlichen Teilen bestand, die sie nicht zusammensetzen konnte. Sie packte Zofia bei den Schultern.

»Was ist geschehen?«

Mit aschfahlem Gesicht verkündete Zofia: »Francis Bellows steht auf der Passagierliste. Laut der Zeitung gehört er nicht zu den Überlebenden. Er wird noch vermisst.«

»Francis Bellows?« Beinahe hätte sie gefragt, wer das war. Den Amerikaner hatte Nele vollkommen vergessen. Sie erinnerte sich dunkel, dass er ihr nach dem Abend im Alhambra geschrieben hatte. Aber sie wusste nicht einmal, wo die ungeöffneten Umschläge lagen. »Francis Bellows war wieder auf dem Weg nach New York?«, erkundigte sie sich, um sich zu vergewissern, dass sie nicht irgendetwas Entscheidendes überhört hatte.

Zofias Miene versteinerte sich. »Er ist deinetwegen abgereist. Weil du ihn so schlecht behandelt hast. Es war nicht richtig, was du gemacht hast. Diese Sache mit dem Mann, der angeblich der Verlobte deiner Schwester ist, war unerhört.«

»Was redest du da für einen Unsinn?«

»Oh, Nele, komm runter von deinem … wie heißt das? Elfenbeinturm …? Wie auch immer, stell dich den Tatsachen und gib zu, dass du eine Tragödie angerichtet hast.«

Während sie sprach, sprang Zofia auf und marschierte mit fast soldatischem Schritt durch das bezaubernde Wohnzimmer, ein um die Hausecke führender Raum mit kleinen Erkern und dem Kamin in der Mitte. Sie umrundete geschickt die Möbelstücke, um deren Anordnung sich Nele in den vergangenen Wochen nicht mehr gekümmert hatte.

»Francis Bellows war so nett und sympathisch und begabt … er hätte mehr Aufmerksamkeit verdient. Ich hätte ihn gerne getröstet, aber er war wie vernarrt in dich. Hast du nicht gemerkt, wie verliebt er war? Diese Szene im Alhambra versetzte ihm einen ziemlichen Schlag. Jeder, der nicht gerade blind ist, konnte sehen, was mit dir und diesem Mann aus Hamburg los war. Ich verstehe dich nicht, warum hast du nicht gleich gesagt, dass der dein Liebhaber ist? Die Geschichte von der Verlobung mit deiner Schwester ist doch lächerlich!«

Wieder dieser Husten. »Er ist wirklich Livis Bräutigam«, sagte Nele schließlich schwach.

»Jesus, Maria, dann ist das keine lächerliche, sondern eine schamlose Geschichte. Du kannst machen, was du willst, Nele, aber so etwas nicht. Niemals.«

»Du verstehst das nicht …«

»Das kann sein. Ich verstehe nämlich auch nicht, wieso du Francis Bellows nicht einmal die Gelegenheit zu einem Wiedersehen gegeben hast. Er hätte doch zumindest ein Wort der Erklärung verdient! Stattdessen ignoriertest du seine Nachrichten. Das ist unmenschlich!«

Nele fiel in sich zusammen. Sie kauerte auf dem Rand des Sessels, unschlüssig, ob sie Zofia die Wahrheit anvertrauen sollte. Vielleicht war es herzlos, wie sie den Amerikaner hatte abblitzen lassen. Andererseits mussten junge Männer damit umgehen lernen, von einem Mädchen abgewiesen zu werden. Und sie hatte keine andere Möglichkeit gesehen. Vor allem hatte sie ihn in ihrem Kummer vergessen. Das war gewiss nicht richtig, aber Nele wusste, dass sie heute genauso handeln würde wie gestern und vorgestern.

»Der arme Kerl hatte keine gute Zeit hier in München«, fuhr Zofia fort, die inzwischen an das hohe Fenster getreten war, das auf den kleinen runden Balkon mit dem schmiedeeisernen Geländer führte. »Seine Bilder kamen nicht gut an und er selbst auch nicht. Jedenfalls dachte er das. Deshalb hat er die Passage gekauft. Es war das Eingeständnis seiner Niederlage. Er hoffte allerdings, an Bord noch eine Erbin aufzutreiben, damit er seinen Eltern wenigstens einen Erfolg seines Aufenthaltes in Europa präsentieren konnte.«

»Er ist doch bestimmt nicht erster Klasse gereist, dieser Träumer …«

»Francis Bellows reiste sicher niemals anders als erster Klasse«, unterbrach Zofia und drehte sich von der Aussicht um. »Wusstest du nicht, dass sein Vater ein wohlhabender Mann ist?«

Verwundert schüttelte Nele den Kopf.

»Ich mag eigentlich keine reichen Leute, aber Francis Bellows mochte ich. Er wollte aber nur dich, Nele. Und deshalb ist er gestorben!«

Nele wurde schwindelig. Sie starrte die Freundin an und nahm wahr, wie sie vor ihr schwankte. Das Zimmer begann sich zu drehen. Neles Magen fühlte sich flau an, sie schmeckte Galle auf der Zunge. Sie hörte wohl Zofias bittere Anschuldigung, aber das Ohrensausen wurde so laut, dass sie Mühe hatte, sich auf die Worte zu konzentrieren. Ihr Versuch, das Gesagte irgendwie in Einklang mit ihren Gedanken zu bringen, misslang.

Zofia war jedoch noch nicht fertig. »Du hast ihn mit deiner Herzlosigkeit umgebracht!«, zischte sie. »Und jetzt hast du nicht einmal einen Blick für die Zeitung, in der sein Name auf der Passagierliste steht. Was bist du nur für ein Mensch? Ich dachte, du hättest eine gute Seele. Aber du bist genauso kalt und böse wie alle Deutschen!«

Die Schimpftirade schien nicht abzuebben, Zofia redete sich immer mehr in Fahrt. Wie ein eigentlich sanft dahinschlängelnder Fluss, der zu einem Strom wurde und schließlich zu einer zerstörenden Flut. Irgendwo in ihrem Hinterkopf wies Nele die Vernunft darauf hin, dass Zofia unendlich traurig war und daher

Dinge aussprach, die sie unter weniger dramatischen Umständen niemals sagen, womöglich nicht einmal denken würde.

Nele fiel ein, dass sie sich nach den Umständen des Unglücks erkundigen sollte. Hatte es nicht geheißen, die Titanic wäre das sicherste Passagierschiff der Welt? Sie wusste es nicht genau, denn sie hatte sich nicht sonderlich dafür interessiert. Dabei war die Schifffahrt ein wesentlicher Teil ihres Lebens, ihrer Familie. Der Wettlauf um das Blaue Band, die Ehrung für die schnellste Überfahrt eines Passagierschiffes von Europa nach New York, war eines der beliebtesten Gesprächsthemen bei Dinnereinladungen in Hamburg. Es war seit Jahrzehnten ein Wettkampf zwischen den britischen und deutschen Reedereien, in den sich nun auch amerikanische Eigner einmischten. Sie hatte nicht nur als Freundin, Geliebte, Schwester versagt, sondern auch als Tochter.

Diese Erkenntnis nahm Nele plötzlich gefangen. Sie begann, ihr Gehirn zu beherrschen. Sie hatte alle enttäuscht – und am Ende sogar einen liebenswerten jungen Mann umgebracht, dessen einziges Vergehen war, sich in sie zu verlieben. In ihrem Kopf setzten sich die Vorwürfe fest, drehten sich im Kreis wie ein Karussell, das sie mitriss. Sie versuchte aufzustehen, um dem Drehwurm zu entkommen. Doch der Schwindel packte sie nur noch fester.

Ohne dass sie etwas dagegen unternehmen konnte, rutschte sie langsam von der Sesselkante auf den Boden. Dann wurde sie von Dunkelheit umhüllt …

33

»Sie haben Glück, dass Sie ins Krankenhaus gebracht wurden. Noch ein paar Tage und Sie hätten die Lungenentzündung nicht überlebt.«

»Fräulein Dornhain, waren Sie vor nicht allzu langer Zeit schon einmal stark erkältet?«

»Mit Ihrer Figur sind Sie ja gar keine vollwertige Person. Sie sind viel zu mager. Wir versuchen es mit Sargol, der neuen Muskelnahrung. Damit sollten Sie zunehmen.«

»Der Stäbchentest hat ergeben, dass Sie an Tuberkulose erkrankt sind, Fräulein Dornhain.«

Nele ließ die Kommentare der Ärzte reaktionslos über sich ergehen. Sie konnte die Gesichter der Mediziner kaum unterscheiden, die sich zur Visite um ihr Bett im städtischen Krankenhaus München-Schwabing versammelten, und wenn doch, hatte sie sie am nächsten Tag vergessen. Letzten Endes war ihr egal, was die Doktoren oder auch die Schwestern sagten. Ohnehin ruhte sie die meiste Zeit. Glücklicherweise fand sie überwiegend einen traumlosen Schlaf, so dass sie nicht von aufwühlenden Bildern und verstörenden Ereignissen verfolgt wurde. Man gab ihr irgendwelche Medikamente, die die Symptome vermutlich linderten, auf jeden Fall aber für ausreichende Betäubung sorgten. Und das brauchte sie im Grunde am nötigsten.

In ihren wenigen wachen Momenten versuchte sie, nicht an den Scherbenhaufen zu denken, der ihr Leben war. Ja, sie hatte Glück gehabt, dass sie bei ihrem Zusammenbruch nicht alleine war. Ihr Eremitendasein hätte jäh enden können. Aber wäre das nicht das Beste gewesen? Zofia hatte die Hauswartsfrau alarmiert, und die rief nach einem Arzt, der Nele sofort in die Klinik einwies. Da lag sie nun also. Schlief. Vegetierte. Von Besserung keine Spur. Ihre Seele zu heilen war wohl auch am schwierigsten. Und die Erkrankung, die schließlich diagnostiziert wurde, galt ohnehin als unheilbar.

Die Proletarierkrankheit! Wenn es etwas gab, das sie in den Augen ihrer Großmutter noch tiefer sinken ließ als ihre sämtlichen Verfehlungen, so war es die Schwindsucht. Die Vorstellung,

Charlotte müsste ihren Freundinnen gegenüber zugeben, eine ihrer Enkeltöchter leide an der gefährlichen Lungenkrankheit, die vor allem in Arbeiterkreisen grassierte, war niederschmetternd. Die Familie ist das Wichtigste, dachte Nele immer wieder. Es war ihr Mantra, an das sie sich klammerte, seit sie Konrad in dem kleinen Park verlassen hatte. Wie konnte sie ihrer Familie nun auch das noch antun? Ihre Existenz musste für alle nichts als Enttäuschung sein …

»Fräulein Dornhain! Fräulein Dornhain, aufwachn!«

Die Stimme der Krankenschwester holte sie aus ihren Gedanken. Oder hatte sie geschlafen? Geträumt? Nele blinzelte. Die Erinnerung an die Ihren war so gegenwärtig, dass sie meinte, den Schatten ihres Vaters an ihrem Bett zu sehen.

»Schaun Sie nur, Ihr Herr Voda is zu Besuch kimma. Machn S' die Augn auf. Er hod den weidn Weg aus Hamburg nur für Sie auf si gnomma.«

Jemand strich ihr die verschwitzten, an die Schläfen geklebten Haare liebevoll zurück. Eine Hand, die ihr den Weg ins Leben gewiesen hatte. Finger, die Kraft und Sicherheit ausstrahlten. Eine Geste aus ihrer Kindheit, als sie schwer erkältet das Bett hüten musste. Damals hatte sie alle Warnungen in den Wind geschlagen. Sie wollte nicht glauben, dass das Eis sie nicht tragen würde – und war in die zugefrorene Alster eingebrochen. Diese Hand hatte sie herausgezogen …

Nele schlug die Augen auf.

»Guten Morgen, Nele«, sagte Victor Dornhain.

»Was tust du hier?«

»Ich glaube nicht, dass es einen besonders großen Unterschied macht, ob ich dich aus eiskaltem Wasser befreie oder nach einem Ohnmachtsanfall im Krankenhaus besuche.«

Er hatte also dieselbe Assoziation wie sie. Unwillkürlich spielte ein zärtliches Lächeln um Neles Lippen. Obwohl ihr Vater die

Hand zurückgezogen hatte und nun auf seinen Stock gestützt an ihrem Lager stand, spürte sie, als würde er sie noch berühren.

»Passn S' auf, dass Sie si ned osteckn«, warnte die Schwester, eine Vinzentinerin mit hoher steifer Haube, während sie angelegentlich an dem Bettlaken herumzupfte. »Tuberkulose is a gefährliche Infektion.«

»Danke, sehr freundlich«, erwiderte Victor abwesend, rührte sich aber nicht vom Fleck. Er sah auf Nele herab, und sie erkannte unendliche Liebe in seinem Blick, getrübt von Sorge. Ihr Vater, der sonst immer wie ein Fels in der Brandung war, wirkte seltsam erschüttert.

Nele überlegte, ob sie die Pflegerin bitten sollte, nicht so an ihrer Bettwäsche zu zerren. Sie kam sich wie durchgeschüttelt vor. Alles begann, sich um sie zu drehen. Das Fieber war wohl noch nicht gesunken. Vielleicht lag es aber auch daran, dass sie ungewohnt lange die Augen offen hielt. Zum ersten Mal fiel ihr auf, wie hell es in diesem kleinen Raum war, wie modern und sauber. Ließ das Einzelzimmer auf privilegierte Behandlung schließen oder auf Quarantäne?

»Der Herr Doktor kommt glei, bis dahin lass i Sie alloans«, verkündete die Schwester. Der Rock ihrer gestärkten Ordenstracht raschelte leise, als sie sich zurückzog.

Stille senkte sich über Nele und ihren Vater. Sie dachte, dass sie bestimmt furchtbar aussah. Verwahrlost war wohl das Mindeste, was man über ihr Äußeres sagen konnte. Sie hatte zwar keinen Spiegel zur Hand, aber für diese Vorstellung bedurfte es keiner ausgeprägten Fantasie. Wahrscheinlich sollte sie sich erkundigen, wie lange sie schon in der Klinik lag. Sie hatte nicht die geringste Ahnung, da in ihrem Schlafrhythmus Tag und Nacht verschmolzen waren. Eigentlich fühlte sie sich auch jetzt zu matt für Konversation. Aus Dankbarkeit für Victors Besuch zwang sie sich jedoch, wach zu bleiben.

»Deine Vermieterin hat mich benachrichtigt«, Victor zog sich einen Stuhl an Neles Bett und ließ sich nieder, während er weitersprach: »Ich bin der Frau sehr dankbar dafür. Ohne sie wüssten wir ja gar nicht, wie es um dich steht. Genau genommen haben deine Großmutter und ich viel zu spät erfahren, dass du schwer krank bist. Die Hauswartsfrau sagte, du wärest schon eine Weile leidend. Warum hast du uns nicht informiert, Nele?«

Es kratzte in ihren Lungen. Sie hustete, nestelte unter der Decke nach ihrem Taschentuch, wischte sich damit den Auswurf von den Lippen und stopfte es anschließend unter ihr Kissen. »Ich wollte euch nicht beunruhigen«, nuschelte sie.

»Wir sind wie aus allen Wolken gefallen!«, protestierte er und lehnte sich vor, um seine Hand auf ihren Arm zu legen. »Gar nicht auszudenken, was geschehen wäre, wenn deine Freundin dich nicht besucht und in diesem erbarmungswürdigen Zustand gefunden hätte.«

Ihr Vater war so lieb – und sie hatte ihn hintergangen, indem sie sein Arrangement mit Konrad durchkreuzte. Ihre Augen füllten sich mit Tränen. »Der Arzt hat gesagt, dass das alles sehr gefährlich war«, schniefte sie.

»Warum, Nele? Warum hast du dich nicht besser um dich gekümmert, als wir es nicht tun konnten?«

Sie verbarg ihr Gesicht in ihrem Kissenaufbau und schwieg. Schon beim Versuch zu antworten wäre sie in haltloses Schluchzen ausgebrochen.

Der Druck auf ihrem Arm wurde fester. »Hat es etwas mit einem Mann zu tun?«

Vehement schüttelte sie den Kopf.

»Ich glaube, doch«, widersprach er sanft. »Meinst du wirklich, ich wäre blind? Oder ich hätte nie in meinem Leben geliebt? Auch ich war einmal jünger, Nele.«

Die Offenheit ihres Vaters war so verblüffend, dass Nele für einen Moment den eigenen Kummer vergaß. Sie richtete sich auf, um Victor anzusehen. Galt dieser ungewöhnliche Ausdruck von Zärtlichkeit und Wehmut der Frau, an die er gerade dachte? Irgendetwas sagte ihr, dass es sich dabei nicht um ihre Mutter handelte.

Sie räusperte sich verlegen. »Ich kannte jemanden, der beim Untergang der Titanic ums Leben gekommen ist.«

»Ist das dieser Amerikaner, der junge Mann, von dem du geschrieben hast?«

Sie biss sich auf die Unterlippe und nickte stumm.

Als hätte er sich verbrannt, zog Victor die Hand zurück und schlang alle zehn Finger um seinen Stock. »Gab es Streit?«

»Ja … nein … Es ist meine Schuld. Er ist meinetwegen abgereist. Und in den Tod gefahren.« Ihre Augen schwammen wieder in Tränen.

Geistesabwesend nickte Victor.

Sie schwiegen beide. Durch die geschlossene Zimmertür drangen gedämpft die Geräusche aus dem Flur herein: das Klappern von Bettpfannen, energische Schritte, unaufdringliche Stimmen. Victors Atem ging schwer, er klopfte mit dem Stock zwei-, dreimal auf den Boden. Dann sah er Nele plötzlich direkt an.

»Offensichtlich wollte dieser Amerikaner in seine Heimat zurück. Armer Teufel. Das Unglück hat uns alle getroffen. Es wird die gesamte Schifffahrt verändern. Aber, wie gesagt, ich bin nicht blind, Nele.« Er legte eine winzige Pause ein, dann hielt er ihre Augen mit seinem eindringlichen Blick fest und fragte wie nebenbei: »Hat Konrad Michaelis dich eigentlich besucht?«

So musste es sich anfühlen, wenn einem das Herz stehen blieb. Sie starrte ihren Vater an, öffnete den Mund, um etwas zu sagen, brachte aber keinen Ton heraus.

»Ich hörte, er sei vorigen Monat in München gewesen«, fügte er hinzu.

Ein Hustenanfall rettete sie. Vorläufig. Dessen war sie sich bewusst. Während sie ihre Bronchien zu beruhigen versuchte, erwog sie die Möglichkeit einer gnädigen Lüge. Sie sah zu dem gekreuzigten Christus an der Wand, flehte still um eine Eingebung. Ihr wollte nichts einfallen.

Sich auf seinen Stock stützend, erhob sich Victor. Er ging langsam durch das kleine Krankenzimmer zum Fenster. Dort blieb er stehen, sah hinaus. »Der Park mit dem alten Baumbestand ist hübsch«, stellte er fest. »Er geht nach Süden. Das ist schön. Ein gut durchdachtes Klinikgebäude. Ziemlich neu, nicht wahr? Interessierst du dich für Architektur, Nele?«

»Für Denkmalschutz«, antwortete sie atemlos und zu rasch, »sofern es die Kunstgeschichte berührt.«

Es klang, als würde er zu sich selbst sprechen: »Ich bin sicher, du hast intellektuell sehr viel mehr zu bieten als deine Schwester. Mir ist bewusst, dass mancher junger Mann dies heutzutage bei einer Frau durchaus zu schätzen weiß. Die Zeiten ändern sich eben.«

»Ja«, murmelte sie, um irgendeinen Laut von sich zu geben. Sie hatte das Gefühl, an ihrem eigenen Atem zu ersticken. Oder an der Spannung, die die Luft zum Vibrieren brachte.

Noch immer drehte er sich nicht um. »Mir ist schon damals an dem Abend im Restaurant Haerlin aufgefallen, dass du Herrn Michaelis nicht zum ersten Mal begegnet bist.«

Er gestattete sich eine kleine, wegwerfende Handbewegung, als könnte er das Entsetzen in seinem Rücken sehen. Oder auch, um ihre Antwort, möglicherweise eine Lüge, abzuwürgen.

»Lavinia hat nichts davon bemerkt. Sie ist stets so mit sich selbst beschäftigt, dass sie sich über das Verhalten anderer Menschen keine Gedanken macht, selbst wenn es sich dabei um ihren Bräutigam und ihre Schwester handelt. Ihre Naivität und Ichbezogenheit machten mir lange große Sorgen. Nachdem ich Herrn

Michaelis kennengelernt hatte, war das anders. Ich war froh, dass sie ihr Augenmerk auf einen verantwortungsvollen, strebsamen jungen Mann richtete und nicht irgendeinen Jungen mit angenommenem Adelstitel heiraten will, der sich nur für ihr Erbe interessiert und sich ansonsten nicht um sie kümmert. Zu befürchten war das bei Lavinias Lebenswandel. Sie ist einfach zu verwöhnt, woran auch ich Schuld trage. Umso wichtiger ist es mir jetzt, Bodenständigkeit in ihr Leben zu bringen, ihr einen Halt zu verschaffen. Wer soll auf Lavinia aufpassen, wenn ich es nicht mehr kann?«

»Das wird er gewiss tun!«, wisperte Nele.

Langsam drehte er sich um. Da er gegen die Sonne stand, lag sein Gesicht im Schatten. Nele konnte seine Mimik nicht ausmachen, aber sie hörte die Schwermut in seinem Ton: »Herr Michaelis ist ein rechtschaffener Mensch, der um seine Pflichten weiß. Er wird sie erfüllen.«

Es geht um eine Heirat, nicht um ein Offizierspatent, fuhr es Nele durch den Kopf. Sie zog sich die Decke bis zum Hals, schloss ermattet die Augen. Nicht nur das Thema strengte sie an. Sie war es leid, darüber nachdenken zu müssen, warum Konrad mit Livi vor den Traualtar treten würde. Vor allem wollte sie nicht mit ihrem Vater darüber sprechen.

»Jeder Mann muss so viel Ehre in der Brust haben, dass er seine Pflicht gegen jeden Widerstand und gegen jedes Gefühl erfüllt. Das ist unsere Aufgabe im Leben …«

Warum tat er das? Merkte er nicht, dass er in einer offenen Wunde bohrte?

»Auch ich habe einmal verzichten müssen, um meine Familie vor einem Skandal zu schützen. Glaube nicht, dass ich leichtfertig gehandelt habe. Ich weiß aber heute wie damals, dass es richtig war. Dennoch habe ich den Schmerz nie vergessen.«

Baff vor Staunen sah sie zu Victor auf. Er stand inzwischen

wieder vor ihrem Bett, stützte sich am Fußende auf. Ihre Blicke begegneten sich.

»Ich fühle mich erbärmlich, wenn ich daran denke, was ich der Frau, die ich liebte, angetan habe«, gab Neles Vater zu. »Ich sah jedoch keine andere Möglichkeit …«

Die Tür klappte. Victor wandte erschrocken den Kopf zum Eingang, wirkte für einen Moment wie ertappt, fing sich aber rasch. Er richtete sich zu seiner vollen Größe auf, stützte sich leicht auf den Stock und wirkte dabei so beeindruckend wie bei einer Rede vor der Hamburger Bürgerschaft. Zum ersten Mal versuchte Nele ihn mit den Augen einer Frau zu sehen, die sich in ihn verliebte. Sie konnte sich plötzlich sehr gut vorstellen, dass er einst nicht nur für ihre Mutter attraktiv gewesen war.

»Herr Dornhain, nehme ich an«, ein älterer Mann mit Vollbart, in einen langen weißen Kittel gewandet, trat ein und schüttelte Victors Hand. »Geheimrat Doktor Brunner. Ich bin der Klinikdirektor. Man hat mir gesagt, dass Sie eigens aus Hamburg angereist sind, um nach Ihrem Fräulein Tochter zu sehen.«

»Ja. In der Tat. Ich habe mir Sorgen gemacht und wollte mich persönlich vergewissern, dass Helene gut untergebracht ist.«

»Sie befindet sich in dem modernsten Krankenhaus Deutschlands. Leider können wir aber nicht sehr viel mehr für sie tun, als die Lungenentzündung zu behandeln. Über kurz oder lang sollte sie in eine Heilstätte verlegt werden.« Der Arzt ließ sich von einer der Schwestern, die ihm nachgefolgt waren, eine Kladde geben, blickte darauf. Offensichtlich handelte es sich um Neles Krankenblatt. Nach der Lektüre sah er zu der Patientin. »Ruhe, ausreichende gesunde Ernährung, Wärme, frische Luft. Das sind die wichtigsten Mittel gegen die Tuberkulose.«

»Dafür ist in meinem Haus bestens gesorgt. Es liegt direkt an der Alster …«

»Fräulein Dornhain darf noch lange nicht nach Hamburg reisen«, unterbrach Doktor Brunner. »Das feuchte Klima in Norddeutschland wäre Gift für sie. Empfehlenswert ist ein Aufenthalt in wärmeren Gefilden oder in Höhenlage. Im schweizerischen Davos gibt es ein vorzügliches Sanatorium, das für Ihre Tochter infrage käme.«

Nele, die bei dem Vorschlag ihres Vaters den Atem angehalten hatte, blies erleichtert die Luft aus ihren Lungen. Unwillkürlich hustete sie. Der Anfall machte ihr nichts aus, sie genoss ihn sogar ein wenig, bewies er doch, wie krank sie war. Nein, sie konnte noch nicht nach Hamburg zurück. Das Wetter war ihr ziemlich egal. Vielmehr wollte sie nicht Zeugin von Livis Glück sein. Noch nicht jedenfalls. Und wenn ihr Lungenentzündung und Schwindsucht dabei halfen, sollte ihr das nur recht sein.

»Davos?«, wiederholte Victor. »Die Berge sind nicht so mein Revier, wie ich leider zugeben muss. Ich werde mich informieren, wo sich Helene am besten erholen kann. Geld spielt keine Rolle. Vielleicht können wir uns noch einmal darüber unterhalten, Herr Geheimrat. Ich bleibe die ganze kommende Woche in München und werde meiner Tochter jeden Tag einen Besuch abstatten, wenn ich darf.«

Ob er mir dann mehr von seiner verlorenen Liebe erzählt?, fragte sie sich. Ihre Neugier war geweckt, und sie bedauerte, dass sein Geständnis unterbrochen worden war. Leider spürte sie aber auch, dass sie nicht weiter in ihren Vater dringen durfte. Deshalb begann sie, in ihren Gedanken Bilder von einer Geschichte zu entwerfen, deren Protagonistin sie nicht einmal kannte. Wenn sie die Worte ihres Vaters auf eine Leinwand bringen wollte, würde sie der Frau keine Gesichtszüge geben, vielleicht nur einen verheißungsvoll geöffneten kirschroten Mund. Über diesen Gedanken schlief sie ein.

34

»Habt ihr schon gehört, wie der König von Dänemark gestorben ist?« Es sollte ein Flüstern sein, doch Lavinia stellte ihre Frage so aufgeregt, dass sie sämtliche Nachbarn auf der Tribüne erreichte.

Köpfe reckten sich nach ihr, Hutkrempen stießen aneinander, ein albernes Kichern hier und da, gelegentlich ein empörtes Raunen. Nur ihre Familienmitglieder, denen die Worte eigentlich galten, schienen sie nicht gehört zu haben oder interessierten sich nicht dafür.

Dabei brannte Lavinia darauf, zu erzählen, was sie gerade von einer Freundin aufgeschnappt hatte, mit der sie zufällig zusammengetroffen war, als sie bei einem Buchmacher ihren Einsatz einbezahlte. Sie war ohne Begleitung unterwegs gewesen, und in den für die hochwohlgeborenen Renngäste vorgesehenen Bereichen drängten sich ausschließlich Damen und Herren ihres Standes. Also genau jene Bekannten, die ihresgleichen sonst im Stadt-Theater oder in der Musikhalle trafen. Es bestand demnach kein Grund, sich um sie zu sorgen, wenn sie sich selbstständig machte. Das Abenteuer Pferdetoto bereitete außerdem nur halb so viel Spaß, wenn sie unter dem Schutz ihres Bräutigams wettete. Konrad, dieser Spielverderber, hielt sie davon ab, allzu leichtsinnig zu sein. Wie langweilig! Das Deutsche Derby in Hamburg-Horn war schließlich *das* Ereignis in jeder letzten Juni-Woche, bei dem man sich richtig vergnügen konnte. Die ganze Stadt war dafür auf den Beinen, die Begeisterung ergriff alle Stände und Schichten, Touristen reisten dafür an. Sogar Kaiserin Auguste Viktoria war eingetroffen, um den Sieger des nach ihr benannten Jagdrennens zu küren.

Doch der Klatsch, den Lavinia gehört hatte, war noch atemberaubender: »Es ist ein Skandal!«, verkündete sie voller Dramatik.

»Livi, sei still, bitte!«, mahnte Ellinor. Sie nahm widerstrebend das Opernglas von ihren Augen, mit dem sie den Aufgalopp der gemeldeten Pferde für das nächste Rennen beobachtet hatte, um die kleine Schwester anklagend anzusehen. »Du bist fünf Wochen zu spät. Der unglückselige Vorfall ereignete sich Mitte Mai. Niemand spricht mehr darüber.«

»Doch – ich!«

»Glauben Sie, dass ein deutsches Gestüt in diesem Jahr den Derby-Sieger stellen wird?«, erkundigte sich Konrad bei seinem zukünftigen Schwiegervater mit ungewöhnlich lauter Stimme. Als wollte er auch die Nachbarn unterhalten, fügte er hinzu: »Nachdem im vorigen Jahr ein Hengst aus Österreich gewonnen hat, wird es eigentlich wieder Zeit, nicht wahr?«

Lavinia mochte es nicht, wenn Konrad sich so gestelzt unterhielt. Er schien immer alles zu wissen und die richtigen Worte für eine Unterhaltung zu finden. Kein Makel trübte den Eindruck, den dieser Mann in Gesellschaft hinterließ. Statt sich darüber zu freuen, fand sie seine Nonchalance anmaßend und arrogant, zumal sie selten mitreden konnte. Woher wusste er nun schon wieder, welcher Gaul der Gewinner von neunzehnhundertelf war? So etwas vergaß man doch. Und man lenkte vor allen Dingen nicht von einer Geschichte wie dem Ableben Friedrichs VIII. von Dänemark ab, die sie so gerne erzählen wollte. Was war schon das Pferde-Spektakel gegen einen regierenden Monarchen, der angeblich in einem Bordell am Gänsemarkt verschieden war? Sie, die mit dem neuen Klatsch Aufmerksamkeit erringen wollte, fühlte sich von ihrem eigenen Bräutigam in den Schatten gestellt. Wie … wie abgeschoben.

Lavinia machte den Mund zu einem Protest auf, als sich ihre Großmutter plötzlich mit einer Frage einmischte: »Auf welches Pferd hast du für das Hauptrennen gesetzt, Lavinia? Ich würde Gulliver eine Chance geben.«

»Das klingt wie Abfluss…«

»Gulliver heißt eine Figur in dem gleichnamigen Werk von Jonathan Swift«, wurde Lavinia von Konrad freundlich unterbrochen. »Es ist eine hübsche Geschichte, vielleicht möchtest du sie bei Gelegenheit einmal lesen.«

»Ich bin sicher, in unserer Bibliothek wirst du fündig«, murmelte Ellinor, den Blick wieder auf das grasbewachsene Geläuf gerichtet. »Falls du dich an den Raum mit den vielen Büchern erinnerst, den du für gewöhnlich nicht betrittst.«

Zornesröte überzog Lavinias Wangen. »Warum tut ihr alle so, als wäre der Tod des dänischen Königs eine Lappalie?!«

Sie hatte so laut gesprochen, dass sich wieder Köpfe nach ihr umdrehten. Unwillkürlich reckte Lavinia den Hals und streckte den Rücken durch. Wenigstens sahen die anderen Leute auf sie, wenn sie schon von ihrer Familie nicht für voll genommen wurde. Sie trug einen neuen Hut, eigens für das Derby erworben, ziemlich spektakulär mit Federn und künstlichen Vögeln besetzt. Wahrscheinlich würde jedes Pferd angesichts des Putzes scheuen, aber Lavinia fand das Modell dem Anlass durchaus angemessen. Immerhin war die Rennwoche so etwas wie das Schaulaufen der neuesten Mode in Hamburg. Es war eine einmalige Gelegenheit, in der hanseatischen Gesellschaft so mondän wie etwa in Berlin aufzutreten.

Konrad nahm Lavinias Arm. »Wollen wir zum Führring gehen? Der Weg führt durch den neu erbauten Tunnel unter der Bahn hindurch. Den unterirdischen Gang sollten wir uns ansehen.«

Sie schüttelte ihn ab. »Ich mag keine Tunnel!«

Immerhin erreichte sie mit ihrer Nörgelei, dass sie von ihren Familienmitgliedern angesehen wurde. Die Leute nebenan interessierten sich nicht für ihre Befindlichkeit und schenkten ihr keine Beachtung mehr. Lavinia war überrascht, dass sie mit ihrer

Ablehnung – so dahingesagt – zumindest in ihrem kleinen Kreis mehr Aufmerksamkeit erregte als mit dem Klatsch, der sie nach wie vor umtrieb. Wäre sie doch bei ihrer Freundin geblieben; die Unterhaltung mit ihr wäre bestimmt lustiger.

»Bist du deinem Verlobten nicht durch den Bau des Elbtunnels überhaupt erst begegnet?« Charlotte runzelte die Stirn. »Ich dachte, mich zu erinnern … nun, wahrscheinlich habe ich mich geirrt. Victor, ich würde tatsächlich gerne ein wenig umhergehen. Würdest du mich bitte zum Führring begleiten?«

Als sie Konrad ansah, fühlte sich Lavinia schuldig. Seine Miene war wie versteinert. Natürlich hatte sie ihn mit ihrem unbedachten Ausbruch nicht verletzen wollen. Ihm lag vermutlich etwas an Tunneln, weil er ja selbst irgendwie an einem gebaut hatte. Zu dumm, dass sie das vergessen hatte. Sie hakte sich bei ihm unter und strahlte ihn an: »Wir werden Großmutter und Vater begleiten.«

»Dann sollte ich mich wohl anschließen«, meinte Ellinor.

Die Tribüne war aufgeteilt in die Logen für die gekrönten Häupter, Rennstallbesitzer und Honoratioren wie etwa Victor Dornhain und in die Plätze für das einfache Volk. Selbst viele der ärmsten Bürger der Hansestadt erlagen einmal im Jahr dem Derby-Fieber, zogen ihren Sonntagsstaat an und setzten ihre letzten Pfennige bei den Buchmachern ein. Nach jedem Finish schauten die einfachen Leute ganz genauso wie die wohlhabenden Gäste gebannt auf den Totalisator. Sie unterschied einzig die Hoffnung, mit dem richtigen Tipp ihrem Elend ein Ende zu setzen. Die meisten verloren. Doch von dem Leid manchen Spielers sah Lavinias Familie ebenso wie ihre Bekannten wenig. Sie tranken Sekt auf die Sieger und taten so, als wäre es ihnen gleichgültig, wenn sie den Monatslohn all ihrer Hausmädchen zusammen verwetteten.

Lavinia folgte ihrem Vater, ihrer Großmutter und ihrer älteren Schwester am Arm ihres Verlobten durch die Menge, die sich auf dem niedergetrampelten Rasen vor der Tribüne versammelt hatte. Es war eine ganz eigentümliche Luft, die an diesem Ort herrschte. Obwohl eine Veranstaltung unter freiem Himmel, hing eine Art Dunstglocke über der Rennbahn – Zigarettenrauch mischte sich mit dem süß-würzigen Duft von Pferdeäpfeln und Heu, dazu erreichten die Körperausdünstungen von Mensch und Tier die Nasen der Besucher. Es war ein herrlicher, sonniger Tag, der die Farben von Natur und Kleidern erstrahlen ließ, als hätten Frieda oder Klara noch einmal mit dem Feudel darübergewischt.

Mit einem geistesabwesenden Kopfnicken begrüßte Lavinia Bekannte, denen sie auf ihrem Weg zum Führring im Innenbereich der Bahn begegneten. Ihre Gedanken waren noch immer bei dem eben Gehörten. Nach einer Weile hielt sie das Schweigen nicht mehr aus: »Warum findet es außer mir eigentlich niemand aufregend, dass der König von Dänemark in eine derart missliche Lage geriet?«

»Weil man sich in der Öffentlichkeit nicht über einen unangenehmen Vorfall wie diesen unterhält«, erwiderte Konrad.

Es gab jedoch so vieles, das sie Konrad dazu fragen wollte. Friedrich VIII. hatte auf der Durchreise von Nizza nach Kopenhagen mit seiner Gemahlin und seinen drei Kindern in Hamburg logiert; am späten Abend hatte er sein Hotel mit unbekanntem Ziel inkognito verlassen. Erst nachdem am nächsten Tag nach dem Monarchen gesucht wurde, fand man seine Leiche schließlich im Hafenkrankenhaus Seite an Seite mit Gesinde, Obdachlosen und verstorbenen Tagelöhnern. Pikant daran war das Gerücht, der König habe sich in einem bekannten Freudenhaus in der Schwiegerstraße vergnügt, sei dort zusammengebrochen und von den Halbweltdamen zum Gänsemarkt geschleppt worden, um in einem etwas weniger blamablen Umfeld zu sterben.

Ein Passant habe den Mann aufgegriffen und ins Hafenkrankenhaus gebracht, wo er verstarb, bevor irgendjemand herausfinden konnte, um welche Persönlichkeit es sich handelte. Den Schlussteil des Geredes fand Lavinia nicht ganz so erschütternd. Sie wollte vielmehr wissen, wie ein verheirateter Mann dazu kam, die mit seiner Gattin gemeinsam bewohnte Hotelsuite zu verlassen, um sein Glück andernorts zu finden.

Bevor sie ihren Verlobten nach den geheimen Vorlieben eines Herrn ausfragen konnte, sagte er sanft: »Tu uns allen einen Gefallen, Livi, und vergiss es!«

Es klang nett, wie Konrad sie mit ihrem Kosenamen ansprach. Sie mochte das. Es nahm sie für ihn ein und brachte sie für einen Moment aus dem Konzept. »Weißt du eigentlich, dass Nele seit unserer Kindheit immer *Livi* zu mir sagte?«

»Ich meine, so etwas schon einmal gehört zu haben.«

Sie seufzte. »Ich habe sie sehr lieb, weißt du. Deshalb bedauere ich so, dass sie nicht zu unserer Hochzeit kommt.«

»Deine Schwester ist schwer krank.«

Warum war er plötzlich so einsilbig, fast unfreundlich? Er beschleunigte seinen Schritt, um zu der Dreiergruppe vor ihnen aufzuschließen, da Victor, Charlotte und Ellinor auf dem Weg durch den Tunnel etwas weniger getrödelt hatten als Lavinia und Konrad. Ihre Familie hatte sich durch die Menschenmenge bis zum Zaun des Führrings vorgeschoben. Da Victor keinen eigenen Rennstall besaß, konnten sie nur mit gewissem Abstand zusehen, wie die Teilnehmer des nächsten oder übernächsten Rennens präsentiert wurden. Nur Besitzer, Jockeys und Pferdepfleger durften sich jenseits des Gatters aufhalten.

Lavinia drehte sich vom Führring weg, um Konrad direkt anzusehen. »Wie findest du es, wenn wir unsere Hochzeitsreise nach Italien machen? Wir könnten durch das Tessin fahren und Nele in ihrem Sanatorium am Lago … wie heißt der doch gleich? Na, der See, an dem sie sich demnächst erholen soll … Dort könnten wir Nele besuchen.«

In einer etwas unbeholfenen Geste nahm Konrad den Hut ab und wischte sich mit der Hand über Stirn und Augen, als wäre ihm zu warm. »Ich glaube nicht, dass wir das tun sollten.«

»Was redest du denn da?« Lavinias Großmutter schüttelte missbilligend den Kopf. »Hast du vergessen, dass dein Vater euch die Eignerkabine für eine Kreuzfahrt zur Verfügung stellen wird? Wirklich, Lavinia, mir scheint, die Sonne bekommt dir heute nicht.«

Als habe er nicht gehört, worüber sich Mutter, Tochter und angehender Schwiegersohn unterhielten, bemerkte Victor mit Blick auf die Vollblüter im Führring: »Ich würde auf Gulliver aus dem Gestüt Graditz setzen. Richter hat mir da schon den richtigen Tipp gegeben. Man sollte wirklich mehr auf sein Personal hören, wenn es um Pferdewetten geht.«

»Lass das nicht deine Freunde hören«, lachte Ellinor. »Ich glaube, so mancher Herr wäre sehr verärgert, wenn du das Urteil deines Chauffeurs über das der Pferdebesitzer stellst.«

»Ach, das wird alles überbewertet«, behauptete Charlotte. »Pferderennen sind für unsereins ein aufregendes Vergnügen. Den Austausch mit Buchmachern oder Stallburschen sollten wir aber tatsächlich lieber der Dienerschaft überlassen.«

»In Anbetracht der Gewinnsummen überlege ich mir, ob wir uns nicht auch einige Galopper zulegen sollten. Der Sieger des Deutschen Derbys erhält immerhin hunderttausend Mark!«

Entsetzen spiegelte sich in Charlottes Gesicht. »Um Himmels willen, Victor, das tust du uns nicht an. Weißt du, was Aufzucht und Pflege eines Tieres kosten? Nein, nein, das kommt überhaupt nicht infrage.«

Victor zwinkerte belustigt. »Ich werde deine Kritik in Betracht ziehen, Mutter.«

Warum wurde ihr heute von ihren Familienmitgliedern andauernd das Wort abgeschnitten?, dachte Lavinia. Ihre Bemerkung zu ihrer Hochzeitsreise war anscheinend auch wieder falsch gewesen. Überhaupt schien sie seit geraumer Zeit nichts mehr richtig zu machen. Nie zuvor war sie sich dermaßen bevormundet vorgekommen. Dabei hatte sie stets angenommen, ein junges Mädchen würde als Braut endlich als erwachsen gelten und anerkannt sein. Stattdessen fühlte sie sich schlecht behandelt.

Lavinia widerstand dem Impuls, mit dem Fuß aufzustampfen. Sie wandte sich zu den Pferden um und drehte Konrad kommentarlos den Rücken zu. Wenn es nicht ein Eingeständnis eines Fehlers wäre, würde sie darüber nachdenken, die Verlobung zu lösen. Sie wollte sich jedoch weder der gesellschaftlichen Schmach aussetzen noch ihrer Familie gegenüber zugeben, nicht die richtige Wahl getroffen zu haben. Die Vorwürfe wären nicht auszuhalten. Außerdem bestand immer noch die Möglichkeit, dass alles gut würde, wenn sie erst die Ehefrau eines gut aussehenden Mannes war. Auch wenn dieser – aus der Nähe betrachtet – für sie inzwischen deutlich an Attraktivität verloren hatte.

Locarno

35

Erschöpft ließ sich Nele auf einem Stuhl mit einer Sitzfläche aus Strohgeflecht nieder, der vor einem Kaffeehaus in der Sonne stand. Die Luft flirrte trotz des späten Nachmittags vor Hitze, aber das störte sie nicht. Ihre Glieder waren steif und schmerzten nach der langen Reise, die Wärme tat ihren Muskeln und Knochen gut. Das schöne Wetter half ihr, sich endlich wieder lebendig zu fühlen. Da machten ihr auch hohe Temperaturen nichts aus, selbst wenn diese in Minutenschnelle ihren Nacken und ihre Achselhöhlen feucht werden ließen. Zum ersten Mal seit ihrer

Abreise aus dem für die Saison zu regenreichen München verlor sich ihre Angespanntheit. Die Augen mit der Hand gegen die ungewohnt helle Sonne abgeschirmt, blickte sie sich neugierig um, ein kleines Lächeln auf den Lippen.

Die Piazza Grande erwachte nach der Mittagspause gerade wieder zum Leben. Es war Ende Juli, und außer den Einheimischen befanden sich viele Touristen in den Ferien am Lago Maggiore. Die Menschen schienen um diese Uhrzeit wie auf ein stilles Kommando hin plötzlich aus den angrenzenden Gassen der Altstadt zu strömen. Sie versammelten sich in kleinen Gruppen auf dem Kopfsteinpflaster des riesigen Platzes zwischen Equipagen und Automobilen, besetzten die vielen Tische im Freien vor den Kaffeehäusern und Bars, suchten den Schatten von Sonnenschirmen, flanierten unter den Arkaden der angrenzenden Häuser oder die von Palmen gesäumte Uferpromenade am See entlang.

Palmen! Es war unglaublich, welche Pflanzen in dieser Region gediehen. Nele war die Vielfalt der Flora schon während der Droschkenfahrt vom Bahnhof zum Grand-Hotel aufgefallen, sie meinte blühende Sträucher in den Gärten erkannt zu haben, die sie bislang nur während der Blumenschauen oder in Gewächshäusern in Planten un Blomen gesehen hatte. Dahinter smaragdgrüne Bergketten, Hügel und Felsen, in die Ort und See wie mit einem Zirkel eingeschnitten waren.

Das war vielleicht das Beste an ihrer Erkrankung – der Aufenthalt im Tessin. Sie hatte ihr Gepäck im Grand-Hotel abgestellt und eine Nachricht für den Chauffeur hinterlassen, der sie dort abholen sollte. Der Fuhrdienst gehörte zu den Annehmlichkeiten des Privatsanatoriums für wohlhabende Schwindsüchtige. Doch Nele hatte keine Lust verspürt, in der kühlen Marmorhalle der Luxusherberge zu sitzen und zu warten. Die Piazza Grande lag praktisch um die Ecke, sie brauchte keinen anstrengenden Fußweg hinter sich zu bringen, um den Sommernachmittag im Freien zu genießen. Etwas, wovon sie geträumt hatte, seit sie selbst – nicht nur ihr Vater oder die behandelnden Ärzte – an eine Heilung glaubte. Lange genug hatte das gedauert. Nach so vielen Monaten im Schwabinger Krankenhaus befand sie sich nun endlich auf dem Weg der Besserung. Wenn sie noch eine gewisse Zeit im richtigen Klima verbrachte, würde sie wieder vollkommen gesund werden, hatte man ihr versprochen. Sie wusste nicht, ob das nur gut gemeinte Worte waren, aber sie klammerte sich an den Trost.

»*Buona sera, Signorina*«, wünschte ein Kellner, der zu ihr getreten war, und fragte dann mit einem netten Akzent auf Deutsch: »Möchten Sie einen *caffé*?«

Sie wollte ihm gerade antworten, doch ihr Blick blieb zufällig an einer Gesellschaft hängen, die aus dem Portal des größten und eindrucksvollsten Palazzo am Rande des Marktplatzes drängte. Männer in dunklen Anzügen und Frauen in hellen Sommerkleidern warfen Reis auf irgendjemanden in der Mitte ihrer Gruppe. Die Leute standen so dicht beieinander, dass sie die auf diese Weise Gefeierten fast umschlossen, doch dann löste sich jemand aus dem Reigen – und Nele erhaschte den Blick auf eine Braut. Die junge Frau trug ein modisches knöchellanges, cremeweißes Kleid und einen langen zarten Spitzenschleier, der bei einer Unachtsamkeit von ihrem Arm rutschte und in den Straßenstaub fiel.

Unwillkürlich füllten sich Neles Augen mit Tränen. Ob Livi beim Verlassen des Standesamtes ebenfalls umringt wurde von Familienmitgliedern und Freunden? Etwas derangiert von der Aufregung und dem vielleicht sommerlichen Wetter, aber strahlend schön wie eine Fee. Würde sie glücklich sein wie nie zuvor in ihrem Leben?

Nele versuchte einen Blick auf den frischgebackenen Ehemann zu werfen, doch außer einem breiten Rücken und einem Zylinder konnte sie in der Menge nicht viel erkennen. Sicher trug Konrad auch einen solchen Seidenhut zu seiner Vermählung. Er war stets gut gekleidet und würde den konservativen Anforderungen schon genügen, daran bestand kein Zweifel.

Ihr Herz krampfte sich zusammen, schien gegen die Lungen zu drücken und ihr die Luft zum Atmen zu nehmen. Irgendwo läutete eine Glocke. Ihre schweren, dumpfen Schläge gingen Nele durch und durch.

»*Signorina,* brauchen Sie Hilfe?« Die besorgte Stimme des Kellners erreichte Nele kaum.

Es dauerte eine Weile, bis sie sich wieder fing. Sie überspielte ihre mangelnde Selbstbeherrschung mit einem Hüsteln, das wenigstens nicht mehr wie das Bellen eines Hundes klang und nur noch gelegentlich von Auswurf begleitet war. Hektisch suchte sie in ihrer Handtasche nach einem Schnupftuch. Sie presste es sich schwer atmend an die Lippen, als sie es endlich gefunden hatte. Dann erst sah sie zu dem Bediensteten auf und schüttelte den Kopf.

»Ich bringe Ihnen ein Glas Wasser …«

Nele versuchte, dankbar zu lächeln. »Das ist nett. Und einen Kaffee, bitte.«

Sie zerdrückte das Taschentuch in ihrer Hand und blickte zurück zu der Hochzeitsgesellschaft. Der verstörende Moment war vorbei. Die Gruppe löste sich gerade auf, die Leute stiegen in die wartenden Automobile, das Brautpaar war bereits verschwunden.

Auf einem kleinen versilberten Tablett balancierte der Kellner eine Mokkatasse, aus welcher der Duft von frisch gerösteten Kaffeebohnen aufstieg, und ein kleines Glas Wasser. Er setzte die Bestellung auf dem Tisch vor Nele ab und wollte sich gerade wieder zurückziehen, als sie sich zu ihrer eigenen Überraschung fragen hörte: »Könnte ich bitte ein Glas Sekt bekommen?«

Er wirkte irritiert, nickte aber und ging, um ihren Auftrag zu erfüllen.

»Ich habe etwas zu feiern«, rief sie ihm nach.

Heute ist der Hochzeitstag meiner kleinen Schwester, fügte sie in Gedanken hinzu. Und des Mannes, den ich liebe.

Hamburg

36

Wellen schlappten gegen den Schiffsrumpf. Wahrscheinlich trieb ein später Lotseneinsatz die ruhige Elbe auf. Die *Kronprinzessin* lag noch vor Anker, und ihre Leinen würden erst bei Sonnenaufgang gekappt werden. Dann ging die Fahrt Richtung Nordsee und durch den Kaiser-Wilhelm-Kanal in die Ostsee. Zwar war der Schnelldampfer eigentlich ein Postschiff, das einen Liniendienst von Hamburg nach Stockholm und Riga betrieb, doch zog die luxuriöse Ausstattung der ersten Klasse gerade in den Sommermonaten viele Gäste an, die an Bord ihre Ferien verbrachten. Baltisches statt Mittelmeer.

Allerdings hätte Lavinia für ihre Hochzeitsreise eine Einschiffung in Italien vorgezogen – das klang zumindest romantischer. Wovon sollte sie ihren Freundinnen nach der Rückkehr berichten, wenn nicht von den Orten Romeos und Julias? Hatte das berühmteste Liebespaar der Welt eigentlich irgendwo am Wasser gelebt und geliebt? Egal. Allein ihre Namen zerschmolzen auf der Zunge wie ein köstliches Sahnedessert. Irgendjemand hatte ihr erzählt, dass in Stockholm vor einer Woche die Olympischen Spiele zu Ende gegangen waren. Also, was sollte sie jetzt dort, nachdem das Spektakel vorüber war? Und überhaupt, Sportveranstaltungen interessierten sie nicht. Ellinor behauptete zwar, es wären erstmals auch Kunstwettbewerbe ausgetragen worden, aber selbige überließ sie lieber Nele.

Lavinia ließ die Bürste sinken, mit der sie durch ihr langes, goldglänzendes Haar gefahren war. Heute, an ihrem Hochzeitstag, waren ihre Gedanken immer wieder zu ihrer abwesenden Schwester gewandert. Sie hatte sie sich so sehr als Brautjungfer an ihre Seite gewünscht. Doch Nele war zu krank, um die weite Reise auf sich zu nehmen. Außerdem täte ihr die norddeutsche Luft nicht gut, hatte Pappi gesagt. Statt nach Hamburg war Nele deshalb in den Süden gefahren. Das war offenbar nicht zu strapaziös für sie. Lavinia konnte keinen Unterschied im Aufwand der Unternehmung erkennen, und das Wetter war auch in Hamburg sonnig. Deshalb war sie ein wenig beleidigt.

Sie betrachtete sich in dem dreiteiligen Spiegel an dem Toilettentisch der Eignerkabine, die sich im Bug des Schiffes befand: eine holzgetäfelte, komfortabel eingerichtete Suite, bestehend aus zwei Räumen und einem kleinen Badezimmer. Das Wissen, dass sich nebenan ihr Ehemann – ein Mann! – befand, hatte sie daran gehindert, sich länger im Badezimmer aufzuhalten. Mithilfe einer Zofe, die man an Bord Stewardess nannte, hatte sie sich entkleidet und Nachthemd sowie Morgenmantel übergeworfen. Es war ziemlich warm, aber sie traute sich nicht, das eine oder andere Kleidungsstück abzulegen. Ellinor hatte ihr zum Abschied zugeflüstert, dass Konrad in der Nacht zu ihr käme. War das Warnung oder Hinweis? Sie dachte an die Briefe, die ihr Meta diktiert hatte, und wünschte, niemals in den Sog der Begierde gezogen worden zu sein. Seltsamerweise fand sie es in der Rückschau erregend, die Worte aus Metas Mund nachklingen zu hören. Konrad war in ihrer Vorstellung jedoch längst nicht mehr die Hauptperson.

Lavinia starrte ihr Spiegelbild mit weit aufgerissenen, dunkel umschatteten Augen an. Sie war müde. Es war wundervoll, den ganzen Tag über die gesammelte Aufmerksamkeit auf sich gezogen zu haben. Alle Blicke waren auf sie gerichtet gewesen. Und, ja, sie hatte Staat gemacht in ihrem aufwendig bestickten Brautkleid und dem Tüllschleier, der schick von einer weißen Toque herabhing. Wie eine Fee hatte sie ausgesehen. Oder die Prinzessin im Märchen. Ihre große Schwester sagte, Livi habe etwas von einem Baiser – wie auch immer das gemeint war. Sie nahm es als Kompliment, zumal sie sich federleicht fühlte, eben wie das Schaumgebäck. Ihr Vater hatte ihr eine wundervolle Hochzeit geschenkt. Und Konrad hatte sich sehr gut an ihrer Seite gemacht.

Die Hochzeitsfotos würden gewiss besonders beachtete Ausstellungsstücke sein, die sie gerne in einem Silberrahmen auf der Kredenz präsentierte. Aber das Abenteuer Heiraten hatte Livi auch ermattet. Es wurde Zeit, dass sie zu Bett ging und das Licht löschte. Morgen war auch noch ein Tag, an dem sie sich Gedanken über ihre ehelichen Pflichten machen konnte …

Ein leises Klopfen ließ sie zusammenfahren. Es klang wie das Scharren eines kleinen Hundes. Dennoch starrte Lavinia zu der Verbindungstür, als sei diese eingetreten worden. Ihre Kehle fühlte sich trocken an, ihre Zunge war schwer, sie brachte keinen Laut heraus.

Die Tür schwang auf. »Livi?« Konrad trat ein und ging langsam auf sie zu.

Sie sah ihn an – und ihr lief ein Schauer über den Rücken. Ihr Ehemann trug keinen Pyjama unter dem wadenlangen dunkelblauen Seidenmantel. Er war ganz offensichtlich nackt. Ein Umstand, der sie zutiefst verunsicherte. Hier ging es nicht um einen leichtsinnigen Kuss, das war ihr klar. Konrad forderte sein Recht auf die Hochzeitsnacht. Bei diesem Gedanken begann Lavinia zu zittern. Allerdings nicht aus Vorfreude.

Er blieb hinter ihr stehen. »Möchtest du nicht schlafen, meine Liebe?«, fragte er, zögerte kurz und streckte dann die Hand aus. »Komm, lass uns zu Bett gehen.«

Die Vorstellung, mit einem anderen Menschen ihr Bett zu teilen, war furchtbar. Dass dies ein Mann sein würde, brachte Lavinias Blut in Wallungen. Jedoch nicht auf die angenehme Weise, von der Meta berichtet hatte. Haut an Haut. Lavinia blickte auf das Dreieck unterhalb von Konrads Hals, das der Morgenrock nicht bedeckte. Sie entdeckte ein paar Haare, nicht viele, aber immerhin. Haare auf der Brust – hatten Männer so etwas? Warum hatte ihr das niemand gesagt? Ihr wurde übel.

Geduldig wartete Konrad, dass sie seine Hand ergriff. Als sie es nicht tat, nahm er ihr sanft die Bürste ab und legte diese auf den Toilettentisch. Dann zog er sie auf die Beine und in seine Arme. Er vergrub sein Gesicht in ihrem Haar. »Du riechst wundervoll«, flüsterte er.

Sie hielt den Atem an.

Dann ging alles überraschend schnell. Das Löschen des Lichts, die Schritte zum Bett, das Ablegen der Morgenmäntel. Konrads Bewegungen waren bedachtsam, sie flossen mit einer seltsamen Leichtigkeit ineinander und fügten sich schließlich zu den beiden Körpern, die gemeinsam auf der Matratze lagen. Er streichelte sie, ihre Arme, ihre Schultern, ihren Rücken, ihren Bauch unter dem hochgeschobenen Nachthemd. Schließlich fuhr er mit den Fingerspitzen sachte über ihre kleinen Brüste. Ein Hauch nur, so zart wie die Berührung einer Feder, doch elektrisierend wie ein Stromstoß.

Als sie spürte, wie seine Lippen die Knospen umschlossen, dachte Lavinia, dass die geheimnisvolle Angelegenheit in der Hochzeitsnacht möglicherweise doch recht angenehm war. Sie entspannte sich, überließ sich seinen forschenden Fingern und seinem Mund.

»Du bist wirklich wunderschön«, flüsterte ihr Ehemann zwischen den kleinen Küssen, die er um ihren Nabel platzierte.

Ein Kribbeln wanderte durch ihren Körper. Es fing irgendwo in der Mitte an und verteilte sich von dort, bis es ihr fast den Atem zu nehmen schien. Unwillkürlich streckte Lavinia die Hand nach Konrad aus.

Sie wollte ihn festhalten, irgendetwas tun, ihn vielleicht auch liebkosen, sie wusste es nicht genau. In der Dunkelheit ihrer Kabine tastete sie neben sich. Ihre Finger berührten samtweiche Haut, die sich um einen merkwürdig harten Körperteil spannte, der ihr völlig unbekannt war …

Konrad stöhnte leise.

Plötzlich ertastete sie einen Tropfen Flüssigkeit. Die runde Spitze des Gegenstandes, mit dem sie sich neugierig beschäftigte, wurde feucht. Entsetzt zog sie die Hand zurück. An ihrem Daumen haftete irgendetwas Glitschiges. Durch ihren Kopf rasten die Fragen nach der Herkunft. Nässte sich ihr Gatte ein? Indigniert wischte sie sich die Hand am Bettlaken ab.

Im nächsten Moment kreischte Lavinia auf. Sie war so mit sich selbst beschäftigt gewesen, dass sie anfangs nicht registrierte, was Konrads Finger taten. Erst als sie sich zwischen ihre Beine schoben, begriff sie, was das Ziel war.

Sie warf sich zur Seite und drehte die Nachttischlampe an. »Wie kannst du es wagen …?«, keuchte sie empört.

Konrad lag schräg auf dem Bett. Das Licht fiel auf seinen Körper, tauchte die Haut in einen goldenen Ton. Er schüttelte den Kopf. »Ich werde nichts tun, was du nicht möchtest«, flüsterte er rau. »Aber du wirst sehen, es wird sehr schön …«

»Nein!«

Während er gesprochen hatte, waren Lavinias Augen über seine Brust gewandert, sie hatte seine schmalen Hüften durchaus bewundert – und dann das pulsierende Körperteil entdeckt, das sie offenbar in der Hand gehalten hatte. Sie kannte Aktgemälde, Skulpturen, Kopien des berühmten Davids von Michelangelo in Florenz, aber nichts und niemand hatte sie auf die Realität vorbereitet. Außerdem hatte sie natürlich nie das Gemächt auf den Bildnissen inspiziert. Wozu auch? Jetzt bedauerte sie es.

Entsetzt wich sie zurück, zerrte ihr Nachthemd hinab. »Was … was ist das da?«

Verwirrt sah er an sich hinunter.

»Das ist widerlich!«

Konrad lief rot an. Er zog am Laken und legte es über seine Lenden. »Ich gebe dir alle Zeit, die du brauchst …«

»Welche Zeit?«, schrie sie ihn an. »Wenn das … dieses Ding da … wenn das irgendetwas mit der Pflichterfüllung einer guten Ehefrau zu tun hat, sage ich dir gleich, dass du da nicht mit mir rechnen kannst. Ich will das nicht, verstehst du? Niemals!«

»Ich dachte, du …«, hob er an, überlegte es sich dann aber anscheinend anders. Hilflos zuckte er mit den Achseln, streckte die Hand nach ihr aus. »Wir können einander auch nur in den Armen halten …«

»Nicht, solange du dieses Dingsda hast.«

Zu ihrer größten Überraschung brach er in bitteres Gelächter aus. »Ich kann dir leider nicht die Freude machen, ihn abzuschneiden.« Er angelte nach seinem Morgenmantel, den er vorhin neben dem Bett abgestreift hatte, schlüpfte noch halb im Liegen hinein.

Dann stand er auf, blieb neben dem Bett stehen und blickte auf sie herunter. Seine verletzte, ernste Miene stand in krassem Gegensatz zu seinem freudlosen Lachen. Energisch knotete er den Gürtel um seine Taille, und sie befürchtete, er dachte dabei an ihren Hals.

»Für eine Frau, die derart gewöhnliche Briefe an einen Mann schickt, wie du es getan hast, zierst du dich ganz schön, meine liebe Lavinia.«

Tränen stiegen ihr in die Augen. »Zwischen schriftlichem und privatem Verkehr besteht ein Unterschied«, belehrte sie ihn. Es gelang ihr, ihre gesellschaftliche Überlegenheit in ihren Ton zu legen. Dabei hätte sie am liebsten losgeheult. Vor Wut über die peinliche Situation, in der sie sich beide befanden. Aber auch aus Angst vor der Zukunft und einem ähnlich erniedrigenden Erlebnis.

»Ach, wirklich? Nun, dann bin ich offenbar mehr als einem Irrtum aufgesessen.«

»Geh, bitte. Ich möchte alleine sein.«

»Selbstverständlich.«

»Und komm nie wieder in mein Schlafzimmer. Versprichst du mir das?«

»Ich füge mich deinem Wunsch«, antwortete er schroff, bereits auf dem Weg zu seiner Kabine. »Meine Tür steht dir aber jederzeit offen, solltest du es dir anders überlegen.«

Nachdem Konrad gegangen war, überlegte sie, ob sie einen Stuhl unter die Klinke schieben sollte. Doch im nächsten Moment schalt sie sich für diese Vorsichtsmaßnahme. Konrad war ein höflicher, anständiger Mann. Er würde sie nicht überfallen. Mit einer gewissen Erleichterung streckte sie sich daraufhin in ihrem Bett aus, löschte das Licht.

In der Dunkelheit kehrten die Gefühle zurück, die sie neben ihm erfasst hatten. Haut an Haut. Sie fröstelte, als sie daran dachte, wo er sie hatte berühren wollen – und welchen Körperteil sie angefasst hatte! Es war gut, dass sie von vorneherein klarstellte, dass sich das nie wiederholen durfte. Die Hochzeitsreise würden sie auf diese Weise sicher wunderbar überbrücken, und wenn sie erst wieder zu Hause waren …

Lavinia fiel zu ihrem größten Schrecken ein, dass sie nicht nach Hause in die Villa am Alsterufer zurückkehren würde. Fortan würde sie in Konrads Haus in der St. Benedictstraße leben. Zimmer an Zimmer.

Die Tränen liefen nun unaufhaltsam über ihre Wangen. Unendliches Heimweh griff nach ihrem Herzen. Sie fragte sich, wie sie nur auf den Gedanken verfallen war, in der Heirat eine aufregende Abwechslung zu ihrem Jungmädchendasein zu sehen. Alles war anders. So schrecklich. Sie rollte sich zusammen wie ein Kind und wünschte, es wäre nie so weit gekommen.

ZWEITER TEIL
Lavinia
1913

Nicht alle Schmerzen sind heilbar,
denn manche schleichen
Sich tiefer und tiefer ins Herz hinein,
Und während Tage und Jahre verstreichen,
Werden sie Stein.

Aus: »Nicht alle Schmerzen sind heilbar«
von Ricarda Huch

Fräulein
Helene Dornhain
Sanatorium Casa Tedesca
Locarno – Schweiz

Hamburg, den 24. April 1913

Liebe Nele,
das Wetter schlägt ganz unglaubliche Kapriolen hier bei uns: Wir atmeten alle auf, als der Winter früh vorüber war, aber vor vierzehn Tagen kehrte er zurück, es war danach unglaublich kalt, und es fielen Schnee und Graupel. Nun – man glaubt es nicht – herrschen plötzlich wieder frühlingshafte Temperaturen. Aber das soll nicht so bleiben, wie man hört.

Ich bin sehr froh für die momentane milde Witterung, denn die Kältewelle stellte die Wohlfahrt vor enorme Aufgaben. Es war in größerem Maße notwendig als geplant, Spenden zu sammeln, um das Leid der Armen ein wenig zu lindern. Diese Arbeit ist manchmal so anstrengend, und leider sind die Möglichkeiten des Frauenclubs begrenzt. Es ist niederschmetternd, den Standesdünkel unter den Arbeiterinnen zu beobachten, denen wir eine warme Mahlzeit bieten wollen. Die Kaffeeverleserinnen, die bekanntlich auf einem viel niedrigeren Bildungsniveau stehen als etwa die Arbeiterinnen von Gummi-, Spiritus- oder Münzfabriken, werden von den anderen Frauen häufig sogar gewaltsam von unseren Einrichtungen vertrieben. In diesen Kreisen herrschen Hierarchien, die nicht einmal unsere Großmutter ersinnen könnte. Eine erschreckende Erfahrung. Die eine oder andere Mitstreiterin schlug daraufhin sogar vor, unsere Suppenkü-

chen ganz zu schließen. Aber darin sehe ich persönlich keine Lösung.

Kürzlich erhielt ich die Einladung der Fürstin Marie Karoline zu Erbach-Schönberg zu einem Freundinnen-Treffen im Hotel Vier Jahreszeiten. Der Name sagt Dir sicher nichts, aber ich weiß um die große Ehre. Sie ist eine geborene Prinzessin Battenberg, ihr Vater ein Prinz von Hessen-Darmstadt. Die Dame ist mit fast allen regierenden Häusern Europas verwandt, und ihre »Freundinnen« zählen zu den Spitzen der Gesellschaft. Sie und ihre Mitstreiterinnen kümmern sich in Bahnhofsmissionen oder in Hafenvierteln um junge Frauen, die vom Glück verlassen wurden. Eine hehre Aufgabe, der ich mich von Herzen und mit Stolz anschließe.

Ansonsten geht es uns allen gut. Großmutter, Vater und ich haben den Wetterwechsel gesund überstanden – man neigt sonst leicht zu Übermut und Erkältungen bei den Temperaturunterschieden. Lavinia erscheint mir nicht so glücklich, wie ich mir unsere jung verheiratete Schwester vorstellte, aber möglicherweise ist das mein Fehler und nicht ihrer. Sie kommt sehr häufig zu Besuch, fast, als hielte sie es in ihrem neuen Zuhause nicht alleine aus. Dabei hat Konrad ein respektables Haus. Es ist zwar nur eine Reihenvilla, aber wirklich wunderschön, auch die Einrichtung. Lavinia kann zufrieden sein, zumal auch mit der zuverlässigen Dienerschaft, die Konrad seit Jahren versorgt. Neulich erst war ich zu Gast bei den beiden und machte über den perfekt geführten Haushalt große Augen. Das sah so gar nicht nach unserer Livi aus – und ist letztendlich wohl auch nicht ihr Verdienst. Aber ich sollte nicht klagen, schließlich sind wir alle froh, dass sie einen so wunderbaren Gatten gefunden hat, nicht wahr?

Nun habe ich aber genug Neuigkeiten verbreitet. Gleich holt mich Christian Schulte-Stollberg zu einem Ausflug nach

Blankenese ab. Wir besuchen seine Großmutter, die sich in das Landhaus der Familie zurückgezogen hat. Das Stadtleben behagt Lucia Schulte-Stollberg nicht mehr.

Abschließend möchte ich Dir noch schreiben, wie erleichtert wir alle sind, dass Deine Gesundheit sich auf dem Weg der Besserung befindet. Es ist natürlich bedauerlich, dass Du nur so wenige Ausflüge unternimmst und das Gelände der Privatklinik kaum verlässt, aber Du wirst am besten wissen, was Dir bekommt. Sobald Du Dich kräftig genug fühlst, solltest Du aber wirklich das Tessin erkunden. Es gibt sicher viel Sehenswertes. Vergiss nicht, mir so rasch wie möglich von Deinen Fortschritten zu berichten.

Es grüßt Dich herzlich
Deine Schwester Ellinor

Hamburg

1

Die Damen versammelten sich in einem eigens angemieteten Raum des Hotels Vier Jahreszeiten. Ein Dutzend bürgerliche Hamburgerinnen und adelige Schlossherrinnen aus dem Umland, die ein großer Name und ein beachtliches Vermögen einte. In ihrer Mitte hielt Fürstin Marie Karoline zu Erbach-Schönberg Hof, eine ebenso elegante wie kluge Sechzigjährige, die in schwarzseidene Witwengewänder gehüllt war und unter einem Wagenrad fast verschwand, das mit schwarzen Tüllbergen aufgeputzt war. Nur wenige der Frauen trugen derart riesige Kopfbedeckungen, die meisten *Freundinnen* krönten ihr Haupt mit kleineren, frecheren Exemplaren, die nur noch eine einzige dekorative Feder schmückte statt ein ganzer Vogelpark.

Lavinia betrachtete die Hüte voller Bewunderung und Neid. Sie beschloss, dass sie dringend ihre Modistin aufsuchen musste. Wenn ihr im Automobil auf der Fahrt hierher noch schleierhaft gewesen war, warum Ellinor sie zum Mitkommen gedrängt hatte, fand sie den ersten Eindruck dieser Veranstaltung ausgesprochen vielversprechend. Die Anwesenden waren zwar überwiegend deutlich älter als sie und daher keine Mitglieder ihres privaten Kreises, aber sie kannte das eine oder andere Gesicht vom Theater oder von der Musikhalle her. Jedenfalls war es ausgesprochen wohltuend, sich in dieser Gesellschaft aufzuhalten. Etwas, das Lavinia – nunmehr Frau Michaelis – nur noch selten auskostete, da sie sich nicht mehr so oft wie bisher mit ihrer Großmutter in der Öffentlichkeit zeigen durfte.

Anfangs standen die Damen in kleinen Gruppen beieinander und sprachen über Dinge, die Lavinia weder als interessant einstufte noch verstand. Sie hörte nicht zu, hielt sich im Schatten von Ellinor und blickte sich um, saugte die vornehme Atmosphäre auf wie ihr Badeschwamm das duftende Wasser.

»Was machen Sie hier?« Die Lautstärke, mit der die weibliche Stimme Lavinia ansprach, und ihre Tonlage klangen ziemlich abwertend.

Irritiert wandte sich Lavinia zu einer hochgewachsenen Person etwa im Alter von Ellinor. Die junge Frau trug ein schmales Kostüm mit einer üppig mit Fuchspelz besetzten Jacke und dazu einen kleinen Hut auf kupferrotem Haar, der mit einem Fuchsschweif geschmückt war. Nicht nur die ausgesprochen schicke Garderobe wirkte mondän – zwischen den vollen Lippen steckte eine lange, goldene Zigarettenspitze. Die Dame strahlte so viel Selbstbewusstsein aus, dass Lavinia sie – sprachlos vor Bewunderung – nur anstarren konnte.

Ellinor sprang ihr zur Seite. »Das ist meine jüngste Schwester, Frau Lavinia Michaelis. Ich bin Ellinor Dornhain.«

»Alice von Finkenstein«, die Fremde reichte erst Ellinor, dann Lavinia die Hand und hielt sie länger als nötig in der ihren. »Frau Michaelis? Jung, naiv, verheiratet. Ich wiederhole meine Frage: Was tun Sie hier, meine Liebe? Sie sind doch genau unsere Klientel auf der anderen Seite.«

»Wohl kaum«, widersprach eine ältere Dame in der Gruppe. »Keine der Töchter Victor Dornhains wird je dazu zählen. Oder wissen Sie nicht, dass die Reederei Dornhain eine der ersten Adressen in Hamburg ist?«

Zu dünnen Halbmonden gezupfte Augenbrauen hoben sich über ausdrucksstarken bernsteinbraunen Augen. »Reederei Dornhain? Ach, du meine Güte, ich war wohl viel zu lange in London, um mich mit der deutschen Schifffahrt auszukennen.

Da ich Sie also ohnehin kennen sollte, werte Frau Michaelis, freut es mich, nunmehr Ihre Bekanntschaft zu machen.«

»Ganz meinerseits«, erwiderte Lavinia wohlerzogen.

»Nun verraten Sie mir, mit welchen Mitteln würden Sie gegen den Mädchenhandel im Hamburger Hafen vorgehen? Als Tochter eines Reeders ist Ihnen dies gewiss eine Herzenssache.«

Lavinia verwirrte die Aufmerksamkeit dieser auffallenden Person. Sie fühlte sich einerseits geschmeichelt, andererseits aber klein und unscheinbar neben so viel Esprit. Außerdem hatte sie nicht die geringste Ahnung, was Alice von Finkensteins Frage bedeutete. Welcher Mädchenhandel? Lavinia wünschte, sie hätte die Gespräche der Frauen bisher mit etwas mehr Interesse verfolgt.

Wieder war es Ellinor, die sich für sie einsetzte: »Meine Schwester ist noch nicht vertraut mit unseren Anliegen. Ich bin sicher, das wird sich ab heute ändern.«

»Ich sage doch, die Kleine gehört zu unserer Klientel«, Alice von Finkenstein klang ein wenig gelangweilt, als wäre sie es gewohnt, stets Recht zu haben. Sie spielte mit der Zigarettenspitze in ihrer Hand, während sie dozierte: »Es ist schließlich nicht nur Aufgabe der Frauenvereine, gefallene Mädchen aus der Gosse zu holen, sondern auch, unbedarfte junge Dinger für die Emanzipation zu gewinnen. Nehmen Sie sie nur unter Ihre Fittiche, Fräulein Dornhain, ich bin sicher, aus unserer süßen Frau Michaelis wird noch eine Kämpferin.«

Ohne Lavinia eines weiteren Blickes zu würdigen, schlenderte die elegante Frau zu einer anderen Gruppe, wo sie sich in einem anderen Gespräch verlor. Sosehr sich Lavinia anstrengte, sie konnte zwar der lauten, herrischen Stimme lauschen, jedoch nicht verstehen, worum sich die Unterhaltung drehte.

Sie zog Ellinor am Ärmel, als wäre sie noch ein kleines Kind. »Was ist ein Mädchenhandel?«, wisperte sie.

»Das erkläre ich dir auf dem Heimweg.«

Lavinia öffnete den Mund, um auf einer sofortigen Erklärung zu bestehen, doch da klatschte die Gastgeberin in die Hände. Die Fürstin forderte ihre Mitstreiterinnen auf, an der langen Tafel Platz zu nehmen, damit die Konferenz beginnen konnte. Natürlich nahm Lavinia neben Ellinor Platz, zu ihrem größten Bedauern setzte sich Alice von Finkenstein an das andere Ende des für einen Imbiss gedeckten Tisches. Sie befand sich nicht einmal in Lavinias Blickfeld, die sich vorbeugen musste, um die mondäne Erscheinung anzusehen. Hin und her gerissen zwischen dem Wunsch, endlich auch in dieser Gesellschaft Mittelpunkt zu sein, und der weisen Voraussicht, einen besseren Eindruck zu machen, wenn sie sich im Hintergrund hielt, verschloss sich Lavinia wieder gegen den Austausch der Frauen. Unglücklich saß sie auf ihrem Stuhl und nippte an dem süßen Portwein, der serviert wurde. Dabei sinnierte sie, warum neuerdings so vieles falsch und anders als erwartet in ihrem Leben lief. Die Zeit verrann, und Lavinia verlor das Gefühl dafür, wie lange sie bereits stumm vor sich hingrübelte.

Schließlich riss Alice von Finkensteins klare Stimme sie aus dem Gedankenkarussell: »Frauen landen meistens aus einer Notlage heraus auf der Straße. Viele Arbeiterinnen werden so schlecht bezahlt, dass sie keinen anderen Ausweg zum Überleben sehen. Und den bedauernswerten Hausmädchen, die von ihrem Dienstherrn verführt oder vergewaltigt und geschwängert wurden, bleibt ebenfalls nichts anderes übrig. Nicht die Prostituierten sind am Verfall der Sitten schuld, sondern die Herren, die sie dazu machen.«

Beifall brandete auf.

Lavinia blickte sich verblüfft um, weil sie die Begeisterung der illustren Tischgesellschaft nicht zu teilen wagte. Natürlich sprach Alice von Finkenstein mit einer schönen Stimme, deren

Ton durch den Raum schwang wie die Arie einer Sopranistin über die Ränge des Stadt-Theaters. Dennoch benutzte sie Wörter, die Lavinia die Schamesröte in die Wangen trieben. Offenbar war Lavinia aber die einzige Person, die sich an der Diktion der Dame störte. Bis zu diesem Moment hätte sie schwören können, dass die Anwesenden ebenso wenig Ahnung von Freudenhäusern, Straßenmädchen und einem mit Bastarden gesegneten Personal hatten wie sie selbst. Doch alle schienen genau zu verstehen, was gemeint war. Lavinias Weltbild begann zu wanken.

Zu Lavinias Überraschung meldete sich Ellinor mit einer kleinen Handbewegung zu Wort. Als sich Lavinia umschaute, stellte sie fest, wie nun alle an den Lippen ihrer ältesten Schwester hingen.

»Es ist die Rede davon«, Ellinor klang stolz und selbstbewusst, »dass die Frauen zwölf Mark die Woche an die Polizei zu bezahlen haben. Niemand weiß, wohin das Geld fließt. Man nennt es eine *Arztabgabe*, aber das ist natürlich Unsinn. Wahrscheinlich dient es der Bereicherung einzelner Polizisten. Es kann aber nicht sein, dass sich Staatsbedienstete als Freier betätigen. Meiner Ansicht nach ist es daher wichtig, Aufklärung bei den Frauen zu betreiben, die ihren Lebensunterhalt auf der Straße verdienen müssen.«

Wovon redete Ellinor? Die anderen Damen schienen es zu wissen, nickten verständnisvoll, stellten Fragen, die Ellinor geduldig und anscheinend fachkundig beantwortete. Was sie alles wusste! Lavinia erkannte ihre Schwester kaum wieder. Es war beeindruckend, mit welcher Verve Ellinor ein Thema diskutierte, mit dem sie, wenn sie es im Salon der Villa am Alsterufer angeschnitten hätte, von ihrer Großmutter des Zimmers verwiesen worden wäre. Und hier saßen *Freundinnen* von mindestens dem Ansehen Charlotte Dornhains in vertrauter Runde und parlierten über hygienische Notwendigkeiten wie über die Form ihrer

Hüte. Selbst in Gedanken benutzte Lavinia den vornehmsten aller Begriffe für den Verkehr zwischen den Geschlechtern. Ihr fielen Metas Worte ein, die sie mit eigener Hand zu Papier gebracht hatte. Ihr wurde schwindelig bei der Überlegung, dass die feinen Reedersgattinnen, Kaufmannsgemahlinnen oder Baroninnen vermutlich ebenfalls wussten, was mit den Frivolitäten gemeint war. Unwillkürlich wurde ihr heiß. Ihre Ohren begannen zu glühen. Ihr Weltbild stand auf dem Kopf.

In ihrem Schock bemerkte Lavinia kaum, wie die Zeit verrann. Sie begriff, dass die Damen bei Tisch Ungerechtigkeiten anklagten und für Besserung der schlechten Verhältnisse bestimmter Bevölkerungsgruppen sorgen wollten. Natürlich wusste sie, dass sich Ellinor seit Langem für wohltätige Zwecke einsetzte. Aber Lavinia hatte nicht einmal geahnt, wie bedauernswert das Dasein außerhalb Harvestehudes sein konnte. Genau genommen war sie bislang sogar der Meinung gewesen, dass der Abschaum selbst schuld an seiner Lage war, wohingegen der gesellschaftliche Status der Familie Dornhain einer von Gott gegebenen Fügung entsprach.

Obwohl sie nur wenig von dem verstand, worüber sich die *Freundinnen* unterhielten, was sie planten und schließlich verabredeten, zog diese Gruppe vornehmer Frauen sie magisch an. Das Widersprüchliche in ihrem Habitus und dem vermutlich guten Zweck, den sie verfolgten, klärte sich auch nach mehreren Stunden des Zusammenseins nicht. Doch Lavinia beschloss zu lernen, um eine der Ihren zu werden. Sie machte die erstaunliche Erfahrung, dass sie nicht zwingend im Mittelpunkt stehen musste, um sich in diesem Kreis gut aufgehoben zu fühlen. Und zum ersten Mal fand sie es nicht opportun, nur strahlend schön und albern zu sein.

Kaum, dass sie neben Ellinor im Fond des Phaeton Platz genommen hatte, brach es aus ihr heraus: »Erkläre mir bitte, was es mit dieser Veranstaltung auf sich hatte. Ich habe kein Wort verstanden.«

»Das ist auch gut so. Dann kannst du Großmutter keine Details berichten, wenn du sie morgen zum Tee triffst.«

Lavinia war nicht nach Scherzen zumute. Im Rückspiegel sah sie, dass auch Richters Mundwinkel zuckten. Für einen Moment zögerte sie, aber dann erinnerte sie sich, dass sie sich auf den Chauffeur verlassen konnte, was immer sie anstellte. Er machte sich gewiss nicht lustig über sie. Wer konnte auch ahnen, dass in ihr ein aufrichtiges Interesse geweckt worden war. An den *Freundinnen* mehr als an deren Schützlingen, aber das spielte im Moment keine Rolle.

»Warum hast du mich mitgenommen, wenn dir meine Anwesenheit bei dieser Zusammenkunft unangenehm war?«

Ellinor lachte. »Ich dachte, ein wenig erwachsene Gesellschaft könnte dir guttun.« Als Lavinia mit einem Schmollmund reagierte, wurde ihre Schwester ernst: »Du lässt dich gehen, Livi. Das macht mir Sorgen. Als ich neulich zu einem Überraschungsbesuch vorbeikam, trugst du am Nachmittag noch ein Hausgewand, und deine Haare …«

»Wozu soll ich mich zurechtmachen, wenn mich niemand anderer sieht als Konrad? Ich hatte keinen Gast erwartet.«

»Aber …« Ellinor schnappte nach Luft, führte jedoch nicht aus, was sie dermaßen empörte. Sie blickte in ihren Schoß und zupfte nervös an den Fingern ihrer Handschuhe. Dabei wurde sie von einer ratlosen Lavinia stumm beobachtet.

Nachdem sie die Handschuhe einmal abgestreift und danach wieder übergezogen hatte, schien sich Ellinor gefangen zu haben. Sie atmete tief durch, bevor sie mit ruhiger Stimme bemerkte: »Für eine junge Ehefrau wirkst du ziemlich unglücklich, Livi. Ich hoffe, daran ist nicht dein … ähhh… neuer Umgang schuld. Du triffst deine Freundinnen nicht mehr so oft, nicht wahr?«

Tiefe Traurigkeit legte sich auf Lavinias Gesicht. »Wir haben nicht mehr viel gemeinsam«, gestand sie stockend. »Jedenfalls die unverheirateten meiner früheren Kameradinnen – und das sind ja die meisten. Unsere Gespräche sind – anders. Mir scheint, sie wollen mich nicht mehr in alles einweihen. Dafür erwarten sie aufregende Geschichten über mein Eheleben, die ich ihnen nicht bieten kann. Außerdem ...«, sie nagte verlegen an ihrer Unterlippe. »Sie verstehen nicht, wieso ich keinen Jungen aus unseren Kreisen geheiratet habe.«

»Hm«, machte Ellinor. Sonst sagte sie nichts.

Lavinia lehnte sich in dem Ledersitz zurück und grübelte, dass selbst Konrads gutes Aussehen dem Standesdünkel ihrer Freundinnen nicht genügte. Während ihrer Verlobungszeit waren alle angesteckt von ihrer Aufregung und begeistert gewesen. Nun aber schien es, als gehörte sie, Lavinia, nicht mehr dazu.

Als habe sie ihre Gedanken erraten, hob Ellinor plötzlich an: »Ich dachte mir, dass dir die Einführung in einen Kreis vorbildlicher Damen gut bekommen könnte. Es ist natürlich niemand in deinem Alter, aber die Ziele der Bewegung können auch dein neues Leben ausfüllen.«

»Du lieber Himmel, Elli, du sprichst wie unser Pastor!«

»Na und? Das Leid anderer junger Frauen kann dich doch nicht kaltlassen. Ich bin sicher, du wirst dich für sie einsetzen, wenn du dich mit dem Thema ein bisschen besser vertraut gemacht hast.«

Lavinia wollte Ellinor sagen, dass ihr die Veranstaltung im Vier Jahreszeiten gefallen hatte. Dass sie sich gerne bei den Unterhaltungen beteiligt hätte. Kontakt zu den bedauernswerten Personen, über die gesprochen worden war, wollte sie aber eher nicht pflegen. Weil sie das besser für sich behielt, wich sie mit einer Frage aus, die sie schon den ganzen Nachmittag über beschäftigte: »Du wolltest mir erklären, was Mädchenhandel ist.«

»Nichts, was etwas mit Kaufmannsehre zu tun hätte.«

»Und?«, drängte Lavinia.

Ellinor warf einen bedeutsamen Blick zu ihrem Chauffeur, dann drehte sie sich zu Lavinia. Leise, langsam und erstaunlich unaufgeregt berichtete sie: »Die ganze Tragweite wurde vor Kurzem durch einen Skandal publik. Ein Händler von Gebrauchtwaren fand im Geheimfach eines alten Schreibtisches eine Liste mit Namen und einen Stapel Abrechnungen. Die gab er an die Presse. Es spricht natürlich Bände, dass der Mann nicht zuerst die Polizei benachrichtigte. Auf diese Weise wurde in der Öffentlichkeit bekannt, dass der Vorbesitzer des Möbelstücks armen Familien die Töchter abkaufte oder junge Mädchen von der Straße auflas. Er betrieb einen florierenden internationalen Handel. In Europa fehlt kein Land, und die erzwungenen Reisen der armen Geschöpfe gingen auch nach Amerika und in das Osmanische Reich. Ein Sultan dort zahlte wohl Höchstpreise für blonde Jungfrauen aus Deutschland. Und damit das klar ist: Die Mädchen wurden nicht als Hauspersonal verschachert, sondern in Freudenhäuser und den Harem des Sultans gesperrt.«

»Oh!«, war der einzige Kommentar, der Lavinia möglich war. Die Farbe war aus ihrem Gesicht gewichen, und sie starrte Ellinor fassungslos an. Mitgefühl packte sie. Und Zorn auf die Männer, die den Kontakt zu solchen Weibern brauchten, wie es allgemein hieß.

Ihr ging die erschreckende Frage durch den Kopf, ob sich auch Konrad anderswo holte, was er von ihr nicht bekam. Lavinia senkte die Lider, als hätte sie ihn geradewegs auf der Rothenbaumchaussee mit einer anderen entdeckt. Doch vor den Gepflogenheiten einer Ehe konnte sie die Augen nicht mehr verschließen.

2

»Ich brauche neue Hüte«, verkündete Lavinia beim Frühstück, das sie gemeinsam mit Konrad im Wintergarten einnahm. Sie mochte diesen hellen, verglasten Raum, der an die Rückseite des Hauses an der St. Benedictstraße angebaut war und zum Garten hinausführte. Im Gegensatz zu den meisten Zimmern standen hier keine dunklen Möbel, es gruppierten sich vier Sessel aus Korbgeflecht um einen kleinen Marmortisch, und Lavinia gefiel dieser leichte Einrichtungsstil. Außerdem blickte sie gerne ins Grüne, selbst heute, wo sich der Himmel wieder bewölkte und das trübe Licht den Pflanzen ein wenig die Farbe zu nehmen schien.

»Hüte?«, wiederholte Konrad verblüfft. »Du meinst – mehrere?«

Lavinia fuhr sich in das nachlässig aufgesteckte Haar, als müsste sie sich erst überzeugen, dass sie keine Kopfbedeckung trug. »Ja. Natürlich. Ja. Ich brauche etwas Neues für verschiedene Gelegenheiten.«

»Ich finde sehr hübsch, was du bisher trägst.«

»Das mag sein, aber du verstehst nichts von Mode. Diese Wagenräder sind vollkommen überholt. Mein neuer gesellschaftlicher Status verlangt, dass ich mich standesgemäß kleide. Dafür brauche ich mehr Toilettengeld von dir.« Nach diesem Argument betrachtete sie die Unterhaltung als abgeschlossen. Konzentriert begann sie, die obere Hälfte ihrer Schrippe mit Butter zu bestreichen.

»Dein. Neuer. Gesellschaftlicher. Status. Verlangt. Das.«

Lavinia legte das Buttermesser zur Seite und blickte Konrad über die Frühstücksgedecke hinweg in die Augen. Sie verstand seine Fassungslosigkeit zwar nicht, aber wie bei fast allem, was ihr Gemahl sagte oder tat, interessierte sie sich herzlich wenig für seine Sicht der Dinge. Unbändige Lebensfreude erfüllte sie, als sie an die *Freundinnen* im Hotel Vier Jahreszeiten dachte.

»Stell dir vor, ich gehöre jetzt zu dem Kreis um die Fürstin zu Erbach-Schönberg. Es werden regelmäßige Zusammenkünfte veranstaltet, bei denen wir uns über junge Frauen in schlimmer Lage unterhalten.« Ach, wie einfach war ihr das Wir über die Lippen gegangen – und wie triumphal der Klang. Sie brauchte ihm nicht auf die Nase zu binden, dass sie Ellinors Begleitung gewesen war und nichts von dem verstanden hatte, was diskutiert wurde. »In dieser Gesellschaft kann ich unmöglich durch unpassende Garderobe auffallen.«

»Wenn du damit deine Hüte meinst, wirst du das müssen.«

»Ach, und ein neues Nachmittagskleid brauche ich selbstverständlich auch … Was hast du gesagt?«

»Lavinia«, seine Stimme klang sanft, während sich seine Miene verdüsterte, »ich habe mich finanziell übernommen. Anscheinend reicht auch das Hauswirtschaftsgeld bei Weitem nicht aus, das du zur Verfügung hast, und das bereitet mir Sorgen.«

»Hauswirtschaftsgeld?« Lavinia runzelte die Stirn, als höre sie diesen Begriff zum ersten Mal. »Ich verstehe nicht, was du meinst. Ich bestelle bei den Händlern, was ich haben möchte, und sie liefern das dann. Natürlich ist das nicht kostenlos. Was dachtest du?«

Konrad seufzte tief. »Hat dir deine Großmutter nicht beigebracht, wie man einen eigenen Haushalt führt?«

»Sie erwähnte etwas. Aber, ehrlich gesagt, habe ich nicht zugehört. Ich konnte noch nie gut mit Zahlen umgehen.«

»Das merkt man«, brummte er.

Eine Weile sahen sie einander schweigend an. Im Garten frischte der Wind auf, und der herabhängende Ast einer Birke kratzte über die Fenster des Wintergartens. Ein leises Rauschen drang von draußen herein. Lavinia erinnerte sich flüchtig, gehört zu haben, dass sich das Wetter verschlechtern sollte. Sie begann wieder, sich mit ihrem Brötchen zu beschäftigen, das noch unbelegt auf ihrem Teller lag.

Begleitet von einem Seufzen, fand Konrad zu seiner Sprache zurück: »Frau Brinkmann erzählte mir, dass du Unmengen von Lebensmitteln herbeischaffen lässt, die für eine ganze Kompanie ausreichten …«

»Deine Haushälterin soll nicht hinter meinem Rücken tratschen«, warf Lavinia unbeteiligt ein, während sie nach der hübschen Keramikdose mit dem Wabenmuster griff, in der sich Heidehonig befand.

»Es gehen mehr Reste an die Armenspeisung, als wir jemals verbrauchen, Lavinia!«

Sie hob den Kopf. »Wozu die Aufregung? Offenbar tun wir ein gutes Werk!« Sie biss von ihrem Frühstück ab. Während sie kaute, fiel ihr etwas ein, woraufhin sie wenig manierlich mit noch vollem Mund hinzufügte: »Ich werde künftig ohnehin mehr mit Wohltätigkeitsanliegen beschäftigt sein. Es gibt so viel Leid«, schloss sie mit einem theatralisch-dramatischen Unterton.

Ein Grinsen kräuselte kurz Konrads Lippen. »Dein Humor ist wunderbar, Livi. Dennoch wäre es wünschenswert, wenn du ein wenig mehr auf unsere Ausgaben achten würdest. Ich kann die Haushaltsführung natürlich auch wieder ausschließlich Frau Brinkmann übertragen, aber ich möchte dich nicht übergehen.«

»Solange deine Frau Brinkmann kocht, was ich mag, habe ich nichts dagegen.« Sie tupfte sich mit ihrer Leinenserviette über die Lippen. »Ich habe ohnehin keine Lust, über Seezungen und Kalbsschnitzel zu diskutieren. Außerdem werde ich demnächst viel Zeit bei meiner Modistin ver…«

»Nein.«

»Was?«

»Lavinia, das geht nicht. Du kannst nicht einfach losmarschieren und kaufen, wonach dir der Sinn steht. Wenn dein Toilettengeld jetzt nicht ausreicht, musst du warten, bis ich mehr verdiene.«

Ihr Mund öffnete sich, sie schloss ihn, machte ihn wieder auf, aber ihr fehlten die Worte. Nach einer Weile kicherte sie aus Verlegenheit und Bestürzung. Bedächtig, als müsste sie jede Silbe abwägen, formulierte sie: »Soll das heißen, dass ich mir keine neuen Hüte aussuchen darf?«

»Nicht einen einzigen, bevor alle Lebensmittellieferungen und was sonst noch an Haushaltsdingen offen ist, bezahlt werden konnten.«

Konrads Entscheidung traf sie wie ein Keulenschlag. Ihre Augen funkelten, ihre Wangen röteten sich vor Aufregung. »Es ist nicht dein Ernst, dass ich nicht einkaufen kann, was ich brauche! Ich denke, Ehemänner haben ihre Frauen zu ernähren und zu kleiden.«

»Ich habe nicht den Eindruck, dass es dir an irgendetwas mangelt, meine Liebe. Leider verfüge ich nicht über die Mittel deines Vaters, aber …«

Lavinia klatschte in die Hände. »Wunderbar. Gut, dass du mich daran erinnerst. Ich werde meinen Vater bitten, die offenen Beträge auszulegen.«

»Das wirst du nicht tun!«

Ihre Freude erlosch wie eine Kerze im Sturm. »Warum nicht?«

Regentropfen schlugen gegen die Fensterscheiben. Das Prasseln wurde so laut, dass Konrad die Stimme erheben musste. Vielleicht war das aber nicht der einzige Grund, möglicherweise war er wütend. In dieser Verfassung hatte Lavinia ihn noch nie erlebt.

»Dein Vater setzte nach unserer Heirat eine Apanage für dich aus. Jeden Monat geht das Geld auf mein Konto. Ich werde es jedoch nicht anrühren. Das verbietet mir mein Stolz. Und du wirst keinen Pfennig für albernen Plunder abheben, solange ich für unseren Lebensunterhalt arbeiten kann. Haben wir uns verstanden?«

»Albernen Plunder nennst du meine Garderobe?«, kreischte Lavinia. Sie konnte nicht verhindern, dass ihre Stimme schrill klang.

»Du bist verwöhnt und maßlos. Und unhanseatisch. Ich verstehe dich nicht. Ich wünschte, du wärest mehr wie ...« Er verschluckte sich an dem Namen, den er offenbar hatte aussprechen wollen, hustete, griff nach der Serviette und hielt sie sich vor den Mund.

Lavinia war es nicht gewohnt, beschimpft zu werden. Selbst ihre Großmutter hatte sie in einem anderen Ton kritisiert. Sie verstand nicht, warum Konrad so ausfallend wurde. Er hatte vor ihrer Hochzeit gewusst, welchen Lebensstil sie gewohnt war. Es verletzte sie tief, dass er den einzigen Trumpf, den sie gegenüber ihren klugen und begabten Schwestern besaß, herabwürdigte. Wenigstens mit ihrer Schönheit und ihrem Geschmack vermochte sie, neben Ellinor und Nele zu glänzen. Ansonsten war sie überzeugt davon, ihren Schwestern nicht das Wasser reichen zu können. Und die Auswahl von Kleidungsstücken machte so viel Spaß. Es war eine der wenigen Gelegenheiten, bei denen sie sich fühlte wie früher. Außerdem wollte sie für das nächste Treffen der *Freundinnen* makellos schön sein. Konrad konnte ihr doch nicht jede Freude nehmen! Ihre Augen füllten sich mit Tränen.

Der Birkenzweig peitschte gegen das Fenster, die Regentropfen wurden zu einem Trommelfeuer. Ein Unwetter zog auf. Deshalb wollte Lavinia wenigstens zu Hause für eine bessere Lage sorgen. Es interessierte sie nicht sonderlich, mit wem Konrad sie verglich. Aber sie spürte, dass sie das Schweigen zwischen ihnen unterbrechen musste. Weil ihr nichts anderes einfiel, hoffte sie auf eine harmlose Konversation, indem sie mit zitternden Lippen fragte: »Wen meinst du?«

Konrad erbleichte. »Nichts. Niemand. Ich … ich meinte deine Schwester … Ellinor ist eine sehr tüchtige junge Frau. Du solltest dir wirklich ein Beispiel an ihr nehmen.«

»Ich habe Nele immer mehr bewundert.«

»Das … das glaube ich dir gerne …«, erwiderte er stockend. Konrad räusperte sich, warf die Serviette, die er in seiner Hand zerdrückt hatte, auf den Tisch. Dann stand er auf.

»Ich muss jetzt gehen. Bitte behalte unsere Geldausgaben im Auge, Lavinia.« Ohne sich zu dem üblichen Kuss auf die Wange zu ihr herunterzubeugen, marschierte er mit weit ausholenden Schritten an ihrem Platz vorbei ins Haus.

Sie sah ihm nach, seinen eleganten Bewegungen. Erst als er aus ihrem Blickfeld verschwunden war, begann sie zu weinen. Um all die Hüte und schönen Kleider, die ihr Konrad versagte zu kaufen. Um ihre Freiheit und die verlorene Leichtigkeit ihrer Jugend.

3

Auf dem Balkan herrschte seit Monaten Krieg, aber für Klara waren die Nachrichten aus dem südöstlichen Europa so weit weg wie die kaiserliche Kolonie Kiautschou in China. Gelegentlich schnappte sie auf, wie Ida über die vielen Toten klagte, aber schlimmer als das Unwetter, das Anfang Mai über Norddeutschland fegte, konnten die Kämpfe um Skutari und die anderen Orte, von denen Klara nie zuvor gehört hatte, ihrer Ansicht nach auch nicht sein. Orkanböen und Flutwellen bedrohten die Küstenbewohner ebenso wie Hochwasser und plötzlich wieder einsetzender Frost.

Klara machte sich Sorgen um ihre Ziehmutter in Glückstadt. Sie stand mit ihr seit ihrer Abreise nach Hamburg nur in gelegentlichem schriftlichem Kontakt, aber ihre Gedanken weilten nun viel öfter als sonst bei dem einzigen Zuhause, das sie kannte. Die Deiche dort und an der Nordsee hatten zwar selbst der schlimmen Sturmflut vor sieben Jahren getrotzt, doch die Natur war kein berechenbarer Gegner.

Deshalb wagte sie es, sich bei Richter nach dem Pegelstand der Elbe zu erkundigen. Als dieser mit dem Automobil vorfuhr, um Victor Dornhain in die Stadt zu fahren, rannte sie auf den Wagen zu. Sie hielt den aufgespannten Schirm über sich, mit dem sie eigentlich an der Eingangstür auf den Hausherrn warten sollte. Doch der Sturm trieb das Nass darunter hindurch und zerrte an der Seidenbespannung.

Richter blieb im Wagen sitzen, um sich nicht dem Regen aussetzen zu müssen. Mit einem Lederlappen, den er irgendwo neben sich im Fahrzeug aufbewahrte, wischte er die Feuchtigkeit von dem heruntergekurbelten Seitenfenster.

»Die genauen Zahlen der Hochwassermarken kenne ich nicht. Aber es sieht nicht gut aus. Die Schiffe, die auf Reede ankern, müssen zum nächsten Hafen, und die, die schon an den Kais der Nord- und Ostsee liegen, dürfen nicht auslaufen. Das kostet den Reeder eine Menge Liegegebühren und Ärger«, setzte der Chauffeur hinzu, als müsste er vor dem jungen Hausmädchen Rechenschaft ablegen, warum sein Chef an einem Tag wie diesem weder den Alsterdampfer noch die Elektrische ins Büro nahm.

»So gefährlich wie jetzt war es schon lange nicht mehr«, gab Klara zu bedenken. »Das hat in der Zeitung ge…«

»Klara! Soll ich nass werden?«

Das Donnerwetter des Hausherrn traf sie selbst durch das Heulen des Sturms wie eine Ohrfeige. Sie hatte völlig vergessen, dass sie ihn mit dem Schirm von der Haustür zum Automobil begleiten sollte.

Klara fuhr herum, um zurück zu ihrem Herrn zu eilen. Dabei achtete sie nicht auf die Böe, die im selben Moment unter das Regendach fuhr und heftig dagegen drückte. Ohne dass sie etwas unternehmen konnte, verbog der Wind Kiele und Paragonstangen. Binnen Sekunden war der Parapluie unbrauchbar. Hilflos blieb sie im Regen stehen.

»Unglaublich!«, schimpfte Victor Dornhain von der Tür her.

Aus den Augenwinkeln beobachtete Klara, wie er sich den Hut fest auf den Kopf drückte.

Sie sollte etwas unternehmen, ihm entgegengehen, sich selbst vor der Nässe schützen, die vom Himmel peitschte. Aber ihr Missgeschick lähmte sie. Ihre Glieder waren bleischwer. Sie fühlte sich seltsam willenlos. In der Hand hielt sie den lächerlich wirkenden ruinierten Regenschirm, der Wind riss an ihren Haaren und hob ihre Rockzipfel. Dabei wirkte sie in ihrer Steifheit so grotesk wie ein Zirkusclown.

Richter sprang aus dem Wagen, in der Hand seinen eigenen Schirm, den er vorsorglich noch nicht aufspannte, und ging raschen Schrittes auf seinen Chef zu.

»Warten Sie!«, rief eine Männerstimme. »Ich helfe Ihnen!«

Verwundert beobachtete Klara, wie ein ihr unbekannter junger Mann an Richter vorbeisprintete und vor Victor Dornhain anhielt. Sie konnte kaum ausmachen, wie der Fremde aussah, denn er war unter einem weiten Umhang verborgen. Das änderte sich jedoch, als er sich das Cape von den Schultern riss und über ihrem Herrn ausbreitete. Er sah gut aus mit seinem welligen dunklen Haar, das dringend geschnitten gehörte.

Was für ein hübscher junger Kerl! Sie starrte ihn an und spürte nicht mehr, wie die Nässe durch ihre Uniform kroch.

»So geht es besser als mit einem Schirm«, hörte sie ihn zu Victor Dornhain sagen, den er unter dem schützenden Zelt zu seinem Wagen geleitete.

»Und wer sind Sie?«, fragte der Reeder in einer Mischung aus unterdrücktem Ärger und einer gewissen Dankbarkeit.

»Ich bin Gabriel Rosenberg, der Sohn des Uhrmachers.«

»Rosenberg? Uhrmacher?« Der Hausherr wirkte zerstreut, als erinnere er sich nicht an den Handwerker und dessen Funktion in seiner Villa.

Erst als er sich an dem von Richter aufgehaltenen Schlag vorbei in das Automobil bücken wollte, fiel es ihm offenbar wieder ein. Er nickte dem jungen Mann zu. »Haben Sie vielen Dank. Und richten Sie Ihrem Vater Grüße aus. Er macht seine Arbeit ganz hervorragend.« Dann verschwand er im sicheren Fond des Fahrzeugs. Klara würdigte er keines Blickes.

Gabriel Rosenberg legte sich seinen Umhang wieder notdürftig über die Schultern. Eine unnötige Geste, denn er war inzwischen ziemlich nass geworden. Während Richter seinen Sitz einnahm, lief er auf Klara zu. Neben ihr breitete der junge Mann sein Cape mit beiden Armen aus. Der Wind blähte es auf wie ein Segel. »Kommen Sie, ich bringe Sie zum Haus.«

Sie konnte nicht anders, als ihn anlächeln. Der Regen lief ihr in Strömen über das Gesicht, ihr Haar klebte an ihrem Kopf, aber das störte sie alles nicht.

»Ich glaube, an meinem Aufzug ist nichts mehr zu retten.«

»Sie sind sehr hübsch.«

Ungeachtet ihres weiteren Protestes legte er einfach den Arm um sie und lief mit ihr zum Haus. Der Geruch von Gabriels Anzugjacke stieg ihr in die Nase, die Wolle roch ein wenig wie das Fell eines Hundes, der aus der Alster gerettet wurde. Doch das erinnerte sie an eine gemütliche Küche mit einem warmen Ofen, um den sich alle Familienmitglieder scharten. Ein ungewohntes Gefühl von Geborgenheit erfasste sie.

Klara war nass bis auf die Haut, der Wind fegte über die Hauseinfahrt. Eigentlich sollte sie zittern vor Kälte. Dabei ging für sie in diesem Moment die Sonne auf.

Als Klara in die Küche kam, saß Gabriel Rosenberg hemdsärmelig an Idas Tisch und wärmte sich die Hände an einem angestoßenen Porzellanbecher, aus dem kleine Dampfwolken aufstiegen. Seine Jacke hing über seiner Stuhllehne zum Herd hin. Er hörte interessiert zu, wie sich Ida über den Balkankrieg und die Tatsache ereiferte, dass »dort unten« niemand auf die Friedensbemühungen des Kaisers höre. Er ließ ihr ihre Meinung, kommentierte nicht und widersprach schon gar nicht, sondern warf nur hin und wieder ein »Ahhh!« oder »Ohhh!« zwischen ihr Lamento.

Klara blieb eine Weile in der Tür stehen und beobachtete amüsiert die Szenerie. Sie freute sich, ihn in dieser ungezwungenen Atmosphäre wiederzusehen. Während sie sich umgezogen und ihre feuchte Kleidung in der Waschküche zum Trocknen aufgehängt hatte, war ihre größte Sorge, dass sie den Sohn des Uhrmachers nicht mehr antreffen könnte. Umso erleichterter fühlte sie sich jetzt. Plötzlich packte sie die Lust, zu springen und zu hüpfen.

»Ah, da bist du ja!« Ida hatte sie entdeckt. »Wenn der junge Herr Gabriel hier ausgetrunken und sich aufgewärmt hat, machst du mit ihm den Rundgang zu den Uhren. Wie sonst mit seinem Vater.«

Es gelang Klara, sich mit gesetzten Schritten vorwärtszubewegen – nur ihr Herz machte den einen oder anderen freudigen Satz. »Ja, selbstverständlich tu ich das«, versicherte sie ein bisschen zu schnell. »Warum ist denn Herr Rosenberg nicht selbst gekommen?«

Gabriel hob den Blick zu ihr und lächelte. Er hatte dunkle Augen, stellte sie fest, Samtaugen. Und überraschend lange schwarze Wimpern.

»Mein Vater ist krank. Die wechselhafte Witterung der vergangenen Wochen macht ihm zu schaffen. Deshalb müssen Sie mit mir vorliebnehmen, mein Fräulein.«

Sie wurde rot. »Aber ich wollte nicht sagen …«

»Natürlich wollten Sie das nicht«, sein Lächeln wurde zu einem breiten Grinsen. »Schließlich bin ich ein sehr netter Mensch.«

Ida versetzte ihm eine liebevolle Kopfnuss. »Dass dir nur keine Flausen ins Hirn wachsen, *meen Jung*! Aber ein *büschen* Recht hast du schon«, fügte sie schmunzelnd hinzu.

»Mein Vater vertraut leider nicht so ganz auf meine vortrefflichen Eigenschaften. Deshalb hat er mich auch noch nie in eines der herrschaftlichen Häuser gehen lassen. Dabei bin ich sein Geselle.« Nach dieser Erklärung trank Gabriel den Rest aus und erhob sich. »Wo kann ich den Becher auswaschen, Frau Ida?«

»So ein wohlerzogener Jung braucht bei mir nicht zu arbeiten!«, verkündete die Köchin strahlend und nahm ihm das Gefäß aus der Hand. »Nun machen Sie mal los, junger Mann, bevor Sie uns alle ganz *dun* machen mit Ihrem Charme.«

Klara kicherte albern.

Er zwinkerte ihr zu, während er seinen Rock überzog. Dann folgte er ihr die Dienstbotentreppe hinauf ins Erdgeschoss.

Zu Klaras größter Überraschung ging er mit derselben stillen Konzentration seiner Arbeit nach wie der alte Rosenberg. Da er noch nie in der Villa gewesen war, konnte er zwar nicht verbergen, wie ihn das Interieur beeindruckte, er enthielt sich jedoch jeglichen Kommentars.

Sie führte ihn schweigend durch die Räume, wo er die Uhren stellte, aufzog und reparierte, je nach Notwendigkeit. Sein Werkzeug befand sich in einem Etui aus abgegriffenem braunem Leder, das er in seiner Jackentasche verwahrte. Es sah aus, als sei es ein wichtiger Gegenstand für den jungen Uhrmacher – vielleicht enthielt es Erinnerungen. Sein Vater kam stets mit einem kleinen Handwerkskoffer, ihm gehörte es also nicht. Während sie seine langen, schmalen Finger mit dem winzigen Schraubenzieher hantieren sah, stellte sich Klara vor, dass Gabriel vielleicht als kleiner Junge seinem Opa zugeschaut haben mochte, wie dieser damit eine Feder festzog. Ein Knabe mit Engelshaar, nicht blond, sondern dunkel …

Gabriel schnippte plötzlich mit den Fingern. »Einen Pfennig für Ihre Gedanken!«

»Oh!« Sie zuckte zusammen und spürte, wie Röte über ihr Gesicht kroch. Unwillkürlich schlug sie die Augen nieder, nestelte an ihrer Schürze. »Nichts. Ich habe nichts gedacht.«

»Warum haben Sie mich dann so angestarrt?«

»Habe ich nicht.«

Er lachte. »Haben Sie doch …! Und ich habe eine Idee: Wenn Sie mir nicht sagen wollen, was Ihnen durch den Kopf geht, müssen Sie zum Ausgleich mit mir ausgehen. Wann ist Ihr freier Abend?«

»Ich … ehmmm… ich weiß nicht«, haspelte sie, unfähig, einen klaren Gedanken zu fassen, geschweige denn, diesen auszusprechen.

Gabriel kauerte in der Hocke vor ihr, weil er sich mit dem Fuß der Standuhr in Charlotte Dornhains Boudoir beschäftigte. Es machte ihm aus dieser Position keine Mühe, auf die Knie zu sinken. »Bitte, hübsches Fräulein! Ich lade Sie auch in das Neue Operetten-Theater ein.«

»Das ist doch viel zu teuer«, entfuhr es ihr. Einen Atemzug später schlug sie sich verschämt die Hand auf den Mund. Für ein junges Mädchen war sie wieder einmal zu vorlaut.

Zwinkernd richtete er sich auf. »Direktor Wilhelm Bendiner ist ein Kunde meines Vaters. Wenn es Sie beruhigt: Ich bekomme die Karten zum Vorzugspreis. Aber für ein Fräulein wie Sie würde ich mein letztes Erspartes ausgeben.«

»Sie sollten nicht so mit mir reden. Das ist ja fast, als wollten Sie …«, Klara brach ab, weil ihr das passende Wort fehlte.

Seine Art machte sie hilflos. Gabriel Rosenberg war anders als die Jungen, die zu Hause mit ihr rumgeschäkert hatten. Älter. Und kultivierter. Er stellte eine Selbstsicherheit zur Schau, die sie ebenso anzog wie auch belustigte. Sie wusste, dass ihre Ziehmutter ihr davon abraten würde, mit einem jungen Mann wie dem Uhrmachergesellen auszugehen. Sie hörte sie förmlich warnen: »Der stellt bestimmt jedem hübschen Rock nach. Für so einen bist du nicht die Einzige. Der bringt nur Unglück über ein anständiges Mädchen. Und einen dicken Bauch, mit dem er dich am Ende alleine sitzen lässt.« Doch die Frau, die sie großgezogen hatte, lebte in einer anderen Welt.

»Wollen Sie wirklich nicht mit mir ausgehen?«, insistierte Gabriel. »Ich werde Sie pünktlich abholen, auf Sie aufpassen und gut zurückbringen.«

Klara war noch nie abends ausgegangen. Sie besaß weder Freunde noch Verwandte in Hamburg. Nicht einmal mit Frieda verstand sie sich so gut, dass sie ihre knapp bemessene Freizeit gemeinsam verbringen wollten. Die zweideutigen Angebote der Lieferjungen hatte sie auch nie angenommen, die waren durchsichtig und plump, vielleicht nicht einmal ernst gemeint. Dennoch brannte sie darauf, tanzen zu gehen oder im Sommer in ein Gartenlokal oder in die Revuetheater nach St. Pauli, mit fröhlicher Musik und Gesang. Es konnte doch gewiss nicht schaden, wenigstens einmal einen Blick in das Operettenhaus zu werfen, es lag ja angeblich an einer Straße, die verheißungsvoll Spielbudenplatz hieß.

Sie setzte eine möglichst gleichgültige Miene auf. Dann zuckte sie gelassen mit den Achseln, als würde ihr Herz nicht wild in ihrer Brust hämmern. »Wenn Sie meinen … Ich werde wohl eine Verabredung mit Ihnen einrichten können.« In Gedanken begleitete sie ihre überhebliche Einwilligung mit einem freudigen Hopser.

4

Wenn sie an das vergangene Jahr zurückdachte, hatte Nele das Gefühl, es sei vor allem von weiß getünchten Krankenhauszimmern und Schwestern mit sterilen Hauben geprägt. Das Sanatorium am Lago Maggiore unterschied sich in seinem Ambiente wenig vom Schwabinger Krankenhaus, es war eine Privatklinik nach dem Muster der allgemeinen Heilstätten für Schwindsüchtige, die an vielen Orten wie Pilze aus dem Boden sprossen. Lediglich die geschmackvoll eingerichteten Aufenthaltsräume des Genesungsheims boten eine gewisse Abwechslung zur Klinik in München und natürlich die subtropische Flora des Gartens, die Aussicht auf den See und das schöne Wetter. Für Nele stellte es eine in sich abgeschlossene Welt dar, die sie lange nicht verließ, weil jeder Schritt nach draußen sie an die Qual erinnerte, die nicht nur ihre Gesundheit, sondern vor allem ihre Seele beinahe zerstört hätte.

Es war nicht so, dass sie zehn Monate nach ihrer Ankunft in Locarno geheilt wäre. Weder von der Tuberkulose noch von ihrem persönlichen Kummer. Aber sie hatte sich arrangiert, obgleich ihre Zukunft nach wie vor düster aussah. Der Schweizer Arzt konnte keine Zeit vorgeben, in der die *Motten* ausgeheilt waren oder sich wenigstens verkapselten. Bei manchen Patienten dauerte der Krankheitsverlauf Jahre. Ihr war es egal.

Nele wusste nicht mehr, was sie mit sich anfangen sollte. Selbst wenn sie schnell genesen würde, sie wollte im Moment keinesfalls zurück nach Hamburg. Die Wunden, die ihre Liebe zu Konrad geschlagen hatte, waren noch nicht vernarbt. Ihr Studium in München betrachtete sie dagegen nach dem krankheitsbedingten Abbruch als unwiderruflich vorbei. Sie zeichnete und malte nicht mehr, obwohl es sich gerade hier dank der zahlreichen Motive anbot. Nicht nur, dass sie ihre Utensilien zurückgelassen hatte. Sie lehnte ihren früheren Lebensinhalt ab, weil die künstlerische Arbeit sie an das Schicksal des armen Francis Bellows denken ließ. Dann flammte ihr Schuldgefühl wieder auf, und dieses Feuer drohte die zarten Pflanzen in der Asche ihres verlorenen Lebensmutes zu zerstören.

Bei schönem Wetter lag sie meistens im Liegestuhl und genoss still die Aussicht. An den überraschend kalten, regnerischen Wintertagen ruhte sie in den Behandlungsräumen, wo sie Atmungsbäder nahm. Wenn sie zu einem Spaziergang aufbrach, dann in der Regel auf dem Grundstück des Sanatoriums. Anfangs war sie ohnehin zu erschöpft gewesen, in den Bergen zu wandern oder einen längeren Bummel durch Locarno zu unternehmen.

Wenn sie nun also nicht ruhte, las sie. Nele ließ sich stapelweise Bücher aus der örtlichen Buchhandlung schicken, nachdem sie in der Bibliothek nichts mehr fand, was sie interessierte. Gelegentlich spielte sie mit anderen Patienten aus Freundlichkeit Karten – und verlor jedes Mal, weil sie Bridge und Tarock wie immer nichts abgewinnen konnte. Lieber lauschte sie den italienischen Arien, die von den Schellackplatten erklangen, welche abends manchmal auf dem Grammophon abgespielt wurden. Enrico Caruso sang von der zerstörerischen Kraft der Liebe und dem unstillbaren Schmerz ihres Verlustes. Der Tenor trieb Nele die Tränen in die Augen, und auf seltsame Weise fühlte sie sich von der Musik getröstet. Um die Texte der italienischen Opern besser zu verstehen, begann sie, sich die Sprache Verdis mit neuen Lieferungen aus der *Libreria* selbst beizubringen.

Das waren die einzigen Momente, in denen sie vage Pläne schmiedete. Wäre der Aufenthalt im Tessin – sozusagen vor der Haustür Italiens – nicht der beste Ausgangspunkt für eine Reise zu den antiken Stätten und den schönsten Orten der Renaissance und des Barock? Ja. Vielleicht. Irgendwann.

Ein falsch adressiertes Paket trieb sie an einem herrlichen Tag Ende Mai schließlich doch in die Altstadt. Der Buchhändler hatte offensichtlich die Bestellung verwechselt. Vor Nele stapelten sich Quartbände über Theosophie, vegetarische Ernährung und sogenannte moderne Lebensführung, die ihr nichts sagten.

Nele ließ sich vom Kutscher des Sanatoriums mit dem Einspänner zur Piazza Grande fahren. Es hatte sich so ergeben, weil der Mann aufbrechen wollte, um andere Kurgäste von einer vormittäglichen Schiffsrundfahrt abzuholen.

Der vor die Equipage gespannte Kaltblüter zockelte geduldig durch die hügeligen Straßen bis zur unterhalb der Klinik gelegenen Ortsmitte. Nele hielt das Gesicht in den leichten Fahrtwind, spürte den zarten Hauch der Wärme und fragte sich, warum sie nicht schon früher auf den Gedanken verfallen war, einen Ausflug zu unternehmen. Es war herrlich!

Die Buchhandlung befand sich am Ende der Piazza Grande, wo sich der breite Platz zu einer Straße verjüngte. In allen Sonnenfarben getünchte, mehrstöckige klassizistische Gebäude des vorigen Jahrhunderts reihten sich hier aneinander. Ihre zumeist schmiedeeisernen Balkonbrüstungen waren mit Blumenkästen geschmückt, in denen die ersten Blüten ihre Köpfe dem Licht entgegenreckten. Es war ein wahrer Farbenrausch. Die Wärme fing sich hier zu frühsommerlicher Hitze, die Nele das Atmen erschwerte. Am Ufer des Sees und in der Höhe war die Luft angenehmer gewesen.

Trotzdem folgte sie zielstrebig dem Weg, den der Kutscher ihr beschrieben hatte, versuchte, die eigene Schwäche zu ignorieren, in der Hand die schwere Tasche mit den falsch versandten Büchern.

Unter den Arkadenbögen befanden sich Geschäfte und Cafés, doch in ihrem Schatten war es um diese Jahreszeit noch empfindlich kühl. Nele schlang den Schal wieder fest um ihre Schultern, nachdem sie ihn kurz vorher schwitzend über den Arm geworfen hatte. Sie brauchte nicht lange zu frieren. Ihr Ziel war nur wenige Meter entfernt.

Bislang hatte sie mit dem Buchhändler per Boten kommuniziert, zum ersten Mal sah sie nun in sein Schaufenster. Was für eine stattliche Anzahl aktueller Titel er dort ausstellte! Noch dazu in mehreren Sprachen. Auch ein antiquarisches Angebot war darunter. Der Laden versprach das reinste Paradies für einen bibliophilen Menschen.

Wahrscheinlich würde sie den ganzen Nachmittag hier verbringen. Das Gefühl, mit dem Ausflug in die Stadt eine sinnvolle Entscheidung getroffen zu haben, beflügelte Nele.

Ihre Hand lag schon auf der Türklinke, als eine Gruppe Männer in ihr Blickfeld trat. Verblüfft starrte sie zu dem halben Dutzend kahl geschorener blasser Köpfe. Die zumeist jungen Leute bewegten sich diszipliniert in Zweierreihen vorwärts. Sie trugen außer einer orangeroten Tunika nichts an ihrem Leib, ihre Füße waren bloß. Als sie an Nele vorbeischritten, legten sie in einer bewundernswert gelassenen Gleichförmigkeit die Handflächen vor der Brust aneinander und nickten ihr zu.

»Buddhisten«, erklärte eine Stimme neben Nele.

»Aber das waren keine Asiaten«, entfuhr es ihr, noch bevor sie den Sprecher ansah. »Es waren ganz eindeutig Europäer.«

»Es steht jedem Menschen frei, seine Ansichten zu korrigieren und eine neue Religion zu wählen. Finden Sie nicht?«

»Darüber habe ich noch nie nachgedacht«, gab sie zu.

»Unter diesen Umständen darf ich Sie zu einem Vortrag über moderne Lebensformen einladen.«

Sie wandte sich um. Ihr Gesprächspartner war ein Herr mittleren Alters, nicht ganz so alt wie ihr Vater, aber sicher nahe der vierzig. Er war sehr schlank, die Wangen braun gebrannt und seit drei oder vier Tagen nicht rasiert. Kastanienbraunes Haar wellte sich um seinen imposanten Schädel, auf dem ein ausgefranster Strohhut saß, sein römisches Profil vervollkommnete den Eindruck einer von einem Bildhauer erschaffenen Büste. Wahrscheinlich war der Herr selbst ein Künstler, denn er trug im Gegensatz zu den meisten Touristen keinen hellen Sommeranzug, sondern die derben, etwas unförmigen weiten, naturfarbenen Hosen der Bauern und dazu ein weißes, kragenloses Hemd. Über die Schulter hatte er einen Jutebeutel geworfen, eine Art Seesack.

Mit einem verbindlichen Lächeln antwortete sie: »Es tut mir leid, aber ich denke nicht, dass ich mich für dieses Thema interessiere.«

Kluge bernsteinbraune, von Lachfältchen umkränzte Augen fixierten sie, während er überraschend gleichmütig mit den Achseln zuckte. »Vielleicht ändern Sie Ihre Meinung irgendwann. Falls dem so sein sollte, finden Sie mich in der Kolonie der Freigeister auf dem Monte Verità in Ascona. Mein Name ist Louis Meyerink.« Er verbeugte sich zackig, als befände er sich auf dem Ball eines Gardeschützenregiments.

Seine Haltung war so formvollendet, dass Nele automatisch erwiderte: »Ich bin Helene Dornhain.«

»Dann sind Sie die Dame, die Thomas Mann und Alfred Döblin liest. Sehr löblich. Verraten Sie mir bitte, was ein herzzerreißender Frauenroman wie *Die Heilige und ihr Narr* bei dieser Auswahl sucht?«

»Woher wissen Sie …?«

»Ihre Bestellung wurde an meine Adresse geliefert. Es befand sich eine Rechnung zwischen den Büchern, auf der Ihr Name angegeben war. Unter diesen Umständen wage ich zu fragen, ob die für mich bestimmte Sendung womöglich bei Ihnen angekommen ist. Meine Suche hätte damit ein rasches und glückliches Ende gefunden.«

Sie hob ihre Tasche hoch. »Vermutlich. Ja. Das hat sie. Zumindest, wenn Sie theosophische Lektüre und dergleichen bevorzugen.«

»Falls Sie mit *dergleichen* Informationen über fleischlose Ernährung meinen, dann haben Sie Recht.« Er lachte fröhlich und wirkte mit einem Mal sehr viel jünger. In einer schwungvollen Geste nahm er den Seesack von der Schulter. »Wollen wir tauschen?«

Nele sah sich um. Passanten schlenderten an ihr vorüber, Touristen wie Einheimische, die es nicht sonderlich eilig hatten. Weder ihr noch Louis Meyerink wurde Beachtung geschenkt. Dennoch hörte sie die Stimme ihrer Großmutter im Hinterkopf, die sie darauf hinwies, dass man auf der Straße keine Taschen aus- und wieder einpackte. Zögerlich blickte sie von dem Mann neben sich zur Tür des Buchladens, dann auf ihre Hand.

»Vielleicht sollten wir hineingehen und dort …«, schlug sie vor.

Doch er fiel ihr ins Wort: »Der arme Buchhändler dürfte ziemlich verwirrt sein, wenn wir seine Lieferungen zurückbringen, um sie dann wieder an uns zu nehmen. Ich könnte Sie natürlich auch in ein Café einladen, wo wir unseren Tausch bequem absolvierten. Aber ich befürchte, Sie werden mein Angebot ablehnen, weil es sich für eine junge Dame nicht gehört, mit einem Fremden in ein Kaffeehaus zu spazieren. Deshalb habe ich eine andere Idee.«

»Ja?«

»Sie geben mir Ihre Tasche und ich Ihnen die Meine. So hat jeder, was er möchte, und wir können zufrieden unserer Wege gehen.«

Jute gegen feinstes Leder. Für Louis Meyerink bedeutete das Arrangement zweifellos eine Wertsteigerung. Skepsis angesichts seiner Redlichkeit erfasste Nele. Er sah nicht aus wie jemand, der über große Mittel verfügte. Andererseits war er gebildet und führte eine vornehme Sprache. Schein und Sein standen hier ganz klar im Widerspruch.

Sie zuckte mit den Achseln. »Nun, ja … wenn Sie meinen …«, murmelte sie und reichte ihm mit der einen Hand die Tasche, während die andere seinen Seesack entgegennahm.

»Ich erwarte Sie in unserem Paradies auf dem Monte Verità. Sie wollen sich ja sicher Ihr Eigentum zurückholen.«

»Oh!« Mehr fiel ihr angesichts seiner liebenswürdigen Impertinenz nicht ein.

»Wir sind eine Handvoll Lebenskünstler da oben auf dem Berg, Fräulein Dornhain, keine Diebe!«

»Das hatte ich nicht angenommen«, sie beeilte sich etwas zu sehr mit ihrer Antwort.

Louis Meyerink schmunzelte. »Kommen Sie uns besuchen. Ich hoffe, es gelingt uns, ein Strahlen in Ihre traurigen Augen zu bringen. Für diesen Versuch lohnt es sich allemal.«

Er tippte mit zwei gestreckten Fingern an seine Hutkrempe. Nele kannte diese Geste ebenso gut wie jeder Marinesoldat oder Schiffsmaat auf einem Fracht-, Post- oder Passagierschiff. Es war nicht nur ein seemännisches Handzeichen – es war ein Stück Zuhause. Als er sich mit federnden Schritten entfernte, dachte sie, dass sie durchaus mit ihm in ein Kaffeehaus gegangen wäre.

Hamburg

5

»Die gnädige Frau sieht es nicht gern, wenn die Liebschaften der Hausmädchen vor dem Dienstboteneingang herumlungern«, warnte Ida, als Klara ihr von Gabriel Rosenbergs Einladung erzählte. »Lass dich also nicht vor der Türe abholen. Und mir persönlich wäre es ja lieber, du würdest mit dem Lehrling des Fleischers ausgehen.«

»Sie bekommen doch auch ohne private Beziehungen die beste Ware.«

»Das meinte ich nicht. Der Sohn vom alten Rosenberg ist ein ganz schöner Charmebolzen. Mit *den* Augen ist der nichts für ein Mädchen wie dich.«

Stolz reckte Klara ihr Kinn. »Denken Sie, ich wäre nicht gut genug für ihn?«

»Na, grundsätzlich würde Herr Rosenberg ein Hausmädchen als Schwiegertochter wohl schon verkraften. Aber so ganz ohne … Familie …?« Ida schüttelte bedauernd den Kopf. »Mach dir da mal keine Hoffnungen, Klara, du bist ja nicht einmal eine von seinen Leuten.«

»Ist schon gut«, wehrte Klara ab. Ihr Bemühen, nicht allzu ungehalten zu klingen, war nicht sonderlich erfolgreich. »Ich gehe mit Gabriel Rosenberg aus, aber ich möchte ihn nicht heiraten.« Das stimmte nicht, aber sie hätte sich lieber die Zunge mit dem Messer abgeschnitten, das sie gerade aufs Tablett mit dem Porzellan für das Abendessen legte, als die Lüge zuzugeben.

Ida sah sie scharf an. »Dann solltest du dir umso mehr Gedanken machen«, kommentierte sie die Behauptung der Jüngeren.

Nach einem langen, fast mitleidigen Blick schien das Thema für Ida beendet, denn sie drehte Klara den breiten Rücken zu und hob den Deckel von dem Topf mit der Spargelcremesuppe für die Herrschaften. Ida schnupperte, griff nach einem Löffel, probierte. »Gib mir mal Salz und Zucker rüber, ich muss da noch etwas abschmecken«, meinte sie schließlich.

Obwohl sie innerlich grollte, reichte Klara die gewünschten Gewürze aus dem Regal über dem Herd mit einem kleinen Lächeln weiter. Sie wusste, dass dies ein Versöhnungsangebot von Ida war, die sich ohne Umstände auch selbst hätte bedienen können. Und es war ihr klar, dass die erfahrene Frau es nur gut meinte mit ihr. Aber Ida konnte sicher nicht einmal erahnen, wie es war, wenn alles im Körper kribbelte, sobald Klara an eine bestimmte Person auch nur dachte. Ida war zu alt, um das Flattern des Herzens beurteilen zu können, das Klara die Sprache verschlug, als sie Gabriel Rosenberg neulich zufällig wiedersah.

Es war auf einem Alsterdampfer gewesen. Die gnädige Frau hatte Klara in das Ladengeschäft der Schokoladen-, Kakao- und Zuckerwarenfabrik Reese & Wichmann am Jungfernstieg geschickt. Charlotte Dornhain brauchte eine Präsentierschachtel für einen unerwarteten Besuch. Das Wetter war angenehm, und Klara traf Gabriel auf dem Achterdeck, wo der Wind seine Haare zerzauste. Er hatte den Hut abgenommen, sein Gesicht in die blasse Sonne gehalten und die Augen geschlossen.

Da er an der Reling *stand*, konnte er kaum schlafen, obwohl er ziemlich versunken wirkte. Einen Moment lang fragte sich Klara, wie sie sich bemerkbar machen könnte. Oder ob sie sich lieber verdrücken sollte. Dann jedoch nahm sie all ihren Mut zusammen und räusperte sich vernehmlich.

Gabriel blinzelte, sah sie an und lachte. »Das ist ja mal ein Ding. So schnell können Träume wahr werden. Ich habe gerade an Sie gedacht, Fräulein Klara.«

»Ich hoffe, nur Gutes«, antwortete sie, weil ihr nichts sonst einfiel.

Ida hatte ja so Recht mit seinen Augen. Wie viele Mädchen mochten die wohl schon verzaubert haben? Ein Charmeur war er obendrein, auch hier lag die alte Köchin vollkommen richtig. »Er ist nichts für dich«, stimmte Klaras Ziehmutter in den Chor der stummen Warnungen in ihrem Hinterkopf ein.

»Kann überhaupt irgendetwas nicht gut sein, das man mit Ihnen in Verbindung bringt?«, fragte er. Die Leichtigkeit in seiner Stimme verlieh dem dramatischen Unterton seiner Worte etwas Süßes, ähnlich wie der Zuckerguss einem Kuchen.

»Sagen Sie solche Sachen zu jedem Mädchen?«, platzte sie heraus.

Gabriel strich sich grinsend das Haar zurück. »Nein. Natürlich nicht. Das sag ich nur einem ganz besonderen Fräulein. Ich mein's auch so. Keine Angst.«

Unwillkürlich errötete Klara. Stumm senkte sie den Blick auf die Spitzen ihrer Schuhe. Zum ersten Mal fiel ihr auf, wie abgelaufen und ausgetreten diese waren. Wenn sie ihre Verabredung mit Gabriel wahrnehmen wollte, würde sie sich wohl ein neues Paar kaufen müssen. Und vielleicht auch ein Kleid. Sie besaß keine Garderobe, die für einen Theaterbesuch taugte. Ihr Sonntagskleid, das sie zum Kirchgang trug, war viel zu schäbig, um einem gewandten jungen Mann zu gefallen. Wo sollte sie die Zeit zum Einkaufen hernehmen? Und ihr Erspartes würde sie auch angreifen müssen …

Zwei Jungen, die unter dem Protest der anderen Passagiere an Deck Fangen spielten, umkreisten Klara. Sie wurde geschubst, strauchelte – und fand sich plötzlich in Gabriels Armen wieder. Im Hintergrund mischte sich das Heulen eines Kindes mit dem Schreien der Möwen; irgendjemand zog einen der Knaben wohl zur Strafe an den Ohren.

Doch Klara nahm die Geräusche kaum wahr. Sie stellte fest, dass Gabriel schwach nach Rosenwasser roch. Das war ihr in der nach Wasser, Kohlendampf und Frühling duftenden Luft bisher nicht aufgefallen. Jetzt war sie ihm so nah, dass sie mit der Nase beinahe die Haut oberhalb seines Kragens berührte. Es schickte sich nicht, aber es fühlte sich wunderbar an.

Sanft schob er sie von sich.

»Ihr Hut ist verrutscht«, bemerkte er mit einem verlegenen Lächeln.

Klaras Hände flogen an ihren Kopf. Sie sah Gabriels Augen aufblitzen, als sie die Kreissäge aus Stroh wieder geraderückte.

Und dann erwiderte sie sein Schmunzeln. Der Bann brach. Im nächsten Moment lachten sie einhellig. Worüber, konnte Klara nicht genau sagen, aber das war auch unwichtig. Hauptsache, sie waren einer Meinung.

Noch immer gefangen von diesem wundervollen Moment stapelte Klara in der Küche Teller und Besteck auf ein großes Tablett, das sie benötigte, um den Tisch für das Abendessen einzudecken. Sie ließ sich nicht anmerken, dass Idas Geschwätz sie ein wenig verunsicherte. Natürlich wollte sie Gabriel heiraten. Er war der wunderbarste junge Mann, den sie sich vorstellen konnte. Gut aussehend, humorvoll, er führte eine gebildete Sprache und stammte aus einem anständigen Handwerksbetrieb. Dass er jüdischer Herkunft war, störte sie nicht. Da Gott diesen Menschen in ihr Leben geschickt hatte, konnte ER wohl nichts dagegen haben, dass sie sich seiner Religion zuwandte. So war der Lauf der Dinge, oder? Ein Junge traf ein Mädchen. Nicht mehr. Und nicht weniger. Was hatte die alte Köchin daran eigentlich auszusetzen? Ach, hätte sie ihr doch nichts von der Verabredung erzählt!

Klara war so verträumt, dass sie beinahe vergessen hätte, welcher Tag heute war. Sie musste zwei zusätzliche Gedecke auflegen. Jeden Mittwoch kam das gnädige Fräulein, das seit einem Dreivierteljahr eine gnädige Frau war, mit ihrem Gatten zum Dinner. Es wurde Zeit, dass sie die Vorbereitungen zur allgemeinen Zufriedenheit erledigte.

Wenn erst ihr Arbeitstag vorbei war, würde sie sich in ihrem Bett zusammenrollen und sich hinter geschlossenen Lidern die Bilder von Gabriel in Erinnerung rufen, die in ihrem Hirn nur darauf warteten, wieder zum Vorschein zu kommen. Doch die Furcht, dass sie nicht die Richtige – oder gar Einzige – für ihn wäre, grub sich in ihr Herz wie der Schimmel in einen Laib Brot.

6

»Du siehst sehr hübsch aus«, lobte Ellinor, als sie neben Lavinia auf dem Sofa im Salon saß und an dem Sherry nippte, den ihr Vater gerade für sie eingeschenkt hatte. »Der Turban steht dir gut.«

Lavinia fuhr mit der Hand automatisch zu ihrer Kopfbedeckung, dem einzigen hutähnlichen Gebilde in ihrem Schrank, das ihrer Meinung nach einigermaßen der neuen Mode entsprach. »Das ist lieb von dir«, erwiderte sie zerknirscht, »aber ich weiß, dass ich hoffnungslos altmodisch wirke.«

Sie warf ihrem Mann einen nicht unbedingt liebevollen Blick zu. Konrad befand sich außer Hörweite an der Seite ihres Vaters. Die beiden Herren hatten sich neben dem Sessel aufgestellt, in dem Charlotte thronte. Man unterhielt sich über den politischen Nutzen der großen Feierlichkeiten in Berlin anlässlich der Hochzeit von Prinzessin Viktoria Luise von Preußen mit Herzog Ernst August zu Braunschweig und Lüneburg. Neben dem Brautvater, Kaiser Wilhelm II., waren auch König George V. mit Königin Mary aus London angereist und Zar Nikolaus II. mit Zarin Alexandra aus St. Petersburg. Die private Zusammenkunft der Monarchen galt als positives Signal für die Sicherheit des Friedens in Europa. Konrad hatte Lavinia beim Frühstück aus einem Bericht der *Norddeutschen Allgemeinen Zeitung* vorgelesen. Der Text interessierte sie allerdings nicht. Lavinias Augenmerk war auf die Fotografien von Militärparaden vor dem Brandenburger Tor zu Ehren der hohen Gäste gerichtet gewesen, auf Bilder von der kirchlichen Trauung in der Schlosskapelle – die Schleppen der Brautjungfern allein waren sehenswert! – und dem abendlichen Fackeltanz der Hochzeitsgesellschaft. Sie hätte sich durchaus gerne mit ihrer Familie über das große Ereignis ausgetauscht, aber ein persönliches Thema erschien ihr vordringlicher.

Dankbar, mit ihrer großen Schwester auf gewisse Weise alleine zu sein, raunte Lavinia: »Konrad verbietet mir, neue Hüte zu kaufen!«

Verkniff sich Ellinor etwa ein Grinsen?

»Das kann ich mir vorstellen«, gluckste sie.

»Ich finde nichts Komisches daran, wenn ich wie eine Vogelscheuche herumlaufen soll«, zischte Lavinia empört. »Deshalb möchte ich Großmutter um ein kleines Darlehen bitten. Sicher wird sie nichts dagegen haben, die Rechnung der Modistin zu begleichen.«

»Ach, Livi, wirst du nie erwachsen?«

»Was haben meine Hüte denn damit zu tun?«, gab Lavinia ungehalten zurück und zupfte an der Brosche mit den falschen Edelsteinen, die den petrolblauen Turban über ihrer Stirn schmückte. »Wirklich, Elli, ich hatte mir von dir ein wenig mehr Unterstützung in dieser Sache erwartet. Auch wenn du dir nicht viel aus Kleidung machst, wirst du doch wohl einsehen, dass ich allein für die nächste Zusammenkunft der *Freundinnen* eine angemessene Garderobe benötige.«

Ellinor kippte den Inhalt ihres Glases mit einem Mal in ihre Kehle, als müsste sie sich Mut für das antrinken, was sie zu sagen hatte. Dann: »Weißt du, Livi, eine mondäne Erscheinung ist in diesen Kreisen nicht das Wichtigste.«

»Aber ich habe doch mit eigenen Augen gesehen …«

»Ja. Natürlich sind die Damen perfekt gekleidet, manche modischer, andere konservativer. Dir sind wahrscheinlich nur die Persönlichkeiten aufgefallen, die einem Modejournal entsprungen schienen. Aber lass dich da mal nicht täuschen: Das Interesse aller liegt in der Wohltätigkeit und nicht darin, wie die Mitstreiterinnen angezogen sind.«

Nachdenklich begann Lavinia, an ihrer Unterlippe zu knabbern. Sie war sich nicht sicher, ob Ellinors Ausführungen der Wahrheit entsprachen oder sie nur über die mangelnde Einkaufsmöglichkeit hinwegtrösten sollten. Wenn sie an die Zusammenkunft im Hotel Vier Jahreszeiten dachte, sah sie nur aufgerüschte Schönheiten vor ihrem geistigen Auge. Allen voran Alice von Finkenstein. Vermögend, witzig, weltgewandt, frech, intelligent. Die Baronin war all das, was Lavinia gerne verkörpert hätte. Obwohl sie nicht wusste, ob sie Alice von Finkenstein je wiedersehen würde, war ihr klar, dass sie diese Frau niemals vergessen könnte. Ein Vorbild auf ewig. Aber wie sollte sie es erreichen, so nonchalant zu werden?

»Deine Leistung schmückt dich, nicht ein neuer Hut«, sagte Ellinor.

Lavinia hätte sie gerne gefragt, wie sich gesellschaftliche Akzeptanz mit einem Modell vom vorigen Jahr auf dem Kopf erreichen ließ. Sie wischte diese Überlegung jedoch zur Seite und erkundigte sich stattdessen leicht unwillig: »Was kann unsereins denn Gutes leisten, außer Geld zu sammeln und darüber zu reden?«

»Ich hatte gehofft, dass die Veranstaltung neulich dich geistig weiterbringen würde als bis zu deiner Garderobenwahl.«

Genau genommen war Lavinia in den vergangenen Wochen so mit ihrer eigenen finanziellen Lage beschäftigt gewesen, dass sie keine Gelegenheit fand, genauer über das Schicksal bedauernswerterer Frauen nachzudenken. Sie sah auch wenig Sinn darin, die eigenen Bedürfnisse hintanzustellen. Keine Arbeiterin hatte mehr zu essen, weil sie auf einen neuen Hut verzichtete. Auch der erschreckende Handel mit jungen Mädchen ging nicht zurück, wenn sie sich kein neues Nachmittagskleid kaufte. Dennoch berührte sie die Erinnerung an die längst verdrängten Vorträge auf eigentümliche Weise.

»Wenn ich wüsste, was ich tun könnte«, hörte sie sich zu ihrer eigenen Überraschung leise sagen, »würde ich gerne ein Ehrenamt übernehmen.«

Ellinor holte tief Luft und atmete geräuschvoll aus. »Das wäre großartig, Livi, aber du musst dann auch dabei bleiben und kannst nicht abspringen, wenn irgendetwas nicht nach deinem Kopf geht. Deshalb sage ich dir lieber gleich, dass eine wohltätige Arbeit nicht unbedingt ein Zuckerschlecken ist.«

Sie hatte ihrer Schwester kaum zugehört. »Vielleicht kann ich die Bedürftigen in Kleiderfragen beraten oder etwas in dieser Art. Schließlich müssen auch arme Frauen etwas anziehen, oder?«

»Ja. Nein.« Ellinor lachte. »Du bist schon ein Herzchen, meine Kleine. Wir haben längst Werkstätten eingerichtet, damit Frauen, die sonst keine Arbeit finden, ihr eigenes Geld verdienen können und nicht auf die Straße gehen müssen. Vor allem sind dies Schneidereien. Die von dir angesprochene Kleiderfrage dürfte damit geklärt sein.«

Lavinia zog einen Schmollmund. Sie fühlte sich zurückgesetzt und niedergeschlagen, weil all das, was in ihrem Leben stets gezählt hatte, nun völlig unwichtig sein sollte. Dabei wollte sie unbedingt zu den *Freundinnen* gehören. Obwohl sie saß, stampfte sie trotzig mit dem Fuß auf. »Wie kann ich denn sonst helfen?«

»Offenbar ist es dir wirklich ernst ...«, Ellinor unterbrach sich, weil Frieda eingetreten war.

»Es ist angerichtet«, verkündete das erste Hausmädchen formvollendet. Frieda stand in der nun offenen Doppeltür zum Speisezimmer. In ihrem Rücken spiegelte sich Kerzenlicht in Kristall und auf Silberwaren. Die Silhouette von Klara tauchte kurz auf, die zwischen der Anrichte und der Pantry nebenan hin und her lief, wo sich der Speiseaufzug befand.

»Das wurde auch Zeit«, meinte Charlotte Dornhain. »Victor, hilfst du mir, bitte? Ich habe nicht die geringste Ahnung, warum ich mich immer wieder in diesen Sessel setze, in dem ich so tief einsinke. Ich komme aus eigener Kraft kaum wieder heraus.«

Lavinias Zukunft als Wohltäterin geriet angesichts der Dienerschaft in ihrem Elternhaus in den Hintergrund. Sie erhob sich grazil und stellte ihr kaum angerührtes Sherryglas auf den Beistelltisch neben sich. Dabei plauderte sie: »Ach, wenn ich Frieda und Klara so sehe, weiß ich erst, was in meinem Haushalt fehlt. Das Dienstmädchen, das ich gerade eingestellt habe, wirkt unzuverlässig und trödelt herum. Es ist heutzutage so schwierig, anständiges Personal zu bekommen. Wenn ich doch wenigstens Meta hätte bei mir behalten dürfen.«

»Livi, bitte!«, zischte Ellinor zwischen zusammengebissenen Zähnen. »Wenn du heute einen friedvollen Abend verbringen möchtest, solltest du dieses Thema tunlichst meiden. Großmutter ist nach wie vor sehr verärgert über den Vertrauensbruch, und soviel ich weiß, hatte Vater erst neulich in dieser Sache ein unangenehmes Gespräch mit dem Gesindemakler. Es steht da wohl noch immer eine Entschädigungszahlung im Raum, die Herr Sievers an Vater leisten muss.«

»An den Gesindemakler habe ich bei meiner Suche überhaupt nicht gedacht. Solche Leute kenne ich ja eigentlich auch gar nicht. Konrad schätzt mehr den privaten Lohndienerverein. Soll ich dir etwas sagen?« Lavinia senkte mit bedeutungsvoller Miene die Stimme: »Ich glaube, er ist insgeheim ein Sozialist.«

»Meine Liebe, das sind wir doch alle. Irgendwie.« Konrad war unbemerkt neben Lavinia getreten und hatte offensichtlich jedes Wort gehört. Mit einer galanten Geste reichte er ihr den Arm. »Nun komm zu Tisch. Wir wollen deine Großmutter nicht warten lassen.«

7

Skeptisch betrachtete Lavinia die Menschen, die mehr oder weniger freiwillig ins Stadthaus strömten. Sie stand auf dem Bürgersteig vor dem gewaltigen Eckgebäude zwischen Neuem Wall und Bleichenfleet und wagte nicht, sich vorwärtszubewegen. Manchmal fuhr sie hier zufällig mit dem Automobil oder in einer Taxameterdroschke vorbei, aber es war kein Ort, an dem sich eine Dame üblicherweise aufhielt. Dunkle Gestalten mischten sich unter Bürger, die ihrer Garderobe nach strebsame Frauen und Männer in Bürodiensten waren. Dazwischen leuchtete hin und wieder das Kleid einer schrillen Person auf, die von einem Uniformierten durch das Tor unter dem Balkon mit dem in Stein gemeißelten Wappen der Hansestadt genötigt wurde. Eine Gruppe ungepflegter junger Männer verließ gerade mit eiligen Schritten das Haus, die Burschen stießen unflätige Pfiffe aus, als sie an Lavinia und Ellinor vorbeiliefen.

»Willst du da wirklich rein?«

»Keine Angst, Livi, dir wird nichts passieren. Das ist die Polizei.«

Ellinors Trost beruhigte sie nicht. »Wieso willst du diese Flugblätter«, Lavinia deutete auf den Papierstapel im Arm ihrer Schwester, »im Stadthaus verteilen, wenn dort alle sicher sind?«

»Ich habe nicht gesagt, dass *dort alle sicher sind*«, Ellinor äffte ihre Stimme nach, wurde dann aber wieder ernst: »Ich habe gesagt, dass *dir* nichts geschehen wird. Du bist eine Dame, Livi, und siehst selbst in einem schlichten Gewand so aus. Danke übrigens, dass du dich meiner Bitte entsprechend für dieses Vorhaben dezent gekleidet hast.«

Lavinia sah an sich hinunter. Sie trug ein cremefarbenes Kostüm, das in seiner Schmucklosigkeit unerhört elegant war. Es war aus einer etwas älteren Kollektion, daher hätte sie es niemals zu einer Verabredung in ihren Kreisen angezogen. Zu dem einfachen Ambiente der obersten Polizeibehörde Hamburgs passte es dennoch nicht; jedenfalls fühlte sie sich nicht wohl in ihrer Garderobe. Sie hatte das Gefühl, ebenso aufzufallen wie die Frauen in ihren peinlichen papageienbunten Kleidern. Ellinor dagegen trug einen schlichten dunkelblauen Faltenrock, dazu eine weiße Bluse und eine lange graue Jacke. Ihre Schwester sah so unauffällig aus wie eine Lehrerin oder bessere Gouvernante.

Obwohl Lavinia sich wünschte fortzulaufen, nickte sie ergeben. Sie hatte zugestimmt, als Ellinor ihr vorschlug, Flugblätter unter den Freudenmädchen zu verteilen, die im Stadthaus auf ihre Vernehmung, eine Meldebescheinigung oder die ärztliche Untersuchung warteten. Es war ihr ziemlich simpel erschienen, in das Polizeipräsidium zu spazieren, ihre Aufgabe wahrzunehmen und wieder zu gehen. Doch angesichts des Volkes, das sich an diesem Ort herumtrieb, hatte sie ein flaues Gefühl im Magen.

Ergeben folgte sie Ellinor in die große, kühle Eingangshalle. Ihre Schwester kannte sich aus, da sie bereits in verschiedenen Dezernaten für die Frauenbewegung vorstellig geworden war. Zielstrebig marschierte Ellinor die breite Freitreppe hinauf, Lavinia im Gefolge. Die Jüngere spürte die verwunderten Blicke der vorbeihastenden Angestellten auf sich, wich einem grinsenden und nach Alkohol und Schweiß übel riechenden Gesellen aus, der ihr zu nahe zu kommen drohte. Seltsamerweise fühlte sie sich wie besudelt, obwohl sie noch wie aus dem Ei gepellt war. Wohltätigkeit hatte sie sich weniger beschämend vorgestellt.

Hinter der Tür, die Ellinor energisch öffnete, befand sich ein Wartesaal. Lavinia hielt das Zimmer zumindest dafür. An den Wänden waren Bänke aufgestellt, auf denen junge Mädchen und Frauen darauf zu warten schienen, dass man sie aufrief. Am Kopfende stand ein Doppelschreibtisch, an dem sich zwei Polizisten gegenübersaßen. Der eine notierte eifrig etwas in einer Kladde, während der andere ein bisschen unbeholfen auf einer Schreibmaschine herumklapperte. Bei Ellinors Eintreten hob dieser nur flüchtig den Kopf und wies sie mit barscher Stimme an: »Hinsetzen!« Dann tippte er weiter.

Unverbindlich lächelnd setzte sich Ellinor auf einen freien

Platz, deponierte den Papierstapel auf ihrem Schoß, rückte dann ein bisschen zur Seite und klopfte auf die Bank neben sich.

Von dem beklommenen Gefühl in ihrem Innersten förmlich niedergedrückt, ließ sich Lavinia mit eingezogenen Schultern nieder.

Obwohl es ihr ratsamer schien, die Lider gesenkt zu halten, packte Lavinia schließlich Neugier. Ellinor hatte sie darauf hingewiesen, dass sie sich unter Dirnen aufhalten würden, und sie hatte männermordende Hyänen erwartet, den Abschaum der weiblichen Natur. Doch die meisten Mädchen und Frauen in diesem Raum wirkten nicht so. Es waren einfache Weibspersonen scheinbar jeden Alters, denen Erfahrung und Stumpfheit den Glanz aus den Augen gewischt hatten. Die wenigsten wirkten so lebenslustig wie die Farben ihrer Kleider.

»Jetzt ist unsere alte Puffmutter dran«, meldete ein dritter Polizist, der seinen Kopf durch die halb geöffnete Verbindungstür zu einem Nebenraum steckte. Die beiden Kameraden am Schreibtisch lachten abfällig. »Na, komm schon, beweg deinen Hintern! Der Doktor hat nicht ewig Zeit, dir ins Allerwerteste zu sehen. Und Lust hat er sowieso mehr auf ein jüngeres Pflänzchen.«

Die derben Worte trieben Lavinia die Schamesröte ins Gesicht. Mit flackerndem Blick sah sie zu Ellinor, die mit stoischer Ruhe begann, die Flugblätter aufzufächern.

Eine Frau, deren Alter nicht zu schätzen war, erhob sich indes schwerfällig von ihrem Platz. Offensichtlich hatte sie ein Leiden, denn sie zog ein Bein nach, als sie sich vorwärtsbewegte. Ihr unordentlich aufgestecktes Haar war mit Henna rot gefärbt, am Ansatz waren graue Strähnen sichtbar. In ihrem Mund fehlten alle Zähne.

»Die hat doch aber bestimmt keine … ehmmm … Kunden«, flüsterte Lavinia ihrer Schwester ins Ohr.

»Oh doch!«, widersprach Ellinor. »Und am schlimmsten ist,

dass sich die Stadt Hamburg als der größter Kuppler im ganzen Land gibt. Die Frauen dürfen hier nur in Bordellen arbeiten, die von der Sittenpolizei genehmigt und überwacht werden. Allerdings unterstehen weder Freier noch Zuhälter der regelmäßigen Meldepflicht und amtsärztlichen Untersuchung. Pah! Mit den Männern würden die Polizisten sicher anders umgehen.«

»Hast du was gesagt?«, brummte der Wachmann an der Schreibmaschine.

»Sollte ich annehmen, dass Ihre Frage meiner Person galt?«, gab Ellinor in bewundernswert überheblichem Ton zurück.

Lavinia wäre anstelle ihrer Schwester in Grund und Boden versunken.

Irritiert hob der Uniformierte den Kopf und sah in Ellinors Richtung. Er starrte sie eine Weile an, doch natürlich senkte Ellinor nicht ihren Blick.

»Warte, bis du drankommst«, murmelte er und wandte sich wieder seiner Arbeit zu.

Eine Weile beobachtete Lavinia stumm das Geschehen. Ellinor begann, die Frauen neben sich leise anzusprechen und sie aufzufordern, das Flugblatt weiterzugeben. Viele der armseligen Dirnen konnten jedoch nicht lesen, hatten es nie gelernt oder im Laufe der Jahre vergessen. Deshalb schienen nicht einmal die Wachleute Interesse an dem Tuscheln und Papierrascheln zu haben.

Lavinia brauchte nicht auf das Schriftstück zu sehen, um zu wissen, was darauf stand. Es wurden Weibspersonen wie die Wartenden aufgefordert, sich an die Frauenvereine zu wenden und ein neues Leben zu beginnen. Die wohltätigen Damen versprachen ihnen ein warmes Essen, Kleidung und Fürsorge, sogar die Hilfe eines Rechtsanwalts, wenn diese notwendig sein sollte.

Es wurden Polizisten angeprangert, die »verdächtige«, aber meistens vollkommen harmlose Frauen von der Straße verschleppten, zu Meldepflicht und Untersuchung zwangen, um sie anschließend in einem Freudenhaus abzuliefern. Und wenn ihnen das nicht gelang, waren die angeblichen Prostituierten dadurch so stigmatisiert, dass sie ihrem anständigen Lebenswandel kaum noch nachgehen konnten und irgendwann dann doch auf die schiefe Bahn gerieten. Das betraf vor allem Dienstmädchen, die durch die Registrierung als Dirne fast immer ihre Arbeit verloren.

Lavinia hatte Ellinors Schilderungen in ihrem Salon gelauscht und war sich vorgekommen wie in einem abenteuerlichen Schundroman. Seit sie auf der harten Bank in diesem Raum saß, war sie sich der bitteren Realität jedoch fast körperlich bewusst.

»Sag mal, Mädchen, wie alt bist du eigentlich?«, hallte plötzlich Ellinors glasklare Stimme laut und vernehmlich durch den Raum.

Wie fast alle anderen Frauen im Raum sah Lavinia zu der Angesprochenen hin. Diese zuckte unter den Worten oder der Aufmerksamkeit zusammen, duckte sich sogar, als könnte sie auf diese Weise Ellinors Frage ausweichen oder sich unsichtbar machen. Sie schniefte. »Einundzwanzig.«

»Nie und nimmer bist du volljährig«, widersprach Ellinor und sprang auf. Zu Lavinias größter Überraschung trat ihre Schwester auf das zierliche junge Ding zu und ergriff seine Hand. »Du bist keine fünfzehn, wenn ich nicht irre. Stimmt's?«

»Mach hier keinen Aufstand«, mischte sich der Wachmann mit der Kladde ein, »sonst muss ich dich wegen Widerstands gegen die Staatsgewalt festnehmen. Wie heißt du eigentlich?«

»Mein Name ist Ellinor Dornhain, und ich wünsche, unverzüglich Ihren Vorgesetzten zu sprechen. Offensichtlich werden hier Minderjährige registriert, obwohl diesen die Prostitution verboten ist. Außerdem möchte ich mich über Ihren Ton beschweren, Herr Wachtmeister!«

Die beiden Polizisten waren für einen Moment sprachlos. Dafür fanden die meist recht lethargisch wirkenden Wartenden zu ihrer Geschwätzigkeit zurück. Stimmengemurmel erhob sich, albernes Gegacker, unruhiges Füßescharren. Die restlichen Flugblätter waren von Ellinors Knien gefallen und flatterten durch den Raum, fielen auf den Dielenboden.

Lavinia war das Aufheben, das Ellinor veranstaltete, einerseits unsäglich peinlich. Andererseits berührten die großen blauen Augen des Mädchens an Ellinors Hand sie sehr. Die auf den ersten Blick ziemlich verwahrloste Kindfrau blickte mit einer Hoffnungslosigkeit auf, die Lavinias Herz zerriss. Was würde aus der Kleinen werden, nachdem Ellinor Anzeige erstattet hatte? Wahrscheinlich landete sie wieder auf der Straße. Wenn Lavinia die Vorträge der *Freundinnen* richtig verstanden hatte, bestand die Gefahr, dass ein Mädchen wie dieses in ein Bordell im Ausland geriet. Meine Güte, Klara, das nette Dienstmädchen ihrer Großmutter, war doch kaum älter als dieses arme, verängstigte Wesen.

»Kennst du dich mit der Arbeit in einem Haushalt aus?«, hörte sie sich zu ihrem eigenen Erstaunen mit fester Stimme fragen.

»Wir sind hier nicht im Büro des Gesindemaklers, meine Dame!« Der Polizist an der Schreibmaschine sprühte Gift in Lavinias Richtung. »Außerdem ist dies ein Polizeidezernat und keine Wohnstube für Ihresgleichen.«

Ihr Blick flog zu Ellinor und erkannte darin Zustimmung – und Bewunderung. Stolz erfasste die Jüngere. Endlich hatte sie einmal richtig gehandelt.

»Auch über Sie werde ich mich beschweren, guter Mann«, verkündete Ellinor, bevor sie an der Hand des Mädchens zerrte und Lavinia auffordernd zunickte. »Kommt, wir gehen. Den Leiter der Behörde finden wir auch, ohne dass uns seine Zimmernummer genannt wird.«

Lavinia ließ Ellinor und ihrem Schützling den Vortritt. In dem hilflosen Versuch, den verbliebenen Frauen im Warteraum gegenüber höflich zu sein, verharrte sie länger als nötig. »Auf Wiedersehen …«

Das Echo war ebenso verhalten wie amüsiert oder höhnisch.

Lavinia wandte sich brüsk ab. Dabei achtete sie nicht auf die Person, die im selben Moment von der anderen Seite durch die Tür geschoben wurde. Sie musste der Frau und dem Uniformierten ausweichen. Das Weib roch ebenso penetrant nach Alkohol und Ausdünstungen wie der Mann vorhin auf der Treppe, und Lavinias Magen begann vor so viel Nähe zu rebellieren. Weil sie nicht noch mehr Elend ertragen konnte, sah sie rasch zur Seite.

Völlig unerwartet packte die Frau Lavinias Arm.

Sie erstarrte. Aus den Augenwinkeln erhaschte sie einen flüchtigen Blick auf das Weib. Ein kurzes Déjà-vu flackerte in ihrem Hirn auf.

Der Polizist, der die andere abführte, riss an deren Schulter. Die Frau ließ röchelnd von Lavinia ab.

Schaudernd lief sie hinaus und hinter Ellinor her. Ihr Herz raste.

»Ich glaube …«, begann sie stockend, als sie ihre Schwester erreichte, »ich glaube … ich habe … eben Meta gesehen!«

Ellinor schüttelte unwillig den Kopf. »Unsinn. Das bildest du dir ein. War Meta nicht mit dem Gesindemakler liiert?« Als Lavinia stumm nickte, fuhr sie fort: »Der würde nie zulassen, dass sie auf den Strich geht. Ehemalige Hausmädchen ohne Zeugnis kommen auch schon mal in einer Fabrik unter. Vergiss es.«

Da Lavinia noch immer um Atem rang und nichts erwiderte, fügte Ellinor lächelnd hinzu: »Du hast heute eine Seele gerettet. Das ist mehr, als ich je von dir erwartet hatte.«

Lavinia sah zu dem blutjungen Ding, das willenlos wie ein Lamm auf dem Weg zur Schlachtbank mit Ellinor Schritt zu halten versuchte. Sie war sich nicht sicher, ob das Mädchen überhaupt wusste, was mit ihm geschah. Und – wenn sie ehrlich war – wusste sie es selbst nicht.

8

Obwohl sie vom Zauber des Theaters gehört hatte, war Klara nicht bewusst gewesen, wie faszinierend es tatsächlich war. Allein diesen eigenartigen Duft aus Puder, Holzleim, Staub und den vielen Menschen diesseits und jenseits des Zuschauerraums einzuatmen war wie das Inhalieren eines Elixiers.

Mit weit aufgerissenen Augen betrachtete sie das Spektakel auf der Bühne – und kam aus dem Staunen nicht mehr heraus. Die Plakate mit der Aufschrift »Die große Hamburger Ausstattungs-Revue« hatten nicht zu viel versprochen: Das seit Jahren den Spielplan beherrschende Stück *Rund um die Alster* war sogar noch mehr. Ein bunter Bilderbogen aus unvorstellbar aufwendigen Kulissen, schönen Kostümen, mitreißender Musik und atemberaubenden Tänzen. Klara war sich sicher, noch nie so viel Schönes auf einem Fleck gesehen und erlebt zu haben. Und sie hatte selten so viel gelacht wie über die Couplets. Ihre Gesichtsmuskeln und ihr Bauch schmerzten, aber sie konnte sich nichts Herrlicheres vorstellen.

Als sie nach der Vorstellung an Gabriel Rosenbergs Seite inmitten von Hunderten anderer Besucher des ausverkauften Hauses aus dem Neuen Operetten-Theater zurück auf den Spielbudenplatz strömte, summte sie vergnügt das Lied »Dat Paddelboot« vor sich hin. Die Musik war durch die Hauptdarsteller der Revue, das Gesangsduo Gebrüder Wolf, berühmt geworden und hatte Klara und Gabriel zu frenetischem Beifall hingerissen. Ihre Hände brannten noch lange danach vom Klatschen.

»Es war so schön«, flüsterte sie ihrem Begleiter zu. Es gab in dem Getümmel nur zwei Möglichkeiten – zu schreien oder näher an den anderen heranzurücken und leise in sein Ohr zu sprechen. »Ich danke Ihnen von ganzem Herzen, dass ich das erleben durfte.«

Gabriel lächelte. »Es geht mir ganz genauso, wenn ich die Begeisterung in Ihrem Gesicht sehe.«

Machte er sich lustig über sie?

Klara blieb unvermittelt stehen, um ihn direkt anzuschauen. Plötzlich schienen die vielen anderen Menschen um sie her gleich Schaufensterpuppen zu erstarren. Stimmengemurmel, Gelächter, die Nachrichten des Ausrufers, die Klänge einer Drehorgel vor dem in unmittelbarer Nachbarschaft des Neuen Operetten-Theaters befindlichen Panoptikum und der übliche Straßenlärm drangen nur gedämpft zu Klara, als befände sie sich unter einer Käseglocke. Nichts erreichte ihre Sinne so intensiv wie Gabriels tiefer Blick. Selbst das Stoßen und Schubsen der ungeduldigen Menschen in ihrem Rücken spürte sie nicht. Sie fühlte sich, als wäre sie mit ihm ganz allein in einem Boot, das dem Wellengang trotzte.

Sie würde nie erfahren, ob die drängelnde Masse schuld war oder Gabriel aus eigenem Impuls handelte. Plötzlich neigte er sich vor und drückte seinen Mund auf ihre Lippen. Ein flüchtiger, eher stürmischer, fast freundschaftlicher Kuss. Zwischen all den anderen Leuten waren Zärtlichkeiten auch gar nicht möglich, ohne Aufsehen zu erregen. Dennoch sollte Klara der leichte Druck unvergesslich bleiben. Es war ihr erster Kuss. Und er fühlte sich an wie ein Versprechen.

»Wir könnten zu Fuß nach Harvestehude gehen und uns unterhalten«, schlug Gabriel vor. Mit einem Mal wirkte er nicht mehr so weltgewandt wie zuvor, sondern ein wenig verlegen.

Dankbar, dass sie auf den Kauf neuer Schuhe verzichtet hatte, nickte Klara. Sie hatte sich im Warenhaus Hermann Tietz am Großen Burstah zwar ein Kleid ausgesucht, aber von weiteren

Ausgaben dann doch lieber abgesehen. Der lindgrüne, leichte Stoff mit den schwarzen Punkten und die schwarzseidenen Bordüren passten gut zu den bequemen Spangenschuhen, die sie zu ihrer Zofentracht trug. Obwohl sie die adretten Treter eigentlich nicht zu ihrem Vergnügen *ausleihen* sollte, fand Klara, dass dieser Abend ein Sonderfall war. Somit waren ihre Füße selbst für einen langen Spaziergang gut gerüstet.

Eine milde Brise spielte mit den Bändern an Klaras Kreissäge. Sie hatte ihren alten Strohhut mit lindgrünen und schwarzen Stoffresten aufgeputzt. Für einen Moment fragte sie sich, ob sie ihre Kopfbedeckung nicht lieber festhalten sollte. Aber dafür hätte sie Gabriels Hand loslassen müssen, die wie selbstverständlich ihre Finger umschlossen hielt; in ihrer Rechten trug sie die Handtasche. Sie entschied, dass es vollkommen gleichgültig war, ob ihr Hut über die ehemaligen Wallanlagen wehen würde, an denen sie nun in nordöstlicher Richtung entlanggingen.

Ihre Schritte hallten leise auf dem Pflaster. Die Umgebung wurde dunkler und nicht unbedingt sicherer. Um diese Jahreszeit war das Heiligengeistfeld, wo der *Hamburger Dom* üblicherweise stattfand, verwaist. Für das Volksfest wurden erst im Juli wieder Fahrgeschäfte und Buden in Betrieb genommen. Auf dem alten Marktgelände und weiter zur Neustadt hin trieben sich dunkle Gestalten herum. Klaras Blick erhaschte menschliche Schatten, die sich zwischen den Bäumen und riesigen, um diese Uhrzeit geschlossenen Verwaltungsgebäuden bewegten. Seltsamerweise verspürte sie jedoch an Gabriels Seite keine Furcht.

Unbefangen redete er über seine Familie, die sich vor Generationen im damals noch unter dänischer Verwaltung stehenden Altona angesiedelt hatte. Seine Eltern ließen sich dann nach ihrer Heirat im neu entstehenden Grindelviertel nieder, wo sein Vater das Gewerbe von Gabriels Großvater weiterführte. Als Uhrmacher genoss Rosenberg schon bald einen tadellosen Ruf, was ihm

Tür und Tor der Villen in Harvestehude öffnete. Gabriel berichtete, ihn habe das Handwerk der inzwischen siebzigjährige und fast blinde Großvater gelehrt, der meistens nach der Schule auf ihn aufpasste, wenn der Vater auf Hausbesuch war und die Mutter sich um seine fünf jüngeren Brüder kümmerte.

»Wie schön!«, murmelte Klara. »So eine große Familie habe ich mir auch immer gewünscht …« Entsetzt biss sie sich auf die Zunge, weil sie den Mund nicht gehalten hatte.

Prompt fragte Gabriel: »Hast du keine Geschwister?«

Das Du ging ihm so leicht über die Lippen. Es wärmte Klaras Seele. Sie hätte sich gerne länger in diesem wundervollen Gefühl gesuhlt. Stattdessen schien es an der Zeit, ihm die Wahrheit zu sagen. Unwillkürlich erinnerte sie sich an Idas warnende Worte – und die Wärme in ihrem Innersten verwandelte sich in Kälte.

Sie löste die Hand aus seinem Griff und klammerte sich an ihre schmale Hutkrempe.

»Ich habe keine Familie«, sagte sie leise.

»Wieso hast du keine Familie? Jeder Mensch hat Mutter und Vater.«

»Ja. Natürlich.« Sie klang ein wenig barsch, weil sie sich auf eine weitreichende Erklärung einlassen musste. Das hatte sie nicht beabsichtigt. Konnte er es nicht bei diesem einen Satz belassen? Es war ihr schwer genug gefallen, zuzugeben, dass sie fast so alleine wie ein Findelkind war.

»Meine Mutter hat mich in die Obhut einer anderen Frau gegeben, als ich noch ganz klein war. Von meinem Vater weiß ich nichts. Wie gesagt, ich habe keine Familie.«

Er schwieg.

Was sollte er auch sagen?, dachte Klara bitter.

Ihre Schuhsohlen knirschten auf dem Sandboden. Sie hatten inzwischen die Wege des Alten Botanischen Gartens erreicht. Eine rollige Katze maunzte im Gebüsch, irgendwo raschelte es, vielleicht verbarg sich ein Tier, möglicherweise aber auch eine menschliche Gestalt in der Dunkelheit. Das Pfeifen und Schreien junger Käuzchen hallte durchdringend von einem Ast.

Als er erneut nach ihrer Hand griff, ignorierte Gabriel ihren Widerstand. Mit sanftem Druck umschloss er Klaras Finger. So gingen sie nebeneinander weiter, ihre Schritte passten sich an und wirkten bald wie von einer einzigen Person.

»Es macht mir nichts aus, dass du keine Eltern hast«, begann er leise, »dieser Umstand tut mir aber sehr leid für dich. Weißt du, meine Familie ist manchmal ziemlich anstrengend, vor allem, wenn ich alleine sein möchte, stört mich der dauernde Rummel zu Hause. Doch ich wollte keinen einzigen von meinen Leuten missen, am allerwenigsten meine Mutter. Wie war die Frau, bei der du aufgewachsen bist?«

Unwillkürlich erhellte ein kleines Lächeln Klaras Gesicht. »Meine Ziehmutter war immer sehr gut zu mir. Sie hat mich bei sich in Glückstadt wie eine Tochter aufgenommen.«

»Möchtest du deine richtige Mutter wiedersehen?«

»Ich kenne sie doch gar nicht!«, rief Klara, und ihre Worte schienen von den Sträuchern, Büschen und Bäumen widerzuhallen. »Ich weiß nicht einmal, wie sie heute aussieht, weil ich nur eine verblasste Fotografie von ihr habe. Das Bild ist bestimmt zwanzig Jahre alt. So sieht sie gewiss nicht mehr aus … falls sie überhaupt noch lebt.«

Wieder verfiel Gabriel in nachdenkliches Schweigen. Er hielt auf einer Brücke an, die über den Stadtgraben führte, lehnte sich gegen das Geländer, ließ ihre Hand jedoch nicht los. Hier war es heller als in den Parkanlagen, der Mond spiegelte sich mit Tausenden von Lichtpunkten in dem träge zwischen Alster und Elbe fließenden Bach. Leise schlappte Wasser gegen die alten Uferbefestigungen, ein Tier, vielleicht eine Ente, stob mit klappernden Flügeln im Unterholz auf. Dann wurde es wieder still.

»Ich kann dein Herzklopfen hören«, behauptete Gabriel nach einer Weile.

»Unsinn!« Ob er wohl im Mondlicht die hektischen roten Flecken sehen konnte, die ihre Wangen überzogen?

Zu Klaras Überraschung kam Gabriel auf ihr ursprüngliches Thema zurück: »Sicher war deine Mutter so hübsch wie du. Wie heißt sie?«

»Adele«, entfuhr es ihr, obwohl sie den Namen gar nicht nennen wollte. »Sie heißt Adele. Mehr weiß ich nicht. Bis auf … irgendwie hatte sie wohl mal etwas mit den Herrschaften zu tun, bei denen ich arbeite. Meine Ziehmutter schickte mich mit einem Empfehlungsschreiben eben in genau dieses Haus, als ich nach meiner Herkunft fragte. Aber bei Herrn Dornhain arbeitet keine Adele. Da bin ich inzwischen ganz sicher.«

»Vielleicht war sie früher dort beschäftigt … Hast du nach einer Adele gefragt?«

»Nein. Natürlich nicht. Ich will doch keinen Staub deswegen aufwirbeln …«

Sie hoffte, dass Fräulein Nele eines Tages wieder nach Hause zurückkehren würde. Der würde sie sich öffnen, wenn die Gelegenheit günstig wäre. Klara hatte ihre Gespräche nicht vergessen. Aber die Genesung einer Schwindsüchtigen dauerte unsäglich lange. Das war allgemein bekannt. Schon bevor Klara beim Servieren des Abendessens gehört hatte, wie sich die gnädige Frau mit ihrem Sohn und ihrer Enkeltochter darüber unterhalten hatte, war ihr bewusst gewesen, dass sie noch Monate auf Fräulein Nele warten musste – vielleicht sogar Jahre.

»Ich habe niemanden, den ich nach meiner Mutter fragen könnte«, fuhr sie wie zu sich selbst fort. »Es ist hoffnungslos. Wo sollte ich auch in dieser großen Stadt nach ihr suchen? Und von meinem Vater weiß ich nicht einmal einen Namen. Ich werde wohl für immer ein Mädchen ohne Familie bleiben.«

Gabriel antwortete ihr nicht. Schämte er sich dafür, dass er mit so einer ausging?

»Es ist spät. Ich muss zurück.«

Klara versuchte vergeblich, ihm die Hand zu entziehen.

Er zog sie näher zu sich heran, umschloss mit dem freien Arm ihre Taille. »Wir werden sie finden«, raunte er. Sein Atem streifte ihr Gesicht. »Wir werden gemeinsam nach deiner Mutter suchen und sie finden. Das verspreche ich dir.«

Seine Lippen senkten sich noch einmal auf ihren Mund, diesmal jedoch viel zärtlicher und länger. Klara fuhr durch den Kopf, dass es für seine Familie wichtig sein könnte, ihre Herkunft zu kennen. Durften jüdische Männer eigentlich protestantische Frauen zur Braut nehmen? Und dann dachte sie gar nichts mehr und überließ sich diesem wundervoll süßen Geschmack der Liebe.

9

Niemals hätte Lavinia für möglich gehalten, welche Folgen ihr übereilter Entschluss nach sich ziehen würde, eine blutjunge Dirne in Konrads Haus zu nehmen.

Das Mädchen hieß Ansje und war fünfzehn Jahre alt. Der Chef der Sittenpolizei entschuldigte sich nach Ellinors Protest für die Unannehmlichkeiten, die ihr und Lavinia in der Wachstube zuteilgeworden waren; das rüde Verhalten der Polizisten gegenüber den weniger privilegierten Frauen fand er nicht beklagenswert. Allerdings meinte er, das Alter des Mädchens hätte gewiss der Amtsarzt bei seiner Untersuchung herausgefunden, aber es sei ja noch nicht dran gewesen, als sich die gnädige Frau – er meinte Lavinia – seiner annahm. Da Ellinor später herausfand, dass Ansje nicht zum ersten Mal der behördlichen Kontrolle nachkam, waren diese Erklärungen natürlich nur Ausflüchte.

Ansje war in einem Waisenhaus groß geworden, irgendjemand dort hatte ihr einmal erzählt, ihre Mutter sei auf der Straße gestorben und ihr Vater, ein holländischer Seemann, auf Nimmerwiedersehen verschwunden. Jedenfalls interessierte sich niemand für dieses gefallene Mädchen, am allerwenigsten die Fürsorge. Lavinia wurde praktisch an Ort und Stelle im Stadthaus die Vormundschaft übertragen, die Zustimmung ihres Gemahls betrachtete man in diesem Fall als reine Formalie.

»Bemerkenswert«, kommentierte Ellinor trocken. »Wir haben kein Wahlrecht, aber um eine unglückliche Person in misslicher Lage loszuwerden, wird dieses Kind einer selbst noch nicht einmal volljährigen Ehefrau als Mündel in Obhut gegeben.«

»Ich werde bald einundzwanzig«, protestierte Lavinia.

»Das weiß ich doch, Livi, aber ohne Konrads Zustimmung darfst du trotzdem nichts Wichtiges entscheiden. Ich bin sicher, dir wurde Ansje nur übergeben, damit wir aus dem Stadthaus verschwinden und keinen Aufruhr veranstalten. Na, die Herrschaften werden mich noch kennenlernen.«

Lavinia hielt es für besser, ihre Schwester nicht zu fragen, was sie mit dieser Drohung meinte. Sie wollte es eigentlich auch gar nicht wissen, da sie vollauf damit beschäftigt war, Ansjes Zukunft zu planen. Zunächst einmal musste das Mädchen gewaschen und frisiert werden, und dann brauchte es anständige Kleidung. Es kam ihr vor, als beschäftige sie sich mit einer Puppe.

Selbst in Anbetracht der angenommenen Hinwendung ihres Mannes zum Sozialismus befürchtete Lavinia, Konrad werde eine dergestalt heruntergekommene Kindfrau, die sie bei der Sittenpolizei aufgelesen hatte, nicht ohne Vorbehalte in seinem Haushalt aufnehmen. Da sie nicht die geringste Ahnung hatte, wie man ein Dienstmädchen ausstaffierte, entschied sie nach reiflicher Überlegung, Frau Brinkmann das weitere Vorgehen zu übertragen.

Doch die alte Haushälterin erwies sich anfangs nicht als sonderlich hilfreich. Als Lavinia berichtete, was vorgefallen war, fehlte nicht viel, und Frau Brinkmann hätte Ansje wieder vor die Tür gesetzt. Nie zuvor hatte sich Lavinia dermaßen für einen Menschen engagiert – außer für sich selbst. Doch jetzt fuhr sie Konrads Hausvorsteherin mit ungewohnter Autorität an, und Frau Brinkmann sorgte prompt dafür, dass Ansje vorzeigbar war, als Konrad am Abend nach Hause kam.

Er hörte sich Lavinias Vortrag über die Frauenbewegung beim Abendessen an. Für einen Moment funkelte Ironie in seinen Augen. Kurz darauf zeigte er sich jedoch überrascht über ihr Handeln und ihre Entschlossenheit, sich künftig mehr für die bedauernswerten Mädchen einzusetzen, die keine Chance auf ein anständiges Leben hatten.

»Ich kann nicht beurteilen, ob du am Ende das Richtige tust«, sagte er, »aber ich finde dein Verhalten ausgesprochen lobenswert. Bislang hielt ich dich für oberflächlich, und jetzt erfahre ich, dass meine Frau großmütige Entscheidungen trifft. Das nötigt mir Respekt ab, Livi.«

Stolz erfüllte sie. Zum ersten Mal seit sehr langer Zeit war sich Lavinia wieder seiner ungeteilten Aufmerksamkeit sicher. Seine Achtung traf sie wie ein Sonnenstrahl nach einem düsteren Tag.

Sie lächelte Konrad über den Tisch hinweg an.

Einem plötzlichen Impuls folgend, streckte sie die Hand aus. Ihre Finger berührten sich, ihre Blicke begegneten sich. Er lächelte zurück, und Lavinias Herz machte jenen kleinen freudigen Satz, den sie in seiner Gegenwart schon fast vergessen zu haben schien.

Nachdem sie sich wie üblich vor ihrem Schlafzimmer eine gute Nacht gewünscht hatten, saß Lavinia an diesem Abend lange an ihrem Toilettentisch. Sie wollte es sich nicht eingestehen, aber genau genommen wartete sie auf Konrad.

Es war ein seltsames Gefühl. Sie wusste nicht, ob es eine unbestimmte Sehnsucht nach einer Umarmung von ihm war. Oder ob sie eher fürchtete, dass er ihre spontane Zärtlichkeit am Esstisch missverstanden haben könnte. Hin und her gerissen zwischen ihren Wünschen, Hoffnungen und Ängsten saß sie stundenlang nur da. Irgendwann wurde ihr klar, wie dankbar sie für sein Lob war. Sie fragte sich, ob er eine Gegenleistung dafür erwartete. Eine Antwort erhielt sie jedoch nicht. Konrad klopfte nicht an die Verbindungstür zwischen ihren Gemächern, und selbst als sie bereits im Bett lag, grübelte sie unentschlossen darüber nach, wie sie sich verhalten würde, wenn er doch noch käme. Über diesen Gedanken schlief sie ein.

Am nächsten Tag erschien Ellinor unangemeldet in der St. Benedictstraße neun zur Teezeit – wie sie sagte, um sich nach dem Befinden aller Beteiligten zu erkundigen.

Lavinia war sich nicht sicher, inwieweit Ellinor wirklich nach dem Rechten sehen wollte. Interessierte sich ihre Schwester für ihr, Lavinias, Wohlergehen? Oder wollte sie vielmehr wissen, wie sich Ansje in dem fremden Haus machte? Vielleicht fürchtete sie gar, das neue Dienstmädchen sei bereits in der ersten Nacht davongelaufen.

»Es besteht kein Grund zur Sorge«, teilte Lavinia selbstbewusst mit, »Ansje hat sich wunderbar eingerichtet. Frau Brinkmann berichtete mir überdies, Ansje stelle sich willig und geschickt bei der Hausarbeit an.«

»Das ist großartig!« Ellinor stand die Erleichterung ins Gesicht geschrieben, als sie sich aus dem Korbsessel vorbeugte, um nach ihrer Tasse zu greifen. Sie schnupperte an dem stark nach Bergamotteöl und Rauch duftenden Tee, bevor sie an dem noch dampfenden Getränk nippte. »Wo kaufst du nur diese köstliche Sorte?«

»Ich habe nicht die geringste Ahnung, von welchem Händler

Frau Brinkmann unseren Earl Grey bezieht. Ehrlich gesagt mag ich diesen Tee nicht einmal besonders.«

Ellinor deutete in einer unbestimmten Geste auf den hübsch gedeckten Tisch, an den sie sich zu Lavinia in den Wintergarten gesetzt hatte. »Warum lässt du ihn dir dann kochen?«

»Es erscheint mir sinnvoller, manche Dinge so zu belassen, wie sie waren, bevor ich hier einzog. Konrad bevorzugt diese Teesorte, also versuche ich mich daran zu gewöhnen.« Lavinia zog einen Flunsch, bevor sie Ellinor grinsend anvertraute: »Es gelingt mir aber nicht besonders gut.«

»Könnte es sein, Livi, dass du erwachsen wirst?« Ellinor blickte sie eindringlich an.

Was zweifellos als Kompliment gemeint war, weckte Lavinias Widerspruch. Ständig musste sie sich dieselben Floskeln anhören. Obwohl sie sich doch nun wirklich alle Mühe gab, schien keiner ihrer Urteilskraft wirklich zu vertrauen. Was glaubte Ellinor? Dass sie ein blutjunges Mädchen von der Straße holte, ohne sich der Verantwortung bewusst zu sein?

»Warum stellt ihr mich eigentlich alle als egoistisches Aas dar?«, brach es aus Lavinia heraus. »Konrad machte gestern eine ähnliche Bemerkung. Wie könnt ihr annehmen, dass ich nur an mich denke?«

»Möglicherweise liegt das daran, dass alles stets zu deiner Zufriedenheit erledigt wurde. Du hast immer deinen Willen durchgesetzt und sogar einen Ehemann bekommen, der uns anfangs reichlich unpassend erschien. Selbst Nele hatte da so ihre Bedenken.«

Der Name berührte Lavinia. Sie sprach selten über Nele, vor allem weil Konrad sie anscheinend nicht mochte und jede Unterhaltung über sie schroff beendete. In Lavinias Herzen und Denken besetzte Nele jedoch nach wie vor einen großen Platz.

»Ach«, seufzte Lavinia mit einem traurigen Lächeln, »wenn

Nele hier wäre, würde sie mit mir losziehen und anderen Tee kaufen.«

»Ja. Das würde sie. Ganz bestimmt.«

Bedrücktes Schweigen senkte sich über die Schwestern. Auch Ellinor schien mit ihren Gedanken bei Nele zu sein. Die Nachrichten aus Locarno klangen bis zuletzt nicht erfreulich. Eine Heilung des Leidens war offenbar noch nicht in Sicht. Nele würde mindestens ein weiteres halbes Jahr zur Genesung bleiben müssen und wahrscheinlich vor dem Winter nicht nach Hause zurückkehren. Also verblieben noch mindestens drei weitere Monate der Trennung.

Um die trübe Stimmung wieder zu heben, trank Lavinia etwas Tee und verzog anschließend das Gesicht. »Es ist mir unverständlich, dass dir das schmeckt. Mir wird schon von dem Geruch ganz schlecht.«

Ellinors Augebrauen hoben sich. »Bist du etwa ...?«

»Was?«

»Schwanger. Du bist immerhin seit elf Monaten verheiratet. Großmutter fragte mich neulich im Vertrauen, ob ich eine Ahnung hätte, warum sich bei euch kein Nachwuchs einstellt. Aber natürlich konnte ich ihr auch nichts sagen ...«

»Nein!«, erwiderte Lavinia brüsk. »Ich bin nicht in anderen Umständen.«

»Bist du sicher?«

Wenn Ellinor es doch nur unterlassen würde, dermaßen peinlich zu insistieren!

»Ja. Ganz sicher.«

Als würde ihre Großmutter nicht auf ein Urenkelkind warten, verkündete Ellinor erfreut: »Wie schön, dass du dich nicht zu schonen brauchst. Einer weiten Reise steht damit nichts entgegen.«

»Was für eine Reise?«

»Ich weiß, dass du es nicht gerne hörst …«, Ellinor unterbrach sich, um sich mit einer Serviette über die Lippen zu tupfen und anschließend fortzufahren: »Nun, ich beobachte mit Freude, wie du deine Allüren ablegst. Vor allem finde ich es großartig, dass du dich mit einer sinnvollen Sache beschäftigen möchtest. Dein Einsatz gestern im Stadthaus macht mich noch immer sehr stolz, und deshalb dachte ich, es wäre wunderbar, wenn du mich am fünfzehnten Juni zum Internationalen Frauenkongress nach Budapest begleiten könntest.«

Fassungslos vor Staunen brachte Lavinia nur heraus: »Du lieber Himmel! Budapest?!«

»Die Perle an der Donau. Jawohl.«

»Aber das ist schon nächste Woche!«

»Hast du keine Zeit?«, erkundigte sich Ellinor spitz. »Eine der *Freundinnen* ist leider wegen eines Todesfalls in der Familie verhindert, so dass ein Platz in der Hamburger Gruppe frei wurde. Wenn du jedoch …«

»Nein. Nein. Ich bin nur … Es kommt etwas überraschend … und es ist so weit weg.«

»Österreich-Ungarn ist nicht das Ende der Welt.«

Es war merkwürdig. Lavinia fühlte sich wie in einem Boot, das auf stürmischer See hin und her geworfen wurde. Unwillkürlich fürchtete sie, angesichts des Unbekannten zu kentern. Ihre Lebensfreude beschränkte sich für gewöhnlich auf einen vertrauten Raum. Da fühlte sie sich sicher. »Ich bin noch nie südlicher als bis nach Lüneburg unterwegs gewesen«, murmelte sie.

»Dann wird es höchste Zeit, dass du ein wenig mehr kennenlernst, findest du nicht? Ich bin sicher, dein Mann wird dir die Erlaubnis zu der Reise erteilen. Vater findet die Idee übrigens ganz wunderbar. Er meinte, du solltest deinen Horizont ruhig ein wenig erweitern. Außerdem gondelst du nicht allein durch Europa. Da ist Nele sehr viel mutiger als wir beide.«

Nele war immer Lavinias Vorbild gewesen. Die geliebte und bewunderte Schwester hatte ganz alleine in München gelebt. Und nun war sie sogar schon so lange im Tessin, ohne dass sie auch nur den Besuch eines Familienmitglieds erhalten hätte. Was Nele schaffte, müsste doch wenigstens zum Teil auch Lavinia erreichen können. Sie waren doch Schwestern, da gab es Ähnlichkeiten. Livi spürte, wie ihr die Furcht vor dem Unbekannten so schwer wie ein verdorbenes Mahl im Magen lag. Es beschleunigte sich ihr Herzschlag, ihre Atmung ging ein wenig schneller. Schließlich erfasste sie jedoch auch Neugier.

»Sind die Damen – ich meine, die *Freundinnen* – auch in Budapest?«

»Nicht alle, aber viele. Meines Wissens sind fast dreitausend Delegierte aus zweiundzwanzig Ländern für den Frauenkongress angemeldet.«

»Und ich darf eine von ihnen sein?«

Ellinor hob schmunzelnd ihre Teetasse. »Lass uns darauf anstoßen, Livi!«

Auf Reisen

10

Lavinias Hochstimmung schwand rasch. Das Treffen mit einer Auswahl von *Freundinnen* am Hauptbahnhof in Hamburg war enttäuschend. Insgeheim hatte sie gehofft, Alice von Finkenstein wiederzusehen, doch die befand sich nicht unter den Damen, die sich am Gleis zur gemeinsamen Reise versammelten. Lavinia wollte nicht als vorlaut gelten, deshalb erkundigte sie sich nicht nach dem Verbleib der bewunderten Baronin. Schließlich sollte sich noch herausstellen, dass Lavinia und ihre Mitreisenden wenig gemeinsam hatten und ihr jede noch so harmlose Bemerkung unpassend erschien.

Ellinor und die anderen sprachen mit wachsendem Enthusiasmus über Themen, die Lavinia völlig fremd waren. Über Freudenmädchen und die Sittenpolizei hätte sie sich gerne ausgetauscht, da konnte sie ja nun mitreden. Doch wieder wurde sie in den Hintergrund gedrängt, weil sich das allgemeine Interesse in ihrem Abteil auf andere Probleme konzentrierte.

Der Kampf der Frauenrechtlerinnen für einen besseren Tierschutz, der über das Halten eines Schoßhündchens hinausging und die Schlachtmethoden von Rindern und Schweinen anprangerte, war Lavinia ein Buch mit sieben Siegeln. Genau genommen hatte sie sich noch nie darüber Gedanken gemacht, wie ein Stück Fleisch auf ihren Teller kam. Auf dem Weg durch die Provinz Brandenburg redeten die vornehmen Damen jedoch von nichts anderem. Offenbar regte sie die vorbeiziehende Landschaft mit ihren endlosen Weideflächen, verstreut daliegenden Gehöften und Gütern dazu an. Als sich die Unterhaltung um das rituelle Schächten der Juden drehte und das Ausbluten explizit behandelt wurde, stieg Übelkeit in Lavinia auf.

Glücklicherweise konnte sie sich am Lehrter Bahnhof in Berlin ein wenig frisch machen und im Wartesaal der zweiten Klasse einen Tee trinken. Es ärgerte sie, dass sie nicht in der ersten Klasse reisten, aber Ellinor meinte, ein zu großes Maß an Luxus widerspräche dem Zweck ihrer Bewegung. Dabei hätte ihr Vater gewiss auch die teurere Fahrkarte bezahlt. Überhaupt war er sehr angetan von den Plänen seiner Töchter gewesen; und Konrad hatte Lavinia sogar ein Budget für eine neue Garderobe zugebilligt. Als sie zurück zum Perron schlenderte, um in den wartenden Schnellzug nach Dresden einzusteigen, griff sie automatisch nach ihrem Hut: eine modische Kappe aus weinrotem Filz mit einer Reiherfeder an der Seite. Zweifellos etwas warm für Mitte Juni, aber modisch. Die Erkenntnis, dass sie sehr gut aussah, hob Lavinias Befinden.

Die Weiterreise verlief jedoch nicht wesentlich besser als die erste Etappe. In Berlin waren Passagiere zugestiegen, die offenbar ebenfalls auf dem Weg zum Frauenkongress in Budapest waren. Viele kannten sich von vergleichbaren Veranstaltungen, begrüßten sich überschwänglich, umarmten einander und waren so mit sich selbst und ihren Bekannten beschäftigt, dass sie Lavinia eines begütigenden Blickes würdigten, aber sonst wenig mit ihr anzufangen wussten. Möglicherweise lag das ja daran, dass sie nicht nur neu in diesen Kreisen, sondern auch erheblich jünger als die Mehrzahl war.

Ellinors Versuche, die kleine Schwester in die Unterhaltungen einzubinden, schlugen fehl. Die Damen redeten weiterhin über Dinge, die Lavinia nicht verstand, und ignorierten sie deshalb über kurz oder lang. Wortfetzen über das Frauenwahlrecht im russischen Großfürstentum Finnland und die Einführung des Stimmrechts für Frauen in Norwegen übertönten das Rattern des Zuges. Lavinia hörte kaum zu, sondern blätterte gelangweilt in der Zeitschrift, die sie vor der Abfahrt gekauft hatte. Als sich die Gleise an den Hängen des Erzgebirges entlangwanden, begann ihr Magen wieder zu rebellieren, da er die Kurven und Höhenunterschiede nicht vertrug.

Die Grenzstation zwischen dem Deutschen Reich und Österreich-Ungarn verschaffte Lavinia eine Verschnaufpause. Während der Zollkontrolle zog sie das Abteilfenster herunter und atmete tief die kühle Abendluft ein. Dennoch pochte es hinter ihren Schläfen. Die weite Reise begann, sie zu zermürben.

»Früher war es so viel bequemer, nach Budapest zu fahren«, behauptete eine Dame mit aschgrauer Hochsteckfriseur, die sich neben Lavinia stellte. Dunkel erinnerte sich Lavinia, dass sie sich als Rosemarie von Belmond vorgestellt hatte – oder so ähnlich. »Es ist mir absolut unerklärlich, wieso der Berlin-Budapest-Orient-Express eingestellt wurde.«

»Ja, gewiss«, murmelte Lavinia.

Frau Wie-immer-sie-hieß blickte sie scharf von der Seite an. Nach einer Weile stellte sie freundlich fest: »Sie scheinen nicht sehr erfahren im Reisen zu sein.«

»Hm«, machte Lavinia. Sie hatte die Augen geschlossen und ließ ihre schmerzende Stirn von der Luft kühlen. Da sie der um Konversation bemühten alten Dame nicht mit Unhöflichkeit begegnen wollte, fügte sie hinzu: »Weiter als bis von Hamburg nach Westerland auf Sylt bin ich noch nie unterwegs gewesen.«

»Oh!« Lavinias Antwort schien die Ältere zu enttäuschen. »Nun, Sie sind ja noch jung. Sie werden gewiss reichlich Gelegenheit zum Herumreisen finden, wenn Sie erst einen Mann …«

»Ich bin verheiratet.«

»Sie Ärmste! Es ist mir ein großes Anliegen, zu verhindern, dass junge Mädchen wie Sie nicht von ihren Vätern an die Söhne ihrer Geschäftsfreunde verschachert werden. Wie alt sind Sie, meine Liebe?«

»Zwanzig.« Lavinia wandte der anderen ihr Gesicht zu und öffnete die Augen. »Aber ich habe mir meinen Gemahl selbst ausgesucht. Mein Vater gab seine Zustimmung zu einer Mesalliance.«

Als sie dies mit einem gewissen Trotz aussprach, wurde ihr bewusst, wie unrecht sie Konrad damit tat. Natürlich, er entstammte keiner Reedersfamilie. Aber sie war die jüngste Tochter, und er war – eigentlich ein wundervoller Mann. Rücksichtsvoll, vornehm, anständig und strebsam. Er machte eine hervorragende Figur, nicht nur durch seine äußere Erscheinung. Was gab es also gegen ihn vorzubringen? Er benahm sich untadelig, blieb meistens sogar äußerst duldsam, wenn sie ihn unfreundlich behandelte. Natürlich, er langweilte sie. Aber war das wirklich sein Fehler? Vielleicht sollte sie sich ein wenig mehr für ihn interessieren. Sie hatte so gut wie keine Ahnung von seiner Herkunft, wusste kaum etwas über das Leben, das er vor ihrer Heirat führte. Hatte es jemals eine Frau gegeben? Zum ersten Mal sinnierte sie darüber, dass Konrad vor ihrer Ehe womöglich eine andere geliebt hatte. Was für ein verwirrender Gedanke!

»Ich war auf dem Bahnsteig und habe uns einen Becher warmes Bier gekauft«, meldete sich Ellinor aus dem Hintergrund. »Etwas anderes habe ich nicht bekommen, anscheinend trinkt man in Böhmen nur Bier. Probiere einen Schluck, Livi, es tut gut.«

Dankbar, dem Gespräch mit Frau von Belmond und den plötzlich entflammten Schuldgefühlen gegenüber Konrad entfliehen zu können, nahm Lavinia das Getränk an. Durstig trank sie davon. Es half nicht gegen ihre Kopfschmerzen, verstärkte sogar das flaue Gefühl in ihrem Magen, und sie vermutete, dass der Geschmack dem heißen Abwaschwasser von Ida gleichkam. Doch kaum fuhr der Zug wieder an, fiel sie in tiefen, ohnmachtsähnlichen Schlaf.

Sie erwachte durch den Lärm am Franz-Joseph-Bahnhof in Prag. Ellinor und die meisten anderen Damen ihrer Reisegesellschaft dösten. Eine mit Schlaflosigkeit geschlagene *Freundin* legte auf ihrem Schoß eine Patience. Lavinia erhob sich aus dem Sitz, streckte sich, versuchte, die schmerzenden Glieder in dem beengten Raum zu bewegen. Sie stieg über ausgestreckte Füße und trat ans Fenster, wo sie die Stirn gegen das kühle Glas lehnte und auf die im blassen Morgengrauen verschwimmende Plattform blickte.

»Bitte einsteigen!« Die Stimme des Schaffners, der an den Waggons entlangeilte, drang bis ins Abteil. »Der Zug nach Brünn und Pressburg mit Ziel Budapest fährt gleich ab.«

Eine Militärkolonne schien aus dem Nichts des Morgennebels aufzutauchen. Lavinia sah junge Burschen mit Tornistern und Gewehren auf den Schultern, die in Reih und Glied zu einem anderen Gleis marschierten. Sie hatte die hellblauen Uniformen mit den apfelgrünen Epauletten noch nie gesehen, aber sie interessierte sich gemeinhin auch nicht für Feldjäger. Wenn sie in der Vergangenheit gelegentlich die Bekanntschaft mit Offizieren gemacht hatte, so waren dies Angehörige der Marine.

»Man vergisst so leicht, dass zwischen den südlichen und östlichen Nachbarn von Österreich-Ungarn ein blutiger Krieg herrscht und der Kaiser gut daran tut, seine Grenzen zu bewachen.« Frau von Belmond hatte sich auf ihrem Fensterplatz vorgebeugt und blickte ebenfalls hinaus. Sie sprach sehr leise, um die anderen Damen nicht zu stören.

Lavinia war zu müde, um sich zu erinnern, was sie über den sogenannten Balkankrieg gehört hatte.

»Ja, das ist alles sehr schlimm«, antwortete sie vage. Sie hoffte, die Ältere werde ihre Unterhaltung nicht vertiefen. Es war seltsam. Kaum suchte eine Reisegefährtin das Gespräch mit ihr, gab sie sich einsilbig. Aber was sollte sie auch sagen? Sie hatte doch keine Ahnung. Von nichts.

Der Zug fuhr schnaufend an, und Lavinia drohte, für einen Moment das Gleichgewicht zu verlieren. Sie strauchelte, hielt sich an der Hutablage fest.

»Na, na, Frau Mesalliance, fallen Sie nur nicht hin«, die alte Dame auf dem Fensterplatz lächelte über Lavinias Ungeschicklichkeit. »Mit einem gebrochenen Fuß können wir Sie auf dem Kongress nicht gebrauchen.«

»Danke. Ja. Ich passe auf.«

Frau von Belmond erinnerte sie plötzlich an ihre Großmutter. In einem Anfall von Selbstmitleid und Heimweh wünschte Lavinia, dass sie Ellinors Angebot besser niemals angenommen hätte. Fast verzweifelt sehnte sie sich nach Hause zurück. Und diesmal meinte sie sogar die Reihenvilla in der St. Benedictstraße.

Sie sank auf ihren Sitz und schloss die Augen. An Ruhen war

nicht zu denken. Die Fahrgeräusche wiegten sie nicht mehr in den Schlaf, sondern kreisten mit ihren Gedanken wie ein Mühlrad durch ihren ohnehin stark schmerzenden Kopf. Doch irgendwann nickte sie ein, schreckte hoch, als die anderen Damen zu bewundernswerter Munterkeit erwachten, sackte erneut weg, blinzelte und fiel dann wieder in einen oberflächlichen Schlaf.

Die Fahrt durch Böhmen und Mähren wollte nicht enden. Lavinia fühlte sich zunehmend wie gerädert. Es war ihr unverständlich, wie gut die zum Teil wesentlich älteren Damen mit der Unbequemlichkeit des Reisens umzugehen verstanden. Die anderen plauderten, lachten, spielten Karten oder unterhielten sich über einen Paragraphen des Bürgerlichen Gesetzbuches, das seit der Jahrhundertwende gültig war und die Rechtslage der Frauen eigentlich verbessern sollte. Nun aber schien sich das Rechtssystem zum Schlechteren zu wenden.

»Die Herren im Reichstag wollen die politische Seite der Frauenliebe treffen«, erklärte eine der *Freundinnen.* »Nichts sonst.«

»Wir müssen für die sexuelle Selbstbestimmung kämpfen!«, mahnte eine andere Mitreisende.

Lavinia horchte auf. Nach ihren Erlebnissen bei der Sittenpolizei konnte sie ein Begriff wie dieser nicht mehr schockieren, nicht einmal aus dem Mund einer vornehmen Dame, die ihre Mutter hätte sein können. Endlich schien das Gespräch auf ein Thema hinauszulaufen, bei dem sie zu brillieren vermochte. Ellinors Stolz und Konrads Respekt über ihr Handeln im Stadthaus waren ihr noch ganz nah.

»Dass das Verbot des Verkehrs unter Männern nun auch auf Frauen ausgedehnt werden soll, ist eine Beleidigung«, meldete sich Ellinor zu Wort. »Es ist ein Angriff auf die Frauenbewegung selbst.«

Die Gefährtinnen nickten, murmelten Zustimmung. Es entspann sich eine Diskussion über das Thema, dem Lavinia nun doch nicht folgen konnte, weil sie wieder einmal nicht ahnte, wovon überhaupt die Rede war.

Verkehr unter Männern.

Was, um alles in der Welt, war damit gemeint? Wieso wusste Ellinor darüber Bescheid?

Lavinia sank in sich zusammen und begann, sich vor dem Aufenthalt in Budapest zu fürchten. Es würde mindestens langweilig werden, wenn nicht sogar peinlich.

Als der Zug schließlich in den Westbahnhof von Budapest einlief, war sie regelrecht zermürbt.

Es war noch einmal Frau von Belmond, die sie aufzurichten verstand. Die alte Dame wies Lavinia darauf hin, dass das Bahnhofsgebäude von dem Architekturbüro eines gewissen Gustave Eiffel entworfen worden war: »Sie kennen gewiss den Eiffelturm in Paris, meine Liebe, wenn auch nur vom Hörensagen, aber jedes Bauwerk dieses Mannes ist natürlich eine kleine Sensation.«

Lavinia fand, dass die Gleise und die weit gespannte Stahlkonstruktion der Bahnhofshalle sich nicht wesentlich von den anderen Haltestellen unterschieden, die sie auf dem Weg von Hamburg nach Budapest passiert hatten. Zumindest nach dem zu urteilen, was sie vom Zugfenster aus sah. Dennoch war sie dankbar für den Hinweis. Konrad würde sich wahrscheinlich für einen Kommentar dieser Art interessieren. Ja, sie würde ihm schreiben, sobald sie ihr Hotelzimmer bezogen hatte.

Am Bahnsteig herrschte großes Hallo. Menschenmassen schoben sich an der Eisenbahn entlang, winkten, riefen, gestikulierten, um auf sich aufmerksam zu machen. Kutscher und Chauffeure hielten Namensschilder in die Höhe. Ein babylonisches Durcheinander der Sprachen des Vielvölkerstaates Österreich-Ungarn hing wie eine Dunstglocke über Wartenden, Reisenden, Abholenden. Offensichtlich waren bereits Mitglieder der Frauenbewegung aus den unterschiedlichsten Ländern eingetroffen und zu den Zügen gepilgert, um ihre Mitstreiterinnen zu empfangen.

»Endlich sind wir da«, seufzte Ellinor, nachdem sie auf den Perron getreten waren. Lavinias Schwester atmete tief durch und strich über ihren vom langen Sitzen zerknitterten Rock. »Ich hatte ja keine Ahnung, wie angenehm ich es finden würde, wenn der Boden unter meinen Füßen nicht mehr schwankt.«

Lavinia hatte Mühe, ihre Handtasche und die Gepäckmarke in dem Gewühl nicht zu verlieren. Ihre Füße waren ihr im Moment ziemlich egal. Die vielen Menschen machten sie schwindelig. Sie sah sich hilfesuchend nach einem Träger um. »Lass uns bitte so schnell wie möglich ins Hotel fahren.«

»Huhuh! Hallo! Hier!«

Es dauerte eine Weile, bis Lavinia begriff, dass die Rufe und das wilde Winken einer Person Ellinor und ihr selbst galten. Erst auf den zweiten Blick entdeckte sie zwischen all den anderen, sich irgendwie bemerkbar machenden Frauen eine beeindruckend hohe Toque auf einer schlanken Gestalt. Mit beiden Armen gab diese Zeichen. Sie stand am Ende des Kopfbahnhofes neben der Lokomotive, halb verborgen im letzten Dampf, bevor die Maschinen abgeschaltet wurden.

»Du träumst!«, stellte Ellinor ein wenig ungnädig neben Lavinia fest. »Gib mir bitte deine Gepäckmarke, ich kümmere mich um einen Träger.« Die Dame weiter vorn schien sie zu ignorieren.

Lavinia traf eine tiefe Ahnung. Gedankenverloren reichte sie ihrer Schwester das Gewünschte. Wie magisch angezogen ging sie langsam weiter.

Der Rauch löste sich in Schwaden auf, die wie Wolken über den Bahnsteig zogen. Er gab die Gestalt einer schönen Frau mit kupferroten Locken frei.

Grenzenloses Staunen erfasste Lavinia, verwandelte sich in

Verwirrung, die sich schließlich zu einem Sturm in ihrem Herzen steigerte. Niemals hätte Lavinia für möglich gehalten, wie groß ihre Freude über das unerwartete Wiedersehen mit Alice von Finkenstein sein würde. Und es war nicht zu fassen: Die bewunderte Frau stand da wie ein Empfangskomitee.

»Ich dachte, Sie würden sich freuen, ein vertrautes Gesicht zu sehen!«, rief die Baronin.

»Ja. Das tue ich«, gab Lavinia zurück.

Dann fiel sie ihr, einer spontanen Eingebung folgend, stürmisch um den Hals.

Ascona

11

Monte Verità – der Berg der Wahrheit. Eine Ansammlung von Sonnenanbetern, Nudisten, Vegetariern lebte dort, seltsame Menschen also, die sich mit Malern, Bildhauern, Schriftstellern, Alkoholikern und Gemütskranken verbanden. Nele hatte sich erkundigt, und die Antworten waren vielversprechend ausgefallen. Wahrscheinlich befand sich auf dem Hügel oberhalb von Ascona, nur zwei Kilometer von Locarno entfernt, eine Gesellschaft, die ihre Großmutter als absolut inakzeptabel bezeichnen würde. Nele fand die Beschreibung der Bewohner jedoch ausgesprochen anziehend.

Sie redete sich allerdings ein, lediglich zur Rückgabe des Seesacks von Louis Meyerink beziehungsweise wegen der Entgegennnahme ihrer Ledertasche zu der Kooperative zu fahren. Der Einspänner des Sanatoriums glitt mit quietschenden Deichseln den recht steilen, unbefestigten Weg durch einen Schatten spendenden Mischwald bergan. Nele hatte sich eine frühe Vormittagsstunde für ihren Ausflug ausgesucht, zu der die Luft für gewöhnlich noch nicht vor Hitze flirrte. Doch heute kam es ihr vor, als stünde die Welt bereits so still wie zur Mittagszeit. Kein Blättchen bewegte sich, die Vögel hatten ihr Zwitschern eingestellt, weil es vermutlich zu kräftezehrend war. Absolute Ruhe begleitete das Schnaufen des Pferdes, das Klappern seiner Hufe und die Fahrgeräusche der Kutsche. Es war sehr warm für Ende Juni, und Nele brach der Schweiß aus allen Poren.

Zwischen Ulmen, Eschen, Birken, Kastanien und Lärchen tauchten Gebäude auf: die aus Stroh gefertigten Dächer von rustikalen Blockhütten, winzige Häuser, die an Puppenstuben erinnerten und aus dem für das Tessin typischen Gneis gebaut waren, und ein seltsamerweise nur einstöckiger Turm. Eine lose am Hang verstreute Ansammlung von Behausungen, meist umgeben von kleinen, gepflegten Gärten und verbunden durch schmale Pfade. Frauen wie Männer pflanzten und beackerten die Grundstücke und wirkten trotz der sengenden Sonne gut gelaunt und zufrieden. Sie trugen einfachste Kleidung, die mehr an Nachtgewänder als an die übliche Kluft von Arbeitern erinnerte; die Säume meist bis über die Knie hochgebunden, Hosen und Röcke gehörten offenbar nicht zum ortsüblichen Schick. Nele erinnerte sich, dass Louis Meyerink ein ähnliches Kleidungsstück getragen hatte.

Der Wald lichtete sich, und die Straße endete an einem Rondell, hinter dem sich ein einstöckiges Gebäude erhob, das einen gewissen Komfort ausstrahlte. Es besaß ein ungewöhnliches Flachdach, das nebst einem Sockelfries auf unzähligen Säulen ruhte. Eine geschwungene Freitreppe führte an beiden Seiten vom Vorplatz hinauf. Im Schatten der überdachten Terrasse standen Tische und Stühle aufgereiht wie in einem Restaurant. Zwei Männer, die eine Toga um ihren muskulösen Leib geschlungen hatten, deckten gerade ein. In einem Schaukelstuhl am Rand saß ein schlanker Herr in hellem Hemd und Hose. Er schob seine Brille zurecht, bevor er einen Bleistift zückte und in ein Notizbuch schrieb oder zeichnete, genau konnte Nele das auf die Entfernung nicht erkennen.

Auf der anderen Seite der Auffahrt befand sich eine Wiese mit Liegestühlen unter Sonnenschirmen, doch die meisten waren unbenutzt. Bei näherem Hinsehen betätigte sich die kleine Gruppe auf der Rasenfläche daneben nicht nach den Regeln sportlicher Leibesübungen, sondern gab sich fließenden, rhythmischen Bewegungen hin. Die Personen waren unkonventionell in leichte Gewänder gehüllt oder nur sehr spärlich mit einem Lendenschurz bekleidet. Nele konnte den Blick nicht abwenden. Obwohl die Szenerie von Ort und Darstellung nicht vergleichbar war, fühlte sie sich an Ballettaufführungen erinnert, die in München für einen ziemlichen Skandal gesorgt hatten.

»Das nenne ich eine Überraschung!« Auf bloßen Füßen schritt Louis Meyerink die Freitreppe herab. »*Buongiorno*, Signorina Dornhain.« Als er neben der Kutsche stehen blieb, streckte er den Arm aus, um Nele herauszuhelfen.

»Guten Morgen.« Sie lächelte ihn an, fühlte eine unerwartete Wiedersehensfreude in ihrer Brust und ergriff wie selbstverständlich seine Hand. Dennoch rührte sie sich nicht von ihrem Platz. »Was machen die Leute da?«, fragte sie und nickte in Richtung der offensichtlich vollkommen in sich versunkenen jungen Menschen jenseits der Auffahrt.

Meyerink wusste sofort, was sie meinte. »Das sind Rudolf von Laban und seine Tänzer. Unser Freund veranstaltet in diesem Jahr erstmals eine Sommerschule für Bewegungskunst. Es ist wunderschön anzusehen, nicht wahr?«

»Ja. Faszinierend.«

Eine Weile lang sah Nele versonnen der Choreografie zu. Dass sie noch immer Meyerinks Hand hielt, fiel ihr nicht auf. Erst als vom Kutschbock ein ebenso fragendes wie vorwurfsvolles »*Äxgüsi, Signorina*?!« erklang, schreckte sie hoch.

Wie noch immer gefangen in ihrem Traum und als müsste sie erst diese Bilder verscheuchen, blinzelte Nele. Schließlich ließ sie Meyerink los, griff nach ihrer Handtasche und seinem Jutesack, den sie neben sich auf der Sitzbank deponiert hatte. Entschlossen kletterte sie aus der Equipage und übersah dabei Meyerinks Hilfsangebot.

»Schön haben Sie es hier«, sagte sie, endlich auf ihren beiden Beinen stehend und sich umblickend. »Man könnte meinen, Sie haben das Paradies gefunden.«

»Das haben wir. Ich werde Ihnen alles zeigen.« Er wandte sich an den Kutscher: »Die Dame möchte bei Sonnenuntergang abgeholt werden.«

»Ich hatte nicht vor, den ganzen Tag …« Neles Protest war so schwach, dass sich ihre Worte wie von selbst verloren.

»Nein. Natürlich hatten Sie das nicht. Aber nun haben Sie Ihre Meinung geändert. Und Sie werden es nicht bereuen. Kommen Sie. Dies ist das Hotel. Ich werde Ihnen ein Zimmer zeigen, und dann können Sie sich ausziehen.«

Die Räder knirschten im von endlosen Sonnentagen körnigen Sandboden, als der Wagen anrollte. Nele erschien das Geräusch ungewöhnlich laut in der Stille des Anwesens. Sie glaubte daher, sich verhört zu haben, und antwortete freundlich: »Das ist sehr nett von Ihnen, aber ein eigenes Zimmer werde ich nicht benötigen. Wenn ich mich später auf einem Liegestuhl etwas ausruhen dürfte, genügt das vollkommen.«

»Wollen Sie kein Luftbad nehmen?«

»Ein – was?«

Meyerink lachte. »Ein Luftbad. Sie müssen sich dafür aller Gewänder entledigen und die Sonne an Ihren Körper lassen.«

»Meiner gesamten Kleidung?«, fragte sie perplex. Aus den Augenwinkeln sah sie dem Einspänner ihres Sanatoriums nach. Sie überlegte, ob sie der Kutsche nachlaufen sollte.

»Gewiss. Ja. Die Kur wird Ihnen guttun. Auch unsere Tänzer werden gleich in den Garten kommen. Nur Hermann, unser Schriftstellerfreund, arbeitet an seinem neuen Roman und wird sich Ihnen wohl nicht anschließen. Im Vertrauen: Er ist hier, weil er von seiner Alkoholsucht genesen und über das Unglück seiner Ehe schreiben will.« Offensichtlich war Meyerink der Meinung, er habe mit seiner Antwort alle Bedenken einer vornehmen jungen Frau aus der Welt geschafft. Er wandte sich um und deutete in einer einladenden Geste die Treppe hinauf, als handele es sich um den Eingang zu einem Palast. »Darf ich bitten?«

»Ausziehen«, murmelte Nele gedankenverloren, während sie Schritt für Schritt langsam einen Fuß vor den anderen setzte.

Worauf, um Himmels willen, hatte sie sich eingelassen? Sie hielt sich nicht für sonderlich prüde, zumal Aktmodelle in ihrer Zeit als Kunststudentin zum Alltag gehört hatten. Derart deutlich von einem älteren, wenn auch sehr attraktiven Mann zur Freikörperkultur aufgefordert zu werden, schockierte sie trotzdem. War Louis Meyerink womöglich ein Lustmolch?

»Sehen Sie«, erklärte Meyerink sachlich, als ahne er den Konflikt zwischen Anstand, Erziehung und Neugier, der in Nele tobte, »wir sind hier der Meinung, dass die Natur die stärksten Heilkräfte für einen Menschen besitzt. Zwänge zerstören uns nur. Ich bin sicher, Sie werden gesund, wenn Sie sich unserer Lebensform anschließen möchten.«

»Nun … ja … ich …«

»Probieren Sie es aus.«

»Hm«, machte Nele, verzweifelt auf der Suche nach einem Weg aus ihrem Dilemma.

Wenn sie jetzt einen Rückzieher machte und vor ihrer eigenen Courage davonlief, würde sie vermutlich keinen Frieden finden. Neugier zehrte an ihr und der Wunsch, nach vorne zu schauen, mit ihrer dramatischen Vergangenheit und den ebenso süßen wie bitteren Erinnerungen abzuschließen. War sie nicht genau deshalb hierhergekommen? Aber: Verlor sie nicht gewissermaßen ihre Würde, wenn sie sich den Bewohnern und Besuchern der Siedlung präsentierte, wie Gott sie geschaffen hatte? War ihr kranker Körper überhaupt hübsch genug für die Blicke fremder Menschen? Die Scham drückte ihr fast die Kehle zu.

Ihre Unschlüssigkeit und Aufregung mündeten in einem Hustenreiz. Gebeugt unter dem Anfall entschied Nele, dass sie alles tun würde, um gesund zu werden. Sie wollte ihr altes Leben nicht zurück – aber endlich ein neues beginnen. Es wurde Zeit, dass sie sich selbst rettete. Dieser Gedanke besiegte jeden Zweifel.

Budapest

12

Hoch über der Stadt zeichneten sich die Umrisse der historischen Fischerbastei wie ein Scherenschnitt vor dem blutrot bis lavendellila leuchtenden Himmel ab. Lavinia fühlte sich an ein Märchenschloss erinnert. Zinnen, Türme, Arkaden und Skulpturen wirkten wie aus Zuckerguss geschaffen. Ein bei dem herrschenden Licht magischer Ort, ein wahr gewordener Traum aus Stein.

Die ehemalige Festungsmauer auf dem Burgberg war auf dem mittelalterlichen Fischmarkt von Buda errichtet worden, wie Erzsebet erzählte, die ungarische Studentin, die man Ellinor und Lavinia als Übersetzerin zur Seite gestellt hatte. Jede Teilnehmerin des Frauenkongresses bekam von der Veranstaltungsleitung eine englischsprachige Dolmetscherin zugeteilt, damit sich auch die weniger weltläufigen Damen untereinander verständigen konnten. Gleichzeitig spielten die jungen Ungarinnen Fremdenführerin: »Die sieben Türme der Anlage sind den Zelten der sieben magyarischen Stämme nachempfunden.«

Lavinia hörte nur am Rande zu. Der Sonnenuntergang tauchte

die Fischerbastei in goldenes Licht. Auf jeder zweiten Stufe der breiten Freitreppe, auf der die Damen zum Eröffnungsempfang schwebten, standen Stadtsoldaten in blau-goldenen Husarenuniformen Spalier, Fackeln flackerten in der milden Sommerbrise. Die spektakuläre Kulisse und die Eleganz der Teilnehmerinnen machten das Fest zu einem Erlebnis, als wären sie bei Hofe.

Es waren überaus vornehme, bürgerliche wie adelige, mehrheitlich sogar mondäne Frauen aus fast allen Teilen der Erde, die sich in der alten Burganlage versammelten. Mit kostspieligem Federschmuck, Pelzen und dem Zurschaustellen von Juwelen erinnerte das Defilee an eine Modenschau – wenngleich mit außerordentlich gebildeten, intelligenten und tatkräftigen Mannequins. Erleichtert dachte Lavinia an ihren Vater und ihren Gatten, die ihr eine neue Garderobe ermöglicht hatten. Über die flüchtige Dankbarkeit hinaus war Konrad allerdings ziemlich rasch aus ihrem Bewusstsein verschwunden.

»Sieh mal!« Ellinor zupfte Lavinia am Ärmel. »Die Aussicht ist fantastisch.«

Lavinia wusste nicht, was sie mehr faszinierte: dass ihrer sonst so nüchtern denkenden Schwester der Mund offen stehen blieb – oder die Sicht auf die zu ihren Füßen liegende Stadt und den Fluss. Die Donau bahnte sich zwischen dem Häusermeer in einem breiten, dunklen S ihren Weg. Selbst für die an Wasserläufe gewohnte Hamburgerin ein beeindruckender Anblick. Langsam begannen die Laternen in abendlichem Glanz zu erstrahlen, setzten goldene Punkte zwischen die Gebäude und spiegelten sich im träge dahinfließenden Strom. Wohin sie auch sah – der Eindruck, Nebendarstellerin in einem Märchen zu sein, verstärkte sich; die Hauptrolle spielte hier zweifellos das Bühnenbild.

Wenig später kritisierte Alice von Finkenstein den Ort. »Ich frage mich, was derartiger Prunk mit Frauenrechten zu tun hat«, meinte sie, als sie mit einem Glas Champagner in der Hand unter den Arkaden entlangschlenderte und die Honneurs machte. Sie lächelte mal hierhin, nickte dann in die entgegengesetzte Richtung. »Das ist ein romantischer Mädchentraum, aber nichts, was eine erwachsene Frau ernst nehmen kann.«

»Gegen das Vergnügen ist nichts einzuwenden, finde ich«, widersprach Ellinor, »sofern die Diskussionen Wert und Gehalt besitzen.«

»Werden sie das denn?« Die Baronin blieb skeptisch. »Ich befürchte, das Rahmenprogramm wird uns vergessen lassen, dass wir nicht hier sind, um Konzerte und Theater zu besuchen oder uns auf Festen zu betrinken. Können Sie sich vorstellen, was das alles für fast dreitausend Delegierte kostet?«

»Wer bezahlt das?«, wagte Lavinia zu fragen – eine Novität in ihrem Leben, denn bislang hatte sie sich nur selten nach irgendwelchen Kosten erkundigt. Im Grunde interessierte es sie auch nicht, sie wollte nur etwas sagen, um die Aufmerksamkeit Alice von Finkensteins auf sich zu ziehen.

Ihre spontane Umarmung am Bahnhof hatte die Baronin mit sanftem Druck erwidert, sie dann aber mit der Nachsicht für ein unartiges Kind von sich geschoben. Dann hatte Alice die Lavinia nachfolgende Ellinor mit einem lauten Lachen begrüßt, von dem Lavinia nicht einschätzen konnte, ob es indigniert, aufgesetzt oder einfach nur herzlich war. Die Jüngere fühlte sich ein wenig verunsichert – und war auch enttäuscht –, weil Alice die Bekanntschaft mit Ellinor so offensichtlich in den Vordergrund stellte. Genau genommen war sie sogar eifersüchtig auf ihre Schwester.

Vom Bahnhof fuhren sie gemeinsam zum Grand Hotel. Alice scherzte mit Ellinor und wies Lavinia während der Droschkenfahrt auf Sehenswürdigkeiten hin. Hauptsächlich erzählte sie aber von sich.

Sie weilte schon ein paar Tage in Budapest, da sie mit einer

Gruppe von *Freundinnen* früher als die meisten Kongressteilnehmerinnen angereist war. In Berlin, Dresden, Prag und Wien hatten die Damen jeweils für mindestens einen Tag Station gemacht und für ihre Sache geworben. Alice und die anderen waren in jeder Stadt von Gleichgesinnten eingeladen worden, hatten sich auf Empfängen feiern lassen und Botschaften gesammelt, die sie in Budapest vortragen wollten. »Ich kam mir vor wie eine dieser Schauspielerinnen, die mit dem Tingeltangel von Ort zu Ort ziehen«, erzählte Alice, »und ich gebe zu, die Ovationen haben mir gefallen.«

Lavinia bewunderte ihre Souveränität und wünschte, endlich auch wieder den Beifall zu erfahren, den sie auf der Bühne ihrer Jugend gewohnt gewesen war. Seit sie sich in Konrad verliebt hatte, war alles anders geworden. Das musste doch zu ändern sein. Uhren konnte man schließlich auch zurückdrehen – oder zumindest neu stellen. Ein glanzvollerer Rahmen als der Empfang in der Fischerbastei schien für einen Neuanfang kaum vorstellbar.

»Ich habe keine Ahnung, wer das alles bezahlt«, Alice umschloss in einer übertriebenen Geste Räumlichkeiten, Speisen, Getränke, Diener wie Gäste, Gläserklirren, Lachen, Stimmengemurmel. Das Glas in ihrer Hand schwankte, Champagner perlte über ihre Finger und hinterließ dunkle Flecken auf dem weißen Leder ihrer Handschuhe. Alice ignorierte diesen Fauxpas. »Unsere Gastgeberin Rosika Schwimmer soll wahre Wunder bewirkt haben. Die Stadtverwaltung, Universität und private Mäzene haben wohl tief in die Goldschatulle gegriffen. Im Grunde ist das einerlei. Der Luxus ist mehr als sichtbar, und wir alle wissen, welche Wohltaten man mit der Hälfte dessen vollbringen könnte.«

»Wäre es möglich, dass Sie heute Abend ein wenig zynisch sind?« Ellinors mit größter Freundlichkeit vorgetragene Worte klangen in Lavinias Ohren nach einem Kommentar ihrer Großmutter.

»Mir gefällt es«, wagte Lavinia schüchtern zuzugeben.

»Offensichtlich sind Sie nicht die Einzige. Anders kann man den Auftrieb hier wohl nicht sehen. Kommen Sie, meine Lieben, lassen Sie uns ein wenig durch die Menge flanieren. Nichts ist langweiliger, als sich auf einem Empfang nicht vom Fleck zu bewegen.«

»Sie ist betrunken«, zischte Ellinor, als sie und Lavinia der *Freundin* durch das Gewühl folgten. »Wir sollten uns nach anderen Bekannten umsehen und sie sich selbst überlassen.«

Alice stellte ihr leeres Glas auf das Tablett eines Kellners und nahm sich ein neues, um dieses sofort anzusetzen.

Der Abend begann sich in eine Richtung zu entwickeln, die Lavinia missfiel. Sie wollte an diesem wunderschönen Ort Spaß haben und nicht in Peinlichkeiten verwickelt werden. Allerdings zog Alice sie wie magisch an. Unglücklicherweise spürte sie zudem so etwas wie Verantwortung für die Baronin in sich aufsteigen.

Lavinia trat zur Verteidigung an: »Vielleicht hat sie Migräne oder Sorgen oder etwas in dieser Art. Ich bin sicher, eine Dame wie sie würde sich niemals grundlos gehen lassen.«

»Wir kennen sie kaum«, erinnerte Ellinor. Sie sprach sehr leise, und ihre Stimme verlor sich im allgemeinen Geräuschpegel, so dass niemand außer Lavinia sie hörte. »Sie ist eine weit gereiste Person, die wir gut sich selbst überlassen können. Schwing dich also nicht zum Kindermädchen auf … Sieh mal, Livi«, flötete sie in erhobenem Ton, »ist das dort drüben nicht Lida Heymann? Ich möchte sie unbedingt begrüßen.«

»Nur zu. Lass dich nicht aufhalten. Wir sehen uns später.« Lavinia war über die eigene Unverfrorenheit erstaunter als Ellinor. Sie wandte sich brüsk ab, um sich an Alice' Seite zu begeben.

»Wo geht Ihre Schwester hin?«, erkundigte sich Alice prompt.

»Sie möchte einer Frau namens Lida Heymann Guten Abend sagen.«

»Oh. Kennen Sie sie nicht? Lida Heymann ist die Grande Dame der Frauenrechtlerinnen Hamburgs. Eine unglaublich reiche Person, die es seinerzeit geschafft hat, das Preußische Landrecht zu überlisten und das Vermögen ihres Vaters zu erben. Allerdings dürfte sie in dieser Sache keine Ratgeberin für Ihre Schwester sein, da sich das Erbrecht glücklicherweise zugunsten der Töchter geändert hat. Ich weiß aber nicht, ob sich die Gesetze auch auf die Übernahme einer Reederei beziehen. Hat Ihr Herr Vater seine Nachfolge schon geregelt?«

Lavinia zuckte zusammen. Der Gedanke an den Tod ihres Vaters erschütterte sie. Victor war stets wie ein Fels in der Brandung für sie gewesen, ein Leben ohne ihn eigentlich nicht vorstellbar. Außerdem fand sie es nicht richtig, dieses Thema mit einer Frau zu erörtern, deren Zunge ganz eindeutig vom Champagner gelockert war. In nüchternem Zustand hätte sich Alice von Finkenstein gewiss nicht in die Niederungen derartiger Neugier begeben.

»Ich habe keine Ahnung …«, begann sie, wurde aber von Alice unterbrochen: »Natürlich nicht. Sie sind ein süßes, kleines Dummerchen, das ich ganz reizend finde. Aber Sie sollten wirklich ein wenig an sich arbeiten und die Leere in Ihrem Gehirn füllen.« Der Beleidigung folgte ein glockenhelles Lachen.

Dann begab sich Alice auf die Suche nach einem dienstbaren Geist, um ihren leeren Champagnerkelch gegen einen vollen einzutauschen.

Lavinia folgte ihr ungerührt. Die Anziehungskraft der Baronin schwand auch nicht durch deren deutliche Sprache und offensichtliche Trunksucht. Allerdings suchte Lavinia nicht nur Alice' Nähe – sie hatte Ellinor aus den Augen verloren und wusste nicht, was sie sonst mit sich anfangen sollte. Auch Erzsebet, ihre ungarische Übersetzerin, war nicht zu sehen. Da sie auf dem Empfang sonst niemanden kannte und es ihr schwerfiel, neue

Bekanntschaften zu schließen, blieb ihr nichts anderes übrig, als Alice nachzulaufen wie ein Hündchen.

13

Die Damen stritten sich, versöhnten sich und kämpften anschließend unverdrossen weiter für ihre unterschiedlichen Positionen. Die Diskussionen wurden überwiegend in englischer Sprache geführt, um den Frauen aus den unterschiedlichen Ländern und Kontinenten gerecht zu werden. Die Stimmrechtsfrage nahm dabei den größten Raum ein, aber es ging auch um Chinesinnen, die sich gegen die Tradition des Füßeeinbindens zu wehren begannen, um Südafrikanerinnen, die unter Einsatz ihrer Sonnenschirme vor dem Parlament in Pretoria demonstrierten, und um den Mutterschutz und das Erbrecht von Engländerinnen, Holländerinnen und vielen anderen Frauen in Europa.

Für Lavinia waren die Reden weniger beeindruckend als die Debattierenden selbst. Nie hätte sie für möglich gehalten, wie energisch die Damen untereinander ihre Meinungen vertraten. Das Treffen der *Freundinnen* war trotz der leidenschaftlichen Vorträge gegen diese Diskussionen nur ein Kaffeekränzchen. Dennoch war der Internationale Frauenkongress ein Traum. Ein faszinierendes Wechselbad der Gefühle. Lavinia kam es vor, als erwache sie gleich Dornröschen aus einem langen Schlaf. Bedauerlicherweise wurde sie von niemandem wachgeküsst, am allerwenigsten von der bewunderten Baronin. Aber Alice erwies sich trotzdem als wahre Freundin.

Sie half Lavinia, ihr Weltbild zu verändern. Möglicherweise taten ihr die harschen Worte beim Eröffnungsempfang leid, vielleicht hatte sie einfach nur ein gutes Herz. Jedenfalls begann sie, Lavinia zu unterrichten. Sie gab ihr Zeitungsartikel zu lesen, empfahl ihr Bücher oder lieh ihr Lektüre, weil der Bestand an geeigneter Literatur auf Reisen natürlich gering war. Außerdem erklärte sie Lavinia die Diskussionsthemen. Auf diese Weise verbrachten sie viel Zeit miteinander.

Die beiden Frauen unternahmen diverse Stadtbummel im geschäftigen Pest, bestaunten Schaufensterauslagen und probierten bei Modistinnen gewagte Hüte, die sie niemals kaufen würden. Anschließend gingen sie in eines der berühmten Kaffeehäuser der Stadt, wo sie unter imposanten Stuckdecken und Kristalllüstern, Wandmalereien und Täfelungen den in kleinen Tassen servierten starken ungarischen *Fekete* tranken und wunderbare süße Torten aus Schokoladen- und Vanillecreme auf Biskuit schlemmten.

Alice nutzte Spaziergänge in den Donau-Auen ebenso für ihre Lehrtätigkeit wie einen Ausflug zum Gellertberg. Bei dem ziemlich anstrengenden Aufstieg über einen Waldweg erklärte die offensichtlich nimmermüde Baronin, dies sei im Mittelalter der Ort der Hexen gewesen: »Später wurde an den Hängen Wein angebaut. Leider findet man heute weder das eine noch das andere vor. Es sei denn, Sie sind eine kleine Hexe, meine Liebe.« Und Lavinia fühlte sich unendlich geschmeichelt.

Ellinor beobachtete die beiden indes mit Sorge: »Pass auf dich auf«, warnte sie eines Nachmittags, als sie sich in ihrem gemeinsamen Hotelzimmer umzogen, »Alice von Finkenstein sieht in dir ein Spielzeug, mit dem sie nach Gutdünken verfahren kann. Sie ist ein Freigeist, Livi, ungebunden und nur für sich selbst verantwortlich. Irgendwann wird sie dich fallen lassen und weiterziehen.«

Daran, dass die Tage in Budapest ein Ende finden und sich ihre Wege wieder trennen könnten, hatte Lavinia überhaupt noch nicht gedacht. Sie überspielte den Schock mit einem albernen Kichern. »Natürlich wird sie das. Wir alle reisen doch bald nach Hause.«

»Genau. Und in Hamburg wartet dein Ehemann. Vergiss das nicht.«

»Konrad?!« Lavinia schob eine Hutnadel etwas zu heftig in ihren nagelneuen flachen Stetson aus schwarz lackiertem Stroh. Das Material riss ein, und sie stach sich in die Kopfhaut. Unwillkürlich verzog sie das Gesicht. »Ach, der …«

Ellinor sah sie durch den Garderobenspiegel, vor dem sie standen, scharf an. »Hast du ihm seit unserer Abreise einmal geschrieben?«

»Nein. Natürlich nicht. Du weißt selbst, wie beschäftigt wir sind. Übrigens muss ich gleich aufbrechen. Alice und ich wollen die Kuchen im Café New York probieren. Der Strudel soll köstlich sein. Ich will versuchen, das Rezept für Ida zu beschaffen.«

»Alice und du?«, wiederholte Ellinor mit hochgezogenen Augenbrauen. »Findest du nicht, ihr macht euch ein wenig rar? Wir sind zu einem internationalen Kongress angereist, bei dem es darum geht, Kontakte zu knüpfen und neue Bekannte zu gewinnen …«

»Genau das tue ich, Schwesterherz.« Lavinia hauchte ihr einen Kuss auf die Wange. »Und du willst sicher nicht, dass ich bei dieser Gelegenheit durch Unpünktlichkeit glänze. Bis später.« Damit rauschte sie hinaus.

Längst nicht so gelassen, wie sie vorgab zu sein, glitt sie mit dem Lift in das Hotelfoyer. Ellinors Bemerkungen verdarben ihr die Freude auf die Kaffeestunde mit Alice. Das Wissen um ihre Abreise hatte sie bis jetzt weit von sich geschoben, doch nun war der Gedanke an den Abschied bedrückend nah. Lavinias Augen schwammen unvermittelt in Tränen.

Dabei wusste sie inzwischen nur zu gut, dass Alice von Finkenstein eine Weltenbummlerin war. Obwohl sie auf einem Gut nahe Hamburg zu Hause war, hielt sie sich dort nie länger als höchstens einen Monat auf. Ihre Brüder bewirtschafteten den

Landsitz. Die männlichen Erben und deren Ehefrauen teilten weder Alice' Interessen noch befürworteten sie ihren Lebenswandel. Dass es nach einer gescheiterten Verlobung keinen Mann in ihrem Leben gab, sorgte überdies für Missverständnisse, wie Alice Lavinia neulich anvertraut hatte. Man hatte sich inzwischen dahingehend arrangiert, dass man sich aus dem Wege ging. Alice erhielt eine monatliche Apanage, und solange das Geld regelmäßig ausbezahlt wurde, wo immer sie sich gerade aufhielt, gab es keine weiteren Konflikte mit ihrer Familie …

Als Lavinia aus dem Fahrstuhl trat, wischte sie sich rasch über die Augen.

»Wie kam ich nur auf den Gedanken, Ihre Schwester könnte uns heute begleiten?«, fragte Alice statt einer Begrüßung.

»Ich weiß es nicht«, murmelte Lavinia und schniefte.

»Schade. Ich finde, Ellinor ist eine interessante Persönlichkeit. Eine Frau, die so wenig aus sich macht, obwohl sie es könnte, finde ich bemerkenswert, um nicht zu sagen, ausgesprochen reizvoll … Warum schauen Sie mich so entsetzt an, Kleines? Ich mag erwachsene Menschen. Daraus habe ich nie einen Hehl gemacht.«

Offensichtlich erkannte sie die Bestürzung in Lavinias Miene, denn sie hakte sich bei der Jüngeren unter und fügte fröhlich hinzu: »Nicht traurig sein. Wir arbeiten doch gerade daran, dass aus Ihnen ein großes Mädchen wird.«

Der Nachmittag verlief in bedrückter Atmosphäre. Alice redete ununterbrochen, bestellte sich zum Kaffee einen Cognac und dann einen zweiten. Sie tat, als würde sie nicht merken, dass Lavinias Gefühlswelt vollständig durcheinandergeraten war. Lavinia selbst verschloss sich zusehens, sie schwieg, hörte zu und sog Alice' Stimme in sich auf. Wollte sie sich jedoch später daran erinnern, was ihre Begleiterin gesagt hatte, so wusste Lavinia es nicht mehr. Es beherrschte sie einzig der verstörende Gedanke, dass sie Alice von Finkenstein lange Zeit oder vielleicht niemals wiedersehen würde. Im Großen und Ganzen war es eine schreckliche Verabredung.

Alice setzte dem ein Ende, indem sie unerwartet mitten in einem ihrer zahllosen Sätze zum Aufbruch drängte. »Wir haben die Zeit übersehen, meine Liebe«, verkündete sie mit exaltiert erhobener Stimme. »Ist für heute Abend nicht eine Schifffahrt auf der Donau angekündigt? Ein Diner mit Musik. Wunderbar. Ich bin begeistert von den Tönen, die die Zigeuner dem Cimbalo entlocken. Csárdás!«, rief sie aus, riss die Arme hoch und begann sich zu bewegen, als befände sie sich an einem Lagerfeuer irgendwo in der Puszta und nicht in einem voll besetzten Kaffeehaus.

An den Nebentischen drehten sich die Köpfe nach ihr um.

Das Aufsehen, für das Alice sorgte, war Lavinia ausgesprochen unangenehm. Sie legte den Arm um die Schultern der älteren Frau, da diese anders nicht geradeaus zu gehen vermochte. Livi wünschte sich, nach dieser peinlichen Szene Alice niemals wiedersehen zu wollen. Doch im Gegenteil, ihre Gefühle waren eindeutig. Sie suchte die Nähe dieser Frau, die sie seit ihrer ersten Begegnung in Verwirrung stürzte.

Der Portier des Café New York hielt eine Taxameter-Droschke an, die sie ins Grand Hotel fahren sollte. Plötzlich erschöpft lehnte sich Lavinia auf dem Sitz zurück und schloss die Lider.

»Wovon träumen Sie, Livi?«, erkundigte sich Alice.

Sie zappelte undamenhaft herum, und ihr Knie berührte zufällig Lavinias Bein. Es war wie ein Stromstoß. Lavinia riss die Augen auf.

»Hallo?!« Alice' Hand wedelte vor Lavinias Gesicht herum. »Was ist los mit Ihnen? Haben Sie die Sprache verloren? Ich bin betrunken, meine Kleine, nicht Sie.« Sie tippte mit ihrem Zeigefinger auf Lavinias Nase. »Und wissen Sie was: Ich gönne mir jetzt meinen Schönheitsschlaf. Aber Sie nehme ich nicht mit in mein Bett.« Dieser frivole Kommentar endete mit einem Kichern, einem Kicksen und einem Hicks.

Lavinia konnte nicht verhindern, dass glühende Röte ihre Wangen überzog. Sie blieb eine Antwort schuldig. Aber Alice erwartete wohl auch keine. Beide schwiegen.

Als sie schließlich vor dem Grand Hotel vorfuhren, überließ Lavinia das Schicksal der Baronin dankbar dem Personal. Sie war sicher, der Portier werde sich um die betrunkene Alice kümmern.

Ohne auch nur einen Blick auf Alice zurückzuwerfen, floh sie durch die Lobby, ignorierte den jungen Fahrstuhlführer und rannte die Treppe hinauf. Dabei wurde sie von nichts anderem verfolgt als von einer verstörenden Erkenntnis.

Lavinia war sich selbst plötzlich fremd. Es erschien ihr alles neu, bedrückend, aber auch betörend. Wie konnte sie weiter mit Konrad leben, wenn sie sich an die Seite eines anderen Menschen sehnte? Durfte sie sich ihre verbotenen Gefühle überhaupt eingestehen? Und das Wichtigste – wurden sie erwidert? Ihr Kopf schmerzte vom Sturm der Gedanken, außer Atem blieb sie mitten auf den Stufen stehen. Sie begegnete ihrem Schicksal unwissend wie ein kleines Kind. Nur etwas wusste sie mit Sicherheit: dass sie Alice von Finkenstein aus ganzem Herzen liebte.

DRITTER TEIL
Klara
1914–1916

Deutschland, Deutschland über alles,
Wenn es auch die Frau befreit,
Ihr die Bürgerkrone bietet,
Folgend einer neuen Zeit.

1. Strophe der »Nationalhymne der Frauen«,
getextet von Anita Augspurg,
Frauenrechtlerin

Fräulein
Helene Dornhain
Irgendwo am Lago Maggiore
Schweiz

Hamburg, den 1. Januar 1914

Prosit Neujahr, liebe Nele!

Whisky macht schlafen,
wer schläft, sündigt nicht,
also trinkt,
dann kommt ihr in den Himmel.

Leider erinnere ich mich nicht, wer mir dieses Sprichwort zugeflüstert hat. Könnte es Dein Vater gewesen sein? Wohl eher nicht. Der Verfasser ist jedenfalls auch unbekannt. Ich bin diesem Mann trotzdem sehr zugetan und trinke einen Whisky nach dem anderen. Schließlich hat gerade das neue Jahr begonnen. Das muss gefeiert werden. Es macht mir nichts, dass der Teil mit dem Schlaf nicht funktioniert. Wenn ich auf diese Weise weitertrinke, komme ich ohne Umwege direkt in den Himmel, noch bevor der Morgen graut. Auch recht. Obwohl es mir das Herz bricht, dass ich sterben könnte, ohne Dich, meine Liebste, wiedergesehen zu haben.

Ich weiß, ich sollte Dir nicht schreiben. Aber einem betrunkenen Schwächling, dessen Ehe am Ende ist, sei dies gestattet. Ich habe um Mitternacht beschlossen, dass ich Lavinia um die Scheidung bitten werde. Das ist ein guter Vorsatz für das neue Jahr, wie ich finde. Ich werde alle Schuld auf mich nehmen. Natürlich. Und es tut mir aufrichtig leid, dass ich das Dir ge-

gebene Versprechen zu halten nicht in der Lage bin. Es ist mir nicht gelungen, meine Frau glücklich zu machen. Genau genommen gelingt es mir nicht einmal, sie für mich zu interessieren. Ich frage mich immer wieder, warum sie mich eigentlich heiraten wollte, aber ich finde keine Antwort.

Als sie sich im vergangenen Jahr der Frauenbewegung anschloss und eine ehemalige Dirne als Dienstmädchen ins Haus brachte, dachte ich, es wäre mir zu Gefallen. Vielleicht denkt sie, ich würde mich mit dem Personal vergnügen wollen. Aber Ansje ist zu jung für meinen Geschmack und fast rührend anständig, wenn man ihren Hintergrund bedenkt. Tatsächlich aber interessierte sich Lavinia nicht für meine Bedürfnisse. Sie wollte mit ihrer peinlichen Wohltat nicht mich beglücken, sondern anderswo Eindruck schinden. Dass ihre alten Freundinnen daran Anstoß nehmen, stört sie wenig. Dabei ist es verständlich, dass keine vornehme Dame ihre Töchter in ein Haus gehen lässt, in dem der Tee womöglich von einer Prostituierten serviert wird. Ehrlich gesagt, anfangs fand ich es großartig, dass sie sich darüber hinwegsetzte. Eine Frau mit Rückgrat. In Wahrheit ist sie eine Person mit in die Irre geleiteten Gefühlen.

Ich kann nicht schreiben, was ich vermute. So betrunken bin ich noch nicht. Ich kann jedoch berichten, dass sich Lavinia weigerte, um Mitternacht mit mir auf das neue Jahr anzustoßen. Sie zog sich beleidigt zurück, weil ihr Ehrengast nicht zum Dinner gekommen war. Mehr als ein Herumgestochere in dem wunderbaren Menü gelang ihr nicht, nachdem sie aus einem am Abend überbrachten Telegramm erfahren hatte, dass Alice von Finkenstein – so heißt ihr neuer Umgang – es vorzog, den Jahreswechsel in anderer Gesellschaft an der Riviera zu verbringen. Das kann ich verstehen, Lavinia tat es nicht.

Allein das Wetter ließ diesmal keine großen Silvesterfeiern zu. Hier in Norddeutschland haben wir mit Schneeverwehungen, großer Kälte und Sturmfluten an Nord- und Ostsee zu kämpfen. Niemand, der noch bei Verstand ist, geht vor die Tür. Wahrscheinlich wäre diese Dame also auch nicht zu Besuch gekommen, wenn sie in der Nähe weilte. Obwohl sich Lavinia in bewundernswerter Weise bemüht, ihren Verstand zu schärfen, ist der Eigensinn noch immer ihr stärkster Begleiter. Das macht mir das Leben an ihrer Seite schwer.

Ja, ich werde sie um die Scheidung bitten. Jeder Versuch, mich umzustimmen, ist zwecklos. Als ich einsam meinen Whisky trank, dem Glockengeläut und dem Knallen der Feuerwerkskörper lauschte, die trotz des Wetters abgefeuert wurden, kam mir dieser Gedanke. Ich finde ihn großartig. Vielleicht riskiere ich, dass Deine Großmutter in Ohnmacht fällt. Mehr wird nicht geschehen. Dein Vater sieht Lavinia in blinder Liebe, aber ich habe ihn als äußerst integeren Menschen kennengelernt. Er wird mich nicht ruinieren. Zu offensichtlich ist das Unglück meiner Ehe, das letztlich auch Lavinias Unglück ist. Neunzehnhundertvierzehn wird das Jahr sein, in dem ich meinen Frieden zurückgewinne. So wahr mir Gott helfe!

Der Whisky war mir heute Nacht ein großer Trost. Ich hoffe, ich bin nicht so betrunken, dass ich diese Zeilen abschicke. Wie sollte ich auch – ohne Deine Adresse. Ich wollte sie nie erfahren, um nicht in Versuchung zu geraten, Dir eines Tages zu schreiben, so wie jetzt. Bei den Zusammenkünften mit Deiner Familie höre ich gelegentlich Neuigkeiten über Dich. Dass Deine Genesung voranschreitet, hat mich unendlich erleichtert. Ich wünsche mir nichts mehr, als dass es Dir gut geht. Und vielleicht, liebste Nele, werden wir uns eines Tages nicht als Schwägerin und Schwager wiedersehen.

Wenn ich dann ein freier Mann bin und Du noch ungebunden, werde ich Dir sagen dürfen, dass ich niemals aufgehört habe, Dich zu lieben. Jetzt muss ich es für mich behalten – und diese Zeilen den Flammen im Kamin überlassen.

Immer Dein Konrad

PS: Sollte dieser Brief aus irgendwelchen Gründen doch den Weg zu Dir finden, vertraue ich auf Dein Urteilsvermögen. Du wirst dem Geschwafel eines betrunkenen, hoffnungslos liebenden Mannes keine Bedeutung beimessen. Darum bitte ich Dich. K.

Hamburg

1

»Selbstverständlich hat Victor darauf gedrungen, dass der Prozess abgesagt …«, Charlotte Dornhain unterbrach sich beim Eintreten des Hausmädchens.

Klara hörte gerade noch diesen einen Satz, als sie mit dem Tee in den Salon trat. Sie stellte das Tablett ab und platzierte Stövchen und Silberkanne auf dem Tisch vor der gnädigen Frau und ihrem Besuch. Wie an jedem zweiten Dienstag im Monat machte Lucia Schulte-Stollberg ihrer alten Freundin die Aufwartung. Durch diese Regelmäßigkeit kannte Klara die Bankierswitwe inzwischen besser als jeden anderen Gast in der Villa am Alsterufer – Lavinia und Konrad Michaelis natürlich ausgenommen.

Stumm beobachteten die beiden Damen Klaras wenige Handgriffe. Als sie den Tee einschenken wollte, warf die Hausherrin rasch ein: »Danke, Klara, wir bedienen uns selbst.«

»Selbstverständlich, gnädige Frau«, erwiderte Klara und knickste. Nur mühsam konnte sie ein Staunen verbergen.

Es war äußerst ungewöhnlich, dass sich Charlotte Dornhain den Tee nicht vollständig servieren ließ. Klara hatte beobachtet, dass das nicht etwa an ihrer Bequemlichkeit lag. Die Jahre zehrten an den Kräften der alten Dame, ihre Hände waren nicht mehr so ruhig wie früher. Es fiel der Gnädigen schwer, eine volle Kanne mit eineinhalb Litern kochend heißer Flüssigkeit elegant anzuheben und tassenweise auszugießen. Meistens verzichtete sie auf die Hilfe des Personals, wenn eine ihrer Enkelinnen zugegen war. Sonst nicht. Es musste demnach einen Grund dafür geben, dass sie Klara möglichst rasch aus dem Salon verbannen wollte. Sicher hing es mit ihrem abrupt abgebrochenen Gespräch zusammen. Eine belanglose Unterhaltung hätten Charlotte Dornhain und Lucia Schulte-Stollberg auch in Klaras Anwesenheit fortgeführt.

Zweieinhalb Jahre nach ihrem Eintritt in diesen Haushalt war Klara längst nicht mehr so schüchtern wie zu Beginn ihrer Tätigkeit. Sie war nicht neugierig auf das Privatleben ihrer Herrschaften. Das unterschied sie von Meta. Sie wollte vielmehr Allgemeinwissen aufschnappen, das über die Gespräche im Souterrain hinausging. Außerdem war sie begierig darauf, immer mal wieder etwas über das Befinden des Fräulein Helene zu erfahren. Wenn sie sich offen nach dem Wohlergehen der verlorenen Tochter – etwa bei Richter – erkundigte, erfuhr sie weitaus weniger, als wenn sie heimlich lauschte. Sie bewies auf ihren Horchposten größte Geschicklichkeit; jedenfalls war sie noch nie entdeckt worden.

Erst neulich hatte sie herausgefunden, dass das gnädige Fräulein von einem Sanatorium in ein anderes umgezogen sei. Die Großmutter hielt das neue Domizil zwar für ziemlich skandalös, »aber wenn es Neles Gesundheit zuträglich ist, unter Anarchisten und Nudisten Gemüse anzupflanzen, wird mir das wohl recht sein müssen«. Klara verwirrte diese Bemerkung. Es überstieg ihre Fantasie, sich die Tochter eines Hamburger Reeders beim Pflanzen von was auch immer vorzustellen.

Als sie den Salon verließ, zog sie die Tür hinter sich zu, behielt die Hand aber auf der Klinke, so dass sie nicht vollständig schloss.

Porzellan klirrte leise.

»Ach, wie ungeschickt!«, rief Lucia Schulte-Stollberg.

»Nimm meine Serviette«, erwiderte die gnädige Frau hilfsbereit, »damit kannst du den kleinen See auf deiner Untertasse fürs

Erste auftupfen. Ich klingle gleich nach Klara und lasse dir ein neues Gedeck bringen.«

»Oh nein! Untersteh dich! Ich will nicht von deinem Mädchen gestört werden. Du musst mir unbedingt erzählen, wieso Victor das Gerichtsverfahren gegen Sievers hat einstellen lassen.«

Sprach die Bankierswitwe von Bruno Sievers, dem Gesindemakler? Oder besser: dem vormaligen Gesindemakler?

Klara hatte reden hören, dass dieser seines Amtes enthoben worden war. Es gab da eine unrühmliche Geschichte, das wusste sie, aber mehr wollte ihr Ida auch auf Nachfrage nicht verraten. »Dafür bist du noch zu jung«, wiegelte die Köchin ab. Auch über den Verbleib von Meta hatte Klara nichts erfahren. Dabei war doch anzunehmen, dass das frühere Dienstmädchen und Bruno Sievers inzwischen geheiratet hatten. Nachdem sie Meta damals so aufgeputzt getroffen hatte, meinte sie, dass die andere eine gute Partie geworden war. Aber auch auf derartige Spekulationen ließen sich weder Ida noch Frieda ein.

Durch den winzigen Spalt in der Tür hörte Klara die Hausherrin sagen: »Mein Sohn wollte sich und mir die Peinlichkeit einer Zeugenaussage ersparen. Letztlich war die Sache erledigt. Sievers weigerte sich zwar, die Entschädigungszahlung für das Dienstmädchen zu leisten, das ich entlassen musste. Aber was spielt das bisschen Geld für eine Rolle, wenn es um unseren Ruf geht? Ein Prozess wegen des Personals sorgt immer für Gerede.«

Es trat eine kurze Stille ein. Sicher nippte Charlotte Dornhain an ihrem Tee, bevor Klara sie mit gesenkter Stimme weitersprechen hörte.

»Im Vertrauen, Victor befürchtete zusätzliche Unerfreulichkeiten. Meta wurde von Bruno Sievers als Zofe in ein Haus zweifelhaften Rufs vermittelt. Ohne Zeugnis hätte sie ja nichts anderes gefunden, das neugierige Ding. Für eine Person wie sie war es sicher ein Glück, in einem der besseren Etablissements dieser Art unterzukommen. Es ist jenes, in dem der König von Dänemark vor zwei Jahren … nun, du weißt schon …«

»Oh!«

Klara schlug sich die Hand vor den Mund, um einen ähnlichen Ausruf zu verhindern.

»Ja. Genau dort. Irgendwie war das Unglückswesen in die Sache verwickelt. Man weiß ja bis heute nicht, was damals genau geschehen ist. Und wir wollen es auch lieber nie erfahren. Aber Meta konnte den Mund nicht halten und sprach mit einem Zeitungsreporter. Stell dir das vor!«

»Hat dieses dumme Ding denn gar nichts unter deiner Obhut gelernt?«

»Ach, diese jungen Mädchen heutzutage …«, ein tiefer Seufzer entrang sich Charlotte Dornhains Brust. Dann: »Meta verlor also zum zweiten Mal ihre Arbeitsstelle. Für Sievers war das äußerst unangenehm, weil sie mit ihrem Gerede diesmal das Andenken an den verstorbenen Herrscher eines befreundeten Staates befleckte. Vor allem, nachdem gerade etwas Gras über den Skandal gewachsen war. Es dauerte ja fast ein Jahr, bis sie diesen Reporter traf. Aber dafür hat selbst nach der langen Zeit wohl nicht einmal eine Puffmutter Verständnis.«

»Charlotte! Was führst du nur für eine Sprache?!«

»Na, das ist doch so. Ich bitte dich, Lucia, unter uns können wir die Dinge beim Namen nennen. So ein Haus lebt von der Diskretion. Wenn jemand von dort Unerhörtes ausplaudert, ist das geschäftsschädigend, nicht wahr?«

»Vermutlich«, bestätigte die Besucherin dumpf. »Ich kenne mich da nicht so aus.«

Klara schnappte nach Luft und verschluckte sich fast an ihrem eigenen Atem. Was würde sie aus dem Mund der beiden vornehmen alten Damen noch zu hören bekommen?

»Pah!«, machte Charlotte Dornhain wegwerfend. »Natürlich

weißt du, wovon ich rede … Sievers bekam jedenfalls Ärger. Es heißt, irgendwelche dunklen Gestalten lauerten ihm auf. Von Erpressung ist ebenfalls die Rede. Natürlich kommt es in diesen Kreisen zu keinen juristischen Auseinandersetzungen. Victor hielt es deshalb für klüger, sich von Sievers fernzuhalten. Am Ende wurde der Mann aus seinem Amt unehrenhaft entlassen.«

»Nun, Gerede gibt es immer, meine Liebe. Es scheint, die Menschen haben nichts anderes zu tun, als übereinander zu klatschen. Trotzdem hat Victor klug gehandelt und einen Skandal von euch abgewendet.«

»Victor war vor allem um den Ruf des dänischen Königshauses besorgt.«

»Natürlich. Hättest du vielleicht ein Gläschen Rum für meinen Tee? Unsere Unterhaltung verlangt zweifellos nach etwas Stärkerem als Darjeeling pur.«

Vor ihrem geistigen Auge sah Klara, wie sich die gnädige Frau schwerfällig aus dem Sessel stemmte, in dem sie immer saß, aber längst nicht mehr bequem. Sie würde zu dem Butlertisch zwischen den hohen Fenstern schreiten, auf dem sich die Karaffen und Flaschen mit dem Alkoholischen befanden. Die hochprozentigen Getränke waren mit einem abschließbaren Tantalus gesichert. Klara hatte im Laufe der Zeit herausgefunden, dass sich der kleine Schlüssel dazu in der chinesischen Vase auf der Säule im Erker befand. Frieda kannte das Versteck ebenso wie vermutlich jeder andere langjährige Dienstbote im Haus. Klara vermutete, dass der Schnaps vor den Lohndienern weggesperrt wurde. Es war schon vorgekommen, dass sich eine Hilfskraft am Wein der Herrschaften bedient hatte und anschließend betrunken über die Teppiche gefallen war, die er ausklopfen sollte.

Der Gedanke an Rituale und Malheurs, die niemand anderem schadeten als dem Betroffenen selbst, half Klara, das Gehörte zu verarbeiten. Ansonsten war die Geschichte, die Charlotte Dornhain ihrer besten Freundin erzählt hatte, ungeheuerlich. Klara fragte sich, ob Ida Bescheid wusste. Oder Frieda. Am liebsten hätte sie sich mit der alten Köchin unverzüglich über die Sache ausgetauscht, aber sie musste den Mund halten. Niemand durfte erfahren, dass sie Charlotte Dornhain belauscht hatte. Aber wie sollte sie verstehen, worüber sie nicht sprechen durfte …?

In diesem Moment schrillte das Telefon.

Klara erschrak so sehr, dass sie beinahe die Tür losgelassen hätte.

»Ach, du lieber Gott, dieser Höllenapparat kostet mich meinen letzten Nerv«, hörte sie Charlotte Dornhain seufzen.

Friedas Schritte hallten durch die Eingangshalle. Das erste Hausmädchen nahm für gewöhnlich die Anrufe an. »Klara! Was tust du da?«

Sie zog die Tür lautlos ins Schloss. Die zitternden Hände verschränkte sie hinter ihrem Rücken und trat auf das erste Hausmädchen zu. »Ich habe den Tee serviert.«

»Ach, ja. Stimmt …« Frieda hob den Hörer von dem Telefon, das auf einem Tischchen neben der Dienstbotentreppe stand. »Bei Dornhain«, meldete sie sich.

Die aufgeregte Stimme, die durch die Leitung drang, war sogar einen Meter weit weg zu hören. Klara verstand zwar kein Wort, aber die Dringlichkeit des Anrufs entging ihr nicht. Dennoch bewegte sie sich Stufe um Stufe abwärts. Für heute hatte sie mehr erfahren, als ihr lieb war.

»Ja«, Friedas Stimme blieb ruhig. »Selbstverständlich, gnädige Frau. Ich werde Ihre Großmutter holen. Warten Sie bitte einen Moment.« Ihre Schritte und das Klappen der Salontür waren nur noch entfernte Geräusche.

Lavinia Dornhain, verheiratete Michaelis, war stets aufgeregt, wenn sie anrief. Das ist normal, dachte Klara erleichtert, und kein Grund zur Sorge.

2

»Hast du halb Hamburg herbeizitiert?«, fragte Konrad gereizt. »Es hätte doch genügt, dass du mich von der Arbeit nach Hause holst.«

Lavinia blickte von ihrem Mann zu ihrem Vater und ihrer Großmutter, die sich in einem Halbkreis vor ihr aufgebaut hatten. Alle sichtlich erschöpft von der Aufregung, mit der jeder der drei auf dem schnellstmöglichen Wege in die St. Benedictstraße neun gekommen waren. Konrad aus dem Architekturbüro, Victor aus dem Reedereigebäude hinter dem Rathausmarkt, Charlotte vom Alsterufer. Die alte Dame musste sich am wenigsten weit herbemühen, deshalb hatte Lavinia als Letztes in ihrem Elternhaus angeläutet. Nur ihre Schwester fehlte noch. Sie hatte Ellinor nicht gleich erreicht, da diese in der Armenküche Suppe für Bedürftige verteilte. Ellinors Fehlen war der einzige Wermutstropfen in dieser Sache. Jedenfalls, sofern es ihre Familie betraf. Ansonsten war es mehr als zufriedenstellend, dass alle ihrem Hilferuf gefolgt waren. Lavinia fühlte sich erleichtert, beschützt, sicher – und seltsam erfreut. Die vergangenen Monate hatten sie an der Zuneigung des einen oder anderen geliebten Menschen zweifeln lassen. Es war wundervoll, eines Besseren belehrt zu werden. Schlimm nur, dass dafür erst die Polizei ins Haus hatte kommen müssen.

»Vielleicht sollten wir uns erst einmal setzen«, schlug ihr Vater vor. Ohne eine Antwort abzuwarten, deutete er auf die Sitzgruppe, die vor dem Kamin des Arbeitszimmers stand. »Verzeih, Konrad, wenn ich wie ein Hausherr agiere, aber es geht mir um Mutters Wohl.«

»Papperlapapp!«, grummelte Charlotte, nahm aber Platz. Sie blickte sich auffordernd zu den anderen um.

Lavinia benutzte die Ledersessel so gut wie nie, da sie sich selten in Konrads Raum aufhielt, und er saß entweder an seinem Schreibtisch oder stand am Zeichenpult. Eigentlich wollte sie lieber in den Wintergarten gehen, aber dort war es ihrer Großmutter trotz frühlingshafter Temperaturen womöglich zu kühl. Der Salon im ersten Stock stünde auch noch zur Verfügung, aber vielleicht war das Treppensteigen zu anstrengend nach der Unruhe.

Seufzend ließ sie sich an Charlottes Seite nieder. »Es tut mir leid, dass ich deine Teestunde unterbrechen musste. Frau Brinkmann wird dir sofort Tee bringen ...«

»Oh nein, bitte nicht. Ich brauche dringend etwas Stärkeres.« Charlotte drehte sich zu Konrad um, der noch immer unschlüssig in der Mitte des Raumes stand. »Hättest du ein Glas Sherry für mich?«

»Selbstverständlich. Möchtest du auch etwas?«, wandte sich Konrad an seinen Schwiegervater, bevor er zu dem Barschrank trat, der einen kleinen Teil seiner Bibliothek besetzte.

»Danke. Ja. Sehr gerne ebenfalls einen Sherry.«

»Die ganze Angelegenheit wäre erträglich«, fuhr Charlotte fort, »wenn ich nicht gerade Lucia Schulte-Stollberg bei mir gehabt hätte. Es war mir sehr unangenehm, meine Freundin nach Hause zu schicken. Lavinia, du klangst am Telefon, als würde das Haus abbrennen. Aber offensichtlich stehen die Mauern noch.«

»Vermutlich hätte ein Brand den Klatsch der Nachbarn erheblich weniger angefeuert als der Besuch einer Polizeistreife«, bemerkte Victor trocken. Er sank in den dritten Sessel, legte seinen Stock zur Seite und nahm Konrad ein gut gefülltes Glas ab. »Was willst du nun mit deinem Dienstmädchen machen, Lavinia?«

»Das frage ich mich auch«, murmelte Konrad, während er Whisky aus einer Kristallkaraffe in ein breites Glas goss. Lavinia beobachtete ihn dabei aus den Augenwinkeln. Sie stellte fest, dass das Gefäß nur noch halb voll war, obwohl sie Frau Brinkmann erst kürzlich angewiesen hatte, den Bestand aufzufüllen.

»Lavinia!« Ihre Großmutter weckte sie aus ihrer Nachdenklichkeit. »Du musst etwas wegen der Kleinen unternehmen. Dass du ein Freudenmädchen zum Putzen und Scheuern eingestellt hast, mag ja noch als Wohltat angesehen werden. Aber dass die Sittenpolizei ihretwegen vorstellig wird, geht eindeutig zu weit.«

»Ich verstehe das alles nicht …«, Lavinia strich sich mit der Hand über die Stirn. Sie bekam Kopfschmerzen. Ihr Hochgefühl verflog im Auge des Sturms, den die Forderung auslöste. »Ich verstehe nicht …«

»Was verstehst du nicht?«

Alle blickten zur Tür. Ellinor war unbemerkt eingetreten. Sie trug noch das schlichte, knöchellange graue Kleid, in dem sie ihrer ehrenamtlichen Tätigkeit nachging, und eine ebenso schlichte Kappe in einem etwas dunkleren Grauton, der erstaunlich gut zu ihrem blonden Haar passte. Im Großen und Ganzen erinnerte das Äußere ihrer Schwester Lavinia wieder einmal mehr an den Habitus einer Lehrerin denn einer vornehmen Hamburgerin. Sollte es irgendwann mal in Mode kommen, sich nicht nach der neuesten Mode zu kleiden, würde sie sich vertrauensvoll an Ellinor wenden.

Sie sprang auf und umarmte die Ältere. »Ich bin so froh, dass du da bist. Du wirst mir helfen, eine Entscheidung zu treffen, nicht wahr?«

»Wenn ich wüsste, worum es geht …«

»Möchtest du auch einen Sherry?«, fragte Konrad.

»Nein. Vielen Dank. Im Moment möchte ich nur wissen, was Livi dermaßen in Aufregung versetzt hat, dass sie uns alle zusammentrommeln musste.«

»Heute stand plötzlich die Polizei vor der Tür«, begann Lavinia, hakte sich bei Ellinor unter und zog sie zu der Sitzgruppe. »Es war so gegen vier Uhr …«

»Fass dich kurz, bitte!«, mahnte ihr Vater.

Der eigentlich für Victor bestimmte zornige Blick traf ihren Gemahl, der sich gegen die Bücherwand lehnte und im Hintergrund hielt, als gingen ihn ihre Ausführungen nichts an. Lavinia war ein wenig hin und her gerissen, ob sie Konrads Zurückhaltung gutheißen sollte. Auf der einen Seite war es schon richtig, ihr die Entscheidungen zu überlassen, die das Personal betrafen. Andererseits irritierte sie seine Gelassenheit.

»Die Sitte war da, um sich zu überzeugen, dass dieses junge Hausmädchen in Lavinias Diensten keinen Schaden anrichtet«, hob Charlotte ungeduldig an. »Man vermutete offenbar die seltsamsten Vorgänge. Glücklicherweise konnte euer Vater den Beamten klarmachen, dass die Beschäftigung einer Prostituierten nicht zwangsläufig zu verbotenen Veränderungen in einem anständigen Haushalt führt.«

»Ach je!«, war Ellinors erster Kommentar. Sie klang erstaunlicherweise nicht überrascht, sondern entnervt. »Das passiert leider zu oft. Junge Mädchen, die von der schiefen Bahn in eine ordentliche Arbeitsstelle wechseln konnten, werden plötzlich von der Polizei kontrolliert, verlieren ihre Anstellung und verschwinden mithilfe der braven Gesetzeshüter irgendwo im Ausland. Dass es sich dort nicht um Dienstverhältnisse in anständigen Haushalten handelt, brauche ich euch wohl nicht zu sagen.«

»Mädchenhandel?« Konrad war verblüfft.

»Ja. Natürlich. Man rechnet damit, dass Ansje nach dieser Kontrolle entlassen wird und wieder auf der Straße landet. Ein Polizist, der sie daraufhin ins Ausland vermittelt, verdient nicht schlecht daran. Leider kann man diesen Leuten nicht das Handwerk legen, weil ihr Vorgehen zwar stadtbekannt ist, es aber keine Beweise gibt. Die Spuren der Mädchen enden im Nirgendwo. Ich frage mich nur, warum die Gendarmen so lange gewartet haben, bis sie hier auftauchten. In anderen Fällen waren sie schneller.«

»Korruption, wo man hinschaut«, bemerkte Charlotte. »In was für Zeiten leben wir nur?« Da dies eine rein rhetorische Frage war, antwortete ihr niemand.

In das nachdenkliche Schweigen seiner Familie sagte Victor: »Es könnte sein, dass Lavinia und Konrad angezeigt wurden.«

Charlotte sah ihren Sohn scharf an und schüttelte den Kopf. »Wer sollte den beiden Ärger bereiten wollen?«

»Für einen Namen brauche ich nicht lange zu grübeln, Mutter.«

Konrad räusperte sich, mit dem Whiskyglas in der Hand machte er eine abwehrende Geste. »Lasst uns die alten Geschichten vergessen. Ich denke, ein sechzehnjähriges Mädchen kann man unauffälliger über eine Grenze schleusen und teurer verkaufen als ein bedürftiges Kind. Diese Leute haben anscheinend abgewartet, bis Ansje durch Lavinias Fürsorge propperer geworden ist. Ellinor, was passiert in solchen Fällen weiter?«

Seine Schwägerin seufzte. »Ich fürchte, wenn du und Livi das arme Mädchen nicht sofort entlasst, werden sie wiederkommen, bis ihr es tut. Das ist nur eine Frage der Zeit.«

»Ich denke nicht daran, mich dieser … diesem schandhaften Handel zu beugen!«, rief Lavinia leidenschaftlich aus. Ihr Herz raste. Sie fühlte sich so entsetzlich hilflos angesichts einer Übermacht, gegen die nicht einmal ihr Vater etwas anderes als die Ahnung einer Verschwörung vorbrachte. In ihrem Innersten regte sich aber auch Widerstand. Der Ehrgeiz erfasste sie, ihrer Familie zu zeigen, dass sie gegen einen solchen Feind antreten und gewinnen würde. »Ich lasse mich nicht erpressen.«

»Die einzige Lösung des Problems ist vermutlich, dass das Mädchen dieses Haus verlässt«, konstatierte Victor. Er griff nach dem Stock und stemmte sich hoch.

»Ich werde Ansje nicht auf die Straße zurückschicken«, protestierte Lavinia. »Das kannst du nicht von mir verlangen!«

Sich auf seine Gehhilfe stützend, blickte Victor unverwandt seine Mutter und nicht Lavinia oder Konrad an. Seine Worte richtete er aber an seine Tochter: »Mein liebes Kind, von einer fristlosen Kündigung ohne Zeugnis habe ich nicht gesprochen. Man sollte das Mädchen in einen anderen Haushalt vermitteln. An einen Ort, wo die Hamburger Polizei keinen Zugriff hat. Wenn sich die Kleine gut macht, dürfte einer glücklichen Zukunft für sie nichts im Wege stehen. Deine Großmutter wird sich der Angelegenheit sicher mit Freude annehmen. Sie hat Erfahrung mit derartigen Arrangements.«

»Klingt das nach einer spitzzüngigen Bemerkung?«

»Nein, Mutter. Das tut es nicht.«

Lavinia hatte das Gefühl, vor ihren Augen passiere etwas Wichtiges, das man ihr vorenthielt. Als würde rasch ein Tuch über eine Überraschung gelegt. Sie blickte zwischen ihrem Vater und ihrer Großmutter hin und her: »Wovon redet ihr?«

»Deine Idee ist wunderbar, Papa!« Ellinor ignorierte die Frage ihrer kleinen Schwester. »Wenn Großmutter sich kümmern wollte, sind wir natürlich alle sehr erleichtert. Du siehst, Livi, du hast dich unnötig aufgeregt.«

»Hm«, machte Lavinia. Sie sank in sich zusammen. Hatte sie wirklich überreagiert? Dabei bemühte sie sich so sehr um Souveränität. Aber das wollte ihr bedauerlicherweise nur selten gelingen.

Konrad starrte in sein Whiskyglas, als erleuchtete ihn der Anblick des Malts. »Da ihr nun schon einmal alle hier seid«, begann er nach einer Weile, ohne die Lider zu heben, »möchte ich euch über eine Neuigkeit in Kenntnis setzen, die ich heute erfahren habe.« Jetzt erst sah er Lavinia und ihre Familie prüfend an. Dann trank er einen Schluck.

Sein Schwiegervater wandte sich, noch immer auf den Stock gestützt, zu ihm um. »Was hast du uns zu sagen?«

»Livi!«, flüsterte Ellinor schmunzelnd. »Das hat doch etwas mit dir zu tun, oder?«

Lavinia erbleichte. »Nein«, erwiderte sie brüsk.

Sie sah zu Konrad, der mitten im Raum stand und sich an seinem Glas festzuhalten schien. Würde er es wagen, sie vor ihrer Familie zu demütigen? Wollte er sie etwa vor vollendete Tatsachen stellen, nachdem sie seinen Vorschlag auf eine Trennung ohne weitere Diskussion abgelehnt hatte? Was glaubte er? Dass eine Scheidung weniger grässlich für ihren Ruf wäre als eine geplatzte Verlobung? Der Skandal ließe sich nicht vermeiden.

Alice von Finkenstein fand, man könne eine Ehe auch als befriedigendes Arrangement für alle Beteiligten betrachten. Und Lavinia mochte ihr nur allzu gerne glauben. Durch ihre Heirat war sie eine respektable Dame geworden, und Konrad gewährte ihr immerhin viele Freiheiten. Sie hätte zwar gerne über mehr Geld verfügt, aber der Gedanke an einen Gatten, der sich seine Großzügigkeit im Schlafzimmer bezahlen ließ, stieß sie dermaßen ab, dass sie sich klaglos einzuschränken begann. Sie hatte keine Ahnung, wo sich Konrad holte, was Alice »die Befriedigung männlicher Lust« nannte, oder ob er das überhaupt brauchte. Es war ihr auch egal. Solange sie davon träumte, Zärtlichkeiten von ihrer bewunderten Freundin zu empfangen, dachte sie ohnehin an keine andere Möglichkeit des körperlichen Zusammenseins. Obwohl sie sich seit ihrer Begegnung in Budapest jedes Mal trafen, wenn Alice in der Nähe weilte, war Lavinias Sehnen noch nicht erfüllt worden. Aber Lavinia war sich ziemlich sicher, dass Alice ahnte, wie es um sie stand. Die Ältere spielte mit ihr. Es war ein aufregendes, betörendes, atemberaubendes Spiel, das sie meistens verzweifeln ließ und nur selten glücklich machte. Dennoch wünschte sie sich nichts anderes als das. Selbst wenn sie manchmal furchtbar litt, wenn Alice sie in betrunkenem Zustand auslachte.

»Ich habe den Auftrag bekommen, ein Regierungsgebäude in Daressalam zu bauen«, verkündete Konrad mit fester Stimme.

Lavinia zuckte zusammen. »Daressalam in Ostafrika?«

»Es gibt wohl keinen anderen Ort dieses Namens außer der Hauptstadt unserer Kolonie«, zischte Ellinor.

»Das hört sich interessant an«, meinte Victor.

»Tatsächlich«, stimmte Charlotte zu, »ziemlich aufregend. Aber du wirst diesen Auftrag doch hoffentlich nicht annehmen? Was willst du unter lauter Eingeborenen, mein Junge? In die Kolonien ziehen Abenteurer, Halsabschneider und Leute, die es im Reich zu nichts gebracht haben. Das hast du doch nicht nötig.«

»Es ist eine sehr lukrative Sache. Nicht nur finanziell, sie würde meinen Namen als Architekt weithin bekannt machen.«

»Wir sollen nach Ostafrika umziehen?« Lavinia starrte ihren Mann fassungslos an. »Das ist unmöglich«, hauchte sie, als sie begriff, dass seine Pläne die endgültige Trennung von Alice bedeuten würden. Hatte Konrad herausgefunden, dass sie diese Frau liebte? Dass ihr diese Gefühle mehr bedeuteten als das Strohfeuer, das sie für ihn empfunden hatte? Konnte er wirklich so grausam sein?!

»Ein Aufenthalt in den Kolonien mag der Gesundheit einer Dame nicht immer zuträglich sein«, meinte Victor. Er ließ sich wieder in seinen Sessel fallen, richtete sich offenbar auf eine längere Unterhaltung ein. »Aber wenn dies für Konrads berufliches Fortkommen von Bedeutung ist, Lavinia, wirst du ihm die Annahme dieses Auftrags wohl kaum verwehren können.«

»Pappi, du schickst mich fort?« Ihre Lippen bebten.

»Dein Platz ist an der Seite deines Mannes«, murmelte ihre Großmutter. »Darf ich dich daran erinnern, dass du ihn dir selbst ausgesucht hast?«

Diese Bemerkung schien Konrad zu erheitern. Er grinste breit, während Lavinia zum Weinen zumute war. Ihre Augen füllten sich mit Tränen. Aus Angst vor dem unbekannten Kontinent. Vor Schreck. Weil die Sehnsucht nach Alice ihr plötzlich die Kehle zuschnürte.

Für einen Moment war es still im Raum. Da das Arbeitszimmer zum Garten hinausging, wurde das Schweigen nicht einmal von Straßengeräuschen unterbrochen. Das Ticken der Tischuhr auf Konrads Pult zehrte an Lavinias Geduld. Sie begann, die Schläge zu zählen. Doch das entnervte sie noch mehr. Hinter ihren schmerzenden Schläfen bildete sich ein Hirngespinst: Wenn das Uhrwerk aufhörte zu ticken, war sie verloren ...

Konrads tiefe, melodische Stimme riss sie aus ihren Fantasien: »Natürlich werde ich nicht zulassen, dass Lavinia mich nach Daressalam begleitet. Sie wäre dort der Gefahr einer Tropenkrankheit ausgesetzt. Abgesehen von den Strapazen der Reise ...«

»Meines Wissen sind die Kabinen in der ersten Klasse der Ostafrika-Linie sehr bequem«, widersprach Victor prompt.

»Bestenfalls würde ich sie nachkommen lassen, wenn ich die Verhältnisse in Ostafrika kennengelernt habe«, fuhr Konrad unbeeindruckt fort. »Ich möchte meine Frau keinesfalls aus ihrer gewohnten Umgebung zerren und in ein Land verfrachten, über das wir nicht viel mehr wissen, als uns die Völkerschauen in Hagenbecks Tierpark glauben machen. Solange ich mich nicht mit eigenen Augen davon überzeugt habe, dass Daressalam ein geeigneter Ort für Lavinia ist, halte ich es für sinnvoller, sie bleibt in Hamburg.«

»Deine Ritterlichkeit in allen Ehren, aber was sollen die Leute sagen?« Charlotte wirkte vollkommen indigniert. »Deine Pläne bedeuten, dass du dich indirekt von deiner Frau trennst. Außerdem ist es schwer vorstellbar, dass Lavinia in diesem Haus hier alleine lebt. Das ist alles absolut inakzeptabel.«

»Aber nicht doch ...«, meldete sich Lavinia zaghaft zu Wort, unterbrach sich aber und biss sich auf die Zunge – aus Furcht, das Falsche zu sagen. Nichts wäre schlimmer, als Konrad unbeabsichtigt umzustimmen.

»Nun ja«, meinte Ellinor gedehnt, »falls die Abreise nicht für morgen oder übermorgen geplant ist, werden wir noch Gelegenheit haben, uns alle Möglichkeiten durch den Kopf gehen zu lassen. Es kam doch jetzt alles etwas überraschend.«

Konrad schenkte ihr ein Lächeln. »In der Tat sind es noch drei Monate bis zu meiner Abreise.«

»Das klingt, als wäre deine Passage bereits gebucht«, stellte Victor fest.

»Ja. So ist es. Ich werde am einunddreißigsten Juli ab Genua in See stechen.«

»Du stellst uns also vor ein Fait accompli. Darauf brauche ich bitte noch einen Sherry.« Erwartungsvoll hielt Charlotte ihr Glas hoch.

Wenn die Passage schon gebucht ist, besteht keine Gefahr, dass er es sich anders überlegt, fuhr es Lavinia durch den Kopf. Sie wusste nicht, ob sie lachen oder weinen sollte. Ihr Mann hatte eine perfekte Lösung gefunden, ihrer unglückseligen Ehe ein Ende zu bereiten – unter Einhaltung aller gesellschaftlichen Regeln. Ihr war zwar noch nicht klar, wie sie ohne seinen Schutz leben sollte, aber sie würden sich nicht scheiden lassen und könnten immer Freunde sein. Zum ersten Mal wurde ihr bewusst, wie befreiend diese Vorstellung war. Warum liebe ich ihn nicht mehr?, dachte sie mit einem Anflug von Wehmut. Er ist ein wundervoller Mann.

Sie sprang auf, ging zu Konrad und hakte sich bei ihm unter. Strahlend verkündete sie: »Bevor wir alles Weitere besprechen, sollten wir uns erst einmal über Konrads Karriere freuen. Ein Regierungsgebäude zu bauen ist doch eine Chance, nicht wahr? Was spielt es schon für eine Rolle, dass es sich am anderen Ende der Welt befindet?«

3

Auf der Außenalster herrschte ein Andrang wie auf dem Jungfernstieg zur Hauptverkehrszeit. Für die Dampfer gab es fast kein Durchkommen zwischen Dutzenden von Schuten, Dinghis, Kanus, Gigs, Jollen und Segeljachten. Klara sah dem Treiben oft von der Villa aus zu und fragte sich, wie die zumeist jungen Leute es wohl anstellten, sich nicht gegenseitig mit den Paddeln in die Quere zu kommen. Erstaunlicherweise aber passierte kein Unglück. Lediglich in der Nähe von Brückenpfeilern oder herabhängenden Weidenzweigen gab es meist ein gewisses Gedränge. Es schien eine Art Wettbewerb zu sein, welches Pärchen zuerst an einem dieser lauschigen Plätze anzulegen vermochte. Fröhliches Lachen und scherzhafte Proteste und Drohungen gehörten dazu. Dazwischen schnatterten die Schwäne, kreischten Möwen. Manchmal erklangen aus dem Lautsprecher eines Grammophons an Bord beliebte Operettenmelodien, bevor die Kapelle im Uhlenhorster Fährhaus zu spielen begann und im goldenen Licht der untergehenden Sonne die ersten Walzertakte bis nach Harvestehude wehten.

Es war ein wunderschöner Frühling. Genau genommen waren alle Jahreszeiten wunderschön, seit Gabriel Rosenberg in Klaras Leben getreten war. An fast jedem ihrer freien Nachmittage und Abende trafen sie sich. Falls nicht, war es meistens Gabriel, der keine Zeit hatte, weil ihn eine Verpflichtung in seiner großen Familie aufhielt oder er von seinem Vater zur Arbeit gerufen wurde. Gelegentlich machte sich aber auch Klara auf Idas Anraten hin rar – mit dem Ergebnis, dass sie anschließend missmutig in ihrem Bett lag und wünschte, sie hätte auf ihr Herz und nicht auf die Köchin gehört. Aber diese traurigen Momente waren sofort vergessen, wenn sie Gabriel wiedersah.

Sie gingen spazieren, unternahmen Stadtbummel oder standen stundenlang an den Landungsbrücken, um die Übersee-Schiffe zu bestaunen. Einmal waren sie auch durch den Elbtunnel gelaufen. Klara bat Frieda, ihr ein paar Tanzschritte beizubringen, und ließ sich von Gabriel in Pingel's Tanzsalon nach Pöseldorf einladen, wohin die meisten Hausmädchen aus Harvestehude von ihren Verehrern ausgeführt wurden.

Gelegentlich besuchten sie eines der vielen Lichtspieltheater – das Passage in der Mönckebergstraße etwa oder das Waterloo am Dammtor. Klara schickte mehrere Dankesgebete zum Himmel, weil sie schon achtzehn Jahre alt war und den neuen Film mit Asta Nielsen sehen durfte, der als nicht jugendfrei eingestuft wurde wegen eines sichtbaren Strumpfbandes der Hauptdarstellerin: *Engelein* war eine sehr lustige Verwechslungs- und Liebesgeschichte, wie Klara und Gabriel feststellten. Seit diesem Kinobesuch überlegte Klara, wie sie den betörenden Blick des Filmstars imitieren könnte. Aber jeder heimliche Versuch scheiterte an ihrer Selbstironie. Sie musste immer über ihr eigenes Spiegelbild lachen, wenn sie sich mit schweren Lidern anzustarren versuchte.

»Deine Augen leuchten wie zwei Edelsteine«, behauptete Gabriel, während er die Paddel durch das saphirblaue Wasser der Alster zog.

Klara errötete. »Du sagst immer so schöne Sachen, die am Ende nicht stimmen.«

»Warum soll das denn nicht stimmen? Deine Augen sind mir gleich aufgefallen, als ich dich zum ersten Mal gesehen habe.«

»Sagen junge Männer so etwas nicht, um mit einem Mädchen … zu schäkern?«, erkundigte sie sich zaghaft.

Ida hatte sie neulich ins Gebet genommen und sie vor den Folgen eines allzu stürmischen Flirts gewarnt. Nicht, dass sie über so etwas nicht Bescheid wusste. Sie war nicht naiv. Aber sie kannte das Gefühl, wenn die Sehnsucht den eigenen Körper erfasste wie der Sturm eine Ginsterblüte. Ihre Gefühle drohten, sie wie eine Flut zu überrollen, bedrohlich, aber unausweichlich. Klara hatte Gabriel ihr Herz geschenkt – sie wusste, dass sie ihm auch ihre Unschuld opfern würde. Wenn er es denn wollte. Bisher benahm er sich jedoch vorbildlich. Mehr als einen Kuss hatte er noch nie verlangt.

»Du solltest mich inzwischen ein bisschen besser kennen.« Gabriel zog ein beleidigtes Gesicht. »Ich rede nicht über Dinge, die ich nicht so meine.«

Jetzt hatte sie die schöne Stimmung verdorben!

Warum konnte sie sich an seiner Liebenswürdigkeit nicht einfach nur erfreuen? Fast immer, wenn er ihr ein Kompliment machte, gelang es ihr, es irgendwie abzuwiegeln. Aber sie hatte solche Angst, dass der Zauber ihrer Liebe irgendwann zerreißen könnte wie ein fadenscheiniges Tuch. Verlegen strich sie sich eine Haarsträhne zurück, die von der leichten Brise immer wieder unter ihrem Hut hervorgezogen wurde. Ihre Augen flogen über die sich leicht kräuselnde Wasseroberfläche – und blieben an der ölfarbengetränkten Bespannung eines Kanus hängen.

»Es ist wichtig, dass du mir glaubst«, sagte Gabriel eindringlich.

Der Bug des Kanus kam dem Rumpf ihres Ruderbootes gefährlich nahe. Klara kreischte.

»Passt doch auf!«, schrie Gabriel die beiden jungen Burschen an, die ihr wendiges Boot mit ihren doppelblättrigen Paddeln unverzüglich aus der Gefahrenzone manövrierten. Sie winkten ihm fröhlich zu, doch er entrüstete sich weiter.

Klara befürchtete, dass sich sein Groll nicht nur gegen die Jugendlichen richtete. Sie wünschte, ihr fiele etwas ein, um ihn aufzuheitern.

»Sei doch wieder gut«, bat sie. Ihre Stimme war so leise, dass sie kaum zu verstehen war. Das Klatschen der energischen Schläge, mit denen Gabriel das Ruderboot in Richtung Krugkoppelbrücke lenkte, übertönte sie beinahe.

»Weißt du, Klara, ich wollte dich eigentlich fragen, ob du mich heiraten willst. Aber wenn du jedes meiner Worte infrage stellst, lasse ich das besser.«

Sie starrte ihn mit offenem Mund an. »Heiraten?«, wiederholte sie baff.

»Ja. Selbstverständlich. Ich bin ein anständiger jüdischer Junge. Wir heiraten die Mädchen, mit denen wir ein Jahr lang ausgehen. Das ist so Sitte. Auch wenn du das jetzt wahrscheinlich wieder nicht glaubst.«

Patsch! Gabriel stieß die Paddel zornig in die Tiefe, zog sie durch und wieder hinein, als wäre die Alster schuld an Klaras Vorsicht.

Langsam dämmerte ihr, dass er dieses Ausflugsziel mit Bedacht gewählt hatte. Ein Heiratsantrag – was konnte dafür romantischer sein als eine Alsterpartie? Wahrscheinlich hätte er einen schattigen, stillen Ort zum Anlegen gesucht. Dann hätte er ihre Hand genommen, sie mit seinen Samtaugen angeschmachtet und ihr die wichtigste Frage ihres Lebens gestellt.

Stattdessen gelang es ihm nun immer weniger, Wut und Enttäuschung zu unterdrücken. Ihr schien es, als rücke er von ihr fort, was natürlich in dem Boot gar nicht möglich war. Sie saßen einander auf den hölzernen Sitzen gegenüber, körperlich ganz nah, inzwischen aber eigentlich weit entfernt.

Ihre Lippen bebten. Sie atmete tief durch, versuchte, ihren Herzschlag zu beruhigen und gleichsam so viel Luft zu schöpfen, dass sie ohne Stolpern und Stottern laut und deutlich sagen konnte, was sie zu sagen hatte: »Ich würde dich sehr gerne heiraten, Gabriel Rosenberg.« Und nach einer kleinen Pause fügte sie beschämt hinzu: »Wenn du das noch möchtest.«

Himmel, was tue ich da?, ging es ihr im nächsten Moment

durch den Kopf. Sie hatte nicht die geringste Ahnung von der Ehe. Ihre Ziehmutter war früh verwitwet, bei ihren Herrschaften war die Mutter Victor Dornhains der Haushaltsvorstand. Sie besaß keine Vorbilder, wusste nicht, wie Mann und Frau zusammenlebten. Ihr Wissen beschränkte sich auf Romane und Hörensagen. Sie tappte vollkommen im Dunkeln. Außerdem war sie noch nicht volljährig, sie brauchte die Zustimmung ihrer Ziehmutter für die Hochzeit. Würde die zur Verehelichung mit einem *jüdischen Jungen*, wie Gabriel es nannte, ihre Einwilligung geben? Und ihr Dienstherr? Wäre der Reeder einverstanden, dass sie den Sohn seines Uhrmachers zum Mann nahm? Was würde Ida dazu sagen? Und Frieda, die nicht einmal einen Freund besaß, der sie regelmäßig ausführte? Panik wallte in Klara hoch.

Die Aggressivität in Gabriels Bewegungen ließ nach. Sein Ruderstil wurde ruhiger und langsamer. Den Blick auf die Riemen gesenkt, antwortete er nach einer Weile: »Ich will mich nicht mit dir streiten, Klara. Keine Spur. Meine Eltern lieben sich, aber es kracht ziemlich oft zwischen ihnen. Manchmal denke ich, die führen die Auseinandersetzungen um des Versöhnens willen. Aber so möchte ich nicht leben.«

»Dann fängt das ja gut an.«

Ein breites Grinsen wischte Ärger und Enttäuschung aus seinem Gesicht. »Heißt das, du willst mich tatsächlich heiraten?«

Klara lächelte. »Ja.«

»Wirklich?«

»Na, wenn ich es doch sage.«

Beinahe glitten ihm die Plätten aus den Händen. Gabriel bewegte sich so ungestüm, dass das Boot ins Schwanken geriet. Ganz offensichtlich wollte er Klara umarmen, aber es gelang ihm nur, sich ein wenig aufzurichten und ihr einen Kuss zu geben. Andernfalls wären sie vermutlich gekentert.

Als er sich wieder gerade hinsetzte, schüttelte er ungläubig den

Kopf. »Dass ich mit einem so schönen Mädchen verlobt bin, ist ein Traum. Was mache ich nur, wenn ich daraus erwache?«

»Mich heiraten«, erwiderte sie schlicht.

Als sich eine dunkle Wolke vor die Sonne schob, kam ihr jedoch ein banger Gedanke. Mit gesenkter Stimme fragte sie: »Werden deine Eltern mit mir einverstanden sein?«

»Jeder in meiner Familie wird dich lieben. Und ich werde dir das beweisen. Sobald meine Mutter von der Neuigkeit weiß, wird sie dich einladen. Ich hoffe, du hast bald wieder einen Sonntagnachmittag frei.«

Bekümmert schüttelte Klara den Kopf. Plötzlich gab es so viel, das sie bedenken und beachten musste. »Nicht vor Anfang Juli. Wir dürfen unsere freien Sonntage nur umschichtig nehmen, ich bin nicht so bald wieder dran. Aber … Gabriel … ich habe nicht die geringste Ahnung, wie man sich als Gast in einem jüdischen Haushalt benimmt. Hoffentlich mache ich nichts falsch.«

»Das wirst du nicht, dafür sorge ich schon. Sei einfach du selbst. Sei so, wie ich mich in dich verliebt habe.«

Klara sah ihn lange an, sog seinen Anblick in sich auf wie eine vertrocknende Pflanze jeden Wassertropfen. Eine Woge der Zuneigung erfasste sie. Sie fühlte so viel für diesen jungen Mann. Mehr als je für einen anderen Menschen. Trotzdem konnte sie nicht dieses weltumspannende Glück empfinden, das er in diesem Moment ausstrahlte. Die Wolken wollten nicht weiterziehen.

4

»Was ist los, Herr Richter? Warum halten wir?« Victors Stimme klang übellaunig. »Wir sind doch längst schon zu spät!«

Lavinia beugte sich vor, um aus dem Seitenfenster zu sehen. Vor dem Bahnhof Hamburg-Dammtor, dem Paradebahnhof der Hansestadt, staute sich der Verkehr. Zwischen Automobilen und Pferdefuhrwerken schien es kein Durchkommen zu geben. Chauffeure hingen aus den Fenstern, um sich nach der Ursache der Fahrzeugschlange zu erkundigen, Kutscher brüllten Flüche, unruhig gewordene Rösser schnaubten. Passanten sammelten sich zu kleinen Gruppen, um einen Zeitungsjungen bildete sich eine Menschentraube.

»Ich weiß nicht, was da vorne los ist, Herr Dornhain«, meldete sich Richter vom Steuer. »Es geht nicht einen Meter vorwärts.«

»Das sehe ich«, grollte Lavinias Vater, zog seine Taschenuhr hervor und warf einen mürrischen Blick darauf. »Es wäre äußerst unhöflich, wenn wir den Cocktailempfang verpassen und erst zur Eröffnung des Balls eintreffen.«

»Natürlich wäre es das«, stimmte Charlotte zu, »aber wir sind bestimmt nicht die einzigen Gäste, die in einem Verkehrsstau feststecken … Richter, könnten Sie vielleicht umdrehen und einen anderen Weg zum Jungfernstieg nehmen?«

»Leider nicht, gnädige Frau. Zwischen all den anderen Wagen kann ich nicht ausscheren oder umdrehen.«

»Wir hätten den Dampfer nehmen sollen«, meinte Victor.

»Aber nicht im Abendkleid«, protestierte Charlotte.

»Es sieht aus, als würde eine Neuigkeit die Runde machen«, stellte Ellinor fest. Sie reckte den Hals, um durch die Windschutzscheibe spähen zu können. »Ich denke, der Wettkönig des heutigen Tages wird gefeiert. Habt ihr gehört, dass bei den Buchmachern weit über eine Million Mark umgesetzt worden sein sollen? Das Galoppderby bricht in diesem Jahr alle Rekorde.«

»Ariel hat für das Gestüt Schlenderhahn einen unglaublichen Sieg errungen«, erwiderte ihr Vater. Entnervt spielte er mit der Uhrkette. »Eineinhalb Längen Vorsprung. Sensationell. Ich würde wirklich gerne pünktlich sein, um diesen Zieleinlauf mit Herrn von Oppenheim zu feiern.«

»Du hast bereits auf der Rennbahn dem Besitzer des siegreichen Hengstes gehuldigt«, erinnerte Charlotte. »Ich dachte eigentlich, dass der Derby-Ball zum Vergnügen veranstaltet würde und nicht, um diese ermüdenden Gespräche über Minuten und Sekunden, Abstammung und Training fortzuführen.«

Anscheinend ging ein Flugblatt von Hand zu Hand, doch das konnte Lavinia in dem Gewühl auf dem Loigny-Platz nicht genau erkennen. Vielleicht waren es auch Wettscheine. Gelangweilt lehnte sie sich wieder zurück, blickte ihre Familienmitglieder der Reihe nach an. Sie waren alle herausgeputzt in Abendrobe, Federschmuck, mit Juwelen, die Männer im Frack. Passend für den großartigen gesellschaftlichen Anlass in Streit's Hotel. Der Ort war vom Rennverein mit Bedacht gewählt, denn in dieser Luxusherberge nächtigte während der Rennwoche nur, wer irgendwie mit Pferden zu tun hatte. Also wurde heute Abend alle Welt erwartet, Gäste von Stand, gesellschaftlichem Ansehen und finanziellen Möglichkeiten. Zu einer dieser Gruppen gehörte Alice von Finkenstein, die Lavinia auf der Tribüne in Horn wiedergesehen hatte. Die bewunderte Freundin hatte versprochen, zum Ball zu kommen – und machte Lavinia damit dieselbe Freude, als hätte diese das Preisgeld in Höhe von hundertfünfundzwanzigtausend Mark für das siegreiche Pferd gewonnen und nicht der Bankier Simon Alfred von Oppenheim, dem das Gestüt Schlenderhahn und damit der Hengst Ariel gehörte.

Es war zermürbend, in einem Automobil zu sitzen, das stillstehen musste. Ihr Vater spielte in stummem Zorn mit seiner Uhr, ihre Großmutter stöhnte leise und fächelte sich Luft mit ihrem altmodischen Fächer zu. Es wurde tatsächlich rasch warm im Auto. Ellinor beobachtete das Geschehen auf der Straße, bemüht, den Grund für Stau und Menschenauflauf herauszufinden. Nur Konrad schien gegen die allgemeine Unruhe immun. Ihr Mann saß still und in sich versunken neben Lavinia und wirkte irgendwie unbeteiligt.

»Könntest du vielleicht nachsehen, was los ist?«, wandte sie sich an ihn.

Seine Augen flogen zu Victor Dornhains Chauffeur. »Ich glaube nicht, dass es nützlich ist, wenn ich jetzt aussteige.«

Faulpelz!, dachte Lavinia.

»Es ist auch nicht weiterführend, tatenlos herumzusitzen«, konterte sie. Der Gedanke an das Wiedersehen mit Alice verlieh ihr die Kraft zum energischen Eingreifen. »Richter kann ja kaum das Fahrzeug verlassen, nicht wahr? Sei bitte so gut und sieh nach, warum wir aufgehalten werden.«

»In der Tat wäre es eine Erleichterung zu erfahren, was uns festhält«, sagte Charlotte milde.

»Bleiben Sie sitzen«, rief Konrad dem Chauffeur zu, der sich anschickte, trotz Lavinias Vorbehalten auszusteigen, um dem Schwiegersohn seines Dienstherrn wenigstens den Schlag aufzuhalten. Konrad öffnete selbst die Tür, stieg aus.

Lavinia sah durch das Fenster, wie er schnellen Schrittes in Richtung Bahnhofsgebäude lief. An der riesigen Kreuzung von Mittelweg, Rothenbaumchaussee, Alsterglacis, Tiergartenstraße und Grindelallee, die Loigny-Platz genannt wurde, standen inzwischen wohl Hunderte von Fahrzeugen wie Puzzleteile, die einen fünfzackigen Stern bildeten. Zwischen den Automobilen und Fuhrwerken liefen Menschen herum, die wohl ebenso wie Konrad Erkundigungen einzogen oder vor lauter Ärger über den Stau nicht still ausharren konnten. Es dauerte nicht lange, und Konrad verschwand in der Menge.

»Hoffentlich kommt er wieder«, scherzte Ellinor, was Lavinia überhaupt nicht lustig fand. Sie bedachte ihre Schwester mit einem zornigen Blick, die daraufhin einlenkte: »Ich meine, hoffentlich kommt er so tadellos gekleidet zurück. Findet ihr nicht, dass die Stimmung da draußen etwas von einem Mob hat, der einem ordentlichen Mann den Frack zerreißt?«

Im Rückspiegel sahen sie, wie Richter die Augenbrauen hochzog.

Trotzig erklärte Lavinia: »Ich werde auf jeden Fall auf diesen Ball gehen, einerlei, wie spät wir dort eintreffen.«

»Natürlich gehen wir hin«, gab ihr Vater verärgert zurück. »Unser Fehlen wäre unentschuldbar. Außerdem sagte Richter ja bereits, dass er keine Möglichkeit zum Wenden sieht.«

Es dauerte eine Weile, bis Konrad wieder in Sichtweite des Automobils auftauchte. Der Zylinder saß auf seinem Hinterkopf, sein Haar war ein wenig zerzaust, aber sein Anzug hatte den Kontakt zu den vielen Menschen anscheinend unbeschadet überstanden. In der Hand hielt er ein an den Ecken eingerissenes Blatt Zeitungspapier. Sein Gesichtsausdruck wirkte wie versteinert.

»Es ist etwas Schlimmes passiert«, verkündete er, kaum dass er den Wagenschlag geöffnet hatte. Er reichte Victor das Nachrichtenblatt, bevor er einstieg. »Alle Zeitungen haben Sonderausgaben gedruckt. Das hier habe ich glücklicherweise gegriffen, bevor es mir jemand anderer wegschnappen konnte.«

Plötzlich sprachen Charlotte, Ellinor und Lavinia gleichzeitig: »Was ist denn passiert? Wieso sind die Leute so aufgeregt? Was ist da draußen los?«

Konrad schüttelte stumm den Kopf, die Augen auf Victor gerichtet. Er wollte es dem Familienoberhaupt überlassen, die Nachricht zu verkünden.

Charlotte, die neben ihrem Sohn saß, lehnte sich etwas undamenhaft zur Seite, um einen Blick auf das Extrablatt in seiner Hand zu werfen. Sie erbleichte. Der Fächer sank herab, um im nächsten Moment hektisch bedient zu werden. Ein Luftzug wehte durch den Wagen, ließ das Papier leise rascheln.

»Der österreichische Thronfolger und seine Gemahlin sind erschossen worden«, berichtete Victor mit tonloser Stimme. Er sah zu seinen Töchtern auf. »In Bosnien wurde heute Mittag ein Attentat auf Erzherzog Franz Ferdinand und Herzogin Sophie von Hohenberg verübt.«

In sprachlosem Entsetzen schlug sich Ellinor die Hand vor den Mund.

Lavinia atmete tief durch. »Stellt euch vor, es wäre etwas mit unserem Kaiser bei der Kieler Woche geschehen! Unter den gegebenen Umständen wird der Derby-Ball sicher nicht abgesagt werden. Österreich-Ungarn ist zu weit weg, nicht wahr?«

Das Attentat in Sarajewo war das vorherrschende Thema im Festsaal von Streit's Hotel am Jungfernstieg. Lavinia, die bis dahin nicht einmal geahnt hatte, dass es ein Land namens Bosnien gab, hatte im Automobil vermieden, ihren Vater nach der genauen geografischen Lage zu fragen. Sicher wussten Ellinor und natürlich auch Konrad einiges über diesen Teil der Donaumonarchie, wahrscheinlich war sogar ihre Großmutter informierter als sie. Es gelang ihr jedoch, ein wenig von den Gesprächen aufzuschnappen, als sie an Konrads Seite durch die Reihen der Ballbesucher schlenderte.

»Seit der Annektierung Bosniens durch Österreich-Ungarn vor sechs Jahren gärt es auf dem Balkan.«

»Es ist skandalös, dass eine Schüler- oder Studentengruppe das Kaiserreich dermaßen demütigt. Der Attentäter war keine neunzehn Jahre alt. Ein Serbe. Natürlich. Vor den Serben muss man sich in Acht nehmen.«

»Zuerst soll eine Bombe den Fahrzeugkonvoi getroffen haben. Sechs Schaulustige sind dabei verletzt worden und zwei Gefolgsleute des Erzherzogs.«

»Seien wir doch mal ehrlich: Das Attentat ist ein Skandal. Aber die Politik der Belvedere-Bagage um den Thronfolger wird in Wien mit größter Skepsis betrachtet.«

»Wie schrecklich! Das Paar hinterlässt drei noch ziemlich junge Kinder.«

»In der Zeitung steht, es habe im Vorfeld zahlreiche Warnungen gegeben, dass serbische Geheimorganisationen eine blutige Tragödie planen.«

»Seine Majestät hat selbstverständlich ein Beileidstelegramm an Kaiser Franz Josef nach Ischl in dessen Sommerresidenz geschickt.«

Freundlich lächelnd, nickend, wildfremde Menschen begrüßend, die sie höchstens vom Sehen kannte, mit denen ihr Vater oder ihr Ehemann beruflich zu tun hatten, flanierte Lavinia vorbei an den Gästen des Cocktailempfangs. Nur flüchtig winkte sie ihren alten Freundinnen zu und hielt stattdessen Ausschau nach Alice.

»Geht es dir nicht gut?«, erkundigte sich Konrad leise. Er strich wie zufällig über ihre Hand, die auf seinem Arm lag. »Du zitterst ja!«

Sie zog die Hand zurück.

Konrad konnte nicht wissen, dass Lavinia in diesem Moment in der Menge die kupferrote Hochsteckfrisur erkannte, nach der sie schon sehnsüchtig gesucht hatte. Das Licht der Kristalllüster fing sich in den falschen Edelsteinen in Alice' Kämmen, blitzte auf. Ohne dieses Funkeln wäre Lavinia wahrscheinlich nicht so rasch auf die andere aufmerksam geworden. Alice stand inmitten einer Gruppe junger Männer, die ihr offensichtlich den Hof machten und darum stritten, wem sie den ersten Tanz schenkte. Lachen und scherzhaftes Geplänkel machten die ernsten Gespräche auf angenehme Weise vergessen.

»Sieh mal, wer da ist!«, flötete Lavinia. Ohne sich zu vergewissern, ob Konrad ihr folgte, drängte sie sich durch die Kavaliere zu der Freundin. »Meine liebe Alice, wie schön, dass wir uns wiedersehen!«

»Du übertreibst. Ihr hattet erst vor wenigen Stunden das Vergnügen.«

Konrads leise Bemerkung klang ungewohnt bissig. Er stand so dicht hinter ihr, dass sein Atem ihren Nacken streifte. Ein unangenehmer Schauer zog ihre Wirbelsäule hinab.

»Livi, du musst entscheiden, wer von uns den ersten Walzer mit Fräulein von Finkenstein tanzen darf!«, rief Ulrich Gobert, Spross einer alteingesessenen Kaufmannsfamilie und vor ihrer Heirat auch einer von Lavinias Verehrern. »Sonst kommt es hier noch zu einem Duell.«

Alice zog genüsslich an ihrer Zigarettenspitze, dann blickte sie sich in der Runde um. »Wissen Sie, was, meine Herren: Ich werde den Ball mit keinem von Ihnen eröffnen. Ich denke … ich werde …« Sie zögerte, zwinkerte Lavinia zu, dann: »Ich werde den ersten Walzer mit Frau Michaelis tanzen.« Ihr unsteter Blick blieb an Konrad hängen. »Sofern mir ihr Gatte die Erlaubnis dazu gibt, natürlich. Aber das werden Sie, nicht wahr, lieber Konrad? Sie wollen doch nicht, dass sich die netten Herren hier meinetwegen schlagen.«

»Nun … ich glaube nicht …«, haspelte Konrad entgeistert.

»Bitte, bitte, bitte«, Lavinia kicherte. »Das wird ein großer Spaß!«

»Deine Großmutter wird es gewiss nicht so sehen«, erwiderte ihr Ehemann.

Die jungen Männer murrten leise, einige lachten albern. Ulrich Gobert konnte jedoch den Anblick des unkonventionellen Paars offenbar kaum erwarten. »Lustig. Zwei erwachsene Frauen wie in der Milberg'schen Privatschule für höhere Töchter. Das hat es hier noch nicht gegeben. Ihr werdet Geschichte schreiben, meine Damen!«

»Lavinia, du lässt dich mit dieser Albernheit zur Närrin machen!«, zischte Konrad.

Sie reckte den Kopf, straffte die Schultern und drückte das Kreuz durch. Dann reichte sie Alice die Hand. »Es ist mir ein Vergnügen«, verkündete sie. Ihren Gatten würdigte sie keines Blickes.

Lavinia fühlte sich in ihre Jungmädchenzeit zurückversetzt. Nach der Unterrichtsstunde hatten sie und ihre Freundinnen heimlich Walzerschritte geübt. Als Lavinia in Alice' Armen über das Parkett schwebte, sah sie sich nicht als die verheiratete Frau, die sie war, sondern als das unbeschwerte junge Ding, das sie mit ihren kaum einundzwanzig Jahren noch sein könnte, wenn sie nicht so früh geheiratet hätte.

Der berühmte Hamburger Komponist Oscar Fetrás, der sogar schon vom Kaiser geehrt worden war, dirigierte sein Orchester. Man hatte es für den Ballabend vom Uhlenhorster Fährhaus ausgeliehen, wo es für gewöhnlich auftrat. Der elegante, nicht mehr ganz junge, aber dennoch sehr geschmeidige Musiker eröffnete den Tanz mit seinem Walzer »Mondnacht auf der Alster«. Lavinia kannte dieses Lied wie die anderen Stücke aus Fetrás' Feder fast ihr ganzes Leben lang, denn es waren Melodien, die sogar ihre Großmutter hin und wieder heimlich vor sich hinsummte, wenn sie sich unbeobachtet fühlte. Natürlich waren es keine modernen Schlager, aber Musik zum Träumen.

Für Lavinia erfüllte sich zweifellos ein Traum. Es war ihr gleichgültig, was die anderen Leute dachten. Was gab es überhaupt zu tuscheln? Sie wiegte sich schließlich nicht mit einem Liebhaber im Walzerschritt. Der Tanz mit einer Dame war angemessen züchtig. Lavinia und Alice hielten einander auf Abstand, sahen sich nur gelegentlich lächelnd in die Augen und freuten sich an den gemeinsamen Bewegungen, den überraschend gleichzeitigen Schritten, als hätten sie die Choreografie verinnerlicht.

Lavinia konnte sich später nicht erinnern, wie es dazu kam, dass sie sich plötzlich in der zu Streit's Hotel gehörenden Ladenpassage wiederfanden. Mit Schwung und blinder Freude waren sie und Alice offenbar aus dem Ballsaal hinausgetanzt. Da die Geschäftszeile um diese Stunde keine Besucher anzog, waren sie allein.

Atemlos und ein wenig schwindelig wollte sich Lavinia von Alice lösen, doch die hielt sie fest.

»Diese aufgeregte Röte auf den Wangen steht dir gut, meine Kleine.«

Es fiel Lavinia schwer, dem Glanz in Alice' forschenden Blicken standzuhalten. Außerdem wollte sie nicht, dass die andere in ihren Augen von dem Glück las, das sie gerade erfüllte. Verlegen senkte sie die Lider.

»So schweigsam?« Alice lachte leise. »Was kann ich deinem Mund entlocken …?«

Die Worte hallten nach, als sie ihr Gesicht über Lavinias senkte und sich ihre Lippen berührten. Vorsichtig. Forschend. Unendlich sanft und wie ein fortwährendes Versprechen. Ganz anders als die Küsse, die Lavinia mit Konrad getauscht hatte. So viel zärtlicher, hingebungsvoller, unerwartet vertraut. Durch ihren Kopf schwirrten Gedanken und Gefühle, verbanden sich zu einem Orkan, der alle Bedenken hinwegfegte. Küsste eine Frau anders, weil sie wusste, wie eine Frau geküsst werden wollte?

»Lavinia, wo …?«

Erschrocken ließ sie von Alice ab. Keine zwei Schritte neben ihr stand Konrad.

Ihr Mann starrte sie an. Er war aschfahl. Sein Atem ging unerwartet schwer, sein Blick flackerte. Dann drehte er sich abrupt um. Ohne ein weiteres Wort zu verlieren, ging er aus der Ladenzeile davon.

5

Der Uhrmacher Rosenberg lebte mit seiner Frau und den Söhnen im Hochparterre eines relativ neuen Mehrfamilienhauses am Anfang der Hallerstraße. Die Wohnung gehörte zu einem kleinen Geschäft, in dessen Schaufenster zwei Tisch- und ein paar Taschenuhren auf viel rotem Samt dekoriert waren und so sehr vor sich hinstaubten, dass Klara bei der ersten Betrachtung unwillkürlich an ihren Mopp dachte.

Es war eine Gegend mit neoklassizistischen Stuckbauten und schlichteren Backsteingebäuden, wo sich die neue Synagoge befand und die Talmud Tora sowie die Israelitische höhere Töchterschule. Handwerksbetriebe reihten sich aneinander, koschere Schlachtereien und Lebensmittelgeschäfte lagen neben hebräischen Buchhandlungen sowie Altenstift, Waisenhaus und Kulturzentrum. Dazwischen Kaffeehäuser, in denen an diesem ersten Sonntagnachmittag im Juli reger Betrieb herrschte.

»Manche Leute nennen unser Viertel Klein-Jerusalem«, erklärte Gabriel und umfasste Klaras Hand ein wenig fester, als fürchte er, sie würde vor dem Fremdartigen flüchten.

Dabei fand sie es gar nicht so beängstigend. Alles wirkte recht fröhlich, viele Leute waren unterwegs, und die sahen mit wenigen Ausnahmen nicht anders aus als die Bürger an anderen Plätzen der Hansestadt. Nur manche Passanten trugen trotz der sommerlichen Temperaturen schwarze Mäntel über schwarzen Anzügen und dazu unmoderne schwarze Hüte. Sie hatten keinen Blick übrig für die bunten Auslagen der Läden oder das Café und ignorierten die Klänge einer Klarinette, die aus einem offenen Fenster auf die Straße wehten.

»Achte nicht auf ihn«, sagte Gabriel und wies auf einen dieser nach Klaras Ansicht unpassend gekleideten Männer. »Das ist der Chassid von gegenüber. Er kommt aus einem Schtetl irgendwo im Osten und betet den ganzen Tag. Hier findest du ein ziemliches Völkergemisch. Die elegantesten Nachbarn sind noch immer die Sephardim, die meist wohlhabenden Juden, die ursprünglich aus Portugal nach Hamburg kamen. Sie haben sich vor zwei- oder dreihundert Jahren hier niedergelassen. Kannst du dir vorstellen, dass sie uns, die Ashkenasim, damals nur als ihr Hauspersonal in der Stadt haben wollten? Deshalb sind so viele nach Altona gezogen, da waren die Gesetze anders.«

Klara schüttelte den Kopf. Es klang alles recht kompliziert, und sie fragte sich, ob sie ihrer künftigen Rolle als Ehefrau eines jüdischen Jungen gewachsen war. Sie hatte schon Mühe, Gabriels kurzem Geschichtsunterricht zu folgen – wie sollte sie alles verarbeiten, was er ihr zu erklären versuchte? Außerdem war sie schrecklich aufgeregt, weil sie heute seine Mutter kennenlernen sollte. Zwangsläufig würde sie auch seinem Vater ihre Aufwartung machen, der sich stets höflich und diskret benahm und niemals ein Wort über Privates verlor, wenn er zur Arbeit in die Villa am Harvestehuder Weg zwölf kam. Seit Tagen quälte sie sich mit der Frage, ob seine Eltern sie trotz ihrer Herkunft so freundlich in der Familie willkommen heißen würden, wie Gabriel behauptete. Eine imaginäre Faust drückte in ihren Magen, als er das schwere Haustor für sie aufhielt.

Sie hatte nicht sehr viel Zeit zum Nachdenken, denn eine Wohnungstür öffnete sich, und im Halbdunkel des Flurs tauchte der Kopf einer lebhaften Dame auf. Ihr dunkles Haar war von grauen Strähnen durchzogen, was auf ein gewisses Alter schließen ließ, aber ihr Gesicht wirkte trotz zahlreicher Lachfältchen um die Augen strahlend und frisch. Die weiße Bluse mit dem breiten Kragen passte gut zu ihr, die Ärmel bauschten sich, als sie die Hände ausstreckte, um ihren Gast unerwartet herzlich zu begrüßen.

»Das ist meine Mutter«, stellte Gabriel vor und lächelte erst die Ältere an, dann seine Verlobte. »Und das ist Klara Thießen, *Murmullo.*«

»Ich freue mich sehr, dass Sie uns besuchen. Mein Mann kennt Sie schon so lange – da wurde es Zeit, dass ich auch endlich Ihre Bekanntschaft mache, nicht wahr? Kommen Sie herein, kommen Sie nur.«

Mit einer einladenden Geste forderte Frau Rosenberg Klara auf, in die rechteckige Diele einzutreten, von der verschiedene Zimmer abgingen. Der Duft von Seifenkraut, Bienenwachs und Rosenöl schlug ihr entgegen, und automatisch registrierte sie, dass hier gerade erst ausgiebig geputzt worden sein musste. Sie wollte nicht allzu neugierig wirken, doch ihre Augen blieben fasziniert an den fein ziselierten Holz- und Metallkapseln hängen, die jeweils nahe der rechten oberen Ecke der Türpfosten angebracht waren.

»Wie schön!«, murmelte sie scheu.

»Die Mesusot schmücken in jüdischen Häusern jeden Türrahmen«, antwortete ihre Gastgeberin freundlich. »In ihnen wird eine kleine Rolle mit den Worten des Schmagebetes aufbewahrt. Unser wichtigstes alltägliches Gebet. Ich freue mich, dass Ihnen unsere Tradition gefällt.«

»Oh ja, sehr sogar.« Langsam begann Klara ihre Schüchternheit abzulegen. Sie lächelte Frau Rosenberg an, als diese eine Tür öffnete und sie ins Zimmer bat.

Aus den Augenwinkeln beobachtete sie, wie Gabriel die Schriftkapsel mit den Fingerspitzen berührte, die er anschließend kurz an seine Lippen führte. Sie fragte sich, ob sie es ihm gleichtun sollte, unterließ es dann aber, um keinen Fehler zu machen. Bei Frau Rosenberg hatte sie diese Geste schließlich nicht beobachtet.

Wenn Klara erwartet hatte, dass sich das Wohnzimmer deutlich von der bürgerlichen Einrichtung einer alteingesessenen hanseatischen Familie unterschied, so wurde sie enttäuscht. Schwere dunkle Möbel der Gründerzeit bestimmten das Gesamtbild. Blütenweiße Spitzendecken, frische Blumen, alte Teppiche und ein siebenarmiger Leuchter aus schwerem Silber, der auf einem halbhohen Zierschrank stand, bildeten die Dekoration.

Bei ihrem Eintreten schloss Herr Rosenberg gerade die Türen des Vertikos. Er wandte sich zu ihr um und kam mit derselben stillen Ruhe auf sie zu, wie sie es von ihm gewohnt war. Klara ging kurz durch den Kopf, wie gegensätzlich seine lebhafte Frau war, doch sie vergaß den Gedanken ob der herzlichen Begrüßung.

»Willkommen in meinem bescheidenen Heim, liebe Klara. Setzen Sie sich, bitte.«

Sie nahm auf dem Sofa Platz, bemühte sich um eine gerade Haltung. Der Tisch war für den Nachmittag eingedeckt: Ein Kaffeeservice mit Blumendekor und Goldrand war liebevoll auf einer weißen, mit Blüten bunt bestickten Tischdecke angerichtet. Das Geschirr war für vier Personen berechnet. Deshalb wagte Klara, nach Gabriels Brüdern zu fragen.

»Die sind heute alle ausgeflogen«, antwortete Frau Rosenberg. »Ich dachte, es wäre gut, wenn sich die Erwachsenen erst einmal aussprechen.« Daraufhin machte sie sich wieder auf den Weg nach draußen.

»Kann ich Ihnen helfen?«

Frau Rosenberg blieb in der Tür stehen. Lächelnd schüttelte sie den Kopf. »Nein, nein, ruhen Sie sich nur aus. Ich hole den Kaffee – und Gabriel bringt den Kuchen herein, denke ich.«

Als sie alleine waren, neigte sich Rosenberg in seinem Sessel ein wenig vor. Er sah Klara eindringlich an. »Verzeihen Sie, wenn ich indiskret bin, aber Gabriel hat uns erzählt, dass Sie keine Eltern haben.«

Das war die Bemerkung, die Klara am meisten gefürchtet hatte. Sie senkte die Lider auf ihre im Schoß gefalteten Hände. »Ja, das ist richtig«, erwiderte sie. Was sollte sie auch sagen?

»Das tut mir sehr leid. In unseren Kreisen ist die Familie das Wichtigste im Leben. Wir haben große Familien, wissen Sie. Es muss schrecklich einsam sein, niemanden zu haben.«

»Ach, da ist noch meine Ziehmutter, die immer für mich gesorgt hat. Und seit ich für Herrn Dornhain arbeiten darf, fühle ich mich bei den Herrschaften auch ein bisschen wie zu Hause.« Sie errötete, weil sie ihre Gefühle selten so offen schilderte. »Es ist vielleicht nicht richtig, dass ich das so sage. Aber ich bin nicht alleine, verstehen Sie?«

»Ja. Wenn man so jung zu einem Dienstherrn kommt, ist man schon mit diesem verbunden. Das verstehe ich gut. Es wird Ihnen gewiss schwerfallen, das Haus am Alsterufer zu verlassen, wenn Sie heiraten.«

»Oh nein. Ja. Sicher. Aber ich habe dann ja eine eigene Familie. Das ist doch etwas anderes. Oder?« Klara schwirrte der Kopf, weil sie nicht wusste, welche die richtige Antwort war. Genau genommen hatte sie sich noch gar nicht überlegt, wie es sein würde, ihre inzwischen so vertraute Umgebung zu verlassen.

»Das haben Sie«, versicherte Rosenberg und lächelte. »Wir heißen Sie herzlich in unserer Familie willkommen, mein Kind. Gabriels Wahl hat mich sehr erfreut. Ich glaube, ich kenne Sie gut genug, um zu wissen, dass er es richtig gemacht hat. Sie werden ihm eine gute Frau sein!«

Tränen der Erleichterung traten in ihre Augen. »Dann stört es Sie nicht, dass ich … ein Bastard bin?« Ihr Atem stockte. Schon wieder hatte sie sich zu einer Offenheit hinreißen lassen, die ungewöhnlich für sie war.

Für den Bruchteil einer Sekunde zögerte Rosenberg. »Nein. Nein, das stört mich nicht. Denn meine Frau und ich gehen davon aus, dass Sie kein *Mamser* sind. So nennt man bei uns die

Nachkommen einer außerehelichen Affäre, bei der beide Eltern mit anderen Partnern verheiratet sind. Wir nehmen mal an, dass dies nicht auf Ihre Mutter und Ihren Vater zutrifft. Außerdem sind Sie keine Jüdin, deshalb gelten unsere Gesetze sowieso nicht für Sie. Aber es wird Sie vielleicht freuen zu hören, dass Kinder eines Paares, das nicht verheiratet ist, bei uns nicht zwangsläufig als illegitim gelten.«

Klara spürte die Träne, die sich aus ihrem Augenwinkel stahl und ihre Wange hinabrann. Sie konzentrierte ihren Blick auf die Schiebetür zum Nebenraum, in deren Bleiglasscheiben sich das hereinfallende Sonnenlicht brach und blaue, gelbe und violette Muster auf Wände und Fußboden warf. Es war ihr unmöglich, in das freundliche Gesicht des Herrn Rosenberg zu schauen.

»Eigentlich bin ich ja nach Hamburg gekommen, um wenigstens meine Mutter zu finden«, berichtete sie mit rauer Stimme. Ihr Hals fühlte sich an wie zugeschnürt. »Aber da ich nicht einmal weiß, wo ich zu suchen anfangen soll, wird mir das wohl nicht gelingen.«

»Ich weiß. Gabriel erzählte mir schon vor einer Weile, dass Sie nach einer Frau namens Adele suchen. Kein ungewöhnlicher Name – und ich hatte es auch wieder vergessen, muss ich zugeben. Wissen Sie, es geht einem so viel im Kopf herum. Plötzlich ist es mir aber wieder eingefallen. Ich erinnere mich an eine junge Frau namens Adele, die für Herrn Dornhain gearbeitet hat. Aber das ist sehr lange her.«

Zuerst dachte Klara, wie seltsam es sich anhörte, dass ein Mann, den sie als ausgesprochen still kannte, nun so gesprächig war. Erst danach dämmerte ihr, was er gesagt hatte. Sie starrte ihn an.

»Herr Rosenberg! Sie wissen, wer meine Mutter ist?«

»Nein, mein liebes Kind. So ist es nicht. Ich kann nicht sagen, wer Ihre Mutter ist. Ich weiß lediglich, dass vor langer Zeit eine junge Frau namens Adele als Gouvernante für die Töchter in der Villa Dornhain lebte. Es ist etwa zwanzig Jahre her, seit ich sie zuletzt sah. Vielleicht auch mehr. Verlassen Sie sich bitte nicht auf mein Zeitgefühl. Das ist leider kein Uhrwerk.«

Klaras Magen verkrampfte sich. Sie ballte die Hände, als müsste sie sich damit gegen einen Sturm stemmen, der ihr mit brutaler Kraft entgegenblies.

Konnte ihre Mutter eine Gouvernante gewesen sein? Das war die Position in der Dienerschaft, der das größte Ansehen galt. Meistens wurden junge Frauen aus verarmten, aber relativ vornehmen Familien des Bildungsbürgertums für diese Tätigkeit ausgebildet, die keine Aussicht auf eine Verbesserung ihrer Lage durch eine günstige Heirat hatten. Vielleicht hatte sie ein Kind erwartet und war deshalb in das Dienstverhältnis gekommen. Oder sie hatte ihre Stellung aus demselben Grund verloren. Die wildesten Spekulationen gingen Klara durch den Kopf.

Rosenberg berührte zaghaft Klaras Arm. »Ich bitte Sie, machen Sie sich keine allzu großen Hoffnungen. Es arbeitet kaum jemand im Haus, der Adele noch kennen dürfte. Und die gnädige Frau werden Sie nicht nach ihr fragen können. Das gehört sich nicht.«

»Ich weiß«, murmelte Klara und wünschte sich wieder einmal Fräulein Helene zurück.

»Habt ihr euch gut unterhalten?« Frau Rosenberg stand in der Tür, ein Tablett vor sich hertragend, auf dem sich die Kaffeekanne und ein Servierteller mit Früchtebrot befanden. Es duftete nach den frisch gemahlenen und aufgegossenen Bohnen und süßen Trockenfrüchten.

Gabriel folgte seiner Mutter. Grinsend und mit leeren Händen.

»Oh ja«, versicherte Herr Rosenberg. »Fräulein Klara und ich haben uns ein wenig ausgesprochen.«

Klara registrierte nur undeutlich, was um sie her geschah. Sie beobachtete wohl, wie Frau Rosenberg auftischte, bemerkte, dass Gabriel sich neben sie setzte. Doch all das schien irgendwo in weiter Ferne zu geschehen. Nicht bei ihr. Sie war wie gefangen von der Hoffnung, eine Spur zu ihrer Herkunft gefunden zu haben.

»Dürfte ich Sie um einen Gefallen bitten?«, wandte sie sich an ihren zukünftigen Schwiegervater.

»Selbstverständlich, mein Kind. Was ist es denn?«

»Ich besitze eine Fotografie von meiner Mutter. Sie ist ziemlich alt, aber das trifft sich in diesem Fall sogar recht gut. Wäre es möglich, dass ich sie Ihnen zeige? So könnten wir herausfinden, ob es sich um die Adele handelt, an die Sie sich erinnern.«

Zu Klaras Überraschung war Rosenberg von ihrer Idee offenbar nicht angetan. »Wir sollten keine schlafenden Hunde wecken …«

»Ich fürchte, genau das hast du bereits getan«, warf Gabriel leise ein.

Rosenberg gab sich einen Ruck. Er setzte sich ein wenig aufrechter hin und antwortete mit fester, fast strenger Stimme: »Nun denn. Wenn Sie das nächste Mal zu uns kommen, bringen Sie die Fotografie mit, und ich schaue sie mir an. Aber, bitte, sprechen Sie mich nicht darauf an, wenn ich in der Villa bin und meine Arbeit mache. Wir sollten das Private nicht mit unseren Pflichten vermischen.«

»Natürlich nicht«, versicherte Klara eifrig, obwohl sie wusste, wie schwer ihr die Zurückhaltung fallen würde.

Die Hausherrin reichte ihr ein langes Messer. »Sie müssen das Früchtebrot anschneiden. Ich habe es aus Aprikosen, Datteln und Feigen gebacken. Es ist ganz frisch. Das ist wichtig, um die Schnittfläche der Endstücke genau zu erkennen.«

»Was?« Klara war verwirrt.

»Ein alter Verlobungsbrauch«, kommentierte Gabriel und

grinste frech. »Du musst mir das Endstück geben. An der Schnittfläche sehe ich, ob du mich liebst. Glatt wäre gut. Das bedeutet, dass du mich liebst. Wenn der Kuchen zerfasert, sagt das leider das Gegenteil.«

Seine Eltern blickten sie mit belustigten Mienen erwartungsvoll an.

Klara schluckte. Es stürmte so viel auf sie ein. Aber sie begriff, dass alles irgendwie mit Gabriel zusammenhing. Und mit seiner Liebe. Ihre Zukunft – und nun auch ihre Vergangenheit.

Beherzt griff sie nach dem Messer. »Tja, dann also …«, rief sie aus. Zwischen ihren Augenbrauen erschien eine Falte, als sie den Früchtekuchen konzentriert anzuschneiden begann. Bitte, lieber Gott!, flehte sie stumm. Hilf mir, dass alles gut wird mit uns beiden.

Ascona

6

Die Nachrichten aus Deutschland waren alarmierend. Nele wusste nicht, was sie mehr bestürzte: das Säbelrasseln der europäischen Diplomatie oder Lavinias überschwänglicher Brief, in dem ihr die kleine Schwester anvertraute, eine Frau zu lieben. Nicht nur, dass Livi seitenlang von »Alice« schwärmte. Sie berichtete zudem, Konrad habe einen Auftrag in Ostafrika angenommen und werde Ende Juli von Genua aus auf große Fahrt gehen. Ähnlich äußerten sich Ellinor und ihre Großmutter in ihren Schreiben, aber erst durch Lavinias Bekenntnis verstand Nele die Zusammenhänge. Danach wartete sie.

Seit ein paar Monaten lebte sie auf dem Monte Verità in der Gemeinschaft der Lebenskünstler, die nach einem Mittelweg zwischen Kommunismus und Kapitalismus suchten, irgendwie auch einer neuen Kunstrichtung und vor allem nach Gesundheit und Glück. Sie war an einem kühlen, regnerischen Vorfrühlingstag eingezogen, als der Nebel über dem See hing und man sie im Sanatorium vor den einfachen Verhältnissen warnte: »Da oben gibt es nicht einmal beheizte Zimmer! Das ist Gift für Ihre Lungen.« Doch Nele hatte sich über die wohlmeinende Warnung hinweggesetzt. Sie war in ein neues, ungewisses Leben aufgebrochen. Einfach so. Weil sie eine Veränderung wünschte, weg von den nur mit sich selbst beschäftigten Menschen in der Kurklinik. Louis Meyerink hatte ihr den Weg gewiesen, und nach zahlreichen Besuchen in der Siedlung beschritt sie ihn. Zum ersten Mal seit langer Zeit schaute sie nach vorne.

Zunächst mietete sie sich im Hotel ein – wo es einen Ofen gab. Sie lauschte Vorträgen, versuchte, der fleischlosen Nahrung nicht nur Sinn, sondern auch Geschmack abzugewinnen, las viel, unternahm mit anderen Bewohnern Spaziergänge. Als der Frühling die Zugvögel auf ihrem Weg von Italien in den Norden über die Tessiner Alpen schickte, entdeckte Nele einen unbewohnten Turm auf dem Gelände.

Das nur zweistöckige runde Gebäude war im Gegensatz zu den umliegenden Blockhütten aus Stein erbaut worden. Es sah ein bisschen aus wie ein Leuchtturm, obwohl es natürlich viel niedriger war, aber immerhin gab es einen Dachausstieg mit fantastischem Ausblick. Zudem erinnerte sich Nele an ein Gespräch mit Konrad über ihre Faszination für Leuchttürme. Also bat sie die Eigentümerin, Ida Hoffmann, ihr das Anwesen als Wohnung zu überlassen. Mit der tatkräftigen Unterstützung von Louis Meyerink und einigen anderen ihrer neuen Freunde renovierte sie die Innenräume, besorgte sich Möbel bei fahrenden Händlern der Umgebung – und fand sich schließlich nach zwei Jahren Klinikaufenthalten in einem eigenen Zuhause wieder.

Dann geschah das Attentat auf den österreichisch-ungarischen Thronfolger in Sarajewo, Nele erhielt die erstaunlichen Nachrichten aus Hamburg, und in der Zeitung las sie, dass der Schweizer Generalstab in größter Eile Befestigungsanlagen in verschiedenen Regionen zur Verteidigung ausbauen ließ. Eine dieser Fortifikationen entstand bei Bellinzona, keine fünfundzwanzig Kilometer entfernt. Die ersten Bewohner auf dem Monte Verità packten ihre Habseligkeiten und kehrten in ihre Heimatländer zurück, Sommerfrischler sagten ihre Zimmerreservierungen ab. Nicht nur in die Abgeschiedenheit des Paradieses brach das Weltgeschehen mit bedrohlicher Plötzlichkeit herein. Auch in Ascona selbst lichteten sich die Reihen der Touristen. Eine seltsam angespannte, erwartungsvolle Stimmung ersetzte allerorts die sonst mit der Julihitze einhergehende geruhsame Fröhlichkeit. Nicht zuletzt bei Nele.

Die alltäglichen Abläufe blieben dennoch gleich. So auch das wöchentliche Markttreiben am Lungolago. Jeden Samstag versammelten sich Bauern und Kunsthandwerker an der flach zum See abfallenden Uferpromenade unter Platanen und aufgespannten Sonnensegeln. Vor der malerischen Kulisse der Altstadt wurden auf Tischen, in Körben und von Fahrradanhängern herunter Waren angeboten: Brote und Hefekuchen ebenso wie Steinmetzarbeiten aus Tessiner Granit, Nusslikör, der weiche regionale Bergkäse *Formaggino* sowie Web- und Wollwaren, Flecht- und Holzarbeiten, Obst, Gemüse, Blumen, manchmal auch mäßig ausgeführte Gemälde mit bei Besuchern beliebten See- und Bergmotiven und allerlei Trödel.

Nele mochte die Lebendigkeit des Marktes, den kameradschaftlichen Umgang unter den Händlern. Letzterer war der eigentliche Grund, warum sie einmal in der Woche im Morgengrauen aufstand und Kisten auf den Einspänner der Kooperative lud. Darin befanden sich vor allem Tomaten aus dem eigenen Anbau, die zu dieser Jahreszeit und in dieser Landschaft üppig gediehen. Es ging Nele nicht um den mageren Verdienst – ihr

Vater schickte regelmäßig Geld –, sondern um das harmlose Geplänkel mit den anderen, das sich wohltuend von den manchmal etwas anstrengenden intellektuellen Diskussionen in der sogenannten Naturheilanstalt unterschied. Vor allem aber wollte sie sich nützlich machen.

»Ciao, Nele!«, rief einer der Künstler aus dem Valle Maggia, der steinerne Madonnen an Touristen verkaufte.

»Bon di!«, grüßte die dicke Mamma im Tessiner Dialekt. Von ihrem Warenangebot stieg das verführerische Aroma selbst gebackener Mandelküchlein auf.

»Salve!« Der alte Bauer winkte wie ein römischer Feldherr, als er Nele sah.

Sie strahlte ihre Bekannten an, winkte zurück, fand für jeden ein passendes Wort. Ihr ging der Gedanke durch den Kopf, dass ihre Großmutter sie nicht umsonst in Konversation geschult hatte. Ob Smalltalk bei einer Schiffstaufe oder Umgang mit Dienstboten, Charlotte hatte sie für alle Gelegenheiten gut vorbereitet. Allerdings erwartete sie dabei wohl weniger, dass ihre Enkeltochter dieses Wissen als Marktfrau anwenden könnte. Als Nele daran dachte, lachte sie gut gelaunt.

Unter einer Platane auf ihrem Hocker sitzend, den Rücken gegen den Baumstamm gelehnt, wartete Nele auf Kundschaft. Die Kisten mit den prallen reifen Früchten zu ihren Füßen. Der Duft des Marktes stieg ihr in die Nase und verband sich mit dem morgendlich frischen Geruch des smaragdgrün im Sonnenlicht schimmernden Wassers. Wenn sie lange genug wartete, das wusste sie inzwischen aus Erfahrung, würde irgendwann jemand kleine Tassen mit *Espresso* herumreichen, dem starken italienischen Kaffee, den sie gesüßt am liebsten trank.

Stille Zufriedenheit erfüllte sie in diesem Augenblick. Es war nicht das Leben, das sie sich früher gewünscht hatte, aber doch eine sehr angenehme Alternative.

In den noch kühleren Morgenstunden kauften Hausfrauen und die Dienstmädchen wohlhabender Anwohner ein. Das war die Zeit, in der Nele am meisten zu tun hatte. Als die Sonne höher stieg, kamen die Saisongäste, die sich – selbst unter ihren Hüten und Sonnenschirmen stark schwitzend – mehr für Souvenirs interessierten als für Frischwaren. Nele kümmerte es nicht. Sie betrachtete ihr inzwischen reduziertes Sortiment, ließ die Münzen in ihrer Rocktasche klimpern und lächelte vor sich hin. Beim Mittagsläuten der Glocken von San Pietro e Paolo würde sie zusammenräumen. Bis dahin beobachtete sie das Treiben.

Sie sah ihn – lange bevor er sie entdeckte. Seine schlanke Gestalt in einem hellen Sommeranzug, auf dem Kopf einen Panama-Hut aus feinem hellem Stroh. Die eleganten Bewegungen, mit denen er von Stand zu Stand schritt, hätte sie unter Dutzenden Männern diesem einen zuordnen können. Obwohl sie Konrad seit gut zwei Jahren nicht gesehen hatte, war er ihr so vertraut wie ehedem.

Ihr Herz schlug schneller, aber es war kein aufgeregtes Pochen. Sie rührte sich nicht von ihrem schattigen Platz. Wartete. Ruhig und geduldig. Schließlich sah sie ja, dass er sie suchte. Wozu sonst lief er über den Markt von Ascona? Hatte sie sich das nicht immer genau so erhofft?

Flüchtig rief sie sich ihr Aussehen in Erinnerung: Die vom Luftbaden golden gebräunte Haut, das in der Sonne aufgehellte Haar, das sie inzwischen lang und zu einem Pferdeschwanz gebunden trug. Wie immer am Markttag hatte sie einen dunklen Leinenrock angezogen und ein einfaches, für ihre schmale Figur zu großes weißes Hemd, die Ärmel aufgekrempelt und die Zipfel in der Taille zusammengebunden. Es war erstaunlich, wie wenig sie sich für Mode und gesellschaftliche Konventionen interessierte – sie hatte heute sogar ihren Hut vergessen.

»Nele, *vedi* … schau!«

Ein junger Italiener trat in ihr Blickfeld. Sie kannte Tonino seit ein paar Wochen. Er studierte Kunst in Mailand, verbrachte die Sommermonate in Ascona bei Verwandten und versuchte hier, seine Werke an Touristen zu verkaufen oder auch Sommerfrischler in Windeseile zu porträtieren. Nele war mit ihm ins Gespräch gekommen, weil sie sich zu einer Kritik an seiner Arbeit hatte hinreißen lassen.

»Ich habe einen Franken und fünfzig Rappen verdient«, verkündete er strahlend. »Für eine einfache Zeichnung. Das musst du mir mal nachmachen, Signorina Besserwisserin.«

»Herzlichen Glückwunsch«, erwiderte sie lahm.

»Wenn du so gut zeichnen kannst, wie du sagst, musst du es endlich beweisen, eh. Für heute lade ich dich aber erst einmal zu einem Boccalino Merlot ein.«

Konrad tauchte im Rücken des hoffnungsfrohen neuen Leonardo auf. Er wirkte unschlüssig, verlegen. Die Energie, die er zuvor ausgestrahlt hatte, schien aus seinem Körper gewichen zu sein. Die Hutkrempe warf einen Schatten über seine Augen, und Nele bedauerte, nicht direkt in seine Seele blicken zu können.

»Nein, Tonino, leider«, wehrte sie ab, »keinen Wein. Ich habe noch eine Verabredung.« Sie erhob sich langsam, wedelte mit der Hand, als wollte sie eine Fliege verscheuchen. »Verschwinde! Siehst du nicht, dass ich einen Kunden bedienen muss?«

Während der junge Mann beleidigt abzog, sahen sich Konrad und Nele stumm an. Sie standen einander gegenüber, berührten sich nicht, bewegten sich nicht einmal. Als stünde die Welt für ein paar Sekunden still.

Schließlich räusperte sich Konrad. »Ich habe dich gesucht«, sagte er.

Seine tiefe Stimme ging ihr durch und durch. Ihre Hände zitterten nun doch, die Knie wurden weich.

»Ich weiß.«

»Woher?« Er war überrascht. »Ich habe niemandem erzählt, dass ich nach Ascona reisen würde.«

»Meine Familie wird nicht müde, mir zu schreiben. So habe ich erfahren, dass du eine Schiffspassage ab Genua besitzt. Ich liege sozusagen auf dem Weg.«

Er schmunzelte über ihre Formulierung. »Du siehst gut aus.«

»Ja. Es geht mir gut.«

»Ich war überrascht, als ich oben in dem Berghotel erfuhr, dass du zur Markthändlerin avanciert bist. Deine Großmutter weiß vermutlich nichts von deiner neuen Karriere als Tomatenverkäuferin, oder?«

Lächelnd schüttelte sie den Kopf. »Natürlich nicht. Ich habe hier ein neues Leben begonnen, das nichts mit meiner Vergangenheit in Hamburg oder München zu tun hat.«

Er zögerte. Obwohl er seiner Stimme eine gewisse Leichtigkeit zu geben versuchte, ahnte sie, wie schwer die Plauderei für ihn sein musste. Ihr erging es ja nicht anders.

»Meinst du, in deinem neuen Leben ist Platz für einen Gast auf der Durchreise? Ich würde mich sehr freuen, wenn du mir den Ort zeigen wolltest, Nele. Es ist sehr hübsch hier.«

»Wir könnten ein paar Kirchen besichtigen.«

»In München haben wir uns ziemlich viele Kirchen angesehen …«

»Ja«, antwortete sie schlicht.

Sein Schmunzeln verschwand. »Ich habe kein einziges der Gotteshäuser vergessen. Ebenso wenig wie alles andere. Ich konnte es nicht.«

»Das habe ich auch nicht. Ich meine …«

»Ich weiß, was du meinst«, unterbrach er sie und streckte die Hand nach ihr aus.

Als sie die Finger in seine Rechte legte, fühlte sie sich, als würde sie mit dieser einfachen Geste eine Entscheidung besiegeln.

»Guten Tag, Nele«, begrüßte er sie und schüttelte formvollendet ihre Hand. »Es tut so gut, dich gesund wiederzusehen.«

»Buongiorno, Konrad«, erwiderte sie.

7

»Wie lange willst du in Ascona bleiben?«, erkundigte sich Nele, nachdem ein Kellner einen Eisbecher für sie und einen doppelten Espresso für Konrad serviert hatte.

Der Bummel durch die engen Gassen, unter Arkaden und an Stuckfriesen, Alkoven und Loggien vorbei, hatte sie nach dem Marktvormittag überraschend schnell ermüdet. Konrad spürte offenbar, wie sie langsamer und kurzatmiger wurde. Bevor sie ihn um eine Pause bitten konnte, führte er sie an den See zurück. Dort setzten sie sich in den Schatten eines Bogenganges und schauten eine Weile den Enten zu, die auf der anderen Straßenseite zwischen den festgemachten Booten umherwatschelten. Am Ufer des Lago Maggiore war es ruhig geworden, denn der Markt war abgebaut, und die Touristen hatten sich in ihre Hotels zurückgezogen. Die Einheimischen blieben um diese Stunde ohnehin in ihren Wohnungen; dort hielten sie die Fensterläden geschlossen, um die Hitze auszusperren.

»Mein Schiff verlässt Genua am einunddreißigsten. Da ich mir vor meiner Abreise die Strada Nuova unbedingt ansehen möchte, wäre es wahrscheinlich am bequemsten, wenn ich am Mittwoch, den neunundzwanzigsten, dort ankomme.«

»Niemand Geringerer als Peter Paul Rubens hat die berühmten Zeichnungen von Genuas Altstadt angefertigt, nicht wahr?« Es war eine für Nele selbstverständliche Frage, doch Konrad blickte sie völlig entgeistert an. Irritiert fragte sie: »Was ist los? Stimmt das nicht?«

Er schüttelte den Kopf, trank einen Schluck Kaffee. »Es ist absolut korrekt. Verzeih mir, ich hatte vergessen, wie wunderbar jede Unterhaltung mit dir ist. Wie klug du bist.«

Wahrscheinlich wusste Lavinia nicht einmal, dass es einen flämischen Barockmaler namens Rubens gab, dachte Nele und fühlte sich schlecht, weil sie eine so geringe Meinung von ihrer kleinen Schwester hatte. Aber anscheinend kultivierte Livi ihre Unwissenheit nach wie vor. Nele musste ihr zugutehalten, dass sich Lavinias Freundinnen sicher nicht anders benahmen. Dabei waren einfältige junge Mädchen inzwischen gar nicht mehr so groß in Mode wie noch zur Jugendzeit etwa ihrer Mutter.

»Nicht jede Frau kann studieren«, wehrte Nele schließlich ab. »Du scheinst auch vergessen zu haben, dass ich mit Kunst zu tun hatte.«

»Hatte? Warum die Vergangenheitsform?«

Um ihn nicht ansehen zu müssen, kratzte sie mit ihrem Löffel am Vanilleeis des Pfirsich Melba. »Ich male und zeichne nicht mehr, seit …«, sie unterbrach sich, weil sie in der heiteren Atmosphäre unter dem Bogengang kein so ernstes Thema erörtern wollte.

»Es tut mir sehr leid, dass du deine … ehmmm … große Leidenschaft aufgegeben hast. Vielleicht findest du ja eines Tages dorthin zurück. Wenn du keine Lust mehr hast, Tomaten zu verkaufen«, fügte er scherzhaft hinzu.

»Oh, ich habe meine Tomaten sogar selbst angebaut.«

In einer sehr zarten Geste berührten seine Finger kurz ihre Hand. »Ich hätte nie für möglich gehalten, dass sich hier ein grüner Daumen verbirgt. Von der Malerin zur Gärtnerin. Du bist immer wieder für Überraschungen gut. Weiß deine Familie von deinem Lebenswandel?«

»Natürlich nicht. Das sagte ich doch schon. Und ich wäre dir dankbar, wenn du es auch nicht erwähnen würdest.«

Er lachte mit einem Anflug Bitterkeit. »Für Geschwätzigkeit

fehlt mir die Zeit. Ich reise in sechs Tagen nach Afrika und habe nicht die geringste Ahnung, wann ich zurückkehre.«

Konrads Worte weckten in Nele einen erstaunlichen Gedanken. Sie hatten sich so lange nicht gesehen, aber er war dennoch ein Teil von ihr geblieben. In ihrer Vorstellung lebten wenigstens Livi und Konrad glücklich zusammen, nachdem sie selbst an ihrer Liebe beinahe zerbrochen war. Tatsächlich hatte sie den Briefen ihrer Familie immer mal wieder ein Lebenszeichen entnommen. Nun veränderte sich alles. Er ging fort. Allein. Er brach die Brücken ab. Es würde keinerlei Verbindung mehr geben, nachdem er sich von Lavinia getrennt hatte. In Nele breitete sich Ratlosigkeit aus – und Leere.

Da sie nicht antwortete, senkte sich ein fast beklommenes Schweigen über beide. Sie löffelte das Eis, naschte an der Himbeersauce und schnitt den pochierten Pfirsich am Boden des Eisbechers entzwei, als handle es sich um eine enorm wichtige Aufgabe, die allerhöchste Konzentration erforderte.

Schließlich setzte Konrad neu an: »Der einzige Ausweg aus meiner Ehe schien mir die Bewerbung für ein Bauvorhaben in den Kolonien zu sein. Der Ort war mir im Grunde egal, ich wollte nur weg aus Hamburg. Es wurde Ostafrika. Ich wäre aber genauso nach China oder Samoa gegangen, um dieser Farce ein Ende zu bereiten.«

Nele leckte den Löffel ein wenig undamenhaft ab, legte anschließend das Besteck auf den Teller und tupfte sich mit einer Serviette über die Lippen. »Heißt das, du wirst für den Rest deines Lebens in Daressalam bleiben?«

»Sicher nicht«, wieder dieses grimmige Lachen. »Ich denke, die Zeit wird es richten. Wir werden eine Lösung finden, mit der ich in Hamburg leben kann, auch wenn dein Vater eine Scheidung ausschließt. Lavinia will in meiner Abwesenheit herausfinden, was *sie* möchte. Und wen. Es macht keinen Spaß, die eigene Frau …«, fast erschrocken brach er ab. Verlegen fuhr er fort: »Entschuldige, ich möchte keine Indiskretionen verbreiten. Vergiss es!«

»Ich weiß, wovon du sprichst. Livi hat es mir geschrieben.«

»Oh!« Das Porzellan klirrte, als er die Tasse, die er eben hatte an die Lippen führen wollen, unverrichteter Dinge auf den Unterteller zurückstellte. »Ich habe nicht erwartet, dass sie so offen mit dieser Sache umgeht.«

»Ehrlich gesagt – ich auch nicht.«

In seinen Augen blitzte etwas auf, das Nele an den Mann erinnerte, den sie damals im Zug kennengelernt hatte.

»Es tut so gut, dich wiederzusehen, Nele!«

»Ja. Es ist schön, mit dir zu reden«, gab sie leise zu.

»Als ich erfuhr, wie krank du warst, zerriss es mich fast vor Kummer.«

»Für mich ist hervorragend gesorgt worden. Du siehst ja, dass es mir gut geht.«

Er nickte langsam. Seine Stimme klang fast beiläufig, er sah sie jedoch eindringlich an: »Und du? Willst du für den Rest deines Lebens hierbleiben?«

Seltsam, dachte sie, diese Frage hatte sie sich in der endgültigen Form noch gar nicht gestellt. »Ich weiß es nicht. Ich weiß nicht, was ich mit meinem Leben anfange. Noch vor Kurzem hatte ich keine Ahnung, ob ich überhaupt weiterleben könnte.«

»Du hast dir einen schönen Ort ausgesucht, um darüber nachzudenken. Am Morgen war ich da oben auf dem Berg. Die Landschaft ist unglaublich. Aber es sieht mir alles etwas … unkomfortabel aus. Fühlst dich dort wirklich wohl?«

Nele zwinkerte belustigt. Vor dem Hintergrund ihres Elternhauses und ihrer als durchaus angenehm zu bezeichnenden Studentenwohnung war ihr nie aufgefallen, wie konventionell Konrad war. Ein schlichter, auf die Natur konzentrierter Alltag schien seinen Vorstellungen vom Lebensstil einer höheren Tochter nicht zu entsprechen.

»Du solltest dir ein umfassenderes Bild vom Monte Verità machen«, schlug sie vor. »Hast du schon ein Zimmer? Du könntest dich dort im Hotel einmieten …«

»Ich nächtige im Albergo Quattrini hier im Ort.« Er zuckte bedauernd mit den Achseln.

»Das hindert dich nicht an einem Besuch, oder?« Ohne sich zu überlegen, ob es richtig war, sprach sie aus, was ihr spontan durch den Kopf ging: »Ich würde dir gerne den Turm zeigen, den ich bewohne. Vielleicht magst du zum Abendessen kommen. Ich habe zwar außer einer Putzfrau kein Personal, aber ich bin keine schlechte Köchin.«

»Meine Güte, Nele! Deine Großmutter träfe der Schlag, wenn sie wüsste, dass du eigenhändig zu einer Pfanne greifst.«

Sie grinste unbekümmert. »Das würde auch passieren, wenn sie erführe, dass ich nur einen einzigen Herrn zum Dinner einlade.«

Ihr Herz klopfte plötzlich wild, nicht nur, weil sie sich absolut unschicklich benahm. Begeisterung erfasste sie. Der Gedanke an das selbst zubereitete gemeinsame Abendessen regte ihre Fantasie an. Wann hatte sie zuletzt so große Vorfreude empfunden?

Es gab Risotto mit Safran, ein einfaches Reisgericht, typisch für die hiesige Küche, und dazu einen Salat aus dem eigenen Garten. Nele hatte gezögert, ob sie sich den Regeln ihrer neuen Freunde widersetzen sollte, sich dann aber doch gegen den Einkauf eines Kaninchens entschieden. Konrad sollte sehen, wie sie lebte – dazu gehörte auch eine fleischlose Ernährung. Außerdem würde sie durch den Duft des Bratens, der durch den Schornstein stieg, womöglich gestrenge Naturheilkundler auf den Plan rufen. Sie wollte nicht für Aufsehen sorgen. Also beließ sie es dabei und beeindruckte Konrad mit ihren vegetarischen Kochkünsten. Offenbar schmeckte es ihm.

Sie hatte den Tisch mehr in den Garten geschoben als getragen und mit dem bunten Keramikgeschirr gedeckt, das aus einem Laden in Locarno stammte. Nun saßen sie auf den Holzstühlen mit den Sitzflächen aus Stroh, tranken aus den verzierten Kännchen dunkelroten Wein und sprachen über Gott und die Welt, schnitten aber kaum ein Thema an, das Neles Familie im Allgemeinen oder Lavinia im Besonderen berührte. Das Himmelsdach bedeckte die Szenerie mit einem Meer aus funkelnden Sternen, zu ihren Füßen glänzten die Lichter des Ortes, schimmerte dunkel der See. Im Gras zirpten die Grillen, folgten die Weibchen der Leuchtkäfer den Blinksignalen der Männchen. Aus dem Dachfirst eines unterhalb gelegenen Gebäudes erhob sich eine Fledermaus.

»Was für ein friedliches Fleckchen Erde«, murmelte Konrad, zog an der Zigarette, die er sich angesteckt hatte, und blies langsam den Rauch aus. »Ich könnte stundenlang hier sitzen bleiben und der Natur lauschen. Hörst du diese Stille, Nele?«

»Du kannst jederzeit wiederkommen«, sagte sie leise.

»Das ist ein sehr verlockendes Angebot, das ich gerne annehme. Wie wäre es mit morgen?«

»Morgen wäre wunderbar.«

Er legte seine freie Hand auf ihren bloßen Arm.

Die Berührung fühlte sich an wie ein Versprechen. Eine Geste ihrer neuen Freundschaft? Die Erinnerung an eine große Liebe, von der noch immer so viel Nähe übrig geblieben war? Bislang verhielt er sich ausgesprochen höflich. Sein Benehmen war fast brüderlich, was Nele durchaus zu schätzen wusste.

Konrad brach früh auf, ließ auch den restlichen Wein stehen.

»Der Fußmarsch bergab dürfte in der Dunkelheit kein Kinderkuss sein«, verabschiedete er sich. »Aber es wird mir guttun, ein wenig zu laufen. Danke für diesen schönen Abend. Ich kann mich nicht erinnern, wann ich zuletzt so glücklich war.«

Er hielt ihre Rechte länger als nötig in der seinen und zog sie schließlich an die Lippen. Ohne ein weiteres Wort drehte er sich um und verschwand lockeren Schrittes in der Dunkelheit.

Noch eine Weile nachdem das Knirschen von Kies und Sand verklungen war, stand Nele am Rande ihres Gartens. Sie hörte auf die Stille, wie er es gesagt hatte, und spürte seinem festen Griff nach. Wie eine Sternschnuppe schwebte der Gedanke durch ihren Kopf, dass er auch hätte bleiben können. Doch ebenso rasch verglühte die Sehnsucht.

8

Am nächsten Tag unternahmen Nele und Konrad einen ausgedehnten Spaziergang von Ascona nach Locarno. Als sie auf der Piazza Grande auf eine eisgekühlte Zitronenlimonade einkehrten, fragte Nele nach seiner Meinung zu einem drohenden Krieg.

Sie interessierte sich in diesem Moment weniger für das Gerangel der europäischen Mächte, das inzwischen allerdings sogar die Unterhaltungen auf dem Monte Verità beherrschte. Vielmehr wollte sie mit dem brisanten Thema die unerfreulichen Bilder von jenem ersten Tag im Tessin verscheuchen, die sich ihr an diesem Ort unweigerlich aufdrängten. Es war seltsam, dass sie fast an demselben Kaffeehaustisch saß wie vor zwei Jahren, als sie angesichts eines Brautpaares beinahe einen Nervenzusammenbruch erlitten hatte. Und wie damals läuteten die Glocken.

»Österreich-Ungarn hat gestern die diplomatischen Beziehungen zu Serbien abgebrochen«, erwiderte Konrad. Er zog eine Zeitung aus der Tasche und legte sie auf den Tisch. »Nach allem, was ich heute in der *Neuen Zürcher Zeitung* gelesen habe, scheint ein

Krieg unvermeidlich: Der Zar ließ vermelden, dass er keine Verletzung der serbischen Souveränität duldet; Frankreich steht an der Seite Russlands, und unser Kaiser ist mit Wien verbündet. Wenn die Diplomatie keine Wende herbeiführt, werden wir uns wohl auf Veränderungen gefasst machen müssen.«

Nele schlang die Arme um sich, weil sie plötzlich fröstelte. »Was wirst du tun, wenn es Krieg gibt?«

»Wenn es so weit kommt, werde ich auf See sein.«

Sie nickte gedankenverloren. »In München kannte ich so viele Künstler aus aller Herren Länder. Die Vorstellung, dass die nun mit Waffen aufeinander losgehen könnten, ist furchtbar.«

»Lass das nicht deine Landsleute hören«, gab er zurück. »In Hamburg ist wegen der Kriegsvorbereitungen wohl ganz schön viel los. Als gestern Abend bekannt wurde, dass Kaiser Franz Joseph auf Konfrontationskurs geht, soll der Rathausmarkt schwarz von feiernden Menschen gewesen sein. Und im Alsterpavillon wurden die ganze Nacht hindurch Wiener Walzer und der Radetzky-Marsch gespielt.«

Seine ausführliche Erklärung überraschte sie. »Woher weißt du das alles?«

Konrad zögerte. Er klopfte die Taschen nach seinem Raucheretui ab, fand es schließlich und steckte sich umständlich eine Zigarette an. Zwischen zwei Zügen gestand er ihr: »Ich habe heute Morgen mit deinem Vater telefoniert.«

»Was?« Nele erbleichte. »Weiß er, dass du hier bist?«

»Selbstverständlich. Das Gespräch wurde ja von der hiesigen Telefonvermittlung verbunden.«

»Hat er … hat er nach mir gefragt?«

»Nein. Sei unbesorgt. Wir haben nicht über dich gesprochen. Er weiß nicht, dass ich dich besucht habe. Dein Vater denkt, ich bin auf der Durchreise. Ich wollte ihm nur bestätigen, dass sich an meiner Entscheidung nichts geändert hat. Er hoffte, ich würde es mir noch einmal überlegen. Das Ende einer unglücklichen Ehe gibt es in seiner Welt nicht.«

»Eine glückliche Liebe auch nicht«, entfuhr es ihr.

»Was?«

Sie schüttelte den Kopf. »Ach nichts. Es ist nichts. Er hat mir irgendwann einmal eine traurige Geschichte von einer Frau erzählt, die nicht meine Mutter war. Das ist mir gerade eingefallen. Mehr weiß ich sowieso nicht darüber.«

»Wenn es Krieg gibt …«, Konrad sah versonnen dem Rauch seiner Zigarette nach. »Wenn es Krieg gibt, was wirst du dann machen, Nele?«

»Das hängt davon ab, auf wessen Seite die Schweiz steht, nicht wahr? Vermutlich werde ich nach Hamburg zurückkehren müssen.«

»Na, dann seid ihr ja komplett. Deine Großmutter bestand darauf, dass Lavinia in meiner Abwesenheit wieder in das Haus am Alsterufer zieht. Es gefiel ihr nicht, aber sie musste sich fügen.« Konrad drückte die Zigarettenkippe im Aschenbecher aus.

Er suchte in seiner Tasche nach ein paar Münzen und legte sie auf den Tisch. »Komm, lass uns ein bisschen durch die Stadt spazieren. Hier gibt es sicher auch Kirchen, die eine Besichtigung lohnen, was meinst du?«

Als er ihr den Arm bot, hakte sie sich ganz selbstverständlich unter.

Den Tag darauf verbrachten sie auf dem Wasser. Sie nahmen das Salonboot von Locarno nach Brissago, dem letzten Schweizer Ort vor der italienischen Grenze, die quer durch den See verlief. Zwischen Familien, die sich die relativ teure Rundfahrt leisteten, und kinderlosen Touristen standen Nele und Konrad an der Reling. Sie bestaunten die Landhäuser an den Uferwegen und an den Hängen der Berge nahe dem Lago Maggiore. Die Vegetation stand um diese Jahreszeit in voller Blüte: Oleander, Hibiskus,

Lavendel, Wein, Palmen und überall die in üppigen Trauben von Lauben und Hausmauern herabwachsenden violetten Glyzinien, die im Tessin beinahe wucherten wie Unkraut.

Nele lehnte sich leicht an Konrads Schulter, doch einen intensiveren Körperkontakt erlaubte sie sich nicht. Der ein wenig distanzierte, kameradschaftliche Umgang tat ihr gut. Sie war älter geworden, hatte eine Menge durchgemacht in der Zwischenzeit. Die Sinnlosigkeit einer notwendigerweise flüchtigen Affäre war ihr bewusster als noch vor zwei oder drei Jahren. Sie genoss seine Nähe, dennoch war ihr mit allen Konsequenzen klar, dass er am Mittwoch über Genua nach Afrika abreisen würde. Unter diesen Umständen war es besser, sie wurden Freunde und kein Liebespaar.

Seinen letzten Tag im Tessin verbrachte Konrad auf dem Monte Verità. Er streifte mit Nele durch das Gelände, ließ sich die Regeln der Naturheilkundler erklären, besichtigte das Hotel und trank mit ihr im Restaurant Kaffee. Obwohl es nicht nur heiß, sondern schwül war, lehnte er ein Luftbad ab.

»Ich denke nicht daran, mich vor allen Leuten auszuziehen«, versetzte er. Mit leichter Empörung fügte er hinzu: »Solltest du diese seltsame Kur auch praktizieren, möchte ich es nicht wissen!«

Trotz seiner Kritik am Lebensstil der Anwohner scherzten sie viel. Als Nele lachend den Kopf schüttelte, flogen ihre langen Haare wie Goldfäden um ihr Gesicht. In diesem Moment entdeckte sie in seinen Augen wieder das alte Funkeln – und das machte sie überglücklich.

Zum Abschied kochte sie noch einmal für Konrad. Es war sein letzter Abend, und sie hatte Polenta vorbereitet, den hierzulande typischen Maisbrei, den sie – wie jede Tessiner Hausfrau – in einem Kupferkessel im Kamin langsam vor sich hinköcheln ließ. Dazu gab es Steinpilze, die Louis Meyerink mit einer Gruppe Sommerfrischler beim Wandern gefunden und ihr geschenkt hatte. Außerdem bereitete sie Tomatensalat zu, damit ihr Gast die Früchte aus eigenem Anbau kosten konnte, bevor er abreiste.

Diesmal half er ihr, den Tisch in den Garten zu tragen.

»Es ist wunderschön, im Freien zu essen«, sagte er, nachdem er ein kippeliges Bein mit einem Stein aus der Beetumfriedung gesichert hatte. »Schon die Vorstellung, sich bei diesem Wetter in einem geschlossenen Raum aufhalten zu müssen, treibt mir die Hitze auf die Stirn.«

Nele legte den Kopf in den Nacken und blickte in den Himmel. Dunst verhängte die Sonne. Das Blau hatte sich in eine watteartige aschgraue Fläche mit einer grünlich violett schimmernden Dämmerung verwandelt. »Hoffentlich hält das Wetter. Mir scheint, es wird heute noch ein Gewitter geben.«

»Ach was! Im Paradies gibt es so etwas nie.«

Sie lächelte milde und kehrte ihm den Rücken zu, um das Geschirr zu holen und den Tisch einzudecken.

Die ersten schweren Tropfen fielen, als sie das Essen beendet hatten. Ein Windstoß blies die Kerzen aus, so dass Nele und Konrad eilends die Gedecke und Schüsseln im Stockdunklen in den Turm trugen – bis Nele drinnen die Petroleumlampe entzündete und ins Fenster stellte. Schon ging ein Wolkenbruch nieder. Der Regen peitschte über Neles Garten, bog die Äste der Sträucher und die Stängel von Blumen und Tomatenpflanzen. Als auch Tisch und Stühle im Trockenen standen, waren sie beide vollkommen durchnässt.

Eben hatten sie noch gelacht, doch plötzlich wurde Konrad ernst. Er wirkte verlegen. Dachte er – ebenso wie sie – an den späten Nachmittag in München, als sie sich vor ihrer Haustür im strömenden Regen in die Arme gesunken waren? In einer hilflosen Geste strich sie sich die nassen Haarsträhnen zurück.

»Ich sollte jetzt gehen«, sagte er rau.

Ein Donner krachte dermaßen laut, dass Konrad zusammenzuckte. »Meine Güte, was ist das?«

»Das Gewitter zieht auf«, erwiderte Nele gelassen. »Als ich das zum ersten Mal im Tessin erlebte, dachte ich, die Welt ginge unter. Es ist viel intensiver als zu Hause, geht aber bestimmt bald vorbei. Solange solltest du hierbleiben und nicht durch den Wald spazieren.«

In den Fensterscheiben spiegelte sich ein Blitz, der die Landschaft für einen Moment in taghelles Licht tauchte. Der darauf folgende Donner wurde wie ein Echo von den Bergen zurückgeworfen.

Konrad antwortete nicht. Er sah sie stumm an. Ihr schien es, als würde auch in seinen Augen ein Gewitter toben: Glanz und Unsicherheit wechselten sich in seinem Blick ab.

»Du solltest dir etwas Trockenes anziehen«, raunte er endlich. Seine Stimme war so leise, dass sie ihn kaum verstand. Der Regen trommelte ohne Unterlass gegen die Fensterscheiben.

Nele sah an sich hinunter – und erschrak. Das Hemd, das sie trug, klebte an ihrem Oberkörper. Ihre Brüste zeichneten sich unter der durchnässten Baumwolle so deutlich ab, als wäre sie nackt.

Wieder zuckte ein Blitz am dunklen Abendhimmel.

Sie fühlte Konrads Blick auf sich ruhen. Er stand vollkommen bewegungslos vor ihr. Doch jeder Muskel war angespannt wie bei einem Tier, bevor es seine Beute erlegte.

Unwillkürlich schlang sie die Arme um sich. Sie wollte sich abwenden, stand im Begriff, in den ersten Stock zu gehen, um sich dort umzuziehen. Da fasste er nach ihrer Hand.

Der Donner war so laut, dass die Mauern zu beben schienen.

Doch Nele spürte nichts davon. Sie ließ zu, dass Konrad sie in seine Arme zog. Es war wie eine Heimkehr. Sein Herz schlug an ihrem Busen im gleichen schnellen Takt wie ihr Herz. Sein heißer Atem streichelte ihren Hals, während sie ihr Gesicht an seiner Schulter vergrub.

Sie stand ganz still, sog seine Körperwärme in sich auf und den Duft nach Feuchtigkeit, Tabak und Zedern.

Er schob ihr Haar zurück, liebkoste ihr Ohrläppchen mit seinen Lippen. Irgendwann flüsterte er: »Ich halte es nicht mehr aus. Ich wollte so gerne dein Freund werden, Nele. Aber es hat sich nichts geändert nach all den Jahren. Ich wünsche mir nichts mehr, als dein Geliebter zu sein.«

Es war keine Frage. Und es bedurfte auch keiner Antwort. Wie selbstverständlich nahm Nele seine Hand und führte ihn zu der engen Treppe und Stufe um Stufe hinauf in ihr Schlafzimmer. Sie bewegte sich wie in einem Traum, als sei sie nicht Herrin ihrer Handlungen, sondern nur stille Beobachterin einer jungen Frau, die sich nach der Erfüllung ihrer Liebe sehnte. Dafür war sie bereit, alles zu vergessen, was ihr die Vernunft riet. Sie wollte ihn so sehr wie nichts sonst auf der Welt. Die möglichen Folgen waren ihr mit einem Mal gleichgültig. Es zählte nur das Jetzt.

Sie ging langsam, seine Finger in den ihren. Obwohl es schwül war, lief ein Schauer über ihren Rücken. Sie fror. Ihr war heiß. Wie blind tappte sie vorwärts. Oben brannte kein Licht, doch schnell aufeinanderfolgende Blitze erhellten den Raum.

Heftige Donner ließen die Fensterscheiben klirren, während er sie wieder an sich zog. Seine Lippen suchten ihren Mund, erforschten ihn, nahmen ihn in Besitz. Atemlos erwiderte sie seine Küsse, seine Leidenschaft, sein Begehren. Seine Finger nestelten an den Knöpfen ihres Hemdes, schoben den Rock über ihre Hüften.

»Endlich …«, stieß er hervor, als er sie sanft auf ihr schlichtes Eisenbett drückte. Ein Blitz verströmte blaues Licht, der gleichzeitige Donner übertönte fast Konrads Seufzen.

Als er zu ihr kam, entluden sich ihre Sehnsucht und ihre Lust in einem erstickten Schrei. Das Unwetter war Nebensache.

Hamburg

9

»Seit heute dürfen unter deutscher Flagge fahrende Passagierschiffe nicht mehr auslaufen«, teilte Victor Dornhain seiner Mutter und seinen beiden Töchtern beim Abendessen mit. »Die Mobilmachung in Russland hat die Kaiserliche Marine zu dieser Anweisung gezwungen. Kapitäne, die sich auf See befinden, erhalten den Funkspruch, so schnell wie möglich den nächstgelegenen Hafen eines neutralen Staates anzulaufen.«

Klara hätte gerne gewusst, welche die neutralen Staaten waren. Aber zu fragen war natürlich ausgeschlossen. Gemeinsam mit Frieda servierte sie das Dinner, reichte die Platte mit den gebratenen Seezungenfilets herum. Sie konnte nichts anderes tun, als die Ohren zu spitzen und zu hoffen, weitere Informationen aus der Unterhaltung der Herrschaften zu gewinnen. Dennoch durfte sie sich keine allzu neugierige Miene erlauben. Ein kurzer Blick zu Frieda hin zeigte ihr, dass auch das erste Hausmädchen nicht ganz so gelassen am Sideboard hantierte wie sonst.

»Ach, Gott, das verheißt viele gestrandete Passagiere und unzufriedene Gäste, die ihre bereits bezahlten Reisen nicht antreten können. Das kostet ein Vermögen!«, konstatierte die gnädige Frau. »Sind wir gegen derartige Vorkommnisse versichert?«

»Nein, Mutter, das ist höhere Gewalt.«

»Das bedeutet doch aber, dass die Reederei auch nicht haftbar gemacht werden kann«, bemerkte Ellinor Dornhain.

»So ist es, mein kluges Mädchen. Dennoch habe ich unsere Reiseagenturen und Schiffsmakler angewiesen, für eine Entschädigung zu sorgen, falls eine Umbuchung auf die Eisenbahn

Schwierigkeiten macht. Die Elbe ist seit heute für alle ausländischen Schiffe gesperrt, und da, wie gesagt, keine deutschen Schiffe mehr auslaufen, sind die Wasserwege praktisch unpassierbar.«

»Also kommt niemand mehr nach Hamburg rein oder heraus«, resümierte die alte Dame. »Nun gut, damit kannst du womöglich eine Weile leben, Victor, aber wie verhält es sich mit den Kosten in anderen Häfen?«

»Selbstverständlich werde ich versuchen, die auf See befindlichen Dampfer so günstig wie möglich aufzulegen.«

»Zufällig traf ich heute Nachmittag Christian Schulte-Stollberg«, berichtete Ellinor, während sie ihre Kartoffeln mit der Gabel zerteilte und die Stückchen anschließend auf dem Teller zu einem akkuraten Muster zusammenschob. »Er befand sich in größter Anspannung. Die Börse sei heute bereits am Mittag geschlossen worden, der Terminhandel ausgesetzt. Damit will man Panikverkäufen und Kurseinbrüchen vorbeugen, sagte er.«

»Was für furchtbare Themen, um sich zu unterhalten!« Lavinia schüttelte den Kopf, als Klara ihr nachreichen wollte. »Nein, danke … Dieses Gerede über einen möglichen Krieg verdirbt mir schon seit Tagen den Appetit … Alice sagt, das ist nichts anderes als männliche Raffgier und Zerstörungswut.«

»Pst!«, zischte Ellinor.

Aus den Augenwinkeln beobachtete Klara, wie sich der Gesichtsausdruck des gnädigen Herrn verhärtete. »Die Meinung deiner neuen Freundin interessiert nicht. Du solltest dir vielmehr Gedanken über deinen Gatten machen, Lavinia. Konrad sitzt in Genua fest.«

Lavinia erbleichte. »Was bedeutet das?«

»Vermutlich, dass sein Schiff nicht auslaufen konnte. Sollte das nicht heute passieren? Die Regierungsgebäude in Afrika werden wohl noch eine Weile auf einen brillanten Architekten warten müssen.« Ein zufriedenes Lächeln spielte um Charlotte Dornhains Lippen. Klara erinnerte sich, schon einmal gehört zu haben, dass Lavinias Großmutter nicht begeistert über den Auftrag ihres Schwiegerenkels gewesen war.

»Ist Italien denn auch im Krieg?«, fragte Lavinia tonlos.

»Die Donauflotte des österreichischen Kaisers hat vorgestern Belgrad beschossen, das ist die Hauptstadt von Serbien, Livi. Sonst befindet sich niemand im Krieg«, korrigierte Ellinor ungeduldig. Sie legte ihr Fischbesteck mit einem deutlichen Klirren auf den Teller. Entnervt fügte sie hinzu: »Du solltest wirklich wenigstens die Zeitungen lesen. Italien ist ein neutraler Staat, ebenso wie die Schweiz, Belgien, Holland und die skandinavischen Länder.«

»Oh, dann betrifft die Anweisung der kaiserlichen Marine gar nicht unsere Reederei?«, erkundigte sich Lavinia mit einem plötzlich erwachten Eifer, der ihre Wangen rosig färbte. Offensichtlich freute sie sich über den Wechsel zu einem positiven Aspekt des Themas. »Ich meine, die Ostsee kann doch ohne Schwierigkeiten befahren werden, wenn Skandinavien neutral bleibt.«

Ellinor stöhnte. »Weißt du, wo Russland liegt?«

Das Geplänkel seiner Töchter ignorierend, hob Victor Dornhain in einem kühlen, energischen Tonfall an: »Ich hoffe, dass wir beizeiten erfahren, wie es um Konrads Pläne bestellt ist. Wenn ihr meine Meinung hören wollt, so sollte er heimkehren und als Ehrenmann seine vaterländische Pflicht erfüllen.«

»Bravo«, nuschelte seine Mutter hinter der Serviette, mit der sie sich gerade die Lippen abtupfte.

»Er sieht in Uniform bestimmt gut aus.«

Lavinias Kommentar berührte eine Saite in Klaras Innerstem, ihre Hände zitterten. Nun gelang es ihr doch nicht, angemessen ruhig zu bleiben.

Seit ein paar Tagen herrschte in Hamburg eine mitreißende Euphorie. Vor allem die jungen Leute feierten die harte Haltung Österreich-Ungarns gegenüber Serbien wie ein rauschendes Fest. Als wäre Jahrmarkt. Marschmusik klang aus allen Kaffeehäusern und Tanzlokalen, wehte sogar an manchen Abenden über die Alster. Die deutsche Nationalhymne »Heil dir im Siegerkranz« wurde in endloser Wiederholung gespielt und natürlich »Die Wacht am Rhein«, aber auch »Gott erhalte Franz, den Kaiser«, das Lied Österreich-Ungarns. Nur im Hafen war diese Stimmung wohl nicht spürbar. Das hatte der Fischhändler heute Vormittag in der Küche erzählt, als er den frischen Fang für das Abendessen lieferte. Die Arbeiter beteiligten sich offenbar nicht an den patriotischen Versammlungen, mancherorts war eine kritische Stimme laut geworden. In Altona habe es sogar eine Versammlung aus »Protest gegen die Kriegshetze« gegeben.

Klara wusste nicht, auf welcher Seite Gabriel stand. Sie hatte ihn seit dem Abbruch der diplomatischen Beziehungen zwischen Österreich-Ungarn und Serbien nicht getroffen. Natürlich wäre sie gerne mit ihm tanzen gegangen, als ganz Hamburg auf den Beinen war, aber die gnädige Frau hatte ihr keinen freien Abend bewilligt. Die Vorstellung, dass aus dem großen Fest nun tödlicher Ernst werden könnte, verunsicherte sie zutiefst. Wie würde er in Uniform aussehen?

Die Stimme der Hausherrin drang durch den Nebel aus Sorge und Ratlosigkeit zu ihr durch: »Klara, hast du nicht gehört? Du kannst die Teller abräumen. Wir haben genug.«

Sie knickste verlegen. »Entschuldigung, gnädige Frau. Natürlich. Sofort.«

Erst jetzt fiel ihr auf, dass Frieda nicht mehr im Speisezimmer war. Sicher besorgte sie etwas in der Küche. Vielleicht das Dessert – oder war aus einem anderen Grund unterwegs. Klara hatte vor lauter Tagträumerei nicht mitbekommen, was vor sich ging.

Hektisch begann sie, die Teller einzusammeln, was gar nicht so einfach war, weil die Herrschaften viel von dem guten Essen übrig gelassen hatten.

Victor Dornhain schob seinen Stuhl zurück. »Ich ziehe mich in mein Arbeitszimmer zurück. Herr Richter wird mich später abholen und ins Büro bringen, damit ich von dort mit unseren Agenturen in Übersee telefonieren kann.«

»Ach, wie unerfreulich anstrengend«, erwiderte seine Mutter.

»Unruhige Zeiten erfordern selbstlose Maßnahmen ... Klara, ich möchte kein Dessert. Richte Ida bitte aus, sie möge mir einen starken Kaffee aufbrühen. Den trinke ich an meinem Schreibtisch.« Während seiner Anweisung bewegte er sich vorwärts, sein Stock klopfte im Rhythmus seiner Schritte auf den Boden.

Klara stellte hastig den Geschirrberg auf der Anrichte ab. Sie rannte zur Tür, um für den gnädigen Herrn zu öffnen.

»Pappi«, rief Lavinia ihrem Vater nach, »wenn du etwas aus Genua hörst, gib mir bitte sofort Bescheid. Weck mich ruhig, wenn ich bei deiner Rückkehr schon schlafen sollte. Ich möchte alle Neuigkeiten sofort erfahren.«

»Na, endlich«, murmelte ihre Großmutter.

Durch den Türspalt sah Klara, wie Richter durch die Eingangshalle und auf das Speisezimmer zueilte. In der Hand hielt der Chauffeur eine Zeitung, vermutlich wieder ein Extrablatt. Andauernd erschienen aktuelle Ausgaben der *Hamburger Nachrichten* und anderer Blätter. Klara trat zur Seite, um Richter Eintritt zu gewähren. Als er an ihr vorbeistürmte, erkannte sie, dass sie Recht hatte.

»Verzeihen Sie bitte die Störung, gnädige Frau«, der langjährige Diener verneigte sich formvollendet zunächst vor Charlotte Dornhain, bevor er den jungen Damen zunickte und sich fast gleichzeitig an seinen Herrn wandte: »Im deutschen Reich wurde der ›Zustand drohender Kriegsgefahr‹ ausgerufen! Überall in der Stadt verlesen Regimentsoffiziere die Bekanntmachung Seiner Majestät. Die Zeitungen veröffentlichen ständig neue Nachrichten. Hier das neueste Extrablatt.« Er reichte es weiter an seinen Chef.

Ellinor erhob sich und trat neben ihren Vater, der mit gerunzelter Stirn den Text überflog.

»In Deutschland gilt ab sofort das Kriegsrecht«, verkündete Victor Dornhain mit fester Stimme, als hielte er eine Rede im Rathaus vor der Bürgerschaft und nicht in seinem Esszimmer. »Alle Bürger, die über die Grenzen ein- oder ausreisen, sind verpflichtet, sich mittels einer Passkarte auszuweisen. Es herrscht strenge Pressezensur, und die wehrpflichtigen Soldaten sind einberufen. Innerhalb von achtundvierzig Stunden wird die Mobilmachung erfolgen, sofern Seine Majestät, Kaiser Wilhelm II., dies nicht ausdrücklich untersagt. Das Reichspostamt untersagt die Versendung von verschlossenen Briefen in das Grenzgebiet zu Frankreich, wer ohne Genehmigung Brieftauben mit Nachrichten verschickt, wird mit Gefängnis bestraft … Mutter, Ellinor, Lavinia …«, er sah eine nach der anderen an: »Lasst uns eine Schweigeminute einlegen, damit wir uns sammeln können. Uns steht ein Krieg bevor.«

10

»Was wird nun aus meinem Ersparten?«, jammerte Frieda. »Als ich am Donnerstag noch rasch zur Sparkasse laufen und mein Geld abheben wollte, war die Schlange zu lang. Ich konnte unmöglich warten, bis ein Schalter frei wurde. Und jetzt ist Sonnabend, und es ist Krieg. Meine Güte«, sie schlug sich die Hände vor das Gesicht, »was mache ich denn nur, wenn ich meine ganze Mitgift verliere?«

Klara hatte das erste Hausmädchen noch nie so aufgelöst erlebt. Ihre Vorgesetzte verhielt sich bislang immer souverän und sogar oft recht herrisch. Letzteres war ja der Grund, warum sie sich nie angefreundet hatten. Jetzt wirkte Frieda, als stünde sie kurz vor einem Nervenzusammenbruch. Tröstend legte sie die Hand auf ihren Arm, doch Frieda stieß sie fort.

»Lass mich in Ruhe! Du verstehst nicht, wie schwer ich es habe. Dir fällt immer alles in den Schoß. Die Anstellung hier im Haus – und einen Verlobten hast du auch noch abbekommen.«

»Na, na, *meen Deern*«, versuchte Ida, die junge Frau zu beruhigen, »du kriegst auch noch einen ab. In Kriegszeiten wollen die Burschen wissen, wer zu Hause auf sie wartet. Da sind sie heiratswilliger. Glaub einer alten Mamsell wie mir. Ich kann mich schließlich noch erinnern, wie unsere Soldaten nach Paris marschierten. Das ist jetzt fast auf den Tag genau vierundvierzig Jahre her, und ich war damals noch ein Kind, aber erinnern tu ich mich trotzdem. Und was das Geld betrifft: Du bist eben eine gute Patriotin. Da kannst du stolz drauf sein.«

Obwohl es längst Zeit zum Schlafengehen war, saßen die drei noch zusammen. Die Beleuchtung in Idas Reich war gedämpfter als in den Abendstunden, wenn sie ihre Arbeit verrichteten, und der Herd war längst kalt, so dass es nicht mehr besonders warm war im Souterrain. Ida füllte den Kirschsaft, den die gnädige Frau übrig gelassen hatte, in drei Gläser und goss ihn mit Wasser auf, damit der Rest aus der Karaffe für sie alle reichte. Auf diese Weise verschaffte sie sich und den Dienstmädchen die Möglichkeit, auf Kaiser und Vaterland anzustoßen. Schließlich ließ auch die Frauen nicht kalt, dass Wilhelm II. an diesem ersten Augusttag die Generalmobilmachung angeordnet und Russland den Krieg erklärt hatte.

Als die drei Frauen angesichts Friedas Verzweiflung nachdenklich schwiegen, klirrte es an den Fensterscheiben unnatürlich laut. Mit der Regelmäßigkeit eines tropfenden Wasserhahns flog etwas dagegen. Womöglich kleine Steine, von unbekannter Hand geworfen.

»Unverschämtheit!«, schimpfte Ida und wuchtete ihre massige Gestalt hoch.

»Ich geh nachsehen, was da los ist«, erbot sich Klara. Sie wollte nicht mit Frieda zurückbleiben.

»Dem Lümmel werde ich's zeigen. Der kommt nicht wieder ...« Ida, die durch das Guckloch im Lieferanteneingang blickte, unterbrach sich. »Klara, komm mal her. Ich glaube, das ist für dich.« Und als die Jüngere verwundert neben ihr auftauchte, flüsterte sie ihr zu: »Sag deinem Gabriel, er soll dich ein andermal besuchen und nicht anständige Leute in der Nachtruhe stören.« Vor sich hingrummelnd, trat sie ihren Rückweg zu Frieda und dem Kirschsaftgetränk an.

Flüchtig strich sich Klara das Haar glatt, bevor sie leise die Hintertür öffnete und hinausschlüpfte. Die Villa wirkte von dieser Seite dunkel und verlassen. Die Herrschaften waren ausgegangen. Überall gab es spontane Feiern, nicht nur beim einfachen Volk, auch unter den feinen Leuten. Doch vor dem Haus Harvestehuder Weg zwölf war es still. Nur die Straßenlaternen warfen gelbe Lichtkreise auf das Pflaster.

Gabriel lehnte gegen die Hauswand und spielte mit kleinen Kieselsteinen in seiner Hand. Es war nun nicht mehr nötig, sie gegen das Küchenfenster zu werfen, um auf sich aufmerksam zu machen. Als Klara näher kam, stellte er sich gerade hin.

»Was fällt dir ein, so einen Lärm zu machen?« Sie war eigentlich zornig und wollte auch so klingen, aber als sie ihn sah, wurde ihre leise Stimme weich und warm. »Weißt du, welchen Ärger du mir damit bescherst?«

»Das weiß ich wohl«, versicherte er ihr ernst. »Aber ich muss mich doch von dir verabschieden, meine Liebste. Ich habe keine Ahnung, wie es sein wird, wenn ich erst Soldat bin.«

Klara starrte ihn an. »So rasch schon?«

Er nahm ihre Hand. »Ich habe beschlossen, mich gleich morgen früh als Freiwilliger zu melden. Nicht dass die besten Plätze belegt sind. Am liebsten hätte ich es schon gestern getan, nur während der Sabbatfeier konnte ich nicht von zu Hause fort. Mein Vater hat mir aber seinen Segen gegeben.«

Trotz der warmen Temperaturen an diesem Sommerabend wurde Klara kalt. Was Krieg bedeutete – sie wusste es nicht genau, weil sie im Frieden groß geworden war. Natürlich hatte sie das eine oder andere Denkmal zu Ehren der Gefallenen aus napoleonischer Zeit gesehen, auch feierte sie – wie alle Deutschen – an jedem zweiten September die Gefangenschaft des französischen Kaisers 1870 in Sedan, ein wichtiger Tag im Deutsch-Französischen Krieg. Aber das betraf sie alles nicht persönlich. Ihr wurde in diesem Moment nur eines schmerzlich bewusst: Krieg bedeutete Abschied. Gabriel würde fortgehen.

»Ja … aber … ich …«, stammelte sie verunsichert. Sie wollte ihm nicht aus Egoismus die Begeisterung nehmen. Aber sie wollte auch nicht so tun, als wäre sie mit seinen Plänen einverstanden. »Was wird aus uns?«

»Mach dir keine Sorgen. Ich komme bald wieder. Wir wollen doch heiraten, nicht wahr?« Er hob ihre kalten, von der Arbeit rauen Finger an seine Lippen und küsste einen nach dem anderen. »Ich helfe nur verhindern, dass der russische Bär nach Deutschland greift, um unsere Arbeit und Kultur zu vernichten. Es ist für mich als Jude nicht das gelobte Land, Klara, aber es ist meine Heimat. Darum werde ich kämpfen. Ich tu's auch für dich und unsere Kinder.«

»Wie schön du das sagst«, murmelte sie und senkte die Lider, damit er nicht sah, dass ihre Augen feucht waren.

Als sie später in ihrem Bett lag, konnte sie die Tränen nicht mehr zurückhalten. Auf ihrem Nachttisch lagen drei Kiesel. Ganz normale Steine, die Gabriel irgendwo auf der Straße aufgelesen hatte. Aber ihr Wert war unermesslich.

Gabriel hatte sie ihr in die Hand gedrückt, bevor er ging. Als Pfand. »Wenn ich wieder da bin, verwandele ich sie in Perlen«, versprach er. »Das ist mein Hochzeitsgeschenk. Warte es nur ab. Du wirst dich kaum umgedreht haben, und schon bin ich wieder zurück.«

Ascona

11

Nele erwachte, weil ein Daumen sanft über ihre Wange strich. Einen Moment lang wusste sie nicht, wo sie sich befand. Noch im Halbschlaf meinte sie, in ihrem Bett zu liegen. Erschöpft von der Liebe und zugedeckt von der neu erfahrenen Erfüllung. Die Kissen waren zerwühlt, das Laken hing über das Eisengestell auf den Boden. Es gewitterte nicht mehr, auch der Regen pochte nicht gegen die Fenster. Sie lauschte dem gleichmäßigen Atem ihres Geliebten an ihrem Ohr …

»Wach auf! Es ist Besuch da«, flüsterte eine Männerstimme.

Sie blinzelte, selbst durch die halb geschlossenen Lider geblendet vom hellen Licht.

Es war nicht Konrad, der sie geweckt hatte. Über den Liegestuhl gebeugt stand Louis Meyerink.

Müde fuhr sie sich über die Augen. Es war nicht nur der Versuch, den Schlaf herauszuwischen, sondern auch die Bilder zu vertreiben. Die Erinnerung an jenen frühen Morgen vor mehr als einer Woche, als Konrad sich verabschiedete: »Ich möchte nicht sehen, wie du meinem Zug nachwinkst. Wenn ich dich so im Gedächtnis behalten darf, wie du verträumt in deinem Bett liegst, machst du mir das größte Geschenk. Ich verlasse dich nicht, Nele, nie wieder. Jetzt reise ich nach Afrika, um eine Lösung zu finden, wie wir zusammenleben können. Ich komme zu dir zurück. Du bist die Liebe meines Lebens. Versprich mir, dass du auf mich warten wirst.« Und dann war sie allein.

Plötzlich richtete sie sich auf. »Hast du gesagt, ein Gast sei da?«

»Es ist nicht dein Narr, du Heilige.«

»Sehr witzig«, gab sie freudlos zurück.

Die Hoffnung war der größte Betrüger. Natürlich konnte Konrad sie nicht überraschen. Sein Schiff war zwar nicht in See gestochen, und er hatte sich in Genua eine Zugfahrkarte gekauft, aber nach Hamburg, nicht nach Ascona. Gestern hatte Nele ein paar eilig hingeworfene Zeilen erhalten, in denen er ihr erklärte, es sei eine Frage der Ehre, in den Krieg zu ziehen. Er wolle nicht als Feigling gelten und der Gefahr durch einen Aufenthalt in der neutralen Schweiz ausweichen. Wieder versicherte er ihr, dass er zu ihr zurückkehren werde: »Der Waffengang wird schneller vorüber sein als mein ursprünglich geplanter Aufenthalt in Daressalam. Wir sehen uns wieder. Ich weiß nicht, wo und wann. Aber ich weiß, dass wir uns wiedersehen. Und dann ist alles gut.« Vielleicht hatte er es sich ja doch anders überlegt …

Louis reichte ihr die Hand und zog sie von dem Liegestuhl hoch, auf den sie sich vorhin erschöpft von der Gartenarbeit hatte fallen lassen. Noch immer benommen kämmte Nele ihre wirren Haarsträhnen mit den Fingern und band sie zu einem Pferdeschwanz zusammen. Dass Louis ihr dabei zusah, irritierte sie.

»Was ist los?«

»Ich dachte gerade, dass der Narr ein Glückspilz sein könnte, wenn er nicht so ein Idiot wäre. Ich an seiner Stelle wäre nicht gegangen.«

Unwillkürlich lächelte sie. »Du bist ja auch hier statt an der Front. Kannst du mir bitte erklären, warum das Deutsche Reich zuerst im Westen eine Verteidigungslinie aufbauen muss, nachdem es sich im Osten bedroht fühlt? Ich habe in einem Extrablatt vom Schlieffen-Plan des Generalstabs gelesen und verstehe das alles nicht.«

»Ich bin Lebenskünstler, kein Feldherr. Das eine schließt das andere aus, findest du nicht?«

»Deutschland befindet sich nun mit Russland, Frankreich und England im Krieg – und wir sind hier wie auf einem fernen, friedlichen Stern«, meinte sie, während sie neben Louis langsam in Richtung Hotel schlenderte. Sie war barfuß, und die Halme des in der Gluthitze vertrockneten Rasens stachen in ihre Sohlen. Dem maß sie kaum Beachtung bei, mit den Gedanken bei der aktuellen Lage: »Muss ich mir Sorgen machen, weil auch die Schweizer Armee mobilisiert wurde?«

»Auch ein neutrales Land hat das Recht, seine Grenzen zu schützen.«

Nele blickte zu dem flachen Hotelgebäude hin. Es wirkte stiller als noch vor ein paar Tagen. Fast alle Kurgäste waren abgereist. Auch in den Gärten, liebevoll angelegten Grotten und auf den Wiesen war es so ruhig wie nicht einmal in den nebligen Wintermonaten. Es herrschte Frieden in Ascona, aber Nele wusste nicht erst seit der Lektüre der Zeitung heute Morgen, dass die ausbleibenden Touristen eine eigene Bedrohung darstellten – das finanzielle Überleben stand infrage. Und das betraf die Kooperative ebenso wie die Unternehmen im Tal.

Im Geiste ging sie ihre Familienmitglieder und alten Freunde durch, die die Reise auf den Monte Verità auf sich genommen haben könnten. Wieder blitzte kurz ein Hoffnungsschimmer auf.

»Sag schon«, forderte sie ihren Begleiter auf, »wer ist der Gast?«

»Lass dich überraschen!«

Kurz darauf erhob sich eine Gestalt von einem der Tische auf der Terrasse. Geblendet von der Sonne erkannte Nele nur schemenhaft die Umrisse einer weiblichen Person – vor allem Hut und Rock. Wie ein Scherenschnitt wirkte ihr Anblick. Erst als die Besucherin aus dem Schatten heraustrat, dämmerte Nele langsam, wer dort auf sie wartete.

»Zofia!«

Nele rannte die letzten Schritte bis zu der Treppe, die hinauf ins Restaurant führte. Sie flog fast nach oben – bis sie ihre Freundin aus Münchner Tagen überschwänglich an sich zog.

»Jesus, Maria, bist du es wirklich?« Zofia Rogowska schob sie leicht von sich, betrachtete sie aufmerksam. »Nele, was tust du hier? Du siehst nicht mehr aus wie eine Dame, nicht einmal wie eine Künstlerin … Du siehst aus wie eine Landarbeiterin!«

»Du sprichst wie meine Großmutter.« Lachend drückte Nele ihre ehemalige Kommilitonin noch einmal fest an sich, bevor sie einen Schritt zurücktrat und nun ihrerseits die andere musterte. Zofia wirkte müde, um ihre Augen hatten sich kleine Falten eingegraben, doch das war die einzige Veränderung seit ihrer letzten Begegnung vor gut zwei Jahren, als ihr die Polin gewissermaßen das Leben gerettet hatte. Danach schrieben sie sich, aber Nele brachte ihre Briefe immer unregelmäßiger zur Post, so dass der Kontakt zwar nie ganz abbrach, aber auch nicht mehr so eng war wie zuvor. »Wie schön, dich wiederzusehen. Warum hast du mir keine Nachricht geschickt, dass du kommst?«

»Es blieb keine Zeit dafür«, erwiderte Zofia ernst. Sie blickte sich um. »Wollen wir uns nicht setzen? Ich bin den ganzen Weg vom Bahnhof in Locarno hierher gelaufen. Meine Füße tun mir furchtbar weh.«

Nele betrachtete die Schnürstiefel, die Zofia zu ihrem Reisekostüm trug. »Natürlich. Und dann ziehst du dir die Schuhe aus. Schau, ich trage auch keine.«

Zofias Augen weiteten sich. »Bist du wirklich eine Landarbeiterin? Ich wollte nur einen Scherz machen. Bezahlt dir dein Vater keine Apanage?«

»Doch, doch. Keine Sorge. Wir leben hier nur etwas unkonventioneller. Ich zeige dir nachher alles. Komm, setz dich und erzähl erst einmal von dir.«

Zu guter Letzt saßen sie noch am selben Tisch, als kupferrote Streifen am lavendelblauen Himmel den Sonnenuntergang ankündigten. Nele zündete eine Kerze an und holte ihnen aus der Küche eine Flasche Wein, nachdem sie den Nachmittag über nur lauwarmen Kräutertee getrunken hatten. Dann bestellte sie ein einfaches Mahl, das aus den weichen *Formaggini* bestand, die in Öl eingelegt mit Weißbrot gegessen wurden. Während sie den Käse aßen, redeten sie weiter. In den vergangenen Jahren hatte Nele manchmal geglaubt, die Zeit stünde still; nun erkannte sie, dass die Welt sich zwar durchaus weitergedreht, aber nicht unbedingt neue Erkenntnisse gebracht hatte.

Zofia berichtete von der Künstlergruppe Der blaue Reiter, die in Neles letztem Winter in München gegründet worden war. Es hatte inzwischen zahlreiche Ausstellungen gegeben, sogar in Berlin, aber das Publikum nahm die farbgewaltigen Bilder nicht an. Ein Almanach mit Werken von Kandinsky, August Macke, Franz Marc und den anderen war nur mit größter Mühe zustande gekommen.

»Aber jetzt ist alles kaputt«, stieß Zofia bitter hervor. »Marianne von Werefkin, Jawlensky, Kandinsky und einige andere sind nach Zürich emigriert. Macke, Marc und wie sie alle heißen wurden Soldaten. Die Künstlergemeinschaft ist zerbrochen.«

»Du hast mir noch immer nicht gesagt, warum du nach Ascona gekommen bist«, erinnerte Nele, als die Sterne am dunklen Himmel funkelten und sich die Mondsichel über den Dächern erhob.

»Es ist sehr unerfreulich.« Zofia trank einen ordentlichen Schluck Wein. »Weißt du, deine Landsleute haben mich weggejagt. Daran denke ich nicht gerne.«

Nele runzelte die Stirn. »Wer hat was getan?«

»Na ja, ich habe dir doch gesagt, dass Marianne von Werefkin und andere nach Zürich gegangen sind. Ich dachte indes, ich besuche mal meine alte Freundin. Das ist netter.«

»Das stimmt auch«, pflichtete Nele rasch bei.

»Nach Kriegsbeginn wurden alle Ausländer feindlicher Nationen aufgefordert, das Reich innerhalb von vierundzwanzig Stunden zu verlassen«, fuhr Zofia fort. »Ich bin russische Staatsbürgerin. Es interessiert niemanden, dass ich als Polin die Armee des Zaren als Feind betrachte, der meine Heimat besetzt hält. Nachdem am Stachus zwei Frauen von einer aufgebrachten Menge verprügelt wurden, weil sie Französisch sprachen, wusste ich, dass es höchste Zeit war, München zu verlassen. Meiner Sprache hört jeder an, dass ich aus dem Osten stamme. Das kann leicht zu Verwechslungen führen.«

Empört schüttelte Nele den Kopf, sagte aber nichts.

»Ich habe mich den Russen angeschlossen, die nach Zürich ausgewandert sind, aber ich fühlte hier drinnen«, Zofia drückte mit der Faust gegen ihre linke Brust, »dass ich zu dir reisen sollte. Es war eine gute Entscheidung.« Sie lächelte. »Du hast das Paradies gefunden. Wie viele Bilder hast du hier schon gemalt? Kannst du sie überhaupt noch zählen?«

Nele erschrak so sehr über die Frage, dass die Hand, die den Weinkrug hielt, schwankte. Rote Tropfen perlten über den Rand und auf ihr Hemd. »Ich … nein … ich … ich arbeite nicht mehr …« Ihre Worte verloren sich in einem unverständlichen Murmeln. Sie beschäftigte sich angelegentlich mit den Flecken, von denen sie wusste, dass sie nicht mehr herauszuwaschen waren.

Mit Konrad hatte sie offen über den Verlust ihres Talents sprechen können, mit Zofia war das deutlich schwieriger.

»Wie bitte?«, fuhr die Freundin prompt auf. »Du hast die

schönsten Motive direkt vor deiner Nase und hältst sie nicht fest? Das kann doch nicht wahr sein.«

»Ist es aber!«

Einen Moment schwiegen sie. Dann atmete Zofia tief durch – und wechselte scheinbar das Thema. Im Plauderton sprach sie von der Debschitz-Schule. Der Damenakademie, an der Nele studiert hatte, ging mal wieder das Geld aus. Es gab Diskussionen über staatliche Zuwendungen, den Ausbau der Keramikmanufaktur, die mit Arbeiten aus der Töpferwerkstatt recht erfolgreich war. Da Plakate inzwischen zu einem wichtigen Instrument der Propaganda geworden waren, hatten sich die Kurse ausgeweitet. Während Zofia überraschend neutral Bericht erstattete, griff plötzlich Wehmut nach Neles Seele. War es wirklich schon so lange her, dass sie Teil jener Gemeinschaft gewesen war? Ihr erschien es wie gestern. Zu spät erkannte sie, was Zofia bezweckte. Der Schmerz setzte sich in ihrem Innersten fest.

»Entschuldige«, schloss Zofia, »das ist natürlich nichts, was dich noch interessiert. Ich habe dich gelangweilt … Wie geht es deiner Familie, Nele?«

»Gut, gut. Nehme ich jedenfalls an. Ich habe ein Telegramm erhalten, dass in Hamburg alles zum Besten steht. Meine Großmutter, mein Vater und meine Schwestern scheinen durch den Kriegseintritt sehr beschäftigt zu sein.«

»Wollen sie nicht, dass du zu ihnen heimkehrst?«

»Vielleicht. Ja. Ich habe keine Ahnung. Im Moment besteht keine Notwendigkeit für eine Reise, oder? Ich muss mir keine Sorgen um meine Familie machen.« Sie lehnte sich zurück, streckte die Beine aus und kippelte undamenhaft mit dem Stuhl. In Wahrheit wollte sie an dem Ort bleiben, an dem sie mit Konrad glücklich geworden war. Hier würde sie auf ihn warten, denn hierher hatte er versprochen zurückzukommen.

»Hm«, machte Zofia und schwieg.

»Die Schweizer Behörden haben kurzfristig eine Sondersteuer für Ausländer eingeführt. Solange ich die bezahle, darf ich hier auf dem Monte Verità bleiben.« Nele setzte sich mit einem Ruck gerade hin. »Wenn du möchtest, kannst du bei mir einziehen. Aber dann musst du auch zu einer Landarbeiterin werden.«

Zofias Augen fixierten sie. Das Kerzenlicht spiegelte sich darin wider. Wie bei einer Hexe, dachte Nele belustigt.

Da sagte ihre Freundin: »Ich muss verrückt sein, doch ich bin einverstanden. Allerdings nur unter einer Bedingung: Du nimmst wieder Zeichenblock und Stift zur Hand, und wir malen gemeinsam wie früher – von mir aus auch auf einem Acker.«

Hamburg

12

Vor der Suppenküche stand ein alter Mann mit einer Drehorgel. Lavinia fragte sich zwar, von wem er sich an diesem Platz eine Spende erhoffte, aber sie war froh um ein bisschen Musik. Es war schrecklich stumpfsinnig, immer dieselben Bewegungen auszuführen, die armen Leute zu bedienen und sich dafür stundenlang in einem schlecht belüfteten Raum aufzuhalten. Natürlich war es anrührend zuzusehen, wie heißhungrig Männer, Frauen und Kinder die vermutlich einzige warme Mahlzeit am Tag schlürften. Aber wie gern würde sie endlich eine Pause machen, ein wenig frische Luft schnappen und etwas trinken. Doch die Schlange vor der Ausgabe wurde immer länger. Es war unmöglich, die Arbeit zu unterbrechen.

Die Frauenvereine hatten sich bei Kriegsbeginn zum Nationalen Frauendienst vereinigt, in dem die bürgerlichen Damen verstärkt karitative Aufgaben übernahmen. Lavinia hoffte, ihr soziales Engagement werde sich darauf beschränken, Blumengebinde in die Gewehrläufe der Soldaten zu stecken oder am Bahnhof Erfrischungen an die Truppe zu verteilen. Es war nett, mit den jungen Männern zusammen zu sein, die mit ansteckender Fröhlichkeit in Züge stiegen, auf die sie mit Kreide Sätze wie »Auf zum Preisschießen nach Paris« geschrieben hatten. Bei diesen Gelegenheiten fiel gar nicht so sehr auf, dass ihre Garderobenwahl inzwischen eingeschränkt war, da es als Verrat galt, französische Mode zu tragen – oder das, was danach aussah. Jedenfalls fühlte sich Lavinia wohl zwischen all jenen, die ins Feld zogen.

Anders verhielt es sich hier unter den Ärmsten. Wenn Lavinia geglaubt hatte, bei ihrem Besuch im Stadthaus damals alles gesehen zu haben, so irrte sie. Als Ellinor sie um Unterstützung in der Suppenküche bat, war sie sofort einverstanden. Das versprach, angenehmer zu werden als die Ausbildung zur Lazarettschwester, die Alice gerade im neuen Barmbeker Krankenhaus absolvierte. Ihre zynische, alkoholsüchtige, hinreißende Freundin wollte tatsächlich lernen, Verwundete zu versorgen. Lavinia war diese Hinwendung zum Krieg ein wenig überflüssig erschienen, denn alle Welt wusste doch, dass der Waffengang am Sedan-Tag vorüber sein würde. Inzwischen war dieser Feiertag zwar ergebnislos verstrichen, aber immerhin befand sich die Erste Armee nur noch siebzig Kilometer vor Paris; in Ostpreußen waren die Streitkräfte des Zaren empfindlich geschlagen worden, und die siegreiche Schlacht bei Tannenberg feierte man im ganzen Reich. Allerdings wurden die Listen in den Zeitungen mit den Namen von Gefallenen und Vermissten täglich länger.

Doch war das Schicksal dieser Unbekannten tatsächlich so viel schlimmer als das, was ihr hier begegnete? Die Menschen, die in der Suppenküche um etwas Essbares flehten, waren ihrer Ansicht nach schon halb tot. Unter ihnen unzählige Männer, die nicht im Feld standen und ihre Arbeit verloren hatten, weil die Wirtschaft in der Hansestadt praktisch seit dem ersten Kriegstag lahmte. Die zivile Schifffahrt, Herz und Seele Hamburgs, war eingestellt. Daraus ergaben sich weitere Geschäftsschließungen, das leuchtete Lavinia ein, Entlassungen und Lohnkürzungen waren an der Tagesordnung. Hinzu kamen die Familien, in denen der Ernährer fehlte: Ellinor hatte ihr erklärt, dass die staatliche Kriegsunterstützung für viele Frauen und Kinder kaum zum Überleben reichte, während der Ehemann und Vater an der Front kämpfte. Gestiegene Lebensmittelpreise und Mieten taten ein Übriges. Aus einem Artikel des *Hamburger Echo*, den ihr Ellinor zu lesen gab, wusste Lavinia, dass bereits in etlichen ärmeren Stadtteilen Hunger und Not herrschten.

Da sprachen die Wochenschauberichte über die Front, die sie gelegentlich mit Alice im Lichtspielhaus sah, eine andere Sprache. Wohlgenährte Soldaten in feldgrauen Uniformen auf siegreichen Pfaden. Diesen ging es gewiss besser als den Daheimgebliebenen. Und deshalb trug sie, Lavinia, ein viel schwereres Los als etwa Konrad, dessen Einheit irgendwo in Belgien unterwegs war. Wobei sich sein Dienst am Vaterland als ausgesprochen nützlich für sie erwies: Lavinia erfuhr als Offiziersgattin eine deutlich höhere gesellschaftliche Akzeptanz als etwa Alice, eine ungebundene Frau. Vielleicht war die Freundin deshalb so versessen darauf, Krankenschwester zu werden. Sie diskutierten nicht darüber – und das war vermutlich auch besser.

Mit zusammengebissenen Zähnen nahm Lavinia der Helferin neben sich die nächste Schüssel ab. Sie reichte sie einer Frau, die so verwahrlost wirkte, dass Lavinia weder ihr Alter noch ihre eigentliche Haarfarbe zu schätzen vermochte. Rasch wandte sie sich ab, um die nächste Portion entgegenzunehmen.

»Gnädiges Fräulein …«, die Stimme klang heiser und brüchig.

Die hinter der Frau wartenden Arbeits- und Obdachlosen scharrten mit den Füßen, Gemurmel erhob sich.

Ellinor hatte Lavinia eingeschärft, geduldig mit den Leuten umzugehen. Daher zwang sie sich zur Ruhe. Freundlich forderte sie die Frau auf: »Gehen Sie weiter. Es gibt nur einen Schlag Suppe pro Person. Der Nächste, bitte.«

Die andere rührte sich nicht. »Fräulein Dornhain … Sie sind es doch … Kennen Sie mich nicht mehr …?«

Lavinia brachte es nicht über sich, in dieses faltige, schmutzige Gesicht zu blicken. Von den Lumpen der Frau stieg der Gestank von Schweiß, Urin und Verzweiflung auf. In den wirren Haaren tummelten sich gewiss Läuse.

Die Wartenden in ihrem Rücken protestierten.

»Nun gehen Sie schon!« Lavinia konnte nicht verhindern, dass sie laut wurde. »Ich kenne Sie nicht.« Ihr wurde flau im Magen, weil sie beim Sprechen unbeabsichtigt die Ausdünstungen der Frau eingeatmet hatte. Mit größter Selbstbeherrschung unterdrückte sie ein Aufstoßen.

»Aber Sie müssen mich erkennen …«, krakelte die Bockige, bevor sie von zwei Männern zur Seite gedrängt wurde. Sie konnte gerade noch die Suppenschüssel mit beiden Händen festhalten, so dass nichts von dem kostbaren Essen überschwappte.

Es folgte empörtes Geschrei, das in der Schlange ein Echo fand. Im nächsten Moment eilten einige Damen herbei, um den Tumult zu beruhigen.

Vielleicht war es Einbildung, als Lavinia plötzlich zu hören glaubte: »Ich bin es doch – Meta!« Die Frau selbst hatte sie aus den Augen verloren.

Schließlich ging die Essensausgabe geordnet weiter. Die Melodie des Drehorgelspielers drang wieder deutlich zu Lavinia durch. Sie erkannte das Lied – ein Schlager aus der Operette »Wie einst im Mai«. Nur der Text war ein anderer als der, den sie einst lachend mitgesungen hatte:

Die Russen sind alle Verbrecher,
ihr Herz ist ein finsteres Loch.
Die Franzosen sind auch nicht viel besser.
Aber Dresche, aber Dresche kriegen sie doch.

Müde folgte Lavinia den immer selben Bewegungen, nahm Suppentassen entgegen und reichte sie an Bedürftige weiter, während der Leierkastenmann für Stimmung sorgte. Der Name der bedauernswerten Frau hallte in ihrem Kopf nach. Aber gewiss hatte die zerlumpte Person nichts mit der Meta zu tun, an die sie sich erinnerte.

13

»Ich weiß nicht, ob es zur patriotischen Pflicht gehört, die horrenden Preise ohne Murren zu bezahlen!« Ida war in Rage, als sie von der wöchentlichen Haushaltsbesprechung mit Charlotte Dornhain zurück ins Souterrain stapfte. Sie presste das Gesellschaftsbuch der Hausherrin, in dem alle Menüs vermerkt wurden, an ihren breiten Busen. Auf ihrem Weg in die Küche traf sie die beiden Hausmädchen vor dem Schrank für die Tischwäsche an.

Frieda und Klara waren damit beschäftigt, Tafel- und Platzdecken sowie Servietten nach hartnäckigen Flecken zu untersuchen, die beim Waschen nicht herausgingen. Sie wurden ebenso aussortiert wie Linnen mit fadenscheinigen Stellen oder ausfransenden Kanten. Bis zu diesem Sommer waren die fehlerhaften Stücke der Nähfrau gegeben worden, und niemand fragte danach, wie sie den Stoff verwertete. Seit Kriegsbeginn wurden die Tücher in den Krankenhäusern gesammelt, um aus dem, was man früher *die Visitenkarte eines Hauses* genannt hatte, Verbandsmaterial zu machen.

»Die gnädige Frau ist auch schon ganz fuchsig, wenn ich das mal so sagen darf«, wetterte Ida, offenbar froh, ein Publikum für ihren Wutausbruch gefunden zu haben. »In sechs Wochen ist Heiligabend. Wenn das so weitergeht mit den Lieferanten und denen ihren Preisen, weiß ich nicht, ob ich den Herrschaften ein ordentliches Weihnachtsessen zubereiten kann.«

»Ach, Ida«, seufzte Frieda. Sie drückte Klara einen Stapel Servietten in den Arm, stemmte die Hände in die Seiten und belehrte die Köchin: »Ich bin sicher, du wirst es zum Besten richten. Bisher hatten die Herrschaften nie etwas an deinen Gerichten auszusetzen. Und ich habe auch noch nicht gehört, dass irgendwer in Harvestehude Hunger leiden müsste.«

»Gott bewahre!«

»Dann rede auch nicht so viel dummes Zeug. Andernfalls kommt sonst wer auf dumme Gedanken. Stell dir vor, die Lieferanten gewährten diesem Haus keinen Kredit mehr!«

»Warum sollten sie das tun?«

»Falls es Gerüchte gibt, dass Not herrscht. Beklag dich also besser nicht über die Preise.«

Ida schnappte nach Luft. »Wie kommst du eigentlich dazu, so mit mir zu reden?«

Köchin und erstes Hausmädchen stritten sich noch eine ganze Weile. Klara hörte nicht hin, beschäftigte sich mit dem Leinenzeug und dachte darüber nach, ob es nicht an der Zeit war, dieses Haus zu verlassen. Nicht, dass sie es sich hätte leisten können, auf eine geregelte und gut bezahlte Arbeit zu verzichten. Aber seit Kriegsbeginn gab es viele Möglichkeiten für junge Mädchen, etwas aus sich zu machen. Während die Arbeitslosigkeit unter den Männern stieg, übernahmen immer mehr Frauen Verantwortung, etwa als Schaffnerinnen. Manchmal überlegte Klara auch, dass es ungerecht war, sich in der selbst für das Personal relativ behaglichen Villa am Alsterufer zu wissen, während Gabriel mit

Millionen anderen das Vaterland zu verteidigen suchte. Selbst Richter, der in Klaras Augen viel zu alt für das Militär war, wurde vom Kriegsministerium als Fahrer an die Front geschickt. Der Audi Phaeton stand seither in der Garage im alten Stallgebäude. Sollte sie nicht ebenfalls etwas Sinnvolles tun?

»… und ich weiß beim besten Willen nicht, wie ich den richtigen Weichkäse bestellen soll, ohne diesen *Camembert* zu nennen«, fauchte Ida.

»Dann bist du eben keine Patriotin!«

»Du musstest dir ja auch nicht anhören, was der gnädige Herr sagte, als er statt des Franzosen einen Harzer auf dem Teller hatte.«

»Natürlich. Ich habe Herrn Dornhain die Käseplatte serviert …«

»Was ist denn hier los?«

Die beiden streitenden Frauen verstummten unverzüglich.

Obwohl sie sich nicht an der Auseinandersetzung beteiligt hatte, fühlte sich Klara ertappt, als könnte Ellinor Dornhain ihre Gedanken lesen. Vielleicht fände sie ja mit einem eindringlichen Blick heraus, dass Klara eine Kündigung erwog. Tatsächlich sah die älteste Tochter des Hausherrn im Moment eher ratlos als wissend aus.

Das gnädige Fräulein stand auf der untersten Stufe der Dienstbotentreppe, die sie unbemerkt heruntergestiegen war. »Mein Vater möchte gewiss nicht, dass in diesem Haus Krieg geführt wird«, versetzte sie streng. »An diese Regel sollte sich jeder halten.«

»Selbstverständlich, gnädiges Fräulein.« Frieda schlug die Augen nieder.

Die Köchin nickte und schickte sich an, den Schauplatz zu verlassen. »Wenn Sie mich nicht mehr brauchen, gnädiges Fräulein, gehe ich wieder an meine Arbeit.«

»Mit Ihnen wollte ich reden, Ida. Es geht um die Reste. Das Essen, das übrig bleibt, oder Lebensmittel, die Sie, warum auch immer, nicht verwerten. Könnte ich davon etwas für die Suppenküche des Frauendienstes verwenden?«

Ida wiegte nachdenklich den Kopf. »Das wird schwierig sein, weil ich immer gut wirtschafte. Darauf achtet Ihre Frau Großmutter nämlich sehr. Aber lassen Sie uns darüber nachdenken, was wir tun können, gnädiges Fräulein. Wenn Sie bitte in meine Küche kommen wollen, dort überlegt es sich besser.«

»Gehen Sie nur schon vor, ich komme gleich.« Mit einem Lächeln wandte sich Ellinor Dornhain an Klara: »Hast du etwas von Gabriel Rosenberg gehört? Wie geht es ihm?«

Unwillkürlich errötete Klara. Die unerwartete freundliche Aufmerksamkeit der ältesten Tochter des Hauses verwirrte sie. Meistens benahm sich gerade Ellinor Dornhain ausgesprochen distanziert gegenüber dem Personal. Die Frage nach Gabriel erwartete sie eher von Victor Dornhain höchstselbst, der sich als einziges Familienmitglied flüchtig für ihre Verlobung interessiert hatte. Gerechterweise musste sie sich allerdings eingestehen, dass der Kriegsbeginn vieles veränderte. Dinge, die zuvor bedeutsam waren, wurden plötzlich unwichtig.

»Ich habe seit drei Wochen keine Post mehr von ihm bekommen«, erwiderte Klara und fügte eifrig hinzu: »Das ist aber bestimmt kein schlechtes Zeichen. In Ostpreußen hat die Armee ziemlich viel zu tun. Das stimmt doch, nicht wahr? General von Hindenburg und General von Ludendorff führen die Truppen von einer siegreichen Schlacht zur nächsten.« Zustimmung heischend sah sie zu Ellinor auf.

»Du kannst stolz auf deinen Verlobten sein. Ich bin sicher, Gabriel Rosenberg ist ein tapferer Soldat.«

Klara knickste. »Danke, gnädiges Fräulein.«

Neben ihr verdrehte Frieda die Augen.

Als Ellinor längst mit Ida in der Küche verschwunden war, sagte das erste Hausmädchen: »Du brauchst dich gar nicht so in den Vordergrund zu drängen, weil du einen Mann abgekriegt hast. Ich habe jetzt auch jemanden da draußen, dem ich schreibe.«

»Wie schön.« Klara meinte das ehrlich, auch wenn sie ein wenig flapsig klang.

Es hatte einen Aufruf an alle ungebundenen Frauen gegeben, Brieffreundschaften mit Soldaten einzugehen, die ohne eine enge Verbindung nach Hause waren. Natürlich war es löblich, dass Frieda sich gemeldet hatte. Wahrscheinlich hätte sie selbst so gehandelt, wenn sie nicht zu Gabriel gehören würde. Sie schrieb ihm jeden Tag. Seit drei Wochen war sie jedoch ohne Antwort. Zum ersten Mal seit so langer Zeit. Zuvor schrieb er unregelmäßig, aber doch mindestens jede Woche einmal. Einundzwanzig Tage waren nun verstrichen, und Klaras Sorge um Gabriel wuchs mit jeder Stunde.

Ascona

14

Seit ein paar Wochen zeichnete Nele. Sie tat es eigentlich mehr, um Zofia einen Gefallen zu erweisen, als aus eigenem Antrieb. Es fühlte sich merkwürdig an, wieder Stift oder Kohle in der Hand zu halten. Anfangs war es ihr vorgekommen, als würde sie sich die Finger verbrennen. Inzwischen hatte sie zu ihrer alten Sicherheit im Umgang mit dem Handwerkszeug zurückgefunden. Die Leidenschaft dafür ließ dennoch auf sich warten. Vermutlich, weil sie annahm, durch die lange Pause den Anschluss an die aktuelle Kunstrichtung verloren zu haben.

An einem Tag Ende November musste sie allerdings über sich selbst schmunzeln: Sie wandte eine Technik an, mit der schon in der Renaissance Porträts erstellt wurden. Die Skizze auf ihrem Block entsprach einem detailgetreuen Abbild ihres Gesichts, fast wie bei einer Fotografie. Sie hatte einen Handspiegel gegen einen Stapel Bücher gelehnt, um auf diese Weise am Tisch sitzen und gleichzeitig immer wieder einen Blick auf ihr »Modell« werfen zu können. Die Mittagssonne ließ zu, dass sie – in eine Decke gehüllt – im Freien arbeitete. Das führte zu Reflexionen, die sie anfangs als modernistisches Detail übernehmen wollte, sie unterließ es aber nach reiflicher Überlegung.

Konrad hatte sie in einer seiner seltenen Karten, die sie von ihm erreichten, um ein Bild gebeten. Konnte er wissen, dass sie keinen Fotografen damit beauftragen würde? Vielleicht rechnete er damit, weil er ausdrücklich *Bild* und nicht *Fotografie* geschrieben hatte. Möglicherweise war es aber auch nur eine sprachliche Ungenauigkeit.

Sie schraffierte ihre Wangen und wunderte sich nach einem Blick in den Spiegel, wie schmal die waren. Sie meinte, genug zu essen, obwohl die Lebensmittelversorgung in der Schweiz zu erheblichen Problemen führte. Wie die anderen Naturkundler konnte sie sich zwar vor allem mit Gemüse und Obst selbst versorgen, aber Brot musste sie beim Bäcker kaufen – und das war inzwischen knapp.

Konzentriert setzte sie ihre Arbeit fort. Als sie Schritte hinter sich hörte, drehte sie sich nicht um.

»Du solltest ins Haus gehen, bevor du dich erkältest«, rief ihr Zofia zu.

Versunken in ihr Porträt antwortete Nele: »Die Sonne ist so schön warm.«

Sie spürte die Anwesenheit ihrer Freundin und Mitbewohnerin im Rücken. Zofia störte nicht. Es irritierte sie nicht einmal der kritische Blick, mit dem die andere wahrscheinlich ihr Werk musterte.

Nach einer Weile meinte Zofia tatsächlich: »Ist dein Stil nicht ein wenig altmodisch?«

»Das ist einerlei. Er erfüllt seinen Zweck.«

»Hm. Tja. Dann …« Zofias Achselzucken war förmlich hörbar. »Ich gehe mal eben rüber zum Hotel. Vielleicht ist etwas für uns abgegeben worden. Ich warte auf ein Paket aus Zürich mit Farben.«

Endlich sah Nele über ihre Schulter. Sie zwinkerte Zofia zu. »Meine Zeichnung mag altmodisch sein, aber dir würde weniger Modernität auch guttun. Wenn du deine Farben selbst anrührst, so wie unsere künstlerischen Vorfahren in der Renaissance, bräuchtest du nicht auf die Spenden alter Freunde zu warten.«

Zofia hauchte ihr einen Kuss auf den Scheitel. »Mäzene waren schon immer äußerst beliebt in der Welt der Künstler und werden es auch bleiben. Bis nachher, Rosalba.«

»Wer?«

»Rosalba Carriera, berühmteste Porträtmalerin des achtzehnten Jahrhunderts, inzwischen fast völlig vergessen. Ich kenne sie, weil der damalige König von Polen, bekanntlich auch Kurfürst von Sachsen, ihre Werke sammelte. Wenn schon antiquiert, versuch es doch mal mit Miniaturen, Schätzchen, die bringen bestimmt auch heute noch Geld.«

Lächelnd schüttelte Nele den Kopf. Dann wandte sie sich wieder ihrem Spiegelbild zu.

Welcher Ausdruck lag wohl in ihren Augen, als sie in Konrads Blick eintauchten? Sie sollte eigentlich versuchen, die Liebe, die sie für ihn empfand, in ihrem Antlitz festzuhalten. Im Spiegel überwog jedoch die Sorge um sein Wohl. Die Nachrichten von den Kriegsschauplätzen in Flandern, Lothringen, dem Elsass oder in Ostpreußen waren beunruhigend. Jeder wusste inzwischen, dass der Waffengang kein kurzes Abenteuer mehr sein würde, sondern ein grausames Erlebnis.

Noch einmal schüttelte sie den Kopf. Doch das Lächeln war aus ihrem Gesicht verschwunden.

Als Zofia in Begleitung von Louis Meyerink zurück in Neles Garten kam, war sie nicht viel weitergekommen.

Die Gedanken an den Krieg, der einerseits so fern von ihrem Leben auf dem Monte Verità war und andererseits zumindest in ihrem Herzen ständig präsent, diese beunruhigenden Gedanken lenkten sie ab. Statt zwischen ihrem Spiegelbild und der Skizze hin- und herzufliegen, wanderten ihre Augen über die spätherbstliche Landschaft. Über Bäume, die ihr Laub zu goldenen Haufen abgeworfen hatten, rote Ziegeldächer, aus deren Schornsteinen sich Rauch in den kobaltblauen Himmel kringelte, bis hinunter zum See, der um diese Jahreszeit still und tiefdunkelgrün zwischen den Bergen lag, an deren Hänge die Sonne lange Schatten malte. Die Einheimischen behaupteten, im nördlichen Arm des Lago Maggiore schimmere das Wasser immer in smaragdenen Tönen, im Süden sei es dagegen blau. Nele hatte das nie überprüft.

Louis schleppte ein ziemlich großes Paket. Offensichtlich hatte Zofia bei den Freunden in Zürich nicht nur um ein paar Farben gebettelt.

»Stell die Sendung bitte hier ab«, Zofia deutete auf den freien Stuhl neben Nele. »Dann kann ich mich gleich zu unserer Porträtistin gesellen, auspacken und ihr zeigen, was man für ein anständiges expressionistisches Gemälde braucht.«

Nachdem Louis getan, worum sie gebeten hatte, wischte er sich mit dem Handrücken demonstrativ über die Stirn. »Meine Güte, Zofia, was hast du dir da schicken lassen? Steine?«

Sie verdrehte die Augen. »Nein. Keine Steine. Die schönsten haben wir im Maggia-Tal. Ich denke, bei den Farben befinden sich auch Leinwand und … ein paar Holzblöcke.«

»Holz?«, wiederholte Louis verblüfft.

Nele antwortete statt ihrer Freundin: »Natürlich. Leinwand wird auf einen Holzrahmen aufgezogen.«

»Also, das ist doch …«

Zofia unterbrach rasch Louis' Protest, indem sie mit einem Kuvert in der Luft herumwedelte: »Für dich ist ein Brief gekommen, Nele. Der Absender ist das Internationale Rote Kreuz in Genf. Was wollen die von dir?«

Unwillkürlich umklammerte sie den Stift in ihrer Hand, als wäre er der Stock ihres Vaters, der sie stützte. Ob es sich um eine Absage handelte?

Sie hatte niemandem von ihrer Bewerbung bei der Hilfsorganisation erzählt. Nicht einmal Zofia. Die Angst, nicht befähigt zu sein, war zu groß. Da sie schon vor Wochen nach Genf geschrieben hatte, war inzwischen die Hoffnung erloschen, überhaupt eine Antwort zu erhalten, geschweige denn eine Zusage. Warum sollte man ihr auch in der Registratur der Internationalen Zentralstelle für Kriegsgefangene Arbeit geben? Sie besaß keine Vorkenntnisse als Sekretärin, sprach nur ein paar Sprachen. Nachdem sie das Stellengesuch abgeschickt hatte, waren ihr bereits ernste Zweifel am Erfolg gekommen.

Angesichts der beklemmenden Nachrichten von der Front, die in den Schweizer Zeitungen in einem durchaus distanzierteren Ton vermeldet wurden als in der deutschen Presse, hatte Nele beschlossen, nicht mehr untätig im Paradies auszuharren. Natürlich bestand immer die Möglichkeit, nach Hause zu fahren. Doch sie befürchtete, in Hamburg in demselben Kokon aus Behaglichkeit eingebettet zu sein wie in Ascona. Wenn es ihr gelänge, Lavinia wieder in die Augen zu schauen, würde sie wahrscheinlich ebenso wie ihre Schwestern in der Suppenküche des Nationalen Frauendienstes aushelfen. Aber war das genug, um ihren neu erwachten Tatendrang zu befriedigen? Nele hatte sich dagegen entschieden und eine Briefmarke auf ihre Bewerbung an das Rote Kreuz geklebt.

Louis legte ihr die Hand auf die Schulter. »Hoffentlich keine traurigen Nachrichten.«

»Nein. Das Rote Kreuz würde an seine Ehefrau schreiben.« Ihre Stimme klang ungewollt bitter. Sie legte den Stift ab und erhob sich, um Zofia den Umschlag aus der Hand zu nehmen.

Die Indiskretion ihrer Freunde wäre an jedem anderen Ort unpassend gewesen, auf dem Monte Verità waren sie jedoch eine große Familie mit nur kleinen Geheimnissen. Deshalb wunderte sie sich nicht, dass beide neben ihr ausharrten, als sie den Brief aufriss. Vielleicht war es ganz gut, wenn sie auf diese Weise unverzüglich Trost bei ihnen finden könnte.

»Es ist die Antwort auf ein Stellengesuch«, fügte sie an Louis gewandt so lapidar wie möglich hinzu.

»Was? Du willst Lazarettschwester werden? Das geht niemals!«

»Natürlich nicht«, Nele hob kurz ihren Blick von den ersten Zeilen, in denen man sich für ihr Schreiben bedankte. »Mit meiner Krankengeschichte komme ich dafür natürlich nicht infrage. Schwindsüchtige nehmen sie beim Roten Kreuz nicht, weil die Gefahr eines neuerlichen Ausbruchs der Tuberkulose ein Leben lang bestehen bleibt ...« Ihre Stimme verlor sich, als sie weiter den Text der Nachricht verfolgte.

»Jesus, Maria, dieses ganze Blut ist auch schrecklich für die sensible Seele einer Künstlerin«, meinte Zofia und begann, an der Paketschnur ihrer Sendung zu zerren. »Hat jemand ein Messer oder eine Schere?«

Nele hörte kaum hin. Sie las den Brief einmal, dann noch einmal. Auch beim dritten Überfliegen blieben die Worte dieselben.

Sie war angenommen! Als ehrenamtliche Mitarbeiterin. Man versicherte ihr, dass die fehlende Bezahlung nichts mit ihrer Qualifikation zu tun hatte, weil fast alle Männer und Frauen als

Freiwillige für die Zentralstelle für Kriegsgefangene arbeiteten. Aber Geld spielte keine Rolle. Ihr Vater sorgte gut für sie. Ihr Lohn sollte sein, dass sie etwas Sinnvolles tun durfte, während Europa jenseits der Grenzen des Deutschen Reiches und Österreich-Ungarns in Flammen aufging.

»Anscheinend sind es gute Nachrichten«, stellte Louis fest. »Unsere Nele leuchtet … Was hast du mit dem Roten Kreuz zu schaffen, wenn du keine Lazarettschwester werden kannst?«

Endlich sah sie von dem Brief auf. »Ich habe mich um eine Tätigkeit in der Verwaltung beworben. Es ist schon eine Weile her, und ich dachte, sie nehmen mich nicht. Aber seht nur: Ich werde in der Registratur eingestellt!«

Zofia und Louis blickten einander fragend an. »Registratur?«, echoten beide wie aus einem Munde.

»Ja. Genau. Das Rote Kreuz hat gleich nach Kriegsbeginn eine Internationale Zentralstelle für Kriegsgefangene in Genf eingerichtet. Wenn ich es recht verstanden habe, werden dort Karteikarten mit den Namen und Lebensdaten von vermissten Soldaten angelegt. Diese werden mit Listen verglichen, welche die Kriegsministerien der jeweiligen Länder über ihre Gefangenen herausgeben. Über diesen Suchdienst können Angehörige ihre Väter, Brüder, Männer oder Söhne finden. Der nächste Schritt ist, dass die Organisation für einen zuverlässigen Postverkehr zwischen den Gefangenen und ihren Familien sorgt. Es ist eine sehr wichtige Aufgabe, wisst ihr. Ich habe in der Zeitung darüber gelesen und dachte, das wäre etwas für mich. Es ist mir eine Herzensangelegenheit, das Los der Soldaten in irgendeiner Weise zu verbessern.« Nach dem rasch hervorgestoßenen Monolog war sie so atemlos wie nach einem schnellen Lauf.

Zofia fuhr sich hektisch mit den Fingern durch das Haar, nestelte nervös an ihrer dicken Strickjacke. Schließlich brach aus ihr heraus: »Du willst deswegen fort von hier?«

»Ja«, erwiderte Nele. Plötzlich meldeten sich Schuldgefühle, weil sie die Freundin nicht in ihre Pläne einbezogen hatte. Betreten senkte sie die Lider.

»Wann wirst du fahren?«

»Sobald ich gepackt habe.«

»Aber Genf ist viel zu weit und zu kalt«, brauste Zofia auf. »Die Reise ist sehr anstrengend um diese Jahreszeit. Warte noch ein wenig. Du wirst wieder krank werden, bevor du etwas Gutes tun kannst.«

»Mach dir bitte keine Sorgen. Das wird nicht geschehen«, beteuerte Nele. Sie legte den Arm um Zofia. »Es ist nicht so, dass ich gerne Abschied vom Berg nehme. Ich hatte hier eine gute Zeit, ich bin gesund geworden, habe zu mir gefunden. Doch nun ist eine neue Zeit angebrochen. Dir überlasse ich den Turm. Du kannst von mir aus so lange dort wohnen bleiben, wie du möchtest. Ich aber will mich meiner Pflicht nicht entziehen.«

»Oha«, kommentierte Louis trocken.

»Jeder Mann da draußen könnte Konrad sein, einerlei, welche Uniform er letztlich trägt«, fügte Nele leise hinzu. »Vielleicht benötigt auch er einmal Hilfe – und dann ist da eine fremde Frau, die sich für ihn einsetzt. Wenn ich nur für einen Soldaten etwas bewirken kann, tue ich damit indirekt auch etwas für Konrad.«

Einen Moment herrschte Stille.

Schließlich warf Zofia ihre Arme um Nele und drückte sie an sich. »Willst du wirklich auf dem schnellsten Weg nach Genf fahren? Bleib doch wenigstens noch über Weihnachten und Neujahr. Du willst die Festtage doch nicht alleine in einem Pensionszimmer in einer fremden Stadt verbringen.«

»Das wird schon nicht so schlimm sein.« Nele löste sich vorsichtig aus Zofias Umarmung. »Außerdem … Konrad ist doch auch alleine in irgendeinem Schützengraben in Flandern.«

Louis seufzte. »Du bist die bezauberndste Heilige, die ich je gesehen habe, Helene Dornhain. Eine Dame, schön, kultiviert, begabt, nicht nur als Künstlerin, sondern auch als Gärtnerin. Diese Mischung ist es, die dich zu einer Ausnahmeerscheinung macht. Der Narr ist ein Glückspilz, aber das sagte ich schon, nicht wahr? Ich werde dafür beten, dass er diesen Wahnsinn überlebt und deine Träume in Erfüllung gehen.« Er wandte sich rasch ab.

Aber Nele war sicher, in dem Geäst der Lachfältchen in seinem Augenwinkel eine Träne entdeckt zu haben.

Hamburg

15

Vor dem Krieg waren selbst die kleinsten Gesellschaften lustiger gewesen als die Feier zum bevorstehenden Jahreswechsel, stellte Lavinia fest.

Mit einer Mischung aus Enttäuschung und Langeweile beobachtete sie ihre Großmutter und Lucia Schulte-Stollberg, die gegen Ellinor und ihren Vater eine Partie Whist spielten. Da das Kartenspiel auf vier Personen angelegt war, verzichtete Lavinia freimütig zugunsten des Gastes. Charlotte hatte ihre Freundin zum Dinner und zu einem Silvesterumtrunk eingeladen, was dem in gedrückter Atmosphäre verlaufenden Abend zusätzlich eine äußerst altbackene Stimmung verlieh.

Auch Lavinia hatte ihre Freundin hergebeten, doch Alice zog ihren Nachtdienst vor. Da das Barmbeker Krankenhaus Reservelazarett war, pflegte sie dort Verwundete. Wenigstens war sie nach der Ausbildung nicht an die Front versetzt worden. Das kam Lavinias Wunsch nach ihrer Nähe entgegen, auch wenn Alice kaum Zeit für gemeinsame Unternehmungen zu finden schien. Manchmal fragte sich Lavinia, ob sich Alice ihrem Zusammensein entziehen wollte. Dann keimte Eifersucht in ihr auf. Aber genau genommen kannte sie nicht einmal Alice' Arbeitszeiten in der Klinik. Wenn sie dann von schweren Schlachten in Ostpreußen oder Polen, Belgien oder Frankreich hörte, zog sie in Betracht, dass die angebetete Baronin doch mehr zu tun hatte, als Lavinia sich vorzustellen vermochte.

»*Quatre honneurs*!«, verkündete Lucia Schulte-Stollberg. »Charlottchen, wir können unserem Konto vier Punkte gutschrei…« Mit einem erschrockenen Seufzer unterbrach sie sich. »Oh, wie peinlich! Die Sprache des Feindes. Ich weiß aber beim besten Willen nicht, wie man die Punkte der Trumpfkarten auf Deutsch nennt. Ich meine, so ist die Sprache des Spiels.«

»Wir belassen es vielleicht bei einem einfachen Hinweis auf die Punktezahl«, schlug Victor Dornhain vor. »Das dürfte unserem Patriotismus besser bekommen, denke ich.«

Charlotte Dornhain lachte heiser. »Ehrlich gesagt, ich finde es ermüdend, mir bei jedem Wort überlegen zu müssen, ob es aus einer Fremdsprache entlehnt ist. Wir Deutschen führten in der Geschichte so oft Krieg gegen Frankreich, und trotzdem ist Französisch die vornehmste Sprache geblieben.«

»Mutter, das darfst du nicht sagen.«

»Papperlapapp! Diesem Wiener Dialekt, der neuerdings so modern ist, kann ich nichts abgewinnen. Man versteht ihn ja kaum.«

»Bravo!«, stimmte Lucia Schulte-Stollberg erwartungsgemäß zu.

»Wollen wir nicht lieber weiterspielen?«, fragte Ellinor sanft, aber bestimmt. »Ich habe die vier Punkte notiert. Jetzt müssen wir aufholen, Vater.«

Was für ein Wettkampf! Lavinia stöhnte innerlich.

Sie stand an den zweiflügeligen Terrassentüren des Salons und blickte in die schwarze Nacht. Sonst waren am Silvesterabend die Uferwege der Alster von Fackeln erleuchtet, und ein Feuerwerk wurde über dem Wasser abgebrannt. Heute jedoch schien es dunkler als in allen anderen Nächten des Jahres zu sein. Die Stadtverwaltung hatte aus Respekt vor den Soldaten an der Front ein »stilles Silvester« angeordnet. Deshalb gab es keine Pyrotechnik, nicht einmal Konfetti, Papierschlangen und Knallbonbons, auch keine Musik. Selbst ein geselliges lautes Zuprosten war in den Lokalen verboten. Und obwohl er sich in seinen eigenen vier Wänden befand, hatte ihr Vater für die Villa dieselben Regeln erlassen wie der Senat für die öffentlichen Plätze.

Ob es im Alsterpavillon oder im Uhlenhorster Fährhaus ausgelassener zuging? Eigentlich bedauerte Lavinia nicht, zu Hause geblieben zu sein. Die Brüder ihrer alten Freundinnen, mit denen sie sich früher vergnügt hatte, waren alle eingezogen worden. Über die Feiertage hatten die armen Teufel nicht einmal heimkommen dürfen. Es hieß, dass alle Urlaubsgesuche für diese Zeit gestrichen wurden. Man sah kaum noch junge Männer im Stadtbild.

Und die Frau, mit der sie am liebsten auf das Jahr neunzehnhundertfünfzehn anstoßen würde, hatte ihre Einladung ausgeschlagen. Feierte Alice im Krankenhaus mit den Patienten? Lavinia wusste nichts über die Arbeit ihrer Freundin, denn sie redeten niemals darüber.

Wie es wohl Nele an ihrer neuen Wirkungsstätte erging?, dachte sie plötzlich. In Genf konnte sie kaum einsamer sein, als sich Livi gerade im Kreis der Familie fühlte. Wie viel Tatkraft die Ältere trotz ihrer schweren Erkrankung doch zeigte. Lavinia würde es nicht einen Tag ohne einen vertrauten Menschen aushalten. Ihr Exil auf Sylt war damals auch nur durch Metas Anwesenheit erträglich gewesen.

Zum ersten Mal in ihrem Leben begann sich Lavinia Gedanken darüber zu machen, wie das Personal den Silvesterabend beging. Sie hatte nicht die geringste Ahnung, was Ida, Frieda oder Klara im Souterrain trieben. Flüchtig fiel ihr Frau Brinkmann ein, Konrads Haushälterin, die sich um die Reihenvilla in der St. Benedictstraße kümmerte, bis er zurückkehrte – und seine Gemahlin.

Unwillkürlich fragte sich Lavinia, wie es sein mochte, die Festtage an der Front zu verbringen. Im nächsten Moment fürchtete sie, die Monotonie dieses Silvesters werde in Verzweiflung ausarten, wenn sie jetzt weiter an ihren Ehemann dachte. Er war so sehr ein vorbildlicher Mensch, dass es sie anödete. Natürlich verschaffte er ihr die Reputation einer Offiziersgattin. Aber irgendwie verstand sie Christian Schulte-Stollberg besser, der sich vor dem Kriegsdienst gedrückt hatte. Nicht offiziell natürlich. Es hieß, er sei kurzsichtig und würde sowieso nicht treffen, wenn er versuchen wollte, auf einen Franzosen, Engländer oder Russen zu schießen. Deshalb war er ins Kaiserliche Wirtschaftsministerium nach Berlin abkommandiert worden. Wie sie ihn um den Aufenthalt in der Metropole beneidete! Dort gab es zwar heute vermutlich auch keine richtigen Bälle, aber etwas Abwechslung bot sich bestimmt.

Was war unschicklicher? Inflagranti mit einer anderen Frau erwischt zu werden oder Neujahr mit der Dienerschaft zu feiern? Lavinia beschloss, ihren Verfehlungen eine weitere hinzuzufügen. Sie würde einen Blick in die Küche werfen. Selbst ihre Großmutter konnte ihr nicht verwehren, dort nach dem Rechten zu sehen. Das war natürlich nur ein Vorwand, denn sie hoffte, bei der Köchin und den Hausmädchen ein bisschen Zerstreuung zu finden.

»Entschuldigt mich bitte«, flötete sie, als sie am Spieltisch vorbeirauschte. »Ich bin gleich wieder da.« Hoffentlich stellte sich das als Lüge heraus, und im Untergeschoss erwartete sie mehr Aufmerksamkeit als im Salon. Hier hörte ihr nämlich keiner zu.

Verwundert fand Lavinia am Küchentisch auch zwei Menschen sitzen, die nicht zu diesem Haushalt gehörten. Ida, Frieda und Klara waren in ein Gespräch mit den Fremden vertieft, und niemand hatte ihr Kommen bemerkt. Als sie in der Tür stand, erkannte sie den Mann: »Herr Rosenberg, was machen Sie denn hier?«

Der Uhrmacher schien ebenso überrascht wie Lavinia selbst. Er sprang von seinem Stuhl hoch, noch bevor sich die anderen respektvoll erhoben. Doch trotz seiner Beweglichkeit fiel Lavinia auf, dass der Mann bedrückt wirkte. Seine Schultern hingen stärker als sonst herab, wenn sie ihn in der Villa zufällig bei seiner Arbeit antraf.

Fünf Augenpaare sahen erwartungsvoll zu ihr her.

»Nehmen Sie doch bitte wieder Platz«, sagte sie freundlich. Wie Schuppen fiel ihr plötzlich von den Augen, dass sie in der Küche zwar Aufmerksamkeit erfuhr, aber anders, als sie es sich erhofft hatte. Hier war ebenso wenig Platz für sie wie am Kartentisch für vier Spieler.

Frieda setzte ihre berufsmäßig verschlossene Miene auf. »Kann ich Ihnen helfen, gnädige Frau?«

»Nein. Ich …«, sie brach ab, blickte der Reihe nach in die Gesichter. Niemand war ihrer Aufforderung gefolgt. Alle bewahrten Haltung und schienen doch seltsam verstört. Du lieber Himmel! So ungewöhnlich war es nun auch nicht, dass sie ins Souterrain kam. Natürlich konnte sie die Male an einer Hand abzählen, abgesehen davon, dass sie als Kind in Neles Gefolge heruntergeschlichen war, um an Idas Kuchenteig zu naschen. Aber auch die Dienstbotenräume gehörten zu ihrem Zuhause, oder?

»Also, ich wollte Ihnen ein gutes neues Jahr wünschen und dachte …« Nein, so war es nicht richtig. Das klang selbst in ihren eigenen Ohren unglaubwürdig, obwohl es natürlich die Wahrheit war.

Lavinia begann noch einmal: »Also, ich dachte ...« Ja, was hatte sie sich dabei gedacht, die Regeln zu brechen? Ihr Verhalten war nicht nur peinlich für ihre Großmutter und ihren Vater, sondern brachte auch das Personal in Verlegenheit. Wie ärgerlich!

Rasch improvisierte sie: »Könnten Sie mir vielleicht ein Glas Wasser geben, Frieda?«

»Selbstverständlich, gnädige Frau.«

Während Frieda den Wunsch der jüngsten Tochter des Hauses erfüllte, verneigte sich Rosenberg. In seiner Steifheit wirkte er rührend, fast ungelenk. »Wenn ich vorstellen darf: Das ist meine Frau.«

Erst jetzt registrierte Lavinia, dass Frau Rosenberg Klaras Hand hielt. Glücklicherweise fiel ihr ein, dass das zweite Hausmädchen mit einem Sohn der Rosenbergs verlobt war. Sonst hätte sie noch gefragt, ob der Uhrmacher Klaras Vater sei. Dabei wusste sie doch, dass die junge Bedienstete elternlos war. Aber was taten diese Leute hier? Ihre Großmutter würde es nicht gerne sehen, dass das Personal Gäste empfing – noch dazu um diese späte Stunde.

Lavinia neigte hoheitsvoll den Kopf. »Guten Abend, Frau Rosenberg.«

»Guten Abend, Fräulein Dornhain.«

»Verzeihen Sie bitte, Frau Michaelis, meine Frau ist etwas durcheinander«, wieder rettete der Uhrmacher die Situation. »Deshalb sind wir auch so hereingeschneit. Es war uns ein Anliegen, der Verlobten unseres Sohnes eine Nachricht über ihn zu bringen.«

In Lavinias Herzen rührte sich etwas. Rosenberg sagte nicht *von*, sondern *über* den Sohn. Langsam verstand sie. Die gedrückte Stimmung war keine Reaktion auf ihren Regelbruch, sondern auf schlechte Neuigkeiten. Erstmals blickte sie zu Klara, deren sonst so rosiges Gesicht fahl aussah.

Mit der unerschütterlichen Professionalität eines erfahrenen Hausmädchens hielt ihr Frieda ein Glas Wasser auf einem kleinen Tablett hin. »Möchten Sie es hier trinken, gnädige Frau? Oder soll ich es besser oben servieren?«

Gedankenverloren griff Lavinia nach dem Glas, trank aber nicht davon. Sie überlegte, wie es für Klara sein mochte, ausgerechnet in dieser Nacht von einem schmerzlichen Verlust zu erfahren. Wie alt war sie? Doch bestimmt noch keine zwanzig.

Lavinia gab sich einen Ruck. Sie trat näher und stellte das Glas auf den Tisch. »Was ist geschehen?«, fragte sie und hoffte, dass ihr Ton angemessen teilnahmsvoll klang. »Bitte. Sagen Sie mir, was geschehen ist. Vielleicht kann ich irgendwie helfen.«

Frau Rosenberg schüttelte den Kopf und schniefte. Ihr Mann legte den Arm um ihre Schultern.

Klara kämpfte mit den Tränen.

Schließlich erhob Ida resolut das Wort: »Gabriel Rosenberg galt wochenlang als vermisst. Heute Abend haben Rosenbergs ein Telegramm vom Kriegsministerium erhalten …«

Lavinia hielt unwillkürlich den Atem an.

»… und erfahren, dass ihr Sohn in russische Gefangenschaft geraten ist. Vermutlich hat man ihn in ein Lager nach Sibirien verschleppt.«

Lavinia atmete erleichtert aus. »Das bedeutet doch aber, dass er lebt, nicht wahr? Warum Trübsal blasen? Er wird eines Tages heimkehren.«

»Niemand weiß, wie es Gabriel geht«, Klaras Stimme war ganz leise, Lavinia konnte sie kaum hören. »Vielleicht ist er verwundet und braucht Hilfe, aber es ist keiner da, der auch nur seine Sprache spricht.«

Die Verzweiflung des jungen Mädchens rührte Lavinia fast selbst zu Tränen. Einem Impuls folgend, ging sie zu ihr und legte tröstend den Arm um sie. Wieder ein Regelbruch. Aber dieses Mal war es ihr noch gleichgültiger als bei allen anderen Verfehlungen.

»Du kannst ruhig weinen«, sagte Lavinia begütigend. »Jeder würde bei einer solchen Mitteilung weinen, auch wenn meines Erachtens kein Grund zur Sorge besteht. Er lebt doch, Klara!«

»Sie sind sehr freundlich«, schluchzte Klara.

Aus den Augenwinkeln beobachtete Lavinia die Verblüffung der anderen über ihre Geste.

»Ich habe eine Idee, wie ich dir, Klara, und Ihnen, Herr und Frau Rosenberg, helfen könnte«, hörte sie sich verkünden, bevor sie den Gedanken überhaupt zu Ende gedacht hatte. »Meine Schwester Helene arbeitet in einem Büro des Roten Kreuzes in der Schweiz. Man setzt sich dort für die Belange von Kriegsgefangenen ein, soviel ich verstanden habe. Nele ist noch nicht lange dort, aber ich denke, sie könnte etwas über Gabriel herausfinden. Ich werde sie gleich morgen früh verständigen.«

»Würden Sie das tun?«, nuschelte Klara ungläubig an Lavinias Schulter.

»Natürlich. Dann habe ich wenigstens etwas wirklich Sinnvolles zu tun«, entfuhr es Livi. Sie schob Klara sanft von sich, lächelte in die Runde. »Empfangen Sie das neue Jahr bitte mit ein wenig mehr Freude, Herr und Frau Rosenberg. Noch ist nichts verloren. Ich wünsche Ihnen alles Gute für neunzehnhundertfünfzehn.«

In diesem Moment erklang die nahe Kirchturmuhr. Während die Glocke zwölfmal schlug, ging Lavinia zurück zum Salon. Sie hörte, wie die Dienerschaft und die beiden Gäste einander beglückwünschten. Ihre Großmutter und deren Freundin, ihr Vater und Ellinor wunderten sich gewiss, wo sie blieb, und würden deshalb verspätet mit Champagner anstoßen. Es war die einzige Gelegenheit des Jahres, bei der Victor Dornhain eigenhändig eine Flasche öffnete. Das bringe Glück, behauptete er unverdrossen.

Obwohl ihre Familie auf sie wartete, verharrte Lavinia einen Moment im Halbdunkel des Vestibüls. Während sie gedämpft Stimmen und die Glockenschläge wahrnahm, staunte sie über die wundersame Entdeckung: Es war nicht Alice, an die sie in den ersten Minuten des neuen Jahres dachte. Das Schicksal Gabriel Rosenbergs hatte sie auf ungewöhnliche Weise mit Konrad verbunden.

Zum zweiten Mal an diesem Abend kam er ihr in den Sinn. Aber jetzt spürte sie tiefes Mitgefühl für den Mann, der durch ihre Intrige zu ihrem Gatten wurde und den sie schon nicht mehr gewollt hatte, als er der Heirat zustimmte. Sie hatte wirklich kaum Ahnung von seinem Vorleben. Vielleicht gab es eine Frau, die um seine Liebe weinte, weil Lavinia ihn ihr weggeschnappt hatte. Würde Konrad fallen, wüsste sie lediglich von ihm, dass seine letzten Lebensjahre zutiefst unglücklich waren. Mehr nicht.

16

In den ersten Monaten des neuen Jahres schien sich alles zu verändern. Wie Blüten, die von einem welkenden Blumenstängel fielen, lösten sich gängige Selbstverständlichkeiten zu Staub auf. Für Lavinia wog die Einführung von Brotmarken anfangs nicht einmal so schwer. Selbst der Hinweis ihrer Großmutter, dass Idas Kochkünste künftig eingeschränkt wären, weil an zwei Tagen der Woche im Reich nicht mehr geschlachtet und demzufolge auch kein Fleisch mehr verkauft wurde, ließ Lavinia unbeeindruckt. Ihr mangelte es an nichts, sie litt in ihrem Elternhaus keinen Hunger, und auch Kohlen gab es genug.

Viel näher ging ihr der Erlass eines Tanzverbotes in öffentlichen Lokalen. Nicht, dass sie als verheiratete Frau ausgegangen wäre. Darüber hinaus wurden die Theater weiterhin bespielt, auch mit musikalischen Revuen, so dass für Unterhaltung gesorgt war. Aber nicht zu tanzen, weil es der gesellschaftliche Anstand verlangte, war eine Sache, die gesetzliche Reglementierung eine andere. Auch das veränderte Straßenbild berührte sie. Zwar stand ihr Automobil schon seit Monaten verwaist in der Remise, seit einem entsprechenden Erlass waren jedoch alle privaten Fahrzeuge von den Straßen verschwunden. Da auch die Elektrische und die Alsterdampfer ihren Betrieb einschränkten, herrschte eine merkwürdige Stille.

Die britische Seeblockade bedrohte den gewohnten Alltag in der Hansestadt mit zunehmender Intensität. Am deutlichsten zeigte sich dies für Lavinia durch die veränderten Arbeitszeiten ihres Vaters, dem es ähnlich erging wie anderen Reedern. Kaum einer, der bisher nicht mindestens ein Schiff verloren hatte. Dampfer, die bei Kriegsbeginn in einem feindlichen Hafen lagen, wurden gekapert. Da nun auch Italien seine Neutralität aufgab und gegen Österreich-Ungarn rüstete, gehörten die Liegeplätze dort plötzlich ebenfalls zum Feindesland. Inzwischen waren allerdings auch alle Passagierdampfer an den deutschen Küsten von der Kaiserlichen Marine konfisziert und in Hilfskreuzer, Sperrbrecher oder Lazarettschiffe umgewandelt. Neubauten wurden ohnehin fast vollständig eingestellt. Auf den Werften herrschte trotz des beginnenden U-Boot-Krieges praktisch Stillstand. Es gab für Victor Dornhain also nichts anderes zu tun, als alte Geschäftsverbindungen abzuwickeln und der Bürgerschaft als Berater zur Verfügung zu stehen, so dass er viel mehr Zeit als früher in seinem Privathaus verbrachte.

Deshalb war er auch zugegen und nahm das Telegramm an, das für Lavinia abgegeben wurde.

Sie lag ausgestreckt auf der Chaiselongue in der Bibliothek. Müde von einem anstrengenden Vormittag, an dem sie im Rahmen der Reichswollwoche Garderobe und Wäsche bei ihren Nachbarn gesammelt und bei einer Zentralstelle abgeliefert hatte.

Meine Güte, wie schwer konnten Kleidungsstücke sein! Und wie ungewöhnlich, dass man die Stoffe weiterverarbeitete. Sie hatte immer geglaubt, ihre alten Sachen würden von irgendwem aufgetragen, schätzungsweise einem Dienstmädchen, und landeten dann im Müll. Stattdessen fertigte man nun daraus Überziehwesten, Unterjacken, Hosen und vor allem Decken für die Soldaten.

Ihr Vater saß im Sessel und las in einer aktuellen Zeitung, die Klara vorhin gebracht hatte. Es war kein Extrablatt, das wusste Lavinia, denn die erschienen kaum mehr, seit es mit der Kriegsbegeisterung bergab ging. Für die Details seiner Lektüre interessierte sie sich nicht. Sie genoss allein Victors stumme Gegenwart. Wie zu ihren Kinderzeiten, wenn sie manchmal unter den Schreibtisch kroch, während er dort arbeitete, nur um in seiner Nähe zu sein.

Als Frieda meldete, ein Telegramm sei für Frau Michaelis angekommen, befand sie sich in einem wundervollen Dämmerzustand, der es ihr nicht erlaubte, aufzuspringen und den Umschlag entgegenzunehmen. Sie überließ das ihrem Vater, bevor sie sich bewusst machte, dass Fernschreiben heutzutage häufig schlechte Nachrichten beinhalteten. Ihr fielen der Silvesterabend und Klaras Sorge um Gabriel Rosenberg ein. Wer außer dem Kriegsministerium sollte ihr, Lavinia, kabeln? Zögernd richtete sie sich auf.

Victors ernste Miene entspannte sich. Er hob den Kopf und strahlte sie an. »Dein Mann erhält Heimaturlaub. Er kommt im April nach Hamburg.«

Sollte sie lachen oder weinen? »Wann im April?«, fragte sie tonlos.

»Oh«, ihr Vater senkte den Blick nochmals auf die Nachricht. »Das steht hier nicht. Es spielt auch keine Rolle. Du wirst Konrad einen liebevollen Empfang bereiten. Am besten, du informierst unverzüglich Frau Brinkmann, damit in seinem Haus alles gerichtet wird.«

»Aber … aber …« Die Füße schmerzten noch vom Herumlaufen heute Vormittag, doch nicht nur deshalb fühlten sich ihre Beine wie Blei an, als sie neben ihren Vater trat. Er reichte ihr das Telegramm, außer dem Namen des Monats erkannte auch sie kein genaues Datum. »Das ist ein sehr ungünstiger Termin.«

»Wie, bitte?« Victor sah sie konsterniert an.

»Nun ja, ich werde im April verreisen.«

»Und warum weiß ich davon nichts? Einerlei. Du wirst deine Pläne ändern, Lavinia. Dein Mann kehrt für einen Urlaub von der Front heim. Das hat Vorrang vor allem anderen.«

Seine Stimme wirkte so streng, er selbst plötzlich so entnervt, dass Lavinia nicht wusste, wie sie ihm den Grund ihrer Reise erklären konnte. Sie wollte mit Ellinor ins neutrale Holland fahren. Zum Internationalen Frauenfriedenskongress nach Den Haag. Bedeutsam war für sie jedoch weniger das Thema als vielmehr die Tatsache, dass Alice sich den beiden Schwestern anschloss. Seit Langem die ersten zwei Wochen miteinander, ungestört von den Verpflichtungen des Kriegsalltags. Aber nun meldete sich überraschend Konrad an und machte alles zunichte.

Lavinia schluckte den aufsteigenden Ärger hinunter. »Natürlich freue ich mich über Konrads Heimkehr«, behauptete sie. Das stimmte in gewisser Weise sogar. Sie freute sich für ihn. Aber sie wollte nichts damit zu tun haben. »Doch die Teilnahme an einer Friedenskonferenz erscheint mir mindestens ebenso wichtig.«

»Friedenskonferenz? Was ist das für ein sozialistischer Unsinn? Hat Ellinor etwas damit zu tun?«

Sie würde die Erklärung auf ihre älteste Schwester abschieben. Was für eine gute Idee. Sie konnte derartige Debatten ohnehin besser führen. »Natürlich reise ich mit Ellinor … und anderen Freundinnen.«

»Ich dachte, der Nationale Frauendienst wäre geschaffen worden, damit ihr an der Heimatfront die notwendigen vaterländischen Aufgaben erfüllt. Nicht, damit ihr auf Vergnügungsreise ins Ausland geht.«

»Aber Pappi!«

Er überhörte ihren Protest. »Wie auch immer. Du wirst mit deinem Mann eine unvergessliche Zeit in Hamburg verbringen, so dass er anschließend zufrieden an die Front zurückkehrt. Das ist wichtiger als dieser Unfug in Holland.«

Noch gab sie sich nicht geschlagen. Aber sie wusste, dass es sinnlos war, mit Victor über die möglichen Terminüberschneidungen im April zu streiten. Sie würde mit Ellinor sprechen. Vielleicht hatte sogar ihre Großmutter ein Einsehen, dass es wichtiger war, über die Chancen für ein Ende des Krieges zu konferieren, als die liebende Ehefrau zu spielen. Letztlich kam der Frieden gerade ihrem Mann im Feld zugute. Ja. So würde sie es machen. Sie würde für ihren Urlaub mit Alice kämpfen, als handele es sich um ihren eigenen Krieg.

Genf

17

»Es ist notwendig, Suchdienste in den kriegführenden Ländern einzurichten. Bekanntlich haben wir nur Leute im Außendienst, die dazu ausgebildet sind, Kontrollen in den Gefangenenlagern durchzuführen. Es sind Ärzte und Krankenschwestern, die den zahlreichen Anfragen der Familien von Vermissten nicht mehr gewachsen sind«, referierte Neles Chef während einer Mitarbeiterkonferenz. »Wir müssen in Frankreich, Deutschland, Österreich-Ungarn, Großbritannien und Russland Auskunftsstellen schaffen.«

Monsieur de Brun sprach Französisch, die Verkehrssprache des Roten Kreuzes. Zu Beginn ihres Arbeitsverhältnisses war es Nele nicht immer leichtgefallen, den fremden Tönen zu folgen.

Sie war dankbar, dass in der französischen Schweiz keine Mundart gepflegt wurde wie etwa im Tessin oder in den deutschsprachigen Gegenden. Nach fast vier Monaten bei der Zentralstelle für Kriegsgefangene hatten sich ihre Kenntnisse jedoch inzwischen so weit verbessert, dass sie dem Abteilungsleiter aufmerksam zuhören und gleichzeitig auf das Blatt vor ihr Strichmännchen zeichnen konnte.

Sie fühlte sich wohl in Genf. Es war eine schöne Stadt vor einer atemberaubenden Kulisse von See und Bergen, vor allem dem Mont-Blanc-Massiv, dessen Gipfel dank zahlreicher Gletscher das ganze Jahr hindurch schneebedeckt blieben. Der Zufluss der Rhône teilte das Häusermeer und verlieh dem städtebaulichen Bild einen zusätzlichen Reiz. Obwohl sie sich mit ganzer Kraft auf ihre neue Aufgabe warf, genoss Nele es, wieder in einer Metropole zu leben, mit elektrischen Straßenbahnen, Buslinien – und Dampferverbindungen, die sie an die weiße Flotte auf der Alster erinnerten.

In ihren ersten Tagen war sie durch die Geschäftsviertel auf der linken Uferseite gebummelt und hatte sich vor allem Garderobe zugelegt. Eine Notwendigkeit, da die Reformkleidung des Monte Verità nicht zur Arbeit einer Sekretärin und schon gar nicht an einen eleganten, betriebsamen Ort wie diesen passte. Obwohl das Angebot wegen der Kriegsversorgung eingeschränkt war, fühlte sie sich zeitweise wie im Kaufrausch. Oft dachte sie dabei an Lavinia, für deren Leidenschaft sie erstmals Verständnis aufbrachte.

Es gab einige Museen, die sie gelegentlich durchstreifte. Meistens war sie allein. Unter den zwölfhundert Mitarbeitern der Zentralstelle gab es zwar durchaus nette Frauen, mit denen sie sich ein wenig anfreundete, doch ihre wenige Freizeit ließ die Pflege enger Kontakte nicht zu. Die meisten Stunden jedes Tages, ja, jeder Woche, verbrachte sie in der Registratur über den

Karteikarten, auf denen die Namen und Lebensdaten von Vermissten notiert waren, die wiederum mit den Kriegsgefangenen-Listen verglichen wurden. Das Rote Kreuz organisierte darüber hinaus den gesamten Postverkehr zwischen den Familien daheim und den Lagern in der Fremde. Auch wurde zwischen Deutschland, Großbritannien und Frankreich kürzlich der Austausch von Verwundeten und Invaliden beschlossen, was zu einem erheblichen bürokratischen Aufwand führte.

In ihrer neuen Funktion hatte sie sich für Klara, das zweite Hausmädchen in der Villa am Alsterufer, verwenden können. Lavinias Brief und die Frage nach Gabriel Rosenberg war überraschend gekommen, denn Nele erinnerte sich an eine eifrige Sechzehnjährige, die sie sich als Braut kaum vorstellen konnte. Aber natürlich war Klara inzwischen fast vier Jahre älter, also in heiratsfähigem Alter. Doch Nele recherchierte nicht nur für Klara, sondern auch für den liebenswerten Uhrmacher, der zu ihrem Elternhaus zu gehören schien wie die Chronometer selbst. Umso bedrückender war es, als sie herausfand, dass der Gefreite Rosenberg bei Krasnojarsk in Sibirien interniert war. Anscheinend verwundet. Genaue Informationen gab es nicht, da noch keine Schwestern des Internationalen Roten Kreuzes das Lager in Russland besuchen durften.

»… halte ich Mademoiselle Dornhain für geeignet …«

Als ihr Name erklang, blickte Nele erschrocken auf. Ihre Gedanken waren abgeschweift, und sie hatte nicht die geringste Ahnung, in welchem Zusammenhang ihr Chef sie erwähnte. Sie spürte die anklagenden Blicke einiger anderer Mitarbeiterinnen neben und hinter sich. Unwillkürlich setzte sie sich auf ihrem Stuhl gerader hin, reckte das Kinn.

Ihre Körpersprache war offenbar deutlich. Monsieur Le Brun sah sie erstaunt an und erkundigte sich: »Haben Sie mich nicht verstanden, Mademoiselle?«

Ein schuldbewusstes, zerknirschtes Lächeln. Dann bat sie: »*Pourriez-vous répéter ça, s'il vous plaît?*«

Geduldig wiederholte Monsieur Le Brun: »Etwa achthundertdreizehntausend russische, französische, britische und belgische Soldaten befinden sich alleine in Gefangenschaft des Deutschen Reiches. Es ist anzunehmen, dass in diesem Jahr die Million überschritten wird. Das bedeutet steigende Zahlen von Anfragen aus dem Ausland. Dazu kommen die Suchmeldungen der deutschen Angehörigen. Die Einrichtung nicht nur einer Außenstelle in Berlin, sondern auch in anderen Orten des Deutschen Reiches ist daher zwingend notwendig. Für das Büro in Hamburg hatte ich Sie vorgesehen, Mademoiselle Dornhain. Sie stammen doch von dort, nicht wahr?«

»*Oui, Monsieur*«, hauchte Nele. Mehr brachte sie vor Überraschung nicht heraus.

Der Abteilungsleiter nannte noch ein paar Namen von Kolleginnen und Kollegen, mit denen er im Anschluss an die Konferenz Details über den Aufbau der örtlichen Suchdienste besprechen wollte. Mit einigen weiterführenden Sätzen und dem Dank an alle Mitarbeiter, die sich in den Dienst des Roten Kreuzes stellten, schloss er seinen Vortrag. Stühlerücken, Füßescharren und leises Gemurmel begleiteten den Abgang der Frauen und Männer.

Nele war wie betäubt. Die Vorstellung, nach ihrer langen Abwesenheit mit einer so wichtigen Aufgabe in die Hansestadt zurückzukehren, war überwältigend. Eine Ironie des Schicksals sogar, wenn sie bedachte, dass es zu Hause eigentlich immer Ellinor gewesen war, die sich mehr als alle anderen Töchter Victor Dornhains für das Gemeinwohl eingesetzt hatte. Vor allem aber bedeutete Neles Rückkehr nach Hamburg die überfällige Auseinandersetzung mit Lavinia. Jetzt gab es kein Zurück mehr, keine Ausflüchte. Sie musste sich der Wahrheit – und ihrer Liebe zu Konrad – stellen.

Als sie zwei Stunden später das Büro im Universitätsviertel von Genf verließ, plagten sie Kopfschmerzen. In der Hoffnung, dass ihr ein Spaziergang in der milden Abenddämmerung guttäte, bog sie in den Parc des Bastions ein. Sie wanderte durch die großzügig angelegten Alleen, lauschte dem Gezwitscher der Vögel in den von aufbrechenden Knospen übersäten Bäumen und Sträuchern. Vor einem Baugerüst blieb sie stehen. Der Fortschritt bei den Arbeiten an der Skulpturenwand, die als Denkmal für die Reformatoren Luther, Calvin, Zwingli und andere errichtet wurde, interessierte sie.

Für einen Moment wanderten ihre Gedanken zurück zu ihren Freunden auf dem Monte Verità. Das Tessin war seit Jahrhunderten berühmt für seine Steinmetze. Warum hatte sie sich dort eigentlich nie für Bildhauerei interessiert? Sie war so mit sich selbst beschäftigt gewesen, dass sie das Naheliegende wohl übersehen hatte. Eine vertane Chance? Vielleicht. Immerhin war es ein Glück, dass Zofia sie dazu gezwungen hatte, wieder zu zeichnen und zu malen. Manchmal, wenn die Berichte über die furchtbaren Schicksale der armen Teufel da draußen an der Front und in den Lagern unerträglich zu werden drohten, griff sie zu einem Stift und verarbeitete ihre Gefühle auf dem Papier. Es half ihrer Seele. Danach konnte sie sich wieder auf den Alltag konzentrieren und auch ihre ständige Sorge um Konrad hintanstellen.

Nele schlenderte weiter. Ihr fiel ein, dass sie ihre Familie benachrichtigen musste. Ein Brief oder selbst ein Telegramm genügte vermutlich nicht, um Großmutter und Vater auf ihre Heimkehr vorzubereiten. Sie würde ein Telefongespräch führen müssen. Die Vermittlung im Hauptpostamt hatte Tag und Nacht geöffnet. Da ihre Pension über kein Telefon verfügte, sollte sie am besten gleich den Bus zum Bahnhof nehmen. Von dort würde sie die wenigen Schritte zum Hôtel des Postes laufen – und sich eine Verbindung herstellen lassen. Wahrscheinlich servierten Frieda und Klara gerade das Abendessen, eine sichere Gelegenheit, Charlotte und Victor zu erreichen. Nele schmunzelte, als sie daran dachte, wie empört ihre Großmutter über die Störung sein würde.

Tatsächlich kam Ellinor an den Apparat, nachdem Frieda mit dem gewohnten »Bei Dornhain« das Gespräch angenommen und Nele sich gemeldet hatte.

»Nele! Bist du's?! Warum rufst du an?« Die Stimme ihrer älteren Schwester klang gedämpft und verzerrt durch die knarzende Leitung, aber Aufregung und Sorge waren dennoch deutlich vernehmbar.

»Es ist nichts passiert, Elli. Alles ist gut.« Nele lächelte still in sich hinein. Sie befand sich in ungewohnter Lage. Es war vermutlich das erste Mal in ihrem Leben, dass sie es war, die Ellinor beruhigen musste, und nicht umgekehrt. »Ich habe heute Nachmittag erfahren, dass ich im Auftrag des Roten Kreuzes nach Hamburg zurückkehren muss. Das wollte ich euch so schnell wie möglich mitteilen.«

»Oh! Du kommst zurück?!« Ellinor schnappte hörbar nach Luft. »Das freut mich sehr, Nele. Wann werden wir uns wiedersehen?«

»Bald, liebste Elli, bald. Allerdings müssen noch einige Formalitäten geklärt werden. Die Reisepläne sehen Anfang Mai vor …«

»Schade«, fiel ihr Ellinor ins Wort, »dann verpasst du gerade Konrad. Er kommt nächste Woche auf Heimaturlaub.«

Diese Information traf Nele mit der Wucht eines Geschützes. Sie hatte nicht gewusst, dass er nach Hamburg fahren würde. Genau genommen hatte sie nicht einmal gewusst, dass ihm Urlaub zugebilligt wurde. Seine bislang letzte Karte war vor vier Wochen gekommen. Der Text bestand aus drei Zeilen, die sie auswendig kannte: »Ich denke an Dich. Ich liebe Dich. Mir geht es gut.«

Die Nachrichten aus Flandern, die sie über ihre Arbeitsstelle erhielt, lauteten indes wie überall von der Westfront: Der Grabenkrieg wurde von blutigen Schlachten unterbrochen und kostete unzählige Opfer auf beiden Seiten, am Frontverlauf änderte sich jedoch nichts.

Sie schluckte. »Natürlich ist es bedauerlich, dass ich Konrad nicht wiedersehen kann. Wie geht es Livi?«

»Gut. Lavinia sorgt dafür, dass in Konrads Haus alles zum Besten für seine Rückkehr steht. Ich denke, das ist eine Beschäftigung, die ihr zur Abwechslung gefällt. Die Arbeit für den Nationalen Frauendienst macht ihr nicht die Freude, die ihr als Offiziersfrau angemessen wäre. Sie wird sich auch sehr über deine Rückkehr freuen. Ich glaube, sie vermisst dich noch mehr als wir anderen.«

Ach, Livi!, dachte Nele bedauernd. Kleine, geliebte Livi! Wie konnte das alles nur mit uns geschehen? Es würde sicher ein herber Schlag für sie, wenn sie erfuhr, dass ausgerechnet ihre Schwester Konrads Geliebte war. Da spielte es auch keine Rolle, dass Lavinia ihrem Gatten wohl mit einer anderen Frau untreu geworden war. Sie waren nun einmal ein Ehepaar.

Ein schrecklicher Gedanke traf Nele. Ob Konrad in der Grausamkeit des Krieges den gesellschaftlichen Wahnsinn seiner Liebe zu ihr erkannt hatte? Hatte er deshalb nicht geschrieben, dass er nach Hause fuhr? Ihr sank das Herz.

»Bitte richte den anderen meine liebsten Grüße aus«, sagte Nele ins Telefon. »Ich muss jetzt aufhören. Das Gespräch wird sonst zu teuer. Sobald ich meine Ankunftszeit kenne, sende ich ein Telegramm an Vater. Auf Wiedersehen, Elli.«

»Ich freue mich so. Mein Gott, dieser Abend wird der schönste seit Langem für Großmutter und Vater sein. Tschüss, Nele, bis bald.«

Mit zitternder Hand hängte Nele den Hörer auf. Erschöpft

lehnte sie sich an die Wand der Telefonzelle. Ohne dass sie es bemerkte, rannen Tränen über ihre Wangen.

Hamburg

18

Klara erschrak, als sie Lavinia und Konrad Michaelis die Tür öffnete. Seine Gesichtshaut war bleich, die Augen ohne Glanz. Er trug die feldgraue Uniform mit Würde; er hatte jedoch stark abgenommen, und der Rock war ihm zu groß. Obwohl er offenbar körperlich in guter Verfassung war, erschütterte sie sein Anblick.

Wenn ein Leutnant schon so aussah, wie ertrug dann ein gemeiner Soldat das Leben an der Front oder – noch schlimmer – in Gefangenschaft? Sie machte sich schreckliche Sorgen um Gabriel. Da half es auch nichts, dass Fräulein Nele sie mit einer sehr netten Ansichtskarte aus Genf zu beruhigen versucht hatte.

Sie knickste. »Guten Abend, gnädige Frau. Guten Abend, Herr Leutnant Michaelis.«

»Oh bitte, Klara, keine militärischen Titel während meines Urlaubs«, wehrte er ab. »Ich trage zwar Uniform, aber es wäre mir lieb, in diesem Haus als Zivilist behandelt zu werden.«

»Jawohl, Herr … hmmm … Herr Michaelis.« Verwundert knickste sie noch einmal und führte die Herrschaften in den Salon, wo beide bereits erwartet wurden.

Victor Dornhain erhob sich, sogar Charlotte Dornhain stand beim Eintreten ihrer Enkeltochter und deren Gatten auf. Die alte Dame trat auf Konrad zu, um ihn in die Arme zu schließen. »Herzlich willkommen, mein Junge.«

Auffallend flüchtig streifte sein Blick die schmale Gestalt seiner Frau. »Vielen Dank, aber es ist nicht der Rede wert. Wenn ich gewusst hätte, dass mein Urlaub Lavinias Pläne durchkreuzt, wäre ich anderswohin zur Erholung gefahren. Aber die Heeresleitung geht grundsätzlich davon aus, dass Soldaten am liebsten nach Hause reisen.«

»Ach?«, erkundigte sich die gnädige Frau indigniert. »Ist in deinem Haus nicht alles zum Besten gerichtet worden?«

»Doch. Natürlich. Lavinia hat sich dankenswerterweise um alles gekümmert.«

»Ich habe Konrad lediglich erzählt, warum Ellinor erst in ein paar Tagen wieder in Hamburg sein wird. Dabei muss ich erwähnt haben, dass ich ebenfalls eine Reise zum Frauenfriedenskongress in Betracht gezogen hatte.« Lavinia lächelte maliziös. »Selbstverständlich ging die Betreuung meines heimkehrenden Ehemannes vor.«

»Selbstverständlich!«, wiederholte ihr Vater, nachdem er die Hand seines Schwiegersohns geschüttelt hatte.

»Es ist mir nicht angenehm, wenn um meine Person solche Umstände gemacht werden«, erklärte Leutnant Michaelis ein wenig heiser. »In den Schützengräben lernt man, demütig zu sein.«

Er sprach die Worte nicht aus, aber Klara meinte einen tiefen Atemzug wahrzunehmen, der so etwas wie »Lasst mich einfach in Ruhe!« bedeutete. Sie konnte es ihm nicht verdenken. Ganz offensichtlich hatte das Ehepaar gestritten. So bald nach seinem Urlaubsantritt! Klara nahm sich vor, niemals mit Gabriel zu streiten, wenn er erst nach Hause kam und sie verheiratet waren. Um nicht in Konrads matte, müde Augen sehen zu müssen, servierte sie ihm den Cocktail mit gesenkten Lidern.

Der Beginn des Abends war ebenso ungewöhnlich wie sein Verlauf. Die Unterhaltung schleppte sich dahin. Konrad Michaelis stocherte schweigsam in seinem Fischgericht, das Ida sehr viel Mühe gekostet hatte. Da sie keine frische Scholle auftreiben konnte, musste sie auf Dreught Fish zurückgreifen, also getrocknete und eingesalzene Filets, die in Wasser aufgeweicht wurden.

Für Klara war Klippfisch immer ein Arme-Leute-Essen gewesen. Dies als Hauptgericht eines Willkommensdinners bei ihren Herrschaften zu servieren wäre in Friedenszeiten einem Skandal gleichgekommen. Charlotte Dornhain bemühte sich derweil, ein Gespräch aufrechtzuerhalten. Alle wirkten erleichtert, als Klara die Teller abräumte.

»Wollen wir in meinem Arbeitszimmer eine Zigarre rauchen?«, fragte Victor Dornhain und schob seinen Stuhl zurück.

»Ja. Gerne. Das würde ich sehr gerne.« Konrad schien begeistert, der Gesellschaft der Damen entfliehen zu dürfen.

»Klara, bring uns bitte eine Schale mit Eiswürfeln«, ordnete der Hausherr an, während er, auf den Stock gestützt, zur Tür ging. Er wandte sich an seinen Schwiegersohn: »Zur Feier des Tages sollten wir uns die letzte Flasche Whis… ehmmm … Vorkriegs-Getreidebranntwein gönnen.«

»Du übertreibst wieder einmal mit deinen deutschen Übersetzungen«, seufzte die gnädige Frau. »Meine Güte, es ist ein Whisky. Und ein Cognac bleibt ein Cognac, auch wenn die ganze Welt in Stücke geht.«

»Der Patriotismus in der Heimat gibt unseren Soldaten an der Front Kraft. Nicht wahr, Konrad?«

Die Antwort hörte Klara nicht, da sie durch die Pantry und über die Dienstbotentreppe hinab in die Küche laufen musste, um das Gewünschte zu holen.

Als sie kurz darauf an die Arbeitszimmertür klopfte und eintrat, ohne eine Antwort abzuwarten, hielt sie in der Hand eine Silberschüssel, darin eine kleinere Kristallschale mit den erbetenen Eiswürfeln.

Leutnant Michaelis stand am Fenster und blickte in den dunklen Park hinaus.

Der Hausherr saß im Sessel und vollzog gerade das Ritual des Zigarrenanzündens. Klara hatte es schon häufig beobachtet, war aber jedes Mal fasziniert. Auch jetzt verharrte sie auf ihrem Platz und schaute zu.

Victor Dornhain riss an einem Zündstein ein aus Zedernholz gefertigtes langes Streichholz an. Klara wusste von dem Material, weil Richter es ihr einmal erklärt hatte. Als die Flamme aufloderte, hielt der Reeder den Zigarrenfuß in das Feuer, drehte ihn leicht, bis sich ein gleichmäßiger Rand aus Asche bildete.

»Der Blick auf die Dinge des Lebens verändert sich, wenn man mit ansehen muss, wie anständige Männer zu Tausenden niedergemetzelt werden.« Konrad hatte offenbar Klaras Eintreten nicht bemerkt, denn er sprach in einem fast bühnenreifen Singsang weiter. »Mehr als einhunderttausend deutsche Soldaten sind bis jetzt in Flandern gefallen. Nur Gott weiß, wie viele es noch werden. Das harmlose Wort Stellungskrieg verschleiert die mörderische Situation, in der man sich befindet. ›Halte, was du hast, und gib nie einen Fußbreit von dem auf, was du gewonnen hast.‹« Er veränderte die Stimme etwas, so dass Klara annahm, bei seinem letzten Satz handele es sich um ein Zitat.

»Das ist der Sinn eines Gefechts, dachte ich«, nuschelte der Hausherr, den Zigarrenkopf im Mund. Er zog an der Havanna, nahm sie zwischen seine Finger, betrachtete die Asche, blies die Glut an.

»Es ist die Devise von Generalstabschef Erich von Falkenhayn«, erwiderte sein Schwiegersohn unverändert ruhig, fast abwesend, als spräche er zu sich selbst. »Ich kritisiere das nicht. Missversteh mich bitte nicht. Aber der Sinn des Stellungskrieges erschließt sich mir nicht mehr nach dem Anblick der Verwundeten, die in Matsch und Schlamm liegen, bis sie verbluten, und den vielen Leichen von Kameraden, tapferen Männern, und den Pferden, die wie die Menschen schreien vor Schmerzen und Todesangst.«

Er legte eine Pause ein, musste sich sammeln. Mit heiserer

Stimme fuhr er fort: »Aber die Gefühle verändern sich. Es kam der Tag, an dem es mir nicht mehr so wehtat, Jugendliche mit von Maschinengewehrsalven durchlöcherten Körpern zu sehen. Doch nicht diese Verrohung ist das Schlimmste, sondern das Vereinsamen. Ich konnte meine Erlebnisse bis heute mit niemandem teilen.«

»Mit mir kannst du über alles reden, Konrad«, versicherte der Ältere zwischen zwei genussvollen Zügen an seiner Zigarre. »Deiner Frau kannst du so etwas natürlich nicht schreiben. Lavinia würde deine Gefühle nicht verstehen.«

»Ich möchte die Frau, die ich liebe, nicht mitleiden lassen.«

»Das ist sehr löb…«

In diesem Moment krachte es. Ergriffen von Konrads Monolog hatte Klara auf nichts als auf seine Stimme geachtet, vergessen war die Order des Hausherrn. Die kühle Außenwand der Schüssel in Klaras Händen war durch ihre Körperwärme glitschig geworden. Das Gefäß glitt ihr aus den Fingern, fiel zu Boden. Die Silberschale schepperte über das Parkett, das Kristall zerbrach in kleine Stücke, die Eiswürfel ergossen sich bis hin zum Teppich. Klara war nicht weniger erschrocken als die beiden Männer, die sich wie vom Donner gerührt zu ihr umwandten.

»Verzeihen Sie … wie ungeschickt von mir … es tut mir leid …«, stammelte sie, während sie sich bückte, um die Reste der Eiswürfel aufzusammeln. Ihre Wangen wurden heiß vor Aufregung.

»Ach, Klara, es gibt wahrlich Schlimmeres«, meinte Konrad mit einem traurigen Lächeln.

Victor Dornhain blies den Zigarrenrauch in Kringeln aus. »Wir tun einfach so, als wäre nichts geschehen. Wenn du die Scherben fortgeräumt hast, würde ich aber doch noch um Eiswürfel bitten. Möchtest du deinen … Getreidebranntwein … warm, Konrad?«

»Gerne.« Als sich sein Schwiegervater aus dem Sessel zu stemmen versuchte, winkte er ab. »Bemühe dich nicht. Darf ich uns einschenken?«

Geschickt umrundete er Klara, die auf den Knien vor ihrem Malheur kauerte, und schritt zu dem Beistelltisch mit den Karaffen und Gläsern. Aus dem Flakon mit der bernsteinbraunen Flüssigkeit und dem Silberetikett, auf dem eingraviert »Whisky« stand, goss er großzügig ein.

»Ich fürchte, den Glauben an die Menschheit zu verlieren, vor allem aber an mich selbst und an alles Gute in der Welt«, sagte Konrad Michaelis. »Ich versuche, tapfer und für meine Männer ein Vorbild zu sein. Mehr kann ich im Feld nicht tun. Aber ich kann und muss in der Heimat für klare Verhältnisse sorgen. Das ist mir heute bewusster denn je.«

Er reichte seinem Schwiegervater ein Glas. »Ich möchte die Scheidung«, versetzte er, bevor er einen Schluck trank.

Die Spitze einer Kristallscherbe schnitt in Klaras Finger. Sie unterdrückte den Schrei – ein Ausdruck von Schmerz oder von Schrecken? Eine Scheidung in einem vornehmen Haus wie diesem, das war unmöglich! Ein Skandal!

»Mein lieber Konrad«, hob Victor begütigend an, »die Erlebnisse an der Front verwirren dich. Wenn du erst ein paar Tage in Hamburg bist, wirst du dich an das Zusammensein mit Lavinia gewöhnt haben. Es ist gewiss schwer, sich nach den Schützengräben wieder im Alltag eines Ehepaares zurechtzufinden. Da kann es vorkommen, dass der Verstand mal nicht ganze Arbeit leistet.«

»Es ist mein Ernst. Ich trage mich schon lange mit diesem Gedanken. Meine Bewerbung für den Bauauftrag in Ostafrika bedeutete nichts als die Trennung von meiner Frau.«

»Das ist mir bewusst. Dennoch sehe ich keinen Grund, das Thema Scheidung zu vertiefen. So etwas gibt es in meiner Familie nämlich nicht.«

Klara hatte die Reste der Kristallschüssel in der Silberschale gesammelt, wo sie mit den verbliebenen Eiswürfeln in einer blutigen Lache lagen. Auf dem Fußboden hatten sich Pfützen gebildet, die sie aufwischen musste. Am liebsten hätte sie den Raum lautlos verlassen, aber das Wasser auf dem Parkett zwang sie, sich bemerkbar zu machen. Sie knickste und sagte: »Passen Sie bitte auf. Es ist sehr nass hier. Ich wische das sofort auf.« Ohne eine Antwort abzuwarten, huschte sie aus dem Raum.

Die beiden Männer schienen sie nicht beachtet zu haben. Im Hinausgehen hörte sie, wie Konrad Michaelis offenbarte: »Ich liebe eine andere Frau. Ich habe sie schon gekannt, bevor ich Lavinia heiratete. Deshalb hätte ich mich auf diese Hochzeit niemals einlassen dürfen. Nachdem mir jetzt der Wert des Lebens so bewusst ist wie nie zuvor, kann ich die Wahrheit nicht mehr verschweigen. Sobald der Krieg beendet ist, möchte ich den Rest meiner Tage, so ich sie erleben darf, mit dem Menschen verbringen, der mir alles ist.«

Victor Dornhains Antwort war so laut, dass Klara das Gebrüll noch auf der Treppe vernahm: »Das erlaube ich nicht. Niemals. Meine Tochter wird nicht mit dem Makel einer geschiedenen Frau leben. Eine Scheidung ist für mich gleichbedeutend mit Feigheit vor dem Feind.«

Als Klara mit frischen Eiswürfeln und einem verbundenen Finger zurück ins Arbeitszimmer kam, hatte Leutnant Michaelis den Raum bereits verlassen. Der Hausherr war allein. Mit versteinerter Miene saß er in seinem Sessel, starrte vor sich hin, paffte seine Zigarre. Er rührte sich nicht bei ihrem Eintreten, sprach kein Wort. Leise stellte sie die Schale ab und ging wieder hinaus.

19

»Das kann dauern«, kommentierte eine Mitreisende den plötzlichen Halt der Eisenbahn. Es war eine Frau mittleren Alters mit einer undamenhaft lauten Stimme, adrett gekleidet, in ihrer Redseligkeit fast ein wenig aufdringlich. »Neulich stand ich fünf Stunden vor Kassel. Aber das hält eine gute Patriotin aus. Die Truppenverschiebungen haben nun einmal Vorrang im Schienenverkehr, das versteht sich von selbst.«

Entnervt schloss Nele die Augen. Sie hatte bereits im Bahnhof von Karlsruhe einen unvermutet langen Aufenthalt einlegen müssen, weil Militärzüge die Schienen blockierten. Der Kommentar des alten Schaffners tröstete sie dabei wenig: »Noch vor einem halben Jahr hätten Sie die Bahn gar nicht nehmen können, Gnädigste. Da war kein Durchkommen. Passagiere auf Privatreise mussten manchmal tagelang auf ihren Anschluss warten. Seien Sie froh, dass sich die Lage beruhigt hat und es heute nur Stunden sind.« Doch jede Minute, die die weite Fahrt von Genf nach Hamburg verlängerte, zehrte an ihren Nerven.

Hinzu kam die Enge. Das Abteil war voll besetzt, auf dem Gang standen die Reisenden. Nele hatte gehört, dass im Deutschen Reich nur sechzig bis siebzig Prozent der Vorkriegsverbindungen funktionierten. Also verkehrten erheblich weniger Züge, die ein erhöhtes Fahrgastaufkommen bewältigen mussten. Die Wartezeiten auf der Strecke oder an irgendwelchen Stationen wurden von den meisten mit stoischer Ruhe ertragen. Wie ihre Mitreisende sagte, es war die patriotische Pflicht der Bürger an der Heimatfront.

Kurz vor den Elbbrücken stand Nele von ihrem Platz auf und drängte sich ans Fenster, um den ersten Blick auf Hamburg in sich aufzusaugen wie ein Durstender den ersten Schluck Wasser. Die Einfahrt in die Hansestadt war immer ein erhebender Moment, für sie war die Rückkehr nach dreieinhalb Jahren Abwesenheit etwas ganz Besonderes. Und sie dachte unwillkürlich an jene Bahnfahrt im Herbst neunzehnhundertelf, als Konrad ihr die Architektur der Elbbrücken erklärt hatte. Sie war erfüllt von dieser Erinnerung, ihren Zweifeln, ihrer Liebe – und gleichzeitig öffnete sich ihr Herz aus Vorfreude auf das Wiedersehen mit ihrer Familie.

Es war früher Abend und noch nicht finster, der Sonnenuntergang tauchte das Szenario in goldroten Glanz. Die ersten Lichter schimmerten im dunklen, brackigen Wasser der Norderelbe. Ein Lastkahn dümpelte an einer Anlegestelle, ansonsten wirkte alles erstaunlich ruhig. Nele wusste aus Briefen ihres Vaters, dass der Hamburger Hafen lahmgelegt war. Dennoch hatte sie sich nicht vorgestellt, die Anlagen zu Füßen der Elbbrücken so verlassen vorzufinden.

Deutlich mehr Betrieb herrschte im Hauptbahnhof. Menschenmassen schoben sich aus und in die Züge, Zivilisten traten respektvoll zur Seite, wenn sich Männer in Uniform den Weg durch die Menge bahnten. Ein Trupp junger Soldaten marschierte einen Waggon entlang. Am Gleis gegenüber stiegen Arbeiterinnen aus dem Zug von Geesthacht, wahrscheinlich arbeiteten sie in einer der zahlreichen Pulverfabriken, die sich im preußischen Umland der Hansestadt angesiedelt hatten. Eine Gruppe Jugendlicher lümmelte auf den Treppen herum, offenbar mit einem wachsamen Auge auf die Schutzleute, vermutlich aber auch nach Diebesbeute spähend. Nele umfasste ihre Taschen fester.

»Fräulein Helene! Fräulein Nele!« Der Ruf schallte wie eine verloren geglaubte Melodie durch die Bahnhofshalle. Über all dem Lärm erkannte sie die Stimme des Chauffeurs ihres Vaters. Sie hätte Richters Worte gewiss immer und überall herausgehört, wie die unvergessenen Töne der alten Spieluhr ihrer Kinderzeit.

»Sie sollten nicht so schwer tragen«, tadelte der Morgenmann mit liebevoller Strenge, als er ihr das Gepäck abnahm.

»Meine Güte, Herr Richter, was machen Sie denn hier?« Nele strahlte vor Freude über das unverhoffte Wiedersehen.

Dennoch musste sie sich zusammenreißen, weil sie sein Anblick jäh in den Krieg versetzte. Es war etwas anderes, Karteikarten mit den Namen Tausender vermisster Soldaten zu registrieren. Diese Männer waren Unbekannte. Ihr Schicksal war furchtbar, aber es blieb imaginär und berührte Nele daher nicht so tief wie das Zusammentreffen mit einem vertrauten Menschen. Richter sah ausgesprochen schlecht aus. Früher ein recht attraktiver Mann, war er sichtlich gealtert, die Augen lagen tief und blauschwarz umschattet in den Höhlen. Er trug Uniform – und im zweiten Knopfloch der Jacke prangte das Eiserne Kreuz II. Klasse am schwarz-weißen Bande. Sicher hatte er den Orden nicht nur aus Stolz angelegt, sondern weil er die Begegnung mit Nele als Festlichkeit betrachtete.

Gerührt legte sie ihm die Hände auf die Schultern und hauchte einen Kuss auf seine Wange. »Es ist schön, Sie gesund wiederzusehen.«

Er grinste verlegen. »Ja, Fräulein Nele, das finde ich auch. Wir haben uns alle große Sorgen um Sie gemacht. Ich war sehr dankbar, als mich Ihr Herr Vater fragte, ob ich Sie mit dem Automobil vom Bahnhof abholen kann.«

»Mit unserem Wagen? Ich dachte, das wäre verboten«, fragte sie ungläubig, während sie neben ihm in Richtung Ausgang ging. Dabei fiel ihr auf, dass Richter ein Bein leicht nachzog, fast wie ihr Vater. Eine Kriegsverletzung, resümierte sie still, die ihm wahrscheinlich die militärische Auszeichnung eingebracht hatte. Wo war er stationiert? Wenn sie sich recht erinnerte, hatte Ellinor von Frankreich geschrieben. Doch auf dieses Thema sprach sie Richter nicht an.

»Ihr Herr Vater konnte für heute eine Ausnahmegenehmigung erwirken. Für Firmenfahrzeuge wird die manchmal vergeben. Allerdings müssen wir den Phaeton als Gegenleistung dem Militär abtreten. Das sei es ihm aber wert, hat er gesagt.«

Neles Herz zog sich zusammen. »Mein Vater verzichtet auf sein Automobil, nur um mich vom Bahnhof abholen zu lassen? Das ist allerdings … berührend …«, sie unterbrach sich, weil sich in ihrem Hals ein Kloß aus Wiedersehensfreude und aufsteigenden Tränen der Ergriffenheit bemerkbar machte.

»Er hat sogar darauf bestanden, Sie persönlich zu empfangen. Er wartet im Auto. Aber verraten Sie nicht, dass ich es Ihnen gesagt und die Überraschung verdorben habe.«

Unwillkürlich beschleunigte Nele ihre Schritte, doch ihre Eile endete bereits am Glockengießerwall, der breiten Straße vor dem Bahnhofsgebäude. Die Schlange an der Haltestelle der Elektrischen wand sich fast bis zur Eingangshalle. Am Straßenrand kauerten Bettler, mehrheitlich Invaliden, über die die Passanten stolperten. Anscheinend waren die Leute an die Sichtbarkeit der Armut gewöhnt. Die Folgen des Krieges so deutlich zu erleben erschreckte Nele. Ihre Heimatstadt war, trotz einer durchaus benachteiligten Arbeiterschaft, immer wohlhabend gewesen und hatte diesen Reichtum auch ausgestrahlt. Daran hatte selbst die calvinistische Zurückhaltung der Bürger nichts geändert. Wie anders das Bild heute. Ihr fielen die Jugendlichen auf der Treppe zu den Gleisen ein, die so offensichtlich nach Beute Ausschau gehalten hatten. Die einst geordnete Welt schien – noch mehr, als sie erwartet hatte – aus den Fugen geraten.

»Der jetzige Krieg ist nicht ein Krieg der Völker wider die Völker«, schrie eine Jungenstimme irgendwo in der Menge. »Er ist nicht im Interesse der Völker, sondern ein Krieg im Interesse des internationalen Finanzkapitals.«

Buhrufe versuchten, den Protest zu übertönen.

»Nieder mit dem Krieg!«, lautete die mehrstimmige Antwort, die möglicherweise von der anderen Straßenseite kam. Nele konnte es in dem Tumult nicht genau ausmachen. »Es lebe der Frieden!«

Die Trillerpfeifen der Polizei schrillten über die Köpfe der Passanten.

»Hoch der Wille Gottes und die internationale Verbrüderung des Volkes!«

Eine tiefe Männerstimme antwortete mit dem Deutschlandlied, das wie kaum ein anderes Freiheitslied des neunzehnten Jahrhunderts mit Hamburg verbunden war. Es wurde sogar an den Schulen gelehrt, man habe den Text vor über sechzig Jahren auf dem Jungfernstieg zum ersten Mal überhaupt gesungen. Deshalb wunderte sich Nele nicht, dass unverzüglich andere Sänger, auch Frauen, einstimmten, gröhlend und vielfach mit den falschen Tönen, aber enthusiastisch über den Bahnhofsvorplatz schmetterten: »*Deutschland, Deutschland über alles, über alles in der Welt …*«

Die Jungen auf der anderen Seite antworteten mit einem Schlachtlied, das Nele freilich nicht kannte: »*Denn nur Tyrannen müssen Kriege führen, Soldat der Freiheit will ich gerne sein!*«

Richter nahm sie beim Arm. »Gehen Sie rasch weiter, Fräulein Nele, ich habe das Automobil vor der Kunsthalle geparkt. Es gibt gewiss gleich Scherereien.«

Atemlos vor Aufregung erkundigte sie sich im Laufen: »Was ist denn hier los?«

Der Chauffeur hatte Mühe, die beiden Reisetaschen, seinen Schützling und sich selbst wohlbehalten vorbei an den aufgebrachten Menschen zu lotsen. Seine Verletzung behinderte ihn dabei noch mehr als Neles Gepäck und andere Fußgänger, die dem sich anbahnenden Streit ebenfalls aus dem Weg zu gehen versuchten.

»Es ist nichts mehr wie früher. Die Arbeiterjugend ist außer Rand und Band, selbst den Parteiführern der Sozialisten sind die Jugendbündler unangenehm. Sie treffen sich regelmäßig dort drüben im Café Wallhof. Vierzehn- bis sechzehnjährige Burschen, stellen Sie sich das mal vor!«

Nele nickte bekümmert. Sie wusste zu viel über das mögliche Schicksal jedes einzelnen dieser aufmüpfigen Jungen, um zu missbilligen, dass sie nicht zu den Jugendkompanien ins Feld geschickt werden wollten. Vielleicht hatte der eine oder andere bereits irgendwo in Frankreich, Belgien oder Ostpreußen und Polen Vater und ältere Brüder verloren. Doch diese Anteilnahme mochte sie gegenüber Richter nicht zugeben. Einem verwundeten Reservisten, der sein Eisernes Kreuz angeheftet hatte, um die Tochter des Chefs vom Bahnhof abzuholen.

»Geben Sie gut auf sich acht, wenn Sie künftig in der Stadt unterwegs sind und ich Sie nicht beschützen kann«, fügte Richter hinzu. »Die Kriminalität steigt, und die Jugendfürsorge warnt sogar vor Zwölfjährigen, die straffällig werden. Schlimm, schlimm. Erst werden sie Diebe, dann Anarchisten, und schließlich sterben sie als Kanonenfutter.«

»Herr Richter!«, entfuhr es Nele verblüfft.

Er sah sie mit seinen müden Augen treuherzig an. »Ihnen gegenüber darf ich doch offen sein, nicht wahr, Fräulein Nele? Sie sind beim Roten Kreuz, Sie wissen besser Bescheid als viele andere. Und Ihr Herr Vater hört's ja nicht.«

»Natürlich«, murmelte sie, betroffen, weil sie diese Wahrheiten nicht von Richter erwartet hatte. Die letzten Meter bis zu dem messingblinkenden Audi Phaeton legten sie schweigend zurück.

Als der Schlag von innen geöffnet wurde, verdrängte Victors Anblick die Realität ringsum für ein paar Minuten aus Neles Wahrnehmung. Sie fiel ihrem Vater in die Arme, spürte seine

Wärme, atmete den Duft des Rasierwassers ein – und war mit einem Mal wieder sein kleines Mädchen.

20

Das vorherrschende Thema in ihrem Elternhaus war zunächst nicht Neles Heimkehr. Vielmehr ging es um die neuesten Nachrichten aus dem Extrablatt, das Richter vor ihrer Ankunft am Bahnhof aufgetrieben hatte. Der Inhalt erklärte Nele den Grund für die lautstarken Proteste der Jugendlichen und die vielstimmige Reaktion der anderen Menschen ausgerechnet an diesem Tag.

Ihr Vater informierte sie, ihre Großmutter und ihre Schwestern, als sie sich zum Cocktail im Salon versammelten. Zur Feier ihres ersten Abends zu Hause servierte Frieda Sekt. Natürlich keinen französischen Champagner, sondern Kupferberg aus dem Rheingau.

»Das deutsche Unterseeboot U-20 hat heute Mittag vor der Küste Irlands die Lusitania versenkt«, verkündete der Reeder. »Das Schiff war auf dem Weg von New York nach Liverpool.«

»Aber das ist doch nur ein Passagierdampfer«, murmelte Ellinor, bevor sie an ihrem Sekt nippte.

»Ja. In der Tat. Ein Passagierdampfer, der weit über fünftausend Kisten Munition und andere Kriegsmaterialien von Amerika nach England transportierte.« Victors Stimme klang bitter, als er hinzufügte: »Die fast baugleiche RMS Aquitania hat der britische Marineminister wenigstens gleich zu Beginn des Krieges offen als Hilfskreuzer und Truppentransporter eingesetzt. Die Lusitania dagegen wurde trotz ihrer angeblich rein zivilen Nutzung von Anfang an im Flottenhandbuch als schwer bewaffnet geführt. Das allein würde den Angriff rechtfertigen. Die Passagiere aber als Schutzschild für Munitionstransporte zu missbrauchen ist ein verwerfliches Vorgehen von Marineminister Winston Churchill. Man kann der deutschen Admiralität keinerlei Vorwürfe machen.«

»Wie viele?«, fragte Charlotte tonlos. »Ich meine, wie viele Menschen sind ertrunken?«

»Es sind noch keine genauen Zahlen bekannt, aber es dürfte mehr als eintausend Opfer gegeben haben, wobei nicht der Torpedo allein für diese hohe Zahl verantwortlich ist. Dem Treffer folgte laut diesem Zeitungsbericht unmittelbar eine zweite Explosion, die vermutlich durch die Munition an Bord ausgelöst wurde.«

Nele spürte, wie die Farbe aus ihrem Gesicht wich. Der Anfang und das Ende, fuhr es ihr durch den Kopf. Das Unglück der Titanic markierte ihre Erkrankung und das damit verbundene Exil in der Schweiz – und nun sank am Tag ihrer Heimkehr mit der Lusitania ein weiteres berühmtes Luxusschiff. Was für eine Duplizität der Ereignisse.

Sie dachte an Francis Bellows. Er war lange vor den Münchner Freunden gestorben, die in diesen Tagen in Frankreich oder an einer anderen Front ums Leben kamen. Schon vorigen September war August Macke in der Champagne gefallen, der so wundervolle Bilder geschaffen und mit Franz Marc, der vor Verdun kämpfte, und Wassily Kandinsky, der nach Zürich emigriert war, die Künstlervereinigung Blauer Reiter gegründet hatte. Die alten Zeiten würden selbst in einem baldigen Frieden nicht wiederkehren. In stillem Gedenken hob sie ihr Glas.

»Das ist gewiss sehr bedauerlich«, meldete sich Lavinia zu Wort, »aber wir kennen doch keinen der Passagiere, oder? Warum also in traurige Stimmung verfallen? Lasst uns darauf trinken, dass Nele wieder bei bester Gesundheit und unter uns ist.«

»Nun …« Charlotte wirkte irritiert, schien zögerlich, dann lächelte sie mit königlicher Contenance. »Ich denke, dagegen lässt sich nichts sagen. Herzlich willkommen zu Hause, Nele!«

»Ich bin so froh, dass du wieder da bist«, sagte Ellinor. »Vielleicht können wir uns gleich morgen über die Aufgaben unterhalten, die du hier für das Rote Kreuz wahrnehmen sollst. Ich würde dich gerne unterstützen.«

»Hast du nicht genug im Nationalen Frauendienst zu tun?«, mischte sich Lavinia ein. »Die Zusammenarbeit mit Nele könntest du ruhig mal ausschließlich mir überlassen.«

»Ach, Livi«, ein Seufzer entrang sich Nele.

Der Eifer ihrer kleinen Schwester, ihre Begeisterung für alles Neue, war offenbar ungebrochen. Dabei hatte sie sich optisch erstaunlich verändert. Lavinia war noch immer wunderschön, aber viel schmaler, fast knochig. Dadurch besaß sie plötzlich ungewohnt herbe Züge, die bei älteren Frauen oftmals ein Zeichen von Verbitterung waren. Hätte Nele nichts von Livis unglücklicher Ehe und ihrer verbotenen Liebe gewusst, wäre sie allein durch ihren Anblick darauf aufmerksam geworden, dass etwas nicht stimmte. Hinzu kam ihre unprätentiöse Garderobe. Die kaum knöchellange, sogenannte Kriegskrinoline mit dem zipfeligen Saum war zwar derzeit das höchste der Gefühle an mondäner Kleidung, wirkte an Lavinia jedoch wie eine altmodische Kostümierung. Sie sah aus wie ein Brillant, auf den statt Lichterglanz nur Schatten fiel.

Bei Tisch bemühte sich Neles Familie um eine möglichst oberflächliche Unterhaltung. Die Torpedierung und die Explosion der Lusitania wurden nicht mehr angeschnitten. Victor sprach wenig, wirkte aber im Kreis seiner Lieben dermaßen zufrieden, dass Nele gerührt war. Ihre Großmutter und Lavinia plauderten über Freunde und Nachbarn, schließlich auch über Schulte-Stollbergs und Christians Aufgaben in Berlin, die Ellinors lebhafte Beteilung an der Unterhaltung weckten. Der Krieg an sich wurde nicht thematisiert, nicht einmal die Arbeit des Nationalen Frauendienstes. Deshalb erwähnte Nele auch die Zentralstelle für

Kriegsgefangene nicht. Scheinbar war alles wie früher – und sie gab sich für eine Weile der Illusion hin, dass sich wenigstens in ihrem Elternhaus nichts verändert hatte. Erst später fiel ihr auf, dass Konrads Name nicht ein einziges Mal genannt wurde.

Obwohl sie von der langen Reise und der Wiedersehensfreude todmüde war, konnte Nele nicht einschlafen. Nachdem sie sich in ihrem Bett herumgewälzt hatte, drehte sie die Lampe an, stand auf und setzte sich in ihren Schaukelstuhl.

Langsam wiegte sie sich hin und her. Der Sessel war ein Erbstück ihrer Mutter. Sie wusste nicht, wieso er ausgerechnet bei ihr gelandet war. Vielleicht hatte ihn Adele in ihr Zimmer gestellt. Sie war der Liebling ihrer Gouvernante gewesen, was natürlich nie offen ausgesprochen wurde, aber sich in ihrer Erinnerung verfestigt hatte.

Ein vorsichtiges Klopfen unterbrach ihren Ausflug in die Vergangenheit. Dann ein Wispern: »Nele, schläfst du schon?«

Nele lächelte. Wenn sie ehrlich zu sich war, hatte sie ihre Schwester erwartet. So wie früher, als sie noch Kinder waren und das Leben weniger kompliziert. Sie fuhr sich mit den Händen über die Augen, bevor sie rief: »Komm nur rein.«

Leise schlüpfte Lavinia ins Zimmer. Sie trug, ebenso wie Nele, nur ein Nachthemd und war barfuß. Über ihre Schultern floss ihr weizenblondes Haar. Sie schien überrascht, dass Nele im Schaukelstuhl saß. »Warum bist du nicht im Bett?«

»Ich habe auf dich gewartet.« Nele klopfte auf das Polster der Fensterbank neben sich. »Setz dich, Livi.«

Gehorsam nahm die Jüngere Platz, zog die Füße an und schob sie unter ihr Nachthemd. »Ehrlich gesagt würde ich mich zum Reden lieber in dein Bett legen, aber wenn es dir so lieber ist, soll's mir recht sein.«

»Sind wir nicht zu alt, um im Bett zu kuscheln?«

Lavinia legte den Kopf schief. »Wenn Männer weniger Krieg

spielen würden und mehr Zeit für Zärtlichkeiten hätten, ginge es uns erheblich besser!«

»Ach, was«, widersprach Nele und ertappte sich bei dem Gedanken daran, wie zärtlich Lavinias Ehemann sein konnte. Aber das ahnte ihre Schwester vermutlich nicht, wenn Nele das Wenige, das Konrad über ihre Beziehung erzählt hatte, richtig interpretierte.

»Du bist nicht verheiratet«, erwiderte Livi prompt. »Da kannst du gar nicht mitreden.«

»Wahrscheinlich nicht.« Nele schenkte ihr ein mildes Lächeln. »Und? Wie geht es dir?«

»So so. Nicht gut und nicht schlecht, würde ich sagen. Solange Krieg ist, brauche ich keine Entscheidungen über meine Zukunft zu treffen. Das ist ganz angenehm, finde ich. So habe ich wenigstens meinen eigenen Frieden.«

Bestürzt hielt Nele im Schaukeln inne. »Wie bitte?«

»Nun. Ja. Das klingt ein wenig seltsam, das gebe ich gerne zu. Aber alle Welt zerrt an mir und verlangt Dinge, die ich nicht so ohne Weiteres erfüllen kann. Vor allem Konrad. Deshalb bin ich ganz froh, dass er seinen Urlaub wegen der Gasangriffe auf Ypern abkürzen musste. Er wurde vorzeitig an die Front zurückberufen.«

»Du schickst deinen Mann ins Feld, weil seine Abwesenheit für dich angenehmer ist?« Nele wurde schwindelig. Sie zwang sich zur Ruhe. Ihre Fäuste schlossen sich so fest um die Lehnen des Sessels, dass die Fingerknöchel weiß hervortraten. Als sie im vorigen Monat von der Schlacht in Flandern gehört hatte, wähnte sie Konrad sicher in Hamburg. Von ihm selbst hatte sie nichts mehr gehört, wohl aber die schier endlosen Listen mit Namen belgischer und britischer Soldaten eingesehen, die in der Senfgaswolke erstickt waren. »Ist dir klar, dass er da draußen sterben kann?«

»Natürlich …«, gab Lavinia mit einem kleinen Zögern zurück. »Aber Konrad hat sich aus freien Stücken gemeldet, das hat mit mir gar nichts zu tun. Andernfalls wäre er nach Ostafrika gereist, und der Krieg hätte für ihn gar nicht erst angefangen.«

»In den Kolonien wird auch gekämpft«, stellte Nele richtig. »Dem Kriegsbeginn konnte kein Mann so einfach entfliehen.«

»Von mir aus. Das spielt sowieso keine Rolle mehr. Nun ist es so, wie es ist. Und ich komme allein zurecht.« Lavinia schob ihre Füße unter dem Nachthemd hervor und betrachtete versonnen die Zehen. Nach einer Weile verkündete sie feierlich: »Wenn du es vor Ellinor und Großmutter geheim halten kannst, verrate ich dir etwas.«

Sie ist schwanger!, durchzuckte es Nele.

»Konrad will die Scheidung.«

Sie glaubte, sich verhört zu haben. »Was?«

»Es ist unglaublich. Er will mich allen Ernstes einem Skandal aussetzen. Gegen Vaters ausdrücklichen Wunsch. Wie undankbar von ihm. Und wie unhöflich. Stell dir das vor!«

Nele schloss die Augen. Er hatte es gewagt. Wie konnte sie nur eine Sekunde lang an ihm zweifeln? Warum auch immer er nicht mehr schrieb, die Gründe waren gewiss vielfältig. Offenbar hatten sie nichts mit Livi und einer Versöhnung zu tun. Sie war so erleichtert, dass ihr fast die Tränen kamen.

Sie schluckte und sah Lavinia an, die beleidigt wie ein kleines Mädchen auf der Fensterbank thronte. Wie damals, als Ellinor ihr die Murmeln weggenommen hatte. Nele würde ihr nicht sagen, dass sie ihr den Mann wegnahm. Jedenfalls nicht jetzt.

»Eine Scheidung darf man natürlich nicht auf die leichte Schulter nehmen, aber sie ist bestimmt nicht das Ende der Welt. Du hast noch viel Zeit, Livi, dir darüber Gedanken zu machen. Wir wissen alle nicht, wann der Krieg vorüber ist. Bis dahin wirst du eine Lösung finden, die auch Vater ertragen kann.«

Lavinia strahlte. »Ich wusste, es wird alles gut, wenn du wieder in Hamburg bist.«

»Geht es ihm denn gut … deinem Mann?«

»Ich denke schon. Solange ich nichts Gegenteiliges höre, mache ich mir keine Sorgen um Konrad.«

»Natürlich nicht.« Nele bemühte sich um einen leichten Ton, der ihr angesichts Lavinias Herzlosigkeit ausgesprochen schwerfiel: »Das Thema Scheidung haben wir nun geklärt. Wer oder was bereitet dir sonst noch Probleme?«

Mit überraschender Emotionalität schlug ihre Schwester die Hände vor das Gesicht. »Ich bin so durcheinander«, ihre Stimme klang erstickt. »Meine Gefühle wollen etwas Verbotenes, aber wenn bekannt würde, dass ich mich in eine andere Frau verliebt habe, wäre das eine noch größere gesellschaftliche Katastrophe. Ich weiß, ich schockiere dich, aber ich wünschte mir, mit Alice leben zu können wie ein Ehepaar.«

»Alice«, wiederholte Nele. Wo hatte sie den Namen schon einmal gehört? »Aha. Wer ist das?«

Lavinia setzte sich gerade hin. »Die bemerkenswerteste Person, die dir je begegnet ist. Ich liebe sie.«

Jetzt erinnerte sich Nele. Alice war jene Frau, mit der Konrad Livi inflagranti erwischt hatte. Sie seufzte. »Als ich dich das letzte Mal sah, liebtest du Konrad.«

»Ja. Sicher. Aber das war ein Irrtum. Unsere Ehe war ein Fehler. Insofern wäre der Gedanke an Scheidung richtig. Aber natürlich ist ein Gerichtsverfahren nichts anderes als eine Blamage, der ich mich nicht aussetzen möchte … Mir kommt gerade ein Gedanke: Ob es gesellschaftlich akzeptabler ist, mit einer guten Freundin zusammenzuleben, wenn eine der beiden Frauen einen Ehemann hat?«

»Ich glaube nicht, dass Vater eine Ménage-à-trois für weniger skandalös als eine Scheidung hielte.«

»Psst!« Lavinia legte ihr einen Finger an die Lippen. »Unser Vater wird sehr zornig, wenn in diesem Haus Fremdwörter benutzt werden. Er ist da sehr penibel. Das bringt sogar Großmutter zur Weißglut.«

»Gut«, Nele schmunzelte, »unser Vater hielte es aber auch gewiss nicht für akzeptabel, wenn wir es Dreiecksverhältnis nennen.« Die Vorstellung, dass Konrad in der St. Benedictstraße neun mit zwei Frauen zusammenwohnen sollte, die sich liebten, belustigte sie.

»Ich dachte daran, mit Alice fortzugehen. Als verheiratete Frau habe ich mehr Möglichkeiten, weißt du. Wir könnten reisen. An die Nordsee, nach Mecklenburg, vielleicht auch nach Zoppot. In den Badeorten ist immer viel los. Es macht sicher Spaß, sich dort länger als nur für einen Urlaub aufzuhalten.«

»Als du damals von Sylt zurückgekommen bist, klangst du anders.«

Lavinia kicherte. »Stimmt. Aber damals wollte ich mich unbedingt mit Konrad verloben. Er sah so gut aus. Ich musste ihn an meiner Seite haben. Unser Hochzeitsfoto ist auch wirklich sensationell. Ich muss es dir unbedingt zeigen …« Sie schickte sich an aufzustehen.

»Das hat keine Eile, Livi«, wehrte Nele rasch ab. »Es läuft nicht weg. Du kannst es mir morgen zeigen. Ich bleibe ja hier.«

Ihre Schwester machte es sich wieder bequem. Sie lehnte sich vor und streckte die Hand nach ihr aus. »Darüber bin ich unendlich froh, Nele.«

Nele umschloss Lavinias Finger. Das schlechte Gewissen lastete auf ihr. Livi die Wahrheit vorzuenthalten war schlimmer als der Betrug selbst. Doch um ihrer Familie willen würde Nele weiterhin lügen.

21

Trotz des Schreckens an der Front und der Entbehrungen für die Menschen in der Heimat waren die Hamburger bemüht, eine gewisse Normalität im öffentlichen Leben aufrechtzuerhalten. So fand auch in diesem Jahr das Deutsche Derby statt. Als würden nicht Tausende edle Pferde der Kavallerie auf den Schlachtfeldern verenden und britische Jockeys, die viele Jahre erfolgreich für deutsche Gestüte gearbeitet hatten, in Internierungslagern darben. Wegen des Krieges waren Glücksspiele verboten, aber anlässlich der Rennwoche wurde der Totalisator dank einer Ausnahmeregelung wieder zugelassen. Während die meisten Hamburger also in dem alljährlichen Taumel versanken, machte sich in Nele Skepsis breit. Die Begeisterung für die Pferdewetten konnte sie nicht teilen – und warum Frontteilnehmer im Urlaub spielen, aber nicht tanzen durften, erschloss sich ihr nicht.

Sie hatte ohnehin keine Zeit für Vergnügungen. Der Suchdienst kostete sie Kraft, und das für mindestens zwölf Stunden jeden Tag. Manchmal besprach sie sich mit Ellinor, da das Rote Kreuz in Hamburg enge Kontakte zu den Frauenhilfsvereinen pflegte. Im Allgemeinen ließ sie ihre Schwestern aber außen vor. Sie wollte schließlich in der Landeszentrale des Roten Kreuzes am Neuen Wall kein Familienunternehmen gründen. Außerdem legte sie keinen Wert darauf, sich vor Ellinor und Lavinia als Chefin aufzuspielen. Erwartungsgemäß fühlte sich Livi zurückgesetzt und schmollte. Doch Nele änderte ihre Meinung nicht, obwohl ihr schlechtes Gewissen sie drängte. Immer wieder musste sie sich daran erinnern, dass ihre Aufgabe nichts mit ihren persönlichen Problemen zu tun hatte.

Als Frieda ihr eines sommerlichen Abends beim Heimkommen ausrichtete, Herr Dornhain wünsche das gnädige Fräulein in seinem Arbeitszimmer zu sprechen, fürchtete Nele einen Protest ihres Vaters. Womöglich würde er sie um eine Stelle für Lavinia bitten.

Victor saß hinter seinem Schreibtisch und bot ihr lächelnd den Stuhl davor an. »Setz dich, Nele. Erzähl mir ein bisschen von dir. Wir unterhalten uns viel zu selten. Manchmal glaube ich, man billigt dir gar keine Freizeit zu. Nicht einmal zum Derby konntest du uns begleiten.« Ein leiser Vorwurf schwang in seinem Ton mit.

Während sie der Aufforderung folgte, sagte sie langsam: »Es gibt so unendlich viel zu tun in diesen Tagen. Ich müsste vier Hände und doppelt so viele Stunden haben ...«

Sie biss sich auf die Unterlippe. Das war die falsche Antwort. Zweifellos würde er ihr jetzt Lavinia als Hilfskraft vorschlagen. Und nun konnte sie schlecht dagegenhalten.

»Das glaube ich dir gerne«, erwiderte ihr Vater ruhig. Er lehnte sich auf seinem Stuhl zurück, blickte gedankenverloren gegen die Decke. Dann: »Ich frage mich, ob es angezeigt ist, einige Veränderungen in diesem Haushalt vorzunehmen. Hieltest du es für sinnvoll, unser Personal irgendwo einzusetzen? In einem überschaubaren Rahmen, versteht sich, denn natürlich sollten unsere Mädchen und Ida vor allem *unsere* Angestellten bleiben.«

Verblüfft neigte sich Nele vor. »Selbstverständlich ließen sich Aufgaben finden. Das würde dir auch Ellinor bestätigen. Aber ... weiß Großmutter davon? Ich denke, sie wäre nicht begeistert, die Dienerschaft mit dem Roten Kreuz oder einer anderen Organisation zu teilen.«

»Der Verzicht auf Bequemlichkeit ist unsere patriotische Pflicht. Wenn ich schon wenig mehr tun kann für mein Vaterland, als hin und wieder ein paar kluge Worte in der Bürgerschaft zu verlieren ...«

»Wolltest du dich etwa zum Kriegsdienst melden?«, entfuhr es Nele entsetzt.

»Ein Mann, der als Junge die Kinderlähmung überlebt hat, ist in Armee und Marine unbrauchbar«, gab er verbittert zurück. In einer trotzigen Geste griff er nach dem Stock, der an seinem Stuhl lehnte, und klopfte damit energisch auf den Boden. »Außerdem mache ich mir über mein Alter keine Illusion. Es ist allerdings eine herbe Erfahrung, ins zweite Glied rücken zu müssen und zu erleben, dass man für Kaiser und Reich nichts weiter tun kann, als die eigene Dienerschaft an die Wohlfahrt zu verleihen.«

»Nun … ehmmm …«, Nele stockte. Die Offenheit ihres Vaters verwirrte sie. Es überforderte sie, einen sonst so gefestigten, souveränen Charakter wie ihn plötzlich mit Minderwertigkeitsgefühlen zu erleben.

»Mir geht es vor allem um Klara«, hörte sie ihn fortfahren. »Das Mädchen befindet sich in äußerst schlechter Verfassung. Sie macht sich große Sorgen um ihren Verlobten. Gibt es Neuigkeiten über das Schicksal Gabriel Rosenbergs?«

Nelle schüttelte den Kopf. Sie war erleichtert, auf ein Thema ausweichen zu können, bei dem ihre Professionalität gefragt war. »Nein. Leider. Im August soll ein erster Austausch von schwerstverwundeten Gefangenen von der Insel Rügen aus über die schwedischen Häfen Trelleborg und Haparanda beginnen. Ich hoffe, Gabriel Rosenberg wird dabei sein.«

Wieder dieser nachdenkliche Blick. Doch diesmal konzentrierte sich ihr Vater nicht auf einen imaginären Punkt irgendwo an der Decke, sondern sah ihr lange in die Augen.

Nach einer Weile sagte er mit einer leisen, sanften, unendlich warmen Stimme: »Ich bewundere dich, Nele. Aus dir ist nicht nur eine kluge, sondern auch eine sehr starke junge Frau geworden. Ich dachte immer, du wärest die verrückteste meiner Töchter. Eine Künstlerin, der man aus Achtung vor ihrem Talent alles verzeiht. Unzuverlässig, kränkelnd. Und in diesen schweren Zeiten erweist ausgerechnet du dich als besonders praktisch, nützlich und darüber hinaus als sehr fleißig. Die perfekte Frau …«

»Ach, Papa, nicht doch.« Nele war beschämt und verlegen. Sie stand auf, ging um den Schreibtisch herum. Neben ihrem Vater blieb sie stehen, legte ihre Hand auf seine Schulter.

Unverzüglich legte er seine darüber.

»Ich kannte vor vielen Jahren eine ähnliche Person. Sie war auch eine perfekte Frau, aber leider die falsche für mich.« Sein Ton gewann wieder an Verbitterung und Härte, er zog den Arm zurück. »Aber das tut natürlich nichts zur Sache.«

»Natürlich nicht«, versicherte Nele. Um die Situation etwas aufzuheitern und Gelassenheit zu simulieren, schob sie ein paar Papiere zur Seite, um sich halb auf die Tischkante zu hocken. »Offensichtlich besitze ich Fähigkeiten, die für den Suchdienst der Zentralstelle für Kriegsgefangene wichtig sind. Allerdings habe ich inzwischen den Eindruck, dass wir zu einer allgemeinen Abteilung für Lebenshilfe werden.«

»Was meinst du damit?«

»Von den Mitarbeitern des Roten Kreuzes werden Ratschläge aller Art erwartet. Nicht nur die selbstverständlichen Dinge wie Lazarettdienste, Verwundetentransporte, die Flüchtlingsversorgung und Spendensammlungen. Bei einem Suchdienst wird offenbar nach allem Möglichen gefragt.«

»Dann gibt es ja viel zu tun. Sei also so freundlich und bring vor allem Klara irgendwo unter. Das Mädchen liegt mir am Herzen. Ein Haushaltsvorstand trägt schließlich nicht nur Verantwortung für seine Familie, sondern auch für die Mitglieder des Personals.«

»Ich werde mit Klara sprechen. Ihr Einsatz hängt auch ein bisschen von ihren Fähigkeiten ab. Bisher weiß ich eigentlich nicht sehr viel über sie.« Lächelnd erhob sich Nele. »Wenn du möchtest, kann ich das aber gleich ändern.«

Victor erwiderte ihr Lächeln. Die Zuneigung darin erfreute sie. »Ich wusste, dass ich mich auf dich verlassen kann, Nele.«

Sie war bereits an der Tür, als er sie noch einmal ansprach: »Hast du eigentlich Konrad wiedergesehen?«

Das Herz sank ihr. Sie fühlte sich, als wäre ihr ein Messer in den Rücken gestoßen worden. Langsam wandte sie sich um.

Er saß ruhig hinter seinem Schreibtisch, sah sie aufmerksam an.

»Wie kommst du darauf?«, wich sie aus.

»Meines Wissens reiste Konrad voriges Jahr über die Schweiz nach Genua. Er war lange unterwegs. Hat er dich in Ascona besucht, Nele?«

Nele biss die Zähne zusammen, damit ihr keine übereilte Antwort über die Lippen kam. Von der Halle drangen die Klingeltöne der altmodischen Glocke, mit der ihre Großmutter manchmal zu Tisch rief, durch die geschlossene Tür. Es war Zeit für das Abendessen. Sie musste sich entscheiden. Wahrheit oder Lüge.

Sie wählte einen Mittelweg. »Ich glaube nicht, dass das noch irgendeine Rolle spielt.«

»Er hat Lavinia um die Scheidung gebeten.«

»Ich weiß.« Sie schluckte. »Livi hat es mir erzählt.«

»Hat deine Schwester eine Ahnung, dass du der Grund bist?«

Stumm schüttelte sie den Kopf.

Victor atmete tief durch. »Dann belass es bitte dabei. Lavinia sind die Gefühle ihres Mannes zwar fremd, doch persönliche Vorlieben haben gesellschaftlich ohnehin keinen Belang. Eine Scheidung kommt für Lavinia und Konrad natürlich nicht infrage. Schon gar nicht, damit er seine Schwägerin heiraten kann. Das wäre ridikül.«

Dass ihr Vater ein aus dem Französischen entlehntes Fremdwort benutzte, bewies Nele, wie sehr er sich aufregte. Er schien seine Wortwahl nicht zu bemerken. Nach außen wirkte er jedoch souverän – und plötzlich weit entfernt von dem liebevollen Mann, der er zuvor gewesen war.

»Wollen wir nicht erst einmal hoffen, dass Konrad den Krieg überlebt?«, fragte Nele spitz.

Brüsk wandte sie sich ab und ging hinaus.

22

Es tat gut, eine kriegswichtige Aufgabe erfüllen zu dürfen. Nachdem Gabriel als vermisst gemeldet worden war und Klara endlich erfahren hatte, dass er sich in einem Gefangenenlager in Sibirien befand, war sie sich nur noch nutzlos vorgekommen. Ihr relativ sorgloses, geordnetes Leben im Dornhain'schen Haus am Alsterufer erschien ihr furchtbar hohl und bequem.

Schließlich hatte sie kurz vor der Kündigung gestanden. Die Pulverfabriken suchten ständig nach Arbeiterinnen, da die Produktion Tag und Nacht laufen musste. Dort würde man sie bestimmt nehmen, und sie könnte sich durch ihre Tätigkeit den Soldaten im Feld irgendwie näher, verbundener fühlen. Doch ausgerechnet Gabriels Mutter hielt sie davon ab, ihre Stellung aufzugeben.

»Was Sie vorhaben, wäre niemals im Sinne meines Sohnes«, erklärte sie Klara bei einer Tasse Kaffee.

Es war eine der seltenen Einladungen in die Wohnung der Rosenbergs. Klara vermutete, dass sich die liebenswürdige Frau Rosenberg so zurückhielt, weil sie kaum Lebensmittel für ihren Mann, die halbwüchsigen Söhne und sich selbst herbeischaffen, geschweige denn einen Gast mit der ihr eigenen Großzügigkeit bewirten konnte.

»Gabriel lebt in der Gewissheit, dass Sie durch Ihren Arbeitgeber gut versorgt sind. Damit hat er natürlich auch Recht. Sie können das nicht ändern, mein Kind, solange er noch irgendwo da draußen ist. Das wäre doch in gewisser Weise Verrat. Finden Sie nicht?«

Klara teilte zwar nicht die Meinung ihrer künftigen Schwiegermutter, aber sie fügte sich. Ihr Liebster wünschte gewiss nicht, dass sie tatenlos herumsaß, während Hunderttausende für ihr Vaterland starben. Aber er ging nun einmal davon aus, dass sie am Harvestehuder Weg auf ihn wartete. Das war ein Argument, dem sie sich nicht verschließen konnte. Außerdem brauchte sie für jede Veränderung bis zu ihrer Volljährigkeit die Zustimmung ihrer Ziehmutter. Und ob die mit einem Wechsel des Arbeitsplatzes einverstanden war, stand in den Sternen. Ein Jahr noch – dann konnte sie selbst über ihr Schicksal entscheiden. Aber dann war der Krieg hoffentlich längst vorbei.

Also blieb Klara in der Villa am Harvestehuder Weg. Unglücklich, schlecht gelaunt und ihre Arbeit wie eine Marionette verrichtend. Erst mit der Heimkehr von Fräulein Nele veränderte sich ihre kleine Welt.

Nicht, dass Klara viel mit dem gnädigen Fräulein zu schaffen gehabt hätte. Helene Dornhain war bewundernswert fleißig. Sie verließ morgens das Haus, bevor die anderen Familienmitglieder das Frühstück beendeten, und kam für gewöhnlich als Letzte abends zurück. Selbst Fräulein Ellinor arbeitete nicht so viel für den Frauendienst. Bei Frau Michaelis war es wohl mehr eine Frage der Laune, wann und ob sie ein Ehrenamt ausfüllte. Die alte gnädige Frau indes hielt ebenso wie Herr Dornhain an den überholten Gepflogenheiten der Vorkriegszeit fest. Es wurde Tee serviert, als gäbe es keinen Krieg, Idas ständige Klagen wegen des Mangels ignorierte Charlotte Dornhain geflissentlich. Die Plunderteilchen buk die Köchin dennoch nur unter Protest, weil Butter, Eier und Mehl ein Jahr nach dem Waffengang knapp waren und fast das Doppelte kosteten. Die Speisekammer war zwar gut gefüllt, denn an Geld, um die nötigen Lebensmittel notfalls auch auf dem Schwarzen Markt zu beschaffen, fehlte es nicht. Aber die wöchentlichen Menübesprechungen gingen zunehmend mit Diskussionen auf allen Seiten einher; denen folgten eine ganze Menge Flüche der Köchin, wenn die Dienerschaft wieder unter sich war.

Durch die Anwesenheit des Fräulein Helene wehte ein frischer Wind durch das Haus. Die mittlere Tochter, von der alle geglaubt hatten, sie sei eine ewig an der Tuberkulose leidende, vergeistigte Künstlerin, überraschte mit Tatkraft. Selbst Klara fand zu neuem Schwung. Sie schöpfte Hoffnung durch die meist zufälligen, aber immerhin regelmäßigen Begegnungen mit Nele. Denn die war durch ihre Arbeit der Schlüssel zu Informationen über Gabriels Schicksal.

Als Nele fragte, ob sie beim Roten Kreuz mithelfen wolle, fühlte sich Klara zum ersten Mal in ihrem Leben ernst genommen. Das gnädige Fräulein vermittelte sie an die Abteilung, die für das Sammeln der sogenannten allgemeinen Liebesgaben zuständig war. Dabei handelte es sich um Spenden aller Art für die Soldaten.

Es ging darum, die Wünsche der Männer zu erfüllen – von Zigarren und Zigaretten über Bücher und Zeitschriften, alkoholische Getränke und Süßkram bis hin zu Tabletten zur Nervenstärkung wie Sanatogen oder Leciferrin. So einfach, so schwierig. Denn nichts war mehr selbstverständlich. Überall herrschte Knappheit. Neulich hatte Klara gehört, dass sogar Frauenhaar gesammelt wurde, um von der Industrie als Rohstoff verarbeitet zu werden. Ebenso wie Kastanien, Bucheckern und – man stelle sich vor! – Obstkerne, aus denen Öl gewonnen wurde. Dennoch gelang es dem Roten Kreuz, ganze Waggonladungen mit Geschenken an die Front zu transportieren.

Klara sortierte und verpackte die Waren, die im Zippelhaus, einem alten Kontorgebäude am Rande der Speicherstadt, gelagert wurden. Sie war erfüllt von einem ungewohnten Gefühl der Leichtigkeit. Dankbar dachte sie an Fräulein Nele, die ihr diese Arbeit verschafft hatte, und an Herrn Dornhain, der ihr erlaubte, den halben Tag außer Haus tätig zu sein. Die gnädige Frau war wahrscheinlich weniger angetan davon, aber auch die alte Dame hielt sich mit Kommentaren zurück, wenn sie in der Villa etwas nicht ganz so perfekt vorfand wie früher.

Allerdings war es körperlich keine leichte Arbeit. Klaras Kreuz machte sich bemerkbar, auch ihre rechte Schulter begann zu schmerzen, wenn sie zu viele Pakete schleppte und nicht auf den freundlichen Herrn Schneider achtete, der ihr die Waren mit stoischer Ruhe, für sein fortgeschrittenes Alter ungewöhnlicher Muskelkraft und stets leicht schwankendem Gang abnahm.

»Nu mal langsam, *meen Deern*! Es wird kein Krieg damit gewonnen, dass hübsche Mädchen einen krummen Rücken bekommen. Ich weiß, dass wir alleine für die Verwundeten in den Lazaretten Hamburgs wöchentlich rund fünfzigtausend Zigaretten benötigen. Aber außer dir, *meen Deern*, und mir wissen das nicht viele. Deshalb interessiert's auch keinen. Und deshalb darfst du dich nicht kaputtmachen. Was soll denn dein *Fruend* sagen, wenn er nach Hause kommt?«

Er hatte Recht. Aber an diesem Sonntag im August arbeitete sie, als hätte der liebe Gott ihr Flügel verliehen.

Fräulein Nele hatte ihr gestern gesagt, dass Gabriels Name auf der Liste des Verwundetentransports stand, der von Trelleborg in Richtung Sassnitz unterwegs war. Vor lauter Aufregung und Freude konnte Klara kaum schlafen, aber von Müdigkeit spürte sie heute keinen Anflug. Sie war flink, aufmerksam und zäh wie selten zuvor.

Wenn sie pünktlich in der Dornhain'schen Villa ankam, um das Abendessen zu servieren, würde sie das gnädige Fräulein vielleicht kurz abfangen und fragen können, wann der Lazarettzug von der Insel Rügen in Hamburg ankam. Es war Klara einerlei, in welcher Verfassung sich Gabriel bei der Heimkehr befand. Wichtig war nur, dass sie ihn wiedersehen durfte.

»Klara, der gnädige Herr wünscht dich zu sprechen«, meldete Frieda, als sie durch den Dienstboteneingang kam.

»Ich ziehe mich nur rasch um …«

»Nein. Herr Dornhain will dich sofort sehen. Ich habe keine Ahnung, was du angestellt hast, aber ich kann dir nur raten, die Abreibung so schnell wie möglich hinter dich zu bringen.«

Während Frieda vorwurfsvoll mit den Tellern klapperte, die sie nun ohne Klaras Hilfe im Speisezimmer aufdecken musste, machte sie sich auf den Weg zum Haushaltsvorstand. Im Gehen zog Klara sich den Hut vom Kopf. Ihren hübschen, altmodischen Strohhut, den sie seit Jahren trug und durch keine neue Kopfbedeckung ersetzt hatte. Sie hielt ihn in Händen, als sie an die Tür des Arbeitszimmers klopfte und nach einem »Herein« eintrat.

Victor Dornhain stand an dem Beistelltisch für die Karaffen mit den alkoholischen Getränken. Er goss sich gerade eine bernsteinbraune Flüssigkeit in ein bereitgestelltes Glas. An der Form des Flakons konnte Klara erkennen, dass es sich um Asbach Uralt handelte, einen deutschen Cognac, dem der Hausherr gegenüber der französischen Marke Hennessy den Vorzug gab.

Als sie höflich knickste, sagte er überflüssigerweise: »Ah, da bist du ja.«

»Sie wollten mich sprechen, gnädiger Herr.«

Ihr Herz veranstaltete einen Trommelwirbel in ihrer Brust. Sie wusste, dass sie sich nichts hatte zuschulden kommen lassen. Heute war sie zur besten Zeit von ihrer ehrenamtlichen Arbeit zurückgekehrt, und sie erledigte alle Tätigkeiten im Haus zuverlässig und ordentlich. Im tiefsten Inneren ärgerte sie sich bereits darüber, womöglich ungerecht behandelt zu werden.

»Ja, Klara, das wollte ich. In der Tat.« Er schwieg, starrte in sein Glas, hob es an, trank einen Schluck.

»Ich habe nichts falsch gemacht«, platzte Klara heraus.

Er sah sie verblüfft an. »Nein. Natürlich nicht. Nein.«

Ihr Blick begegnete seinen Augen. Verwirrung erfasste sie.

Und eine Vorahnung, die sie abschütteln wollte wie ein lästiges Insekt, doch die Fangbeine krallten sich an ihr fest.

»Meine Tochter Helene hat vorhin eine Nachricht aus Sassnitz auf Rügen erhalten.« Victor stellte das Glas vorsichtig auf den Tisch zurück, stützte sich anschließend mit beiden Händen schwer auf seinen Stock. »Es gab eine Verwechslung. Die erste Liste mit den Namen der Kriegsgefangenen, die ausgetauscht werden sollten, war nicht vollständig beziehungsweise falsch. So etwas kommt vor, Klara. Wir sind im Krieg und nicht in der Sommerfrische.«

»Ja?« Jeder Nerv ihres Körpers war angespannt.

»Gabriel Rosenberg war nicht an Bord. Er befindet sich noch in Krasnojarsk. Mehr wissen wir nicht. Es tut mir sehr leid.«

Eigentlich hatte sie diese Antwort bereits erwartet. Seltsam. Vielleicht stand es schon in Victor Dornhains Augen, die in ihrer Vorstellung zu den dunklen Augen des geliebten Mannes wurden. Sie war so voller Hoffnung gewesen, so glücklich – mit ihrer guten Stellung, ihrer Aufgabe beim Roten Kreuz und der Vorfreude auf ihr Wiedersehen mit Gabriel.

Sie hauchte seinen Namen, wusste nicht, ob sie ihn nur im Stillen vor sich hinsagte oder laut aussprach.

Plötzlich wurde ihr schwindelig. Klara spürte, wie der Boden ins Wanken geriet. Zuerst nur ein leises Schaukeln. Ganz langsam. Aber dann kam es ihr vor, als würde der Teppich unter ihren Füßen weggezogen. Im nächsten Moment drehte sich das Zimmer um sie, die Beine konnten sie nicht mehr halten, ihr Körper wurde zu schwer und war doch schwerelos …

»Klara!«

Der Stock fiel polternd zu Boden.

Hände packten sie. Arme schlossen sich um sie.

Ihr schien es, als wirbelte sie durch die Luft. Dabei gaben nur ihre Knie nach.

Doch sie wurde aufgefangen. Von wem bloß?

»Mein armes Kind«, sagte eine vertraut klingende Männerstimme, die sie in dieser zärtlichen Tonlage niemandem zuordnen konnte. »Mein armes, armes Mädchen.«

Klara dachte, dass sie Gabriels Mädchen war – und dass es sich schön anfühlte, gehalten zu werden.

Dann dachte sie gar nichts mehr.

23

Der Krieg war ein einziger Betrug, stellte Lavinia fest. Anfangs hieß es, es werde ein Blitzkrieg sein. Doch dann dauerte es. Statt von Sieg zu Sieg zu eilen, versanken die Soldaten im Stellungskampf. Zwei Jahre nach den Schüssen von Sarajewo war kein Ende des Waffengangs abzusehen – und die Entbehrungen an der Heimatfront nahmen zu.

Nicht nur, dass es Probleme mit der Lebensmittelversorgung gab. Im Winter waren wegen des Kohlenmangels öffentliche Wärmehallen eingerichtet worden. Selbst am Harvestehuder Weg zwölf ließ Charlotte die Zimmertemperaturen senken, und Lavinia musste sich bei ihrem Warmwasserverbrauch einschränken. Das Leben war zunehmend trostlos, zumal nun auch noch der Seifenvorrat schrumpfte und Feinseife aus dem Handel verschwand. Lavinia fand nichts, worüber sie sich noch aus ganzem Herzen freuen konnte. Nicht einmal die Mode machte Spaß. Diese monatelangen öffentlichen Diskussionen, ob weite Röcke wegen der Stoffknappheit durch schmale ersetzt werden sollten und ob enge Röcke deutsch seien oder eher französischer Schick, verursachten bei ihr gähnende Langeweile.

Sie besaß keine Freundinnen mehr, mit denen sie über die neue Lebenssituation reden konnte. Der Kontakt zu den meisten jungen Mädchen, die ihre Backfischjahre begleitet hatten, war schon vor einer Weile abgerissen. Gesellschaftliche Anlässe, die es ihr erlaubt hätten, an frühere Zeiten anzuknüpfen, waren rar. Die meisten infrage kommenden Damen ihres Alters engagierten sich vehement für den Nationalen Frauendienst, den Vaterländischen Frauen-Hülfs-Verein, das Rote Kreuz oder weniger bekannte Organisationen. Dort wurden andere Gespräche geführt als die, nach denen Lavinia sich sehnte. Deshalb übernahm sie solche Verpflichtungen selten. Es machte inzwischen so wenig Spaß, wohltätig zu sein. Viele Altersgenossinnen betrauerten darüber hinaus mindestens ein männliches Familienmitglied, das gefallen oder in Gefangenschaft verstorben war. Obwohl Lavinia ihrem Mann wirklich nichts Schlechtes wünschte, nahm sie an, dass sie als junge Witwe in ihren Kreisen mehr Beachtung fände denn als Offiziersfrau. Diesen Status hatten nämlich inzwischen so gut wie alle höheren Töchter ihrer Generation erreicht. Dem Gerede vom Blitzkrieg waren Blitzhochzeiten gefolgt, als die Lage nur noch wenig Hoffnung auf einen baldigen Frieden zuließ.

Manchmal kam es ihr vor, als würde in ihrem Elternhaus sogar Klaras Schicksal gesteigerte Aufmerksamkeit erfahren. Jedenfalls mehr, als man für Lavinia übrigzuhaben schien. Für ihre Familie war sie irgendwie stets das Anhängsel von Ellinor oder Nele, das nicht ganz ernst genommen wurde. Seit das zweite Hausmädchen bei der Nachricht zusammengebrochen war, dass sich Gabriel Rosenberg nicht unter den Soldaten des ersten Gefangenenaustausches mit Russland befand, gingen alle sehr fürsorglich mit Klara um. Nachdem sie in diesem Frühjahr noch einmal vergeblich gewartet hatte, fasste jeder sie mit Samthandschuhen an. Dabei benahm sie sich vollkommen normal. Sie war nicht in Trauer. Ein bisschen weniger forsch war sie vielleicht, eher in sich gekehrt. Doch das durfte man vom Personal schließlich erwarten. Oder hatten sich die Zeiten bereits so stark verändert, dass die Diener der Herrschaft gegenüber bessergestellt wurden? Lavinia wusste von Protestkundgebungen der sozialistischen Arbeiterschaft, aber das war kein Thema, das unter dem Dach ihres Vaters auch nur angeschnitten werden durfte. Deshalb hakte sie nicht nach.

Sie fragte sich, ob sie lachen oder weinen sollte, weil sich offenbar keiner an ihren Hochzeitstag Ende Juli erinnert hatte. Ihre Ehe war zwar schon vor Kriegsbeginn nur noch eine Farce gewesen, aber über ein kleines Fest ihr zu Ehren hätte sie sich gefreut. Dabei spielte doch keine Rolle, dass Konrad nicht mehr auf Heimaturlaub gekommen war. Irgendwann hatte sie eine Karte von ihm mit einer Fotografie der belgischen Kanalküste erhalten, aber seit der militärischen Offensive an der Westfront schwieg er wieder. Das war ihr auch recht.

Natürlich beschäftigte sie sich lieber mit Alice. Doch die zog sich immer mehr von ihr zurück. Wie lange war es her, seit sie sich zuletzt für eine Stunde und einen überteuerten Kaffee im Alsterpavillon getroffen hatten? Vier Wochen? Oder sechs? Lavinia wusste es nicht mehr. Aber in den Gedanken daran erklangen in ihrem Kopf noch die Melodien, die das Orchester an jenem Nachmittag gespielt hatte. Die neuesten Schlager. Besonders ein schwungvolles Lied aus der Operette *Die Csárdásfürstin* wurde für Livi zum Ohrwurm – und der Text ging ihr nicht mehr aus dem Sinn: »Mag die ganze Welt versinken; hab ich dich!«

Lavinia wartete noch einmal zwei Wochen, bevor sie sich entschloss, ein Wiedersehen mit Alice zu arrangieren. Da es anders wohl nicht möglich war, würde sie es selbst herbeiführen. Einerlei, ob sie damit Grenzen überschritt!

Der Weg zum Barmbeker Krankenhaus war seit Kriegsausbruch mühselig. Es war ein Jammer, dass man das Automobil voriges Jahr requiriert und Richter trotz seiner Verwundung wieder einberufen hatte. Wehmütig dachte Lavinia an die alten Zeiten zurück, als der Chauffeur einfach nur vorfuhr, um sie an jedes Ziel ihrer Wünsche zu bringen. Inzwischen musste sie die überfüllte Elektrische benutzen, in der es Mitte August nicht nur stickig war, sondern nach den Ausdünstungen anderer Fahrgäste roch. Sie versuchte, sich so schmal wie möglich zu machen, um nur ja niemanden zu berühren. Dabei hielt sie die Luft an, was ihr in dem schwankenden Straßenbahnwaggon gar nicht bekam.

Als sich eine gut beleibte ältere Frau mit kurz geschnittenen Haaren und einfacher Kleidung nah an sie heranschob, wäre Lavinia am liebsten aus dem Fenster gesprungen, wenn es einen Weg hinaus gegeben hätte.

Erst auf den zweiten Blick bemerkte Lavinia, dass die Frau Zettel unter den Leuten verteilte, dabei aber versuchte, der Aufmerksamkeit der Schaffnerin zu entgehen. Schließlich drückte sie auch ihr ein Flugblatt in die Hand.

»Das Volk will den Frieden! Demonstriert für den Frieden! Kommt in Massen! Auf nach dem Gewerkschaftshaus! Nieder mit dem Krieg! Es lebe der Friede! Hoch der Wille Gottes und die internationale Verbrüderung des Volkes!«

Jeder Satz endete mit einem Ausrufezeichen, und die Druckerschwärze färbte ab. Lavinia wünschte, sie hätte das Papier nie berührt. Wo, um alles in der Welt, sollte sie sich die Finger abwischen? Doch ganz sicher nicht an ihrem sandfarbenen Rock! Angewidert knüllte sie den Protestaufruf zusammen – und machte sich damit noch schmutziger.

Glücklicherweise konnte sie sich an einem Brunnen auf dem Klinikgelände die Hände waschen. Das Krankenhaus befand sich hinter hohen Mauern aus dem für Hamburg typischen roten Backstein in einem weitläufigen Park. Pavillonbauweise nannte man die Anordnung der diversen Gebäude. Das hatte ihr Alice einmal erzählt – und sie hatte es nicht vergessen. Anders, als wenn Konrad es erwähnt hätte. Lavinia schüttelte über sich selbst den Kopf, während sie über den breiten Sandweg von Haus zu Haus lief, um sich zu Schwester Alice von Finkenstein durchzufragen.

Pflegerinnen in Schwesterntracht kamen ihr entgegen, sie hasteten durch Krankenhausflure, in denen es nach Karbol, Blut und faulendem Fleisch roch. Andere schoben stöhnende Patienten auf Rollbahren von einem Raum zum nächsten. Dazwischen liefen Uniformierte herum, meist Armeeangehörige, aber auch einige Schutzleute. Alle waren irgendwie in Eile. Zivilisten traf Lavinia so gut wie gar nicht an; wahrscheinlich war gerade keine Besuchszeit – oder die Frauen und Mütter der Patienten im Reservelazarett standen gerade an einem anderen Ort im Arbeiterviertel Barmbek für Lebensmittel an.

Sie stieß zufällig auf Alice, als diese im Begriff stand, das Badehaus zu verlassen. »Ich habe dich überall gesucht«, rief Lavinia atemlos aus.

»Mein Gott!« Alice starrte Lavinia erschrocken an. »Ist etwas passiert?«

»Ja. Ja, es ist etwas passiert. Wir haben uns viel zu lange nicht mehr gesehen. Das wollte ich ändern.«

Im ersten Moment war die Ältere fassungslos. Dann brach sie in schallendes Gelächter aus. Sie konnte sich kaum beruhigen. Es dauerte eine Weile, bis Lavinia begriff, dass in diesem Lachen keine Fröhlichkeit lag.

»Du lauerst mir aus keinem anderen Grund auf, als mich zu einem Unsinnsgeplänkel zu treffen?«

Die Sonne schien Alice unbarmherzig ins Gesicht. Lavinia fiel auf, dass sie die bewunderte und geliebte Freundin selten dermaßen der Helligkeit ausgesetzt gesehen hatte. Zum ersten Mal bemerkte sie die Krähenfüße um Alice' Augen. In der strengen Kleidung und das Haar unter der Haube zusammengefasst, hatte Alice jene Eleganz verloren, die in anderer Garderobe ihre Attraktivität ausmachte. Außerdem wirkte sie abgearbeitet und müde. Livi ertappte sich bei dem schockierenden Gedanken, dass sie einer alternden Person gegenüberstand, die sie mehr an eine Landfrau erinnerte als an die mondäne Erscheinung, die sie betrunken verführt hatte. Mitleid wallte in ihr auf, während ihre Liebe abnahm wie der Mond am Morgenhimmel.

»Ich wollte sehen, wie es dir geht«, erwiderte Lavinia mit überraschend fester Stimme.

»Dafür hast du den weiten Weg von Harvestehude auf dich genommen?«

»Ich hab keinen anderen Grund!«

»Donnerwetter. Du bist wenigstens ehrlich. Und konsequent.« Alice ging langsam ein paar Schritte vor, wartete, dass Lavinia ihr folgte, und setzte ihren Weg dann an ihrer Seite fort. »Ich habe ein paar Minuten Zeit, um mich mit dir zu unterhalten. Das ist vermutlich, was du möchtest, nicht wahr?«

Lavinia schwieg. Das Verhalten der Freundin irritierte sie.

»Ich wollte auch schon längst mit dir reden – und dieser Ort ist genauso gut wie jeder andere.«

Das klingt nach Abschied, fuhr es Lavinia durch den Kopf. Sie forschte in ihrem Innersten nach einem Schmerz, aber es wollte sich nichts dergleichen einstellen. Dieser verwelkenden Frau gegenüber empfand sie eine eigentümliche Leere.

»Mein Versetzungsgesuch wurde angenommen«, verkündete Alice, nachdem sie eine Weile ohne ein Wort nebeneinanderher gelaufen waren. »Ich gehe Ende des Monats in ein Feldlazarett nach Verdun in Ostfrankreich.«

Warum hatte Alice sie nicht viel früher über ihre Pläne in

Kenntnis gesetzt? Die Kränkung machte ihr nun doch zu schaffen.

»Dafür wünsche ich dir viel Glück«, erwiderte sie. »Hast du einen Gedanken daran verschwendet, was aus mir werden soll, wenn du fortgehst?«

»Nein, Lavinia, das habe ich nicht! Ehrlich gesagt, es interessiert mich auch nicht.«

Lavinias Mund klappte auf. Sie wollte zu einer Antwort ansetzen, aber es fehlten ihr die Worte.

»Die Zeiten ändern sich. Das scheint die ganze Welt begriffen zu haben, nur du noch nicht. Du lebst privilegiert und sorglos vor dich hin, als geriete nicht gerade alles aus den Fugen. Unsere Generation ist verloren. Am besten, du gewöhnst dich rasch an diesen Gedanken.«

Sie wusste nicht recht, was sie mehr erstaunte: der Inhalt von Alice' Rede oder die Bitterkeit, mit der sie sprach.

Doch da sagte die andere plötzlich: »Du bist wie ein Schmetterling, der sich vom Wind von Blüte zu Blüte tragen lässt. Wunderschön, bezaubernd. Ich gebe zu, dass ich der Illusion erlegen bin, die du verströmst.« Für einen Moment war ihre Stimme ganz weich, wenn auch so, als spräche Alice nicht mit der jungen Frau neben ihr, die sich bemühte, mit ihr Schritt zu halten, sondern mit jemandem in unsichtbarer Ferne: »Wahrscheinlich hast du auch mich nur getäuscht.«

»Niemals!«, protestierte Lavinia. »Ich habe dich nie belogen.«

»Ach, ich wünschte, ich könnte es.« Alice' Ton verhärtete sich wieder. »Sag mir, erinnerst du dich an eine Person namens Meta? Stimmt es, dass sie Hausmädchen bei deiner Familie war?«

»Ja. Natürlich. Meine Großmutter hat sie entlassen, weil sie in meiner Post schnüffelte. Omama meinte, Meta verbreite üble Gerüchte … Warum willst du das wissen, meine Liebste? Was gehen uns die alten Geschichten an?«

Alice blieb stehen. Sie sah Lavinia scharf an. »Sie ist im Puellenhaus verstorben. Das ist das Klinikgebäude für weibliche Geschlechtskranke. Dort werden die verwahrlosesten Huren aus St. Pauli untergebracht, die nicht nach St. Georg ins Polizeikrankenhaus kommen. Ich hatte den Dienst einer Freundin übernommen und war deshalb auf dieser Station.«

»Meta ist tot?« Lavinia schüttelte gedankenverloren den Kopf. »Schade. Ich hätte sie gerne wiedergesehen.«

»Wirklich? Bei allem, was sie offenbar über dich wusste, kann ich mir das nicht vorstellen. Nachdem sie so tief gefallen ist, wundert mich, dass sie dich nie zu erpressen versucht hat. Aber vielleicht hast du es nur einfach nicht erwähnt.«

»Mich hat kein Mensch erpresst! Warum sollte das irgendjemand tun?«

Alice schnappte nach Luft. »Wir reden von Meta, Lavinia, von niemandem sonst. Von dem Dienstmädchen, das dir schlüpfrige Briefe diktierte, damit du einen Mann einfangen konntest. Warum hast du dich nur auf ein so niedriges Niveau begeben?«

»Nun … ich … Woher weißt du …?«

»Meta brabbelte ununterbrochen. Keiner hörte ihr zu. Eine sterbende Frau, die ihr unglückliches Leben an sich vorüberziehen lässt. Da hört keiner hin. Es wäre ein Fall für den Pastor gewesen, aber sie wollte keinen. Zufällig hörte ich deinen Namen. Deshalb wurde ich aufmerksam.«

Die Farbe wechselte in Lavinias Gesicht. Sie wurde bleich, spürte gleichzeitig die roten Flecken, die über ihre Wangen krochen. »Du glaubst doch nicht …?«

»Natürlich glaube ich einer Frau im Todeskampf. Die hat keinen Grund mehr zu lügen.«

Lavinia beschattete ihre Augen mit der Hand, strich sich über die Stirn. Sie musste Zeit gewinnen, überlegen, was sie vor Alice zugab und was nicht. Andererseits: Was war so verwerflich daran, durch eine kleine Intrige zu einem Gemahl zu gelangen? Das war in ihren Kreisen nicht unüblich – gewesen. Auch das hatte sich vielleicht geändert, nachdem die meisten attraktiven Männer im Feld waren. Natürlich schickte es sich nicht, einem Fremden von der Feuchtigkeit in ihrer Muschel zu schreiben, die sich bei dem bloßen Gedanken an ihn verstärkte. Aber das würde sie abstreiten. Jawohl.

»Hast du nichts zu sagen?«, unterbrach Alice ihre Gedanken.

»Ich verstehe nicht, dass du das Gerede so ernst nimmst. Was spielt es für eine Rolle, warum mein Gatte mich geheiratet hat?«

»Eigentlich nahm ich an, er habe dich wegen deines Geldes geheiratet. Dass du ihn einfangen musstest, finde ich unbegreiflich. Warum hast du das getan? Das war egoistisch, geradezu brutal. Hast du jemals einen Gedanken darauf verschwendet, wie unglücklich du ihn gemacht hast? Du hast ihn ja nicht einmal an dich rangelassen. Selbst diese Belohnung hast du ihm verweigert. Und auch die Scheidung erlaubst du ihm nicht. So geht man nicht mit Menschen um, Lavinia. Das ist Verachtung. Und die fällt auf dich zurück, du wirst es erleben.«

Atemlos von ihrem langen Monolog holte Alice mehrmals tief Luft. Als sie sich einigermaßen beruhigt hatte, fügte sie leise hinzu: »Ich war wirklich ein bisschen in dich verliebt. In diesen besonderen Zauber, der von dir ausging. Ich frage mich, warum dein Mann ihm nicht verfallen ist. Aber er wird seine Gründe haben. Vielleicht gibt es eine andere in seinem Leben, die er mehr liebt als dich …«

»Hör bitte auf, von Konrad zu sprechen. Er ist nicht wichtig. Wenn du willst, lasse ich mich scheiden. Ich dachte, als verheiratete Frau könnte ich leichter …«

»Bemerkst du es nicht? Du sprichst nur von dir. Die Gefühle anderer Menschen interessieren dich nicht. Ehrlich gesagt, das macht mir Angst.« Alice legte eine Hand gegen Lavinias Schulter, als wollte sie sie von sich stoßen. »In Zeiten wie diesen sollte man sich ein Mindestmaß an Integrität bewahren. Deshalb halte ich es für besser, wir sehen uns nie wieder.«

Plötzlich war die alternde Frau vor ihren Augen verschwunden, und Alice strahlte jene Souveränität aus, die Lavinia von der ersten Begegnung an fasziniert hatte. Alice drehte sich auf dem Absatz um, straffte die Schultern und ging mit hoheitsvoll gestrecktem Hals auf eines der Klinikgebäude zu.

Lavinia sah ihr nach. Ihre Augen füllten sich mit Tränen. In ihrem Kopf herrschte ein Chaos an Gedanken und Gefühlen, überdeckt von der Frage: Was habe ich falsch gemacht? Es konnte doch nicht sein, dass Alice sie einfach stehen ließ! Jemand wie sie wurde doch nicht so mir nichts, dir nichts verlassen! Sie musste Alice nachlaufen und sie nochmals zur Rede stellen! In diesem Moment schob sich ein Krankentransporter vor ihre Blicke – und die Möglichkeit war vertan.

24

Ihre Beine fühlten sich ungewohnt schwer an. Lavinia trottete wie eine gebrechliche Person von dem Gelände des Barmbeker Krankenhauses. Ihre Augen brannten, weil sie sich mit einem Rest verbliebener Würde gegen einen Weinkrampf in der Öffentlichkeit wehrte. Sie achtete nicht auf den Weg. Ziellos setzte sie einen Fuß vor den anderen. Als sie sich an der Haltestelle der Elektrischen wiederfand, geschah dies nur, weil sie, ohne nachzudenken, wildfremden Menschen auf der Straße gefolgt war. Sie wartete mit einem Häuflein anderer Leute, gänzlich unbeteiligt. Erst als Steine flogen, erwachte sie aus ihrer geistigen Ohnmacht.

Verwirrt blickte sie sich um. An der Straßenecke gegenüber sammelte sich ein Protestzug. Der Bürgersteig war schwarz vor Menschen, überwiegend Frauen und Jugendliche, eher noch

Kinder, nur wenige Männer befanden sich darunter. Wie eine Flutwelle rollte ein Grollen über die Köpfe: »Brot her! Brot her!«, skandierte die Menge. »Brot her oder wir fall'n um!«

Erst auf den zweiten Blick fiel Lavinia auf, dass sich die Leute vor einer Bäckerei versammelt hatten. Sie sah ausgemergelte, graue Gesichter, Kleider, die um Leiber schlotterten. Es waren vielleicht einhundert Leute, deren Wut mit jedem Atemzug zu wachsen schien. Mit leeren Einkaufskörben wurde das Schaufenster traktiert. Ein Steinwurf setzte dem ein Ende. Es klirrte ohrenbetäubend, als die Scheibe zerbrach.

Obwohl sie nicht bedroht war, wich Lavinia einen oder zwei Schritte zurück. Schockiert sah sie sich um.

Fenster wurden aufgerissen, Anwohner schauten heraus, feuerten den Mob vor der Bäckerei lautstark an. Die Handvoll Frauen und Männer, die mit ihr an der Haltestelle warteten, fanden sich zu einer Gruppe zusammen. Da Lavinia etwas abseits stand, hörte sie bei dem Lärm auf der anderen Straßenseite nicht, was gesprochen wurde. Sie bemerkte jedoch zustimmend nickende Köpfe und Gesten, die schlecht erzogene Menschen gemeinhin mit Halsabschneidern in Verbindung brachten.

»Brot her, ihr Pfeffersäcke! Wir wollen nicht mehr hungern!«

Der Verkehr war längst zum Erliegen gekommen. Pferde wieherten, von ferne drang das ununterbrochene Klingeln einer offenbar empörten Straßenbahnschaffnerin herüber. Hufgetrappel und Schritte mischten sich mit Gegröle. Da endlich erklangen die Trillerpfeifen der Polizei.

Müde wischte sich Nele über die Augen. Sie schaute zum Fenster ihres Büros, hinter dem sich im Licht der verblassenden Sonne lange Schatten auf die Fassaden der gegenüberliegenden Häuser legten. Obwohl es im August lange hell blieb, nahte der Abend. Nur noch wenige Mitarbeiterinnen saßen an den Schreibtischen, um Berge von Postsendungen zu sortieren und weiterzuleiten, Namen zu registrieren und irgendwelchen Listen zuzuordnen. Neben der üblichen Korrespondenz fielen seit Kurzem Ansichtskarten an, die von der Zentralstelle für Kriegsgefangene veröffentlicht wurden. Sie zeigten Fotografien von den Lagern, die ein für die Familien erträgliches Bild des Alltags in der Ferne vermitteln sollten. Am Beispiel von Klara und den Rosenbergs hatte Nele jedoch gespürt, dass diese Form der Beruhigung nicht bei allen funktionierte. Dennoch schwand die Hoffnung nie.

Als sie den Blick wieder auf die Dokumente senkte, verschwammen die Buchstaben vor ihren Augen. Es wurde Zeit, dass sie Feierabend machte. Im Hellen war es angenehmer, nach Hause zu gehen, denn selbst auf den Straßen rund um den Jungfernstieg und in den feineren Vierteln jenseits des Dammtorbahnhofs trieb sich heutzutage allerlei Gesindel herum. Die Not brachte es mit sich, dass die Sicherheit einer Dame auf offener Straße nicht mehr gewährleistet war. Der Tod kam unerbittlich näher; er beschränkte sich nicht auf die Schlachtfelder. Inzwischen drohte der Zivilbevölkerung allerdings zudem Gefahr von anderer Seite: Alliierte Flugzeuge hatten Köln und Karlsruhe bombardiert, deutsche Zeppeline beschossen London und Paris. Hunderte von Toten waren zu beklagen. Ob diese neue, grausame Technik eines Tages auch Hamburg erreichte? Nele schüttelte den Kopf, als könnte sie damit ihre Beklommenheit verscheuchen.

»Tschüss«, rief sie in die Runde ihrer noch in die Arbeit vertieften Kolleginnen, nachdem sie ihren Schreibtisch aufgeräumt, das Licht gelöscht und nach ihrer Handtasche gegriffen hatte. Angesichts ihrer Müdigkeit erstaunlich beschwingten Schrittes verließ sie das Büro.

Sie freute sich auf ihr Zuhause. Vielleicht würde sie sich nach dem Abendessen ans Alsterufer setzen, über das Wasser blicken und ihre Gedanken mit den Wellen auf Wanderschaft schicken. Der Sommer war wie dafür geschaffen. Fast so idyllisch wie vor dem Krieg. Selbst die Schwäne waren noch da. Nicht so viele wie früher freilich. Aber da das Futterhaus von der Binnnenalster zum Schiffsloch an der Krugkoppelbrücke verlegt worden war, tauchten ihre hungrigen Schnäbel immer mal wieder auch vor der Villa am Harvestehuder Weg zwölf auf. Ja, es war eine gute Idee, diesen Sommerabend mit den Schwänen zu verbringen.

»Fräulein Dornhain, warten Sie!« In der offenen Tür zu einem Zimmer tauchte das freundliche Gesicht eines jungen Mannes auf, der als Kriegsinvalide nicht mehr an der Front kämpfte, dafür aber unverzichtbare Dienste für das Rote Kreuz leistete. Der ehemalige Medizinstudent, der einen Arm verloren hatte und deshalb niemals Chirurg werden konnte, arbeitete in der Abteilung für die Koordination zur Rückführung von Verwundeten in die Heimat. Nele aß manchmal mit ihm zu Mittag.

Sie ging die paar Schritte zu ihm zurück. »Ja?«

»Es werden heute Abend drei Lazarettzüge aus Belgien erwartet«, erklärte ihr der Kollege. »Ich habe die Liste mit den Namen der Verwundeten eben durchgesehen, um zu überprüfen, ob auch jeder dem richtigen Krankenhaus zugeteilt ist. Hatten Sie mir nicht einmal von einem Architekten namens Konrad Michaelis erzählt?«

Der Elbtunnel, erinnerte sich Nele, sie hatten über den Bau des Elbtunnels gesprochen.

Eine Ahnung erfasste sie. Unwillkürlich hob sie die Hand, suchte Halt am Türrahmen, doch dann sank ihr Arm herab. Sie schluckte. »Das ist mein … mein … Schwager.«

»Ich dachte mir, dass es Sie interessieren würde. Oberleutnant Michaelis befindet sich in dem Transport, der nachher am Hannoverschen Bahnhof ankommt.«

Sie ballte die Faust. Konrads Beförderung registrierte sie nur am Rande. Der militärische Dienstgrad war unwichtig. Es fiel ihr nicht leicht, Haltung zu bewahren. Dennoch klang ihre Stimme kühl und distanziert: »Was fehlt ihm?«

»Chlorgasvergiftung, glaube ich. Die meisten Verwundeten aus Flandern und von der Somme kommen damit nach Hause, wenn sie die Angriffe überhaupt überleben.«

»Was heißt das?«

»Verätzungen von Haut und Organen, Lungenödeme, wahrscheinlich Erblindung.«

»Mein Gott!« Jetzt benötigte sie doch den Halt des Türpfostens. Alle Farbe wich aus ihrem Gesicht, auf ihrer Brust lastete ein fast vergessener Druck. Dass ausgerechnet Konrad sein Augenlicht verlieren könnte, traf sie tief. Im ersten Schock erschien ihr diese Art der Verletzung schlimmer als die meisten anderen Möglichkeiten. Wenn einem so leidenschaftlichen Architekten wie Konrad das Augenlicht genommen wurde, war er praktisch tot.

Der Kollege nahm ihren Arm. »Brauchen Sie ein Glas Wasser? Lieber Himmel, Fräulein Dornhain, ich hatte nicht gedacht, dass Sie das so mitnimmt. Sie sind doch sonst mitten im Geschehen.«

»Ja. Natürlich.« Nele japste nach Luft. »Es geht schon wieder. Der Schock …! Es macht doch einen Unterschied, ob die Millionen Verwundeten ein Gesicht haben, nicht wahr?« Sie atmete tief durch, schüttelte seine Hand ab. »Vielen Dank für Ihre Hilfe.«

In seinem Blick lag unbestimmte Verwunderung. Offenbar hatte er mit ihrer heftigen Reaktion nicht gerechnet. Natürlich, dachte Nele bitter, ich bin ja nur die Schwägerin.

»Gerne geschehen. Die Angehörigen werden zwar von den zuständigen Stellen informiert, aber ich dachte, ich sag's Ihnen gleich selbst. Vielleicht möchten Sie Ihre Schwester schonend vorbereiten, bevor sie ihren Mann in der Klinik wiedersieht.«

»Ich werde zum Bahnhof gehen und Konrad in Empfang nehmen.« Nele registrierte erst, dass sie laut gesprochen hatte, als der Kollege verblüfft ausrief: »Aber das können Sie nicht! Die Lazarettzüge kommen in einem abgesperrten Bereich an. Nur Mitarbeiter des Roten Kreuzes haben dort Zugang.«

»Eben«, antwortete Nele mit einem zärtlichen Lächeln auf den Lippen, das nicht dem Mann neben ihr, sondern dem Geliebten galt, der sich auf dem Weg nach Hause befand.

Er schüttelte seufzend den Kopf. »Ihren Elan wünschte ich jeder Dame. Passen Sie gut auf sich auf, Fräulein Dornhain, hoffentlich kommen Sie durch.«

»Wieso sollte ich nicht zum Bahnhof gelangen?«

»Haben Sie es denn nicht gehört? In der Mönckebergstraße und am Glockengießerwall soll die Hölle los sein. Nach den Hungerkrawallen in Barmbek und Hammerbrook am Nachmittag hat sich ein Protestzug formiert, der durch die Stadt zieht. Bisher konnten Polizeisperrungen verhindern, dass der Mob zum Rathaus gelangt. Die Leute sind unberechenbar. Und Sie müssen praktisch durch die Linien.«

Nele nickte. »Es ist eben Krieg.« Dann wandte sie sich um und machte sich auf den Weg.

»Wie soll man mit einer Ration von vier Eiern in zwei Monaten pro Person ein anständiges Essen kochen?«, jammerte Ida. »Das Fleisch ist rationiert und nicht mehr täglich im Handel, Fisch gibt es so gut wie gar nicht mehr, und wer mehr als zehn Kilogramm Kaffee hortet, wird gemeldet. Na, ich hoffe, der gnädige Herr hat den Mitgliedern der Bürgerschaft Bescheid gegeben. So geht das nämlich nicht für unsereins.«

»Ach, Ida, hier ist doch noch alles in Ordnung«, antwortete Klara ungeduldig. Sie war das ewige Gejammere der alten Köchin leid. Natürlich meinte Ida es nicht böse. Aber sie könnte sich nun wirklich auch den Gegebenheiten anpassen. »Die meisten Familien in Hamburg müssen sich nicht nur einschränken, die leiden Hunger. Ich hörte, wie Fräulein Ellinor neulich auf die ständig wachsende Zahl von Besuchern der Kriegsküchen hinwies. Wer bei der Wohlfahrt Hilfe sucht, ist wirklich arm dran.«

»Du redest sozialistischen Unsinn!«

Klara zuckte mit den Achseln, stellte die frisch aufgefüllten Salz- und Pfeffernäpfchen auf ein Tablett und verließ die Küche in Richtung Speisezimmer.

Als sie die Dienstbotentreppe emporstieg, hörte sie eine Stimme in der Halle. Charlotte Dornhain telefonierte. Die alte Dame rief in die Sprechmuschel, als wären das Fräulein vom Amt oder ihr Gesprächspartner taub.

»Ich bitte dich, Lucia, es besteht kein Grund zur Aufregung. Nein, sicher nicht. Niemand will deine Speisekammer plündern. Was? Dieser Sievers soll der Rädelsführer sein? Du meinst, der alte Gesindemakler sei vom Fronteinsatz zu den Sozialisten gewechselt? Das glaube ich nicht. Nein. Deinen Terrier will auch niemand umbringen. Das Gesetz zur Tötung von Schoßhunden wegen der Lebensmittelknappheit ist doch noch gar nicht durch. Und wenn, wird dir irgendjemand bestätigen, dass du Oskar als Wachhund brauchst. Mach dir bitte keine Sorgen. Was heißt, die Demonstranten sind schon am Mittelweg …? Hallo, Fräulein, warum wird das Gespräch unterbrochen? Hallo? Hallo?«

Verärgert drehte sie den Hörer in der Hand, drückte mehrmals auf die Gabel, bediente dann hektisch die Kurbel. Doch das Gespräch war anscheinend unterbrochen. Wutschnaubend legte sie auf. »Verdammte Technik«, zischte sie. Als sie aufsah und Klara entdeckte, wirkte sie für einen Moment peinlich berührt.

Klara unterdrückte ihr Schmunzeln. Natürlich wollte die Dame nicht von ihrem Dienstmädchen dabei ertappt werden, dass sie fluchte wie ein Leichtmatrose.

In diesem Moment klingelte das Telefon.

»Frieda ist nicht da. Melde du dich, Klara!«, befahl Charlotte Dornhain, die noch immer unmittelbar neben dem Apparat stand.

Nur kurz zögerte sie. Dann suchte Klara einen Platz, wo sie ihr Tablett abstellen konnte. Das Telefon schrillte weiter. Schließlich hatte sie die Hände frei. Mit eiligen Schritten trat sie neben die gnädige Frau und hob ab. »Bei Dornhain.«

»Hier ist die Telefonvermittlung. Einen Moment, bitte. Ich verbinde Sie mit dem Rathaus … Hören Sie? Sie sind mit der Villa Dornhain verbunden …« Es rauschte in der Leitung, aber die fremde Frau war deutlich zu verstehen. Klara wartete.

»Dornhain«, meldete sich die vertraute Stimme. »Mit wem spreche ich?«

»Klara.« Unwillkürlich knickste sie. »Hier ist Klara, gnädiger Herr.«

»Oh ja, Klara. Bitte richte meiner Tochter Lavinia aus, dass sie unverzüglich zum Hannoverschen Bahnhof fahren soll. Wie ich gerade aus einem Senatsbüro erfahre, befindet sich Herr Michaelis unter den Verwundeten, die heute mit einem Lazarettzug eintreffen. Ich habe ihr eine Sondergenehmigung verschafft. Man wird sie zu ihrem Gatten durchlassen.«

Für einen Moment stockte Klara der Atem. Lavinias Mann kam nach Hause. Gabriel nicht. Der Stachel des Neides bohrte sich in ihren Körper. Im nächsten Moment fühlte sie sich unsäglich schlecht für ihre bitteren Gedanken. »Selbstverständlich«, sagte sie rau. »Ich informiere das gnädige Fräu…, die gnädige Frau sofort.«

»Danke. Klara, noch etwas: Ich komme nicht zum Abendessen nach Hause. In der Stadt herrschen Anarchie und Gesetzlosigkeit. Sag Lavinia, sie soll den Tumulten aus dem Weg gehen. Wenn sie mit dem Alsterdampfer unterwegs ist, wird sie wohl keine großen Schwierigkeiten haben. Sie soll versuchen, am Hotel Atlantik eine Taxameterdroschke zu finden.«

»Selbstverständlich«, wiederholte sie.

»Dann auf Wiedersehen.« Die Verbindung wurde unterbrochen.

»Na und?«, fragte Charlotte gereizt. »Bist du zum Telefonieren angestellt? Will mich hier niemand sprechen?«

Klara strich das Kabel glatt und legte den Hörer sorgsam auf die Gabel. »Es war Ihr Herr Sohn, gnädige Frau. Er lässt ausrichten, dass er nicht zum Abendessen kommt. Außerdem soll Frau Lavinia zum Bahnhof gehen. Herr Michaelis kommt mit einem Verwundetentransport an.«

»Oh!« In Charlottes Miene wechselten sich Verwunderung, Schreck und Freude ab. Schließlich siegte ein Lächeln. »Dann geh schnell zu ihr nach oben. Ich fürchte, sie liegt noch immer im Bett und weint sich die Augen aus. Die Hungerproteste haben sie schwer belastet. Nun ja. Die arme Kleine wird sich trotzdem ihren Pflichten als treusorgende Ehefrau beugen müssen.«

25

Der alte Hannoversche Bahnhof gehörte zwar zu den Gleisanlagen des Hauptbahnhofs, befand sich aber weiter südlich am Rande der Hafenanlagen. Während vor dem Krieg von hier aus der Güterverkehr der Hansestadt abgewickelt wurde, war es der Ort, von dem die Soldaten an die Front zogen – und in Verwundetentransporten zurückkehrten; Heimaturlaube begannen und endeten als privater Personenverkehr am Hauptbahnhof.

Nele erinnerte sich, dass sie als Kind vor dem Neubau am Glockengießerwall manchmal von hier abgereist war. Als sie sich von ihrem Büro aus auf den Weg machte, glaubte sie für einen winzigen Moment, die Hand ihres Vaters zu fühlen, die ihre Finger umschloss. Er beschützte sie, wann immer sie sich verloren fühlte. Selbst jetzt, als sie durch die in der Dämmerung versinkenden Straßen und Gassen der Altstadt hastete, verlieh ihr der Gedanke an ihn Sicherheit und Kraft. Flüchtig fiel ihr ein, dass er ihr Handeln verurteilen würde. Es wäre ihm gewiss nicht recht, dass sie ohne Verzug zu Konrad eilte. Aber sie konnte nichts anders. In diesem Fall musste sie sich gegen die gesellschaftlichen Konventionen entscheiden – und gegen ihre Familie.

Die untergehende Sonne spiegelte sich in den Fleeten, ließ die gewaltigen Backsteinbauten der Kontore in unverwechselbarem rötlichem Glanz schimmern. Steinbrücken und Eisenkonstruktionen wechselten sich auf Neles Weg ab. Irgendwann auf ihrem langen Fußmarsch hörte sie von ferne das Grölen von Menschen, Schreie, Trillerpfeifen, Hufgetrappel. Doch da sie keine Hauptstraße berührte, begegnete sie dem Mob nicht. Einmal kam ihr eine Gruppe Jugendlicher entgegen, sie rannten und verteilten sich rasch in Hauseingängen und Seitenwegen. Nele drückte sich gegen eine Mauer, die Flüchtenden beachteten sie nicht. Je näher sie der Speicherstadt kam, desto stiller wurde es. Die Lager hier waren längst geräumt, da lohnte kein Plündern. Über ihr kreischte eine Möwe am violetten Himmel.

Ihr Herz hämmerte gegen die Brust, ihr Puls raste, der Atem ging schwer. Seit ihrer Erkrankung war sie nie mehr so schnell und so weit gelaufen, die Aufregung tat ein Übriges. Ihre Lungen brannten, sie bekam fast keine Luft mehr. Als sie schließlich die von Brückennetzen überspannten Gleise und das wie ein riesiges Tor konstruierte Eingangsgebäude des Bahnhofs erreichte, fürchtete sie kurz einen Zusammenbruch. Doch der Gedanke an Konrad hielt sie auf den Beinen. Keuchend und etwas langsamer bewegte sie sich vorwärts.

Am Bahnhof herrschte geschäftiges Treiben. Armeeangehörige, Schutzpolizisten sowie Pfleger und Krankenschwestern in Uniform eilten über den Bahnsteig, zwei Arbeiter in blauen Anzügen kontrollierten die Räder einer Lokomotive. Auf einem Nebengleis standen die Waggons eines offenen Transportzugs, vielleicht waren Kohlen für die Hansestadt geliefert worden. Kartoffeln konnten es nicht sein. Die gab es schon seit vier Wochen nicht mehr zu kaufen.

Die mit einem roten Kreuz gekennzeichnete Eisenbahn war weithin sichtbar. Mit letzter Kraft stürzte Nele darauf zu. Ein Soldat, noch ein Bursche von sicher nicht einmal achtzehn Jahren und mit pickeligem Gesicht, stellte sich ihr in den Weg. »Kein Zugang für Privatpersonen!«, bellte er mit überschwänglicher Wichtigkeit.

»Nein … ich …« Nele atmete flach. »Ich … bin vom Roten Kreuz … muss mich um einen Verwundeten kümmern … eine … Nachricht von seiner Familie …« Wenn sie doch nur einen vernünftigen, zusammenhängenden Satz herausbrächte!

»Name?«

Sie hustete. »Oberleutnant Konrad Michaelis.«

Der Junge nickte wissend. »Ich habe Anweisung, seine Frau durchzulass…«

»Das bin ich«, fiel sie ihm rasch ins Wort.

»Wie? Sie auch? Sachen gibt's.« Er neigte den Kopf. »Gehen Sie, Frau Michaelis, vielleicht ist die andere ja schon weg.«

Nele hörte kaum hin. Unwichtig, was der junge Gefreite plapperte. Seine Stimme wurde mit dem üblichen Lärm eines Bahnhofs zu einer Kakophonie. Hauptsache, er ließ sie durch.

Als sie näher trat, sah sie als Erstes die Tragen, die aus dem Waggon gehoben und von Helfern umringt zu bereitstehenden Krankenwagen gebracht wurden. In Binden gewickelte Gestalten lagen mumiengleich darauf. Nele schätzte etwa zwei Dutzend Verwundete, die nach Hause zurückkehrten – vielleicht zum Sterben. Ein Beatmungsgerät wurde herbeigeschafft, irgendjemand trug Sauerstoffflaschen hinterher. Kurze Befehle erklangen. Sie blickte aus ein paar Metern Entfernung zu Helfern und Patienten, und Ratlosigkeit überfiel sie. Wie sollte sie Konrad unter diesen Menschen finden? Bei den meisten waren sogar die Augen verbunden.

Zwei Schutzleute gingen an Nele vorbei, ins Gespräch vertieft. »… sagt der Gast zum Wirt: Die Leberwürste sind aber heute schön fest, gar keine Spur von Wasser drin. Antwortet der Wirt: Ja, wissen Sie, ich habe ein wenig Zement zugesetzt.« Beide brachen in grölendes Gelächter aus.

Nele war nicht nach Witzen zumute. Sie senkte den Kopf und drehte sich fort von dem Leid auf dem Bahnsteig. Dabei fiel ihr Blick zufällig auf eine Räderbahre, eine auf Räder montierte Trage, die etwas abseits stand. Wieder dasselbe Bild. Ein bis zur Unkenntlichkeit verbundener Mensch. Doch etwas war anders, zog ihre Aufmerksamkeit auf sich. Nele brauchte eine Weile, bis sie den Unterschied erkannte. Als würde sie durch eine Linse schauen, durch die sich die Wirklichkeit nicht gleich fokussieren und scharfstellen ließ.

Lavinia.

Ihre Schwester stand neben dem Verwundeten, redete offensichtlich auf ihn ein. Sie trug ein marineblaues Kleid mit weißen Tupfen und einer weißen Schärpe. Auf ihrem Kopf saß keck ein Schiffchen, ein Matrosenhütchen, an das sie eine weiße Blume gesteckt hatte. Livi sah wunderschön aus. Sie hatte sich für das Wiedersehen mit Konrad herausgeputzt.

Nele schloss die Augen. Vor dem Anblick. Vor ihrer eigenen Mutlosigkeit, dem Verlust ihrer Hoffnung und ihres Glücks. Livi war seine Frau. Daran gab es nichts zu ändern. Nele hatte nicht die geringste Ahnung, woher ihre Schwester von der Ankunft des Lazarettzugs wusste. Und wie sie so rasch zum Hannoverschen

Bahnhof gekommen war. Es spielte keine Rolle. Vielleicht war dies der Moment, das Bestehen dieser Ehe anzuerkennen, Lavinia und Konrad die Möglichkeit für einen Neuanfang zu gewähren. Es war nicht der Zeitpunkt, sich zwischen das Paar zu drängen. Sie musste Livi das Feld überlassen.

»Haben Sie Oberleutnant Michaelis noch nicht gefunden?« Der blutjunge Soldat tauchte in Neles Rücken auf. »Sehen Sie doch, da drüben, das muss er sein. Die Dame bei ihm hatte auch behauptet, sie sei seine Gattin.«

»Danke. Es ist eine Verwechslung … ich …«

»Nele!«

Im ersten Moment dachte sie an Flucht. Dann nahm sie all ihre Kraft zusammen und folgte Lavinias Ruf. Schritt für Schritt ging sie auf das Krankenlager zu. Obwohl sie nur ein paar Meter entfernt gestanden hatte, fühlte sie sich, als wäre dies der weiteste Weg ihres Lebens.

»Oh Nele! Liebste Nele!« Lavinia stürzte auf sie zu, umarmte sie. »Was für eine Erleichterung für mich, dass du da bist. Ich bin völlig aufgelöst. Ich weiß nicht, was ich für Konrad tun kann. Es geht ihm schlecht. Du musst mich unterstützen!«

»Es ist gut, Livi«, tröstete Nele ihre aufgeregte Schwester und fragte sich gleichzeitig, wieso sie so vernünftig auftreten konnte. »Konrad wird bestimmt geholfen werden. Dafür ist er ja nach Hause gekommen, nicht wahr?«

»Nele?« Konrads Stimme war ein dumpfes Krächzen unter den Verbänden. Sein Arm klopfte auf die Decke, anfangs nur verhalten, dann unruhig und schließlich aggressiv. »Nele, bist du das?«

Sie folgte ihrem Instinkt. Sie ließ Lavinia einfach stehen und eilte an Konrads Seite. Dort ergriff sie seine Hand. Seine Fingerspitzen ragten aus dem Mull hervor. Sie beugte sich darüber und küsste die aufgerissene, schmutzige, raue Haut.

»Ich bin hier.«

Ein tiefes Stöhnen entfuhr ihm.

Die Tränen rannen über ihre Wangen. Zum ersten Mal war sie dankbar, dass er sie nicht sehen konnte. Ihre Lippen bebten, doch sie zwang sich, ruhig zu antworten: »Mach dir keine Sorgen, mein Liebster, alles wird gut. Jetzt bist du wieder da, und allein das zählt.«

»Ich kann nichts sehen, Nele.«

»Das weiß ich. Aber hab Vertrauen. Man kann heutzutage alles behandeln. Die Ärzte werden einen Weg finden, deine Augen zu heilen.«

»Wenn du nur bei mir bist.«

»Ich liebe dich, Konrad.«

»Gnädige Frau, der Patient muss jetzt ins Krankenhaus.« Ein Pfleger berührte Nele vorsichtig am Arm. »Alle anderen Verwundeten sind schon versorgt. Es fehlt nur noch Ihr Mann im Transport, Frau Michaelis.«

Nele küsste das, was sie von Konrads Hand erreichen konnte. »Wohin werden Sie meinen …«, sie schluckte die Tränen hinunter, ignorierte die gesellschaftlichen Schranken und fuhr energisch fort: »Wohin bringen Sie meinen Mann?«

»Ins Allgemeine Krankenhaus Eppendorf. Da gibt es eine spezielle Abteilung für Augenkranke.«

Sie nickte dankbar.

Als der Pfleger die Rollbahre zu einem der Lastwagen schob, die am Bahnsteigrand warteten, ließ sie Konrad noch nicht los. Sie ging langsam neben ihm, hielt ihn fest. Erst als ein zweiter Pfleger auftauchte, um die Trage in das Fahrzeug zu verladen, ließ sie von dem Geliebten ab.

»Ich werde dich besuchen«, rief sie ihm zu. »Jeden Tag, bis du entlassen werden kannst. Du wirst mich nämlich nicht mehr los. Nie mehr.«

Lavinia stand am Bahnsteig und rang um Fassung. Als Nele zu ihr zurückkehrte, war ihr Gesicht so weiß wie die Schärpe ihres Kleides und die Blume an ihrem Hut.

Nele erwartete einen Tobsuchtsanfall, den sie ihrer kleinen Schwester nicht einmal verdenken könnte. Stumm stand sie vor ihr und wartete.

»Du?« Lavinias Stimme war nur ein Hauch. »Du bist die andere?«

Der wachhabende Soldat tauchte wieder auf. »Würden die Damen jetzt bitte weitergehen. Wir erwarten bald den nächsten Lazarettzug von der Westfront.«

Abgelenkt von ihrem eigenen Kummer, fragte Lavinia bestürzt: »Was? Kommen etwa noch mehr Männer nach Hause, die so übel zugerichtet sind?«

»Zurzeit treffen zehn bis zwanzig Züge monatlich ein.«

Die Emotionslosigkeit des Jugendlichen wog vielleicht noch schwerer als das, was er sagte. Nele war erschüttert, aber mehr über das Schicksal der Soldaten als über die Zahl an sich. Die reinen Statistiken waren ihr nicht unbekannt. Wohl aber Lavinia, die offenbar um Haltung rang. Unwillkürlich griff Nele nach ihrem Arm. Für einen Sekundenbruchteil befürchtete sie, die Jüngere werde sie abschütteln. Doch ihre Schwester schien teilnahmslos.

»Lass uns nach Hause gehen, Livi.«

Vor dem Bahnhof wimmelte es von Polizei. Inzwischen hatte sich Dunkelheit über die Szenerie gesenkt. Nele wunderte sich, dass ihr gar nicht aufgefallen war, wie die elektrische Beleuchtung an den Gleisen anging. Irgendwo heulte eine Sirene.

»Mein Taxi …«, entfuhr es Lavinia. Sie blieb stehen, blickte sich verwirrt um. »Der Fahrer hatte versprochen, auf mich zu warten. Ich habe ihm ein gutes Trinkgeld dafür gegeben.«

Zu Neles Überraschung fanden sie den Chauffeur, der sich als zuverlässiger Mann herausstellte. Lavinia sank auf den Sitz, Nele folgte ihr und nannte die Adresse ihres Elternhauses.

»Harvestehuder Weg?«, wiederholte der Fahrer. Er schob seine Jockeymütze in den Nacken. »Da muss ich aber einen großen Umweg fahren, meine Dame. Überall sind Revolten. Die Polizei hat einen Schutzwall um das Rathaus gebildet und die Demonstranten abgedrängt. Es soll sogar Säbelhiebe gegeben haben. Aber wie es in Harvestehude aussieht, weiß ich nicht. Der Mob will wohl die Speisekammern in den vornehmen Villen plündern.«

Lavinia entfuhr ein erstickter Schrei.

»Es ist uns egal, wie Sie fahren und was das kostet. Nehmen Sie von mir aus den weitesten Umweg. Hauptsache, wir kommen nach Hause.«

Als sich der Wagen rumpelnd in Bewegung setzte, spürte Nele wieder den Druck auf ihrer Brust. Sie versuchte, ruhig zu atmen. Das vertrieb zwar nicht die Schmerzen, aber es half, ihre Gedanken zu ordnen. Konrad war versorgt. Um ihn brauchte sie sich gerade keine Sorgen zu machen. Aber drohte tatsächlich Gefahr für ihre Großmutter? Für ihren Vater? Das Personal? Sie mochte es kaum glauben.

»Wie lange geht das schon mit euch?«, fragte Lavinia übergangslos.

»Was?« Noch mit ihrem Kopf bei den Lieben in der Villa am Alsterufer, sah Nele zu ihrer Schwester. »Was meinst du?«

»Du und Konrad. Seit wann geht das schon?«

»Ich wusste nicht, dass er dein Bräutigam ist, als ich ihn kennenlernte. Damals dachte ich noch, du hättest dich in einen Bauarbeiter verguckt. Es war ein ziemlicher Schock, als ich erfuhr, wer dein Verlobter war.«

»Oh!« Lavinia starrte mit einem fast unbeteiligten Blick vor sich hin. »Bist du deshalb so krank geworden? Hast du ihn so sehr geliebt?«

Nele seufzte. Es hatte keinen Sinn, etwas zu beschönigen. Nicht mehr. »Ja. Ich liebe ihn über alles. Er ist der Mann meines Lebens.«

»Unser Vater wird überaus schockiert sein, wenn er davon erfährt …«

»Livi, er weiß es.«

»Was?« In Lavinia regte sich etwas. Sie begann zu zappeln. »Bist du sicher?«

»Er hat es mir gesagt, als er mich in München im Krankenhaus besuchte. Vater ahnte sogar, dass Konrad bei mir in Ascona war. Damals, weißt du, als er sich auf dem Weg nach Genua befand.«

Lavinia schlug die Hände vor das Gesicht. »Dann wollte er sich gar nicht scheiden lassen, weil ich mich in Alice verliebt hatte?«, fragte sie erstickt. »Dann ging es ihm gar nicht um mich, sondern immer nur um dich.«

»Vermutlich ging es ihm auch um sich selbst. Hat er nicht ein wenig Glück verdient?«

Langsam nickte Lavinia. Sie wirkte wie eine Person, die im Varieté in Hypnose versetzt wurde. Anwesend und doch weit entfernt. Beklommen beobachtete Nele diesen Zustand. Eine lange Zeit schwiegen sie. Die eine in ihrer Trance versunken, die andere achtsam.

Schließlich fragte Lavinia mit zitternder Stimme: »Würde es dir etwas ausmachen, Vater nicht zu sagen, dass du wegen Konrad zum Zug gekommen bist? Du kannst doch ganz viele andere Gründe nennen, warum wir uns zufällig getroffen haben. Ich meine, du arbeitest für das Rote Kreuz … Wenn du mir diesen Gefallen tust, wäre meine Niederlage nicht so schlimm.«

»Ja. Natürlich. Das verspreche ich dir.«

Nele wagte nicht zu fragen, ob Lavinia nun in eine Scheidung einwilligen würde. Der Skandal musste ohnehin warten, bis Konrad genesen war, dachte sie grimmig. Wahrscheinlich hätte dann sogar ihr Vater ein Einsehen. Lavinia war gewiss nicht die richtige Person, um einen Mann zu betreuen, der möglicherweise erblindete.

Da stieß Lavinia plötzlich hervor: »Ich möchte mich für den Dienst an der Front melden. Irgendetwas werde ich können, was Männern wie Konrad hilft. Ich meine, ich kann doch nicht völlig nutzlos sein.« Schluchzend sank sie an Neles Schulter.

Während die Taxameterdroschke durch das im Glanz der Gaslaternen erstrahlende Hamburg fuhr, hielt Nele ihre kleine Schwester im Arm. Sie hatte sie immer zu beschützen versucht. Vielleicht war dies aber die letzte Gelegenheit dafür. Vielleicht wurde Lavinia nun tatsächlich erwachsen. Nele hatte viel Zeit, darüber nachzudenken, denn der Chauffeur nahm einen gewaltigen Umweg.

Im Haus am Alsterufer brannte hinter allen Fenstern Licht. Ansonsten war es ruhig, als das Automobil vor dem rückwärtigen Eingang vorfuhr. Aus keiner finsteren Ecke tauchten Demonstranten auf, nirgendwo waren Steine geworfen worden. Angesichts dieser Ruhe spielte ein Lächeln um Neles Lippen. Sie stupste Lavinia an und sagte leise: »Steig aus, meine Liebe, wir sind in Sicherheit.«

EPILOG
Ellinor
1918

Es schlief ein Graf bei seiner Magd
Bis an den hellen Morgen,
Und als der helle Tag anbrach,
Fing sie gleich an zu weinen

Dienstmädchenlied, Verfasser unbekannt

Fräulein
Ellinor Dornhain
Harvestehuder Weg 12
Hamburg

Hamburg, den 9. November 1918

Liebe Ellinor,
Du bist meine Erstgeborene und nun die letzte Tochter, die noch in ihrem Zuhause verblieben ist. Du warst immer die zuverlässigste von Euch dreien. Aus diesem Grund habe ich Dich zu meinem Nachfolger erzogen. Du wirst die Reederei erben – doch Gott allein weiß, ob dieses Erbe über den Waffenstillstand und das Ende des Kaiserreichs hinaus Bestand hat. Es ist mir unverständlich, wieso die deutsche Armee die Waffen streckt. Wir halten noch feindliches Territorium besetzt, und nichts spricht für eine Kapitulation.
Doch die Republik wurde heute ausgerufen, Wilhelm II. ist abgesetzt, der Arbeiter- und Soldatenrat hat das Sagen. Eine neue Zeitrechnung beginnt.

Dazu gehört wahrscheinlich auch, dass sich Lavinia und Konrad nunmehr offiziell trennen. Eine Scheidung in meiner Familie! Wie hatte ich gehofft, diesen Skandal verhindern zu können. Ich war froh, als Konrad zur Rekonvaleszenz in die Schweiz verlegt wurde. Das Rote Kreuz ist wirklich nützlich. Niemandem in unseren Kreisen fiel auf, dass Nele mit ihm reiste. Keiner weiß, dass sie nun zusammen in Ascona auf diesem Berg inmitten irgendwelcher Künstler leben. Da Lavinia unbedingt als Etappenhelferin nach Frankreich wollte, bestand nicht mehr die Gefahr, dass ihre Ehe für Gerede sorgte.

Ihr freiwilliger Einsatz als Telefonistin an der Front brachte genug Aufregung mit sich. Aber vielleicht sind die neuen Zeiten auch hinsichtlich jeder Moral und Konvention andere.

Gestern war Bruno Sievers bei mir. Erinnerst du dich noch an den Gesindemakler, den ich damals auf Entschädigung verklagen wollte, weil er uns ein unzuverlässiges Dienstmädchen vermittelt hatte? Er hat mir diese Großzügigkeit nicht gedankt. Sievers behauptet, nur unseretwegen wären er und seine Meta ins Elend abgerutscht. Dabei hatte er alle Chancen, als Soldat einen besseren Ruf zu erlangen. Stattdessen wurde er Rädelsführer der Sozialisten, schloss sich den Ideen eines Karl Liebknecht an. Wie ich heute weiß, wurde er schon im zweiten Kriegsjahr verhaftet und ins Gefängnis geworfen. Die Aufständischen haben ihn vor drei Tagen befreit. Und er hat nichts Besseres zu tun, als bei mir vorzusprechen und mir zu drohen. Mir!

Er hat eine Waffe gegen mich gerichtet. Nicht im tatsächlichen Sinne. Aber er besitzt Informationen über meine Vergangenheit, die ebenso tödlich sind wie ein Schuss. Ich weiß nicht, wie er es erfahren konnte, das Geheimnis wurde viele Jahre lang gehütet. Und ich bin nicht bereit, jetzt dafür geradezustehen. Aber Du sollst wissen, dass es sich um Klara handelt. Unser zweites Dienstmädchen ist meine illegitime Tochter. Klara ist das Kind Eurer Gouvernante. Adele war eine wunderbare Frau, sie tröstete mich über den Tod Eurer Mutter hinweg. Ohne sie hätte ich schon damals nicht weiterleben wollen. Die gesellschaftlichen Regeln verboten jedoch, dass ich mich zu ihr bekannte. Eure Großmutter war da eindeutig. Adele verließ unser Haus und ging nach Glückstadt zu einer Frau, mit der wir ein Arrangement getroffen hatten. Was aus Klaras Mutter geworden ist, weiß ich nicht.

Schon vor Jahren habe ich Klara testamentarisch ein klei-

nes Legat ausgesetzt. Sie wird es gut gebrauchen können, auch wenn wir nicht wissen, ob ihr Verlobter jemals heimkehrt. Der arme alte Rosenberg. Fünf Söhne, drei bei Kriegsende gefallen, einer nach der Oktoberrevolution in russischer Gefangenschaft verschollen. Das ist ein herbes Schicksal. Ich hoffe jedoch, dass Gabriel Rosenberg eines baldigen Tages vor der Tür seiner Eltern steht und Klara heiraten wird. Eine Mitgift hat sie ja nun.

Den größten Teil meines Vermögens habe ich in Kriegsanleihen investiert, es existiert darüber hinaus ein Konto in der Schweiz, das ich damals für Nele einrichtete, als sie zum ersten Mal ins Tessin ging. Ich gehe davon aus, dass Du und Deine Schwestern dadurch ausreichend abgesichert seid. Christian Schulte-Stollberg wird Dich in finanziellen Dingen gewiss gut beraten. Du solltest ihn heiraten, liebe Ellinor, er wartet schon so lange auf Dich.

Mehr kann ich für Euch nicht tun. Ich fühle mich dem Leben nicht mehr gewachsen. Meine Welt ist zerbrochen. Ich werde gehen wie unser von mir stets hoch verehrter Kaiser, habe aber ein anderes Ziel.

Sei versichert, dass Du, Helene und Lavinia mir alles bedeutet habt. Es war mir aber auch eine gewisse Beruhigung, Klara in meinem Haus zu sehen. Kümmert Euch bitte um Eure Großmutter. Ich bin sicher, sie wird meine Entscheidung mit Fassung tragen und respektieren. Sie ist viel zu standesbewusst, um anders zu reagieren. Auch das ein Relikt aus einer erloschenen Welt.

In Liebe
Dein Vater
Victor Dornhain

NACHWORT

Liebe Leserin, lieber Leser,
können Sie sich vorstellen, dass ein junges Mädchen von sechzehn oder siebzehn Jahren stundenlang vor einer Schreibmaschine sitzt und die Geschichte einer Hamburger Reedersfamilie eintippt?

So geschehen in den 1970ern, als ich meine ersten Versuche als Autorin historischer Romane wagte. Mein Buch »Die Erben der Dornhains« ist nie erschienen, und das Manuskript ging auf meinem Umzug von München nach Paris vor vielen Jahren verloren. Dennoch habe ich diese Geschichte nie vergessen, auch nicht über den vielen Romanen, die ich inzwischen veröffentlichen durfte. Als mich meine wundervolle Agentin Petra Hermanns vor geraumer Zeit fragte, ob ich nicht Lust auf eine Familiensaga hätte, rannte sie also offene Türen ein.

Das Haus am Alsterufer deckt sich nicht eins zu eins mit meiner alten Idee, kommt dieser aber doch sehr nahe. Ich habe für die Familienmitglieder unter anderem dieselben Namen verwendet, und auch das Wohnhaus ist identisch. Schon als Jugendliche war das Budge-Palais am Harvestehuder Weg zwölf für mich eines der schönsten Gebäude im sogenannten Alstervorland. Die Villa wurde 1884 errichtet und im Laufe der Jahre mehrmals umgebaut. Heute befindet sich in diesen Räumen die Hochschule für Musik und Theater Hamburg. Die Parkanlage am Alsterufer ist seit 1952 ein Freizeitgelände und für jedermann zugänglich. Von den Bootsanlegestellen Fährdamm und Rabenstraße kann man nach wie vor eine Rundfahrt mit der weißen Flotte unternehmen. Auch die Schwäne sind noch da, wenn auch nicht mehr ganz so zahlreich wie vor dem Ersten Weltkrieg, als bis zu vierhundert Exemplare auf der Alster lebten. Das erwähnte Futterhaus wurde 1928 wegen Baufälligkeit abgerissen.

Eine zweite Adresse spielt eine große Rolle in meinem Roman: St. Benedictstraße neun. Ich habe dieses Zuhause für Konrad Michaelis gewählt, nicht nur, weil die um die Wende zum 20. Jahrhundert entstandene Reihenvilla vor dem Ersten Weltkrieg tatsächlich von einem Architekten bewohnt wurde, sondern weil dies mein Elternhaus war. Als ich geboren wurde, gehörte das Haus meinem Vater. Ich habe dort die ersten sechs Jahre meines Lebens verbracht und noch sehr deutliche Erinnerungen daran. Noch heute begegne ich übrigens immer wieder Hamburgern, die mir von der Decke meines Kinderzimmers vorschwärmen – einem Himmel mit glitzernden Sternen. Den hätte Lavinia vermutlich gerne gehabt, aber bei der Beschreibung ihres Schlafzimmers dachte ich an das meiner Eltern. Konrads Arbeitszimmer entspricht dem meines Vaters, der daran angrenzende Wintergarten existierte ebenfalls. Aber auch dieses Haus wurde inzwischen mehrfach umgebaut.

Die Adresse Türkenstraße 106 in München, wo Nele zeitweise wohnt, ist ebenfalls eine Anschrift aus meiner Kindheit. Unsere damalige Wohnung in der zweiten Etage entspricht der meiner Protagonistin. Allerdings hat sich München meines Erachtens seit dem Beginn des 20. Jahrhunderts noch mehr als Hamburg gewandelt. Damals war die Stadt wirklich eine Kulturmetropole, woran – mit Verlaub – bis heute nicht angeknüpft werden konnte. Übrigens nirgendwo, höchstens vielleicht in den 1960ern in New York. Aber diese Innovationskraft damals war schon toll. Meine Beschreibung kann nur einen kleinen Eindruck dessen vermitteln, was tatsächlich seinerzeit in München los war. Der

Blaue Reiter wurde 1911 von Wassily Kandinsky und Franz Marc im Café Luitpold in München gegründet. Über die Kunst jener Jahre geben heute vor allem die Ausstellungen in der Städtischen Galerie im Lenbachhaus Auskunft.

Wenn Sie meine Biografie lesen, werden Sie feststellen, dass ich auch für eine lange Zeit im Tessin wohnte. Allerdings nicht am Lago Maggiore, sondern in Lugano. Aber natürlich kenne ich Locarno, Ascona und den Monte Verità. Hier danke ich vor allem meiner Tochter Jessica, die mich auf die Lebens-Künstler aufmerksam machte, die in der ersten Hälfte des 20. Jahrhunderts dort lebten. Im Roman sind Rudolf von Laban und Hermann Hesse erwähnt, aber auch Marianne von Werefkin, die vor Ende des Ersten Weltkrieges von Zürich nach Ascona übersiedelte. Einen Teil ihres Nachlasses kann man im Museo Comunale d'Arte Moderna in Ascona besichtigen. Letztlich gab es damals wohl keinen innovativen Menschen, der nicht einmal am Monte Verità geweilt hätte, wenn auch nur für kurze Zeit – sogar Lenin war dort. Seit etwa einem halben Jahrhundert ist relative Ruhe in dem damaligen Paradies eingekehrt, kürzlich wurden dort ein Tee-Zentrum und ein Zen-Garten errichtet, und es gibt ein kleines, sehenswertes Museum, das an die schillernde Zeit vor rund einhundert Jahren erinnert.

Die Beschreibungen von Hotels, Restaurants und Cafés an allen Orten des Geschehens sowie die Preise für Straßenbahnen, Alsterdampfer und Taxameterdroschken habe ich Reiseführern aus den Jahren meiner Handlung entnommen. Es war für mich ein Erlebnis, in den jeweilen *Baedeker's*-Bänden zu blättern, die ich antiquarisch erworben hatte. Deshalb mag Ihnen vielleicht manches Detail rätselhaft erscheinen: So heißt das berühmte Café Central am Hofgarten in München heute Café Tambosi und das Warenhaus Hermann Tietz am Jungfernstieg in Hamburg ist natürlich das Alsterhaus.

Neben dem Ausflug in die Kunstgeschichte war es mir wichtig, auch einen Blick auf die Frauenbewegung im deutschen Kaiserreich zu werfen. Während ich in meinem Roman *Sehnsucht nach Sansibar* von den ersten Frauenrechtlerinnen gegen Ende des 19. Jahrhunderts berichte, war es diesmal die bürgerliche Frauenbewegung, die sich vor allem für das Wahlrecht einsetzte. Diese Frauen kämpften weniger zornig als etwa die Suffragetten in Großbritannien, hatten aber durch die Einführung des Bürgerlichen Gesetzbuches im Jahr 1900 auch schon sehr viel mehr erreicht als die Engländerinnen. Das BGB gestand den Frauen in Deutschland größere Rechte zu als das Preußische Landrecht oder die verkrusteten Strukturen im Empire, etwa beim Erbrecht. Eines der Vorbilder für Ellinor ist Lida Gustava Heymann, eine vermögende Hamburgerin, die sich mit großzügigen finanziellen Zuwendungen für arme Frauen jedes Standes einsetzte, auch und vor allem für Prostituierte. Sie war die Lebensgefährtin von Anita Augspurg, die in München das Fotoatelier Elvira führte – Ausgangspunkt für das Fotostudio Thieme in meinem Roman *Die Bucht des blauen Feuers*. Die bürgerliche Frauenbewegung zerbrach damals an der Kontroverse mit Frauen wie Rosa Luxemburg und Clara Zetkin, die andere politische Ziele verfolgten. Alle aber hatten ihren Anteil daran, dass Frauen in Deutschland am 19. Januar 1919 erstmals die Mitglieder der Nationalversammlung wählen durften.

Es war mir wichtig, einen Roman zu schreiben, der eine weniger breit diskutierte Seite des Ersten Weltkrieges beleuchtet. Natürlich darf man die furchtbaren Schlachten etwa von Verdun, Ypern und Tannenberg nicht vergessen. Die Schilderungen von Konrad über seine Kriegserlebnisse habe ich zeitgenössischen Briefen von Soldaten entliehen. In diesem Zusammenhang muss auch erwähnt werden, dass das Deutsche Reich 1915 in Flandern die ersten Angriffe mit Chlor- oder Senfgas führte, die Alliierten aber bald darauf folgten. Ich selbst war übrigens mehrmals in Verdun – und verneigte mich vor den Toten aller beteiligten Nationen. Unter ihnen war auch der Maler Franz Marc, der 1916 fiel.

Vor all diesem Grauen wird die Heimatfront oft vergessen. Die hohe Arbeitslosigkeit zu Beginn des Krieges, das Leid der Frauen und Kinder. Meine Schilderungen von Armut, Jugendkriminalität, der großen Hungerrevolte im August 1916 und Protestkundgebungen der Sozialisten in Hamburg entsprechen ebenso den historischen Tatsachen wie die Einzelheiten zur Frauenfriedenskonferenz. Rund 35.000 Hamburger sind zwischen 1914 und 1918 gefallen, jeder Dritte hinterließ eine Familie, es gab insgesamt 23.000 Kriegswaisen. Noch ein Jahr nach Ende des Krieges lebten 10.000 Soldaten aus Hamburg in Gefangenschaft.

Die Zentralstelle für Kriegsgefangene wurde am 15. Oktober 1914 vom Internationalen Roten Kreuz in Genf eingerichtet. Zwei Monate später arbeiteten 1200 überwiegend ehrenamtliche Mitarbeiter für diese Organisation. Das Büro identifizierte zwei Millionen Kriegsgefangene, während des Krieges kam es zum Austausch von 200.000 Kriegsgefangenen und nach dem Waffenstillstand zur Rückführung von 420.000 Männern in ihre Heimatländer. 1917 erhielt das Komitee des Internationalen Roten Kreuzes den Friedensnobelpreis, den einzigen, der während des Krieges vergeben wurde. Die erwähnte Kartei kann man heute im IKRK-Museum in Genf besichtigen. Die Arbeitsbedingungen des Roten Kreuzes in Hamburg sind weitgehend überliefert.

Jetzt bleibt mir nur noch, ein Wort über den Tod von Victor Dornhain zu ergänzen. Bei seiner Person habe ich mich am Schicksal von Albert Ballin orientiert. Dieser war vor dem Ersten Weltkrieg einer der einflussreichsten Männer Hamburgs, Reeder und Generaldirektor der Hapag, der damals größten Schifffahrtslinie der Welt. Das letzte Schiff, das am 29. Juli 1914 von Bremerhaven aus nach Amerika ablegte, war die Cincinnati der Hapag.

Ballin war ausgesprochen kaisertreu, ebenso wie mein Romanheld. Auch seine Welt zerbrach mit der Abdankung von Kaiser Wilhelm II. und der Revolution. Bis heute ist ungeklärt, ob Ballin am 9. November 1918 Selbstmord beging. Die seriösen Quellen legen sich dazu nicht fest. Tatsache ist, dass er an der Überdosis eines Beruhigungsmedikaments starb.

Nachdem ich bereits meine Agentin und meine Tochter erwähnt habe, möchte ich mich abschließend bei meinem Mann Bernd Gabriel für seine Liebe und Unterstützung bedanken. Es ist sicher nicht immer einfach, mit einer Schriftstellerin verheiratet zu sein. Unter uns, liebe Leserinnen, Konrad Michaelis hat durchaus Ähnlichkeit mit dem Menschen, der nunmehr seit fünfzehn Jahren mein Leben teilt. Ein ganz großes Dankeschön gilt auch der Nachsicht meiner Verlagslektorin Barbara Heinzius und meiner Redakteurin Marion Voigt, die meine Arbeit mit unendlichem Engagement und nimmermüder Geduld begleitete.

Ich hoffe, dass Ihnen, liebe Leserin und lieber Leser, mein Roman gefällt. Diese Geschichte aufzuschreiben war mir eine Herzensangelegenheit.

Ihre
Micaela Jary

Berlin, März 2014

Mehr von Micaela Jary:

Sehnsucht nach Sansibar. Roman
(als E-Book erhältlich)

Die Bucht des blauen Feuers. Roman
(als E-Book erhältlich)

Das Bild der Erinnerung. Roman
(als E-Book erhältlich)

Die Villa am Meer. Roman

(auch als E-Book erhältlich)

Der Gutshof im Alten Land. Roman

(auch als E-Book erhältlich)

Das Kino am Jungfernstieg. Roman

(auch als E-Book erhältlich)